Über dieses Buch Durch die Literaturgeschichte geistert sie schon lange, die schöne Ce Malinalli, bekannt auch unter dem Namen Malinche oder Marina. Seit Jahrhunderten, seit sich die Spanier daran machten, das heute so genannte Mexiko auszuplündern, hat Malinche keine gute Nachrede. Laut Überlieferung soll sie überaus schön und intelligent gewesen sein. Ein anderer Umstand freilich sorgt dafür, daß sie ihren historischen Platz in der Reihe der großen Missetäterinnen wie Messalina oder Xin Ji einnimmt: Malinche geht in das Lager der Konquistadoren über, sie dient Hernán Cortés nicht nur als Dolmetscherin, sondern auch als Geliebte, sie hilft – wenn auch nicht immer vorsätzlich – bei der Überwältigung und Zerschlagung des Aztekenreiches, sie hilft den europäischen Eindringlingen, ihre Gier nach Gold zu stillen. Das hat natürlich eine Vorgeschichte: die Prinzentochter war unter einem ungünstigen Horoskop geboren worden, das nur Tod und Verderben prophezeite. Malinche wurde von ihren Eltern verstoßen und als Sklavin verkauft. Ihre Rache – sie förderte den Untergang der alten Azteken-Kultur und schürte nach Kräften die Konflikte zwischen den Eroberern und Eingeborenen. Ein grandioser Geschichts-Roman.

Der Autor Robert Carson Somerlott, Jahrgang 1928, wuchs im US-Bundesstaat Michigan auf, wo er auch die Universität besuchte; arbeitete anschließend mehrere Jahre an verschiedenen Theatern in Kalifornien; regelmäßige Reisen ins benachbarte Mexiko, wohin er schließlich übersiedelte; erforschte lernend und lehrend zwanzig Jahre lang die präkolumbianische Kultur; zahlreiche wissenschaftliche, journalistische und literarische Veröffentlichungen, darunter ein Roman und ein Essay-Band; Somerlott ist Mitglied des mexikanischen PEN-Zentrums; er lebt abwechselnd in Mexiko und in den USA.

Robert Somerlott
Der Tod der Fünften Sonne

Roman

Deutsch von Werner Peterich

Fischer Taschenbuch Verlag

Ungekürzte Ausgabe
Veröffentlicht im Fischer Taschenbuch Verlag GmbH,
Frankfurt am Main, September 1990

Lizenzausgabe mit freundlicher Genehmigung
des Verlags Kiepenheuer & Witsch, Köln
Die Originalausgabe erschien unter dem Titel
›The Death of the Fifth Sun‹

Umschlaggestaltung: Manfred Walch, Frankfurt am Main
Umschlagfoto: Archiv für Kunst und Geschichte, Berlin
Satz: Froitzheim, Bonn
Druck und Bindung: Clausen & Bosse, Leck
Printed in Germany
ISBN 3-596-10199-9

Der Tod der Fünften Sonne

Für T.B.S.
»Siehe da, das Atom ...«

Lansing, 1946
San Miguel, 1982

Inhalt

Erster Teil

»Ein Gras Leiden . . .«

1 Ciudad de México, 25. April 1564 – Fest des Heiligen Markus

Gestern mittag, nach der Wache des Fünften Herrschers des Tages, ist mein Gebieter, der Generalkapitän, heimgekehrt in diese Stadt – falls man die Ankunft einer Kiste mit trockenem Gebein aus Spanien Heimkehr nennen kann. Doch »Heimkehr« ist das Wort, das der Erzbischof später am Tag benutzte, als er in der Kathedrale hinter diesen Gebeinen schwitzte und schrie. Das hab ich, wiewohl nur sehr schwach, mit eigenen Ohren von den frommen, wenn auch ungehalten bebenden Lippen Seiner Gnaden gehört.

Das war alles, was ich von seiner Redeflut mitbekam, denn ich war viel zu fasziniert, mitanzusehen, wie er seinen Zorn hinter einer Maske der Freude verbarg. Der Erzbischof wußte ganz genau, daß er in die Enge getrieben war. Hätte er nicht wortreich und am lautesten von allen den Generalkapitän gepriesen – der Mob wäre imstande gewesen, ihm an seinem eigenen Altar den Bauch aufzuschlitzen. Seiner Gnaden geht es nicht darum, die Palme des Märtyrers zu erringen – nein, diesem Mann bestimmt nicht! Das ist nichts für ihn.

Der Aufruhr in der Kirche – das Gekreisch, die Hochrufe, die dumpfen Trommelwirbel und die schrillen Pfeiftöne – betäubten meine Ohren dermaßen, daß Seine Gnaden ein stummes Schauspiel zu bieten schienen und mit den Armen herumfuchtelten wie die komischen buckligen Mimen von Cholula. Ich beobachtete ihn durch einen dunklen Schleier – gestern hatte ich das Habit einer Nonne angelegt –, hörte jedoch nur wenig, obwohl ich ihm so nahe stand, daß ich den grauen Schmutzrand über seinem Kollar sah. Seine Gnaden benetzten sich unterhalb des Kinns nicht mit Wasser, dazu sind sie viel zu fromm.

Ich hörte, wie er schrie: »Ach, gloriose Heimkehr... triumphale Rückkehr des geliebten ... des gehorsamen, jawohl gehorsamen Kindes Gottes und unserer Allerkatholischsten Majestät.«

»Hundsfott, Priester!« verfluchte ich ihn hinter dem Nonnenschleier. »Ich piss in die Milch deiner Mutter! Piss auf ihr Grab!«

»...demütiger Soldat Christi, der heute heimgebracht worden ist...«
»Deine verschrumpelten Eier, Erzbischof! Mein Hund scheißt darauf!«
Mein Spanisch habe ich von Soldaten gelernt, und die befleißigen sich einer deutlicheren Sprache als Priester.
Seine Gnaden konnten mich selbstverständlich nicht hören. Doch die vertrauten Wörter, die ich schon so lange nicht mehr gebraucht habe, auszusprechen, verschaffte mir Genugtuung. Etwa um diese Zeit kam es zum Aufruhr.
Seit zehn Jahren habe ich mich nicht mehr so amüsiert. Nein, seit vierzig!

Aber ich eile meiner Geschichte weit voraus – vermutlich ein Zeichen meiner zunehmenden Senilität. Kehre ich also zum Anfang zurück; laßt mich erklären.
Seit zwei Wochen wohne ich im Kloster zum Heiligen Kind in dieser Stadt, in der kein Mensch sich darüber im klaren ist, daß ich noch immer lebe. Klöster für Frauen – das ist etwas wirklich Neues für Neuspanien; allerdings vermute ich, daß sie bald sprießen werden wie die Giftpilze. Das sind Wohnstätten für Damen, die nie gevögelt worden sind oder es nie sonderlich genossen haben, gevögelt zu werden; und außerdem auch noch für ein paar lüsterne Relikte wie mich. Schon eine sehr komische Vorstellung! Selbstverständlich, in den alten Tagen hatten wir das Haus der Jungfrauen, doch das war etwas ganz anderes und wirklich amüsanter. Aber ja doch!
Auf jeden Fall nahm ich Wohnung in diesem neuen Kloster, dessen Mutter Oberin, Dame Maria Monica, mich nur als Señora Xamarillo kennt, die zum Christentum übergetretene aztekische Witwe eines spanischen Ritters und Schiffskapitäns, der vor vielen Jahren auf See geblieben ist. Außerdem weiß sie noch, daß ich Besitzerin einer weit im Süden gelegenen Plantage bin. Das stimmt übrigens genauso wie mein Name. Allerdings, wenn sie meinen anderen Namen – Malinche – kennte, würde sie die Augen weit aufreißen und vor Bestürzung und Fassungslosigkeit würde es ihr die Sprache verschlagen. Kein Mensch, und die Mutter Oberin am

allerwenigsten, wüßte, wie man sich in Gegenwart eines so widersetzlichen Wesens verhalten sollte.

Sich selbst so lange überlebt zu haben, ist eine Unverfrorenheit an sich; ich weiß, ich bin längst überfällig und hätte schon vor langer Zeit den Anstand besitzen sollen, in aller Stille abzutreten. Und doch: Daß ich weiterlebe, ist typisch für dieses Land, in dem die Zeit keine Wunden heilt. Hier erweisen einem die toten Jahrhunderte nicht einfach den Gefallen, im Dunkel der Nacht zu verschwinden, sondern sie verweilen und lauschen und beobachten, nur sind sie halb blind und halb tot, wie Dorfälteste, die man beiseite geschoben hat, die sich jedoch weigern, ihren Sitz am Ratsfeuer ganz aufzugeben. Wie sie klammere ich mich an meinen Platz in den Schatten.

Das Kloster war recht geeignet, um dort zu wohnen, solange ich auf die Rückkehr der Gebeine meines Gebieters wartete, doch gestern morgen, gleich nach der Dämmerung, schien es sich in ein Gefängnis verwandelt zu haben, und ich war die einzige Bewohnerin, die sich auf den Gängen blicken ließ. Die Nonnen hatten sich in ihre Hauskapelle zurückgezogen, um darum zu beten, von allen Teufeln verschont zu bleiben, die möglicherweise später am Tag im Gefolge des *Capitán General* in die Stadt einzogen. Mit ihnen zusammen verbargen sich ebenfalls die blassen und vertrockneten adligen Damen, die hier im Konvent wohnten, lauter alte Jungfern oder Witwen, mit denen ihre Familien nichts mehr zu tun haben wollten. Einige von ihnen hockten – anstatt zu beten – zusammengekauert in oder unter ihrem Bett, die Ärmsten! Betagte, furchtsame Kinder, vor lauter Wohlanständigkeit so verschrumpelt, daß man sie kaum noch für Menschen hält und meint, sie würden nicht bluten, wenn man sie mit dem Schwert in Stücke haute.

Allein saß ich im Hof in der Nähe des Torgitters und wartete auf irgendwelche Boten, die mir Neues zu berichten hätten. Ob die Prozession heute in der Stadt eintraf? Oder ob sie einen Umweg machte und man sie hier gar nicht zu Gesicht bekam? Gerüchteweise hatte ich von beiden Möglichkeiten gehört.

Ein Trupp von der Kavallerie des Vizekönigs trabte mit blitzenden Helmen vorüber; ihre Wimpel flatterten in der staubigen Wolke, die sie begleitete. Neben Schwertern und Lanzen sah ich drei

Arkebusen, die sie am Sattel festgezurrt hatten. Es wurden Unruhen erwartet.
Ums Haar wäre den Pferden ein Straßensänger unter die Hufe geraten, ein blinder Junge, der nur in europäische Lumpen gekleidet schien und sich an den Mauern entlangtastete. Nachdem die Berittenen vorüber waren, hustete er, bis seine Kehle wieder frei vom Staub war, und dann brachte er der menschenleeren Straße mit fisteliger Stimme ein Ständchen. Das klang wie die zitterigen Laute aus einer Tonpfeife – kein schmelzender Gesang zwar, doch hatte es fast etwas Schönes, so sehr verrieten sich Schmerz und Verlorenheit darin.
Sein Jungengesicht war nicht scharf gemeißelt genug, um das eines Azteken zu sein, doch verrieten Wangenknochen und Kinn die Kraft des Hochlandbewohners. Er sang in der alten Sprache, trauerte und klagte, wie sie es heutzutage immer tun, faßte seinen Kummer in Bilder aus flüchtigem Federflaum und abgerissenen Blütenblättern. In seinem Lied starb ein Kolibri.
Nachdem er geendet hatte, zögerte er und wartete auf Applaus, der nicht kam; da er sich jedoch nicht darüber im klaren war, wie verlassen die Straße dalag, hob er zu einem etwas volkstümlicheren Lied an. Schon beim dritten Ton wußte ich, was kam, und ich dachte daran, mir die Ohren zuzuhalten. Es war wieder eines von jenen Liedern, die von mir handeln sollen, bei denen es aber nur um meinen Namen geht; denn ich habe nicht das geringste mit der Person gemein, um die es in dem albernen romantischen Text geht, habe es nie gehabt. Wenn ich diese grotesken Balladen höre – und man hört sie nun mal überall–, frage ich mich, welcher Peyote-Esser sich solche Hirngespinste aus den Fingern gesogen haben mag. Schlimmer noch: das Blaue vom Himmel gelogen! Die Ballade des Jungen war wie alle anderen – und ebenso schlimm. Die Worte gleichen einander so sehr, daß ich die Verse fast kannte, noch ehe er sie sang.

»Sie weint im Dunkel, Dame Malinche,
über den sterbenden Seen,
über den zerbrochenen Altären.

Sind die Tränen, die sie vergießt, die Tränen des Bösen, wie die alten Männer sagen?
Ach, ihr Leib kannte die Umarmung der Federn
kannte die züngelnde Liebkosung der Schlange...
Junge Männer weinen im Dunkel um Dame Malinche.«

So ein Unsinn: Umarmung der Feder! Ich habe nur Umarmungen des Fleisches gekannt – davon allerdings eine Menge. Solche Lieder berühren mich nicht, sie haben nichts mit mir zu tun. Sie sind nicht anders zu bewerten als das dumme Gerede, das ich auf den Gassen höre. »Meine Mutter war so schön wie Malinche.« Oder ein Marktweib ergeht sich in den höchsten Tönen und sagt spitz: »Die Braut meines Sohnes ist blitzgescheit wie Malinche – und genauso tückisch.«

Was macht es mir schon, Lob oder Verleumdung? Malinche ist tot. Der Zufall will es, daß die stille Señora Xamarillo jetzt den hinfälligen Körper bewohnt, der einst Malinche gehörte.

Und doch weiß ich, daß die anderen Leben, die ich gelebt habe, nicht ganz verschüttet sind. So kann bisweilen mein Name auf den Lippen eines Sängers jenen Tag des kleinen Mädchens wiedererstehen lassen, da ich – mit Riemen aus frischer Tierhaut gefesselt und durch einen Baumwollbausch im Mund am Schreien gehindert – bei meinem eigenen Begräbnisgesang meinen Namen hörte, wie er von bezahlten Klageweibern gesungen wurde. Und doch erinnere ich mich daran, fühle ich noch heute, wie ich an den Gelenkfesseln zerre und versuche, trotz des Baumwollknebels zu schreien.

»Komm her, Junge!« rief ich, als ich die Ballade nicht mehr ertragen konnte. Nachdem er sich unsicher an das Gitter herangetastet hatte, gab ich ihm eine Münze, drückte sie ihm in die schmale Hand und bediente mich dabei der Bambuszange, die diesseits der Pforte hing, um den Nonnen zu ermöglichen, Almosen zu geben, ohne Fleisch berühren zu müssen, das von Aussatz befallen sein könnte.

»Was gibt es Neues in der Stadt, Junge?«

»Von überall strömen die Leute herbei. Es heißt, die Kiste mit dem Gott darin könnte auf dem Weg zu seiner Beisetzung in Texcoco durch unsere Stadt kommen.« Stolz schwellte ihm die

Brust ein wenig, als er fortfuhr: »Ich soll bei dem Begräbnis einer der Sänger sein, falls ich es schaffe, den barbarischen lateinischen Text bis dahin auswendig zu lernen.«
Ich dankte ihm. Nachdem ich das feine Gesicht genauer betrachtet hatte, fragte ich ihn, ob seine Familie Azteken seien.
»Nein, meine Dame. Ich bin Sproß eines älteren Stamms. Meine Familie stammt aus Culhuacan, Braut der Seen, der Stadt, welche die Samen der Tolteken bewahrte.«
»Daher stammt auch meines Vaters Familie! Viele von uns sind wahrlich nicht übriggeblieben. Bist du Christ, mein Neffe?«
Die Antwort kam hastig, viel zu hastig. »Ja, natürlich, meine Dame. Wir verehren die Jungfraugöttin und ihren Weißen Sohn-in-der-Oblate.«
Dann kam ein bißchen was Wahres, weil – wie ich hoffe – die Culhuacaner gewohnt sind, die Wahrheit zu sagen. »Außerdem verehren wir die Erdmutter und Gefiederte Schlange – das helle Antlitz, nicht das dunkle.«
»Ich auch, Neffe. Was die Götter betrifft, können wir nicht vorsichtig genug sein.« *Und was die Menschen betrifft, auch nicht,* dachte ich und hoffte, er möge nicht immer so ehrlich sein. Spitzel des Heiligen Offiziums gibt es überall, und es hätte mir überhaupt nicht gefallen, unter den reinigenden Flammen auf der Plaza die Stimme des blinden Jungen aufschreien zu hören. Ich gab ihm noch eine Münze und schickte ihn fort.
Eine ganze Stunde verging, ohne daß jemand vorübergekommen wäre. Die Sonne zerfloß auf den fernen Schneehängen der Vulkane, dem Rauchenden Mann und seiner Gattin, Schlafender Frau. Die Stadt schien unnatürlich still, und mir wurde klar, daß es die unheilverkündende Wache vor Mittag war, da die Sonne – von den glänzend polierten Seelen gefallener Soldaten eskortiert – sengend über den Himmel zieht.
Dann kam ein Köhler, um Holzkohle für die Kohlenbecken des Klosters zu liefern, ein rußgeschwärzter alter Bursche, der den Klatsch genauso liebte wie alles Aufregende. Von ihm erfuhr ich, daß mein Gebieter, der Generalkapitän, statt die Hauptstadt zu meiden, unerwarteterweise nun doch hierher

kam – mit Prunk und Pracht zurückkehrte in diese Stadt, die wir vor einem Menschenleben Straße um Straße, ja Stein um Stein zerstört hatten …

Vieles von dem, was der alte Köhler mir erzählte, wußte ich bereits. Es war schließlich kein Geheimnis, daß die Gebeine des Generalkapitäns vor einem Monat in Veracruz gelandet waren, nachdem sie fünfzehn Jahre lang in einem spanischen Kloster gemodert hatten. Seit Wochen ist die Welt in hellem Aufruhr, weil der feierliche Zug sich Schritt für Schritt die Bergpfade hinaufbewegte und an jedem Maisfeld-Altar haltmachte, um sich von den Leuten unterwegs verehren zu lassen – was alles verdächtig nach Anbetung aussah.
Don Martin, Marqués del Valle, der Sohn meines Herrn und durch seine zweite spanische Gemahlin sein Erbe, hatte angeordnet, daß die Gebeine zurückkehrten. So ritt er auf einem mit blauschwarzen Federbüschen und blauschwarzer Samtschabracke geschmückten Rappen an der Spitze des Zuges einher und sah einerseits aus wie ein trauernder Hinterbliebener, andererseits aber mehr wie der künftige König von Neuspanien.
Mein eigener Sohn Tepi – der Sohn, den ich meinem Gebieter, dem Generalkapitän, geboren hatte und der zu Ehren des Vaters meines Gebieters ebenfalls auf den Namen Martin getauft worden war – ritt auch irgendwo in dem langen Trauerzug mit. Ich hoffte, daß er die Klugheit besaß, sich weit hinter dem Sarg zu halten. Ob er Vorsicht walten ließ? Ich weiß so gut wie nichts über diesen meinen Sohn, der nunmehr in mittleren Jahren steht.
Die ganze Strecke über, manchmal vor dem Zug und manchmal dahinter, kamen auch die beiden Avila-Brüder, mit einem scheinheilig frommen Ausdruck in ihrem Wieselgesicht. Ihr Vater, der jetzt im Fegefeuer ächzt, falls er nicht ganz in der Hölle schmort, war ein Übeltäter und Schurke, der den Frauen Gewalt antat. Die Söhne – glatter und verschlagener als der Vater – hatten dessen Heimtücke geerbt. Gott allein weiß, was sie im Schild führen.
»Zwei Wunder sind von unterwegs gemeldet worden«, sagte der Köhler mit ungläubig geweiteten Augen. »In der Nähe von Tlaxcala ist ein goldener Falke, ein Sonnengeist, ganz tief über den Sarg

hinweggeflogen und hat mit den Krallen sogar den Samt des Bahrtuchs gestreift. Dann hat er über dem Marqués in der Luft gerüttelt und einen wilden Schrei ausgestoßen, der weithin gehallt haben soll, als klirrten im Kampf zwei Schwerter aufeinander. Und in derselben Nacht ist ein Feuerband über den Himmel geschwungen worden.«

Das gleiche hatte ich auch schon gehört. Feuer hatte Streifen über den Wolkenfluß gezogen, wo die Sterne in Trauben treiben und Dame Mond zur Speise dienen.

Der Vizekönig, Don Luis de Velasco, erfuhr von diesen Dingen und roch Aufruhr. Er befahl dem Marqués – und meinem Sohn? –, sich von dem Trauerzug zurückzuziehen. Die Gebrüder Avila wurden ergriffen, in Handschellen gelegt, und der Prozession wurde von Veracruz aus befohlen, einer Route zu folgen, die niemand vermuten würde. Selbstverständlich wußte binnen Tagesfrist alle Welt davon.

»Die in der Prozession Mitziehenden sind gewarnt worden, sich von der Hauptstadt fern zu halten«, fuhr der Köhler fort. »Seine Exzellenz sind von panischer Angst besessen, das Volk könnte sich zusammenrotten. Selbst auf Zauberei soll er zurückgegriffen haben, heißt es – um die Prozession samt Sarg so unsichtbar zu machen wie Wassergeister.«

Das bezweifelte ich. Denn der Vizekönig ist abergläubisch wie eine Nonne und gerät beim Gedanken an Dämonen ins Zittern. Außerdem hat er angeordnet, daß Magier im neuen Park an einen Pfahl gebunden und zusammen mit den Ketzern dem Tod auf dem Scheiterhaufen überantwortet werden sollen. Dennoch war ich sicher, daß er den Trauerzug in seine Gebete einschloß und darum flehte, er möge sich in Luft auflösen. Er betet ja unentwegt; Seine Exzellenz kennen nur zwei Positionen: die hoch zu Roß und die auf den Knien. Man sagt, seine Frau habe sich beiden anbequemt.

»Vor drei Tagen ist eine erbärmlich kleine Ehrenwache losgeschickt worden«, erzählte mir der Köhler. »Veteranen, alte Haudegen, die heute einen Hungersold beziehen.«

Ich wußte von diesen Männern, die so arm waren, daß sie längst ihre Rüstung ins Pfandhaus getragen hatten und jetzt nur Imitationen aus Rindenpapier trugen.

Diese Soldaten sollten der Prozession entgegenziehen, sie von der Großen Straße ablenken und sie auf diese Weise dazu bringen, einen Bogen um die Hauptstadt zu schlagen und durch die Sumpfniederungen um die Seen herum einem Pfad zu folgen, der so dunkel ist, daß nur Skorpione und Klapperschlangen ihn kennen. Endgültiges Ziel des Zuges sollte das schäbige Kloster in den Ruinen von Texcoco sein. Mit anderen Worten, das Nirgendwo.

»Ach ja, Texcoco!« seufzte ich. Der Köhler nickte, und einen Moment schwiegen wir beide: zwei Zeugen der Vergangenheit, die sich einer Stätte ihrer Jugend erinnerten.

Wenn Texcoco sich auch einst größerer Herrlichkeiten rühmen konnte, war es gepriesen worden als »die Stadt der zehntausend Huren, die sich auf hunderttausend Künste verstehen«. Ich erinnere mich, als Kind dort mit hingenommen worden zu sein, um meinen schönen Cousin zu besuchen, der in jenem Jahr als Unbefleckter Jüngling zum Opfer erkoren worden war. Als wir von der Bootslände zum heiligen Bezirk gingen, sah ich hübsche Damen mit zinnoberrot gefärbten Zähnen. Hingegossen ruhten sie im Schatten der Zedernzypressen auf dem Platz, liebkosten und schmückten sich, kitzelten sich mit den Spitzen gefärbter Truthahnfedern am Hals und hinter den Ohren, und ihre Stimmen gingen durcheinander wie lauter zwitschernde Singvögel. Ihre Gewänder waren über und über mit winzigen Silberglöckchen bestickt, so daß sie nie ohne Musik waren, wenn sie gingen – eingehüllt in eine Wolke aus Musik und Wohlgerüchen. Sie trugen reinweiße Gewänder mit aufgestickten Blütenblättern, und ich fand sie köstlich wie die Blütenkelche von Guaven. Ich war so verzaubert, daß ich voller Erstaunen laut aufseufzte.

Meine Mutter knuffte mich und kniff mich in den Arm. »Halt die Augen zu Boden gesenkt, Mali!« wies sie mich zurecht. »Und hör auf, alles mit Eulenaugen zu begaffen. Sonst halten die Leute uns für ungehobelte Klötze und Hinterwäldler.«

Was selbstverständlich genau das war, was wir waren. Ich tat so, als hielte ich den Blick zu Boden gesenkt, doch entging mir keiner der Reize von Texcoco.

Jetzt gehen auf den zerfallenen Höfen, dort, wo einst die hübschen Damen den Blumenfürsten verehrten und mit wollüstig verfeiner-

tem Können seine Riten vollzogen, Kojoten und Ozelots auf die Jagd. Zertrümmert liegen die tausend Brunnen da und dienen den Eidechsen als Unterschlupf. Die Pest raffte die Hälfte der Einwohner dahin; den Rest besorgten die Sklavenjäger. Jetzt sind nur noch Ruinen und ein paar bis zum Skelett abgemagerte Überlebende zurückgeblieben, die wie die Füchse in Löchern hausen. In dieser Ödnis steht das unwirtliche Kloster, in dem er neben den Überresten seiner ersten Gemahlin beigesetzt und dem Vergessen überantwortet werden soll, jener blaßgesichtigen Hure, die er eigenhändig erwürgte. Hinterher befahl er, sie an einem Ort zu verscharren, den er getrost vergessen konnte, an einer Stelle, die er nie zu besuchen brauchte.
Und jetzt scheint es, als ob er ihr, ohne es zu wollen, doch noch einen Besuch abstatten sollte...

Wieder verrate ich mein Alter. Ich bin von dem, was der Köhler mir gestern an der Klosterpforte erzählt hat, abgeschweift.
Er sagte: »Der Zug mit den Gebeinen schlängelte sich in der Nähe des Tals von Mexico den Hang hinunter. Plötzlich überfiel ihn eine Horde von Leuten, die sich in einer Schlucht verborgen hatte. Sie überwältigten die Wachen des Vizekönigs – ja, einige von der Wache hatten bei der Planung des Hinterhalts mit ihnen unter einer Decke gesteckt.«
Schreiend und singend und den Sarg über ihre Köpfe reckend tanzten zweitausend Feiernde über die Ebene. »Und jetzt, in diesem Augenblick, steht alle Welt am Rand der Stadt«, murmelte der Köhler ehrfürchtig. »Es sollen Zauberer sein, die Federumhänge tragen – so etwas habe ich seit meiner Kindheit nicht mehr gesehen. Da gibt es Zapotheken aus dem Süden, angemalt wie Dämonen, und Riesen aus Jalisco. Sogar Chichimeken mit ihrem Lendenschurz aus Hundefell!« »Dann werden sie in die Stadt einziehen!« rief ich. »Wann? Und woher weißt du das?«
»Ein paar Reiter sind vorausgeritten und haben die Nachricht verbreitet. Die Menge wird bald hier sein! Was für ein Lärm das sein wird, was für ein Anblick!«
Noch während er sprach, vernahm ich fern den Klang von Musik. Der Köhler spitzte die Ohren, stieß dann einen lauten Ruf aus und

warf sich den rußschwarzen Sack über die Schulter. »Da kommen sie schon!« Mir zum Abschied zuwinkend, lief er die Straße hinunter, um sich unter die ausgelassenen Feiernden zu mischen.

Aufgeregt quollen ganze Familien aus den Lehmziegelhütten, die sich schutzsuchend an die Klostermauern duckten. Auch sie hatten den fernen Lärm gehört.

»Malintzin! Malintzin!« riefen sie, was in der alten Sprache soviel bedeutet wie: Malinches Gebieter. »Er kommt zurück. Malinches Gebieter kehrt zurück!«

Plötzlich, da ich noch zögernd an der Klosterpforte stand, merkte ich, wie mir die Tränen über die Wangen liefen. Merkwürdig: Meine eigenen Tränen waren mir fremd; ich konnte mich nicht an sie erinnern; sonderbar, wie sie schmeckten. Genausowenig konnte ich mich erinnern, wann ich je vor Rührung ein solches Herzklopfen gehabt hatte – für einen Augenblick hatte ich wieder das kräftige Herz eines jungen Mädchens.

Dann eilte ich, so gut es ging, zur Kathedrale; wo anders sollte die Prozession enden, wenn nicht vor dem Hochaltar. Um mir den Weg über den Unrat zu erleichtern, der heutzutage manche Straßen geradezu verstopft, hatte ich zwei Stöcke dabei; außerdem trug ich, wie bereits gesagt, Schleier und Habit und am Leibgurt den Rosenkranz einer Nonne, allerdings nicht aus Frömmigkeit. Eine solche Aufmachung ist in letzter Zeit in Neuspanien sehr in Mode gekommen, besonders unter den Witwen, und eine Witwe bin ich nun mal – auch wenn ich zu Hause sehr wohl einen brauchbaren und dienstwilligen jungen Mann habe, um mir meine Schlafmatte zu wärmen. Für den Schleier bin ich dankbar, kann ich ihn doch bei grellem Tageslicht herunterziehen und mein Gesicht dahinter verbergen. Was mich selbst betrifft, so sind mir die Runzeln und Hautsäcke des Alters egal; schließlich handelt es sich um Narben, die ich in ehrlichem Kampf erworben habe. Doch wäre es mir – sollte das Unwahrscheinliche wahr werden und man mich erkennen – unerträglich, wenn jemand etwa sagte: »Was? Die Alte, das soll Doña Maria sein? Malinche? Mit der alten Vettel hat er das Bett geteilt?«

Von der Gicht abgesehen, hat mir mein Körper besser gedient als mein Gesicht. Selbst heute noch ist mein Schatten fast der eines jungen Mädchens.
So langte ich in ebenso frommer wie modischer Vermummung auf der weiten Plaza an. Gerade in diesem Augenblick ergoß sich auf der gegenüberliegenden Seite die ganze Welt wie eine Wasserflut aus Menschenleibern über den Platz. Allen voran neben den Akrobaten, Gauklern und Feuertänzern zehntausend kreischende Chichimeken, diese Wilden mit dem grün und gelb tätowierten Leib. Sie vollführten Luftsprünge und fuchtelten unter Freudengeschrei mit Kriegskeulen und Lilien in der Luft herum. Hinter ihnen schossen ganze Fontänen von Blumen in die Höhe, warfen Tausende von Händen Blumen nicht nur aus Übermut in die Luft, sondern auch, um einen Blütenteppich für die Füße der Sargträger zu bilden. Schwaden duftenden Rauchs umwehten mich.
Unter dem Klang von Trommeln, Flöten und Zimbeln schritten sie voran. Eine Gruppe von Akrobaten – Männer und Frauen – bildete eine Ehrengarde für den Sarg, sie vollführten – nackt bis auf die Blumen und Glöckchen – Luftsprünge und wirbelten radschlagend und auf den Händen gehend anmutig wie im Tanz herum. Bei den Festen in der alten Zeit paarten sich Männer und Frauen und vereinigten sich in den erstaunlichsten Stellungen, während sie sich wie riesige Raupen oder Spannerlarven vorwärtsschoben.
Wäre es nicht zu einem seltsamen Zwischenfall gekommen, der die Heranrückenden aufhielt – ich hätte nie einen Platz in der Kirche gefunden. An der Westseite der Plaza erhebt sich ein zweistöckiger neuer Palast, auf dessen einer Ecke sich ein kleiner Turm erhebt. Plötzlich tauchte auf dem Turmdach eine groteske alte, monströs fette Frau auf; hinter ihr standen zwei Trompeter und trompeteten aus Leibeskräften. Doch nicht die Trompetenstöße waren es, die den Zug innehalten ließen, sondern die Frau selbst – die so unglaublich fettleibig war, daß ich fest überzeugt war, gleich werde das Dach, ja vielleicht der ganze Turm unter ihr zusammenbrechen. Vor langer Zeit hielt der Kaiser Moctezuma in seinem königlichen Zoo eine Sammlung menschlicher Mißgeburten; jetzt stand ich da und fragte mich, ob denn wirklich eine dieser Miß-ge-

burten davongekommen war und bis ins hohe Greisenalter überlebt hatte.
Bis auf zwei rote Bestattungsbänder am Handgelenk und eine kleine Totenmaske aus Jade vor der Stirn war die Frau splitterfasernackt. Das Haar, das längst schlohweiß sein mußte, hatte sie zur Feier des Tages leuchtend rot gefärbt.
»Ich war seine Frau!« schrie sie. »Ich war eine irdische Braut von Gefiederter Schlange! Die Braut von Quetzalcoatl.«
Sie zeigte auf den Sarg, die wabbelige Wamme, die ihr Unterarm war, schlingerte, und die rotgestreiften Schwabbelbrüste schwankten wie Weinschläuche an einem Sattel. Da sie selbst hin- und herschwankte, sah ich es zwischen ihren Beinen aufblitzen und erkannte, daß sie die Lippen ihrer monströsen Möse vergoldet und mit Edelsteinen geschmückt hatte.
Wie ein Mann blieben die Chichimeken bei diesem Schauspiel stehen; sie hielten dem Druck der hinter ihnen Kommenden stand und rissen Mund und Augen auf; nie im Leben hatten sie einen solchen weiblichen Fleischberg zu sehen bekommen. Ob es sie danach verlangte, ihn zu streicheln und zu liebkosen, oder ob sie ihn lieber verschlungen hätten, übersteigt mein Vorstellungsvermögen.
»Sein Weib, seine Braut!« rief sie noch einmal, diesmal auf spanisch, um sicherzugehen, daß auch der letzte Mensch auf der Welt sie verstand. Wütend blickte ich um mich und hielt Ausschau nach einem lockeren Pflasterstein, um ihn auf dieses Lästermaul von Ungeheuer zu schleudern, doch wenn man so etwas braucht, ist es nie zur Hand.
Doch plötzlich stand auch ich offenen Mundes staunend da wie die Chichimeken. Ich erkannte die Frau, obwohl ich sie seit vierzig Jahren nicht gesehen hatte! Sie war eine Prinzessin, die ihr Vater dem Capitán geschenkt hatte; schon damals hatten wir uns über ihren Leibesumfang lustig gemacht. Nur der Capitán lachte nicht. Gütig und voller Wohlwollen nahm er sie in Empfang – und mindestens einmal bereitete er ihr mehr Lust, als formal nötig gewesen wäre. Er verstand sich auf Höflichkeit; er konnte zuvorkommend sein.
Verwirrt und benommen stand ich da, plötzlich nicht mehr auf der

Plaza Mayor Mexicos, sondern auf einer Lichtung in den Dschungeln der Heißen Lande. Mein Herr, der Generalkapitän, stand neben mir, und nicht weit von uns entfernt die Fette Prinzessin an der Seite ihres Vaters, des Fetten Häuptlings. In ihrem Brautkleid sah sie aus wie eine wogende Blumenwiese; sie machte einen Schmollmund und hatte ein einfältiges Lächeln aufgesetzt; und sie bewegte ihre fetten Finger auf eine Weise, die arglos-kindlich und obszön zugleich schien.

Mein Gebieter, der Generalkapitän, sprach ernste, würdevolle Worte und gab zu verstehen, daß er sie als Geschenk zu schätzen wisse, und ich übersetzte. »Sag ihrem Vater, daß er mir gerade das größte Juwel der Welt zum Geschenk gemacht hat. Seine Großzügigkeit ist grenzenlos und übersteigt jedes Maß.«

Der Capitán sah mich an und zwinkerte mir unversehens zu. Gegen den Drang zu lachen ankämpfend, übersetzte ich feierlich seine Worte in ... welche Sprache? Wo war das noch? Was hatten sie dort gesprochen? Ich weiß es nicht mehr.

Jetzt stand die Frau, die vor vielen, vielen Jahren für kurze Zeit Braut gewesen war, oben auf dem Turm und kreischte ekstatisch auf: »Und so geselle ich mich zu meinem Herrn! Ich komme, ich komme!« Sie zerbiß etwas, das sie im Mund hatte; es muß das geschnittene Jadeherz für den Schmalen Durchgang gewesen sein. Hoch reckte sie dann die häßlichen Arme und stürzte sich vom Dach in die Tiefe, während die Zuschauer aufschrien und beiseite sprangen, um nicht auf dem Pflaster zerschmettert zu werden.

Sehen konnte ich vom Leichnam nichts, denn dieser war sofort von der Menge umringt. Die meisten hatten seit Jahren keiner Selbstopferung mehr beigewohnt. Ein hartes Rasseln auf dem Pflaster brach den Zauber: Mein eigener Stock rasselte auf dem Boden, so zitterte mir die Rechte. Ich kam wieder zu mir und eilte auf das Portal der Kathedrale zu, wobei mich der Gedanke an das lange Überleben und den Tod der Fetten Prinzessin keinen Augenblick losließ.

Wie es heißt, wird unser Schicksal von unserem eigenen Kaninchen bestimmt, einem unsichtbaren Geschöpf, das zusammen mit jedem von uns geboren wird; unsere Füße müssen – ohne sich dessen bewußt zu sein – der gewundenen wie auch zufälligen

Fährte des Kaninchens folgen. Was für einer seltsamen Spur die Fette Prinzessin gefolgt war, um zu ihrer öffentlichen Selbsttötung zu gelangen! Aber selbstverständlich: Früher und ganz für sich allein hatte sie nicht sterben können; sie war von einem Gott berührt worden, und ihr Ende mußte auf edle Weise und im Dienst dieses Gottes vollzogen werden.

Doch wenn dieser Sprung auf die erstaunten Gesichter unter ihr und auf die Pflastersteine unten das ihr vorbestimmte Opfer war, um wieviel merkwürdiger mußte dann mein eigenes sein, wie unendlich weit entfernt von allem, was ich mir vorstellen konnte. Wir folgen dem Kaninchen; die jählings abfallende Felswand am Ende des Pfades sehen wir nicht.

Im Kircheninneren herrschte helle Aufregung; Priester und Meßdiener waren dabei, eilends Wertgegenstände in Sicherheit zu bringen, ergriffen goldene Kandelaber und schleiften bestickte Stühle fort, wie sie von hochgestellten Betern benutzt werden. Voller Schrecken und nicht wissend, was die nächste Stunde bringen mochte, rannten sie hierhin und dorthin, die Schöße ihrer Kutten flogen, und ihre weiten Ärmel flatterten wie geopferte Truthähne mit den Flügeln.

Ein junger Priester mit kastilischem Lispeln versuchte, mir den Weg zu versperren, und rief: »Geht nach Haus, Ehrwürdige Mutter, geht heim und sperrt die Tür hinter Euch zu. Keine Messen, heute, und keine Beichten.«

Er war entschlossen, mich zu retten, und so hob ich die beiden Stöcke, kreuzte sie und hielt sie ihm vors Gesicht, als gälte es, einen Dämon auszutreiben. Außerdem stieß ich ein tiefes Grollen aus und versetzte ihm einen harten Schlag auf die Schultern.

»Heb dich hinweg, Ausgeburt der Hölle!«

Von Entsetzen gepackt, entfloh er, und ich eilte den Mittelgang hinunter, vorüber an dem Wandteppich mit dem Bild der Judith genannten Heiligen, die das Schwert in der einen und einen abgeschlagenen Kopf in der anderen Hand hält. Bewundernd nickte ich ihr zu. In der Nähe der Chorschranken fand ich einen stillen Platz, wo ich zum Schutz eine Säule im Rücken hatte.

Als der Mob mit dem Sarg hereinstürzte, fingen sämtliche vier-

unddreißig Glocken in heftigem, doch hohlem Willkommen auf einmal an zu läuten.
Wie der Erzbischof sich aufführte, habe ich bereits erwähnt; so will ich jetzt nur noch hinzufügen, daß ich es als wahres Wunder empfand, wie er es fertigbrachte, so zu tun, als sähe er nicht die Riten, welche die Akrobaten in einer Seitenkapelle vollzogen.
Ein Dutzend Zwerge hatte am Altar des Heiligen Christopherus, des Riesen, eine Pyramide aus Menschenleibern gebildet; oben an der Spitze drehte sich der kleinste Zwerg von allen um die eigene Achse und segnete die Menge, indem er mit seinem geschwollenen Schwanz Fruchtbarkeit auf sie herabwinkte – mit einem Glied, so groß für einen so kleinen Mann, daß man nicht wußte, was eigentlich Anhängsel des anderen war. Mein Gebieter, der Generalkapitän, hätte sich ausgeschüttet vor Lachen.
Seine Gnaden hielten derweil eine Ansprache, und als er von »Heimkehr« redete, verfluchte ich ihn, weil er das Wort so entehrte. Wer keinerlei Hochachtung vor Worten hat, kann auch keine Achtung vor dem Magischen haben; folglich kann man ihm nicht trauen. Mein Leben lang sind Wörter gute Werkzeuge für mich gewesen – manche behaupten auch, meine tückischste Waffe –, und so bemühe ich mich, sie zu ehren, so wie ein Tolteke seine Pinsel und Farben ehrt.
Heimkehr! Daheim war mein Herr und Gebieter überall und nirgends auf der Welt – kein Ort konnte ihn für sich beanspruchen, er jedoch erhob Anspruch auf alle Orte. Und der Eichensarg, der jetzt hinter den Chorschranken stand, konnte meinen Gebieter, den Generalkapitän, genausowenig enthalten wie der Tabernakel mit dem Schleier darüber den Allmächtigen Gott des Universums. Absurd! Wo immer der Capitán sein mag – in welchem Winkel des Himmels oder in welchem Abgrund des Tiefen Tals –, in der Kathedrale von Mexico jedenfalls war er nicht! Der Sarg strahlte nicht; ihn umgab nicht die Aura seines gewaltigen Geistes, er verströmte nicht die Süße seines Atems. *Ich* hätte es gewußt, hätte es mit Sicherheit gespürt. Der Schragen enthielt... nichts.
Aber die Menschen waren anderer Meinung. Plötzlich, wie auf ein geheimes Zeichen hin, hallte die Basilika wider wie von Gesang

aus einer einzigen Kehle, erklang die Todeshymne vor der Schlacht, der uralte Gesang vom Durchschreiten des Schmalen Durchgangs, die Lobpreisung, welche die Seele im Mictlan willkommen heißt, wo unversehens der verdorrte Zweig, den man in Händen hält, erblüht. Der Gesang wurde zum Gebrüll. Griff von der Kirche auf die Menschenmengen draußen über, lief vorüber an Palästen und Türen, hallte über die Wasser der sterbenden Seen, bis die Vulkane selbst das Echo zurückgeworfen haben mußten.
Die Menge stürzte vor, um den Sarg zu berühren, um sich einiger Samtfäden zu bemächtigen, um sie als Relikte der Götter zu verehren. Die Menschen ließen kleine steinerne, aus jadeähnlichem Glas geschnittene Herzen für die Reise des toten Herrn auf den Boden fallen. Die Meßdiener stemmten sich gegen den Mob, um ihn zurückzuhalten, wurden jedoch einfach beiseite geschoben; laut rufende Priester wurden so an die Wand gedrückt, daß sie sich nicht mehr rühren konnten, und von Fäusten und Ellbogen gebeutelt und geknufft.
»Ach, meine Kinder! Beruhigt euch, meine Kinder! Dies hier ist ein heiliger Ort!« schrie der Erzbischof. Doch seine Worte kamen gegen das Donnergrollen nicht an. Ich habe auf Schlachtfeldern gestanden, auf denen es weniger laut zuging.
»Frohlockt über seine Heimkehr, doch laßt euch nicht von schlechten Menschen täuschen, die ihn für ihre bösen Zwecke mißbrauchen würden!« flehte er sie aus Leibeskräften an. »Schon jetzt sind jene, die euch in die Irre geleitet haben, dingfest gemacht worden und warten auf ihre Bestrafung.«
Ich dachte: *Ob er wohl Tepi meint? Meinen Sohn?*
Dann riß mich das Frohlocken ringsum mit aller Macht mit. Ich klammerte mich an meinen Pfeiler, die Chorschranke barst und wurde von bloßen Füßen zertreten. Als die Menschenmassen triumphierend die Kathedrale samt soeben zurückgekehrtem Gott als ihr Eigentum beanspruchten, suchten Seine Gnaden Zuflucht in der Sakristei.
Und so eroberte Capitán General Hernán Cortés Mexiko zum zweitenmal.

2 Grenzland Jalisco 1499–1508

Mein Geburtsname – den die Spanier nie richtig aussprechen, geschweige denn dem Sinn nach verstehen konnten – lautet Ce Malinalli und bedeutet »Ein Gras Leiden«. Das ist wahrhaftig ein unseliger, fast könnte man sagen verhängnisvoller Name, und von sich aus hätten meine Eltern ihn gewiß nicht gewählt, nur können die Eltern den Namen ihres Kindes nicht frei wählen; der Name eines Menschen bestimmt sich aus der Stellung der Sterne – von Herrn Sonne und seiner Schwester, von Dame Mond –, aus ihrer genauen Beziehung zueinander in der Stunde, da ein Mensch auf die Welt kommt. Die Zeit selbst wählt den Namen; er ist daher unveränderlich.

Sogar ein Amateur-Astrologe erkennt in Ce Malinalli schon das Zusammenwirken himmlischer Kräfte, die zu gefährlich sind, als daß man sie ertragen könnte. Wie ich annehme, ist dies der Grund, warum keine andere lebende Frau denselben Namen trägt wie ich, obwohl auch noch andere kleine Mädchen fast gleichzeitig mit mir geboren worden sein müssen. Keins von ihnen kann länger als ein oder zwei Tage am Leben geblieben sein. Kaum war ihr Horoskop gestellt, müssen diese kleinen Menschenwesen – meine Sternschwestern – von ihren Eltern ertränkt, verbrannt oder enthauptet worden sein, um ihnen das vorbestimmte Schicksal zu ersparen. Hier oder da mag eines überlebt haben, weil die Mutter die wahre Stunde der Geburt verheimlichte und dem Baby damit einen falschen Namen gab, doch bezweifle ich, daß ihnen das auf lange Sicht viel genützt hat. Wer die Götter betrügen will, zieht immer den kürzeren.

Meine eigene Mutter, eine fromme Frau, wollte mich auf der Stelle töten; jedenfalls ist es ihr nicht als Sünde anzulasten, daß mir die Wiege aus Wasser erspart blieb.

Mein Vater, Prinz Chimal, diente als Gouverneur in einer Grenzregion, einem unerschlossenen Gebiet namens Jalisco, riesigen Landstrichen, auf die der Azteken-Herrscher Besitzanspruch erhob, die er jedoch nicht richtig kontrollierte. Hier herrschte überhaupt niemand, höchstens weiter im Westen die kahlköpfigen Tarasken, Vettern der Hundemenschen. Jalisco war der Rand der zivilisierten Welt.

Die Stellung meines Vaters war gleichbedeutend mit einer milden Form der Verbannung. Prinz Chimal war weder Azteke, noch war er ein großer Herr aus einer der drei zum Dreibund zusammengeschlossenen Städte, die die Welt beherrschten. Er entstammte vielmehr dem Königshaus der uralten Stadt Culhuacan, Tochter der Seen, einst ein mächtiger Staat, heute jedoch nur ein unbedeutender aztekischer Vasall.

Doch wie viele Neureiche und Aufsteiger hegten die Azteken eine gewisse Hochachtung vor älteren Geschlechtern, und so erlangte mein Vater eine, wenn auch nicht mit echter Macht ausgestattete Ehrenstellung in diesem Reich, das die Azteken, ohne vor Scham zu erröten, einen Staatenbund nannten.

Als Jüngling war Prinz Chimal zum Studium an der großen Akademie in die Hauptstadt gebracht worden, wo man ihn teils als geehrten Gast, teils als Geisel betrachtete, auch wenn die Kriege schon seit langer Zeit zu Ende waren und die Rebellion einer nahegelegenen Stadt undenkbar geworden war. Im Kampf mit dem Kurzschwert und im Gebrauch des Speeres errang er Ehren.

Doch so sehr Prinz Chimal sich auch in den Kriegskünsten hervortat, seine eigentliche Begabung war die Astrologie. Darin sollte er sich besonders auszeichnen – und später an ihr zugrunde gehen.

Prinz Chimal erhielt eine aztekische Adlige zur Frau, die ihrer bleichen Gesichtsfarbe wegen Dame Iztac genannt wurde. Eine alte Frau trug die Braut auf dem Rücken in das Haus des Bräutigams, wo nach dem rituellen Bad und dem rituellen Trankopfer beider Umhänge auf Lebenszeit verknotet wurden. Danach ging mein Vater fort und blieb ein paar Nächte hindurch bei Freunden, während die männlichen Verwandten meiner Mutter diese in die Riten des Blumenprinzen einweihten. Alles wurde so vollzogen, wie es Sitte und Herkommen erheischten.

Seinen Dienst an der Allgemeinheit trat mein Vater während der

Regierungszeit des Verehrten Sprechers Ahuitzotl an, jenes heute noch unter dem Beinamen »der Zornige« bekannten Wahnsinnigen, und so sollte es auch nicht lange dauern, bis mein Vater ein paar Spritzer aus dem Meer des königlichen Zorns abbekam. Wie ich annehme, entzündete sich das Ganze an irgendeiner Unstimmigkeit bei der Religionsausübung, aber alles und jedes hätte die Ursache sein können. Jedenfalls schob »der Zornige« meinen Vater auf den praktisch nur dem Namen nach existierenden Gouverneursposten von Jalisco ab, mit anderen Worten: Er schickte ihn in die Verbannung.

Der Prinz nahm seine verwitwete Mutter mit sich, seine Gattin, zwei Konkubinen, die Sklaven all dieser Frauen und eine Handvoll Soldaten samt ihren Familien – alles in allem rund dreihundert Familien –, um sich im Grenzgebiet niederzulassen und eine Hauptstadt zu gründen.

Damit waren die Aussichten meines Vaters auf eine glänzende Laufbahn nicht dahin, denn wie alle Menschen müssen auch aztekische Herrscher sterben – auch wenn kein Mensch das laut sagen durfte. Was die Familie jetzt brauchte, waren kräftige Söhne, die sich schon in jungen Jahren durch Mut und Intelligenz auszeichneten. Vielleicht auch durch Frömmigkeit, doch war das ein Thema, über das man in unserem Hause unterschiedlicher Meinung und über das zu streiten geradezu gefährlich war.

In den ersten drei Jahren, während die neue Kolonie Häuser baute und eine über einem See aufragende Hügelkuppe befestigte, brachte der Schoß meiner Mutter keine männlichen, ja nicht einmal weibliche Nachkommen hervor, bis auf einen schwächlichen Knaben, der von seiner eigenen Nabelschnur stranguliert wurde. Verzweifelt versuchte Dame Iztac mit der Göttin Fünf Blume einen Handel um einen Sohn abzuschließen. Sie drückte Nesseln in ihre Achselhöhlen und durchbohrte sich die Brustwarzen mit Kaktusdornen. Die Göttin nahm Schmerzen und Blutstropfen zwar mit stummem Lächeln entgegen, vergalt sie meiner Mutter jedoch nicht mit einer Gegengabe.

Doch endlich wurde meine Mutter wieder schwanger. Überglücklich kehrte sie zu Dornen und Nesseln zurück und hörte nicht auf meine Großmutter, die sie eine Närrin schalt. Dame Feuerstein

Messer, die Mutter meines Vaters, hatte ihre eigenen religiösen Ansichten – und das sollte mir das Leben retten.

Denk ich an meine eigene Geburt zurück, erinnere ich mich an den zarten Duft der Blüten des Trompetenbaums, denn ein solcher wuchs vor der Tür meiner Großmutter, die das Querholz ihres Webstuhls an seinem Stamm aufzuhängen pflegte. Sie webte das feinste Baumwolltuch, das ich je gesehen habe, und erzählte mir dabei Geschichten. Eine ihrer Lieblingsgeschichten, die sie nicht müde wurde immer wieder zu erzählen, war die Geschichte meiner Geburt und wie ich um Haaresbreite der Wassergöttin entkam.

»Es war Winter, und die Zeit deiner Mutter war so nahe, daß du bereits an die Tür pochtest. Dein Vater war fortgerufen worden und mußte mit einer Karawane von Kaufleuten fertig werden, die versuchte, den Steuereintreibern ein Schnippchen zu schlagen, hinterließ aber gewisse Warnungen bei deiner Mutter.«

Da das Kind bald geboren werden sollte, hatte man den Himmel nach Zeichen abgesucht, und alle wußten, daß der nächste Tag ein gefährlicher Zeitpunkt für eine Geburt war, vor allem dann, wenn meine Mutter das Unglück haben sollte, ein Mädchen zur Welt zu bringen – die Zeichen am weiblichen Horizont waren ganz besonders erschreckend. Genaues ließ sich freilich erst dann sagen, wenn die Umstände einer Geburt bekannt waren, aber die Gefahren waren groß.

»An diesem Morgen blieb deine Mutter, Dame Iztac, auf ihrer Matte liegen und rührte sich nicht von der Stelle. Sie hoffte, ihre Stunde zumindest so lange hinauszuschieben, bis Dame Mond aufging; denn dadurch würden sich die Aussichten verändern. Sie hatte eine solche Angst, daß sie es nicht einmal wagte, eine Kalebasse an den Mund zu heben; deshalb hatte sie eine Hebamme neben sich, die ihr mit einem feuchten Baumwollbausch die Lippen befeuchtete.

Ein Wind fuhr vom Hochplateau herunter, ein Wind so kalt wie die Höllenwinde selbst, weshalb man deiner Mutter eine zweite Decke brachte und ein Hündchen zum Wärmen über die Fußgelenke legte. Ein bezauberndes Hündchen war das, ohne auch nur ein einziges Haar am ganzen Körper, seine Haut so glatt wie die einer Eidechse.

Deine Mutter und die Hebamme schliefen in dem dämmerigen Raum ein, doch bald wurde Dame Iztac davon wach, daß der kleine Hund mit dem Schwanz wedelte. Das Hündchen war ihr bis zu den Knien gekrochen, und sie fühlte, wie es mit dem kleinen Kopf ihren Schenkel berührte. Doch als sie die Augen aufschlug, sah sie, daß der Hund auf der anderen Seite in einer Zimmerecke hockte und sie angrinste. Was sonst kroch da unter den Wolldecken herum?«

Dies war der dramatische und schaurige Höhepunkt der Geschichte, bei dem meine Großmutter immer innehielt, um den Schlußfaden ihres Webstuhls festzuknüpfen, nur in ihrer Einbildung vorhandene Staubbäuschchen fortzublasen und die Spannung zu verlängern.

»Ja, ja! Was war es, *citli*?« verlangte ich zu wissen, obwohl ich genau wußte, was jetzt kam, denn längst schon konnte ich ihre Worte auswendig.

»Das Etwas zwischen ihren Schenkeln bewegte sich wieder, und außerstande, es noch länger zu ertragen, schlug deine Mutter die Decken zurück. Und ihr starrten die Augen einer großen Schlange entgegen, einer Schlange mit tödlichem Biß und mit rautenförmiger Zeichnung auf dem Rücken. Die Schlange oder der Dämon in Schlangengestalt muß durch eine der strohgedeckten Wände hereingekommen und unter die warmen Decken gekrochen sein. Beim Anblick der zahnstarrenden Kiefer und der gespaltenen Zunge, die züngelnd auf sie zukam, befiel deine Mutter ein solches Grauen, daß sie unfähig war, auch nur einen Laut von sich zu geben. Doch inzwischen war auch die Hebamme wieder wach geworden und schrie so fürchterlich, daß die Schlange sich von deiner Mutter abwandte und ihre Fänge in das Herz der kreischenden Frau schlug. Diese starb schreiend, und deine Mutter floh ins Freie. Draußen warf Dame Iztac sich auf den Boden, und sich windend rang sie nach Luft; die Wehen hatten eingesetzt.

Die Sklaven und die niederen Frauen deines Vaters kamen herzugelaufen, wagten jedoch nicht, sie anzurühren, sondern bildeten einen Kreis um sie herum und brachen in lautes Wehklagen aus, bis ich eintraf.«

Meine Großmutter am Webstuhl richtete sich auf, und ein leichtes, wenn auch stolzes Lächeln umspielte ihren Mund.

»So kam es, daß ich, die ich keine Ahnung hatte von den für eine Geburt erforderlichen Zaubersprüchen und Gebeten, dich allein auf die Welt brachte, Kind! Mit diesen Händen habe ich dich ins Leben gezogen, während deine Mutter dalag wie eine Leiche. Du allerdings hast mir geholfen – ach ja, wie du darum gekämpft hast zu leben! Das Kämpfen liegt dir im Blut, Mali.«

So wurde meine Nabelschnur in einem Augenblick durchschnitten, da Herr Sonne hoch am Himmel stand und von Dame Mond nichts zu sehen war, nicht einmal eine enthauptete oder tote Dame Mond, die sich über den Horizont erhob. Und die ganze Zeit über, da meine Großmutter um mich kämpfte, loderten nur wenige Schritte entfernt die Flammen des strohgedeckten Holzhauses mit den Strohwänden, denn Dame Feuerstein Messer hatte befohlen, es in Brand zu setzen, hielt sie es doch für dermaßen besudelt, daß es durch nichts mehr gereinigt werden konnte. Die Hebamme wurde von dem Feuer verzehrt, wo sie hingefallen war; später fand man auch den verkohlten Kopf der Schlange zwischen ihren Knochen.

Wegen der Flammen konnte meine Großmutter nicht ins Haus hinein, um meine Nabelschnur unter der Feuerstelle des Herdes zu vergraben, ein Ritus, der mich davon abhalten sollte, mich allzu weit von meinem Zuhause und meiner Familie zu entfernen, wie es nun einmal das Los der Frauen ist. Dieser Unterlassung wegen machte meine Mutter meiner Großmutter später die allergrößten Vorwürfe, doch ich selbst glaube, auch das hätte nichts an dem geändert, was da kommen sollte. Mein Lebensweg war vorbestimmt, das Kaninchen losgelaufen, und ich sollte ihm folgen, manchmal unwillig und oft mit der Illusion, daß – wenn es Haken schlug – dies Wendungen seien, die ich aus freien Stücken wollte.

Meine Großmutter, Dame Feuerstein Messer, war so unbeugsam wie ihr Name. Die Dachsparren des Hauses schwelten noch, da wurde mir die dreifache Taufe mit reinem Wasser zuteil, um drei

Dinge von mir fernzuhalten: Diebstahl, Unwahrheit und Schande. Der Geist meiner Mutter bewegte sich währenddessen zwischen Leben und Tod hin und her.
Als Mädchen wurden mir Haushaltsgeräte – da unsere eigenen verbrannt waren, geliehene – an die Wiege gebracht: ein Besen, ein Mahlstein und eine Spindel. Meine Babyhände wurden an diese Geräte gedrückt – eine uralte Zeremonie, um Mädchen an ihre künftigen Aufgaben zu binden. Gleichwohl habe ich solche Geräte seither kaum angerührt, sind sie meinen Händen unnatürlich geblieben. Obwohl meine Finger bei anderen Tätigkeiten durchaus hurtig waren, haben sie es nie geschafft, einen Faden mühelos einzufädeln.
Daß meine Taufe so überstürzt vollzogen wurde, war beabsichtigt. Dame Feuerstein Messer bewunderte, wie ich um mein Leben kämpfte, hatte viel übrig für die Kühnheit meines Geschreis und hoffte, mich als Tochter der Familie zu erhalten, ehe der Priester kam, um mir das Horoskop zu stellen. Doch am dritten Morgen hatte meine Mutter sich wieder so weit erholt, um herrisch, wie nur eine Aztekin es fertigbringt, zu verlangen, daß die Zeichen gelesen würden, die meinen Namen bestimmten. Sie war bereits vor dem Bösen gewarnt; das Erscheinen der Schlange schien die schlimmsten Befürchtungen zu bestätigen, denn wenn auch eine Schlange an sich kein dämonisches Wesen ist – ganz im Gegenteil –, die Art und Weise, wie sich diese verhalten hatte, deutete darauf hin, daß die Natur Böses im Schilde führte. Infolgedessen kam es nicht in Frage, die religiösen Verkündungen hinauszuschieben.
Glücklicherweise kehrte unmittelbar vor dem Eintreffen des Priesters mein Vater zurück, und so kam es, daß ich, als die heiligen Bücher aufgeschlagen und die Karten studiert wurden – von Dame Feuerstein Messer dorthin gelegt –, im Arm meines Vaters ruhte. Meine Mutter weigerte sich aus Angst vor Besudelung, mich anzufassen.
Der Priester – angetan mit der Doppelmaske des Herrn und der Dame der Nacht – sprach aus einer Weihrauchwolke heraus, die schwelendem Copalharz entstieg. »Ihr Name lautet Ce Malinalli, Ein Gras Leiden. Sie bringt Hader und Streit, Tod umgibt sie –

Tod und die Auslöschung altehrwürdiger Häuser. Dies Kind ist eine Fremde.«

Ob die Versammelten ihr Entsetzen verbargen oder nicht, weiß ich nicht; bestimmt jedoch erfüllte sie meine Anwesenheit mit Ekel und Furcht. Genausowenig weiß ich, welche Gedanken in diesem Augenblick im Geist meines Vaters miteinander in Streit lagen. Vielleicht dachte er an den alles andere als gebärfreudigen Schoß der Dame Iztac und daran, daß er nach sieben Jahren Ehe bis auf mich immer noch kinderlos war; möglicherweise bewegte ihn aber auch etwas anderes zu seinem Entschluß – ein gewisses Flehen im Gesicht meiner Großmutter. Vielleicht stimmt auch, daß ich einen wütenden Protestschrei ausstieß und ausgerechnet in einem Augenblick am Leben zu bleiben verlangte, da die Tür zur Güte meines Vaters ein wenig offenstand.

Vielleicht glaubte er sogar an die eigenen Worte, als er sagte: »Auch ich kenne mich in den Sternen aus; sie können auf höchst unterschiedliche Weise gedeutet werden. Die Schlange war ein Gott, der sein Opfer bereits gefordert hat; sie braucht kein weiteres. Wir werden meine Tochter, Ce Malinalli, großziehen.«

In den meisten Häusern wäre damit das letzte Wort gesprochen gewesen.

Meine Eltern teilten manche religiöse Überzeugung, wie im übrigen alle Welt damals; meine Mutter aber war Aztekin, und Azteken sind nie so wie andere Menschen. Vor Jahren – damals, als sie bettelarm, knochig und zäh wie wilde Truthühner nach und nach in die kultivierte Welt des Tals von Anahuac einwanderten – führten sie in Medizinbeuteln ihre eigenen blutigen Götter mit sich. Sie gaben diesen Göttern viel, und die Götter wiederum verliehen ihnen dafür die Herrschaft über den größten Teil der Einzigen Welt. Allerdings sind Azteken mit einer ganz bestimmten Blindheit geschlagen: Sie sind außerstande zu sehen, daß es zwei Wahrheiten geben kann, die sich grundlegend voneinander unterscheiden. Ich selbst habe in meinem Leben viel zu viele religiöse Ansprachen gehalten und möchte an dieser Stelle nicht noch eine Predigt halten. Aber wenn man nicht begreift, wie eigensinnig und selbstgerecht die Azteken immer gewesen sind, versteht man nicht, was meine Mutter in zwei entscheidenden Augenblicken meines Lebens tat.

Selbstverständlich nimmt eine Braut in dem Augenblick, da ihr Umhang mit dem ihres Gatten verknüpft wird, die Religion ihres Mannes an – zumindest nach außen hin. Anders geht das gar nicht. Ich selber habe unter Umständen, die eine gewisse Ähnlichkeit mit einer Ehe hatten, so gehandelt und festgestellt, daß es überhaupt nichts ausmacht, den Glauben zu wechseln. Ich tauschte nur bestimmte äußere Annehmlichkeiten wie Unannehmlichkeiten gegen bestimmte andere ein, war einiger alter Sünden ledig und gewann ein paar neue hinzu. Mein Geist, mein eigentliches *Ich*, blieb völlig unberührt. Mein tiefstes Wesen ist der Bekehrung gegenüber absolut unzugänglich geblieben; allerdings habe ich mir einen anpassungsfähigen Geist bewahrt und nie leichtfertig etwas aufs Spiel gesetzt.

Da Dame Iztac bei der Eheschließung den Glauben meines Vaters angenommen hatte, hätte sie sich auch mit seiner Entscheidung abfinden müssen, daß ich am Leben bleiben sollte. Aber sie war Aztekin...

Ich war jetzt die Tochter meines Vaters, hatte damit rechtmäßig Anspruch auf die Brust von Dame Iztac, und dieser Pflicht stellte sie sich durchaus, auch wenn dies für sie bedeutete, einen Dämon zu nähren. Doch sie konnte machen, was sie wollte, sobald meine Lippen sich um ihre Brustwarzen schlossen, erfüllte sie dies mit einem solchen Ekel, daß sie nicht umhin konnte zu erschauern. Nicht einmal das, was sie selbst aß, konnte sie bei sich behalten. Am zweiten Tag machte Dame Feuerstein Messer, die alles genau beobachtet hatte, dieser Qual ein Ende, indem sie mich trotz der Tränen und trotz aller Einwände meiner Mutter an eine Amme übergab. Dame Iztac *wollte* ihre Pflicht tun, doch ihr Körper verriet sie. Die Schande ihres Versagens zu ertragen fiel ihr schwer.

Meine Amme war eine junge Sklavin namens Vitsa, deren erstes Kind bei der Geburt gestorben war. Vitsa kam aus einem jener Dörfer in der nördlichen Wildnis, wo sie so wenig von Religion wissen, daß sie sogar heilige Wesen wie Kolibris und Schmetterlinge verzehren. Sie haben vom Himmel kaum genug Ahnung, um die Pflanzzeit zu bestimmen. Da Vitsa eine Heidin war, sah sie in mir nur ein Baby, das sie von der Fülle ihrer Brüste erleichterte. Eine Gefahr sah sie in mir nicht. Es heißt, die Milch der Mütter sei doppelte Speise, denn während die Milch herausfließt, strömt gleichzeitig Liebe zum Kind in die Mutter. Daran muß etwas Wahres sein; sonst kann ich mir nicht erklären, wieso Vitsa tat, was sie tat.

Nachdem sie mich etwa zehn Tage lang genährt und sich um mich gekümmert hatte, erschien Vitsa – sie trug mich in ihren Umhang gewickelt auf dem Arm – eines Morgens unerwartet am Webrahmen meiner Großmutter und vollführte, wie man es sie gelehrt hatte, eine wenn auch unbeholfene Höflichkeitsgeste; doch als sie den Mund aufmachte, plapperte sie keck drauflos wie ein Papagei.

»Wie Ihr befohlen habt, meine Dame, habe ich die Kleine jeden Tag zu ihrer Mutter gebracht.« Irgend etwas an Vitsas Tonfall ließ meine Großmutter aufhorchen und beim Weben innehalten.

»Schön, Vitsa, das ist recht so.« Dame Feuerstein Messer bedachte die junge Sklavin mit einem aufmunternden Lächeln. »Die Mutter sollte Zeit haben, allein mit ihrem Kind zu sein – um damit zu spielen und es kennenzulernen.«

»Nein, man sollte sie nicht allein lassen«, erklärte Vitsa rundheraus – und das war die rüdeste Form des Widerspruchs, obwohl sie offensichtlich nicht frech sein wollte.

»Was sagst du, Mädchen?« wollte meine Großmutter wissen. Sie roch Gefahr.

»Heute morgen habe ich das Baby wie immer in ihrem Zimmer zurückgelassen, doch bin ich ein bißchen zu früh zurückgekehrt, und Dame Iztac hat mich nicht kommen hören. Ich bekam etwas ... Befremdliches zu sehen. Dame Iztac ist noch nicht wieder voll genesen. Seit der Geburt ist sie ...« Vitsa benutzte eines ihrer nördlichen Wörter, die nicht regelrecht verrückt bedeuten, vielleicht aber »außer sich«, wie jemand, der bei einer rituellen Feier Peyotl genossen hat.

»Was hast du gesehen? Erzähl mir alles.«

Als sie sich dem Vorhang vor der Tür näherte, hörte Vitsa Weinen – kein Baby, das greinte, sondern ein heiseres Schluchzen. Behutsam nahm sie das Tuch beiseite und sah, daß meine geflochtene Wiege vom Boden aufgenommen und auf den Steinaltar gestellt worden war, den meine Mutter aus den Trümmern unseres niedergebrannten Hauses gerettet und im neuen Haus aufgestellt hatte. Das war ein hübscher kleiner Altar, der den wechselnden Göttern der Jahreszeiten geweiht war und jetzt des kommenden Herbstes wegen mit einer Blumengirlande aus jenen braunen Ringelblumen geschmückt, die auch die Blumen toter Kinder sind.

Dame Iztac kniete schluchzend in der Nähe und starrte unentwegt auf ein vor ihr liegendes Obsidianmesser. Ihre Haare waren zerzaust, die Kleider in Unordnung; sie hatte sich die Lippen blutig gebissen. Von der Gottestrunkenheit meiner Mutter zwar beunruhigt, hatte Vitsa gleichwohl ihren gesunden Menschenverstand bewahrt. Rasch war sie in den Raum eingetreten, hatte ein paar höfliche Worte gemurmelt, die meine Mutter nicht zu hören schien, und mich dann in Sicherheit gebracht.

Die meisten Herrinnen hätten eine Sklavin geschlagen – und sei es nur, um sie dafür zu bestrafen, daß sie eine so indiskrete Geschichte so plump und rundheraus erzählt hatte. Von Sklaven wurde erwartet, daß sie sich über Peinliches nur in Anspielungen äußerten. Doch Dame Feuerstein Messer bewertete Treue höher als Sitte und Herkommen oder die Tatsache, daß die Familie in Verlegenheit gestürzt wurde.

»Das hast du recht getan, Vitsa«, sagte sie und webte ruhig weiter. »Der Gott, der Dame Iztac heimsucht, wird zweifellos bald fortziehen. Doch bis dahin wird das Kind seine Mutter nur hier an meinem Webrahmen sehen, während ich arbeite. Ich werde die entsprechenden Anweisungen geben.«

Obwohl Dame Feuerstein Messer Vitsa glaubte und Gefahr roch, wußte sie nicht, was für einen Reim sie sich auf das Berichtete machen sollte. Es schien unglaublich, daß Dame Iztac sich ihrem Gatten widersetzen würde – was in diesem Falle regelrecht auf Mord hinauslaufen würde. Undenkbar, und doch...

Fortan trafen Mutter und Kind jeden Morgen in der Nähe des Webrahmens zusammen, und Dame Feuerstein Messer verfolgte unter gesenkten Lidern das Geschehen, tat dabei jedoch, als sinne sie über irgendein Webmuster nach. Im allgemeinen schien Dame Iztac durchaus liebevoll zu ihrer Tochter zu sein, auch wenn diese Zuneigung von Trauer überschattet war und nicht frei von Furcht. Vergaß sie sich jedoch – was gelegentlich vorkam –, wurde sie geradezu heiter und verspielt. Dann jedoch wanderte ihr Blick weiter, die schwarzen Augen verschleierten sich, und sie verfiel in Schweigen, so als wiege sie unter Schmerzen eine Sünde gegen die andere ab. Nach und nach kam es weniger häufig zu solchen Augenblicken, bis Dame Feuerstein Messer schließlich glaubte, meine Mutter habe sich mit allem abgefunden. Sie ließ in ihrer Wachsamkeit nach. Doch das geschah erst, als der Herbst zu Ende ging, im fünfzehnten Mond des Jahres, und das Fest der Wimpel nahte.

Wenn ich mich an das ausgelassene Treiben bei diesem Fest erinnere, wie ich es in späteren Jahren im Grenzbereich kennenlernte, spüre ich noch heute das Kribbeln kindlicher Erregung. Ich sehe, wie Männer und Frauen gemeinsam durch die vier Straßen unserer Wehrsiedlung laufen, lachen und sich aus Krügen mit Wasser bespritzen. War jedes Kleidungsstück klitschnaß, warfen sie alle Kleidung ab und enthüllten frisch mit blauer Farbe verzierte Arme und Beine. Dann zogen sie besondere Festkleider aus zähem Feigenbaum-Rindenpapier über – aus jenem Papier also, aus dem die Offiziere ihren Kopfputz für die Schlacht fertigen. In buntes Papier gehüllt, tanzten sie. Dann zogen die aztekischen Truppen zu ihrem besonderen Altar, um irgendwelche gerade eroberten taraskischen Gefangenen zu opfern, wobei auch die menschlichen Opfer in fröhlich gemustertes Papier gehüllt waren. Manchmal gesellten sich die Truppen der Verbündeten – mit denen die Festung etwa zur Hälfte bemannt war – zu den Azteken und nahmen an der Feier und dem nachfolgenden Gelage teil; manchmal aber auch nicht. In meiner eigenen Vorstellung war das Fest der Wimpel nie mit Opferungen verbunden, dazu war ich viel zu sehr von den Kunststücken der Akrobaten und Jongleure in Anspruch genommen, bei denen es sich um hinterwäldlerische Amateure gehandelt haben muß, obwohl sie in meinen Augen die bezeugten Wunder von Tula übertrafen, als sie – wahre Vogel-Götter – kreisend um hohe Stangen herumflogen.

Das Fest muß in meiner Mutter Erinnerungen an Unterricht und Pflichten ihrer Kindheit geweckt haben, das verstehe ich sehr gut. Das Dröhnen der Vier-Ton-Trommel, der Klang von Trompeten und Flöten, das Rasseln der Pritschen und das tiefe Getute der großen Muschelhörner, all das vermag einen Zauber zu wirken, der das Hirn betäubt, auch wenn das Herz hämmert.

Wichtig sind bei diesem Fest die vier Kalten Nächte, in denen die Männer weder bei ihren eigenen noch bei fremden Frauen liegen dürfen und in denen sie sich keinerlei Lustbarkeiten hingeben können außer denen, die sie vielleicht miteinander haben.

So lag meine Mutter während der späten Wachen der Nacht allein, und kein Mensch ahnte etwas von ihrer Qual. Vielleicht hatten die Opfer, denen sie bei Sonnenuntergang beigewohnt hatte, eine fiebrige Hitze bei ihr erzeugt; außerdem bin ich sicher, daß Copalharz und verschiedene Kräuter auf dem Altar ihres Raumes schwelten und dieser Weihrauch sich mit dem Geruch versengten Menschenfleischs vermischte, das von den stillen Unterkünften in der Nähe herüberwehte. An irgendeinem Punkt muß ein Gott ihr in dem raucherfüllten Dunkel zugeflüstert haben, was sie zu tun hätte.

Sie stand auf, bestrich sich das Gesicht mit den Opferfarben und legte ihr langes Gewand aus Festpapier an. Kurz vor Morgengrauen schlüpfte sie dann hinaus auf die von den Feiernden verlassenen Gassen und eilte lautlos zum Haus meiner Großmutter. Alle – Wachen, Sklaven, Amme und Herrin – lagen in so tiefem Schlaf, daß – würden in diesem Augenblick die Tarasken angegriffen haben – diese jedem im Lager den Kopf hätten abschlagen können, ohne daß auch nur ein einziger Alarm geschrien hätte.

Vorsichtig nahm sie mein Körbchen und trug mich hinaus in das fahler werdende Mondlicht. Ich selbst fing in der plötzlichen Kälte der letzten Wache der Nacht fürchterlich an zu schreien, aber sie beruhigte mich, während sie vom Haus weiter hinunter zum See am Fuß des Hügels lief. Selbstverständlich hatte sie vor, uns beide gnädig dem Himmel des Regenbringers zu überantworten, einer glücklichen Wiese, auf welcher alle, die durch Wasser umkommen, für alle Ewigkeit unter Schmetterlingen und Blüten spielen.

Zweifellos wäre Dame Iztac ihr Vorhaben auch gelungen, hätte die immer noch vorhandene Zärtlichkeit, die sie für mich empfand, ihr keinen Streich gespielt. Sie hatte sich bereits die am wenigsten schmerzvolle Art des Sterbens, die sie sich vorstellen konnte, für mich ausgedacht und mit Freuden der süßesten Ewigkeit entgegengesehen; ich war ihr eigen Fleisch und Blut, sie wollte mir Gutes tun, nichts Böses. Als sie in Ufernähe im ersten Schimmer der Morgenröte violette und gelbe Strohblumen wachsen sah, blieb sie stehen, um eine Girlande zu flechten, die ich beim Passieren des Schmalen Durchgangs tragen sollte, und um die Wiege mit grünem Moos, der Farbe des Lebens, zu schmücken.
Als sie damit fertig war, ging sie ruhig auf das Wasser zu. Doch ihre Sandalen hatten es noch nicht berührt, da hörte sie einen lauten Ruf, drehte sich um und sah meinen Vater und andere Männer hinter sich den Hang herunterlaufen. Vitsa hatte mich draußen vorm Haus leise weinen hören, jedoch so tief geschlafen, daß einige Zeit verging, ehe sie wach geworden war, entdeckte, daß ich fort war, und Alarm schlug.
Trotzdem hätte meine Mutter Zeit genug gehabt, mich durch den Schmalen Durchgang zu schicken, ehe irgend jemand uns erreicht hätte; mein Körbchen hatte sie bereits mit einem dicken Stein beschwert. Doch statt beim Klang der Stimme meines Vaters eilends ins Wasser zu stürzen, ließ ihr tiefverwurzeltes Gefühl des Gehorsams sie innehalten. Weinend brach sie am Ufer zusammen. Kurz darauf trugen die Männer uns nach Hause; in unserem Haar steckten immer noch die Begräbnisblumen.

3

Sobald ich alt genug war, die Welt um mich herum etwas zu verstehen, erzählte mir Dame Feuerstein Messer sowohl von den unglücklichen Umständen meiner Geburt als auch von der Überzeugung meiner Mutter, man hätte mich niemals am Leben lassen dürfen, denn ich sei als Unglücksbringer gezeichnet. Das erzählte sie mir nicht aus Bosheit – obwohl sie ihre Schwiegertochter haßte –, sondern zu meinem eigenen Schutz. Dame Iztac schien mit meinem Vorhandensein versöhnt zu sein, doch wer weiß, ob der Gott, der sie einst gepackt hatte, nicht irgendwann wiederkehrte? Wer kennt die Gefühle, die einige der frommeren Soldaten vielleicht in ihrer Brust bargen? Es war sicherer für mich, alles zu wissen.

»Selbstverständlich wissen wir, daß der Astrologe Unsinniges gesagt hat!« Das sagte sie jedesmal am Ende ihres Berichts. »Was kann ein hinterwäldlerischer Klotz schon wissen im Vergleich zu deinem Vater? Nicht einmal die Weisen von Tenochtitlan kennen die Sterne so gut wie Prinz Chimal.«

Der Klang ihrer Stimme ließ mich ihren Worten glauben, obwohl mir später aufging, daß ihr Verhalten ihre Worte Lügen strafte. Wie alle Kinder vertraute ich dem, was ich sah, weit mehr als dem, was ich hörte.

Ich merkte bald, daß Mädchen – auch die von hoher Geburt – schon frühzeitig an Webrahmen, Spindel und Mahlstein gewöhnt werden. Zwar konnte es sein, daß eine reiche Frau diese Fertigkeiten selten nutzte, aber sie mußte sie beherrschen. Außerdem bildet harte Ausbildung von klein auf das frauliche Gemüt, ihre Hingabe an das tägliche Einerlei und die selbstverständlichen Erfordernisse des Lebens.

Dame Feuerstein Messer, die meine Erziehung beaufsichtigte, machte mich mit diesen Aufgaben nie vertraut, und bis auf die nachsichtige Aufsicht, die Vitsa über mich führte, konnte ich frei umherspringen wie ein Rehkitz. Ich watete in das seichte Wasser am Seeufer hinein und lernte so früh schwimmen, daß ich mich nicht erinnern kann, es jemals nicht gekonnt zu haben. Ich kletterte auf Bäume, um mir Früchte und Blüten zu holen, an die ich sonst nicht herankam, und warf mit Steinen und Stöcken danach, um herunterzuholen, was ich nicht erreichte. Vitsa als nördliche Barbarin fand derlei Betätigungen nicht unweiblich. Unsere Nachbarn zerrissen sich vermutlich den Mund darüber, doch allzu laut beschwerte sich keiner über die Tochter von Prinz Chimal.

Nur weniges war verboten. Bei einem Regenguß suchte ich Zuflucht unter einem einsamen Baum, der in Ufernähe auf einem Hügel stand. Vitsa fand mich dort und zerrte mich fort, wobei sie mir recht weh tat, damit ich es ja nicht vergaß.

»Ein Baum, der in so großer Höhe allein wächst, trotzt den Göttern«, warnte sie mich. »Früher oder später werden sie einen Blitz hineinfahren lassen. Du tust gut daran, dich von solchen Bäumen fernzuhalten, wenn der Himmel dunkel ist.«

»Er trotzt den Göttern?« fragte ich ehrfürchtig.

»Natürlich. Ein Baum sollte zusammen mit anderen Bäumen wachsen. Auf Einzelnwachsende haben die Götter es abgesehen; sie werden von Feuer verzehrt.«

Bis dahin hatte ich oft im kühlen Schatten des Baums gespielt, doch von diesem Tag an mied ich diese besondere Schattenstelle auf dem Hügel. Doch aus sicherer Entfernung sah ich ihn mir genau an und spürte, daß die Fähigkeit dieses Baums, den Zorn der Götter zu erregen, etwas Gefährliches und Magisches hatte.

Die Götter, die ich damals kannte, waren keine rächenden Wesen wie die erbarmungslosen Gottheiten, deren Bekanntschaft ich später machen sollte. Kindheit – das war für mich eine Zeit, da die Götter wirklicher waren als Menschen. Sie waren immer da, man konnte sie stets rufen. In den Hügeln und Wäldern von Jalisco waren die Götter meine täglichen Gefährten. Nur einen Bogenschuß vom Haus meiner Großmutter entfernt wohnte im Fluß eine Wassergöttin, ein kaltfingriges Wesen, dessen Macht und Stimme mit den Regenfällen im Sommer noch zunahm.

»Schmetterlinge sind wiedergekehrte Seelen«, erklärte mir Dame Feuerstein Messer. »Deshalb sind sie auch so himmlisch gekleidet. Dein Bruder, der bei seiner Geburt starb, ist unter ihnen.«

Vitsa erklärte mir, daß die jadefarbenen Kolibris als Boten zwischen den Göttern hin- und herschwirrten; sie überbrächten den als Hyazinthen oder Lilien verkleideten Gottheiten Neuigkeiten. Jeder Lufthauch, der sich regte, war der Atem eines Gottes, es sei denn, dieses Rauschen entstand, wenn der Gott unsichtbar vorüberging. Gefiederte Schlange, der beste und weiseste unter den Göttern, nehme oft die Form eines Windes an. Als die Soldaten ein Fundament für seinen kleinen Tempel legten, gaben sie diesem eine ovale Form ohne scharfe Ecken und Kanten, damit der Wind wehen konnte, wohin er wollte.

Abgesehen davon, daß man mir einschärfte, mich von dem Baum auf dem Hügel fernzuhalten, verbot man mir auch noch den Bergrücken, der sich nach Süden erstreckte, weil dort die Jaguare auf die Jagd gingen; desgleichen war mir verboten, mich der Schlucht im Westen zu nähern, dem allergefährlichsten Ort von allen. Dieser Fluß dort bildete die Grenze zum Königreich der Tarasken, und taraskische Krieger überquerten ihn oft, um unseren Außenposten auszuspionieren und aus unseren Gärten Pfefferschoten und Kürbisse zu stehlen.

»Die würden dir mit Vergnügen das Herz herausreißen«, erklärte mir Vitsa. »Sie sind mit dem Messer so schnell wie die Eidechse mit ihrer Zunge.«

Da die Tarasken so grausam waren, war es durchaus berechtigt, daß unsere Soldaten jeden, den sie gefangen nahmen, zu den Altären des Rauchenden Spiegels oder des Kolibris zur Linken brachten, wo sie von den Priestern geopfert wurden. Ich glaubte, was man mir über die Grausamkeiten der Tarasken erzählte; es sollte kaum mehr als ein Jahr vergehen, und ich sollte mit eigenen Augen sehen, wie wahr diese Erzählungen waren.

Ich liebte meine Freiheit, die mit Spielen und Erforschen meiner Umwelt angefüllten Tage, und als ich meinen achten Winter erreichte, war ich weit kräftiger, schneller und größer als Mädchen meines Alters, die ihre Tage daheim verbrachten und stundenlang neben Töpfen, Tiegeln und Feuergruben hockten. Ich hatte nie herabhängende Schultern, wie sie die Folge eines

mit dem Mahlstein verbrachten Tages sind, der ewigen und unentrinnbaren Plackerei der Frauen.
Dennoch fing ich an, mich zu fragen, warum mein Leben anders war als das Leben der anderen Kinder.
»Warum sollte Prinz Chimals Tochter sich damit abmühen, Kaninchenfelle zu schaben oder Fische zu schuppen?« gab Dame Feuerstein Messer mir hochmütig Bescheid.
Gewiß, beides machte ich nicht. Und doch tat meine Mutter, der beim Haushalt vier Sklavinnen zur Hand gingen, solche Dinge. Auf dem Bauch im Gras liegend, spähte ich schamlos das Haus von Dame Iztac aus, verfolgte das Spiel ihrer hurtigen Hände beim Baumwollkämmen, beim Besticken der Umhänge meines Vaters und beim Zerstoßen von Blüten und Kräutern zu Weihrauch. Die beiden Nebenfrauen meines Vaters, die ein Haus für sich bewohnten, das passend weit genug weg und angenehm nahe zugleich lag, verrichteten so ziemlich die gleiche Arbeit wie meine Mutter. Es handelte sich eben um die natürlichen Aufgaben der Frauen.
Um diese Zeit dachte ich ernstlich daran, später einmal die Frau meines Vaters zu werden, und so machte ich mir über meinen Mangel an häuslichen Fertigkeiten ernstlich Sorgen.
Als ich über das Problem nachsann, fragte ich mich, ob Dame Feuerstein Messer trotz allem, was sie sagte, wirklich glaubte, daß ich anders wäre als andere Mädchen. Vielleicht wurde ich in den weiblichen Künsten nur deshalb nicht unterwiesen, weil meine Großmutter von mir nicht erwartete, daß ich jemals heiratete, obwohl eine andere Zukunft für mich unvorstellbar war. Nach einiger Zeit verzweifelte ich schier, jemals die Gedanken meiner Großmutter lesen zu können; dabei war mir längst nicht mehr ganz wohl in meiner Haut, wenn sie mir versicherte, ich sei ein wunderschönes, natürliches, offensichtlich von den Göttern gesegnetes Baby gewesen; jedenfalls hätten die Götter sowohl mich selbst als auch meine Mutter vor den Fangzähnen der Schlange bewahrt. Ich lächelte und nickte, aber die Zweifel nagten bereits in mir.
Mochte meine Großmutter glauben, was sie wollte – die Soldaten und Siedler unseres Außenpostens schienen meine Geburt offensichtlich äußerst argwöhnisch zu sehen. Sie mieden mich, traten

vom Weg herunter, wenn sie mir begegneten, oder schlugen eine andere Richtung ein. Von weitem wurde ich beobachtet; die Menschen sahen mich mit zusammengekniffenen Augen an, so wie sie vielleicht neuen Rauch von einem Vulkan betrachtet hätten. Keines der Kinder der Siedlung kam zu mir; sie waren gewarnt worden. Doch bis zum nächsten Sommer verstand ich noch nicht ganz, daß sie mich voller Mißtrauen beobachteten, weil sie in mir den Quell irgendeiner unbekannten Gefahr sahen. Ich ging davon aus, daß mein Stand als Tochter eines Prinzen sie auf der Hut vor mir sein ließ; keine andere adlige Familie lebte im Außenposten, und bis jetzt war mir einfach noch nicht aufgegangen, daß ich schlicht eine Fremde für sie war und immer bleiben würde. Das jedoch sollte mir bald auf eine Weise klargemacht werden, die ich nie wieder vergaß.

Meine Großmutter sagte mir nie, welche Strafe mein Vater Dame Iztac dafür auferlegt hatte, daß sie seinem erklärten Willen zuwidergehandelt hatte, als sie versuchte, mich im See zu ertränken. So etwas geht niemand etwas an außer Mann und Frau selbst, aber ich mutmaßte, daß die Bestrafung sehr streng ausgefallen sein mußte. Prinz Chimal war verhöhnt worden, er war entehrt; infolgedessen konnte er ihr trotz seiner sonstigen Güte Schmerzen nicht erspart haben. Ich nahm an, daß er sie verprügelt hatte. Oft genug hörte ich die Schreie der Frauen, die von ihren Männern oder Eigentümern – den Soldaten – mit Ruten gezüchtigt wurden.

Ich hoffte, daß die Strafe etwas dramatischer ausgefallen war als bloß eine Tracht Prügel; dennoch konnte ich mir kaum vorstellen, daß meine Mutter ohne Essen und Wasser in einen engen hölzernen Käfig eingesperrt war, ihr Mund mit brennendem Chili eingeschmiert – eine Bestrafung, die in den Erzählungen meiner Großmutter häufig genug vorkam.

Manchmal warf ich einen verstohlenen Blick auf die Geißel, die mein Vater aufgerollt am Leibriemen trug, wenn er bei Rechtsstreitigkeiten als Richter fungierte. Ob er diese wohl benutzt hatte? Nein, die Geißel war zu grausam, mörderisch fast. Dann erfuhr ich die Wahrheit.

An diese Nacht erinnere ich mich bis in die kleinsten Einzelheiten.

Wolkengespinst zog über den Mond dahin, und die Schatten hatten etwas Schimmerndes; die Götter auf dem Zwillingsaltar waren umwabert vom Weihrauch. Die Bäume um den offenen Zeremonienplatz herum sahen aus wie Riesen, die über uns wachten. Wir feierten das Fest der Blumengeburt, und bis zu diesem Jahr hatte ich immer nur die Riten miterlebt, die tagsüber vollzogen wurden. Jetzt saß ich auf einem niedrigen Erdsockel neben meinem Vater; ein Baumstamm diente als wuchtiger Thron. Ich nahm einen Platz ein, der eigentlich einem Jungen zugestanden hätte – den Ehrenplatz, auf dem der Sohn meines Vaters hätte sitzen sollen. Doch wenn Prinz Chimal seine Tochter auf diesem im Grunde unpassenden Platz sitzen haben wollte, wagte niemand, irgend etwas dagegen einzuwenden. Wahrscheinlich wurde nur unterdrückt mit in die Höhe gezogenen Augenbrauen gemurrt.
Nachdem die Jasminblüten verstreut worden waren, kam meine Mutter aus den Schatten herausgeschwebt und führte die anderen jungen verheirateten Frauen an, die für die Herrscher der Nacht einen förmlichen Tanz aufführten. Bis auf die üblichen Girlanden war sie selbstverständlich nackt, und auch wenn ich meine Mutter schon vorher unbekleidet gesehen haben mußte – mir wollte es erscheinen, als sähe ich sie jetzt zum erstenmal in diesem Zustand. Ihr geschmeidiger Leib, rank und doch kräftig wie eine Weidengerte, machte mich fassungslos und bezauberte mich; mehr als nur schön, strahlte sie ein Frauen-Mysterium aus, irgendeine weibliche Kraft, die mir bisher unbekannt gewesen war. Ich bestaunte ihre glatten Schenkel und die festen, hochragenden Brüste, deren Spitzen sie zur Feier des Tages mit Silberfarbe bestrichen hatte. Stolz und königlich stand sie da, eine wahre Mondgöttin.
Tonpfeifen seufzten und wisperten, dann trommelten die Trommeln einen Befehl; der Augenblick für das Weiterreichen des Blumenstabs war gekommen, des geschnitzten und bemalten Phallus, der aus dem geöffneten Kelch einer riesigen Lilie auftauchte. Langsam und liebevoll reichten die Frauen ihn von Hand zu Hand, wobei eine jede von ihnen dem Symbol tanzend kurz die Ehre erwies, sich darum drehte und dabei die heiligen Worte ins Dunkel sprach – Worte, die nur zwischen Frauen und dem Blumenprinzen selbst gesprochen werden durften.

Endlich erreichte der Phallus meine Mutter in der Mitte der Reihe der Frauen. Sie nahm ihn mit beiden Händen entgegen, wiegte sich hin und her und drückte ihn sich an die Schenkel, an den Bauch und an die Brüste. Sie ließ ihr Haar darüberfallen: ein duftender schwarzer Schleier. Dann – mit einer unvermuteten, ruckartigen Bewegung – wandte sie sich ab, und der Schein von Mond und Fackeln fiel auf ihren Rücken. Was ich da sah, ließ mich vernehmlich die Luft anhalten.
Die sonst makellose Haut von Dame Iztac war von schrecklichen Narben entstellt: Peitschenstriemen gingen kreuz und quer über Schultern und Rücken, und die Narben wiesen Wülste auf, wie ich sie sonst nur bei den unbezähmbarsten und gefährlichsten Verbrechern gesehen hatte. Ich wußte, daß solche Wunden von Geißeln verursacht wurden, in deren Schnüre am Ende scharfe Steine eingeflochten waren, Geißeln, die das Fleisch aufreißen wie Raubtierkrallen.
Sie wandte sich wieder den Tanzenden zu, und der Schrecken schwand. Sie war wieder die Mondgöttin, makellos und kühl, das Haupt stolz erhoben, so als hätte sie gerade Ehrenzeichen vorgezeigt.
Jetzt wußte ich, was ihre Strafe gewesen war – und diese Erkenntnis erschreckte mich dermaßen und machte mich so krank, daß ich bei meinem Vater mit der Frage herausplatzte: Wie hatte dies geschehen können? Ob wirklich seine Geißel diese Narben hinterlassen hätte?
Im ersten Augenblick schien er nicht fassen zu können, daß ich eine solche Frage stellte. Dann versetzte er mir mit der offenen Hand einen dermaßen harten Backenstreich, daß ich zu Boden stürzte und mir der Kopf dröhnte; ich war viel zu benommen, um zu schreien.
Bis zu diesem Augenblick war mein Vater immer nur liebevoll mit mir umgegangen, und als Vitsa die geschwollene Backe am nächsten Morgen mit Krötenkompressen behandelte, beklagte ich mich darüber, von meinem Vater mißhandelt worden zu sein.
»Was erwartest du, wenn du ihn an diese Zeit erinnerst?« wollte sie wissen, und ihre Stimme war so rauh wie ihre Hände. »Ich nehme an, die Jahre haben ihn ihren Narben gegenüber ein wenig

blind gemacht. Aber gestern abend hast du dafür gesorgt, daß er sie wieder gesehen hat.«
»Aber ich hab ihn doch nur gefragt...«
»Eine törichte Frage war das, Mali. Würde Prinz Chimal die Schönheit seiner Frau verunstalten? Seinem Eigentum Schaden zufügen?«
»Aber wer...?« Plötzlich ging mir ein Licht auf, und ich rief: »Tarasken! Sie ist an der Schlucht Tarasken in die Hände gefallen, und die haben...«
»Unsinn! Wenn du es denn unbedingt wissen willst: Dame Iztac hat ihren Rücken einen Tag, nachdem du vor der Wassergöttin gerettet wurdest, aus freien Stücken gegeißelt. Ich habe sie kaum eine Stunde später mit eigenen Augen gesehen, denn ich half, sie von dem Schrein im Wald, zu dem sie gegangen war, um sich heimlich zu bestrafen, nach Hause zu tragen. Ein wahres Wunder, daß sie überlebt hat – an ihrer linken Schulter konnte man den bloßen Knochen sehen.«
»Sie hat das *selbst* getan? Wie ist das möglich? Sie muß doch in Ohnmacht gefallen sein, sie muß...«
»Ich habe es dir gerade eben gesagt. Aber nein, Dame Iztac wurde nicht ohnmächtig. Jedenfalls nicht, ehe sie sich nicht mindestens drei- oder viermal gegeißelt hatte. In Ohnmacht fallen, ha! Dame Iztac?«
Vitsa brach das Gespräch damit ab, daß sie mir die heiße Kompresse erbarmungslos an die Wange drückte; ich mußte die Zähne zusammenbeißen, um nicht loszuschreien. Die Kraft ihrer Hände tat weh, doch ging mir jetzt auf, daß ich nicht die geringste Ahnung davon hatte, was Schmerz eigentlich ist. Meine Mutter jedoch wußte das sehr wohl! Was sie getan hatte, erfüllte mich mit Entsetzen, doch gleichzeitig reagierte irgend etwas in meinem Blut auf ihre Tat – ich war alt genug, um zu spüren, daß hier echter Adel aufleuchtete. Selbst Vitsas Tonfall hatte widerwillige Bewunderung verraten.
Jetzt wußte ich, was meine Großmutter meinte, wenn sie widerstrebend sagte: »Deine Mutter ist von einer ungeheuren Stärke.« Und ich selbst war plötzlich sehr stolz auf jene Hälfte meiner Vorfahren, die Dame Feuerstein Messer für gewöhnlich gering-

schätzig abtat. Ich wußte selbstverständlich – wie viele Male hatte sie es mir nicht erzählt? –, daß die Azteken erst vor wenigen Generationen in das Tal von Mexico eingewandert waren und ihre Götter dabei in Hirschlederbeuteln mit sich getragen hatten. Die Bewohner der alten Städte hatten in ihnen Diebe und Wilde gesehen.

»Sie kamen auf leisen Sohlen wie die Wiesel«, sagte meine Großmutter. »Und waren genauso blutdurstig – auch wenn das anfangs niemand merkte. Ein König im Tal beging den Fehler, sich mit ihnen anzufreunden. Er schickte ihrem Häuptling seine Tochter zur Braut und begab sich nach wenigen Tagen dann selbst in ihr Lager, um an der Hochzeit teilzunehmen. Kind, du kannst dir nicht vorstellen, was geschah! Statt einer Hochzeit war es ein Festgelage, bei dem als Hauptgang die Braut gereicht wurde – rösch gebraten und mit Pfefferschoten garniert.«

Wilde mögen sie gewesen sein, und doch hatten sie in nicht allzuviel Jahren den größten Teil der Einzigen Welt erobert und dabei große Staaten und ältere Religionen weggefegt und vor sich hergetrieben wie welkes Laub. Wenn ich an die Narben meiner Mutter dachte, wußte ich, wie sie es geschafft hatten. Nein, wie *wir* es geschafft hatten, wie ich mir selbst vorhielt. Meine Mutter war Aztekin, die Leute meines Vaters Vasallen und Verbündete. Aber »wir«, das war nicht die ganze Wahrheit; und daß ich mich danach sehnte, genauso mutig zu sein wie meine Mutter, machte mich noch lange nicht zu einer Aztekin.

Ich lag an diesem Tag noch lange auf meiner Schlafmatte wach, lauschte den unglücklichen Schreien der Eulen und sann darüber nach, ob diese unheimlichen Rufe von richtigen Vögeln stammten. Tarasken, die uns überfallen wollten und die lauernd um unsere Siedlung strichen, bedienten sich solcher Signale. Etwas Bestimmtes, eine wohl weitergehende Bedeutung der Narben am Leib meiner Mutter spottete meiner, schloß mich aus.

Kurz vor Morgengrauen, als ich im Halbschlaf dalag, ging mir plötzlich die Wahrheit auf, und gleich darauf durchflutete mich helle Freude. Warum hatte Dame Iztac sich eine solche Strafe aufgebürdet? Weil sie bereute – ein Gefühl der Schuld über das empfand, was sie mir hatte antun wollen. Sie hatte erkannt, wie verrucht dieser Versuch gewesen war, sich deshalb ohne Erbarmen mit der steinbewehrten Geißel kasteit und sich Schmerzen zugefügt, um den Gott auszutreiben, der in sie gefahren war.

Hatte sie nicht dadurch, daß sie die Sündigkeit ihres Tuns erkannt hatte, auch mir das Recht auf Leben zugestanden? Ich hatte ja keine Ahnung gehabt, daß sie so empfand, und so war mir jetzt, als hätte ich einen kostbaren Jadestein gefunden, ein Kleinod, das es zu bewahren, das es in der Hand zu bergen und wie meinen Augapfel zu hüten galt.

Die Unversöhnlichkeit, mit der sie sich Leiden zufügte, überraschte mich dennoch, obwohl ich gewohnt war zu sehen, wie Menschen sich selbst bestraften. Das war eine aztekische Eigenart, obwohl ich später erfuhr, daß auch andere Völker wie die Zapoteken, Mixteken und fromme Spanier gleichfalls von Zeit zu Zeit danach hungern, so etwas zu tun. Irgendein universaler Gott flüstert: »Tu dir selbst etwas zuleide! Strafe deinen Körper, denn er ist böse und unrein. Läutere ihn durch Schmerzen.« Ich selbst habe auf die Einflüsterungen dieses Gottes nie gehört; infolgedessen müssen meine Unreinheiten unermeßlich sein und mich mit einer Kruste umgeben haben wie unsichtbarer Muschelbewuchs; allerdings nehme ich selbst ihn nie wahr.

Soldaten von der Besatzung unseres Außenpostens durchbohrten sich die eigene Zunge mit Dornen, um damit für unbedachte Worte wie Gotteslästerungen oder Flüche zu sühnen. Um sich von anderen Sünden zu befreien, klemmten sie sich Distelköpfe, ja sogar glühende Kohlen in die Achselhöhlen oder in den Schritt. Irgendwelche Männer humpelten ständig oder zogen ein Bein nach, weil sie sich den Penis mit Kaktusdornen durchbohrt hatten und diese Marterwerkzeuge dort stecken ließen, bis sie sich von ihren Sünden befreit oder ihre unziemlichen Begierden unterdrückt wähnten. Solche Büßer erkannte man an den dunklen Streifen an den Beinen: getrocknetes Blut, das dort heruntergelaufen war.

Doch auch wenn ich mit Büßernarben vertraut war – noch nie hatte ich so schlimme gesehen wie die auf dem Rücken meiner Mutter. Ich betrachtete sie jetzt mit neuen Augen und sann über die Scham nach, die sie dazu getrieben haben mußte, eine solche Strafe auf sich zu nehmen. Eine so mächtige Scham, daß sie immer noch dadurch abgehalten wurde, zu mir zu kommen und mich in ihr Haus aufzunehmen.

Ich wußte, daß sich an meinem täglichen Leben durch meine Entdeckung nichts ändern würde. Ich würde weiterhin bei meiner Großmutter leben und Dame Iztac nur aus einer gewissen Entfernung zu Gesicht bekommen. Ich spürte, daß wir es nach wie vor vermeiden mußten, mehr als förmliche Grüße zu wechseln. Trotzdem bildeten die Sühnemale auf dem Rücken meiner Mutter ein Band zwischen uns. Ich war zu ihrer Tochter geworden.

Im Laufe der nächsten Wochen verlangte es mich danach, Dame Iztac zu verstehen zu geben, daß ich sie endlich verstand und daß sie mit ihren Schmerzen für jedes Unrecht, das sie mir angetan hatte, ja für alles, was sie mir schuldete, übergenug bezahlt habe. Wenn sie Dame Feuerstein Messer Höflichkeitsbesuche abstattete, hielt ich mich von nun an in der Nähe auf und hoffte, ihr mein neugewonnenes Verständnis begreiflich zu machen und das Band zwischen uns zu stärken. Meine vagen Gefühle ließen sich nicht in Worte fassen; trotzdem stellte ich mir vor, wie ich sie anlächelte, sie mit einem heimlichen, aber um so bedeutungsvolleren Lächeln bedachte. Oder ich konnte irgendeine feinsinnige Geste machen – in welcher Form, wußte ich nicht so recht –, um den Abgrund des Schweigens zwischen uns zu überbrücken und ihr ein Zeichen zu geben, das sie einfach erkennen und erwidern mußte.

Doch in all diesen Wochen gelang es mir nicht, ihrem Blick zu begegnen. Sie sah über mich hinweg, durch mich hindurch. Ich blieb so unsichtbar wie ein Wassergeist. Und wenn ich mich laut räusperte, hörte sie mich nicht.

Dann, eines Tages, anläßlich eines ihrer Höflichkeitsbesuche, kam die Gelegenheit. Es war ein windiger Nachmittag; Wolken türmten sich am östlichen Horizont; das erste Sommergewitter des Jahres braute sich zusammen. Dame Feuerstein Messer entschuldigte sich, um den Sklavinnen Anweisungen zu geben.

»Tragt meinen Webrahmen hinein, aber bringt mir nicht das Garn durcheinander! Sind die Fäden an den Holmen auch straff gespannt? Und deckt die Färbtöpfe zu!«

Während meine Großmutter geschäftig hin- und herging, merkte ich, daß ich plötzlich unbemerkt hinter Dame Iztac stand. Sie hatte an diesem Tag ein *huipil*, ein langes Gewand, angelegt, das aus so glattem Baumwollgewebe bestand, daß man die Narben schwach, aber doch violett durch das Tuch hindurch erkennen konnte. Mit großen Augen starrte ich sie an, studierte ihren gewundenen Verlauf und zog mit den Augen Muster nach, die an die wogenden Spiegelbilder von Weiden im Wasser des Seeufers gemahnten, dünne Stämme, die in ihre Schultern geätzt schienen, dann Zweige, die sich ausbreiteten und über ihren Rücken herunterzogen und sich miteinander verschlangen, schrecklich und faszinierend zugleich. Wie unter einem Bann stehend, streckte ich die Hand aus und berührte sanft den Hals meiner Mutter, wo oberhalb des Schlüsselbeins eine breite Narbenschwiele hochstand. Was mich erschreckte, war, daß die Haut sich tot anfühlte – rauh wie Baumrinde und schuppig zugleich. Ich mußte unwillkürlich an die Schlange denken, die ihr ins Bett und zwischen Beinen und Schenkeln hochgekrochen war.

Sie merkte nicht, daß ich es war, die sie berührte und vorsichtig mit den Fingern die Striemen nachzog, sondern machte nur eine unbestimmte Bewegung, als wollte sie eine Fliege verscheuchen. Vielleicht ist Narbengewebe taub und war wirklich tot. Doch dann nahm sie mich aus den Augenwinkeln heraus wahr und begriff, was sich abspielte.

Einen Schrei unterdrückend, zuckte Dame Iztac vor meiner Berührung zurück wie vor dem Feuer. Sie fuhr zu mir herum, und als unsere Blicke sich begegneten, erkannte ich die Angst und den Abscheu in ihren Augen. Schützend legte sie die Hand über die Stelle, die ich berührt hatte, als gälte es, sie vor einer Besudelung zu bewahren. Wie erstarrt und außerstande, ein Wort hervorzubringen, starrte ich sie an, und wieder trat mir das Bild der Schlange vor Augen. Ich spürte die Schuppen, die züngelnde Zunge.

Vor Angst verstummt, machte Dame Iztac das Zeichen, mit dem man das Böse abwehrt, ihre Lippen bildeten ungesprochene Worte, und irgendwie brach diese Geste den Bann, der mich gefangenhielt. Die Hände vors Gesicht geschlagen, wandte ich

mich von ihr ab; Schauder überlief mich. Dann entfloh ich, von panischem Schrecken gehetzt.
Blindlings rannte ich den langen Hang hinunter und strebte dem See und meinem Geheimversteck im Schilf zu. Regen peitschte mir ins Gesicht, Kaktusdornen und Stacheln vom Mesquitestrauch ritzten mir die bloßen Arme und Beine, doch ich merkte nicht, daß ich blutete, und hörte auch nicht den Sturm über mir losbrechen, als ich mein Versteck erreichte, wo ich mich verkriechen und schluchzen und zittern konnte, ohne daß ein Mensch mich sah.
Als ich meiner Mutter in die Augen gesehen hatte, hatte ich die wahre Bedeutung ihrer Narben und Reue erkannt. Nicht, weil sie versucht hatte, mich umzubringen, hatte sie sich gegeißelt und den Rücken blutig geschlagen, sondern weil ihr das nicht gelungen war. Das Böse war in ihrem Schoß gewachsen; sie war unrein und verderbt, und sie verdiente den Schmerz, so wie ich den Tod verdiente. Jetzt kannte ich die Wahrheit und wußte, daß sich daran nichts ändern würde, das mir helfen könnte, dies Los leichter zu ertragen. Ich war, was ich war.
Ich konnte nicht mehr weinen und starrte wie benommen auf den fallenden Regen; die Augen meiner Mutter ließen mich ebensowenig los wie die Vorstellung von der schuppigen Haut der Schlange. Ich mußte an die Soldaten und Frauen denken, die vom Weg heruntertraten, wenn ich näher kam, und die Augen abwandten; und an die alte Sklavin, die nicht aus derselben Kalebasse trinken wollte, aus der ich zuvor getrunken hatte.
Ganz in der Nähe, keinen Bogenschuß von mir entfernt, schob sich die Schulter jenes Hügels in den See vor, auf dem der einsame Baum stand, vor dem Vitsa mich gewarnt hatte; einsam und bedrohlich stand er im Sturm da, ein Ziel für die Götter. Vage begriff ich die Angst meiner Mutter, die Furcht anderer, daß ich das Unglück anziehen würde, so wie der Baum den Blitz und den Tod für alle, die unter ihm Schutz gesucht hatten.
Verzweiflung überkam mich, ein Kummer, so mächtig, daß ich das, was ich über mich selbst wußte, einfach nicht mehr aushalten konnte.
Im Laufe dieser Stunden – oder im Laufe dieses oder der nächsten Tage – ging etwas mit mir vor oder vollzog sich etwas in mir, das

mein ganzes Leben überschattete, von dem ich aber nicht weiß, was es war.
Taste ich mich in der Erinnerung zurück, blinken die nächsten Stunden vor mir auf, bleiben jedoch für immer unerreichbar. Ich spüre, wie mir Regen wie Hagelschloßen auf die Arme trommelt; Wasser läuft mir über die Wangen, und der Wind fährt mir durchs Haar. In der Ferne höre ich Vitsa meinen Namen rufen, und ich möchte ihr antworten, vermag es aber nicht, weil mein Name mich mit Grauen erfüllt und fast erstickt.
Ich verberge mich im Schilf und behalte den einsamen Baum auf der Kuppe des Hügels im Auge. Obwohl der Regen mit großer Heftigkeit herniederprasselt, kann ich jeden Knorren und jede Furche seiner Borke erkennen, seine Zweige und die verklebten Blätter daran.
Da ich Stimmen höre, ducke ich mich tiefer und sehe drei Gestalten näher kommen, zwei Soldaten und eine Frau. Im ersten Augenblick glaube ich, es sind Tarasken, also Feinde, und es überläuft mich eiskalt. Doch dann erkenne ich sie als Azteken, Männer unseres Außenpostens, was mir jedoch sonderbarerweise meine Angst nicht nimmt. Sie patschen durch Pfützen, schirmen den Regen mit den Händen ab, während sie auf den Baum zulaufen, um dort Schutz zu suchen. Dabei kommen sie so nahe an mir vorüber, daß ich fast den verschlammten Saum vom Gewand der Frau hätte berühren können. Ich erkenne aufgestickte rosa Blumen und weiß, daß sie eine Hure ist.
Der größere der Soldaten – ein aztekischer Jaguar-Ritter, angetan mit einem schlammbespritzten Umhang aus geflecktem Fell – lädt sich die Frau auf die Schultern, und sie nimmt rittlings auf seinem Nacken Platz. Quietschend tritt sie ihn mit ihren kleinen bemalten Füßen.
Als sie den Baum erreichen, steigt sie ab, und sie drängen sich unter den belaubten Zweigen eng aneinander. Bald beginnen die Soldaten, die Brüste der Hure zu liebkosen – hohe, spitz zulaufende Brüste, wie die von Dame Iztac. Die Brustwarzen blitzen im grauen Licht, und ich sehe, daß sie silbern gefärbt sind, obwohl dies gar nicht die Jahreszeit ist, in der man sich die Brüste bemalt; die Geburt der Blumen ist längst vorbei.

Als die Soldaten sie streicheln, quietscht sie wieder und kauert sich zusammen, tut so, als hätte sie Angst vor dem Donner, dann sinkt sie anmutig zu Boden, schlägt ihr Gewand auf, winkelt die Beine gespreizt an. Ihre unbehaarte Möse ist von einer tätowierten Blumengirlande umrahmt. Der große Soldat kniet sich hin und beugt sich über sie, während sein Kamerad ihn antreibt: »Beeil dich, beeil dich! Ich kann nicht warten, bis die Sonne untergeht.« Regen und Donner sind für sie vergessen.

Ich nehme allen Mut zusammen, raffe mich auf und rufe, warne sie davor, daß der alleinstehende Baum in einem Sturm gefährlich ist, doch sie achten nicht auf mich. Nach und nach wird meine Wut immer größer. Sie wollen mich nicht hören, und mir geht auf, wie obszön sie sind, daß sie die Riten des Blumenfürsten wie die Tiere vollziehen, wie die Affen im Käfig, deren Geilheit die Nebenfrauen meines Vaters immer so amüsiert. Still warte ich jetzt; ich weiß ja, was kommt. Dann balle ich die Hände zur Faust, hebe den Blick hinauf zum Himmel und wünsche inbrünstig, daß der Blitz herniederfährt.

Er spaltet den Baum. Der Boden unter mir erbebt, und das grelle Gelb des Blitzes blendet mich für einen Augenblick. Als ich wieder sehen kann, brennt der Baumstamm lichterloh, wird zur prasselnden Flammensäule; rußgeschwärzte Äste sind abgebrochen und liegen schwelend im feuchten Gras. Ich erinnere mich, daß bei meiner Geburt unser Haus abgebrannt ist.

Bald habe ich Holzrauch in der Nase und daneben den süßlichen Geruch von versengtem Fleisch – derselbe Geruch, der den Außenposten durchzieht, wenn auf dem Altar des Kriegsgottes, Kolibri zur Linken, Gefangene geopfert worden sind. Hinterher braten die Soldaten Schenkel und Leber sowie andere zarte Teile und tun sich an ihnen gütlich. »Frevel!« sagt meine Großmutter. »Nur Priester dürfen Menschenfleisch verzehren. Aztekischer Frevel!«

Langsam steige ich den Hügel hinauf und nähere mich dem Feuer, wo die drei verkohlten Leichen liegen. Ihre Gliedmaßen sind verkrümmt und verrenkt; Lider und Brauen sind weggebrannt; leere Augenhöhlen starren mich an. Es tut mir zwar leid, daß sie getötet wurden, aber entsetzt bin ich nicht. An dem, was gesche-

hen ist, läßt sich nichts ändern, doch meine Schuld ist es nicht; gleichzeitig jedoch ahne ich dumpf, daß ich mit ihrer Vernichtung zu tun habe, daß ich sowohl der Baum als auch der Blitz bin, der herniedergefahren ist. Doch nichts hätte diese drei Menschen retten können, die verkrümmt und vom Feuer halb verzehrt am Boden liegen.
Da sich an dem Geschehen jedoch nichts ändern läßt und ich genug getrauert habe, wende ich mich von den Leichen ab und schicke mich an, nach Hause zu gehen.
Ich wüßte gern, ob sich alles wirklich so zugetragen hat, wie ich es erzähle. Ich bin sicher, daß auf dem Hügel ein verkohlter Baum stand; später in diesem Jahr malten mein schöner Vetter und ich uns gegenseitig mit Holzkohlenstücken, die wir dort fanden, Ornamente auf den Leib. Außerdem erinnere ich mich, daß um diese Zeit zwei oder drei Menschen unseres Außenpostens vom Blitz erschlagen wurden, was große Aufregung hervorrief. Einem der Opfer wurde vorgeworfen, einen Spiegel aus poliertem Obsidian bei sich getragen zu haben; sobald die Sturmgötter ihr eigenes Antlitz erblicken, zerstören sie das häßliche Bild, das sie gesehen haben.
So habe ich mich damit abzufinden, nicht genau zu wissen, was an jenem Tag geschah, als ich mich im Schilf versteckte; ich muß mich mit Bruchstücken, mit Ungewißheiten zufriedengeben. Sicher weiß ich nur, daß ich nach Hause zurückkehrte, aber viel von meiner Kindheit hinter mir ließ. Ich war ein anderer Mensch geworden.

Noch im selben Jahr und, wie ich meine, nur wenige Nächte später, tauchte der heute so berüchtigte Blutstein zum erstenmal am nächtlichen Firmament auf.
Die Unruhe begann, als die Dämmerung vollends zur Dunkelheit wurde. Ich lag auf meiner Matte und schlief bereits; denn seit ich mich am Seeufer erkältet hatte, war ich krank. Der Hals war mir wie zugeschnürt; ich konnte weder sprechen noch Nahrung zu mir nehmen. Geweckt wurde ich vom Gedröhn einer Signaltrommel. Menschen liefen draußen hin und her und riefen laut und erregt durcheinander.

Nebenan hörte ich Vitsa mit Dame Feuerstein Messer reden, und als ich hörte, wie schrill ihre Stimme klang, setzte ich mich erschrocken auf. »Ach, Herrin, das ist das Ende der Welt der Fünften Sonne. Viermal schon haben die Götter alles vernichtet, und dies ist das fünftemal! Es heißt...«

»Pst! Mein Leben lang haben die Menschen immer wieder behauptet, die Welt würde im nächsten Augenblick untergehen, und doch ist alles immer weitergegangen.«

Ich hörte, wie sie das Haus verließen, infolgedessen stand auch ich auf, nahm die Decke um die Schulter und folgte ihnen, wobei ich weit genug hinter ihnen blieb, so daß Dame Feuerstein Messer mich nicht sehen und nach Hause zurückschicken konnte. Alle Menschen eilten auf den kleinen Platz, auf dem die Hauptaltäre standen: der Kriegsgott, Kolibri zur Linken, schrecklich auf seinem blauen Thron, und Rauchender Spiegel, Himmelsherrscher, schwarz und rachsüchtig. Vor langer Zeit wurde Rauchendem Spiegel von Erdungeheuer, seiner eigenen Schwester, ein Bein abgebissen. Die beiden stritten sich heftig über die Aufteilung von Erde und Himmel, und im Verlauf ihrer Auseinandersetzung schnappte sie mit ihren mächtigen Kiefern sein Bein, biß es ab und verschlang es. Vermutlich ist es eine Folge seiner Verstümmelung, daß er ständig zornig ist wie der wütende Aztekenherrscher, der meinen Vater ins Exil trieb, jetzt aber gottlob tot war und keinen Schaden mehr anrichten konnte.

Der gesamte Außenposten hatte sich auf dem Platz versammelt – Soldaten und Sklaven, Handwerker, Priester und Frauen, die kleine Kinder an sich drückten, in die Höhe starrten und immer wieder zum östlichen Himmel hinauf zeigten. Neugeborene greinten und weinten, während ich mich auf die Zehenspitzen stellte und vergeblich versuchte, über die Menge hinwegzusehen. Irgendwo inmitten der durcheinanderredenden Menge entdeckte ich meinen Vater, der mich wortlos bei der Hand nahm. Schweigend stand er da, versuchte aber nicht, die Menschen um ihn herum zu beruhigen; er gab auch keinerlei Befehle, sondern stand nur wie gebannt da und starrte zum Horizont hinüber – nicht angstvoll, sondern verwundert und voller Ehrfurcht.

Der Oberpriester, ein fetter Mensch mit glitzernden kleinen

Augen, schrie: »Betet! Betet alle miteinander! Fleht die Gebieter der Nacht um Erlösung an!« Er schlotterte förmlich vor Angst, und die Wamme seines Doppelkinns bebte.
Um uns herum fielen die Menschen auf die Knie oder streckten sich flehentlich auf dem Boden aus. Dann gewahrte auch ich über der Menschenmenge das eigentümliche Licht im Dunkel des Ostens, wo es eben über dem Horizont aufglomm, eine silbrige Feuerzunge oder ein Flammenpfeil, der zum Scheitel des Himmelsgewölbes hinaufzuzielen schien. Die Pfeilspitze glühte wie ein kalter weißer Edelstein, blaß wie eine schmale Dame Mond. Während ich hinsah, kam mir die Erscheinung weniger wie eine Pfeilspitze vor, sondern mehr wie ein riesiges Auge, das uns beobachtete, ein Auge, das Licht ausstrahlte, während es, ohne mit der Wimper zu zucken, Unheil dräuend auf uns herabblickte.
Ganz in unserer Nähe kniete eine alte Sklavin, ein verhutzeltes Weib mit Händen wie Vogelklauen und einem Haarschopf wie ein weißes Vogelnest. Diese Alte sollte einst Priesterin in einem fernen, fernen Land gewesen sein, und selbst heute noch fürchtete ihr Besitzer sie als Hexe. »Ein Blutstein!« rief sie plötzlich mit klagender Stimme. »Ein Blutstein des Todes.«
»Jawohl, ein Blutstein!« nahm ein Soldat ihren Ruf auf und nannte den unglückverheißendsten aller Steine beim Namen. Gleich darauf wiederholte die ganze Menge das Wort.
Was ein Blutstein war, wußte ich. Dame Feuerstein Messer hatte einen unter ihren nicht zueinander passenden Garndocken versteckt. Er diente dazu, Dämonen zu beschwören und Flüche gegen Feinde auf den Weg zu schicken, ein schöner, wenn auch unheimlicher Stein, den anzusehen schon gefährlich war, von Berühren ganz zu schweigen. Dame Feuerstein Messer hütete ihn wie einen versteckten Dolch. Jetzt sah ich, daß das Feuer am Himmel in der Tat wie ein Blutstein aussah, und diese Ähnlichkeit verstärkte nur noch den Schrecken und das Sonderbare dieser Nacht.
»Feuriger Tod!« sang die alte Sklavin und schien damit das Schicksal anzuflehen, das sie fürchtete. Ich sah, wie ihr Speichelbläschen am Kinn herunterliefen.
Mit zwei fackeltragenden Gehilfen war der Oberpriester die Stu-

fen zum Altar des Rauchenden Spiegels emporgestiegen, rief die Herrscher der Nacht an, schwenkte die Arme, rief und gestikulierte, doch konnte ich wegen des allgemeinen Wehklagens um mich herum die Worte nicht verstehen. Dann reckte er beide Arme gen Himmel, und ich erkannte – immer noch ohne zu verstehen –, daß er die Worte des Bußbekenntnisses vor der Opferung sang:

»Mutter der Götter, Vater der Götter,
Gott des Bauchs der Erde
Und ach, alter Feuergott!
Siehe einen, der weinend kommt,
Einen, der blutend kommt ...«

»Tod, Tod, Tod!« skandierte die alte Sklavin und raufte sich das Haar.

Plötzlich hob mein Vater mich hoch, nahm mich auf den Arm, wickelte die Wolldecke um mich und trug mich durch die Menge nach Hause, und das mit so raschen Schritten, daß Dame Feuerstein Messer, die uns gesehen hatte, schnaufte, als sie versuchte, mit uns Schritt zu halten.

»Ich will aber bleiben!« protestierte ich. »Laßt mich hierbleiben.«

»Pst, Mali!« Er drückte mich unter der Decke fest an sich – ein Befehl, den Mund zu halten.

»Ich dachte, sie schläft«, flüsterte Dame Feuerstein Messer. »Ich wäre im Traum nicht darauf gekommen, daß sie von allein herkommen würde.« Nie zuvor hatte ich Angst in ihrer Stimme gehört, und ich begriff, daß es nicht die Angst vor der Erscheinung am Himmel war, sondern vor den Menschen um uns herum – unseren Nachbarn und den Truppen meines Vaters. »Ich werde Mali ein paar Tage lang drin behalten, bis sich alles wieder beruhigt hat. Diese Aufregung muß sich ja wieder legen.«

»Hoffentlich hast du recht. Sorge dafür, daß sie sich nicht draußen blicken läßt, bis wir mehr wissen«, sagte mein Vater.

Wir verließen den Platz und hatten das Haus meiner Großmutter schon halb erreicht, als ich großen Lärm vernahm, die Rufe aus Hunderten von Kehlen hinter uns. Das war kein Wehklagen mehr, sondern ein jubelnder Chor! Die Wolldecke, die meinen Kopf verhüllte, beiseiteschiebend, blickte ich über die Schulter meines Vaters und sah, daß der Platz plötzlich zu einem Wald aus brennenden Fackeln geworden war und ein neues Feuer vorm Altar des Rauchenden Spiegels aufloderte. Inmitten der Fackeln wurde die alte Sklavin hoch über die Menge in die Höhe gehalten und von einer Hand zur anderen weitergereicht, wobei sie aufschrie, als sie sich Altar und Altarfeuer näherte. Als sie ihr den Körper mit Pech und Öl einrieben, wurden ihre Schreie gedämpfter. Dann sah ich ihr langes Haar aufflammen.

Etwas später rissen sie – was ich freilich nicht mehr mitbekam – die noch Lebende wieder aus dem Feuer, damit der Oberpriester das Herz herausholen und es noch schlagend dem Himmelsgebieter darbieten konnte. Danach speiste ihr Körper die ganze Nacht hindurch den alten Gott des Feuers.

Doch der Dämon am östlichen Himmel, der Blutstein, kehrte Abend für Abend zurück, um uns zu beobachten – und das fünf weitere Nächte lang –, verweilte die Stunden eines jeden Hauses der Dunkelheit bis zur Dämmerung, wenn es die Sonne, wie es heißt, enthauptet. Am sechsten Abend tauchte der Dämon nicht auf. Wir begrüßten die vertrauten Sterne im Osten; nie hatten sie so freundlich und tröstlich geschienen.

Am nächsten Morgen durfte ich wieder draußen spielen. Dame Feuerstein Messer meinte, es bestünde keine Gefahr mehr, daß irgendein frommer Mensch sich aufgefordert fühlte, mich umzubringen, weil ich vermutlich diejenige war, die den Blutstein an unseren Horizont gebracht hatte. Schließlich gehörte dies zu jener Art Unheil, das bei meiner Geburt verheißen worden war.

Niemand sprach von dem Dämon; nur einmal hörte ich, wie mein Vater bemerkte, der Anblick des Blutsteins gehöre zu den drei schönsten Erscheinungen, die er je am Himmel erblickt hätte. Ich konnte das alles nicht verstehen; überhaupt konnte ich meinen Vater, der so anders war als die übrigen Menschen, oft nicht verstehen.

Wir vergaßen den Blutstein, und erst viel später erfuhr ich, daß er das erste von acht Zeichen böser Vorbedeutung war, die den Tod der Einzigen Welt verkündeten – und daß man ihn überall gesehen hatte. Nachdem sich die Panik an unserem Außenposten erst einmal gelegt hatte und der Himmel wieder so war wie früher, befürchtete keiner mehr, daß unsere Welt dem Untergang geweiht war. Wie sollten wir auch? Wer kann sich vorstellen, was nach dem Ende der Welt geschieht?

4 Jalisco, 1508–1509

Als junger Mann verliebte mein Vater sich in die Gestirne, und ich glaube, die Vollkommenheit, die er am Himmel fand, hatte zur Folge, daß ihm alle anderen Erfahrungen nicht mehr soviel bedeuteten. Er erwartete nicht viel von den Menschen, und so wurde er auch selten überrascht.

Da Prinz Chimal den Rhythmus seines Lebens aus der Poesie der Sternbilder ableitete, war er von einer heiteren Ausgeglichenheit, der ich früh nachzueifern beschloß, die ich jedoch nie im Leben auch nur drei Stunden hintereinander besaß. Mein Vater machte genau den Eindruck des Mannes, der er war: Er war friedfertig, doch nicht passiv, selbstgenügsam, doch weder kalt noch reserviert. Ach, ein beneidenswerter Mensch!

Wahrscheinlich war sein Gesicht zu scharf geschnitten, als daß man es hätte hübsch nennen können, doch war ich mir dessen nur dann bewußt, wenn er die Uniform eines Kommandeurs der Jaguar-Ritter anlegte. Putz und Schmuck standen ihm nicht, Schlichtheit war sein Stil.

Er war größer als die meisten Männer, genauso wie ich größer werden sollte als die meisten Frauen. Seine Augen waren ungewöhnlich – schimmerndes Schwarz auf reinweißem Grund –, und ihr Blick, der anderen auffiel, war klar wie Bergkristall, was ihn als durch und durch aufrichtigen Menschen erscheinen ließ. Er wirkte wie jemand, der ehrlich war und dem man nichts vormachen konnte. Man sagte, ich hätte den redlichen, offenen Ausdruck von ihm geerbt, obwohl man in meinem Fall selbstverständlich davon sprach, daß meine Aufrichtigkeit nur eine Maske wäre, und das trifft ja wohl auch in vielem zu. Doch im Fall meines Vaters war das entwaffnende Lächeln ohne jedes Arg – und ich weiß, was ihm seine Ehrlichkeit eingetragen hat.

Im Grenzgebiet der Zivilisation hatte mein Vater keine Gefährten, die seine Interessen teilten. Selbst wenn nicht der unüberbrückbare Abgrund des Ranges gewesen wäre – bei seinen Untergebenen, den Soldaten, handelte es sich meistens um ungebildete Bauerntölpel, die nicht helle genug gewesen waren, sich bessere Stellungen zu verschaffen. Außenposten an der Grenze der Zivilisation gleichen sich überall: Die Besatzung besteht durchweg aus harten Burschen, die alle ein bißchen beschränkt sind. Unsere Leute waren womöglich sogar noch ein wenig schwerfälliger als andere, weil das Aztekenreich, so riesig es auch war, kein reguläres stehendes Heer unterhielt. Je nach Bedarf – etwa bei Aufständen oder Eroberungen – wurde unter den Militärorden der Bürger und der Verbündeten eine gewaltige Streitmacht ausgehoben. Unsere Situation als Außenposten im Grenzgebiet mit einer Besatzung von Berufssoldaten war etwas Ungewöhnliches und stellte ein Experiment dar.

Die Offiziere, die unter dem Prinzen Dienst taten, verbrachten ihre Freizeit hauptsächlich mit Glücksspiel und spielten Drei-Stein um hohe Einsätze von Mandeln, Kakaobohnen, Muscheln oder Quetzalfedern. Sogar Schmuckstücke aus Jade, mit Goldstaub gefüllte Federkiele und Sklaven wechselten nach einem einzigen Wurf der bemalten Kiesel bisweilen den Besitzer. Die kostspieligsten Wetten allerdings wurden vermutlich nie beglichen, denn die Spiele zogen sich endlos in die Länge, ohne daß auch nur ein einziger der Spieler sich selbst in die Sklaverei gespielt hätte, was ja für gewöhnlich in solchen Fällen geschieht.

Da ich sie häufig heimlich beobachtete, weiß ich, daß sie Abend für Abend betrunken waren wie vierhundert Kaninchen. Ein weniger weltgewandter Kommandeur hätte sie wegen Pulque-Genusses vor Gericht gestellt, und dann wäre es zum Blutvergießen gekommen. Aber Prinz Chimal gab vor, nichts zu bemerken. Meiner Großmutter sagte er, solange sie nüchtern zum Dienst erschienen, sei es das beste, wenn sie den Rest der Zeit betrunken wären. Das bewahre sie jedenfalls vor Schlimmerem und halte sie zum Beispiel davon ab, in der Schlucht Jagd auf Tarasken zu machen. »Die einzige gefährliche Aufgabe eines Heeres ist es, friedlich zu bleiben«, erklärte er.

Infolgedessen hatte mein Vater keinen Freund, mit dem er sich über die Sterne hätte unterhalten können. Selbst wenn so etwas allgemein gebilligt worden wäre, seine Frauen wären erblaßt bei dem Gedanken, sich in die von Dämonen heimgesuchte Nacht hinauszuwagen. So kam es, daß ich – wieder anstelle des nicht vorhandenen Sohnes – Prinz Chimals eifriger Schüler wurde und ein wenig über die Gestirne und noch mehr über die Dunkelheit selbst erfuhr, die keineswegs von Kobolden bevölkert war, wie die Leute meinten.

Den größten Teil des Jahres über ist der nächtliche Himmel von Jalisko der klarste der Welt. Hier sind die Sterne der Erde näher als andernorts, und verschlafen und müde wie ich war, bildete ich mir ein, einen Stern mit einem Stein herunterholen zu können.

»Jawohl«, sagte mein Vater lächelnd. »Heute nacht sind sie wirklich nur einen Bogenschuß von uns entfernt.«

Bald lernte ich die Sternbilder am Himmelsgewölbe erkennen, den Ozelot und den Hirsch, den Silberfluß und die Fackel des Nordens. Bei der Fackel handelt es sich um ein fahles Feuer, das der Große Lenker, der Beschützer der Karawane, unterhielt. Gleichfalls durch meinen Vater lernte ich die Gefiederte Schlange kennen, das schönste aller Himmelslichter.

»Gefiederte Schlange – das ist der Morgenstern, der Stern des guten Wetters und der gehaltenen Versprechen. Von allen Wandelsternen hält er sich am getreulichsten an seinen Pfad über den Himmel.«

Vor langer Zeit, so erklärte mein Vater mir, sei Gefiederte Schlange ein Mensch gewesen, ein König, Herrscher über die große Stadt Tula, lange bevor die Azteken gekommen wären. Damals setzten sich die wilden Vögel den Menschen auf die Schulter und sangen ihnen vor, wobei häufig mehrere Vögel wohlklingend miteinander tirilierten. Die Baumwolle wuchs in hundert verschiedenen Farben – man brauchte sie nicht erst mühselig zu färben oder Angst zu haben, daß die Farbe schnell wieder verblaßte! Und die Kürbisse wurden so groß, daß ein einziger genügte, eine ganze Familie wochenlang zu sättigen.

Gefiederte Schlange, groß gewachsen, hellhäutig und bärtig, sei der weiseste aller Könige gewesen. Er habe die Menschen gelehrt, Mais anzubauen, Hunde und Truthühner zu zähmen und Bücher zu malen.

»Und jetzt weilt der Gott dort oben am Himmel, Vater?«

»Nein, was wir dort sehen, sind nur die Feuer seines Tempels. Das wurde ihm vom Herrn Sonne geschenkt. Sein eigenes Herz lebt in der Mitte der Feuer und strahlt wie lautere Güte.
Als junger Mann war Gefiederte Schlange so sanftmütig, daß er nicht einmal eine Blume pflücken wollte, weil er befürchtete, Leben zu töten oder irgendein Lebewesen zu erschlagen.«
Doch dieser gütige Herrscher besaß eifersüchtige Rivalen, von denen Rauchender Spiegel der ärgste war, Gefiederte Schlange betrunken machte und zur Blutschande mit seiner Schwester verführte. Als der Herrscher erkannte, was er in dumpfem Rausch getan hatte, befiel ihn eine solche Reue, daß er vier Tage lang in einem Steinsarg lag und weder Essen noch Trinken zu sich nahm. Dann befahl er seinen Anhängern, ihn ans Gestade des Ostmeeres zu tragen. Am Strand wurde ein großes Feuer entfacht, in das Gefiederte Schlange sich im Bewußtsein größter Unwürdigkeit stürzte.
Seine Asche erhob sich wie ein Schwarm weißer Vögel, die sein Herz zu seiner Mutter trugen, Die mit dem Schlangenhüfttuch, Königin der Himmel und Mutter der Götter. Gleichzeitig entstieg Gefiederte Schlange heil und ganz dem Feuer. Er befahl allen Schlangen auf der Erde, sich zu einem Floß zu verflechten, und auf diesem Floß trieb er aufs Meer hinaus, mitten hinein in die Morgenröte des Ostens.
»Eines Tages wird er zurückkehren, um uns zu regieren«, sagte mein Vater. Er blickte hinauf zu dem wundersam schimmernden Tempel, der da über den Himmel zog, und lächelte still, ganz mit sich im Frieden.
Ich fragte nie, wieso Gefiederte Schlange denn beides sein könne: Asche und Fleisch zugleich, und wie sein Herz unter den blauen Flammen am Himmel ruhen könne, während er selbst im Land der Morgenröte weilte, bis der Zeitpunkt seiner Rückkehr kommen würde. Damals waren solche Dinge durchaus vernünftig, wir verstanden das Wundersame. Plötzlich wußte ich genug von Gefiederter Schlange, um zu begreifen, daß er viele Formen gleichzeitig annehmen konnte und zu verschiedenen Zeiten unterschiedliche Götter und Gottespriester gewesen war. Er war der Wind, die tiefen Wasser der Erde, die nur die Schlangen kennen,

der Himmelsadler, der den Gelehrten die Weisheit bringt. All diese Dinge war er, und doch enthielt ihn nicht eine einzige Lebensform. Ich verstand, daß er fort war und doch überall auftauchte.

Aber was mich beschäftigte, war eine ganz andere Frage. »Wenn Gefiederte Schlange so gut ist, Vater, und Rauchender Spiegel so tückisch und böse – warum haben wir dann Rauchendem Spiegel einen so bedeutenden Altar errichtet? Warum dem bösen Gott Opfer und Gebete darbringen statt dem guten?«

Wir hatten auf dem Rücken im spärlichen Gras auf der Hügelkuppe gelegen und den Himmel studiert. Jetzt setzte mein Vater sich auf und wandte sich mir mit ernstem Gesicht zu. »Die Menschen verehren Rauchenden Spiegel, gerade *weil* er böse ist und beschwichtigt werden muß. Das gleiche gilt für Kolibri. Je böser ein Gott ist, desto gefährlicher ist es, ihn zu vernachlässigen. Die Priester tun oft so, als hätte Anbetung etwas mit Liebe oder so etwas wie Dankbarkeit zu tun. Doch im tiefsten Wesensgrund entspringt die Gottesverehrung der Angst, Mali.

Später, wenn du größer bist, wirst du Tenochtitlan kennenlernen, die Hauptstadt der Einzigen Welt. Die größten Tempel in ihrem Herzen sind alle den schlimmsten Göttern geweiht.«

Als er mich aufseufzen hörte, nahm er meine Hand und sagte sanft: »Aber es gibt ja auch Tempel, die der Gefiederten Schlange geweiht sind – dieser Gott hat überall im Lande Heiligtümer. Aber bloß, weil er einmal die Gestalt eines guten Herrschers annahm, Mali, solltest du nicht in den Fehler verfallen, nur einen gütigen Gott in ihm zu sehen. Die Götter kann man nicht kennen; sie halten sich weder an Gesetze noch an Sitte und Brauch.

Gefiederte Schlange soll friedfertig sein; trotzdem hat seine Donnerstimme einmal ein großes Tal von einem Ende bis zum anderen in Angst und Schrecken versetzt. Einst, als man sich ihm hindernd in den Weg stellte, rief er ein ganzes Heer von Maulwürfen zusammen – so viele, daß die Berghänge wie mit einem Pelz überzogen schienen. Diese Maulwürfe gruben sich auf Geheiß von Gefiederter Schlange in die Tiefe der Erde, um die Gebeine seines Vaters zu retten. Wer kann einem solchen Wesen schon trauen? Wenn es um die Götter geht, Mali – um *alle* Götter –, denke nicht

in den Kategorien von Gut und Böse. Es reicht, sich vor ihrer Macht in acht zu nehmen.«
Er hob den Blick zur bestirnten Schönheit des Himmels, doch als er weitersprach, war seine Stimme von Traurigkeit erfüllt: »Diese Welt wird zugrunde gehen, so wie die Welten vor dieser und die, die nach ihr kommen – sofern das überhaupt der Fall sein wird. Dadurch, daß wir die Götter verehren, mögen wir die Katastrophen hinausschieben, aber verhindern können wir sie nicht.«
Da er das Gefühl hatte, mich in eine allzu ernste Stimmung versetzt zu haben, erzählte er mir von der Geburt von Gefiederter Schlange. Die Göttin, Die mit dem Schlangenhüfttuch, fegte zwischen den Sternen und versuchte, die Nacht zu vertreiben, da fand sie eine wunderschöne weiße Feder, so herrlich anzusehen, daß sie sie an die Brust drückte. Sie fing an, über die Vergeblichkeit zu weinen, den Himmel je von allem Dunkel zu befreien; doch dann lächelte sie und lachte, denn sie spürte, wie ein Baby sich in ihr regte, und wußte, daß die Feder ihr ein Kind geschenkt hatte, das Gefiederte Schlange genannt werden sollte.
»Sie bekam ein Kind, ohne jemals einem Mann beigewohnt zu haben, Vater?« fragte ich erstaunt.
»Gewiß doch. Da ist sie nicht die einzige Göttin.« Er zauste mir das Haar. »Bei den Göttern braucht man uns Männer ganz und gar nicht. Von Bedeutung sind nur die Mütter.«
An diesem Abend wie an vielen anderen Abenden schlief ich im Freien an der Seite meines Vaters ein; oft träumte mir, Gefiederte Schlange selbst komme die Sternenleiter herabgestiegen, um uns auf unserer Hügelkuppe zu besuchen; der Gott sah aus wie die Bilder und Statuen, die es von ihm gab: groß und bärtig, sehr hellhäutig und angetan mit einem spitzen Hut. Seine Augen waren bestürzend, wie die meines Vaters, doch leuchteten sie blau wie der Morgenstern; je näher die Dämmerung rückte, desto mehr verwandelte sich das leuchtende Blau in fahles Bernsteingelb.
Für gewöhnlich trug mich Prinz Chimal nach Hause, ohne daß ich es merkte, doch bei anderen Gelegenheiten, wenn er selbst in Betrachtung von irgend etwas versunken war, erwachte ich vom Knurren der Ozelots in der Schlucht, was durchaus natürlich war nach meinen Träumen, denn der Ozelot ist Gefiederter Schlange,

dem Herrn der Morgenröte, heilig, und die dienenden Ozelots schreien, um sein Erscheinen zu begrüßen, wenn er als erstes blasses Licht silbrig schimmernd aus dem roten Land im Osten auftaucht.

Wieder näherte sich das Fest der Wimpel – das letztemal, daß ich es an der Grenze erleben sollte. Meistens saß ich am Vormittag im Schatten vorm Haus meiner Großmutter und half ihr und ihrer Freundin, Sperling Frau, Kleider aus Rindenpapier zu fertigen, die die ausgelassenen Feiernden tragen sollten.

Sperling Frau war eine Otomi, gehörte also jenem Volk an, das das älteste aller Völker in der Einzigen Welt sein sollte, älter noch als die Grashüpfer und aus der Erde selbst hervorgegangen. Sperling Frau schien der lebende Beweis für das hohe Alter ihres Volkes: Sie war der älteste Mensch, den ich je gesehen habe, nichts als Knochen, vorspringende Nase und weiches Haar, das weiß an den Haarwurzeln, sonst sperlingsbraun und -grau gefärbt war. Sie war mit ihrem Mann, einem Halb-Azteken, und ihrem Sohn an die Grenze gekommen, doch waren beide mittlerweile an Altersschwäche gestorben, Sperling Frau verdiente sich ihren Lebensunterhalt nicht schlecht als Farbenmacherin, weil sie die herrlichsten Farbenlaugen zum Färben anmischen oder selbst herstellen konnte, was ihre eigene Haut zu verraten schien. Auf ihre Wangen hatte sie die beiden Flügel eines Chrysippusfalters tätowiert, wobei ihre Nase den Schmetterlingskörper bildete; auf der Stirn trug Sperling Frau ein lila Netz, in dem sich das geflügelte Wesen gefangen haben mochte.

Beim Arbeiten erzählte Sperling Frau Geschichten oder berichtete von historischen Ereignissen, so daß Dame Feuerstein Messer sich beschwerte, es werde zu wenig geschafft, weil die Sklavinnen sich in der Nähe herumdrückten und zuhörten. Dabei genoß Dame Feuerstein Messer ihre Erzählungen genauso wie wir anderen auch.

Einmal fragte ich sie, ob die Schmetterlinge auf ihren Wangen toltekische Symbole seien; denn mein Vater hatte erwähnt, daß die Krieger dieses längst ausgestorbenen Volkes Schilde in der Form von Schmetterlingsflügeln getragen hätten.

»Toltekisch!« entrüstete sie sich. »Meine Zeichen sind viele Bündel Jahre älter als der Großvater des ersten Tolteken! Als Kind habe ich solche Schmetterlinge gesehen. Sie waren an die Mauern einer toten Stadt gemalt, dem Ort, Wo Die Götter Sich Versammelten. Früher wimmelte es dort von Einwohnern wie in einem Bienenstock. Alles dahin! Vergangen mit den Jahren, und jetzt hausen Skorpione in ihren Palästen.«

Als ich Sperling Frau erzählen hörte, fing ich an, die Zeit neu zu sehen, nicht in Form von Stunden, Jahren oder gar Generationen, sondern so, wie mein Vater sie von den Sternen her kannte. Sperling Frau ließ mit der Gebärde eines winzigen Vogels ganze Völker verschwinden und überantwortete sie dem Vergessen; ihre alles erobernden Heere waren nichts weiter als Maisfelder, die heute hoch und voller Blüten stehen und morgen nichts weiter sind als Asche.

»Aber die Einzige Welt bleibt«, sagte sie leise. »Die Herrscher über den Ort, Wo Die Götter Sich Versammelten, einst Herren über das gesamte Land zwischen den Meeren, sind dahin. Heute kennt man weder ihre Namen noch ihre Lieder. Niemand weiß, wie viele stolze Völker vor ihnen dahingingen. Die Tolteken sind Geister, und in ein oder zwei Sommern werden die Azteken ihnen in das Haus der Fleischlosen, das Haus ohne Gedächtnis, folgen. Und wer kommt dann?«

Einen Moment dachte ich, daß das, was sie da sagte, eine Prophezeiung sei, eine verräterische Vorhersage, die mit dem schmerzhaftesten Tod bestraft wurde, den die Priester sich ausdenken konnten – durch langsames Schinden oder Hautabziehen und Rösten über der Feuersglut auf dem Altar des Alten Gottes. Dame Feuerstein Messer betrachtete eingehend ein Stück Rindenpapier und tat so, als hätte sie nichts gehört.

Doch nein, Sperling Frau sprach nicht von Aufruhr, wenngleich man es fälschlich dafür hätte nehmen können. Sie meinte nichts weiter, als daß die Zeit ein unsichtbares, alles verzehrendes Feuer ist. Die Welt, dachte ich, war wie totes Holz oder gestürzte Baumstämme, die auch ohne Flamme und ohne Hitze langsam zu Asche werden.

Für gewöhnlich wartete Sperling Frau mit spannenderen

Geschichten als Predigten über die Geschichten auf. Ich weiß noch, daß sie an dem Tag, da erst die Vorboten und dann die Karawane von Moctezumas Hof eintraf, zum hundertstenmal meine Lieblingslegende zum besten gab, die Geschichte der Krieger Prinzessin, von Dame Sechs Affe, die nach dem Tod ihrer drei Brüder mit dem Schwert in der Hand aufs Schlachtfeld zog, um ihr Anrecht auf den Thron eines Reiches in den südlichen Bergen zu behaupten, dem kühlen grünen Reich des Wolken Volkes.

»Eine Priesterin in der Stadt Schädel warnte Sechs Affe, die Künste des Krieges zu erlernen, mit Schwert und Lanze umzugehen, Spieße zu schleudern und genau mit dem Bogen zu schießen. Die Prinzessin lernte diese drei männlichen Fertigkeiten und beherrschte sie, als sie in den Kampf zog. Sie vernichtete die Usurpatoren, wobei sie sich einen roten Pfad durch das Herz der feindlichen Linien schlug. Sie war unbesiegbar! Ihr Kampfesmut war so groß, daß die Vogelherren der Luft, Falke und Adler, kreischend und die Krallen ausgestreckt herniederfuhren, um sich ihr in der Schlacht an die Seite zu stellen. Als ihre menschlichen Anhänger ihren Kriegsruf hörten, schöpften sie daraus Mut und siegten.«

Meine Großmutter nickte beifällig, und ihre Augen leuchteten, als ob sie selbst den herrlichen Vorstoß angeführt hätte. Ich fragte mich, wieso Dame Feuerstein Messer Krieger Prinzessin einerseits glühend bewundern konnte und andererseits so ärgerlich reagierte, wenn ich vorschlug, jene Fertigkeiten zu erlernen, mit denen Sechs Affe sich Ruhm und ein Königreich erworben hatte. Die Taten der Frauen in der Legende waren edel, jedermann zollte ihnen Beifall, doch wenn ich mir nur einen kleinen Bogen und ein paar Pfeile ausborgte, die als Kind meinem Vater gehört hatten, schien Dame Feuerstein Messer zu meinen, ich entweihte sie.

Jedenfalls standen wir an jenem Vormittag mit drei oder vier Sklavinnen zusammen, die die Festgewänder anmalten, und lauschten der Erzählung von Sperling Frau, als die Signaltrommel auf dem Platz ertönte und mit vier gleichmäßig langen Schlägen die Ankunft von Boten aus der Hauptstadt verkündete, ein seltenes Ereignis in unserem Dorf am Rand der Welt. In der Ferne gab ein Horn mit vier feierlichen Tönen Antwort.

Welche Aufregung herrschte da, als die Männer liefen, um sich in ihre Kampfanzüge zu werfen. Priester, die unterwegs gewesen waren, eilten zu den Lagerhäusern der Tempel, um die Weihrauchfässer zu füllen und den Weihrauch zur Begrüßung der Besucher zu entzünden. Ich sah Prinz Chimal aus dem Haus von Dame Iztac heraustreten, sein Gefolge schloß sich ihm an. Er hielt das Holzschwert mit der obsidianverstärkten Klinge in einer Hand und in der anderen eine Lilie.

Plötzlich kniff Dame Feuerstein Messer mich fest in den Arm. »*Aij-ji*, Mali! Endlich gute Nachricht! Zwei Nächte hindurch habe ich denselben Traum geträumt. Dein Großvater – den du leider nie kennengelernt hast, Kind – ruft im Dunkel viermal meinen Namen, dann taucht so hell wie Dame Mond sein Gesicht auf. Er sagt, ich hätte mich nun lange genug in Geduld gefaßt; bald würde ich in ein anderes Land reisen. Und siehst du, was jetzt passiert? Die vier Trommelschläge – das ist sein Ruf. Der Verehrte Sprecher muß deinen Vater ehren! Jawohl, das muß es sein: Moctezuma erhebt Chimal auf einen hohen Posten. Wir werden von hier fortziehen.«

Das erstaunte mich, denn Dame Feuerstein Messer mißtraute allen Träumen, doch daß sie an diesen glaubte, daran war nicht zu zweifeln. In ein anderes Land? Nach Tenochtitlan? Oder auf die Güter meines Vaters im Süden bei Coatzacoalcos, das Lager der Schlange?

Jählings flammte Hoffnung in mir auf. Ich stellte mir vor, an einem Ort zu leben, wo kein Mensch die Geschichte meiner Geburt kannte, wo niemand mich anstarrte oder allzu auffällig die Augen abwandte. Zwar würde ich immer noch meinen unglücklichen Namen tragen, doch damit konnte ich leben. Nur sehr wenige Menschen waren außerdem auch Amateur-Astrologen. Nicht jeder würde gleich an die verhängnisvolle Konstellation der Gestirne denken. Jawohl, dachte ich, auf den Familienländereien im weit entfernten Lager der Schlange würde ich unbekannt und glücklich sein.

Als erste trafen zwei laufende Herolde ein, tauchten mit den Standarten Moctezumas auf dem Pfad auf. Ich ergriff die Hand meiner Großmutter und drückte sie an meine Wange. Ich glaubte an ihr Omen.

Die Beamten aus Tenochtitlan zögerten ihren Einzug noch hinaus, gaben uns reichlich Zeit, uns und unser Dorf herzurichten und ein Willkommen von einer Eleganz vorzubereiten, wie unsere Isolation sie nur erlaubte. Blumen in Fülle wurden verstreut, obwohl es Herbst war und die Blüten ein wenig nach Leichenbegängnis aussahen. Truthähne, die für die kommenden Festtage gemästet werden sollten, wurden geschlachtet, gerupft und auf den Spieß ans Feuer gesteckt; zwei oder drei Hunde wurden gleichfalls geschlachtet und zerlegt. Einbäume fuhren in der Hoffnung auf frischen Fisch über den See, und Sklaven schafften vom Strand sauberen Sand herbei, um auf der Straße einen weißen Weg zu legen.

Inzwischen wußten wir selbstverständlich von den laufenden Herolden, wer es war, der da bei uns eintraf. Der Anführer der Gruppe, ein von Moctezuma persönlich entsandter aztekischer Edelmann namens Herr Fünf Hirsch Falke Lanzenträger – den ich später freilich einfach als Herrn Lanzenträger kennenlernte. Ein paar von den Soldaten unseres Außenpostens meinten, schon von ihm gehört zu haben, daß er sich bei einem der Blumenkriege als junger Held hervorgetan hätte. Blumenkriege waren Überfälle der Azteken auf ihre Tlaxcalaner Nachbarn, um Gefangene zu machen – Gefangene, die später auf den Altären von Tenochtitlan mit ihren Herzen die Sonne sättigen sollten. Einer der Offiziere sagte: »Jawohl, er hat sich bei einem Blumenkrieg besonders ausgezeichnet. Da bin ich mir ganz sicher.«

»Blumenkrieg? Die Bezeichnung Dornenkrieg wäre heutzutage wohl der zutreffendere Name«, erklärte Dame Feuerstein Messer und spielte mit ihrer Bemerkung auf die empfindlichen Niederlagen an, die das Heer von Tlaxcala den Azteken letzthin beigebracht hatte. Der Offizier sah sie zornfunkelnd an.

Dame Iztac, die ganz in der Nähe stand, sagte: »Dieser Herr hat beim Kampf gegen die Tlaxcalaner Barbaren Ehre eingelegt. Zweifellos fiel die Wahl hierherzukommen auf ihn, weil er unser Vetter ist.« Stolz schwang in ihrer Stimme mit.

Ich warf einen Blick auf Dame Feuerstein Messer, die genauso überrascht schien wie ich. Selbstverständlich hatte sie sich nie die Mühe gemacht, die Namen aller Vettern aus der Sippe von Dame

Iztac auswendig zu lernen; das waren ja vermutlich einige hundert. Dame Iztac jedoch kannte als Aztekin die verwandtschaftlichen Beziehungen bis in alle Einzelheiten, selbst dann, wenn diese Verbindung uralt war. Jetzt erschien sie voller Eifer und hatte einen roten Kopf, was merkwürdig war, da ihr Gesicht in der Öffentlichkeit sonst immer völlig ausdruckslos wirkte.

In der Vierten Wache des Tages, als die offizielle Abordnung mit einer aus lauter Musikanten bestehenden Vorausabteilung einzog und als die Militärmusiker unseres Außenpostens gleichfalls zur Begrüßung aufspielten, prallten die Töne zusammen, kam es zu einem Kampf zwischen Flöten und Pritschen, bis mein Vater seiner Kapelle gebot, die Waffen zu strecken.

Sie kamen mit großem Gepränge. Gold und Silber blitzte im Sonnenlicht, die mit feinen Federarbeiten geschmückten Schilde blinkten – das schlichte Wappen Moctezumas und bunte Zeichen für das Leben, für den Adel. Grüne, mit klingenden Glöckchen geschmückte Standarten wurden geschwenkt und flatterten im Wind.

Doch all diese Farbenpracht bildete nur den Hintergrund, um den Glanz von Herrn Lanzenträger selbst gebührend zur Geltung zu bringen. Er war angetan mit einem recht einfachen Umhang – dunkelrot mit gelben Litzen – und einem schlichten Kopfputz, ein Blütenbüschel, das sein schimmerndes Haar nicht verbarg. Eine fünfreihige Halskette wie ein Regenbogen bedeckte fast ganz seine breite Brust: Türkise, Granaten, Korallen, Opale und Perlen; Ohrläppchen und Unterlippe waren durchbohrt, um schweren goldenen Schmuck aufzunehmen, und um den linken Arm schien sich eine goldene Schlange zu ringeln. Mir kam er vor wie einer der reizvolleren und reicheren Götter – wie etwa Xochipilli, Herr der Blumen und Goldschmiede.

Dame Feuerstein Messer hörte, wie ich bewundernd stöhnte, kniff mich, damit ich den Mund wieder zumachte, und flüsterte: »Ein Haufen Gold, ja. Aber kein Fitzelchen Silber oder Jade. Dieser Herr ist aufgedonnert, aber nur zweitrangig.«

Die Begrüßungszeremonien begannen – der Boden wurde geküßt, Weihrauch abgebrannt und Blumensträuße überreicht. Mit großen Augen sah ich zu.

»Unser Herr, Erster Sprecher, der große Moctezuma, übermittelt seinem geliebten Diener Prinz Chuimalpopoca Gesundheit und Segen«, verkündete Herr Lanzenträger, und ich schrak zusammen, als ich den vollen Namen meines Vaters – Rauchender Gipfel – förmlich ausgesprochen hörte, denn dieser Name wurde nur selten benutzt. Ich bedauerte, daß mein Vater sich entschlossen hatte, einen einfachen weißen Überwurf und einen Umhang mit nur einem einzigen Schmuckstück anzulegen, einen Brustschild aus Jade mit einer Darstellung des Morgensterns darauf.

Herrn Lanzenträger stand links und rechts ein schwarzgekleideter Priester zur Seite. Sie drängten sich dicht an ihn wie ein Paar zerrupfter Krähen, das Haar verfilzt und hart von getrocknetem Blut. Sie bildeten einen befremdlichen und, wie ich meine, nicht zufälligen Kontrast zur Eleganz von Herrn Lanzenträger – wie die schwarzen Ränder, mit denen die Künstler kÖngliche Figuren in den gemalten Büchern umrahmen.

Als die Priester niederknieten, um den Boden zu küssen, erblickte ich einen Jüngling, der ein wenig weiter weg stand, ein junger Mann von solcher Schönheit, daß Herr Lanzenträger trotz seines Geglitzers einfach von der Szene verschwand. Der Junge war, wie die Balladensänger sagen, ein Kind der Sonne.

Weder in diesem ersten Augenblick der Überraschung noch später in all den Jahren danach hätte ich genau zu sagen vermocht, was die Schönheit meines Vetters Lerchen Sänger ausmachte. Ich erinnere mich an hohe und viel zu spitz auslaufende Wangenknochen und eine fast durchsichtige Haut, die Lippen und Wangen besonders lebhaft hervortreten ließ. Darüber hinaus denke ich, wenn ich versuchte, mir Lerches Gesicht ins Gedächtnis zu rufen, an die gemeißelten Züge von Yum Kaax, Junger Maisgott, die sich stets über das Antlitz meines Vetters schieben. Kein Künstler hat jemals ein Standbild von Lerche geschaffen, und doch meine ich, sein Gesicht von den Friesen Hunderter von Maya-Tempeln herabblicken gesehen zu haben. Der jungenhafte Gott ist ernst und sanft, und lange Lider verdecken bis zur Hälfte seine Mandelaugen; seine vollen Lippen wirken sinnlich, doch wie sie sich anfühlen und wie sie schmekken, das kann sich niemand vorstellen. Sein Lächeln ist voller Anmut, doch er selbst bleibt kühl und ungreifbar wie Mondlicht. Vielleicht ist Lerche zu schön gewesen. Ich weiß nicht, wie der erwachsene Mann, der Krieger ausgesehen haben könnte. Vielleicht wäre er noch größer geworden als sein Vater, Herr Lanzenträger, dessen schönes Gesicht an den Rändern etwas Weichliches hatte. Als ich Lerche zum erstenmal im Jaliscoer Sonnenlicht dastehen sah, befand er sich gerade an der Schwelle zum Mannsein und war etwa zwei Jahre älter als ich, also immer noch ein Knabe.

An diesem ersten Tag inmitten von Musik und Jubel und Weihrauch spürte ich irgendwie, daß Lerche sterben mußte, obwohl ich wie meine Großmutter nicht in jedem Frosch, der quakt, oder Fuchs, der bellt, ein Omen sehe. Doch heißt es, einige besondere Kinder wären weder im hellen Licht der Sonne noch im sanften Schimmer der Sterne geboren; sie treten im Schatten eines Gottes ins Leben ein und können diesem Schatten hinterher ebensowenig entrinnen wie ihrem eigenen. Als ich Lerche sah und seine Schönheit mich überwältigte, nahm ich irgendwo aus den Augenwinkeln heraus flüchtig auch seinen Gottesschatten wahr.

Als die offizielle Begrüßung vorüber war und die vielen Menschen durcheinanderliefen und sich mischten, stieß mein Vater plötzlich einen lauten Ruf aus und lief auf einen jungen, ziemlich einfach gekleideten Mann zu, der schüchtern lächelnd am Rand stand. Die beiden umarmten einander mit einer Herzlichkeit und einer Begeisterung, wie mein Vater sie sonst nie bekundete; infolgedessen ging ich beherzt wie ein Junge hin, um zu erfahren, wer der Neuangekommene war.

»Mali, ich möchte dich deinem Onkel vorstellen«, sagte Prinz Chimal, der immer noch die Hand des Fremden in der seinen hielt. »Das hier ist Herr Zwei Haus Weidenrute, der Sohn meines Vaters und einer schönen Dame von den Wolken Leuten.«

Onkel Weide, wie ich ihn nennen sollte, war ein zarter Mensch mit runden Schultern und Augen, so groß und lebhaft, daß ich an ein zahmes Eichhörnchen denken mußte, das ich einst besessen hatte. Allerdings war ich viel zu geblendet von Lerchen Sänger, um irgend jemand sonst viel Aufmerksamkeit zu schenken, nicht einmal einem neuen Onkel, den mein Vater so offensichtlich liebte.

An diesem Abend begrüßte ich beim Willkommensmahl meinen jungen Vetter in aller Form, das heißt, ich schenkte ihm mit gesenktem Blick Schokolade in das Trinkgefäß; wenn auch die Sklavinnen beim Festmahl auftrugen, von den Damen aus dem Haushalt des Prinzen Chimal wurde erwartet, daß sie kleine Gesten der Gastfreundschaft vollführten und überhaupt hausfrauliche Tugenden unter Beweis stellten. Ich erfuhr, daß Herr Lanzenträger nur ein entfernter Verwandter von Dame Iztac war. Diese war als elternloses Kind von Herrn Lanzenträgers Tante großgezogen worden, das heißt, die beiden kannten sich von Kind auf. Trotzdem fand ich, daß er sich ihr gegenüber allzu vertraulich, ja fast respektlos betrug, als er ihr Komplimente machte.
Doch das war nur eins der Dinge, die ich an Herrn Lanzenträger nicht mochte. Es wurmte mich, daß er unseren Außenposten als den letzten Scheißhaufen der Welt bezeichnete – und es fuchste mich, obwohl er das tat, als er über meines Vaters Verbannung schimpfte. Seine Stimme war zu laut, und sein Lachen klang viel zu übertrieben, als daß es hätte aufrichtig sein können. Dame Feuerstein Messer, die gerade dabei war, den Kakaokrug neu zu füllen, meinte halblaut: »Je hohler die Trommel, desto lauter das Gedröhn.«
Onkel Weide saß schweigend und aufmerksam da wie das Eichhörnchen, an das er mich erinnerte, und schien Herrn Lanzenträger als ein exotisches Beispiel aus dem Pflanzen- oder Tierreich zu betrachten, das man zwar genauestens betrachten konnte, was aber noch lange nicht hieß, es anzuerkennen.
Dame Iztac jedoch schien entzückt über jedes Wort, das Lanzenträger sprach, und über jede Geste, die er machte. Am Ende des Festmahls, kurz bevor wir uns zurückziehen durften, reichte sie eine Schale mit wohlduftendem Wasser herum, damit die Männer ihre Finger hineintauchen konnten. Obendrauf schwammen Blüten vom Trompetenbaum der Dame Feuerstein Messer, die letzten vor Wintersbeginn; Herr Lanzenträger hielt einen dieser glocken-

förmigen rosa Blütenkelche in die Höhe und riß dann einen Witz darüber, der so unpassend war, daß mein Vater tat, als hätte er ihn nicht gehört. Dame Iztac jedoch, die solchen Anspielungen gegenüber hätte taub sein müssen wie ein Schlagholz, lief puterrot an, und das leichte Flattern ihrer Lider ließ die Andeutung von mädchenhafter Verwirrtheit erkennen.

Das ausgerechnet von Dame Iztac? Ich traute meinen Augen nicht, doch dann schoß mir durch den Sinn, daß selbst ausgewachsene Tigerinnen sich bisweilen aufführen wie verspielte kleine Kätzchen. Kraft welcher Magie schaffte Herr Lanzenträger es, meiner Mutter die Krallen zu schneiden und sie zu zähmen? Ich verstand das nicht – weder damals noch später.

Als wir Frauen uns verbeugten und uns anschickten, uns zurückzuziehen, machte sich im Dunkel jenseits des Lichtkreises der Fackeln Unruhe bemerkbar – Schritte und Gemurmel waren zu hören, eine wehklagende Stimme und eine andere, die unablässig Kauderwelsch plapperte. Herr Lanzenträger hatte zuvor den Wunsch geäußert, die Gefangenen zu sehen, die anläßlich des Wimpelfests geopfert werden sollten, das er gemeinsam mit uns zu feiern gedachte, und so wurden diese jetzt von Wachen und Sklaven in Käfigen hereingetragen.

Es waren ihrer drei: zwei Männer und eine Frau, ältere, abgearbeitete Sklaven, die von irgendeinem Stamm aus dem Norden für unser Fest gekauft worden waren. Da sie unsere Sprache nicht verstanden, glaubten sie anscheinend, sie wären hierhergebracht worden, um auf der Stelle abgeschlachtet zu werden, denn die Frau zeterte und rüttelte an den Holzlatten, während einer von den Männern irgendeinen Himmelsgott um Rettung anflehte. Der andere Mann kauerte sich wie ein Tier im Pferch zusammen, stieß kleine Klefflaute aus, die fast wie Lachen klangen. Ich nahm an, daß er nicht ganz richtig im Kopf war – wahrscheinlich waren sie das alle drei nicht.

Herr Lanzenträger ergriff eine Fackel und trat an die Käfige heran. Der alte Mann, der sich wie ein Tier aufführte, zischte und spuckte.

»Beim Herrscher des Nachthimmels, was haben wir denn hier?« Herr Lanzenträger spähte in die Käfige hinein und zeigte sich

verwundert. »Mein lieber Prinz Chimal, sind diese Geschöpfe das Beste, was Eure Männer gefangengenommen haben? Diese Knochengestelle sind doch bestimmt nicht die für das Fest bestimmten Geliebten Söhne, oder?«
»Diese Opfer sind gekauft, nicht gefangengenommen worden«, sagte mein Vater unerschüttert. »Hier unten herrscht Waffenstillstand. Wir führen mit den Tarasken keine Blumenkriege.«
Achselzuckend meinte Herr Lanzenträger: »Unser verehrter Herr Moctezuma hat vor den kahlköpfigen Bussarden weniger Hochachtung, als Ihr sie zu hegen scheint, Vetter.« Er nannte die Tarasken so, weil Männer wie Frauen sich den Kopf rasieren.
Der Bruder meines Vaters hatte bisher geschwiegen, doch als er jetzt sprach, tat er das mit beträchtlichem Stimmaufwand, und ich dachte: So verschieden, wie es scheint, sind die beiden Brüder gar nicht.
»Vielleicht hat Herr Moctezuma in diesem Jahr mehr Hochachtung vor den Tarasken als voriges Jahr bei den Auseinandersetzungen mit ihnen.«
Herrn Lanzenträger sträubten sich vor Verärgerung die Nackenhaare. »Wir haben keine richtige Niederlage eingesteckt. Wir sind nur auf ihre Listen hereingefallen.«
»Das erzählt mal den Toten vom Zedern-Tal. Ihr werdet eine vielköpfige Zuhörerzahl haben.«
»Was ist geschehen?« fragte mein Vater.
»Moctezumas Streitkräfte haben das taraskische Heer in die Flucht gejagt – zumindest sah es so aus«, sagte Onkel Weide.
»Der alte Trick mit dem Hinterhalt? Dann hat wohl ein größeres Heer mit Stroh getarnt oder in einem Maisfeld versteckt schon auf der Lauer gelegen, oder?«
»Nein, diesmal war es ein anderer Trick. Es hatte den Anschein, als hätten die Tarasken bei ihrer Flucht auch ihr Lager im Stich gelassen. Wir fanden dort Leckereien vor, gebratenes Wildbret, Kürbisse mit Pilzfüllung und unzählige Krüge starker vergorener Pulque. Unsere siegreichen Truppen machten Halt, um sich die Bäuche vollzuschlagen, was schon schlimm genug war – und nach Herzenslust zu trinken, was noch schlimmer war.«
Herr Lanzenträger fiel ihm ins Wort. »Nun, sie hatten gerade

einen Sieg errungen; was Wunder, daß sie feiern wollten. Nur Heiden versäumen, den Gott des Sieges mit einem Festgelage zu ehren.«
Zwei Haus Weiden Rute bedachte ihn mit einem Blick, in dem sich Nachsicht und Geduld mischten. »Sehr wohl, das Heer erfüllte also seine religiöse Pflicht in diesem verlassenen Lager, an einem Ort, der das Zedern-Tal heißt. Dabei hatten die Tarasken nur so getan, als gäben sie sich geschlagen. Als Moctezumas Heer vom übermäßigen Genuß von Speise und Trank wie benommen dalag, kamen die Tarasken zurück – und fielen wie der Todeswind über uns her. Heute häufen sich im Zedern-Tal Totenschädel, und bleichen die Gebeine.«
»Listen und Tücken, nichts als Listen und Tücken!« erklärte Herr Lanzenträger so wütend, daß die Gefangenen in ihren Käfigen wieder anfingen zu schreien. Er streifte sie mit einem Blick und sah eine Gelegenheit, das Thema zu wechseln. »Nun, ich wollte nichts Abträgliches über Eure Opfer sagen. Von den Erträgen des Landes zu leben ist in Grenzregionen wohl üblich. Da können meine Männer und ich jedenfalls mit etwas Wildbret für die Festzeit aufwarten. Denn mit dem Wild habt Ihr doch wohl keinen Waffenstillstand abgeschlossen, oder?«
Vitsa, die den Auftrag hatte, auf mich aufzupassen, zupfte mich am Ellbogen; ich hatte keinen Vowand, mich noch länger hier herumzudrücken. Doch ehe ich mich zurückzog, sah ich noch etwas sehr Merkwürdiges.
Lerchen Singer war seinem Vater gefolgt, um sich die Gefangenen genauer anzusehen, und stand jetzt neben dem Käfig des alten Mannes, der wieder anfing, zu zischen und zu fauchen. Lerche kniete neben den Käfigstangen nieder, und selbst im dämmerigen Fackellicht konnte ich das Mitleid in seinen Augen erkennen; wieder mußte ich denken, daß er das sanfteste Gesicht hatte, das ich je gesehen hatte. Er flüsterte dem Gefangenen Worte zu, die ich nicht hören konnte. Der alte Mann schwieg, obwohl er unsere Sprache nicht konnte, und nickte, als hätte es eine besondere Art der Verständigung zwischen ihnen gegeben.

Am nächsten Morgen war es für die Jahreszeit ungewöhnlich warm. Ein heißer Wind wehte von der Jalisco-Ebene herab, ich versuchte, mich vor der Arbeit an den Festkleidern im staubigen Hof zu drücken, und ging allein zum Schwimmen hinunter zum See. Ich legte die Kleider ab, watete in das seichte Wasser hinaus, drückte ein Gewirr von Seerosen beiseite und stürzte mich frei wie eine Forelle ins Wasser, tauchte hinunter in die verschwommene Welt der Wassergöttin und schoß wieder in die Höhe, um in den Sonnenschein hinauszubrechen.

Eine Stunde später schwamm ich zurück ans Ufer und war gerade dabei, meine Kleider aufzuheben, als ich ein Vogelpaar hörte – wie ich vermutete, Jacanas, Blatthühnchen –, das in einem nahegelegenen Dickicht pfiff und sich stritt. Nun sind die Stimmen von Jacanas alles andere als wohltönend, doch hatte ihre Sprache stets meine Neugier geweckt. Die Ausdrucksmöglichkeit der meisten Vögel beschränkt sich auf wenige Laute, doch die Jacanas verfügen über mindestens hundert und kennen eine Fülle von Beschimpfungen und Beschwerden. Ich stand mucksmäuschenstill da und lauschte, denn ich wollte mich in ihren Streit nicht einmischen.

Doch offensichtlich gab es bereits einen Eindringling, denn plötzlich wurden die Jacanas durch das schrille Gezeter eines Gimpels zum Schweigen gebracht. Bezaubert lauschte ich noch einen Moment länger, doch dann packte mich Verwirrung und Verwunderung. Denn Gimpel, so hatte ich bisher gedacht, kamen nur im Frühling zu uns hierher. Behutsam schlich ich mich etwas näher an das Gebüsch heran, spähte durch die Pinienzweige und suchte nach dem verräterischen Aufblitzen einer tiefroten Brust. Doch kaum hatte ich die Zweigspitzen erreicht, als der zornige Schrei eines Habichts erklang, ich sprang zurück und warf die Hände in die Höhe, um meine Augen zu schützen.

Doch erhob sich kein Habicht unter Flügelrauschen aus den Zweigen in die Luft. Statt dessen teilten sie sich, und verschmitzt zwinkernd trat Lerchen Singer einen Schritt vor. Er hatte sichtlich Mühe, nicht in Lachen auszubrechen. »Guten Morgen, Base«, sagte er.

»Du?« brachte ich verwundert hervor. »Du bist das gewesen – und keine Vögel?«

»Wie, meinst du, habe ich mir voriges Jahr meinen Namen verdient?« Dann machte er den Lockruf des Gimpels, das Streitgezeter der Jacanas und das Tirilieren einer Lerche nach.

Ich war so überwältigt, daß mir meine Blöße erst gar nicht zu Bewußtsein kam. Dann fiel es mir wieder ein, und ich wußte, daß ich viel zu alt war, um nackt vor einem Jungen zu stehen. Vor langer Zeit hatte Dame Feuerstein Messer mich streng vor derlei Dingen gewarnt, und Vitsa hatte mich darüber aufgeklärt, welche Gefahren es barg, sich unbekleidet vor Soldaten zu zeigen. (»Es entflammt sie«, hatte sie gesagt. Eine ganze Stunde lang hatte ich hinterher meinen flachen, eher stangenförmigen Körper betrachtet und mich gefragt, wie dieser wohl irgendeinen Mann entflammen sollte.)

Ich hielt den Überwurf in der einen und den Wickelrock in der anderen Hand; jetzt mühte ich mich unbeholfen ab, beides möglichst rasch überzuziehen, schaffte es dabei, den Rock fallen zu lassen und den Kopf durch eines der Ärmellöcher des *huipilli* zu stecken. Lerchen Singer kam mir anmutig zu Hilfe, zupfte meine Kleider zurecht und knüpfte mir den Rock zu, als täte er so etwas alle Tage. Angesichts eines solchen natürlichen Verhaltens verlor ich alle Verlegenheit; offensichtlich hatte ich Lerchen Singer auch nicht entflammt. Dieser lächelte mich vielmehr kameradschaftlich an. Doch was für ein bezauberndes Lächeln das war! Es hatte etwas Strahlendes.

Wir setzten uns in den Schatten einer Jacaranda, lehnten den Rücken an ihren Stamm, und mir war in sitzender Haltung wesentlich wohler zumute als zuvor, denn im Stehen hatte ich Lerche um gut einen Kopf überragt, obwohl er älter war als ich. Es schickte sich irgendwie nicht für ein Mädchen, größer zu sein als ein Junge, und ich meinte, das könnte seinen Unmut erregen – nie zuvor hatte ich so etwas in Betracht gezogen.

Lerche machte noch andere Vögel für mich nach. Manche Rufe kannte ich, doch viele hatte ich auch noch nie gehört. »Das sind Vögel, die nicht aus unserem Teil der Welt stammen«, erklärte er. »Herr Moctezuma hat im Königlichen Zoo eine Voliere – und darin ist jede Vogelart der Einzigen Welt vertreten. Dort gehe ich hin und lausche ihnen.«

Vielleicht war die Vorstellung, die Lerche mir gab, gar nicht so wunderbar, wie ich meinte; selbst damals schon wußte ich, daß es Soldaten in unserem Außenposten gab, besonders unter den Kundschaftern, die sich trefflich darauf verstanden, den Ruf zumindest der bekannteren Vögel nachzumachen. Vielleicht war es mehr Singer selbst, der mich bezauberte, als sein Gesang. Zum Teil war ich überdies entzückt davon, welchen Spaß er an seiner eigenen Kunst hatte. Er schien ohne jede Eitelkeit zu sagen: »Ich bin Lerchen Singer; es ist herrlich zu leben und der zu sein, der ich bin.«
»Könntest du mir die Vogelstimmen beibringen?« fragte ich eifrig.
»Ganze Lieder werde ich wohl nie schaffen – aber zumindest einzelne Pfiffe und Rufe – wie wär's damit?«
»Ja.« Behende nahm er meine Hand. »Und du bringst mir das Schwimmen bei.«
»Du kannst nicht schwimmen?« Ich war überrascht, daß ein so bemerkenswerter Mensch wie er etwas so Einfaches nicht konnte. Nicht minder erstaunlich freilich war, daß Lerche es überhaupt fertigbrachte, ein Mädchen zu bitten, ihm etwas beizubringen. Ich wußte zwar nur wenig über Jungen, aber ich war überzeugt, daß das nicht ihrer normalen Verhaltensweise entsprach. Jungen mußten auf ihre Ehre achten.
Er sagte: »Hoffentlich bleiben wir eine Weile. Wir sind hundert Tage auf Reisen gewesen.«
»Hundert Tage? Dauert der Weg von Tenochtitlan hierher so lange?«
»Aber nein. Zuerst waren wir im Otomi-Land, um die Steuerlisten zu überprüfen. Dann holte Herrn Moctezumas Schnell-Botenläufer uns ein und richtete meinem Vater aus, er solle hierher kommen und mit Prinz Chimal reden. Und nach wenigen Tagen stieß noch dein Onkel zu uns, der in einem ganz anderen Auftrag unterwegs ist.«
Alles drängte mich, danach zu fragen, was Herr Lanzenträger mit meinem Vater zu bereden hätte, denn bis jetzt war noch nichts bekannt geworden; das einzige, was wir bereits wußten, war, daß wir vergeblich auf die gute Nachricht gehofft hatten, von der Dame Feuerstein Messer geträumt hatte. Daß mein Vater nicht

befördert worden war, hatte man uns von vornherein klargemacht. Denn keiner aus dem Gefolge von Herrn Lanzenträger hatte den völlig grünen Umhang froher Botschaften angelegt oder sich das Haar geflochten, um königliche Huld zu verkünden. So sehr mich der Zweck dieses offiziellen Besuchs auch interessierte, zu spionieren wagte ich nicht.

»Es muß aufregend sein zu reisen«, meinte ich in der Hoffnung, von ihm irgendeinen Hinweis zu erhalten. »Und eine Ehre, im Auftrag des großen Moctezuma unterwegs zu sein.«

»Für meinen Vater ist das wohl eine Ehre. Doch was mich betrifft, so genieße ich es, neue Gegenden und Städte und andere Völker kennenzulernen. Bisher bin ich nie länger als zwei Lange-Läufe von der Stadt entfernt gewesen und hatte auch nicht damit gerechnet, auf diese Reise mitgenommen zu werden. Mein Vater weckte mich mitten in der Nacht und sagte, ich solle mich bereit halten, noch vor Morgengrauen aufzubrechen. Ich hatte gehört, daß er weggehen würde, doch niemals erwartet, mitgenommen zu werden. Meinst du, ihm ist im Traum ein Gott erschienen und hat es ihm befohlen?«

»Wahrscheinlich.« Ich war enttäuscht, nichts von Wichtigkeit erfahren zu haben. »Macht deine Mutter sich denn keine Sorgen, daß du fort wolltest?«

Durfte man einem Jungen im Alter Lerches eine solche Frage stellen? Oder hatte das etwas Erniedrigendes für ihn? Er aber nahm es mir nicht übel. Seine Mutter, erklärte er mir, sei vor Jahresfrist bei der Geburt eines Kindes gestorben, das auch nicht überlebt hatte. »Sie ist sehr zu beglückwünschen. Bei dem Baby, das starb, handelte es sich um einen Jungen; infolgedessen ist meine Mutter jetzt eine Heldin und gehört zu den großen Häuptlingen und Kriegern.«

Er sagte das todernst, doch ohne eine Spur von Traurigkeit. Dennoch meine ich, hat er darunter gelitten, sie verloren zu haben, und ich hoffte, die Dame fühlte sich wirklich glücklich und wohl in dieser ganzen martialischen Gesellschaft. Gab es wirklich eigens diesen Himmel für die Mütter künftiger Krieger? Für meine Begriffe klang das nach ewigem Kakao-Ausschenken und Duftwasser-Herumreichen an unsterbliche Beamte. Doch als ich Ler-

che in das von keinerlei Zweifeln getrübte heitere Gesicht sah, wies ich meine eigenen Gedanken weit von mir.
Als er von den Ländern erzählte, die er besucht hatte, den Tälern und Flüssen, begriff ich allmählich, daß Dichter und Künstler die Welt mit anderen Augen sehen. Ich denke, Farben müssen lebhafter für sie sein als für mich, ihr Hörvermögen ist geschärfter und vielleicht an Stimmen gewöhnt, deren Obertöne ich überhaupt nicht mitbekomme. Ich konnte mir kein größeres Vergnügen vorstellen, als Lerche sprechen zu hören, zu sehen, wie er seine schlanken Finger beim Gestikulieren bog und seine Lippen beim Lachen kräuselte. Der Vormittag war nur allzu rasch vorbei.
Wir kamen überein, gleich am nächsten Morgen mit dem Unterricht – in der Vogelstimmenimitation und im Schwimmen – zu beginnen. Doch dann fiel Lerche etwas ein, und er schüttelte den Kopf. »Mein Vater führt morgen eine Jagdgesellschaft an. Sie brechen schon vor Tag auf, und ich nehme an, ich werde sie begleiten müssen. Doch wenn er mich nicht braucht, treffen wir uns zur Zweiten Wache hier.«
Lachend und keuchend liefen wir beide zusammen vom Seeufer hinauf zu dem aus Baumstämmen errichteten Wachtturm oben auf dem Hügel. Als wir die Hälfte des Wegs geschafft hatten, bemerkte ich, daß ich schneller war als er und nicht so sehr nach Luft rang. Zwar hätte ich ihn schlagen können, aber ich ließ ihn gewinnen.
Ich habe viele Männer in meinem Leben kennengelernt, doch nur für zwei hätte ich dies getan.
Als beim Morgengrauen Schwalben und Sperlinge zwitscherten und tschilpten, wurde ich wach und stellte mir vor, Lerchen Singer stehe draußen und mache sich einen Spaß daraus, mich mit diesen Vogelrufen zu wecken. Rasch und leise zog ich mich an und versuchte dann, unbemerkt an Vitsa vorbei ins Freie zu schlüpfen, doch stützte diese sich auf einen Ellbogen, sah mich vorwurfsvoll an und schlief dann weiter. Ums Haar wäre ich über das Lieblingshündchen der Dame Feuerstein Messer gestolpert, das seit neuestem drinnen an die Leine gelegt schlief, weil Gefahr bestand, daß irgendein Soldat es stahl und einen Festtagsbraten daraus machte.
Es war noch nicht ganz hell. Nur im Osten graute es, als ich den

Hügel hinunterlief und mir eigentlich nicht vorstellen konnte, daß Lerche mich dort erwartete; immerhin hoffte ich, einen Blick von ihm zu erhaschen, wenn die Jagdgesellschaft aufbrach. Wahrscheinlich würden sie am Seeufer entlang bis zur Schlucht gehen – das war jedenfalls die übliche Route.

Mir war bald klar, daß ich zu spät kam. Die Spuren von einem Dutzend Männern, die über den Sand führten, waren schon jetzt wieder halb vom Wind verweht; sie mußten eine ganze Stunde früher losgezogen sein. Mißmutig machte ich kehrt, um den Hügel wieder hinaufzustapfen, da sah ich zu meiner größten Freude Lerche an der Stelle warten, wo ich gestern in der Nähe des Piniendickichts gestanden hatte. Grüßend reckte ich den Arm und wollte ihn schon laut anrufen, da gab er mir durch Zeichen zu verstehen, ruhig zu sein und lautlos zu beobachten.

»Ein Vogel, ein sonderbarer«, flüsterte er, als ich ihn erreichte. Regungslos warteten wir, spitzten die Ohren und stellten uns Rücken an Rücken, damit wir sämtliche Himmelsrichtungen im Auge behalten konnten, so wie die Zwillingsstandbilder von Leben und Tod oder wie zweiköpfige Schnitzereien vom Türwächter. Ich hatte das Gefühl, daß wir endlos lange Zeit nichts hörten als das Zwitschern der Schwalben und die Schreie einiger Wasservögel. In der Schlucht heulten nur die Ozelots Herrn Sonne nach der Gefiederten Schlange an. Dann kam ein Ruf, der weit über den See hin hallte.

»Aaaaaiiiiahhhh!«

Einsam und verloren klang das, doch gleichzeitig so wunderschön, daß ich Herzklopfen bekam. Mit angehaltenem Atem standen wir da und warteten. Dann brach etwas aus dem Schilf hervor, schoß niedrig über das graue Wasser in Richtung Westen – nicht eigentlich ein Vogel, sondern eher ein silbriges Aufblitzen. Dann war es vorbei, verschwunden zwischen den Bäumen am fernen Ufer.

Aufgeregt umschloß ich Lerches Hand. »Ach, wie schön das war! Traurig und doch ... Kannst du dieses Lied? Hast du das gelernt?«

Bleich wandte er sich von mir ab und schüttelte den Kopf. »Nein, dafür habe ich keine Stimme.« Und dann sagte er aufseufzend: »Ich glaube, so klingt es, wenn Götter weinen.«

Lerche lernte an diesem Tag schwimmen oder zumindest, herumzupaddeln und sich über Wasser zu halten. Doch bis auf einen oder zwei Pfiffe gelang es mir nicht, die Sprache der Vögel nachzuahmen. Um die Mittagszeit lagen wir in der Sonne, trockneten uns das Haar und schmückten einander, malten uns mit kleinen Stücken Holzkohle an, die wir auf der Hügelkuppe fanden, wo ein Baum gebrannt hatte. Ich malte Lerche einen Bart aufs Kinn, wie Gefiederte Schlange ihn trug, doch selbstverständlich war dieser Bart schwarz und nicht blond oder goldfarben, wie er hätte sein sollen.

»Warum soll er nicht schwarz sein«, erklärte er, als ich mich entschuldigte. »Ich habe gemalte Bücher gesehen, in denen der Gott einen schwarzen Bart hatte. Oder zumindest einen dunkelbraunen. In der Bibliothek der Großen Schule von Texcoco gibt es so ein Bild.«

»Eine Schule? Für junge Krieger?«

»Nein, für Schreiber, Gelehrte und Astrologen. Eines Tages werde auch ich dorthin gehen, um alles über Vögel zu lernen. Das ist meine sehnlichste Hoffnung. Vielleicht weiß ich dann eines Tages soviel über Vögel wie dein Vater über die Sterne – oder dein Onkel über Pflanzen.«

»Onkel Weide? Ist er ein Gelehrter?« Gewiß, im nachhinein sah er in seiner nachlässigen Kleidung wie ein Gelehrter aus.

»Natürlich. Er hat in Texcoco studiert und gelehrt. Diese Reise hat er unternommen, weil er eine wunderbare Pflanze sucht, einen ganz bestimmten Blütenbaum. Aber ich nehme an, das wird er dir alles selbst erzählen.«

Ich zeichnete das Blitzzeichen auf Lerches Wange und Arme, denn irgendwie mußte ich den ganzen Tag über an Blitze denken. Seine Haut war getönt wie ganz glattes, dunkles Kupfer, hatte die gleiche Farbe wie Hals und Brüste meiner Mutter. Es bereitete mir Vergnügen, ihn zu berühren, doch war das eine stille Freude und hatte überhaupt nichts mit jener Erregung zu tun, die einen befällt, wie Vitsa behauptet, wenn man einen Mann streichelt.

»Wie schön, daß dein Vater dich heute bei der Jagd nicht gebraucht hat«, sagte ich.

»Ja, das finde ich auch.« Aber das klang nicht besonders glücklich.

Der klagende Schrei des Vogels im Schilf hatte ihn schwermütig gestimmt. Ich spürte, daß er diesen Ruf im Geiste wieder und wieder vernahm. Wie verschieden wir beide waren! Auch ich würde den Ruf dieses Vogels auf Anhieb wiedererkennen; doch das Timbre, das Besondere der Vogelstimme hatte ich schon vergessen. Und sie ging mir auch nicht ständig quälend im Kopf herum.
Am Ufer bewunderten wir unser eigenes Spiegelbild im Wasser, dann wuschen wir das Werk unserer Hände wieder ab. Ich überlegte, wie Lerche aussehen mochte, wenn er sich wirklich für ein Fest herausputzte, etwa mit Mustern, wie Sperling Frau sie malen konnte. Dann allerdings würde er selbstverständlich nicht das Lendentuch tragen, das er beim Schwimmen angehabt hatte. Gerade hatten wir alle Kohlenspuren abgespült, da hörten wir in der Ferne Stimmen und Trommeln.
»Die Jäger kommen zurück«, sagte Lerche und ging in Richtung der Laute, doch ich packte ihn am Arm und hielt ihn zurück.
»Nein, Lerche! Sie singen in einer anderen Sprache als wir.«
Tarasken, dachte ich. Jetzt waren sie also da. Und da wir keine Zeit mehr hatten, zum Außenposten zu fliehen, kauerten wir uns auf den Boden und verbargen uns im Schilf. Also hatten sie den Frieden gebrochen, und alle Hoffnungen meines Vaters waren zunichte gemacht worden.
Ich sollte mich irren – zumindest teilweise. Die Männer, die in der Nähe des Bergkamms aus dem Wald hervorkamen, wurden von Herrn Lanzenträger angeführt; es handelte sich in der Tat um das Dutzend Jäger, das heute morgen vor Tag aufgebrochen war. Doch in ihrer Mitte befanden sich – mit Riemen gebunden und mit Schlaufen an Stangen gefesselt – vier Männer mit kahlgeschorenen Köpfen und in eigentümlicher Kleidung. Selbstverständlich waren es Tarasken – und sie waren es auch, die sangen. Ich konnte den Text zwar nicht verstehen, wußte jedoch instinktiv, daß es ein Lied über Tod und Widerstand war, ein Kriegs- und Trauergesang zugleich.
Etwas Sonderbares fiel mir an dem vorrückenden Trupp auf. Natürlich waren die Tarasken jetzt waffenlos, aber sie trugen offensichtlich Jagdkleidung, während die Azteken, die eigentlich

auf die Jagd hatten gehen wollen, dick gepolsterte Rüstungen und Kampfanzüge anhatten.

»Dann sind sie also ausgezogen, um die Tarasken zu überfallen«, sagte ich. »Sie hatten es überhaupt nicht auf Wild abgesehen.«

Lerche Singer wandte den Blick ab und schwieg; er schämte sich, daß sein Vater Prinz Chimal hintergangen hatte, war jedoch zu loyal, das zuzugeben.

Die beiden Priester, die Herr Lanzenträger mitgebracht hatte und die in seinem Gefolge die Geistlichkeit vertraten, kamen vom Außenposten heruntergelaufen und hielten die schwarzen Umhänge in die Höhe, um nicht über die eigenen Lumpen zu stolpern. Bisher waren sie mir wie Krähen oder Stare vorgekommen; jetzt jedoch erinnerten sie mehr an herabstoßende Aasgeier. Selbstverständlich hatten sie auf diesen Augenblick gewartet und gehofft, daß ihnen etwas gebracht wurde, denn sie trugen Farbtöpfe am Leibriemen, und als sie bei den Gefangenen anlangten, bemalten sie diese mit den Opferstreifen, noch ehe sie wieder zu Atem gekommen waren. Sobald die Gefangenen gezeichnet waren, gehörten sie den Altären; da gab es keine Gnade, hatte es auch keinen Sinn mehr, sich an meinen Vater zu wenden. Die Götter waren Zeuge gewesen, wie sie für das Opfer geweiht wurden; damit waren Prinz Chimal die Hände gebunden, und er konnte sie nicht mehr freigeben, um den Bruch des Waffenstillstands wiedergutzumachen.

Ich hielt die geballte Faust vor den Mund und mußte an mich halten, sonst hätte ich empört geschrien. Herr Lanzenträger hatte meinen Vater hintergangen. Herrn Lanzenträger hätte die Zunge durchbohrt oder seiner Lügen wegen gespalten werden müssen. Ich hörte Lerche nicht davonlaufen, doch einen Moment später war ich allein, und das war bei meiner Empörung und meiner Hilflosigkeit genau das, was ich brauchte.

In diesem Jahr bekam ich vom Fest der Wimpel nichts zu sehen. Ich stand im Haus meiner Großmutter unter Hausarrest, und Vitsa wich keinen Augenblick von meiner Seite. »Du kannst von Glück sagen, daß Dame Feuerstein Messer dir nur befohlen hat, das Haus nicht zu verlassen. Die Strafe hätte schlimmer ausfallen können – viel schlimmer ausfallen *müssen.*«

Während Lerche und ich voll Freude geschwommen und Vogelrufe nachgeahmt hatten, hatte uns irgendeine Wache, die sich wichtig machen wollte, vom Wachturm aus beobachtet. Offenbar war es einer jener Soldaten gewesen, die sich häufig mit Dornen den Schwanz durchbohrten, um ihre Unreinheit zu bezähmen. Jedenfalls erzählte er seiner Hure, Lerche und ich hätten uns im Wasser miteinander »vergnügt« und uns dann im Schilf versteckt, um unseren schmutzigen Leidenschaften zu frönen. Seine Hure erzählte dies an die Sklavin weiter, die die Nebenfrauen meines Vaters frisierte, und die zweite Nebenfrau, eine eingebildete Zicke namens Honig Nippel, sorgte dafür, daß die Geschichte samt saftigen Ausschmückungen binnen Stundenfrist meine Großmutter erreichte. Honig Nippel war besonders daran gelegen, mich zu verleumden, weil ich die Tochter der Dame Iztac war; so kam sie stehenden Fußes zum Haus gelaufen und steckte Dame Feuerstein Messer – wie es so anschaulich heißt – die Zunge ins Ohr.

Vitsa und meine Großmutter packten mich, schleiften mich in den hellen Sonnenschein hinaus, legten mich rücklings über einen Baumstamm, und während Vitsa mich am Haar festhielt, zog Dame Feuerstein Messer meine unteren Lippen auseinander, stocherte in mir herum, tastete mich ab und rief schließlich: »Jedenfalls ist das Siegel nicht erbrochen. Vermutlich nicht, weil es am Willen gefehlt hätte. Höchstens, weil keiner von den jungen Missetätern wußte, welches Loch es zu benutzen galt.«

»Was ist denn?« schrie ich. »Was soll ich denn getan haben?«

Statt mir zu antworten, versetzte Dame Feuerstein Messer mir unversehens einen Backenstreich, daß mir das Gesicht wie Feuer brannte. Dann brach sie zu meinem Entsetzen auf dem Boden zusammen und begann zu weinen.

»Citli, Citli«, rief ich klagend und nannte sie »Stern« wie immer, wenn ich mir weh getan hatte oder litt. Ich kniete neben ihr und versuchte, sie in die Arme zu schließen.

»Ich habe dir weh getan«, sagte sie und trocknete sich die Tränen. »Wie konnte ich nur?!«

Erst als ich sie weinen sah, wußte ich, wie sehr ich sie liebte.

Rasch erholte sie sich wieder; aufgewühlt kehrten wir drei ins Haus zurück, wo die Geschichte unter gegenseitigen Beschuldigungen mehr oder weniger wieder ins Lot gebracht wurde.
»Diskretion solltest du daraus lernen!« rief Dame Feuerstein Messer. »Ich glaube zwar an deine Unschuld, aber dir deine Dummheit zu verzeihen fällt mir schwer. Du hast zugelassen, daß du jetzt den Ruf eines geschändeten Sklavenmädchens hast.«
Dann verkündete sie ihr Urteil: Hausarrest oder zumindest kein Verlassen des zum Haus gehörigen Hofes für die gesamte Dauer des Festes; und keinerlei Treffen mit Lerche Singer, solange er sich in Jalisco aufhielt.
»Aber wir sind Freunde! Ich habe noch nie jemanden kennengelernt, mit dem ich mich so gut verstehe.«
»Das ist ja gerade das Schlimme«, erklärte Dame Feuerstein Messer. Dann verließ sie entschlossenen Schrittes das Haus. Vitsa hielt mich davon ab, ihr zu folgen und sie noch weiter mit Bitten zu bestürmen. Was mich tief verletzte, war, daß sie nichts Eiligeres zu tun hatte, als zu Herrn Lanzenträger zu gehen und diesem zu raten, seinen Sohn fester an die Leine zu nehmen. Sie ließ nichts ungesagt und redete nicht um den heißen Brei herum; die Szene zwischen Herrn Lanzenträger und meinem Vater über das Ergreifen der Tarasken muß vergleichsweise freundlich verlaufen sein.
Mir blieb nichts anderes übrig, als zu schmollen und Vitsa anzufunkeln. Bei der ersten sich bietenden Gelegenheit, als sie in den Garten hinausging, holte ich rasch den Blutstein meiner Großmutter hervor und verfluchte das Klatschmaul auf dem Wachturm, wobei ich Tlaloc anrief, den Herrn der Wasser, und ihn bat, den Mann mit Wassersucht zu schlagen und ihm die Fußgelenke anschwellen zu lassen, das war eine von Tlalocs Spezialitäten. Dann flehte ich den Blumenprinzen an, den Kerl mit seiner ganz besonderen Rache – Hämorrhoiden – heimzusuchen. Ich überlegte, ob ich auch den Herrn Lanzenträger mit in die Verfluchung einschließen sollte, fand jedoch, daß das etwas anderes sei; außerdem konnte Vitsa jeden Augenblick zurückkommen und mich mit dem Blutstein erwischen.
Obgleich ich vom Fest nichts sah – hörte ich doch eine ganze Menge: die freudigen Juchzer, wenn Männer und Frauen sich

gegenseitig mit Wasser begossen, die Hochrufe für die Vogel-Tänzer und – feierlicher – die Tempeltrommeln, die den Tod der Gefangenen verkündeten, die Kolibri zur Linken, dem Siegbringer, geopfert wurden. Zwei von den Tarasken wurden im Kampf geopfert, bei dem sie gegen bewaffnete Krieger kämpfen mußten, während sie selbst nur Holzwaffen bekamen und keine Rüstung tragen durften und außerdem noch mit einer kurzen Leine angebunden waren. Ein solcher Kampf ist nur wenig besser als der Tod auf dem Opferstein. Soviel ich hörte, sollen die Tarasken tapfer in den Tod gegangen sein; das tun sie immer.

Am Nachmittag dieses Tages, als die Luft noch schwer war und ein wenig süßlich vom Rauch der Feuerstellen, setzte ein für diese Jahreszeit ungewöhnlicher Regen ein. Dame Feuerstein Messer und Sperling Frau – beide von den Festlichkeiten gelangweilt – saßen, um das schwindende Licht auszunutzen, gleich am Hauseingang, tranken Eschenblatt-Tee gegen das Gliederreißen und rauchten zur Feier des Tages winzige Tonpfeifen. Da ich sehr darauf aus war, aller Welt zu zeigen, wie sehr ich litt, setzte ich mich nicht zu ihnen, ließ mir allerdings auf der Schlafmatte im Raum nebenan kein Wort von dem entgehen, was sie redeten, seufzte von Zeit zu Zeit vernehmlich auf und bemühte mich herauszufinden, wie sie auf mein Gestöhne reagierten.

Sie plauderten über Dinge, die den Haushalt betrafen; dann platzte Sperling Frau grob, wie es nun mal die Art alter Frauen sein kann, mit der Frage heraus, die die meisten Menschen beschäftigte: »Wie denkt Euer Sohn über die Opferung der taraskischen Jäger? Holen wir uns damit nicht das Heer der Tarasken auf den Hals?«

»Ich vermag Prinz Chimals Gedanken nicht zu lesen«, erwiderte Dame Feuerstein Messer hochmütig, um gleich darauf jedoch einzulenken. »Aber soviel kann ich dir immerhin sagen: Gleich morgen früh wird er einen Boten zum Ort des Kolibris schicken.«

Mehr zu sagen erübrigte sich. Bei der Botschaft in die Hauptstadt der Tarasken konnte es sich nur um eine Entschuldigung handeln und die Erklärung, gerade frisch eingetroffene Truppen hätten keine Ahnung von dem Waffenstillstand gehabt und seien deshalb einem Irrtum erlegen. Zweifellos wurde die Entschuldigung mit einer Bestechung versüßt. Die Tarasken hatten weder Baumwolle noch Zugang zu Ländern, wo Baumwolle angebaut wurde; aus diesem Grunde fehlten ihnen feine Zeremonialgewänder. Die Leute fragten sich, wieso die Götter im Krieg so oft die Tarasken begünstigten, vor allem, wenn man bedachte, wie schäbig diese dafür gekleidet waren.

»Ich nehme an, mit einem Geschenk von Umhängen und Schärpen lassen sie sich beschwichtigen«, sagte ich und bemühte mich, erwachsen und verständig zu klingen.

»Vielleicht ist es aber auch taktlos, ihnen Kleider anzubieten«, meinte Dame Feuerstein Messer und verwies mich damit fein säuberlich wieder auf meinen Platz. Die endlosen Kriege zwischen Tarasken ud Azteken hätten, so hieß es bei den Geschichtenerzählern, schon vor Jahrhunderten angefangen, als die beiden Völker noch eines waren oder zumindest so eng miteinander verwandt, daß sie zusammen umherziehen konnten. Im Laufe ihrer Wanderungen waren sie an den See Patzcuaro gekommen, wo eine Göttin den Tarasken befohlen hatte, in den kühlen Wassern zu schwimmen. Während sie sich dieser religiösen Pflicht unterzogen, stahlen ihre aztekischen Freunde ihnen die ganze Kleidung sowie alles andere, was sie am Ufer zurückgelassen hatten, und verschwanden damit. Die nackten Tarasken blieben in der Nähe des Sees, wo sie bis auf den heutigen Tag wohnen, und verziehen ihren aztekischen Verbündeten niemals diesen Verrat. Eine Kleidergabe, so meinte die Dame Feuerstein Messer, könne also durchaus als taktlos angesehen werden.

Sperling Frau überlegte, nahm einen Zug aus ihrer Pfeife und stieß den Rauch aus. »Hoffen wir, daß es den taraskischen Fürsten nicht allzuviel ausmacht, wenn der Bote noch Taraskenfleisch in seinem Bauch verdaut.«

»Das steht zu hoffen.« Dame Feuerstein Messer war sichtlich bemüht, vor Zorn nicht aus der Haut zu fahren. Es waren schwierige Tage gewesen – die gute Nachricht, auf die sie gehofft hatte, war nicht eingetroffen, ich hatte meinen guten Ruf verloren und meine Jungfräulichkeit aufs Spiel gesetzt, und die Autorität ihres Sohnes war von einem Mann untergraben worden, den sie für einen eingebildeten Gecken hielt. Sie wies mit dem Kopf in Richtung der Unterkünfte, wo unter den Klängen von Flöten,

Hörnern und Rasseln das Festmahl noch im Gange war. »Nun hör dir an, wie die sich an Menschenfleisch gütlich tun! Trotz all ihrer prächtigen Kleidung, ihrem vornehmen Getue und ihrem Gerede über Kultur – sie sind Wilde.«

»Nun, es hat immer Völker gegeben, die Menschenfleisch gegessen haben«, sagte Sperling Frau in dem Versuch, meine Großmutter zu beschwichtigen.

»Richtig – aber bis jetzt haben Kannibalen noch nie die Welt erobert. Was sind die unterworfenen Völker für die Azteken anderes als Herden zahmen Wilds, von dem sie sich ernähren? Herden prächtiger Truthühner für ein Festmahl?«

»Meine liebe Dame Feuerstein Messer«, ereiferte sich Sperling Frau, im Grunde jedoch keineswegs so schockiert, wie sie sich gab, »die Götter verlangen nun mal Opfer. Ab und zu müssen wir Leben für Leben geben.«

»Selbstverständlich! Hältst du mich für gottlos? Schwere Zeiten und Trockenheiten verlangen immer mal ein Opfer oder auch zwei – und es gibt keine bessere Möglichkeit, Verbrecher loszuwerden. Als meine Mutter noch jung war, brachten sie zur Pflanzzeit immer ein Opfer; desgleichen zur Erntezeit, und wenn man eine Prophezeiung brauchte, noch eines. Aber doch nicht diese öffentlichen Gelage! Auch Herr Sonne wurde nicht täglich mit frischen Herzen gefüttert! Bei *meinem* Stamm gab es für die Sonne nur dann solch ein Opfer, wenn die Garbe von zweiundfünfzig Jahren zusammengebunden wurde. Und doch hat die Sonne für die Culhuas strahlender geschienen als für die Azteken!«

»Und für die Otomi auch«, fügte Sperling Frau hinzu, bemüht, ihr uraltes Volk nicht in Vergessenheit geraten zu lassen. »In der alten Zeit waren die Menschen gottesfürchtig und brachten den Göttern Opfer dar. Aber es hat keine Exzesse gegeben.«

Dame Feuerstein Messer nickte. »Das sagt einem doch schon der gesunde Menschenverstand, wann es an der Zeit ist, die Götter zu beschwichtigen, und nur ein Narr hätte grundsätzlich etwas dagegen, daß Priester bei einer Zeremonie Menschenfleisch essen.« Mit funkelndem Blick schien sie die Wand zu durchbohren – dahinter, nur etwas entfernt, saßen die Azteken.

»Ich bin keine Gottesgelehrte, aber ich weiß, wo die Frömmigkeit aufhört und die Völlerei beginnt.«
Noch nie hatte ich erlebt, daß sie ihrer Verbitterung so offen freien Lauf ließ. So jung ich war, hatte ich doch ein Gefühl für das Besondere der Szene: Zwei ältere, reiche und ehrenwerte Frauen hielten verräterische und gotteslästerliche Reden, sogen dabei still an der Pfeife und nippten am Tee – und das alles in Bogenschuß-, praktisch in Hörweite von Herrn Moctezumas Boten.
»Herr Lanzenträger ist auf die Jagd gegangen, weil er nach Menschenfleisch gierte. Seine Religion ist so falsch wie sein Geschmeide.« Mit dieser vernichtenden Feststellung beendete Dame Feuerstein Messer die Diskussion.
Schweigend rauchten sie eine Weile weiter. Sperling Frau betrachtete ihre mit Farbklecksen und Hautverfärbungen übersäte Hand, mit der sie Festornamente gemalt hatte. Die eine Handfläche war blutrot, hatte also die Farbe des Todes, und in ihrem Haar waren häßliche Spritzer, die sie nicht hatte herauswaschen können. Sie sagte: »Teuerste Dame, ich habe über diesen Scharlachton nachgedacht, den Ihr so gern hättet. Wenn wir Koschenille nähmen und zusammen mit etwas Zinnober aufkochten, dann käme vielleicht der von Euch gewünschte Ton heraus ...«
Draußen wurden laut Hochrufe auf Herrn Lanzenträger ausgebracht.

Als sich an diesem Abend Stille über den Außenposten legte und selbst die ausdauerndsten der Zecher erschöpft waren, kam Prinz Chimal zu mir. Leider bot er mir für den nächsten Morgen keinen Straferlaß an, denn an diesem Vormittag sollten unsere Gäste – mit Ausnahme von Onkel Weide – nach Tenochtitlan aufbrechen. »Ich habe dir ein Festgeschenk mitgebracht«, sagte er. »Ein ganz besonderes Geschenk für eine ganz besondere Tochter.« Mit dieser gewundenen Ausdrucksweise gab er mir zu verstehen, daß ich mich in seinen Augen vielleicht töricht aufgeführt hatte, er jedoch Honig Nippels finsterer Geschichte nicht glaubte.
Es war in der Tat ein ungewöhnliches Geschenk: ein Messer mit hölzernem Griff und einer dunkelgrauen Klinge, die etwa so lang war wie meine Hand, aber nicht aus dem glanzlosen Stein, aus

dem Klingen sonst gemacht werden. Das Messer kam mir sehr schwer vor.

»Fahr mit den Fingern darüber«, sagte mein Vater.

Ich tat es und rief dann: »Silber! Aber so dunkel! Was ist es?«

»Das ist die Frage, die der große Herr Moctezuma stellen sollte. Nur wenige Schmiede, die an den Essen im Land der Fischermenschen stehen, könnten es dir verraten – aber sie würden es wahrscheinlich nicht tun.«

Er meinte das Taraskenland mit seinen vielen, fischreichen Seen. Also hatten Tarasken dieses Messer aus einem merkwürdigen Metall geschmiedet, das nur sie allein kannten. Jahre später sollte ich erfahren, daß es sich um die Legierung Bronze handelte, die dem Rest der Einzigen Welt damals noch unbekannt war.

»Ich glaube, sie benutzten es nur, um Waffen daraus zu machen. Waffen, die so scharf und hart sind wie dieses Messer, könnten eines Tages die gesamte Einzige Welt erobern, Mali. Wer eine mächtige neue Waffe in der Hand hält, der hat einen Gott zur Seite, Mali.«

Da er vorher militärische Ehrenzeichen verliehen hatte, trug er als Schmuck immer noch sein Schwert. Es handelte sich um eine furchterregende Waffe, die sowohl als Keule wie als Beil zu gebrauchen war, länger war als sein Arm und eine Handspanne breit. Obwohl aus Holz gefertigt, waren beide Schneiden mit Obsidiansplittern verstärkt, die wiederum scharf waren wie Katzenkrallen. Das kleine Messer, das er mir gerade geschenkt hatte, wirkte daneben harmlos – und würde auch harmlos daneben wirken, wenn es groß wäre wie ein Schwert.

Prinz Chimal erkannte meine Zweifel. »Vergiß nicht, dein kleines Messer vermag sich in das Holz meines Schwertes hineinzufressen, selbst der mächtigste Hieb, den man mit diesem Schwert austeilt, kann deiner Klinge nichts anhaben. Holz, ja sogar Obsidian ist gegen dieses Metall machtlos.«

Nunmehr voller Hochachtung, betrachtete ich das Messer genau, befühlte es, berührte es mit der Zunge – es schmeckte irgendwie scharf. Nur wenige Dinge im Leben sind so überwältigend wie die Begegnung mit einem neuen Metall. Silber und Gold und ein paar Kupferstücke hatte ich bereits gesehen, doch sonst nichts; so fehlten mir auch die Worte, die Gefühle zu beschreiben, die mich bewegten, als ich später die neue Welt der Metalle entdeckte: Eisen, Stahl, Zinn und Messing. Jedes einzelne ist ein Wunder.

Mein Vater erging sich ein wenig über die Gewalt der neuen Waffen und sprach davon, wie vor langer Zeit die Tolteken, aus dem Nirgendwo im Norden kommend, in die Einzige Welt eingedrungen waren und mächtige Reiche besiegt hatten. »Und das nicht, weil sie stärker oder tapferer gewesen wären, sondern nur, weil sie Pfeil und Bogen hatten. Die kannte außer ihnen damals kein Mensch. Heute sind die Tolteken in unseren Augen fast Götter. Dabei waren es die Pfeile, die sie zu Göttern gemacht haben, Mali.«

Ich dankte ihm für das Geschenk und versprach, es immer bei mir zu tragen. Jetzt war es schon kein Messer mehr für mich, sondern ein Schwert, und unversehens war ich die Krieger Prinzessin höchstpersönlich.

»Es kommt aber noch ein anderes Geschenk. Ist dir aufgefallen, daß meine Frau Honig Nippel beim Fest nicht mitgetanzt hat?«

»Nein.« Wie hätte ich irgend etwas bemerken sollen? Ich war hier eingesperrt.

»Sie ist schwanger. Natürlich hoffe ich auf einen Sohn, aber eine Tochter wie du wäre mir auch willkommen.«

Mein Herz machte einen Satz. Da ich die Mutter haßte, haßte ich sofort auch das ungeborene Kind. Den Kopf senkend, so daß Prinz Chimal meinen Gesichtsausdruck nicht sehen konnte, sprach ich das förmliche Bittgebet für Freude und Segen. Und dachte die ganze Zeit über: Ist dieses Kind wirklich von meinem Vater? Honig Nippel sieht aus wie eine Schlampe und ist wahrscheinlich auch eine. Ich hatte gesehen, daß sie aufblühte, wenn Männer vorübergingen.

Während mir solche Gedanken durch den Kopf gingen, schämte ich mich, daß ich mich für meinen Vater nicht freute und diese Freude nur vortäuschte. Er hatte drei Frauen, und doch war sein einziges Kind ein Mädchen. Was sagten andere Männer dazu? Und was dachten sie, ohne zu wagen, es auszusprechen?

Prinz Chimal erhob sich und wollte gehen, doch dann zögerte er. Er wandte sich mit sanftem Gesicht zu mir und sagte: »Du und

ich, wir werden bald gemeinsam die Sterne betrachten, Mali. Es sieht so aus, als ob meine Sternguckerei selbst das Interesse des großen Moctezuma weckte.«
»Ist das wahr, Vater?«
»Das ist der Grund, warum Herr Lanzenträger hierher geschickt wurde. Er hat mir Karten gebracht, die von den Gelehrten in Tenochtitlan und Texcoco gezeichnet wurden. Auch sie haben den Blutstein am Himmel bemerkt. Ist das ein gutes Omen? Bedeutet es, daß Gefiederte Schlange zurückkehrt? Moctezuma bittet mich – neben einem Dutzend anderen Sternkundigen – um eine Antwort.«
»Und was hast du gesagt, Vater?«
Diese Frage schien den Prinzen Chimal zu verwundern. »Selbstverständlich habe ich gesagt, daß Gefiederte Schlange kommen wird. Natürlich kommt er.«
»Wirklich?« Erregung flackerte in mir auf, und Honig Nippel war vergessen. »Wann? Sag mir, wann.«
»Wann?« Die Braue überm linken Auge meines Vaters zuckte kaum merklich wie immer, wenn er ein Lächeln unterdrückte. »Diese Frage zu beantworten ist weitaus schwerer, meine Tochter.« Kurz umarmte er mich liebevoll, und ehe er ging, sagte er noch: »Heute abend habe ich ein paar von den Fremden bei mir zu Gast. Ich meine, meine Lieblingstochter sollte helfen, sie zu bedienen.«

Zu meiner Enttäuschung hielt man Lerche für zu jung, um eingeladen zu werden, und der wahre Ehrengast dieses Abends war etwas sehr Merkwürdiges: ein junger Baum, kaum mehr als ein mehrjähriger Trieb, den Onkel Weide in einem geschützten Tal entdeckt hatte.
»Jawohl, es ist der Baum von Achiotla, ein Orleanbaum«, erklärte Onkel Weide stolz; er konnte es immer noch nicht fassen, den Baum wirklich gefunden zu haben. »Den ganzen Sommer und Herbst über habe ich danach gesucht und ihn dann rein zufällig gefunden!«
Das Bäumchen sah, winzig wie es war, in seinem großen Tontopf alles andere als bedeutend aus, und doch war es eines der wenigen

Dinge auf der Welt, die Herr Moctezuma begehrte und noch nicht besaß.

»Angefangen hat das vor ein paar Jahren – Moctezuma war gerade Erster Sprecher geworden und auf den Thron gelangt. Da erfuhr er, weit in der Ferne, in Oaxaca, besitze der Herrscher von Achiotla einen Baum, der an Schönheit und Wohlgeruch alles auf Erden wie im Himmel übertreffe. Moctezuma wollte den Baum für seinen eigenen Garten haben, doch als die Achiotlaner ihn nicht hergeben wollten, schickte er ein gewaltiges Heer gegen sie aus. Beim Sturm auf die Stadt kamen die meisten der jungen Verteidiger ums Leben: Da befahl Moctezuma, jeder Mensch über sechzig solle mit dem Schwert umgebracht oder auf den Altar gelegt werden.«

»Und das zu Recht«, erklärte Herr Lanzenträger. »Die alten Geizhälse schürten den Widerstand, und da hat sich Moctezuma ihrer entledigt, als wären es lauter Fürze.«

Die Unterhaltung wandte sich militärischen Angelegenheiten zu, und ich bot meinem Onkel Kleewasser an, damit er die Finger hineintauchte; dabei fragte ich ihn im Flüsterton: »Und was ist aus dem Baum geworden?«

Gleichfalls im Flüsterton antwortete er: »Er ging ein, da er ausgegraben wurde. Alle haben diesen Krieg verloren.« Lächelnd wandte ich mich ab. Das war jene Art von unpatriotischer oder respektloser Bemerkung, wie sie auch mein Vater häufig im engeren Kreise machte.

Die Gäste blieben stundenlang, erzählten von alten Feldzügen und stritten sich über militärische Taktiken und Rituale. Solche Dinge bekam ich häufig zu hören, wenn mein Vater seine Offiziere zu sich einlud und sie bewirtete; ich wußte von Finten und falschem Rückzug, und wie man die Feinde lebendig vom Schlachtfeld wegtrug, um sie später opfern zu können. Ich hielt mich im Hintergrund, bekam aber jedes Wort mit und malte mir dabei aus, ich wäre Krieger Prinzessin oder Soldaten Königin des Südens, die vor langer Zeit große Heere zum Sieg geführt hatte.

Am nächsten Tag reisten unsere Besucher aus Tenochtitlan ab, und zwar unter weit geringerer Prachtentfaltung als bei ihrer

Ankunft. Vitsa sagte, sie seien beleidigt, weil Prinz Chimal keine öffentliche, feierliche Verabschiedung hatte vornehmen wollen. Statt dessen ließ er wissen, er sei damit beschäftigt, einige Befestigungsanlagen für den Außenposten zu entwerfen, und habe keine Zeit mehr für Zeremonien.
Mir wurde nicht erlaubt, Lerche zu sehen, doch tröstete es mich, daß einige Vogelrufe, die ich am Morgen der Abreise hörte, seine Abschiedsworte für mich waren. Freilich, ich mochte mir soviel Mühe geben, wie ich wollte, es gelang mir nicht, einen Antwortpfiff zustande zu bringen; erst als die Reisegruppe schon ein ziemliches Stück von Jalisco entfernt war, durfte ich Haus und Hof wieder verlassen. Als ich mich unschlüssig in einer Gasse herumdrückte, kam eine mir unbekannte Sklavin an mir vorübergeschlendert, drückte mir etwas in die Hand und eilte dann weiter, ohne sich auch nur ein einziges Mal nach mir umzusehen. Ich hielt einen kleinen Ring aus klarem Bergkristall, dem reinsten aller Steine, in der Hand. Eine winzige, leuchtendgelbe Feder war mit einem Faden an den Ring gebunden. Ich blinzelte und mußte mehrere Male schlucken, doch dann verbarg ich Ring und Feder in der Scheide, in der ich mein taraskisches Messer stecken hatte. Als Talisman gedachte ich, ihn unter meinem Überwurf zu tragen.
Ehe mein Onkel sich aufgemacht hatte, um einen Ersatz für den eingegangenen Baum von Achiotla zu finden, war ihm reicher Lohn versprochen worden, falls er mit seinen Bemühungen Erfolg hätte. Herr Weibliche Schlange – der zweite Mann im Staate nach Moctezuma – hatte ihm eine Stellung unter den Prinzenerziehern angeboten. Weiden Rute sollte Moctezumas Söhne und Neffen über Art und Wirkung aller Heilkräuter der Welt unterrichten – das heißt nur jener, aus denen sich keine Gifte brauen lassen. Dieses Wissen behielten die königlichen Zauberer für sich; sie gaben die Rezepte nicht preis. Für Herrn Weiden Rute, einen Bastard ohne Aussicht auf eine Erbschaft, der sich nur deshalb Herr nennen durfte, weil man es mit den höfischen Gepflogenheiten nicht allzu eng nahm, war dies eine schöne Gelegenheit, und so war er jetzt verständlicherweise sehr darauf erpicht, in die Hauptstadt zurückzukehren und das, was ihm versprochen worden war, zu fordern.

»Aber ich kann auch noch bis morgen warten«, sagte er meinem Vater. »Ich möchte weder den Baum noch mich selbst in Gefahr bringen und in der Gesellschaft von Lanzenträger durchs Grenzgebiet reisen. Jedenfalls nicht nach dem, was den Tarasken passiert ist. Ich ziehe es vor, wie ein harmloser Gelehrter auszusehen, der viel zu wenig Fleisch auf den Knochen hat, als daß es die Mühe lohnte, ihn am Spieß zu braten.«

So kam es, daß er sich an diesem Abend auf dem Hügel zu meinem Vater und mir gesellte, um mit uns die Sterne zu betrachten. Da jedoch Wolkenschleier vor den Sternen lagen, redeten die Brüder von anderen Dingen.

»Wie sieht es denn dieser Tage in der Hauptstadt aus?« erkundigte sich mein Vater.

»Sie ist aufgebläht von Tributen und reicher denn je. Ich habe einen Freund, der ist Oberschreiber bei den königlichen Steuerverzeichnern. Nicht zu fassen, was der mir alles erzählt! Jahr für Jahr treffen eine Million Baumwollumhänge und genauso viele bestickte Röcke ein, zehntausend Schilde, genug Mais und Bohnen, um zwei Berge damit aufzuschütten. Ich habe die Lagerhäuser gesehen – riesige Gefäße voll Amberharz für die Weihrauchherstellung und haufenweise Jade. Ein Mann ist den ganzen Tag nur damit beschäftigt, den Schmuck, der eintrifft, zu zählen und aufzulisten.«

»Das ist Reichtum«, sagte mein Vater.

»Die Stadt ist mehr als reich. Bis zum Ersticken angefüllt mit Schätzen, schwelgt sie in überflüssigen Tributzahlungen. Alles wird übertrieben – Stile, Kriege, Religion. Es wird dir in die Knochen fahren, wenn du wieder hinkommst, Bruder.«

»Aber eine so reiche Stadt muß doch auch ein Ort sein, wo sich einem aufgeweckten jungen Mann wie dir tausend Gelegenheiten bieten.«

Plötzlich spuckte Onkel Weide verächtlich aus. Er senkte die Stimme, ehe er weitersprach, obwohl die ganze Hügelkuppe offen und leer dalag. Es war, als hätte er selbst Fledermäuse und Eulen in Verdacht, Spitzel zu sein. »Seit Herr Moctezuma an die Macht gekommen ist, hat sich alles verändert. Heute haben nur die Hochgeborenen eine Stimme und gelten etwas. Gefragt wird

nicht, was einer kann, sondern wer sein Großvater war. Moctezuma verachtet jeden, der nicht mindestens weitläufig mit dem Herrscherhaus verwandt ist. Sobald ein gemeiner Mann zu hoch steigt, sorgt Moctezuma dafür, daß er stürzt.«
»Wirklich?«
Stirnrunzelnd schüttelte mein Vater den Kopf. »Ich erinnere mich noch an Moctezuma aus unserer gemeinsamen Zeit beim Heer. Da wirkte er durchaus bescheiden. Ich hielt ihn für viel zu fromm und unterwürfig, um zum Herrscher zu taugen.«
»Das war seine Maske – er gab sich demütig und gottesfürchtig. Jetzt zeigt er sein wahres Gesicht.«
»Verzeih mir, Bruder, aber du bist doch selbst, was du einen gemeinen Mann nennst. Wirst du denn wirklich zu einem Erzieher ernannt werden?«
»Herr Weibliche Schlange – und die Weibliche Schlange ist immer noch mächtig – hat es mir versprochen.« Onkel Weide lachte in sich hinein – ein Glucksen war das, so trocken wie das verdorrte Gras am Hang. »Sich vorzustellen, daß meine Zukunft gesichert ist, und zwar nicht, weil ich irgend etwas wüßte oder könnte, sondern weil ich einen jungen Baum gefunden habe, der in der Kälte von Tenochtitlan bald eingehen wird. Nun, hoffen wir, daß meine Laufbahn das Leben des Baums überdauert.«
»Ja«, sagte mein Vater, »hoffentlich.« Er lächelte nicht.

5

Die nächsten Tage kam ich mir verlassen vor und litt. Manchmal ging ich morgens zum Seeufer hinunter, um dem Ruf des Gottesvogels im Schilf zu lauschen, doch ließ er sich nie wieder hören. Häufig dachte ich über meine neue Schwester oder meinen Bruder, über das Kind nach, das bald geboren werden sollte; ich machte mir Sorgen über sein Horoskop, doch die Eifersucht loderte in mir auf, sobald ich Honig Nippel sah – dick und rund wie Dame Mond, und ewig dies mondhaft-einfältige Lächeln um den Mund.
Der Bote meines Vaters kehrte heil und gesund vom Ort der Kolibris zurück, was einige Verwunderung auslöste, da die meisten nicht damit gerechnet hatten, ihn so bald wiederzusehen, es sei denn, in Stücke gehackt. Sperling Frau erinnerte dunkel daran, daß die Azteken ein Gericht kochten, das sie sehr zutreffend Botschafter-Ragout nannten und das sie feindlichen Fürsten anstelle ihrer Abgesandten zurückschickten.
Der Schnell-Bote brachte gute Nachrichten. Die Anführer der Tarasken erklärten, sie hätten Verständnis dafür, daß man Fehler machte; doch der Friede und die Liebe zwischen dem Land der Fischermenschen und dem großen Herrn Moctezuma seien so heilig, daß sie durch ein Mißverständnis nicht gebrochen werden könnten. Ob Prinz Chimal ein unbedeutendes Geschenk vom Herrscher der Tarasken annehme? Das Geschenk erwies sich als ein Helmbusch aus gefärbten Reiherfedern und sah billig aus.
»Wir haben die Antwort eines großmütigen Herrn und eines edlen Volkes erhalten«, verkündete mein Vater. Dann ordnete er an, daß die Arbeiten an den neuen Palisaden mit doppeltem Eifer vorangetrieben würden.

Von den Bergen im Westen kroch der Winter herunter: strahlende Tage, aber kalte Nächte. Die Gäste aus der Hauptstadt hatten mir eine Ahnung von neuen Horizonten, Menschen und Städten gegeben, die ich bisher nur vom Hörensagen kannte. Plötzlich war die

Welt jenseits unseres Außenpostens für mich wirklich geworden, ich sehnte mich danach, sie kennenzulernen und zu ihr zu gehören. Unruhe befiel mich; mein Leben hatte sich auf geheimnisvolle Weise verändert.

Eine schäbige kleine Karawane von Fernhändlern, die keiner bestimmten Route folgte, sondern dorthin zog, wo Der Herr, Der Die Wege Leitet sie um des Gewinns willen führte, brachte eine Botschaft von Onkel Weide. Er war in der Tat zum Prinzenerzieher ernannt worden, und es ging ihm sehr gut, wohingegen das kostbare Bäumchen schwächlich aussah. Meinem Vater gefiel das ganz und gar nicht, und er ahnte Böses.

Langsam ging mir auf, daß ich etwas Wichtiges gelernt hatte. Meine Begegnung mit Lerchen Singer hatte mir die Augen darüber geöffnet, daß ich eben doch ein Mädchen war, ob ich nun schneller laufen konnte als er oder nicht. Zwar hatte er mich nicht betont wie ein Mädchen behandelt, sondern eher wie einen Gefährten, und das war angenehm, beunruhigte mich aber auch. So veränderte ich mich und wurde reifer. Nicht daß ich meine Freiheit aufgegeben und angefangen hätte, Maismehl zu mahlen; aber es machte mir keine Freude mehr, in einem zerrissenen und normalerweise schlammbespritzten und für mich zu kurzen *huipilli* herumzulaufen oder mein Haar schlaff herunterhängen zu lassen wie einen Kaninchenbalg.

Dame Feuerstein Messer verstand meine neuen Gefühle und gab sich besondere Mühe mit mir. Sie zeigte mir, wie man sich das Haar kämmte, wie man es zusammenband und wie man sich die Nägel schnitt, und da erkannte ich eine andere Frau hinter ihrem runzligen Gesicht – eine Frau, jung und bezaubernd, die sich in allen weiblichen Künsten wunderbar auskannte.

Dame Iztac, deren Gebärden die Anmut einer Dahlie hatten, guckte ich ab, wie man die Hände bewegte, nickte und den Kopf hielt. Eines Tages endeckte ich, daß Vitsa, die sonst nicht besonders schön war, sich wie eine Königin bewegte. Vielleicht lag das nur daran, daß sie jahrelang Wasserkrüge und andere Lasten auf dem Kopf getragen hatte, jedenfalls hatte sie eine wunderbar königliche Haltung, und wenn sie einen Pfad hinunterschritt, glitt sie dahin wie eine Mondgöttin. Ich hob das Kinn und straffte meine schmalen Schultern, um es ihr nachzutun.

Die fünf unglücklichen Tage vor Beginn des neuen Jahres gingen vorüber, jene Tage, die in keinen Monat eines vollkommenen Kalenders hineinpassen und daher am Jahresende angehängt werden müssen; sie sind gefährlich, weil sie nirgends hingehören, und Menschen und Dingen, die nirgends richtig hingehören, kann man nicht trauen.

Gleich zu Anfang des neuen Jahres traf ein Bote ein, ein Läufer, wie die Händler sie verwenden, und tatsächlich war sein Lendentuch auch mit der Maske des Gottes der Kaufleute bemalt, des langzähnigen Herrn, Der Die Wege Leitet und dessen Eckzähne, wie Dame Feuerstein Messer sagte, besonders spitz zugefeilt sind, um einen besser beißen zu können. Alle Kaufleute sind Wölfe. Für gewöhnlich kamen solche Boten in Geschäften, die mich nicht interessierten – sie zogen Erkundigungen ein über die Politik an der Grenze oder die Überflutung von Flüssen.

Diesmal kam der Bote, um Prinz Chimal daran zu erinnern, daß er vor vier Monaten eine Einladung zu einem Hochzeitsfest an einem Handelsplatz und Wallfahrtsort namens Brodelnde Quellen angenommen hatte, der nur eine kurze Reise von unserem Außenposten entfernt lag. Herr Heißer Hammer, der Häuptling dort, dessen Sohn heiratete, hatte an der zur Hauptstadt führenden Straße einen befestigten Platz ausgebaut und damit als Verbündeter ein Anrecht darauf, betont höflich behandelt zu werden – obwohl die Leute sagten, er sei ein halber Bandit und ein ganzer Barbar. Jetzt traf Herr Heißer Hammer letzte Vorbereitungen für die Feier und das Gelage.

»Mein Gebieter hofft, daß ihm Prinz Chimal die Ehre erweist, mit großem Gefolge zu erscheinen«, sagte der Bote und küßte untertänigst zum dritten- oder viertenmal die Erde – was schon reichlich übertrieben war. »Herr Heißer Hammer bittet ergebenst um eine Gästegruppe von einhundertundvier der Euren.«

Einhundertundvier war eine Glückszahl, denn es waren zweimal

zweiundfünfzig, das Doppelte der Zahl also, die eine Garbe ausmachen. Das war als Einladung erstaunlich überspannt und gesucht formuliert.
»Nein«, erwiderte mein Vater. »Wir werden mit sechsundzwanzig Mann kommen – und dazu einigen Sklaven. Das ist die Hälfte von zweiundfünfzig und damit als Zahl ebenso heilig.«
Soweit er sich getraute, versuchte der Bote, meinen Vater zu beschwatzen, mit größerem Gefolge anzureisen, doch Prinz Chimal blieb fest; er hatte nicht die Absicht, unseren Außenposten mit zu wenig Besatzung zurückzulassen. Die Botschaft der Tarasken hatte freundlich geklungen, und unsere Kundschafter berichteten auch nicht von ungewöhnlichen Aktivitäten an der Grenze, doch Prinz Chimal blieb argwöhnisch. »Ich mißtraue Leuten, die ein nie wieder gutgemachtes Unrecht einfach vergeben«, erklärte er. »Es würde mich nicht verwundern, wenn sie bald aus einem Hinterhalt über uns herfielen.«
Abgesehen von diesen Sorgen, liebte es mein Vater, einfach und ohne viel Umstände zu reisen; das entsprach seiner Art. Dame Iztac sollte ihn zwar begleiten, doch von seinen Nebenfrauen hatte Honig Nippel schon einen viel zu dicken Bauch, um noch zu reisen, und Nacht Jasmin sollte daheim bleiben, um Honig Nippel zu umsorgen. Dame Feuerstein Messer mit ihren steifen Gelenken wollte auf keinen Fall mitkommen.
Im letzten Augenblick wurde aufgrund des Drängens von Dame Feuerstein Messer beschlossen, daß ich mich meinem Vater anschließen sollte. »Jede Reise, selbst zu einem Misthaufen wie Brodelnde Quellen, trägt zu ihrer Erziehung bei. Mali ist noch nie irgendwo gewesen. Außerdem sollte sie sich mehr zusammen mit ihrer Mutter in der Öffentlichkeit zeigen. Die beiden müssen sich aneinander gewöhnen. Denk an die Zukunft, mein Sohn!«
Früh am nächsten Morgen, als die Sterne noch ungegessen waren, brachen wir auf und zogen einer trügerischen Morgendämmerung entgegen: meine Eltern und ich mit einer aus dreiundzwanzig Soldaten bestehenden Ehrengarde. Zehn Sklaven trugen unser Gepäck sowie die Hochzeitsgeschenke. Vitsa blieb daheim, was mich freute, da ich mir so erwachsener und unbeaufsichtigter vorkam.

»Du mußt lernen, ohne sie auszukommen«, sagte Dame Feuerstein Messer zu mir. »In diesem Sommer wird Vitsa sich genug zusammengespart haben, um sich freizukaufen. Dann wird sie heiraten und sich um ihre eigenen Kinder kümmern.«
Ich wußte, daß ein solcher Tag kommen würde. Die Sklaverei war nur selten ein Dauerzustand für jemand. Doch die Vorstellung, daß Vitsa Kinder haben sollte, die sie mehr lieben würde als mich, gefiel mir ganz und gar nicht. Jetzt jedoch vergaß ich bei der Aufregung des Reisens jeden Kummer wegen Vitsa.
Um unserem Gastgeber eine Freude zu bereiten, hatte Prinz Chimal Soldaten und sogar Sklaven ausgesucht, die auf Trommeln, Rasseln und Flöten spielen konnten. So gedachten wir an Lautstärke auszugleichen, was wir an Zahl nicht zu bieten hatten. Einige der Männer spielten im Gehen auf ihrem Instrument, und als die Brise die mitgeführten Standarten flattern ließ, dachte ich, daß wir ein eindrucksvolles Bild boten.
Es dauerte keine zwei Stunden, und wir überschritten die Grenzen meiner Welt. Alles – Bäume, Wasserläufe, selbst Kakteen – kam mir völlig anders vor, dabei mußten es genau die gleichen sein wie die, die ich immer gekannt hatte. Wir stiegen einen steilen, baumbestandenen Hang hinauf; oben auf dem Kamm der Hügelkette drehte ich mich um und konnte nicht fassen, eine wie bescheidene Ecke des Gesamtblickes das ausmachte, was mein ganzes Universum gewesen war. Wie winzig unser Außenposten mit dem kleinen Wachturm und der Spielzeugpalisade wirkte! Selbst der See war zu einem Froschtümpel geschrumpft! Und das – sagte ich mir – war ja erst der Anfang. Ich würde die ganze Welt zu sehen bekommen, nicht nur das, was hinter dieser Hügelkette lag, sondern auch das Land hinter den Bergen, die verschwommen und wolkenverhangen am Horizont aufragten.
Bis auf den Augenblick auf der Hügelkuppe verlief die erste Tagesreise völlig ereignislos; das einzig Ungewöhnliche war noch, daß ich so lange neben Dame Iztac herging, doch selbst das verlor nach ein paar Stunden den Reiz des Neuen. Von Zeit zu Zeit sah sie mich an, und einmal nickte sie mir sogar zu. Ich erwiderte dieses Nicken nicht allzu verlegen; allmählich gewöhnten wir uns aneinander. Bei Sonnenuntergang schlugen wir das Lager auf,

breiteten unsere Schlafmatten aus, entrollten unsere Baumwolldecken und machten ein Feuer, um Tiere und Dämonen fernzuhalten. Erstaunt stellte ich fest, daß Dame Iztac, die sonst so mutig war, nicht ganz wohl war bei der Vorstellung, die Nacht im Freien zu verbringen. Das tat mir gut, denn ich hatte keine Angst vor der Dunkelheit und war es gewohnt, die Sterne zu Gefährten zu haben.
Wieder marschierten wir noch vor Tagesanbruch los, zogen durch hohes Gras und zwischen Bäumen mit tiefreichenden Ästen hindurch – Bäumen, die viel zu weit auseinander standen, als daß man sie einen Wald nennen konnte. Ich dachte: *Jaguarland* und genoß den Kitzel der Angst. Jaguars liebten hohes Gras, hatte man mir gesagt. Am späten Nachmittag trafen wir in der Siedlung ein.
Der Ort Brodelnde Quellen entsprach der Beschreibung meiner Großmutter: ein Misthaufen, übelriechend und von Schmeißfliegen umschwirrt. Immerhin vollzog sich unser Einzug unter viel Lärm und mit einigem Pomp. Den Bewohnern, die von der Welt womöglich noch weniger Ahnung hatten als ich, fiel die Kinnlade herunter und quollen die Augen aus dem Kopf. Unsere glöckchenbesetzten Federbanner waren eine Sensation.
Herr Heißer Hammer küßte den Boden von meinem Vater so linkisch, daß ich an einen Affen denken mußte, der ein neues Kunststück vorführte; ich überlegte, ob er womöglich erst heute morgen in diese Zeremonie eingewiesen worden war. Nachdem man ausgiebig Grinsen und Lobhudeleien ausgetauscht und genug Weihrauch abgebrannt hatte, wurde völlig unerwartet die Braut nackt herausgeführt – und zwar zur Begutachtung durch meinen Vater und jedermann sonst. Dame Iztac war wie vor den Kopf geschlagen, wohingegen Prinz Chimal das Mädchen höflich pries. Sie war nur Tätowierungen und Knochen. Brüste und Gesäßbakken sahen so spitz aus, daß man unwillkürlich fürchtete, aufgespießt zu werden.
Die Bewohner von Brodelnde Quellen, die sie umringten, waren nach Aussehen und Sprache ein kunterbunter Haufen. Die wilden Chichimeken erkannte ich an ihrer Kleidung aus Hundefell. Sie hatten sich Menschenknochen durch die durchbohrte Nasenscheidewand gesteckt, und ich war dankbar, daß der Gestank ihrer

ungewaschenen Leiber es ihnen unmöglich machte, sich unbemerkt an irgend jemand heranzuschleichen. Einige von ihnen sprachen mit Otomi-Akzent wie bei uns daheim Sperling Frau. Bei noch anderen handelte es sich um Huaxteken, denen von klein auf Stirn und Schädel konisch verformt werden, so daß sie eine eigentümlich fliehende Stirn bekommen. Brodelnde Quellen wirkte weniger wie eine einheitliche Siedlung, sondern eher wie eine Ansammlung von mehreren hundert Hütten, bewohnt von Menschen, die von einem Sturmwind aus allen Ecken der Welt hierhergeweht und fallen gelassen worden waren. Unter den hier Gelandeten befanden sich viele Galgenstricke mit hungrigen, berechnenden Augen. Eigentlich hätte ich mich nicht wundern sollen, aber Brodelnde Quellen war nun mal die erste Grenzsiedlung, die ich zu sehen bekam.

Ich empfand keinerlei Angst vor den Männern, die uns beäugten; das hier waren Wiesel, keine Jaguare. Wir bewegten uns unter ihnen im Schutz der Macht Tenochtitlans, jener Führungsmacht innerhalb des Dreibunds, die mit ausgestreckten Schwingen über uns wachte wie unsichtbare Adler. Auf den Schilden unserer Ehrengarde prangte das Antlitz des Kriegs-Bringers, jenes unerbittlichen Gottes, der den Tod an jene austeilt, die sich gegen die Herrschaft Tenochtitlans auflehnen. Ich war voller Zuversicht und Stolz.

»Das ist unsere neue Befestigungsanlage«, erklärte Herr Heißer Hammer und wies mit wedelnder Handbewegung auf eine Palisade in einem mit Lehm aufgefüllten Steinfundament. »Ich hoffe, Ihr werdet sie morgen inspizieren, Hoheit. Heute wird sie aus Anlaß des Festes geschmückt.«

»Es wird mir eine Ehre sein«, murmelte der Prinz und bemühte sich, auf unserem Weg durch die Lehmhütten nicht in Puterdreck zu treten.

»Das hier sind die Gästehäuser für Euch, Hoheit«, verkündete unser Gastgeber stolz. »Sie sind so neu, daß das Schilfgeflecht noch grün ist. Bis jetzt gibt es darin noch keinen einzigen Floh, das schwöre ich. Und nicht eine Zecke!«

»Sehr hübsch, sehr frisch.«

»Vielen Dank, Hoheit. Dieses Gästehaus hier ist für Euch, Eure wunderschöne Gemahlin und Eure Tochter bestimmt. Nebenan finden zehn von Euren Männern Unterkunft, und die anderen werden dort drüben, jenseits des Tempels untergebracht. So tretet ihr euch nicht auf die Füße.«

Das aus zwei Räumen bestehende Gästehaus war sauber, trocken und hübsch mit Kiefernzweigen geschmückt. Blumen allerdings fehlten, was mich wunderte. Doch dann fiel mir ein, daß ich nirgends in der ganzen Siedlung auch nur eine einzige Blüte gesehen hatte. Das mußten merkwürdige Menschen sein – ganz ohne Blumen zu leben!

Etwas später kam der Bräutigam, ein vierschrötiger junger Mann namens Ce Atl, um meinem Vater seine Aufwartung zu machen und uns zu den heißen Quellen zu geleiten, denen der Ort seinen Namen verdankt.

»Sie sind etwas Wunderbares, Hoheiten. Sehr heilig, sehr heilsam.«

Wie sich dann herausstellte, war das Wasser außerdem übelriechend und ungenießbar. Wie es ihrem Namen entsprach, brodelten einige Quellen auch von Zeit zu Zeit, und über ihnen hing ständig eine Dampfwolke. Bei Sonnenuntergang bildete sich dort ein Regenbogen. Drei alte Männer saßen in einer flachen Pfütze und begossen sich aus Kalebassen gegenseitig mit Wasser. Der Häuptlingssohn ratterte eine ganze Liste von wunderbaren Heilungen herunter, zu denen es dank des Wassers gekommen war.

»Am stärksten wirkt das Wasser beim Öffnen des Frauenschoßes. Hinterher wird einer Frau unweigerlich Fruchtbarkeit geschenkt.«

Mit plötzlich erwachtem Interesse betrachtete Dame Iztac die brodelnden Quellen, zuckte dann jedoch mit den Schultern. »Wenn sie das können, warum sitzen dann nicht Hunderte von Frauen hier. Wie Fische im Netz würden sie sich hier drängen, wenn wahr wäre, was Ihr sagt.«

»Aber doch nicht bei Tageslicht, Hoheit. Frauen hilft das Wasser mit Dame Mond. Sobald Mondlicht auf die Quelle fällt, erhält das Wasser die Kraft, Leben zu spenden.«

Weitschweifig erging er sich darüber, daß die Quellgöttinnen Mondkinder wären, doch mehr brauchte ich nicht zu hören. In der kommenden Nacht versprach Dame Mond, prall und rund zu sein. Mochte Dame Iztac sich auch vor der Dunkelheit fürchten – nicht einmal Rauchender Spiegel selbst würde sie davon abhalten können, in diesen Quellen zu baden. Bestimmt würde sie jede Nacht, die wir an diesem Ort weilten, hier verbringen; in ihren Augen schimmerte es hoffnungsvoll auf.

Auf dem Weg zurück zu unserem Gästehaus sagte mein Vater nur für meine Ohren bestimmt: »Heute nacht werde ich die Sterne betrachten; es geht um das Horoskop für das Hochzeitspaar. Möchtest du mir helfen?«

»Ja, Vater.«

»Gut.« Er lächelte zwar nicht, aber seine linke Augenbraue zuckte. »Sobald deine Mutter sich zu den Quellen aufmacht, steigen wir auf den Kamm des Hügels da hinten.«

Am Abend dieses ersten Tages während der zweiten Wache wurde uns ein schweres Mahl in unseren Pavillon gebracht. Dazu gab es Schokolade, doch die Soldaten müssen mit vielen Kalebassen des verbotenen Pulque verwöhnt worden sein, denn ihr Lachen wurde immer rauher, und irgend jemand fing an, einen Gassenhauer zu singen: »Zu Tenochtitlan, da gibt es eine reiche Hure, die hat eine doppelte Möse.«

Mein Vater ging hinüber, um den Soldaten in ihren Unterkünften einen Besuch abzustatten, und was vom Pulque noch nicht ausgetrunken war, wurde weggeschüttet. Wenig später sangen die Männer nicht mehr, sondern schnarchten.

Als die ganze Siedlung in tiefem Schlaf zu liegen schien, hörte ich meine Eltern miteinander flüstern; gleich darauf erhob sich Dame Iztac still von ihrer Matte und verschwand.

Zu mir sagte mein Vater: »Komm jetzt – und nimm eine Decke mit. Die Nacht ist kalt.«

Ich nahm nicht nur eine Decke mit, sondern außerdem noch die Scheide, in der ich die drei Dinge verwahrte, die mir von allem am teuersten waren: das Tarasken-Messer, den Ring von Lerchen Singer und ein Stück geschnittener Jade, das Dame Feuerstein Messer mir am Tag zuvor zum Abschied geschenkt hatte. Ich wäre nie auf den Gedanken gekommen, diese Dinge unbewacht in diesem Diebsnest zurückzulassen; zudem schnarchte der Sklave, der eigentlich Wache halten sollte, noch lauter als die Soldaten.

Als wir über die Truthahntrampelpfade, die hier Straßen genannt wurden, durch den Ort gingen, wirkte die Stille bedrückend und unnatürlich. Irgend etwas stimmte nicht – doch was war es? Dann ging mir plötzlich auf, daß uns keine Hunde anbellten. Die meisten von ihnen waren selbstverständlich schon für das morgige Fest geschlachtet worden. Aber alle? War denn nicht ein einziger als Schoßhündchen oder Fußwärmer seinem Schicksal entronnen? Keine Blumen und keine Haushunde – was für schreckliche Menschen!

Nachdem wir Hütten und Abfallhaufen hinter uns gelassen hatten, stiegen wir den Bergpfad hinauf, und als wir an den brodelnden Quellen vorüberkamen, winkte mein Vater grüßend einer in Dampf eingehüllten Gestalt zu. Dame Iztac badete ganz allein.

Der strahlende Mond hatte die meisten Sterne verschluckt; nur wenige Sternbilder waren zu erkennen. Mein Vater machte sich auf Rindenpapier ein paar Notizen, gab dann jedoch jede Hoffnung auf.

»Die Sterne verheißen dem Brautpaar Gesundheit, Reichtum und Glück. Allerdings weniger von alledem und vor allem nur für eine weit kürzere Zeit, als sie es erwarten und sich erhoffen.« Mit geradezu feierlichem Ernst sah er mich an. »Ist das eine verläßliche Voraussage?« Wir lachten gemeinsam, genossen zusammen die Gotteslästerung, die darin lag. Von dieser Höhe aus konnten wir ein Stück innerhalb der vom Mondlicht hell erleuchteten neuen Palisaden von Herrn Heißer Hammer überblicken und sahen, wie einige Männer hin und her huschten und dann verschwanden. »Sie scheinen alles für das Fest fertig geschmückt zu haben«, sagte ich. »Die großen Tore gehen jetzt auf.« Noch während ich das sagte, wurde ich mir einer anderen Bewegung unten in der Siedlung bewußt: Menschen liefen lautlos zwischen den Hütten herum. »Findet denn heute nacht irgendeine Zeremonie statt?«

Gleich darauf hörte ich Schritte auf uns zukommen. »Mein Gebieter! Mein Gemahl!« Die Stimme von Dame Iztac klang erstickt, hatte jedoch etwas Drängendes, als diese in nasser Badekleidung und mit triefendem Haar zu uns heraufgehastet kam.

»Taraskische Soldaten!« Keuchend stieß sie diese Worte hervor. »Sie sind in der Siedlung – ich habe ihre Sprache gehört.«

Eine Sekunde blieb Prinz Chimal unentschlossen stehen, dann flüsterte er: »Rasch! Duckt euch – aber lauft!«
Ein Kieferngestrüpp wuchs in der Nähe; geduckt liefen wir hin und suchten darin Schutz. Plötzlich fiel mir auf, daß mein Vater sein Schwert trug, das er jetzt zog, und das war seltsam, war er doch bloß hinausgegangen, um die Sterne zu betrachten. Offenbar war er mißtrauisch gewesen. Allerdings nicht mißtrauisch genug.
Ein entsetzlicher Lärm und gellende Schreie drangen jetzt von der Siedlung herauf, Trommelgedröhn und die Klagetöne von Muschelhörnern. Fackeln flammten im Inneren der Palisade auf, und ganze Trupps von Männern – taraskische Soldaten – ergossen sich aus der Befestigung in die Straßen – griffen also nicht die Befestigung an, sondern kamen aus dieser heraus, hatten sich darin verborgen gehalten. Mit angehaltenem Atem sah ich, wie das große Gästehaus, in dem wir eigentlich schlafen sollten, plötzlich aufloderte wie ein Freudenfeuer – nein, nicht wie ein Freudenfeuer, sondern wie eine Fackel, denn sie schoß wie eine riesige Flamme in die Höhe, als ob in den Matten Zunder verborgen gewesen wäre; Funken stoben in den Himmel und regneten wieder zur Erde herab. Eines war in dem ganzen Durcheinander klar: Die Tarasken und die Bewohner von Brodelnde Quellen steckten unter einer Decke und begannen, mit vereinten Kräften unsere Ehrengarde abzuschlachten.
Von Entsetzen gepackt, verfolgte mein Vater das Geschehen. Einmal trat er einen Schritt vor und reckte das Schwert, als wollte er den Hügel hinunterstürmen, doch Dame Iztac packte ihn am Arm. »Nein, mein Geliebter! Das Gemetzel ist schon vorüber.«
Sie irrte sich – doch genügten ihre Worte, um meinen Vater zurückzuhalten. Nur die Kämpfe waren vorbei; das Gemetzel hatte erst begonnen. In seiner Treulosigkeit hatte Herr Heißer Hammer unsere Männer zum Schlafen auf zwei Lager aufgeteilt, um sie besser umzingeln und niedermachen zu können. Die aztekischen Soldaten waren ergriffen, gefesselt und kampfunfähig gemacht worden, ehe sie überhaupt zu den Waffen hatten greifen können. Jetzt begann das Blutbad. Manche wurden auf der Stelle entleibt, andere für die Opferung zum Tempel geschleift. Ein paar wurden von der blutrünstigen Menge einfach in Stücke gerissen.

Ein Kind mit einer schrillen Stimme schrie: »Tod den Azteken! Tod, Tod!« Dann lachte es irre kreischend auf.

Wie als Antwort darauf flüsterte Dame Iztac: »Wir werden dafür sorgen, daß Heißem Hammer das Herz aus der Brust gerissen wird. Seine Kinder werden zusehen, wie es verbrennt, ehe sie selbst an die Reihe kommen.« Zitternd und mit geballter Faust stand sie da und biß sich auf die Knöchel.

Ein sonderbarer, hohl klingender Gesang erhob sich von der Siedlung – derselbe Gesang, den ich von den taraskischen Jägern kannte, die Herr Lanzenträger als Opfer gefangengenommen hatte. Über den gellenden Schreien der Schlächter und dem Geschrei der Sterbenden zitterte er in der Luft. Funken von den brennenden Gästehäusern hatten jetzt die Hütten in Brand gesetzt, und die Szene des Grauens wurde von Flammen und Mondlicht unheimlich erhellt.

Ich sah einen von unseren Soldaten – der einzige, der noch stand – den Arm heben, um einen Speer zu schleudern, doch ein taraskisches Schwert zerschnitt die Luft, und plötzlich hatte der Mann keinen Arm mehr, keinen Speer, und ein Blutschwall kam aus seiner Schulter herausgeschossen. Fassungslos starrte er das Blut an; dann wurde er einfach umgerissen.

Obwohl Gemetzel und Quälereien vor meinen eigenen Augen stattfanden, nur wenige Bogenschuß von mir entfernt, kam mir alles unwirklich vor – wie ein Tanz, wie etwas, das uns vorgeführt wurde, als ob Schauspieler eine Legende aufführten. Ich konnte das Grauen nicht begreifen.

Zwei Gestalten kamen den Pfad von den Quellen heraufgewankt. Mein Vater erkannte sie, legte trichterförmig die Hände vor den Mund und stieß den Warnruf eines Ziegenmelkers aus – unser Signal. Dann rief er sie, so laut er wagte, beim Namen: »Cholo! Miztli! Hier, zwischen den Bäumen.«

Gleich darauf brachen sie neben uns zusammen, zwei junge Soldaten. Der eine – ein dunkelgesichtiger Jüngling namens Cholo – war schwer verwundet; klaffende Wunden liefen ihm über die Brust und die rechte Schulter. Dame Iztac riß rasch Stoffstreifen von ihrem Gewand, um ihn zu verbinden. Cholo schwieg, doch der andere Soldat, der unverletzt schien und Schwert und Schild

behalten hatte, konnte nicht aufhören, zu fluchen und zu weinen. Speichel floß ihm aus den Mundwinkeln! »Wir müssen fort von hier! Sonst bringen sie uns auch zur Strecke.«
»Ja, Miztli, Söhnchen. Wir werden gehen.« Beruhigend legte Prinz Chimal dem Krieger die Hand auf die Schulter, und seine Stimme klang ganz sanft. »Wir brechen auf, sobald die Wolken dort drüben im Osten sich vor Dame Mond schieben. Bis jetzt haben die da unten noch genug zu tun.«
Und das stimmte. Die Menge war jetzt weniger am Töten als an der Rettung dessen interessiert, was in den brennenden Hütten war – und wenn sie jetzt nicht ihr eigenes Hab und Gut retteten, stahlen sie das ihrer Nachbarn. Andere kreischten und stritten sich um die Kleidung, die sie unseren Soldaten vom Leib rissen. Unschlüssig standen die Soldaten der Tarasken da und warteten auf Befehle; ein paar von ihnen jedoch hatten angefangen, einen schleppenden Siegestanz aufzuführen, und die, die ihnen zusahen, feuerten sie an, klatschten in die Hände und riefen immer wieder: »Nieder mit Tenochtitlan!«
Dann schob sich eine Wolkenbank vor Dame Mond, der ganze Hügel lag im Dunkel, und wir flohen wie die Kaninchen, huschten von Schatten zu Schatten, duckten uns hinter Felsblöcke, verbargen uns hinter Büschen und wußten ganz genau, was uns blühte, wenn wir das Land des hohen Grases nicht vor Tagesanbruch erreichten.

Den ganzen nächsten Tag lagen wir regungslos im Gras, während Gruppen von Tarasken das Gelände nach uns absuchten. Mein Vater und Miztli waren mit Schwertern bewaffnet, und Cholol hatte einen abgebrochenen Ast gefunden, der sich als Keule verwenden ließ. Sie schworen, sich niemals lebendig gefangennehmen zu lassen.
Dasselbe erklärte auch Dame Iztac – oder zumindest, daß sie als Gefangene nicht lange am Leben bleiben würde. Ich sah ihr zu, wie sie ihre Halskette zerriß, die Goldornamente daran losnestelte und in ihrem Haar versteckte. Wenn sie den Feinden in die Hände fallen sollte, würde sie sie herunterschlucken – ein schmerzhafter, aber sicherer Tod; außerdem würde damit das Gold ihres Todes

zusammen mit ihrem Leiden dem Sonnengott geopfert. Als sie bemerkte, daß ich sie beobachtete, streckte sie die Hand aus und hielt mir drei der getriebenen Stückchen aus Gold hin: Sie waren klein, aber schwer und sahen mit ihrer scharfen Spitze und den scharfen Kanten aus wie Pfeilspitzen.

»Ich brauche sie nicht«, sagte ich. »Danke, aber ich habe ein Messer, und das werde ich so oder so gebrauchen, wenn es soweit ist.«

Sie nickte und wandte sich wieder ihren eigenen Gebeten und Vorbereitungen zu. Ich denke, daß ich eine solche qualvolle Todesart zurückwies, war für sie nur dazu angetan, den eigenen Entschluß in ihren Augen noch edler erscheinen zu lassen; jedenfalls wiederholte sie ihr Angebot nicht ein zweites Mal.

In der Nähe unseres Verstecks hatte eine Schar Krähen in einem Baum ihre Nester gebaut, und während sie mit den Flügeln schlugen oder sich krächzend zankten, wagten wir nicht einmal, miteinander zu flüstern, ja kaum zu atmen. Jedesmal, wenn die Krähen verstummten, hörten wir, wie die Männer sich mit gedämpfter Stimme darüber unterhielten, was uns widerfahren war.

»Jedenfalls habt Ihr vielen das Leben gerettet, mein Gebieter, als Ihr die großmütige Einladung dieses Verräters ausschlugt. Hundertundvier Gäste wollte er! Ich wette einen Monatssold darauf, daß er eine so große Gästeschar auf vier verschiedene Lager aufgeteilt hätte statt auf zwei. Feiglinge!«

»Ich dachte an die Kampfstärke unseres Außenpostens«, erklärte mein Vater. »Ich hatte damit gerechnet, daß sie diesen überfallen würden. Daß Heißer Hammer uns verraten würde, daran habe ich nicht gedacht.

»Bestechung! Bestechung durch die Tarasken!«

»Vielleicht«, sagte mein Vater vorsichtig.

Zweifellos Bestechung – was sonst. Außerdem meine ich, daß die Barbaren von Brodelnde Quellen uns schon um der Kleidung willen, die wir am Leib trugen, in Stücke gehauen hätten. Doch dann dachte ich an die Rufe, mit denen sie den Azteken den Tod gewünscht hatten. Die waren nicht einfach mit Habgier zu erklären, sondern mit Wut und Haß. Außerdem hatte ich nicht vergessen, daß der Zug von Herrn Lanzenträger vor kurzem durch Brodelnde Quellen hindurchgekommen war. Das waren Steuereintreiber gewesen – ob die die Bewohner wohl bis auf die letzte Stoppelfeder gerupft hatten?

Jetzt begriff ich auch, warum sämtliche Hunde im Ort geschlachtet worden waren, sogar solche, die sie hätten behalten müssen, um Nachwuchs zu bekommen. Die Tarasken waren Fremde; unvorstellbar, was für ein Gejaul und Gekleff die Hunde angestellt hätten, wenn Tarasken durch die dunklen Gassen huschten.

Das fehlende Bellen der Hunde ... die Aufteilung des Gefolges meines Vaters in zwei Lager ... die Palisade, in die wir nicht hineinsollten. Das waren Lehren, die ich nie vergessen sollte. Und eines Tages, denke ich, sollte ich mich nur allzugut an sie erinnern.

Im Morgengrauen machten wir uns auf den Weg und schlichen wie fünf Eidechsen durch das Gras. Später, als wieder Wolken am Himmel aufzogen, gingen wir das Risiko ein, aufrecht zu marschieren; dabei wechselten wir uns ab, Cholol zu stützen, dessen Atem so rasselnd ging, daß es schon erschreckend klang. Plötzlich sagte er laut: »Miztli, alter Freund, sind wir schon fast in Texcoco? Ich glaube, ich bin betrunken. Sind wir in der Nähe des Sees?«

Er glaubte, wieder in der Heimat zu sein, in der Nähe seines Wohnorts. Wir versuchten, ihn flüsternd zum Schweigen zu bringen; dann steckten wir ihm einen Knebel aus Blättern in den Mund, den wir mit einem Riemen festbanden, doch hinter dem Knebel fluchte und schrie er so laut, daß er uns alle in Gefahr brachte. Prinz Chimal nickte Miztli zu, der – das Schwert in der Hand – hinter seinem Freund Fuß faßte, bereit, ihn beim nächsten Ausbruch zu töten. Ich hielt den Blick zu Boden gesenkt; der Gedanke, noch einen Menschen sterben zu sehen, war mir schier unerträglich, auch wenn er für uns starb.

Wir beteten darum, daß Cholol den Mund hielt, und wirkten mit all unserer Geisteskraft auf ihn ein, daß er still blieb, und merkten daher nicht, daß wir auf eine Lichtung geraten waren; das ging uns erst richtig auf, als wir fast auf ein abgedecktes Feuer getreten wären.

Vier in Decken gehüllte Männer schliefen nahe beim Feuer; ein fünfter – offenbar die Wache – saß mit dem Rücken an einen Stamm gelehnt tief schlafend da. Dieser Mann, der Wache halten sollte, trug den wattierten Kampfanzug der Tarasken. Griffbereit neben seiner Hand lag auf dem Boden ein taraskisches Schwert.

Vielleicht wäre es uns gelungen davonzuschleichen, denn keiner von den Schlafenden wachte auf, obwohl der, der uns am nächsten lag, sich im Schlaf murmelnd umdrehte und die Wolldecke über den Kopf zog. Mit einer Handbewegung gebot Prinz Chimal, still zu sein und leise weiterzuziehen. Doch Cholol in seinem Fieberwahn sah das Metallschwert, den Kriegsschmuck der Wache, und muß wohl gedacht haben, er sei wieder mitten in der Schlacht in Brodelnde Quellen. Mit einer einzigen Bewegung riß er sich den Knebel aus dem Mund, stieß einen gellenden Kriegsschrei aus und sprang über die Lichtung, um seine Keule auf den Kopf des schlafenden Wachtpostens niedersausen zu lassen. Ich hörte den dumpf schmatzenden Laut, als er dem Mann den Schädel einschlug.

Schreiend, sich in den Wolldecken verheddernd und nach ihren Waffen suchend, sprangen die überraschten Tarasken auf. Hätten sie sich zurückgezogen und zu einer Kampfgruppe formiert – die vier Männer mit ihren schweren Waffen hätten uns niedermachen können wie Mais. Da sie jedoch meinten, von einem zahlenmäßg überlegenen Gegner überfallen worden zu sein, gerieten sie in Panik, schlugen in der Dunkelheit um sich und kämpften jeder um das eigene Leben.

Ich sah, wie Miztli einen Krieger niederschlug, der seine Waffen noch nicht gefunden hatte, sah, wie er mit seiner obsidianverstärkten Klinge auf ihm herumhackte. Zwei Mann hatten sich auf Cholol gestürzt, schlugen ihm die Keule aus der Hand und töteten ihn im Handumdrehen; der Länge nach fiel er vor mir ins Feuer. Rauch und Dampf stieg von der zischenden Glut auf.

Ich machte einen Satz und wäre fast über Dame Iztac gefallen, die sich bis an den Rand der Lichtung zurückgezogen hatte und dort – die Hände gefaltet und den Kopf leicht gebeugt – teilnahmslos kniete. Sie kämpfe nicht, aber sie lief auch nicht weg; sie wartete einfach ab.

Ehe ich überhaupt dazu kam, mir zu überlegen, was ich tun sollte,

fühlte ich mich bei den Haaren gepackt und mit Gewalt zum Kampf gezwungen, das heißt, ich sah mich plötzlich dem Schwert meines eigenen Vaters gegenüber. Der Taraske, der mich in seiner Gewalt hatte, benutzte mich als Schild. Mit der Rechten hielt er ein langes Metallschwert gepackt, und über meine Schulter hinweg hieb und stach er auf Prinz Chimal ein. Im Mondlicht sah ich das Gesicht meines Vaters und wußte, daß unser Schicksal besiegelt war, längst ehe die beiden Schwerter aufeinandertrafen und die Holzklinge meines Vaters zerbrach.
Was ich dann tat, weiß ich nicht mehr; ich weiß nur, was geschah. Ich habe nicht die geringste Erinnerung daran, daß ich mein Messer aus der Scheide zog, hinter mich griff und die Klinge mit aller Kraft hochzog und zustieß; immer wieder zustieß, bis das wilde Tier, das mir die Kopfhaut vom Schädel zu ziehen schien, seinen Griff lockerte, auf die Knie sank und starb, wobei er meine Beine mit seinem Blut beschmierte.
Mein Vater ergriff das Schwert des Tarasken und sprang Miztli bei. Ehe ich wußte, was geschah, war der Kampf vorbei. Vier Tarasken lagen tot auf der Lichtung, der fünfte war in den Wald entkommen. Und Cholol war selbstverständlich auch tot. Miztli schien den Kampf unversehrt überstanden zu haben; ein verzerrtes Grinsen im Gesicht, trat er einen Schritt auf Prinz Chimal zu, hob im Siegesgruß die Hand und sank entseelt zu Boden. Da erst sah ich den Dolch, der ihm bis ans Heft in den Rücken gestoßen worden war.
Offenbar ungerührt stand Dame Iztac auf, durchsuchte die Gefallenen, bis sie zwei Jadestücke fand, die sie Cholol und Miztli in den verstummten Mund legen konnte – Jade, um den Weg durch den Schmalen Durchgang zu bezahlen. Die Leichen der Tarasken traktierte sie verächtlich mit Tritten.

Den Rest der Nacht und den größten Teil des nächsten Tages flohen wir in Richtung des Sicherheit versprechenden Außenpostens, verbargen uns jedoch nicht länger, sondern zählten jetzt auf Schnelligkeit und nicht auf Deckung. Meine Kopfhaut brannte wie Feuer. Ich sehnte mich danach, daß Vitsa mich in die Arme nahm, daß Dame Feuerstein Messer mich liebevoll und stolz tröstete.

Ich weinte nur einmal, und das nicht wegen meiner schmerzenden Kopfhaut oder meiner brennenden, wundgelaufenen Füße. Als ich bemerkte, daß Ring und Feder, die Lerchen Singer mir geschenkt hatte, von Blut besudelt waren, brach ich in Tränen aus. Mir wollte das als ein böses Omen vorkommen, und ich konnte nicht aufhören zu weinen, bis Dame Iztac mich anherrschte: »Es reicht, Mali! Deine Tränen vergrößern nur die Bürde deines Vaters; schon jetzt trägt er schwer am Tod von zwanzig Männern.« Ich meinte, einen Hauch von Mitgefühl in ihrer Stimme zu entdecken, sagte jedoch nichts.
Wir wagten es nicht, die Hügelkette zu ersteigen, die uns vom Außenposten trennte, da diese zu einsehbar war und den Tarasken Gelegenheit für einen Hinterhalt bot; deshalb gingen wir im Bogen um sie herum und näherten uns durch dichten Wald von Norden kommend unserem Zuhause. Ich konnte an nichts anderes denken als an Honigkuchen, sämige Bohnensuppe und dampfende Forellen aus dem See. Ständig meinte ich, den Geruch von Herdstellen in der Nase zu haben, doch war das Unsinn; dazu waren wir noch viel zu weit entfernt.
Doch zuletzt ließ sich der Geruch nicht mehr leugnen. Rauch hing in der Luft, feine Rauchkringel schwebten in der Luft, sobald wir an eine Stelle kamen, wo die Baumkronen uns den Blick nach oben gestatteten. Wir sahen uns angstvoll an, und keiner sprach ein Wort. Dann hörten wir in der Ferne einen unheimlich winselnden Laut, den man eigentlich nur nachts zu hören bekommt und auch dann sehr selten: das Gejaul und Gekleff und Gebelfere von streitenden Kojoten – eines Kojotenrudels, das einem anderen den Freßplatz streitig macht. Trotz unserer wunden Füße setzten wir uns sofort in Trab und liefen, plötzlich etwas befürchtend, woran wir zuvor einfach nicht zu denken gewagt hatten. Einen Moment später kamen wir aus dem Wald heraus und gelangten auf einen am Seeufer entlangführenden Pfad. Dort blieben wir stehen, holten vernehmlich Luft, preßten die Knöchel an den Mund und waren außerstande zu glauben, was wir sahen.
Die schwelenden Trümmer des Außenpostens lagen genau über uns, dunkel beschattet und vom roten Schimmer der tiefstehenden Sonne überhaucht. Die mächtigsten Balken und die Stützpfeiler

des Wachtturms standen zwar noch als verkohltes Skelett da, doch die Palisaden waren dem Erdboden gleichgemacht und vom Feuer verzehrt worden; die Häuser waren zu Aschenhaufen zusammengesunken. Am Himmel kreisten krächzend Raben und Aasgeier und stritten sich mit den aasfressenden Kojoten, die jetzt die Herren des Platzes waren, um die Reste.

»Vernichtet«, flüsterte Dame Iztac. »Alles vernichtet. Alle tot.« Still fing sie an zu weinen.

»Großmutter! Ach, *Citli*!« rief ich, als mir plötzlich bewußt wurde, was die niedergebrannten Häuser zu bedeuten hatten. Dann lief ich voraus, kletterte den steilen Pfad hinauf, den ich hinauf- und hinuntergesprungen war, solange ich zurückdenken konnte, lief, wie ich so oft gelaufen war, wenn Vitsa oder Dame Feuerstein Messer mich gerufen hatten. Doch jetzt führte der Pfad ins Nichts, zu niemandem mehr. Als ich den Hang halb geschafft hatte, holte mein Vater mich ein, und Dame Iztac folgte dicht hinter ihm.

»Warte, Mali! Da sind zu viele Kojoten. Wir müssen zusammenbleiben, halte dich in unserer Nähe.«

Es hätten ja auch noch Tarasken dasein können; feindliche Soldaten, die noch immer zwischen den Trümmern lauerten. Wäre das der Fall gewesen, sie hätten uns so, wie wir waren, niedermachen können, denn an Vorsicht dachte längst keiner mehr von uns. Doch die Leere und Trostlosigkeit, die Frechheit der Aasfresser verrieten uns, daß die Eindringlinge nach getaner Arbeit wieder abgezogen waren. Nur die Aasfresser blieben, um sich an den Toten zu mästen. Ich blieb stehen. Ich war mir darüber im klaren, was ich vorfinden würde – nichts als Leichen, Geister.

Der Außenposten war überrascht worden; die Tarasken hatten im Morgengrauen angegriffen und waren offenbar nur auf wenig Widerstand gestoßen. Die drei verantwortlichen Offiziere waren vor der Tür ihrer Hütte erschlagen worden; offenbar hatten sie sich in der Nacht betrunken und dem Glücksspiel hingegeben. Das Gesicht nach unten, so als küßten sie die Erde, lagen sie so dicht beieinander, daß sie sich fast berührten: Arme und Beine ausgestreckt und nackt bis auf eine lebendige Decke aus Krähen, die in so dichten Scharen über ihnen schwärmten, daß man hätte

meinen können, die Leichen würden von den schwarzen Federumhängen der Priester umhüllt.
Der größte Teil der Bewohner war nicht hier niedergemacht worden. Getötet hatten die Sieger nur die ganz Jungen und die ganz Alten, die Kranken und Krüppel, schwangeren Frauen und die Soldaten, die bis zum Tod Widerstand geleistet hatten. Die anderen waren in das Land der Fischermenschen fortgeführt worden, um dort auf dem Altar oder in der Sklaverei zu enden. Dame Feuerstein Messer war eine Weberin, dachte ich aufgeregt. Die konnten sie gebrauchen, sie würden sie am Leben lassen, damit sie für sie webte, ja, sie würden sie am Leben lassen ...
Die jüngste Frau meines Vaters, Nacht Jasmin, hatten sie offensichtlich mitgenommen; so ein hübsches kleines Ding. Honig Nippel hingegen lag tot auf dem Rücken, die Hände über dem Bauch gekreuzt, so als hätte sie versucht, das Kind in ihrem Leib selbst dann noch zu beschützen, als die Tarasken mit ihren Schwertern auf sie eingeschlagen hatten. Prinz Chimal verscheuchte einen Kojoten, der an ihr herumzerrte. Einen Moment wandte er sich von uns anderen ab. Ich sah nicht seinen Kummer um den ungeborenen Sohn.
Vitsa mußten sie mitgenommen haben. Jedenfalls fanden wir ihren Leichnam nicht; obwohl ich immer und immer wieder nach ihr rief, kam keine Antwort außer dem abscheulichen Gekreisch der Vögel.
Die Priester lagen verstümmelt und mit herausgerissenem Herzen auf ihren eigenen Altären. Die steinernen Tempel hatten nicht brennen wollen, wohl aber die dicken Schichten geronnenen und getrockneten Blutes, die Boden und Wände bedeckten; die Flammen hatten die zerschlagenen Standbilder von Rauchender Spiegel und Kolibri mit Ruß geschwärzt.
Inmitten der Trümmer, Haufen von Asche und halbverbrannten Leichen erkannte ich die Ruinen unseres Hauses nur deshalb wieder, weil der Trompetenbaum unberührt und in geradezu übertriebener Blütenpracht davorstand.
Als ich mir einen Weg bahnte und über heruntergestürzte Dachbalken und zertrümmertes irdenes Geschirr kletterte, war ich mir kaum bewußt, daß Prinz Chimal mir folgte. Beide wußten wir,

was wir finden würden; beide waren wir darauf gefaßt, wie man es nur in solchen Augenblicken gemeinsam sein kann. Ich blieb stehen, um mit einem Stein nach den Kojoten zu werfen, die die Leiche von Sperling Frau durch unseren einstigen Garten schleiften – doch sie ließen sich nicht stören. Der Otomi-Frau war die Gurgel durchgeschnitten worden – es sah aus wie ein gräßliches Grinsen. Die Kojoten scherten sich nicht darum – als ich schrie und mit den Armen fuchtelte, sahen sie zwar auf, fuhren dann jedoch fort zu fressen. Der Garten gehörte jetzt ihnen. Ich ging zu dem völlig zerstörten Haus.

Man hatte ihr den Kopf abgeschlagen; er lag zu Füßen des Trompetenbaums, ganz in der Nähe des verkohlten Webrahmens, dort, wo sie so viele ihrer Tage verbracht hatte. Ich war dankbar, daß die Vögel ihr wenigstens noch nicht die Augen herausgepickt hatten. Das Grauen ringsum – abgehackte Gliedmaßen, schwarz von Fliegen, emsig nagende Ameisen, die Vögel mit den blanken Augen, die ungerührt oben auf den Zweigen hockten und warteten –, all das konnte ihr nichts anhaben. Noch im Tode bewahrte ihr Antlitz die unbeugsame Würde, die sie ihr Leben lang ausgezeichnet hatte. Ihr Haar war zwar verschmutzt, doch ordentlich gekämmt und frisch aufgedreht. Irgendwie mußte sie die Zeit gefunden haben, sich zu sammeln und eine Bestattungsgirlande aus getrockneten Ringelblumen umzulegen. Ihre Haltung mußte selbst dem Mann, der sie tötete, größte Hochachtung abgenötigt haben, denn er hatte ihr nicht einmal die kleinen Jadeohrringe herausgerissen. Ich wußte, daß sie sich dem Tod gestellt hatte wie dem Leben – ohne Angst und ungebeugt. Noch im Sterben schenkte sie mir etwas ganz Besonderes: die Kraft, nicht um sie zu weinen.

Drei Tage lang lebten wir wie die Füchse, verbargen uns in den Wäldern und wagten uns aus dem Dickicht nur hervor, um etwas zum Essen zu suchen, wobei wir wachsam auf jeden knackenden Zweig und jeden raschelnden Ast achteten. Wir beobachteten die Ruinen, ob es noch Überlebende gab oder einige, denen es gelungen sein mochte, den Häschern zu entfliehen. Kein einziger kam. Wir töteten zwei Kojoten, kochten eine Suppe aus ihren Knochen

und räucherten das Fleisch, das uns unterwegs als Nahrung dienen sollte.
Am vierten Morgen merkten wir, daß selbst die Krähen den Außenposten verlassen hatten. Es hatte keinen Sinn, noch länger zu säumen. So brachen wir auf und machten uns in Lumpen und Kojotenfellen auf den langen Marsch durch feindliches Gebiet, um nach Tenochtitlan zu gelangen.
Ich weiß noch, daß ich mit schweren Schritten den Pfad hinaufstapfte, der zum Kamm der östlichen Hügelkette führte. Oben angekommen, machten wir halt, um eine Rast einzulegen. Es war dieselbe Stelle, an der ich noch vor wenigen Tagen und doch ein ganzes Leben von heute entfernt zum Außenposten und zum See zurückgeschaut, mit einem Blick von Horizont zu Horizont mein ganzes Universum erfaßt hatte.
»Wir müssen uns beeilen«, drängte mein Vater.
Ohne einen Blick zurückzuwerfen, folgte ich ihm und ließ den nackten Hügel hinter mir, wo sauber gepickte Knochen in der Sonne bleichten – den Ort, wo Dame Feuerstein Messer und mit ihr zusammen das kleine Mädchen gestorben war, das ich gewesen war.

Zweiter Teil

»Adler vor der Sonne ...«

6 Ciudad de México – 29. April 1564 – Fest der heiligen Catalina

Heute sieht man weniger Bewaffnete auf den Straßen. Die Behörden sind möglicherweise von sträflicher Zuversicht, wenn sie glauben, daß der Fünf-Tage-Aufruhr vorüber ist – jetzt, da die heiligen Gebeine in einer rasch zusammengehauenen Grabstätte untergebracht sind, und das in Texcoco, wo sich Fledermäuse und Eidechsen gute Nacht sagen. In seinem schriftlichen Testament hat mein Gebieter, der Generalkapitän, gebeten, in Coyoacan zur letzten Ruhe gebettet zu werden, dem Ort namens Wolfsstätte, doch das ist ihm versagt geblieben, eine allerletzte Demütigung.

Der Mob, der die Kathedrale gestürmt hat, um seinen Sarg zu verehren, ist auseinandergetrieben worden: Je heißer das Feuer, desto schneller bildet sich Asche. Viele haben sich jetzt voll Inbrunst dem Tepeyac Hügel zugewandt, wo die Jungfrau von Guadalupe gestern genau zum richtigen Zeitpunkt wieder ein Wunder vollbracht und damit die Aufmerksamkeit aller von den Gebeinen abgelenkt hat. Jungfrauen sind an sich notorisch wenig gefällig; aber die von Guadalupe ist die Ausnahme.

Gestern habe ich einen Blutstein gekauft und einen Fluch über den König von Spanien, seine Frau und seinen schwächlichen Erben ausgesprochen. Da ich gerade dabei war, habe ich auch noch die Namen des Erzbischofs und des Vizekönigs mit einbezogen. Den jetzt von meinen Rachegebeten durchdrungenen und schwer gewordenen Stein habe ich hinterm Altar der Hauskapelle des Klosters versteckt; die Gesänge und die *Aves* der Nonnen werden also mein Bittgebet noch verstärken. Die Vorstellung, daß die frommen Damen, ohne es zu ahnen, Rauchenden Spiegel (oder Wen-auch-Immer) anflehen, das königliche Gekröse Seiner Allerkatholischsten Majestät zu entflammen, tröstet mich ein wenig.

Im allgemeinen bin ich nicht so fromm, aber was soll ich sonst tun? Weder von meinem Sohn Tepi noch seinem Halbbruder Martin Cortés, dem Marqués del Valle, gibt es Neuigkeiten. Gerüchten zufolge hat sich dieselbe Schlinge um sie zugezogen wie

um die Gebrüder Avila, und sie haben jeden Tag mit einer Hochverratsklage zu rechnen.
Mein Sohn soll versucht haben, eine Regierung zu stürzen? Das muß er wohl von mir haben – von seinem Vater jedenfalls nicht. Was erwarte ich anderes?

Selbstverständlich bin ich den Bestattungsfeierlichkeiten fern geblieben. In meinem Alter ist es gefährlich, sich Predigten und anderer Zugluft auszusetzen. Doch heute in aller Herrgottsfrühe, nach einer Nacht, in der ich vor Neugier kein Auge zutun konnte, beschloß ich, die Grabstätte aufzusuchen ... Nein, das stimmt nicht. Irgendein Gefühl, das stärker ist als bloße Neugier, hat mir keine Ruhe gelassen und mich dazu gebracht, ins Dunkel meiner Kammer zu starren, während die endlosen Wachen der Nacht sich langsam dahinschleppten wie die Sterne. Ein unbestimmtes Verlangen regte sich in mir, ein vergeblicher Wunsch, über den ich mir nicht recht klar zu werden vermag. Ich wußte nur eines: daß ich keinen Frieden finden würde, ehe ich nicht die Grabstätte besucht hätte.
Der Ruderer, den ich anwarb, ließ mich an einer Anlegestelle in der Nähe von Texcoco an Land gehen und half mir über die zerfallenden Felsblöcke einer Anlage hinweg, die einst der Kai für die Lustkähne gewesen war. Huckepack trug er mich dann durch den Uferschlamm, wo der See sich mehr und mehr zurückzieht. Blumengeschmückte Kähne und Barken voller Glöckchengeläut tanzten in meiner Erinnerung auf und ab; ich hörte die Weisen längst gestorbener Flötenspieler, und Totengerippe spielten Tamburin. Ich versuchte, mich abzulenken, indem ich mich auf die Kraft und Schönheit der Schultern des Ruderers konzentrierte. Ein prachtvolles, stämmiges Mannsbild, golden und zimtbraun.
»Soll ich warten, meine Dame?« fragte er mich, als er mich absetzte. Trotz der langen Ärmel und des dichten Schleiers hatte er erraten, daß ich keine Spanierin war, und mich in der alten Sprache angesprochen. Dann ging mir auf, daß er meine Fußgelenke begutachtet hatte, als ich auf seinen Hüften saß. Nun, meine Fesseln können sich immer noch sehen lassen; mir begeg-

nen fast täglich junge Mädchen, die dickere Fesseln haben als ich, und das erfüllt mich immer mit Genugtuung.

»Warte, auf jeden Fall!« wies ich ihn an. Ich hatte keine Lust, an diesem gottverlassenen Ort festzusitzen.

Den Rest der Strecke legte ich zu Fuß zurück; kein Mensch begegnete mir, denn die Seuche wütet immer noch unter den unglücklichen Überlebenden dieser Stadt. Diese Massenerkrankungen sind allgegenwärtig – entweder wütet gerade eine, oder eine ist im Anzug. Eine Krankheit breitet sich aus oder ebbt gerade ab. Das ist der Hauptunterschied zwischen unserer alten Welt und der neuen. Früher hatten wir unter Sklaverei, Unterdrückung und Folter zu leiden. Heute genießen wir Segnungen samt den dazu gehörenden Seuchen.

Nein, so schlimm ist es auch wieder nicht. Gewiß, die neue Welt hat sich nicht als das erwiesen, was man sich erträumt hatte. Gleichwohl ist der Traum nicht zum Alptraum geworden – sondern einfach Leben. Und das Leben ist, wie ich vermute, unter allen Völkern gleich. Nur das Gewand, in dem es auftritt, ändert sich.

Ich hatte keine Schwierigkeit, den Weg zu finden. Hager und buckelig erhebt sich das Kloster des Heiligen Franziskus über der Trostlosigkeit der eingestürzten Dächer und verfallenden Mauern der Stadt. Selbst ohne diese Landmarke brauchte ich nur den schlammigen Spuren des Trauerzugs vom Vortag zu folgen; der Weg war mit abgenagten Maiskolben, Erdnußschalen und *tamale*-Schalen übersät. Ich brauchte nur diesen Abfällen sowie den Pferdeäpfeln zu folgen, die der Gaul des Vizekönigs hatte fallen lassen – jawohl, er hatte die Stirn gehabt, dem Sarg nicht zu *folgen*, sondern ihm hoch zu Roß *voranzureiten*! –, und ich gelangte mühelos an die heilige Städte, nachdem ich durch ein zerbrochenes Tor gegangen war und einen mit Bauabfällen übersäten Hof durchquert hatte. Eine Reihe von vergilbten Zypressen hielt dort die Totenwache – vermutlich sind sie von dem Kalk, der den Boden dort weiß färbt, vergiftet.

Die Gebeine sind in einer aus Feldsteinen gebauten Klostermauer bestattet worden, eine ziemlich schäbige Begräbnisstätte – nur eines war nicht schäbig: Die Steinplatte, mit der die Grabkammer meines Gebieters in der Mauer verschlossen ist, muß doppelt so schwer sein wie der Stein, den ein Engel, wie es heißt, vom Eingang des Heiligen Grabes weggewälzt haben soll. Wie das mit Engeln wäre, weiß ich nicht, aber um diesen Stein von Texcoco von der Stelle zu bewegen, brauchte man schon mehr als ein Ochsengespann. Die Steinplatte scheint den *capitán* gegen jede Auferstehung zu feien; sie gehen eben kein Risiko ein. Vermutlich werden sie auch noch einen Wachtposten davorstellen, damit nicht am dritten Tag irgend etwas Peinliches geschieht. Mein Gebieter, der Generalkapitän, hatte schon immer die Gabe, das Unerwartete zu tun. Und schließlich *war* er ein Gott.

So häßlich alles war – der rohe, neue Stein, der Berg kastilischer Rosen, die in der Sonne vertrockneten –, ich hätte kehrtmachen und den Ort für immer vergessen sollen. Statt dessen ertappte ich mich dabei, daß ich fast im Galopp auf die Grabstätte zuhinkte und mich bemühte, das Gleichgewicht zu behalten, als ich die verdorrten Blumen beiseite stieß und die Hände auf die Steinplatte legte. Irgend etwas (o Gott!) mußte jetzt kommen, irgend etwas mußte passieren – ein Zeichen, daß er da war, irgendein Angerührtwerden vom Gott oder Geist oder welchem Wesen auch immer dieses Ortes.

Nichts war da. Nie wird etwas da sein. Ich bin eine Törin.

Ich trat zurück, blinzelte und ließ, während ich mich wieder beruhigte, die Augen über die angrenzenden Grabstätten schweifen. Eine Tochter von ihm, ein kränkliches Kind, ist neben ihm für immer in der Mauer beigesetzt worden. Wie hieß das arme, bleichgesichtige Wesen doch noch gleich? Natürlich, Doña Catalina Pizarro – nach seiner hochwohlgeborenen Mutter. Er kaufte der Tochter ein Ehegespons; sie war für das Land nur peinlich; genauso wie seine hochwohlgeborene Mutter, so hat man mir gesagt, in Spanien peinlich war. Es heißt, sie sei ein Hausmütterchen aus der Provinz gewesen, die sich plötzlich unter lauter Adligen befand, sich linkisch in ihren neuen Seidenkleidern bewegte, sich selbst nicht satt sehen konnte an ihrem neuen Geschmeide und dauernd von Preisen und Rezepten redete.

»Sie ist gewöhnlich wie das Hufeisen eines Maultiers.«

Was den Nagel auf den Kopf traf. Im übrigen: Was das betrifft, so floß ja auch kein Tropfen königlichen Bluts durch die Adern meines Gebieters, des *capitáns*. Er stammte aus einer Provinz, die so arm war, daß sie außer ihren eigenen Söhnen nichts zum Exportieren hatte. Sein Vater war ein kleiner Landjunker, der nicht einmal Anspruch auf den Ehrentitel *Don* hatte und sich, wie mein Herr mir selbst erzählt hatte, nur insofern von anderen seines Schlages auf dem Lande unterschied, als er eine alte Lanze und einen ledernen Schild sein eigen nannte und es sich außerdem noch leisten konnte, einmal die Woche – am Tag des Herrn nämlich – Schinken und Speck zu essen.

Mein Gebieter, der *capitán*, war ständig dabei, sich deshalb zu entschuldigen. Dabei brachte er selbst es bis zum Gott, schaffte es, ein mächtiges Reich zu Fall zu bringen und eine Welt zu erobern. Kein anderer Mann von schlichter Geburt hatte bis dahin so etwas getan, weder in unserer Welt noch in ihrer. So etwas gehört sich einfach nicht für einen niedrig Geborenen! Das ist anmaßend, ist gefährlich! Immerhin könnten andere niedriggeborene Männer anfangen, sich Fragen zu stellen.

Als ich das rohe Grabmal betrachtete, ging mir auf, daß der Vizekönig und der Erzbischof mit seinem Tode erreichten, was sie zu seinen Lebzeiten nie ganz geschafft haben: Dem Emporkömmling und Eroberer samt Familie sind angemessen bescheidene letzte Ruhestätten zugewiesen worden. Die Ordnung des Universums wird nicht länger bedroht; der Sohn eines Landjunkers ist wieder da, wo er hingehört, nämlich ganz unten.

Mit düsterem Blick wandte ich mich ab und fand auf einem Stapel Bausteine einen unbequemen Sitz. Ich hätte gehen sollen; es gab dort nichts mehr für mich zu tun. Doch obwohl das Grab praktisch leer war, ziemte es sich irgendwie nicht, einfach wegzugehen, ohne einen Moment zu verweilen und sich in Betrachtungen über den Toten zu versenken. Ich mußte ein Gebet zu Jemand emporschicken.

Der Tag war warm, Fliegen umschwirrten träge die Pferdeäpfel, und ich schlief prompt ein. Vielleicht verging eine halbe Stunde, vielleicht auch mehr, als ich plötzlich von einer Stimme geweckt wurde, die leise meinen Namen rief.

»Marina ...«

Ich riß die Augen auf, blickte hinter mich und sah den Sprecher: einen Franziskanermönch in einer Kutte, die so schmutzig war, daß sie nicht mehr vom Grau des Zypressenstamms hinter ihm zu unterscheiden war. Er saß auf einem niedrigen, flachen Felsen und lehnte sich an den Baum. Trotz der Hitze schien er zu frieren und hatte sein Habit so fest um sich gezogen, daß nur seine nackten Zehen, seine Hände und der Rand seines Profils aus der Kutte mit Kapuze hervorschauten. Er hatte die Hände im Schoß liegen, und seine Finger zuckten sonderbar.

Wieder murmelte er etwas, doch bekam ich nichts mit außer meinem Namen: »Marina…«

Wer war er? Wie konnte er mich durch die Schleier, die ich trug, erkannt haben? Wenn er ein Vertreter der Inquisition war und mir bis hierher gefolgt, mußten draußen vorm Tor ein Dutzend Häscher warten.

Verstohlen besah ich mir seine Hände und erwartete wohl mehr oder weniger, einen Ring mit dem grünen Kreuz des Heiligen Offiziums daran zu sehen, doch die knotigen Finger, die kaum mehr waren als Haut und Knochen, waren völlig unberingt. Dann erkannte ich, daß diese Finger silbrig schimmerten und er den linken Daumen bis zum ersten Glied verloren hatte. An seinen Füßen entdeckte ich gleichfalls den gefürchteten Silberschimmer, und auch der kleine Zeh fehlte. Erleichtert und angewidert zugleich starrte ich ihn an. Von der Inquisition konnte er nicht sein. Er war vielmehr ein Aussätziger; der silbrige Schimmer seiner Haut kennzeichnete ihn als Mahl für die Götter. Jetzt nagten sie an Fingern und Zehen, kosteten genießerisch. Bald würden sie ihn ganz verzehren. Ein viel zu ausgemergeltes Opfer für ein Festmahl, dachte ich.

»Marina …«, murmelte er nochmals, und seine Finger zuckten konvulsivisch.

Da erkannte ich ihn, auch wenn ich mir nicht sicher war, ob ich nun einen lebendigen Menschen oder einen Geist vor mir hatte. »Aguilar? Bist du es?«

Jeronimo de Aguilar! Vor vielen Jahren, als ich erste Bekanntschaft mit dem Heer meines Gebieters machte, war Aguilar der einzige Spanier, der eine zivilisierte Sprache konnte; denn er war jahrelang Gefangener der Mayas gewesen, nachdem er nach einem Schiffbruch an das Ufer ihres dampfenden Landes geworfen worden war. Er war meine erste Bekanntschaft im Heer, der einzige Mensch, mit dem ich mich mittels Sprache verständigen konnte. Allerdings nicht mein Freund. Wie hätten wir auch Freunde sein können, da wir uns hinter der Maske der Höflichkeit, die wir trugen, gegenseitig verachteten?

Er war natürlich eifersüchtig auf mich. Eifersüchtig auf mein Wissen, meinen Geist, meine Ausdauer und Geduld. Und eifersüchtig auch darauf – da war ich mir ganz sicher –, daß ich die Nächte zwischen den Schenkeln des *capitán* verbrachte, daß ich – von seinen Armen umfangen und von ihnen gefesselt – die Freuden seiner Leidenschaft mit ihm genoß. Mit anderen Worten, ich befand mich genau in der Stellung, die Aguilar am liebsten eingenommen hätte, obwohl er sich über sein Verlangen nicht genau im klaren war und vor Selbstverachtung gestorben wäre, hätten andere etwas davon geahnt. Ich wußte es selbstverständlich; solche Dinge wußte man eben in der Einzigen Welt. Ich verstand und bedauerte ihn, auch, nachdem ich Gegenstand seiner hilflosen Wut geworden war. Ich hielt den Mund.

»Ich dachte, du wärest tot, Aguilar«, sagte ich. »Irgend jemand hat mir erzählt, du wärest vor zwanzig Jahren gestorben.«

Statt einer Antwort zog er die zerfressenen Finger in den Ärmel zurück und verbarg sein Gebrechen. Die Füße mit der fehlenden Zehe verschwanden unter seiner Kutte. Genau die Reaktion, die man von ihm erwartet hätte, dachte ich. Schließlich hat er sich sein Leben lang hinter geistlichen Gewändern versteckt. Das mag bei den Jungen verständlich sein und hinzunehmen bei denen, die in mittleren Jahren stehen; aber bei einem Mann weit über siebzig ist es unerträglich. Wieder empfand ich Verachtung für ihn – und das ausgerechnet zu einem Zeitpunkt, da unser Alter und unsere Erinnerungen uns einander hätten näherbringen können.

Ich wandte den Blick ab und verlor mich in der Betrachtung der Steinplatte des neuen Grabes. »Daß wir uns nach all den Jahren ausgerechnet hier treffen müssen! Wir drei wieder zusammen. Nun, so sollte es wohl sein. Du und ich, Aguilar, waren die einzigen, die ihn geliebt haben.« Ich hörte ihn, wie er hin und her rutschte, wußte, daß er drauf und dran war, mich zu unterbrechen, und so beeilte ich mich weiterzureden.

»O gewiß, er wurde verehrt, bewundert und begehrt. Aber nur du und ich, Aguilar, haben ihm Liebe geschenkt. Ich erinnere mich noch an die Nacht nach unserem Kampf bei Otumba – was für ein Tag das war! – und daran, wie du ihm halfst, die Rüstung abzulegen. Du hast ihm den Rücken mit Chia-Öl eingerieben – dabei warst du selbst halbtot und blutetest. Größere Liebe hätte er nicht verlangen können, keinen hingebungsvolleren ...« – fast hätte ich »Geliebten« gesagt, nicht, weil mich ein Teufel ritt, sondern weil es ebenso wahr wie schön war. Nur hätte das Wort ihn entsetzt, und so sagte ich: »... keinen hingebungsvolleren Bruder.«

Wir saßen eine Weile still da, zwei Veteranen, die Tage und Abenteuer erlebt hatten, wie sie nur wenigen Männern zuteil werden und Frauen nie. Nur konnten wir jetzt ebensowenig miteinander sprechen, wie wir damals von dem hätten reden können, was uns bewegte. Ich wollte seine Schulter berühren, mich vergewissern, daß wir beide lebten und aus Fleisch und Blut waren, doch brachte ich es nicht über mich aus Angst, er würde zusammenzucken und sich zurückziehen. Genausogut hätte die Große Mauer von Tlaxcala zwischen uns stehen können.

Der Schatten des Glockenturms war länger geworden und legte sich jetzt auf ihn. Zuvor war es mir nicht aufgefallen, und es kam mir merkwürdig und unnatürlich vor, aber ich spürte irgend etwas Sonderbares in der Luft, hörte einen ganz, ganz schwachen Laut, der nicht das Surren von Insekten war.

»Mein Sohn ist in Gefahr, Aguilar«, sagte ich, obwohl ich gar nicht vorgehabt hatte, mich ihm anzuvertrauen. »Eigentlich möchte ich dir das nicht zumuten, aber er ist schließlich auch das Kind des *capitán*. Außerdem erinnerst du dich wahrscheinlich besser an den Jungen als ich. Getauft wurde er auf den Namen Martin, nach dem Vater des *capitán*, ich habe ihn aber immer Tepi genannt. Wir wurden auseinandergerissen, als er noch ein kleines Kind war. Er konnte laufen und sprach auch schon ein bißchen, fast genug, um mit mir zu reden. Aber seither hatten wir keine Gelegenheit mehr, miteinander zu sprechen. Das werden wir diesmal, wenn wir uns endlich begegnen, alles nachholen. Ich habe ihm viel zu erzählen.«

»Marina, Marina«, flüsterte er, und ich bedauerte, mich seinem Mitleid ausgeliefert zu haben.

»Es war nicht so, wie du denkst«, versicherte ich ihm. »Ich wußte ja, daß der Junge nicht bei mir bleiben konnte. Seine Zukunft lag erst in Ciudad de México, wie sie die Stadt heute nennen, und dann in Spanien. Wie du wahrscheinlich weißt, ist er dort zur Schule gegangen. Später hat er in der Armee des Königs gedient, sich ausgezeichnet und Orden verliehen bekommen. Es wird Zeit, daß ich davon höre – und zwar nicht von anderen, sondern von ihm selbst.«

Ich rückte nahe an ihn heran, kniete mich auf den Boden, und als ich die Augen zumachte, hallte die Luft von Menschengeschrei und Lanzengeklirr wider. In meiner Erinnerung wurde eine Schlacht lebendig, ein Soldat rief gellend: »Santiago!«, woraufhin aus Tausenden von Kehlen der spanische Schlachtruf erklang. Im Pfeilhagel nahmen wir unter Kanonendonner die Hügel im Sturm. Für einen Moment kam ich mir wieder richtig lebendig vor.

Kreischend und laut schreiend kamen drei zerlumpte Kinder, zwei kleine Jungen und ein Mädchen, in den Klosterhof gerannt; sie spielten ein halsbrecherisches Spiel. Als sie unser ansichtig wurden, blieben die Kinder stehen, die Jungen tuschelten miteinander, kamen dann unbeholfen näher und machten eine Verbeugung. Dann begannen sie in der Nähe der Grabstätten auf dem bloßen Boden Rad zu schlagen, was nun nicht gerade ein Spiel war, denn sie machten dabei todernste Gesichter wie bei einem Opfer. Sie stöhnten, als sie ihre Kunststücke vorführten, und einer stieß Schmerzensschreie aus.

»Was machen sie, Aguilar?«

Seine Hände – schuppig wie Truthahnköpfe – schossen aus den Ärmeln seiner Kutte heraus, und er murmelte: »Gesegnet ... gesegnet ... In der Stunde unseres Todes.« Keuchend und nach Atem ringend, standen die Gassenjungen da, das kleine Mädchen stellte sich zu ihnen, und sie sangen:

*»Wir drehen das Rad der Catalina,
Sie, die auf dem Scheiterhaufen starb.
Gebt uns Almosen jetzt für Catalina,
Deren heiliger Leib vom Feuer verzehrt ward.«*

Da fiel mir ein, daß es das Fest der heiligen Catalina war, irgendeiner Frau aus alter Zeit, die sie auf ein Rad geflochten und lebendig am Feuer geröstet hatten, versengt und gegart wie eine Ziege am Spieß. Mit anderen Worten, die Strafen waren damals nicht wesentlich anders als heute. Wie es heißt, soll sie drei Tage lang gebraten worden sein. Nun, das ist schrecklich, aber an Aguilar nagten die Götter seit nunmehr zwanzig Jahren, wie ich annehme.

Gleichviel: Die Kleinen hatten eine lebhafte Vorstellung gegeben, und mir haben fromme Akrobaten von klein auf Freude gemacht. So warf ich den Jungen ein paar Kupferlinge hin, worauf die kleinen Gaukler darüber herfielen, sich kreischend darum rauften und jeder jedem die Augen auszukratzen versuchte, bloß, um den vollen Lohn ganz für sich allein einzuheimsen. Das kleine Mädchen warf unterdessen mit Steinen nach ihren Spielgefährten; zwar zielte sie schlecht, doch was mir gefiel, war ihr Kampfgeist.

Wegen des Geheuls des kleineren Jungen kam ein Mönch aus dem Kloster gelaufen; mit seinem Stab in der Luft herumfuchtelnd, überhäufte er die Kinder mit einem Schwall von Flüchen, vertrieb sie vom Hof, hielt dann inne und hob die Münzen auf, die sie auf der Flucht hatten fallen lassen. Nachdrücklich ließ er sie in der Falte seines Ärmels verschwinden.

»Hoffentlich hat dieses Indianergezücht Euch nicht gestört, meine Dame«, sagte er und grüßte mich. Warum sagen sie nur immerzu *Indianer*? Wir sagten früher Azteken oder Mixteken oder Otomi oder was weiß ich. Jedenfalls nannten wir die Menschen früher nach ihrer Volkszugehörigkeit.

Bei dem Mönch handelte es sich um einen großen Spanier mit frechem Gesicht und vollen Lippen, die ich reizvoll fand. Es hat einmal Zeiten gegeben, da hätte es mir Spaß gemacht, den Strick, mit dem er seine Kutte zusammenhielt, aufzuknüpfen. In anderer Umgebung könnte ich noch immer daran Spaß haben. Wer weiß, woran ich – vorausgesetzt, mir fällt das richtige ein – nicht noch alles Spaß haben könnte? Ich bin alt, aber tot bin ich noch nicht.

Aus sicherer Entfernung bohrte der Mönch Aguilar die Spitze seines Stabs in die Rippen. »Eure Gebete sind vorüber. Es wird Zeit, zum Abendessen ins Refektorium zurückzukehren, Bruder Luis.«

»Bruder Luis?« fragte ich erstaunt.

»Jawohl, meine Dame. Das hier ist Bruder Luis de Palos. Verzeiht, daß ich schreie, aber die Krankheit hat sich bis in seine Ohren vorgefressen, und so hört er kaum noch etwas anderes als richtigen Donner. Bruder Luis!«

Als der alte Mönch sich unter Mühen aufrappelte, rutschte ihm die Kapuze in den Nacken, und ich erkannte, daß ich mich gründlich geirrt hatte. Bis auf die Hakennase und das spitze Kinn – es war, als zeigte eins auf das andere – hatte er nicht die geringste Ähnlichkeit mit Aguilar. Als er jetzt die Lippen bewegte, ging mir auf, daß er »Maria« murmelte und nicht »Marina«. Also hatte ich seine *Ave Marias* für etwas ganz anderes genommen. Seinen Rosenkranz hatte er verloren, doch seine fühllosen Finger wußten es nicht, und so zuckten sie weiterhin beim Herunterbeten der zehn *Aves* eines jeden Gesätzes.

»Bruder Luis hat heute morgen viel zu tun gehabt«, sagte der junge Mönch. »Er hat die gestifteten Gebete für die beiden Damen gesprochen.«

»Gestiftete Gebete für welche Damen?«

Mit einer Handbewegung zeigte er auf die Grabstätten in der Mauer. »Für die beiden Catalinas, die hier ruhen, die Tochter und die erste Gemahlin. Der Generalkapitän Cortés – der Marqués del Valle, meine ich – hat Geld hinterlassen, damit hier jeden Freitag ein Gebet gesprochen und am Tag der Heiligen neun Rosenkränze gebetet werden – und ihren Namenstag haben wir ja heute.«

»Und für Cortés selbst – da er ja jetzt auch hier ruht –, betet Ihr auch für ihn?«

»Das haben wir gestern getan. Natürlich gibt es für ihn bis jetzt keine Stiftung. Hoffentlich kommt es einmal dazu.« Er überlegte im Geiste diese angenehme Möglichkeit und sagte dann: »Meine Dame, wenn Ihr hier seid, um die neue Kapelle zu besichtigen, die der Vizekönig baut, so liegt sie auf der anderen Seite des Kreuzgangs.«

»Ist sie sehr prächtig?«

Ganz unfranziskanisch schwoll dem Mönch vor Stolz die Brust. »Dergleichen hat Neuspanien noch nicht gesehen. Groß ist sie nicht, nur ein Raum für die Familie Seiner Exzellenz und ihre Gäste. Aber immerhin hat man dreihundert Indianer zur Zwangsarbeit pressen müssen, um sie fertigzustellen.«

»Was Ihr nicht sagt!« Das klang vertraut, als ginge es – wie in der alten Zeit – darum, den Sockel für einen Tempel zu bauen. Nur, daß es damals dreitausend oder dreißigtausend Arbeiter gewesen wären und keine lumpigen dreihundert. Wie kleinlich bei den Europäern alles ist!

»Seine Exzellenz haben den Vorarbeitern befohlen, den Mörtel mit fünf Pfund Goldstaub und einem Faß spanischen Sherry anzumischen. Für Gott sei nichts gut genug, sagten Seine Exzellenz. Was sagt Ihr dazu?«

»Ich glaube, der Vizekönig versucht, den Allmächtigen zu bestechen und Ihn gleichzeitig betrunken zu machen.«

Ich hatte das Vergnügen mitanzusehen, wie er erbleichte. Zweifellos wird er mich bei irgendeiner Behörde melden; denn sobald er im Kloster zurück ist, wird er allen Grips zusammennehmen und begreifen, daß ich über die ganze Dreieinigkeit gelästert habe: Gott, das Gold und den Vizekönig.

»Kommt, Bruder Luis, kommt jetzt mit!« Er versetzte dem alten Mann mit seinem Stab einen leichten Stoß und trieb ihn auf das nahe dem Klosterhof gelegene Tor zu.

Als ich sie gehen sah, ging mir auf, daß ich die beiden vielleicht doch nicht verwechselt hatte, sondern, wenn auch nur flüchtig, im Gewande des Priesters dem Geist von Jeronimo de Aguilar begegnet war, denn Priester wollte er schließlich immer werden. So ist ihm dieser Wunsch möglicherweise doch in Erfüllung gegangen – wenn auch erst nach dem Tode. Typisch Aguilar, als aussätziger Franziskaner wiederzuerscheinen! Für einen Moment waren wir alle hier von den Göttern in einen Strudel hineingerissen worden: der *capitán*, die beiden Catalinas, Aguilar und ich. Unvermeidlich! Ich schickte mich an zu gehen und hatte vor, das Grab der

Catalina Xuarez einfach zu übersehen – das Beinhaus jener Frau, die in Kuba zu ehelichen mein Gebieter töricht genug war, ehe er dazu berufen wurde, ein Gott zu sein. Gleichwohl zauderte ich, als ich aus den Augenwinkeln einen Farbklecks wahrnahm, einen Strauß rötlichgelber Blumen, der unter ihrer Grabinschrift in der vogeldreckbeschmutzten Nische lag. Wer erinnerte sich an Catalina oder mochte sich soviel aus ihr machen, daß er ihr Blumen ans Grab brachte – selbst wenn es der Festtag ihrer Namensheiligen, der Märtyrerin, war? Wahrscheinlich war durch die Gebetsstiftung auch für den Blumenstrauß gesorgt worden. Ja, so mußte es sein. Mein Gebieter, der Generalkapitän, hatte sehr viel Sinn fürs Protokoll.

Ich verließ den Hof und ging zum Seeufer. Zwischen Kakteen und Feuerdorn suchte ich mir den Weg und ließ die Augen aus Angst vor Skorpionen nicht vom Boden. Wider Willen dachte ich an Catalina. Selbst ich, die ich Grund hatte, sie mir genau anzusehen, kann dieses Geschöpf nur bruchstückhaft malen. Da war ein viel zu langer weißer Hals, den sie beim Sich-Schönmachen womöglich noch streckte und dehnte – ein Reiher, der den weißen Hals beim Schlucken reckt. Ich sehe eine schmale Nase und die Halbkreise dünner Brauen über blassen Augen sowie eine Fülle von stumpf gewordenem und verblaßtem, zu Ringellöckchen aufgedrehtem Haar. Wenn sie lächelte, schürzte sie die Lippen, um zu verbergen, daß ihr ein Schneidezahn fehlte; nur gelegentlich vergaß sie das, und dann fuhr, wenn sie den Mund aufmachte, die Spitze ihrer rosa Zunge durch die Zahnlücke. Des weiteren erinnere ich mich an weiche Hände, mit denen sie ständig an ihren Locken oder ihren länglichen Ohrläppchen zupfte oder an der Kette aus Goldkügelchen herumfingerte, die sie so liebte.

Ich denke, sie hat mich nie gesehen, obwohl ich sie insgeheim oft genug beobachtet habe. Ich mußte alles erfahren. Selbstverständlich wußte sie von mir – gab es denn irgendwen auf der Welt, der das nicht tat? Jedes bißchen Wissen, das sie in Erfahrung brachte, führte zu neuen Tobsuchtsanfällen und weiteren Quälereien. In der Öffentlichkeit seufzte sie, und wenn sie unter sich waren, keifte sie herum; sie war von Anfang an ein harter Brocken für ihn. Ich habe sie nie verstanden. Warum fuchste es sie nur so, daß wir

gelegentlich vögelten? Er hatte ja noch viele Frauen neben mir, und warum auch nicht? Wie die Soldaten sagen: Man soll nichts anbrennen lassen, und er hatte nun wahrhaftig keinen Mangel an Bettgenossinnen. Sie war seine *Frau*! Was wollte sie noch?
Oft schloß sie sich in der Privatkapelle ein, die er ihr eingerichtet hatte, und weinte dort stundenlang. Es hieß dann immer, sie ziehe sich dorthin zurück, weil sie Asthma habe. Ihre Schmerzen hatten nichts mit ihrer Luftröhre zu tun. Weil sie sich so hochnäsig gab, vermuteten nur wenige, zum Beispiel ich, daß sie ständig in Angst und Schrecken lebte. Sie war entwurzelt. Man hatte sie aus einem Leben herausgerissen, in dem es vornehmlich darum ging, sich vor Gläubigern zu verstecken und alte Kleider zu flicken; an einem einzigen Tag stieg sie von einem Nichts zur Kaiserin der Einzigen Welt auf. Sie hatte mit großen Herren und Häuptlingen zu plaudern; dabei hatte ihre Stimme mehr Übung darin, Schweine zu rufen oder die zwei oder drei Sklaven auf ihrem Zuckerrohrfeld zur Arbeit anzutreiben. Doch damals war ich noch zu jung, um Mitleid mit ihr zu haben.
Und doch denke ich, daß meine Verachtung auch mit einer Prise Mitleid vermischt war. Als ich jetzt das billige Bukett auf ihrem Grab betrachtete, tat es mir leid, daß ihr Leben nicht glücklicher verlaufen war. Roh hatte man ihren Namen in den Stein eingemeißelt, darunter irgendeine unleserliche, schmeichelhafte Lüge auf Latein. »Geboren 1499 – Gestorben 1532.« Unsinn! Sie war mindestens vier Jahre älter. Arme Catalina – in die Ewigkeit einzugehen und sich immer noch jünger zu machen!
Ich gehörte nicht zu den Gästen an jenem Abend, an dem das berühmte Bankett stattfand, als sie den Schmalen Durchgang passierte. Dafür hatte ich reichlich Spitzel unter den Bediensteten, und so erfuhr ich rasch von den Ereignissen, die ihren Tod umgaben, ihr endgültiges Dahinscheiden, das nun wirklich zu keinem passenderen Zeitpunkt hätte eintreten können, um es vorsichtig auszudrücken.

Im Sommer des Jahres 1522, als immer noch aasfressende Krähen am Himmel über Tenochtitlan kreisten, hatte mein Gebieter, der Generalkapitän, Residenz und Hauptquartier in einem Palast bezogen, der einst einem aztekischen Fürsten gehört hatte. Dieser Palast stand in einem baumreichen Vorort namens Coyoacan – Wolfsstätte –, ein Name, der Doña Catalina angst machte, die meinte, er könne nichts Gutes verheißen. Nun ergab es sich aber, daß Doña Catalina de Cortés im Juli frisch aus Kuba kommend von ihrem Habenichts von Bruder ausgerechnet dort abgeliefert wurde. Er traf in Begleitung mehrerer fragwürdiger spanischer Damen ein und tat nichts weiter, als die Hand aufzuhalten.

Drei Monate später, an einem Abend im Mond vom »Ende der Regenfälle« gab der *capitán* ein Bankett, um das Eintreffen eines Briefes Seiner Allerkatholischsten Majestät und Kaisers, Carlos von Spanien, zu feiern. Mit diesem Brief wurde die Eroberung der Welt durch den *capitán* anerkannt. Sechsundzwanzig Gäste waren anwesend, saßen an einer einzigen Tafel, die dadurch improvisiert worden war, daß man Bretter über Böcke gelegt hatte; nie zuvor hatte man je eine solche Tafel gesehen; sie hatte etwas von einem Opferaltar, auf dem zwei Opfer zugleich dargebracht werden konnten.

Der *capitán* war ganz in schwarzen Samt und weiße Spitze gekleidet, Doña Catalina hingegen in ein geborgtes Festgewand aus einem Stoff, der Goldbrokat sein sollte, aber nicht war, und überdies ihrer Hautfarbe nicht schmeichelte.

Weißfische aus dem See, Wildbret, Jicama, Chayote und Honig wurden aufgetragen. Teller und Becher waren mixtekische Arbeiten, die Messer stammten aus Kuba.

Doña Catalina wirkte an diesem Abend gereizt und angespannt. Sie schalt die Dienerschaft, die bei Tisch aufwartete, beschwerte sich wütend über eine Garnierung aus Pfefferschoten, schickte die Teller mit Chayote zurück in die Küche und erklärte mit schriller Stimme, Chayote sei ein »barbarisches Gemüse, nur für Schweine, Hunde und Indianer genießbar«. Der Fürst von Tlaxcala war so freundlich, so zu tun, als verstünde er kein Spanisch.

Capitán Solis, der Haushofmeister, saß zu Doña Catalinas Linken. Während einer Flaute in der Unterhaltung wandte sie sich ihm zu und sagte: »Solis, Ihr nehmt mir dauernd meine Indianer weg und laßt sie irgendwelche Arbeiten für Euch ausführen. Die Arbeiten, die ich getan haben möchte, werden nie erledigt, Solis.« Sie sagte dies laut und in arrogantem Ton.

»Das ist nicht meine Schuld, Señora«, erwiderte Solis. »Hier befiehlt der Generalkapitän, Euer Gatte.« Dabei wies er mit einer Handbewegung auf Cortés.

Doña Catalina reckte das Kinn und streckte den langen weißen Hals. Irgendein Dämon in ihr brachte sie dazu, mit der Unverschämtheit der Huren Göttin zu sprechen. »Es sind aber meine Indianer, sie gehören mir! Ich versichere Euch, ich werde binnen weniger Tage dafür sorgen, daß niemand, aber wirklich niemand sich an Dingen vergreift, die mir gehören.«

Schweigen legte sich über die Tafel. Der Schock hätte nicht größer sein können, wenn sie dem *capitán* den Inhalt einer Kalebasse ins Gesicht geschüttet hätte. Als Cortés endlich das Schweigen brach, machte er nicht unbedingt einen Scherz, aber ganz ernst war es auch nicht gemeint. Die Andeutung eines Lächelns huschte um seinen Mund – er machte jenes Gesicht, das ein Diener sein Jaguarlächeln nannte.

»Madame, ich selbst werde nichts mehr anrühren, was Euch gehört.«

Zwei oder drei Gäste lachten laut. Das waren Soldaten, und das war ihre Art von Scherzen. Der Fürst von Tlaxcala, der nicht ganz verstand, flüsterte ein wenig zu laut in gebrochenem Spanisch: »Meint er ihre Titten und ihre Möse?«

Doña Catalinas Fischmaul klappte auf und zu, das Blut schoß ihr ins Gesicht, und sie erhob sich von der Tafel. Sie breitete ihren weiten Rock aus, verneigte sich tief vor ihrem Gatten und segelte dann majestätisch aus dem Raum. Sie hinterließ ein betretenes Schweigen. Wenige Augenblicke später hörten die Gäste, wie die Tür ihrer Privatkapelle zugeknallt wurde.

Der Generalkapitän schien die Störung gar nicht zu bemerken. Er ließ frisch aus Kuba eingetroffenen Rum auftragen und redete davon, in Veracruz eine Schnapsbrennerei zu bauen; das wiederum führte zu einer Geschichte über Sauftouren, die er in seiner Jugend auf der Insel Hispaniola gemacht hatte. Er lächelte oft.

Als die Gäste nach Mitternacht gegangen waren, begab er sich zur

Kapelle und überredete seine Frau sanft aufzuschließen. Dann geleitete er sie in ihr Schlafzimmer und betrat das Gemach mit ihr, während die Diener im Bankettsaal Fackeln und Kerzen löschten. Eine Stunde später schrie er lauthals und für das ganze Haus bestimmt, er glaube, seine Frau sei tot – was sie auch war, wie sich herausstellte, als die Kammermädchen angelaufen kamen. Sie bemerkten Blutergüsse am Hals, und die Goldkügelchen lagen überall im Bettzeug verstreut.
Alle waren sie sich einig, daß sie an Asthma gestorben war.

Nun, sie hatte den Zorn eines Gottes erregt. Was hatte sie erwartet?

7 Tenochtitlan 1511

Nie in all den Bündeln von Jahren haben Gott oder Mensch eine Stadt geschaffen wie Tenochtitlan, die Hauptstadt der Welt, Nest des Goldadlers der Azteken, Stadt der Städte. Ach, war diese Stadt schön!

Ich erblickte sie zuerst von den Höhen im Westen, von einem Rastplatz aus, fast am Ende unserer langen und schmerzlichen Flucht von Jalisco durch die Wildnis. Die Morgendämmerung kroch gerade über Tempel und Paläste, die Strahlenbündel Unseres Herrn Sonne wurden wabernd von der Wasseroberfläche der Seen zurückgeworfen. Höfe und Treppenanlagen fingen eben an zu schimmern. Hinter der Stadt erhoben sich die Vulkane, Schlafende Frau und ihr Gatte, Rauchender Mann; weiß glänzten ihre Gipfel vor dem blauenden Tag; die dunkleren und tiefergelegenen Hänge waren noch dunstverschleiert.

Wie die spanischen Soldaten, die Jahre später kamen, rief ich laut, das könne nicht wahr, müsse ein Trugbild sein, werde sich wie die grünen Geisterstädte, von denen die Reisenden aus den nördlichen Wüsten berichteten, gleich in Nichts auflösen.

Dame Iztac stand neben mir und vergoß stille Tränen. »Wir sind daheim!« flüsterte sie.

»Der Ort des Kaktus«, sagte mein Vater und legte mir einen Arm um die Schultern. »Schau gut hin, Mali. Nie darfst du vergessen, wie es aussah, als du es zum erstenmal erblicktest.« Dabei wußte ich, daß er nicht nur Tenochtitlan meinte, sondern das gesamte Panorama von großen und kleinen Städten samt zugehörigen Seen, die bergkettenumringte Welt des Landes Nahe der Wasser.

Ich schaute hin und prägte mir das Bild ein – wie es unweigerlich jeder tat, der nicht von dort stammte. Mit großen Augen schaute ich von den Bergmatten hinunter und konnte es nicht fassen. Pfeilschnell sah ich die Einbäume über die Seen und durch die Kanäle schießen, schwerfällig die randvoll mit Marktgütern beladenen Lastkähne sich bewegen. Ich sah die Reihe der hohen

Zypressen – von dort oben nicht größer als Weidenruten –, lebendige Anker für die Gärten, die, wie ich meinte, auf dem Wasser trieben – eine Illusion, wie ich jetzt weiß; aber es war ja alles eine Illusion, war Magie.

Wir waren am Ende unserer Flucht angelangt, hatten schon keine wundgelaufenen Füße mehr von den steinigen Bergpfaden, waren nicht mehr schlammverdreckt, weil wir uns tagsüber in Erdlöchern oder im Morast hatten verbergen müssen. Auf unserer langen Wanderung waren wir an einem Dutzend Dörfer vorübergekommen, hatten jedoch nicht gewagt, uns ihnen zu nähern, da wir nicht wußten, auf welcher Seite sie standen. Manche standen freilich weder aufseiten der Azteken noch der Tarasken; für sie waren wehrlose Reisende nichts anderes als gemästetes Wild, dem man das Fell über die Ohren ziehen, das man opfern und möglicherweise sogar verspeisen konnte.

»Wir sind weit von den Tarasken entfernt«, begehrte Dame Iztac eines Tages auf. »Das hier müssen zivilisierte Siedlungen sein.«

Doch Prinz Chimal ließ sich nicht erweichen. »Wir werden noch etwas länger Mäuse spielen. Schließlich wissen wir nicht, in welchen Krieg wir hineingeraten sind, ob in einen Angriff der Tarasken oder in einen Aufstand der ganzen Welt gegen die Azteken.«

»Ein Aufstand? Undenkbar!« erklärte meine Mutter.

»Nein, keineswegs undenkbar. Schon seit Generationen denkt man daran. Vielleicht ist es schon dazu gekommen.«

Viele Tage später trafen wir heil und gesund in Tenochtitlan ein.

Zwar lebten wir nur vier Monde in dieser weitläufigen und faszinierenden Stadt, doch ich kannte mich in den tausend Straßen und Gassen sowie auf den zahllosen Kanälen bald aus wie eine, die hier geboren war. Unser Zuhause war ein ziemlich verfallener Palast, den mein Urgroßvater oder vielleicht auch *sein* Urgroßvater für sich selbst und sein Gefolge gebaut hatte, wenn er dem Hof von Tenochtitlan einen Staatsbesuch abstattete. Damals war ein Culhua-Fürst noch so reich und wichtig, daß er sich das leisten konnte. Die Nachbarschaft des Palastes – damals ein elegantes Viertel – war heruntergekommen und von Fremden überschwemmt worden, größtenteils mixtekischen Handwerkern, die das Erdgeschoß adliger Wohnstätten zu Werkstätten umgewandelt hatten, während im Obergeschoß ihre Arbeiter schliefen. Statt auf den Dächern Blumen und schattenspendende Ziersträucher anzupflanzen, wie es die vornehmen Leute taten, bauten sie in großen Holzzubern Kürbisse und Pfefferschoten an und düngten ihre Nutzpflanzen mit dem Kot der Menschen, der jeden Morgen in Töpfen aus den Schlafsälen heraufgebracht wurde. Entsprechend stank es, und wenn Dame Iztac zu unserem eigenen Dachgarten hinaufstieg, trug sie einen Strauß Jasminblüten in der Hand.

Gleichsam Haustür an Haustür mit Barbaren zu wohnen, empfand sie als arge Zumutung, doch einen Ausweg gab es für uns nicht. Mein Vater mußte sich einschränken und lebte in Verhältnissen, die gerade eben über denen verarmter Patrizier lagen. Schließlich hatten wir bei der Plünderung des Außenpostens ein Vermögen eingebüßt: Jade, Perlen, Quetzalfedern, große Krüge voller Kakaobohnen und Farbstoffe. Jetzt suchte er tagtäglich den Hof auf, um Eingaben zu machen, daß man ihn entschädigte. Gleichzeitig bewarb er sich um jeden Posten, der die Möglichkeit bot, wieder zu Reichtum zu kommen. Leider hatte er keine einflußreichen Verwandten. Onkel Weide, sein einziger Blutsverwandter, hatte zwar einen Posten als Prinzenerzieher bekommen, doch hatte man ihn schon nach kurzer Zeit wieder fortgeschickt, um weitere exotische Pflanzen zu suchen.

Prinz Chimal ordnete an, ich hätte die Stadt kennenzulernen – teils, glaube ich, weil er der Meinung war, jedes Wissen sei wertvoll – vor allem jedoch, weil er mich so abgelenkt wissen wollte, daß ich gar nicht dazu kam, den Tod von Dame Feuerstein Messer zu betrauern. Mit diesem Plan hatte er Erfolg; ich war viel zu beschäftigt, um an den Verlust zu denken, der mich getroffen hatte; nur unter Alpträumen litt ich nachts noch mondelang.

Meine Mutter hatte drei uralte Basen, die alle gleich aussahen: ledrige alte Weiber mit Leberflecken und bösen Zungen. Die eine oder andere dieser Basen begleitete mich auf meinen Erkundungsgängen durch die Stadt, zischte mich an, züchtig die Augen niederzuschlagen, nicht so laut zu lachen und kleinere, damenhaftere Schritte zu machen.

Alle drei waren wie besessen vom Sex, besonders die jüngste, die Vorübergehende mit beleidigenden Bemerkungen bedachte:

»Unanständig! Ein unmoralischer Aufzug! – Nun sieh dir diesen üblen Burschen an, der da versucht großzutun! Widerwärtig!« Ich wurde vor mütterlich aussehenden Frauen und besonders vor zuvorkommenden Männern gewarnt, die mit Knaben und Mädchen Handel trieben, ja man hielt mir sogar lange Vorträge darüber. »Du bist zwar noch ein bißchen zu jung, um ihre Aufmerksamkeit zu erregen, aber morgen – du wirst schon sehen!«

Was kümmerte mich ihr Geschimpfe? Ich war nicht mehr das schüchterne Kind des Außenpostens, das immer gleich weglief wie ein scheues Reh. Wie ein endloses Fest lag die Stadt vor mir ausgebreitet; ich war verzaubert von den verschlungenen Arkaden und den Höfen innerhalb von Höfen. Staunend stand ich vor dem königlichen Aquädukt und dem riesigen Bootsbecken. Das gänsehafte Geschnatter und Gezischel der Anstandsdame hinter mir verhallte ungehört.

An jeder Ecke gab es etwas zu gucken: Gaukler, Akrobaten, Musikanten, Schauspieler und Feuerschlucker. Ich ging über die drei Steindämme, welche die Inselstadt mit dem Festland verbanden; und meine Anstandsdamen folgten mir in Sänften, wobei die jüngste sich beschwerte, die Träger ließen sie vielsagend-anregend wippen, versuchten dadurch, sie lüstern zu machen, und sähen sie aus verschleierten Augen anzüglich an.

Am schönsten war es, wenn ich allein, das heißt nur in Begleitung des Haushofmeisters meines Vaters, auf den riesigen Markt von Tlatelolco ging, wo man alles bekommen konnte, was das Herz begehrte. Hingerissen stand ich vor flammenfarbenen Vögeln, und fassungslos bestaunte ich andere, deren Gefieder in allen Regenbogenfarben schillerte. Wir schnupperten an Holz, das Wohlgeruch verströmte, und guckten in Tiegel mit Heilkräutergebräu und Giften. Und fassungslos klatschte ich in die Hände angesichts riesiger Rettiche, die so zurechtgeschnitten waren, daß sie wie ein männliches Glied aussahen, dem man auf dem Kopf die Züge eines alten Mannes eingeritzt hatte.

Tlatelolco, die Stadt des Hügels, war die Hauptstadt der Welt des Handels. Sie war auf morastigen Inseln gleich neben Tenochtitlan gebaut, und um sie zu erreichen, brauchte man nicht einmal das Wasser zu überqueren. Dame Feuerstein Messer hatte behauptet, sowohl Tenochtitlan als auch die Stadt des Hügels seien von derselben Bande von Diebsgesindel gegründet worden, das samt und sonders aus den anständigen Städten auf dem Festland geflüchtet wäre. Tlatelolco und Tenochtitlan wurden als die Zwillingsstädte bekannt, sie arbeiteten zusammen und führten gemeinsam Kriege, wetteiferten jedoch untereinander und wurden von verschiedenen Herrschern regiert. Die Tenocha-Azteken von Tenochtitlan waren die Söhne des Kriegsgottes, die tlatelolcanischen Azteken hingegen schienen ihre Herkunft auf den Großen Lenker zurückzuführen, den Beschützer der Handelskarawanen.

Der Haushofmeister, der mich fast jede Woche in die Stadt des Hügels mitnahm, war ein netter, pummeliger Mann, der sich gern im Schatten der Marktstände aufhielt und sich bei einem Becher Kleewasser den neuesten Klatsch erzählen ließ. Er stammte von hier, war in einer Ecke des labyrinthaften Basars zur Welt gekommen – »zwischen Baumwollballen und Stapeln von Rindenstoff«, wie er sagte. »Ich bin so weich wie das eine und so zäh wie das andere.« Er wurde von allen Händlern freudig begrüßt und mit seinem ungewöhnlichen Namen angeredet: Grimmiger Säugling.

Ich machte mir so meine Gedanken über den Namen und sann darüber nach, welcher Traum wohl den Anstoß dazu gegeben haben mochte. Eines Tages, als wir bei einem Becher honiggesüßten Tees verweilten, erzählte er mir seine Geschichte:

»In den Tagen meines Vaters waren diese beiden Städte Partner, und man nannte sie Zwillinge. Doch wie das so oft bei Zwillingen ist, war einer von den beiden stets darauf aus, den anderen zu tyrannisieren.« Mit wedelnder Handbewegung wies er nach Tenochtitlan hinüber.

In dem Jahr der Geburt von Grimmigem Säugling machten Banden von Jugendlichen – von adeliger Geburt, nicht jedoch von edlem Betragen – sich ein Vergnügen daraus, die Märkte auszurauben. Sie klatschten ehrbaren Frauen auf den Hintern und kniffen sie; es kam zu einigen Vergewaltigungen. Gleichzeitig nagte die Eifersucht an den Adligen von Tenochtitlan, weil ein neuer Tempel in der Stadt des Hügels es wagte, es an Pracht und Größe mit den Zwillingstempeln von Rauchender Spiegel und Kolibri aufzunehmen. Weibliche Schlange, erster Minister und nach dem Verehrten Sprecher mächtigster Mann im Land, erklärte in aller Öffentlichkeit: »Diese Händler und Marktschreier nehmen sich zuviel heraus.« Es wurde von Krieg gemunkelt, und in beiden Städten summte es wie in einem Hornissennest.

»Unser Herrscher war damals Mokiwix«, erzählte mir Grimmiger Säugling. »Einmal ging er während der Kriegsvorbereitungen durch seine Palastküche. Ein Topf mit kleinen Vögeln stand siedend auf dem Feuer, und zum Entsetzen des Königs hüpften die Vögel aus dem Kessel und führten auf dem brodelnden Wasser einen Tanz auf. Mokiwix stieß einen Schreckensschrei aus. Er sah in dem Geschehen ein schlechtes Omen, ein Zeichen für die bevorstehende Niederlage, und so sann er auf eine ungewöhnliche Verteidigung.

Als das Heer der Tenocha gegen unsere Stadt vorrückte, sahen sie sich plötzlich keinen Soldaten gegenüber, sondern einem Regiment nackter Frauen, die tanzend auf sie zukamen, dann kehrtmachten und den Truppen stolz das nackte Hinterteil entgegenstreckten. Diese Frauen drückten sich Milch aus den Brüsten und besprengten die Feinde damit – mischten so Verzauberung mit Verachtung. Tausend kleine Kinder, die nichts trugen außer Federn im Haar, tanzten neben den Frauen her.«

»Bist du einer von denen gewesen?« fragte ich. »Ein Kind-Krieger?«

»Dazu war ich noch zu jung; deshalb trug meine Mutter mich auf den Schultern. Ich hatte bereits sämtliche Zähne, klein, aber scharf, und als ein Offizier meine Mutter beim Haar packte, biß ich dem Mann ins Auge. Einige behaupten, ich hätte es ihm ausgebissen, andere, ich hätte ihn nur geblendet. Eine Reihe von Feinden floh angesichts des abscheulichen Anblicks.« Grimmiger Säugling stieß einen Seufzer aus. »Trotzdem war unsere Stadt verloren, und so wurden wir Untertanen, die keine Stimme mehr in ihrer eigenen Regierung hatten. Die bewaffneten Kraftprotze von Tenochtitlan konnten unseren Kaufleuten ihren Reichtum nicht verzeihen.«

Und in der Tat liefen die reichen Händler in der Öffentlichkeit abgerissen und in Lumpen herum und gaben sich untertänig wie bußfertige Missetäter, bloß um nicht den Neid der Tenocha-Adligen zu erregen. Ganz besonders fürchteten sie Moctezuma, der für Händler und Kaufleute nichts als Verachtung übrig hatte. Eine ähnliche Verachtung brachte er auch Handwerkern, ja sogar Künstlern entgegen, es sei denn, sie waren zufällig von hoher Geburt. Zu Hause hörte ich eines Tages meinen Vater wiederholen, was Onkel Weide über Moctezumas Tenochtitlan gesagt hatte: daß dort heutzutage nicht der Geist zähle, sondern nur die Geburt.

Natürlich waren die Probleme der Politik, der Klassenrivalitäten und der bitteren Geschichte viel zu kompliziert für mich, um meine Aufmerksamkeit längere Zeit zu fesseln; mich interessierten ganz andere Dinge. Offenen Munds stand ich im königlichen Zoo vor Moctezumas Sammlung seltener Geschöpfe: Menschen und Tiere, die dort in Käfigen gehalten wurden. Genauso wie auf dem Markt, waren auch hier die Vögel Geschöpfe, die aus dem Paradies stammten, mindere Gottheiten oder edle Seelen. Mir wollte es gefährlich vorkommen, sie gefangenzuhalten – wer konnte wissen, welche Macht sie besaßen?

Als ich den Vögeln lauschte, mußte ich an Lerchen Singer denken und fragte mich wieder, warum weder er noch Herr Lanzenträger uns einen Besuch abgestattet hatten. Sie wurden bei uns zu Hause nie mit einem Wort erwähnt, und als ich einmal gewagt hatte, von ihnen zu sprechen, war man mir sehr heftig über den Mund gefahren. So konnte ich nur hoffen, daß Lerchen Singer eines Tages im Haus auftauchte. Mit diesem Wunsch beschwor ich meinen Ring aus Bergkristall.

So vergingen die Tage, keine zwei waren einander gleich, und kein einziger hatte genug Stunden. Oft dachte ich: *Jetzt lebe ich wirklich.* Die Jahre in Jalisco kamen mir vor wie eine Reise durch den Nebel, unwirklich, als hätte ich alles nur geträumt. Die Stadt hatte mich aus diesem Traum geweckt, mein Blut in Wallung gebracht. Zwar durfte ich nicht mehr wie bisher allein umherstreifen, doch dafür hatte ich etwas höchst Bedeutsames eingetauscht: Unter den vielen Menschen auf den Tenochtitlaner Gassen war ich namenlos. Keiner kannte meinen unseligen Namen, niemand wußte um die unheilverkündenden Zeichen, die meine Geburt umgaben. Auf den überfüllten Straßen konnte man mich anstoßen, ohne Angst vor Ansteckung zu haben oder zu fürchten, daß ich Unglück brächte. Man konnte sich auf einem der öffentlichen Boote neben mich setzen, ohne zu erwarten, daß das Gefährt gleich kenterte.

Die drei Basen waren selbstverständlich über mich im Bilde, und die älteste von ihnen war immer besonders auf der Hut und blieb mir selbst dann auf Armeslänge fern, wenn sie sich über mein ungebührliches Verhalten aufregte. Sie ließ nicht zu, daß mich auch nur ihre Kleidung streifte, und fand es schrecklich, wenn sich unsere Schatten zufällig auf dem Boden miteinander vermischten. Ohne es auszusprechen, ließ sie jedoch keinerlei Zweifel daran, daß ich ihrer Meinung nach für das Schicksal, das den Außenposten ereilt hatte, ebenso verantwortlich war wie für den Tod meiner Großmutter und dafür, daß mein Vater all sein Hab und Gut verloren hatte. Zwar hätte ich sie fragen können, wie es dann komme, daß meine Eltern und ich die einzigen Überlebenden waren, doch wäre das vergebliche Liebesmüh gewesen. Nichts ist sinnloser als Streit über religiöse Vorstellungen zwischen Alt und Jung. So ließ ich mich nicht anfechten und genoß die Herrlichkeiten der Stadt.

Eines Spätnachmittags wurde ich aufs Dach gerufen, wo mein Vater bei günstigem Wind oft die heißesten Stunden des Tages damit verbrachte, zu ruhen oder Musik zu hören. Sonnensegel boten kühlen Schatten, und die blühenden Büsche ließen das Gefühl entstehen, man befinde sich in einem Garten auf dem Lande. Nackt und schön, einen Ellbogen auf ein Kissen gestützt, lag mein Vater auf einer dicken Matte; Dame Iztac kniete neben ihm, und das war ungewöhnlich, da sie der mixtekischen Nachbarn wegen das Dach im allgemeinen mied. Außer ihnen war noch jemand anwesend: Ein wenig von den beiden entfernt, im Schatten eines Hibiskus nahe der Umfassungsmauer hockend, saß die untersetzte und schon etwas ältere Frau, die Dame Iztac als Haushälterin diente und die ich kaum kannte. Sie hieß See Rose, glich jedoch dieser Blume nur in der Lautlosigkeit, mit der sie von Zimmer zu Zimmer schwebte. Die anderen Dienstboten fürchteten sie und behaupteten, sie könne andere verhexen – übrigens der Grund dafür, wie ich vermute, daß sie es sich leisten konnte, so viele Silberringe zu tragen, daß von ihren dicken Fingern kaum

etwas zu sehen war. Vermutlich war das der Lohn für ihre Hexenkünste.
Sobald ich meine Eltern gebührend begrüßt hatte, sagte Prinz Chimal: »Ich habe dich rufen lassen, Tochter, um dir von deinem Vetter Lerchen Singer zu berichten.«
»Lerche? Ja?« Ich ließ mir meine Freude nicht anmerken. Die Mißbilligung in den Augen von Dame Iztac zeigte mir, daß sie mein ungebührliches Betragen nicht vergessen hatte.
»Lerchen Singer wurde vor ein paar Monden, gleich nach seinem Besuch bei uns, von den Priestern der Stadt zum Unbefleckten Jüngling erwählt«, sagte mein Vater. »Weißt du, was das bedeutet, Mali?«
»Nein, Vater.«
»Die Priester von Rauchendem Spiegel wählen jedes Jahr den schönsten Knaben in der Stadt aus, um den Gott-auf-Erden darzustellen. Während seiner Herrschaft wird ihm größere Verehrung entgegengebracht als irgendeinem irdischen Fürsten; er wird als Gott geehrt, und auch der leiseste Wunsch wird ihm von den Lippen abgelesen.«
»Das ist eine große Ehre«, sagte meine Mutter. »Die größte irdische Ehre, die die Welt zu vergeben hat – vielleicht bis auf die, zum Verehrten Sprecher gewählt zu werden.« Das Licht der Gläubigkeit leuchtete in ihren Augen; trotzdem sprach sie mit halb erstickter Stimme und drehte nervös an den Fingern. Irgend etwas stimmte nicht. Aber was?
»Wie wunderbar für Lerche!« rief ich aus. »Und für uns alle, denn schließlich sind wir seine Familie.«
»Ja«, pflichtete mein Vater mir bei, freilich ohne jede Begeisterung. »Selbstverständlich hat er als Der Vollkommene viele Pflichten. Deshalb haben wir ihm von unserer Ankunft hier nichts gesagt. Aber irgendwie muß er doch davon erfahren haben, denn jetzt bittet er, daß du ihn morgen in Texcoco besuchst.«
Um meine Freude zu verbergen, beugte ich tief den Kopf. »Und habe ich Eure Erlaubnis hinzugehen, Herr Vater?«
»Erlaubnis?« kam es empört von Dame Iztac. »Da kann man sich nicht weigern! Einem Gott-auf-Erden etwas abzuschlagen wäre lästerlich, ja verbrecherisch. Verstehst du das, Mädchen?«

»Ja«, sagte ich glücklich.
»Nein«, sagte Prinz Chimal. »Sie versteht überhaupt nichts. See Rose wird es ihr erklären.«
Er klatschte in die Hände, und See Rose rückte näher. Nie zuvor hatte ich sie mir genauer angesehen. Sie hatte dicke Lippen und einen mächtigen Kiefer. Ihr Gesicht schien ausdruckslos, bis auf die Augen, die wie die glitzernden Spitzen scharf zugefeilten Obsidians wirkten.
»See Rose ist eine weise und erfahrene Frau, Tochter. Sie wird dir alles erklären und dich auf den Besuch morgen vorbereiten. Du hast ihr widerspruchslos zu gehorchen.«
»Ja, Herr Vater«, antwortete ich und war mir meiner selbst plötzlich nicht mehr so sicher.
See Rose legte mir eine schwere Hand auf den Arm und führte mich fort, so als hätte sie gerade eine neue Sklavin gekauft. »Wir werden in deine Kammer gehen. Ich muß dich genau untersuchen und deine Kleider auswählen.«
Es lag mir auf der Zunge, sie unverschämt zu nennen und zu beschimpfen, doch dann fiel mir der Befehl meines Vaters ein – und seine Strenge. Selbst ohne Prinz Chimals Autorität war See Rose überwältigend. Ihre Stimme war dazu gemacht, Schlachtrufe auszustoßen.
In meiner Kammer betrachtete sie mich eingehend von Kopf bis Fuß; ihre Augen durchbohrten förmlich mein Fleisch. »Du bist noch im Besitz deiner Jungfernhaut?« wollte sie wissen.
»Natürlich. Ich bin noch keine Frau.«
»Ha! Ich kenne Außenposten und Soldaten! Seien wir also auf das Schlimmste gefaßt. Leg dich auf den Rücken, und nimm die Beine weit auseinander.«
Gehorche ihr, hatte Prinz Chimal gesagt. So tat ich, wie mir geheißen, und kam mir besudelt vor, als ihre Finger eindrangen. Schamröte stieg mir ins Gesicht, als sie mich musterte und untersuchte.
»Noch fest versiegelt«, sagte sie aufseufzend. »Schade. Wärest du durchbohrt, wärest du außer Gefahr. Er nimmt nur Jungfrauen.«
»Wer nimmt nur Jungfrauen? Wovon redest du überhaupt?«

Geschwind sprang ich auf und schickte mich an, mich wieder anzuziehen.

»Der Unbefleckte Jüngling, der Vollkommene. Dein erhabener Vetter. Für die letzten zwanzig Tage bekommt er vier Jungfrauen. Eine Braut für jede Himmelsrichtung, bis auf den Mittelpunkt. Dieser Mittelpunkt ist er selbst. Das ist der Grund, warum er dich begutachten möchte.«

»Törin! Lerchen Singer ist mein Vetter und Freund. Er möchte bloß, daß ich ihn besuche, möchte sich mit mir unterhalten, um...«

»Er will nichts weiter, als dich mit seinem Unbefleckten *maquauhuitl* zu rammen. Das ist das einzige, woran der Unbefleckte Jüngling denkt, und du tätest gut daran, das nicht zu vergessen. Denn was wird hinterher aus dir? Nachdem er dich und die drei anderen zwanzig Tage lang abwechselnd gerammt hat, kommt er zum Rauchenden Spiegel, und du bist nichts Besseres als ein Speiserest, den er zurückläßt. Was soll dein Vater dann mit dir anfangen? Dich als benutzte Möse zum Schleuderpreis in Texcoco verkaufen? Ja, nicht nur benutzt, sondern in aller Öffentlichkeit benutzt, so daß die ganze Stadt weiß, von wem und wann und wie. Die meisten Männer werden es sich zweimal überlegen, ob sie eine Witwe von Rauchendem Spiegel besteigen. Nun, es läßt sich nicht ändern.«

Ich verstand nicht einmal die Hälfte von dem, was sie sagte, wußte jedoch genug, um mir über meine eigene Unwissenheit klar zu werden. Da war Gefahr im Verzug, und ich tat gut daran, See Rose zu gehorchen und zu lernen.

Am Fenster hielt sie ein reizloses Gewand ins Licht. »Das sieht kindlich aus, das ist gut. Außerdem wirst du jetzt an deinen Fingernägeln kauen – kau sie soweit herunter, wie es geht, das sieht immer abstoßend aus.«

Ich wandte mich von ihr ab und schaute auf die Vorübergehenden und auf die mixtekischen Töpfe hinunter, die vor der Werkstatt ihre Waren feilhielten.

»Die ganze Stadt hat gewußt, daß Lerchen Singer zum Gott-auf-Erden erwählt werden würde«, fuhr See Rose fort, als sie unter meinen Sandalen die aller unansehnlichsten aussuchte. »Herr Lanzenträger war außer sich, denn er ist Witwer, und er hat kein anderes Kind, an das er seine Seele weitergeben könnte. Als der Mond des Erwählens kam, sorgte Lanzenträger dafür, daß der Knabe die Stadt verließ und eine Reise unternahm, die ihn durch die halbe Welt führte; er sollte nicht zurückkehren, ehe nicht ein anderer Bursche gewählt war, seinen Namen bekommen hatte und in die heiligen Gewänder gekleidet war.«

Fast lächelnd, fuhr sie sich mit der Zunge über die dicken Lippen. »Aber Rauchendem Spiegel kann man nichts vormachen. Herr Lanzenträger und der Knabe waren kaum vier Tage in der Stadt zurück, da schüttelte sich Erd Ungeheuer, und als die Erde zu beben aufhörte, lag der Jüngling, der Der Vollkommene genannt worden war, von einem herabfallenden Dachbalken getroffen mit eingeschlagenem Schädel da! Infolgedessen mußte für den Rest seiner Herrschaft ein neuer Unbefleckter Jüngling gewählt werden, und selbstverständlich fielen ihre Augen diesmal auf deinen Vetter. Hübscher denn je und frisch zurück vom Lande! Ach, Rauchender Spiegel läßt sich nicht hinters Licht führen – er setzt seinen Willen immer durch.« Erfreut über die feinsinnigen Machenschaften des Gottes gluckste sie in sich hinein.

Am nächsten Morgen nahmen wir das Boot nach Texcoco, wo Lerchen Singer mit seinem Gefolge in den königlichen Gärten Hof hielt. See Rose saß neben mir und nickte beifällig über die reizlose Kleidung, die ich angelegt hatte, das strähnige Haar und die häßlich abgekauten Fingernägel. Meine Nase und die Augen waren rot und geschwollen, denn ich hatte staubfein gemahlenen Tabak schnupfen müssen, der mich niesen ließ und mir die Tränen in die Augen trieb.

»Nicht gerade verführerisch, nicht wahr?« wandte See Rose sich an Dame Iztac, die ganz hinten im Boot saß und sich immer wieder darüber ausließ, wie geehrt wir einerseits wären und wie vorsichtig wir andererseits vorgehen müßten, um nicht *zu sehr* geehrt zu werden.

»Seine Bräute der zwanzig Tage erfahren eine hohe Auszeichnung, doch wartet eine hoffnungslose Zukunft auf sie«, ermahnte sie mich wohl zum hundertstenmal. »Hoffen wir, daß er in dir immer noch das Kind sieht.«

»Das wird er bestimmt«, antwortete ich. »Und ein häßliches Kind dazu.« Ich war fest überzeugt, daß Lerchen Singer Liebe für mich empfand; doch hatte das nichts mit Heirat oder Sich-Begatten zu tun. »Was geschieht mit Lerche, wenn seine Herrschaft vorbei ist?«

»Dann vereint er sich mit Rauchendem Spiegel, und die Priester erwählen einen anderen Gott-auf-Erden«, sagte Dame Iztac. »Hat deine Großmutter dich denn überhaupt nicht in Religion unterwiesen?«

Dann würde Lerche also eine Art Priester werden, dachte ich. Mich fuchste die Vorstellung, ihn schwarzgewandet und mit blutverklebtem Haar zu sehen, und ich träumte von einem besonderen, einem reizvolleren Priestertum.

An der Schiffsanlegestelle sagte Dame Iztac: »In Texcoco wimmelt es von Leuten, die die Azteken hassen, Mali, sprich daher niemand an. Außerdem gibt es in dieser Stadt leichtfertige Frauen zuhauf – Fremde zumeist, versteht sich. Hüte dich, ihnen auch nur durch einen Blick zu schmeicheln. Halte die Augen gesenkt, und versuche, deine Ohren vor ihrem unanständigen Gerede zu verschließen.«

Das hatte zur Folge, daß ich, als wir die Stadt der Gärten – Texcoco – betraten, die Ohren spitzte wie eine Katze. Und ja, es stimmte: Da gab es viele hübsche Damen mit gefärbten Zähnen, Glöckchen, Blumen und bestickten Sonnenschirmen.

»Diese bedauernswerten Geschöpfe!« sagte Dame Iztac mit einem geringschätzigen Unterton. »Sie können einem richtig leid tun.«

Als ich jedoch verstohlen zu ihnen hinüberblickte, meinte ich, nie glücklichere Frauen gesehen zu haben: nichts als Lächeln und Gekicher. Zweifellos gab es da eine Seite, die ich noch nicht kannte.

Wir gelangten an eine niedrige Mauer mit einem Tor; dahinter erhob sich ein Wald.

»Von hier an gehst du allein weiter«, sagte See Rose zu mir. »Folge nur dem Pfad. Wenn du deinen Vetter siehst, begrüße ihn mit einem kleinen Lächeln, aber fasse ihn nicht an! Und sobald du hörst, daß vom Turm her die Mittagswache ausgerufen wird, entschuldige dich. Vergiß nicht, du bist krank und erschöpft, du kannst nicht lange bleiben. Vergiß nicht, die Erde zu seinen Füßen zu küssen.«

Ich nickte und schickte mich an, mit gesenktem Blick dem sich schlängelnden Pfad zu folgen; ich mußte meine Erregung unbedingt verhehlen, bis die beiden mich nicht mehr sehen konnten. Dann jedoch gab es kein Halten mehr für mich, ich flog fast durch die Zypressen und Sternbäume dahin. Vor mir hörte ich Brunnengemurmel. Ein Kolibri kreuzte segelnd meinen Weg: ein glückverheißendes Zeichen. Mochte See Rose noch so schreckliche Dinge vorhersagen, ich wußte, daß ich Lerchen Singer liebte, und wenn er mich zu einer seiner Zwanzig-Tage-Bräute erkor – was er bestimmt nicht tat! –, was spielte das für eine Rolle? Kein anderer Mann sollte Ein Gras Leiden zur Braut wählen – eine Braut, deren Mitgift Unglück hieß.

Ich hörte die Silbertöne einer Flöte, und am Ende des Pfades blickte ich in einen weitläufigen, von Farnen und Obstbäumen umschlossenen Garten. Wie verzaubert blieb ich stehen; es war, als wäre die große Mauer von Tlaloc lebendig geworden – was ich hier vor mir sah, war der grüne Himmel des Regenbringers, das Schmetterlingsparadies, in dem ewige Brunnen plätscherten, über die im Tiefflug smaragdgrüne Vögel hinwegglitten.

Die ungewöhnlichen Bäume ließen mich an die Legenden von Tollan denken: Ein Dutzend ganz verschiedener Blüten und Früchte reifte am selben Baum – das war Magie! Dann erkannte ich, daß viele von den Blüten aus gefärbter Baumwolle bestanden und die saftigen Mangos nicht an Stengeln, sondern an Schnüren von den Zweigen hingen.

In der Mitte des Gartens stand ein aus blütentreibenden Schlinggewächsen und Zweigen geflochtenes Lusthäuschen. Flötespielend saß auf einem Kissen Lerchen Singer auf den Stufen. Lauschend und lächelnd umlagerten ihn etliche junge Männer in einheitlichen Gewändern aus feinem Tuch, wie ich es noch nie gesehen hatte; ich meinte, es müsse gesponnenes Silber sein. Lerche zu Füßen kniete eine der hübschen Texcocoer Damen und schlug auf einer winzigen Trommel den Takt. Zwei nicht minder bezaubernde Damen saßen in der Nähe und flochten eine Halskette aus Orchideen.

Ein schlankes Mädchen tanzte zu der Weise, die Lerche spielte: einen Tanz, um die Vögel zu feiern, denn sie trug eine Krone aus Federn und hielt große Federbüschel in Händen; um ihre Füße

herum flatterte eine Schar bunter Vögel, ohne indes richtig wegzufliegen. Das Mädchen war nackt, was mir merkwürdig vorkam, da es sich nicht um einen religiösen Tanz handelte.
Eine Reihe niedriger Tische war festlich gedeckt – Teller und Schalen quollen über von Köstlichkeiten. Die Luft schien schwer von Weihrauch und anderen Wohlgerüchen und machte benommen.
Der halb auf dem Kissen zurückgelehnte Lerchen Singer war der Fürst dieser Gartenwelt. Nur in das Lendentuch aus Königsgrün gekleidet und keinen anderen Schmuck tragend als eine Jadekette, bot Lerche wahrhaftig das Bild eines Gottes – falls ein Gott überhaupt so schön sein konnte!
Am Rand dieser unirdischen Welt zaudernd, befiel mich Verlegenheit. Meine Arme waren grotesk lang und die Hände daran zwei formlose Klumpen. Jetzt mischte sich Groll in meine Ehrfurcht: Die Baumwollblüten waren in Wirklichkeit häßlich und künstlich, und es schien mir obszön, die übertrieben duftende Luft zu atmen. Am schlimmsten jedoch waren die wilden Vögel, die nicht wegflogen; sie waren so unnatürlich, daß es mir den Hals zuschnürte.
Eine der Damen sah mich, zeigte mit zierlichem Finger auf mich und lachte. »Schaut, irgendeine Gassenrange hat sich hierher verirrt. Wie sie angezogen ist! Ist sie nicht wunderlich?«
»Mali!« Lerchen Singer reichte flugs einem der jungen Männer seines Gefolges die Flöte und rannte auf mich zu – nicht göttlich, sondern jungenhaft mit weit ausgebreiteten Armen. Wie zwei Freunde fielen wir uns in die Arme – und ich vergaß, die Erde zu seinen Füßen zu küssen.
»Wie schön, dich zu sehen, Mali.« Er führte mich zu dem Lusthäuschen. »Du wirst immer noch Mali gerufen? Noch hat dich kein neuer Name gefunden?«
»Ich bin immer noch Mali. Aber wie soll ich dich nennen, Lerche? Meine Mutter meinte: Bildnis von Rauchender Spiegel. Stimmt das?«
»Für dich und für heute bin ich Lerche.« Er legte den Arm um mich und drückte mich an sich. Trotz See Roses eindringlichster Ermahnungen, den Vollkommenen auf keinen Fall zu berühren und ihn dadurch etwa zu erregen, erwiderte ich den Druck.

»Bin ich froh, daß du Lerche bist! Ich habe die Statuen von Rauchendem Spiegel nie gemocht. Du bist so schön, wie er häßlich ist.«

Diese Feststellung rief unter den hübschen Damen perlendes Gelächter hervor. Lerche machte ihnen ein Zeichen mit der Hand, woraufhin sie sich zusammen mit den jungen Männern rasch und unter vielerlei kleinen Verneigungen zurückzogen. Allerdings gingen die jungen Männer nicht weit, sondern bezogen Stellung hinter dem Gebüsch, wo sie still ein Ballspiel machten. Sie schienen uns nicht zu beobachten, aber ich spürte ihre Augen auf uns, und ich wußte, daß sie die Ohren aufstellten wie die Füchse.

»Sie lassen mich nie ganz allein«, sagte Lerche, der offenbar meine Gedanken gelesen hatte. »Tag und Nacht stehen mir die Sieben Gefährten zur Verfügung. Getreuere Diener kann man sich nicht vorstellen.«

Oder bessere Gefängniswärter, dachte ich, sagte jedoch: »Du hast Flötenspielen gelernt! Und du spielst gut.«

»Findest du? Schau.« Er klappte ein edelsteinbesetztes Kästchen auf und zeigte mir fünf unterschiedlich große Tonflöten. »Eine jede hat ihren eigenen Ton, und ich habe gelernt, sie alle zu spielen.«

»Warum fünf? Wozu so viele?«

»Für die fünf Sinne. Eine Flöte für das Sehen, eine für das Hören, eine für den Tastsinn und so fort. Jede Flöte muß jeden Tag gespielt werden, keine darf zugunsten einer anderen vernachlässigt werden.«

Ich begriff, daß er irgendeinen Lehrer zitierte. Die Flöten symbolisierten nicht nur die Sinne, von denen wir wissen, daß sie Diener der Lust sind, sondern auch andere Dinge wie zum Beispiel Tugend und Weisheit.

»Was für wunderschöne Instrumente, Lerche! Nie zuvor habe ich so dünn gebrannten Ton gesehen.«

»Ja, sie sind wunderschön, aber zerbrechlich. Als ich lernte, darauf zu spielen, habe ich ein paar zerbrochen, bloß weil ich zu tollpatschig mit ihnen umging. Ich dachte, daß der Priester-Musiker, der mich unterrichtete, wütend wäre. Statt dessen erging er sich eine ganze Stunde lang über die Zartheit, mit der wir das Leben angreifen sollen.«

Da ich das Gefühl hatte, auf dem Pfad der Gottesgelehrsamkeit mit ihm zu sein, wechselte ich das Thema. »Wie lange wirst du denn noch Bildnis von Rauchendem Spiegel sein?«

»Nicht mehr lange. Ich habe ja nicht das ganze Jahr, wie es sonst üblich ist.« Er ließ den Blick über den Garten schweifen, dann sah er wieder auf die Flöten. »Das Ende soll besser sein als der Anfang, hat man mir gesagt; die große Freude bestehe nicht darin, alles zu nehmen, sondern alles zu geben. Glaubst du das, Mali?«

Er hatte etwas Beklommen-Angstvolles bekommen. Seine dunklen Augen wirkten womöglich noch dunkler als sonst, und er fuhr sich mit der Hand durch das feine Haar.

»Ja, Lerche. Selbstverständlich ist das besser!« Ich stieß diese Worte stotternd hervor, ohne im geringsten zu begreifen, was ich da sagte – geschweige denn, daran zu glauben. Der Anfang? Das Ende? Die Vögel zu unseren Füßen rührten sich, und ich fand, daß ihr ganzes leuchtendbuntes Gefieder grotesk wirkte, denn sie watschelten, anstatt zu fliegen. Man hatte ihnen die Flügel gestutzt, und so waren sie fett und folgsam geworden. Einer der Sieben Gefährten, der langsam näher kam, beobachtete uns insgeheim, obwohl er so tat, als binde er sich die Riemen seiner Sandalen zu.

»Als ich hierherkam, war mir alles andere als wohl in meiner Haut, weil doch Rauchender Spiegel der Bringer der Dunkelheit ist«, sagte Lerche. »Aber die Priester haben mir erklärt, daß wir das Licht nur kennen, weil wir um die Dunkelheit wissen. Das Leben haben wir nur des Todes wegen.«

»Du wirst recht haben. Ich kenne mich in solchen Dingen nicht aus.« Und doch *wußte* ich genau Bescheid. Trotz der glatten Worte, verspürte ich keinerlei Verlangen nach Tod und Dunkel. Ich wollte nur das Leben, jeden Augenblick dieses Lebens, und konnte mir nicht vorstellen, daß Sterben mich dazu bringen würde, das Leben mehr zu schätzen. Auch mußte ich um Mitternacht nicht blind sein, um das Morgengrauen zu schätzen. Allerdings bin ich in Dingen der Philosophie immer ziemlich oberflächlich gewesen.

»Du trägst meinen Ring!« rief er aus. »Ich hatte inständig gehofft, daß er dir gefällt. An diesem Morgen hatte ich nichts anderes, was ich dir hätte zurücklassen können.«

»Ein schöneres Geschenk kann ich mir gar nicht vorstellen.« Ich wollte ihm sagen, daß ich über diesem Ring heiße Tränen vergossen und daß ich ihn stets als Talisman berührt hatte, wenn wir uns auf unserer langen Flucht von Jalisco durchs Gras geschlichen und in Sumpflöchern versteckt hatten. Ich hatte ihn sogar unter Wasser gereinigt, nachdem er durch Feindesblut verfärbt worden war.

Die Worte erstarben mir auf den Lippen. Rauchendem Spiegel vertraut man keine Geheimnisse an, und man stört auch seine Ruhe nicht.

Er lächelte sanft, doch wußte ich, daß er mich dabei nicht anschaute. Mir fiel ein, wie sehr seine Gegenwart den schreienden Mann beruhigt hatte, den sie im Außenposten bis zur Opferung in einem Käfig gehalten hatten. Lerchen Singer und dieser Gefangene hatten etwas gemeinsam gehabt, wovon ich nicht wissen konnte: einen flüchtigen Blick in ein Reich, dessen Losung »Tod« hieß. Nie würde ich diese Sicht teilen können.

Lerches Diener und die Damen kamen lächelnd und uns zunikkend langsam zurück. Ich spürte, daß die Stunde vorüber war. Meine Hand nehmend, sagte Lerche: »Du wirst mich nur noch einmal sehen, Mali. Und an diesem Morgen mußt du glücklich für mich sein. Versprich mir das.«

Ich versprach es, plapperte Worte, die überhaupt nichts bedeuteten, sah ihn dabei eindringlich an und dachte daran, daß ich ihm einst mit Holzkohle Bilder auf Rücken und Brust gemalt hatte. Ich hatte ihn gehalten, als er zu schwimmen versucht hatte. Wie hatte ich damals nur so unschuldig sein können!

Verlegen ging ich davon, nachdem ich zuvor von einem der Diener linkisch einen Korb mit Geschenken entgegengenommen hatte. Als ich mich anschickte, den Pfad hinunterzugehen, setzte wieder Musik ein. Ich nahm an, das nackte Mädchen hatte seinen Tanz zwischen den Vögeln, die nicht fliegen konnten, wieder aufgenommen. Welche Flöte war für sie bestimmt? Tastsinn, Sehvermögen oder Geschmack? Oder alle. Ich schaute mich nicht um.

Am Tor wurde ich begierig von Dame Iztac und See Rose erwartet. Auf dem Weg zurück zum Boot löcherten sie mich mit Fragen. Nein, antwortete ich, es werde im Garten keine Orgie gefeiert; nein, Frauen paarten sich nicht mit Tieren oder Reptilien; jawohl, man sei mir mit Hochachtung begegnet. Dame Iztac schien erleichtert und enttäuscht zugleich.

Nachdem wir den See halb hinter uns hatten, wurden wir von den Barken etlicher Händler angerufen: zwei alten Frauen, die gesottenen Fisch verkauften, und Männern, die Kräuter und Trockenblumen feilhielten.

Es roch stark nach heißem Fett, und ich genoß den Duft von Knoblauch und wildem Majoran. Es war, als wären mir die Lungen saubergepustet, befreit vom schwülen Duft des Gartens.

Ich wandte mich an See Rose: »Was genau geschieht am Ende von Lerchen Singers Herrschaft? Ich weiß, er kommt zu Rauchendem Spiegel; nur: *Wie* tut er das?«

»Auf dem Altar, selbstverständlich. Was hast du gedacht? Die Priester werden dem Gott sein Herz darbringen.« Gewitzt nickte sie. »Und glaube ja nicht, daß Rauchender Spiegel das Opfer nicht annimmt. Der ist hungrig wie sonstwas; der schlingt alles herunter.«

Im Grund hatte ich es gewußt, hatte nur nicht zugelassen, es wirklich zu glauben. Vor uns, unmittelbar hinter dem Bootsbekken, reckten sich majestätisch die Zwillingstempel von Kolibri und Rauchendem Spiegel vor den fernen Bergen. Das hier war das Herz des Herzens der Welt. Zwei gleiche Rauchsäulen stiegen träge von den Hochaltären auf. Plötzlich haßte ich diese Stadt, die ich so wunderschön gefunden hatte. Ich hätte gern geweint, aber meine Mutter ließ mich nicht aus den Augen.

Ich nahm mir vor, einfach nicht an Rauchenden Spiegel zu denken, doch redete in den nächsten Tagen alle Welt von dem Dunklen Herrn.

Zwei Ereignisse versetzten die Stadt in helle Aufregung. Das erste sollte sich viele Male an vielen verschiedenen Orten in der Gegend wiederholen; es geschah in der Nacht, als Dame Mond sich – nachdem sie enthauptet und ihr das Kind aus dem Schoß gerissen worden war – in ihrem Grab verbarg. Das war während der

Achten Wache, jener frösteligen Spanne Dunkelheit, da schwächliche Kleinkinder und verwundete Männer mit größter Wahrscheinlichkeit ohne Aufhebens vom Leben durch den Schmalen Durchgang schlüpften. Um diese Stunde geht kein Mensch freiwillig hinaus.

Unruhig schlafend lag ich auf meiner Matte und schlug mich mit einem Traum herum, in dem ich durch die endlosen Gänge einer Höhle floh. Langsam, aber unerbittlich verfolgte mich eine riesige Gestalt, von der ich meinte, es könnte Rauchender Spiegel selbst sein, denn das Ungeheuer hinkte und zog ein Bein nach wie der Dunkle Herr, dem ja von der eigenen Schwester ein Bein abgebissen worden war. Wieder und wieder rief ich nach meinem Vater, mir doch zu helfen, und offenbar wachte ich von meinen eigenen Rufen auf. Dann aber merkte ich, daß ich andere Stimmen hörte – eine Frau draußen auf der Straße schrie in schrecklicher Bedrängnis.

Kerzengerade setzte ich mich auf. Ich hatte Gänsehaut auf den Armen und spähte angestrengt ins Dunkel. Die Stimme – menschlich und doch wie von einem Tier, die einer Frau und doch nicht ganz die einer Frau – schrie wieder:

»Meine Söhne, wir sind vernichtet! Meine Söhne, wo kann ich euch verstecken?«

Ich habe viele erschreckende Laute in meinem Leben gehört, die aus Menschenkehlen kamen – das Wehklagen von Frauen, die im Dämmer auf dem Schlachtfeld nach ihren Männern suchten, die Schreie von Männern bei der Folter, wenn weißglühendes Eisen ihnen das Fleisch versengte, einmal die Schreie eines Mädchens, dem bei lebendigen Leib die Haut abgezogen wurde. Doch nie zuvor noch jemals danach hörte ich einen Schrei, der mir so sehr das Blut in den Adern stocken ließ – und nicht nur mir, allen, die es hörten.

Und die Stimme – die von Angst und Qual erfüllt war – war stärker als ich und bezwang mich, zog mich im Dunkeln hinaus in den Patio. Draußen vor meiner Kammer flackerte ein Licht auf dem Gang: Eine Fackel in der Faust, tauchte mein Vater auf. See Rose samt den anderen Dienerinnen und Sklaven tastete sich an der Wand entlang und suchte nach der Tür, die auf die Straße hinausführte. Der gesamte Haushalt war versammelt, bis auf Dame Iztac, die zweifellos auf ihrer Schlafmatte auf den Knien lag und betete.

Prinz Chimal nahm den Sperrbalken fort, der die Tür verriegelte, und alle liefen hinaus auf die Straße, wo wie bei einem Fest Fackeln brannten. Die Mixteken quollen aus ihrem Werkstattgebäude, wohl an die hundert jeden Alters, die samt und sonders nackt waren und durcheinanderplapperten. Im Haus gegenüber war die fette Familie aufs Dach hinaufgestiegen und lehnte sich über die Brustwehr: runde, angstbleiche Gesichter.

Wieder ertönte der Schrei, weiter aus der Ferne jetzt freilich. *»Meine Söhne! Ach, meine geliebten Söhne!«*

Eine der Mixtekinnen brach in hysterisches Gezeter aus, und ein Mann gab ihr eine Maulschelle. Ihr Gezeter rief Panik hervor, und andere mixtekische Frauen brachen in Wehklagen aus, schlugen sich auf die Brüste. Ihre Männer schlossen sich diesem Aufschrei an, reckten zitternd die Hände gen Himmel, und Tränen liefen ihnen übers Gesicht. Dann hörten wir aus einem anderen Viertel – den Straßen der Tuchmacher ganz in unserer Nähe – ebenso schrilles Geheul wie aus der Richtung der Königlichen Ausbildungsanstalt. Ein Wind aus Wehklagen ging über die Stadt dahin.

Mein Vater führte uns ins Haus zurück, versperrte mit Holzstangen die Lederflügel der Tür und stieg dann allein zum Dach hinauf, um zu sehen, wie die Sterne stünden. Als er wieder herunterkam, erklärte er, der Himmel berge keine Botschaft. Ich argwöhnte, daß er mit etwas Furchtbarem hinterm Berg hielt.

Wenn schon die Sterne nicht sprachen, so taten es am Morgen wenigstens alle Menschen. Das Gesagte drang aus den Häusern auf die Märkte und zu den Tempeln, über die Seen hinweg zu den Städten in der Nachbarschaft, und je mehr geredet wurde, desto geheimnisvoller wurde alles. Die Weinende Frau, wie jeder die Erscheinung nannte, war von vielen kurz gesehen worden. Sie trug Begräbnisgewänder, scharlachrote Totenkleider, und ihre Gestalt war von einer Wolke verdunkelt worden – einige behaupteten, einen Strahlenkranz gesehen zu haben, der zuckte und flackerte, fahl wie die blaue Flamme des Alten Gottes, die über Moor und Morast dahinwanderte.

Das Sonderbarste von allem war, daß jeder die Klage der Weinenden Frau in der eigenen Sprache hörte. Als sie laut in unserer Straße wehklagte, verstanden wir sie ganz deutlich. Und doch behaupteten die Mixteken, sie habe die Worte in ihrer Sprache hinausgeschrien; Maya-Sklaven verstanden sie auf maya, und nicht anders erging es den Zapoteken im Viertel der Korbflechter, die die Frau in *ihrer* Sprache verstanden. Doch in welcher Sprache auch immer: die Botschaft von der Zerstörung war für alle die gleiche, nur einige Angehörige von unterjochten Völkern behaupteten, sie habe die Azteken ihrer Gier nach Waren und Opfern wegen verflucht und versprochen, Rache über Tenochtitlan zu bringen.
Keiner von denen, die die Botschaft hörten – und es waren in dieser Nacht wie in späteren Nächten Zehntausende wach geworden –, zweifelte daran, daß Unheil auf uns zukam. See Rose, bislang durch nichts mundtot zu machen, versank tagelang schweigend in Trance; Dame Iztac verbrachte die Vormittage schmallippig damit, verschiedenen Tempeln einen Besuch abzustatten. Doch welchen Gott galt es zu beschwichtigen? Es gab deren so viele, und alle waren sie so boshaft und unberechenbar. Rauchender Spiegel, der die Nacht beherrschte, mußte damit zu tun haben. Aus diesem Grunde befahl Herr Moctezuma nach drei Tagen banger Ungewißheit, dreihundertsechzig Tlaxcalaner Geiseln zu opfern – eine für jede Nacht des heiligen Kalenders. Fünf weitere Geiseln ließ er frei, um so die Nächte der Unglücklichen Tage anzuerkennen.
Auf diese Nachricht hin hellte sich See Roses Miene auf. »Alles wird gut werden.«
Zwei Stunden später kehrte der Haushofmeister mit einem alarmierenden Bericht zurück. Herr Moctezuma habe es sich anders überlegt. Die fünf Tlaxcalaner wären beim Versuch, aus der Stadt zu fliehen, auf einem der Dämme wieder ergriffen worden; jetzt würden ihre Herzen auf dem Altar des Tempels des Unbekannten Gottes nahe Texcoco geopfert.
See Rose verschlug es fast den Atem. »Der Unbekannte Gott wird aber nur mit Musik verehrt. Er nimmt sonst nichts zu sich und akzeptiert kein anderes Opfer.«

»Eine weibliche Gottesgelehrte! Eine Möse, die mehr von Religion versteht als der Verehrte Sprecher Moctezuma selbst!« fuhr Grimmiger Säugling sie mit schneidender Verachtung an. Zwischen Haushofmeister und Haushälterin herrscht immer Krieg, doch in unserem Haus war es noch schlimmer als anderswo, weil See Rose so hoffärtig war wie eine Tenocha und Grimmiger Säugling wußte, daß sie überheblich auf alle Tlatelalcaner herabsah. Da half es überhaupt nicht, daß sie beide Azteken waren.
Dabei war Grimmiger Säugling über Moctezumas plötzlichen Sinneswandel genauso beunruhigt wie See Rose. Dem unbekannten Gott – auch Verursacher der Ursachen genannt – war von dem alten Dichter-König von Texcoco, Herrn Fastender Kojote, ein schöner Tempel errichtet worden. Ganz oben, im Allerheiligsten, gab es eine Sammlung bemerkenswerter Musikinstrumente, aber keinen Altar. Dame Feuerstein Messer hatte oft beifällig von diesem Gott gesprochen: Er belästigte niemanden, und so machte sich auch niemand groß Gedanken um ihn – was, wie Dame Feuerstein Messer sagte, die ideale Beziehung zwischen Sterblichen und Göttern sei. Andere behaupteten, der Unbekannte Gott sei niemand anderes als Gefiederte Schlange in Verkleidung. Ob Moctezuma das wohl glaubte? Ging es ihm darum, mit der Opferung dieser Geiseln einen Gott zu beschwichtigen, der den Prophezeiungen zufolge in höchsteigener Person zurückkehren und jene Zerstörung säen sollte, die die Weinende Frau beklagte?
In den nun folgenden Tagen, während die Welt darauf wartete, daß das dunkle Omen sich klärte, befahl mir Prinz Chimal, mich vom Bereich der großen Tempel fernzuhalten. Dieser Tempelbezirk schien gefährlich, galt als der Ort, wo der Blitz zuschlagen oder die Erde aufreißen und Flammen speien sollten. Jedes Unheil konnte von hier, dem innersten Herzen der Welt, seinen Ausgang nehmen.
Gleichzeitig kam es aber in unserem Haus noch zu einer anderen Aufregung. Dame Feuerstein Messer hatte nicht lange vor ihrem Tod den Wort-Erinnerern und dem königlichen Schreiber aus Herrn Lanzenträgers Gefolge einen neuen Letzten Willen diktiert. Dieses Testament wurde offiziell anerkannt, als Lanzenträger in die Hauptstadt zurückkehrte. Nach Bekanntwerden ihres Able-

bens war nichts unternommen worden, weil die Wächter des Erbes davon ausgingen, daß alle ihre Erben tot wären, erschlagen beim Überfall auf den Außenposten. Jetzt wurde die Angelegenheit von allen Gerichten untersucht, und wie gewöhnlich fochten die Wächter die Rechtmäßigkeit der Legate meiner Großmutter an. Mein Vater erwartete täglich die Entscheidung, und ich entfernte mich nur selten weit von unserer Haustür, damit ich als erste irgendwelche Neuigkeiten hörte. Auch lenkte mich die Erwartung eines unbekannten Erbes von Lerchen Singer ab, dessen Herrschaft, wie ich wußte, sich ihrem Ende näherte.
Eines Morgens, neun Tage nach dem ersten Besuch der Weinenden Frau, ließ Dame Iztac mich zu sich rufen. »Der Haushofmeister geht heute nach Tlatelolco, um neue Kochtöpfe zu kaufen. Geh mit ihm und überwache seine Einkäufe, statt herumzustehen und zu glotzen, wie du es, berichtet man mir, mit Vorliebe tust. Es wird höchste Zeit, daß du den Wert von Haushaltsgegenständen kennenlernst, Mali. Ich bezweifle, daß du auch nur den Wert der Schöpfkelle kennst, die du gestern unachtsam hast fallen lassen.«
Es ging ihr kaum darum, mir Vorwürfe zu machen; was das betraf, war ich für sie ein hoffnungsloser Fall. Gleichwohl fügte sie hinzu: »Ich möchte, daß du aufhörst, ein trauriges und bekümmertes Gesicht zu machen. Ich weiß, du denkst an deinen Vetter. Doch es gehört sich nicht, traurig über die Herrlichkeit zu sein, die ihn erwartet. Solche Gefühle bringen unsere ganze Familie in Gefahr. Wir leben in gefährlichen Zeiten; verärgere also keinen Gott mit deinem langen Gesicht und deinen Seufzern.«
So kam es, daß ich Grimmigen Säugling begleitete. Gänge durch die Stadt waren in diesen Tagen nicht dazu angetan, mich zu bezaubern. Wenn ich die schlanken Zypressen betrachtete, die wie Soldaten in Reih und Glied dastanden und das Erdreich festhielten, dachte ich an die Gärten jenseits des Sees; die Blumenboote und Weihrauchverkäufer erinnerten mich an den Duft, den ich dort genossen hatte.
Statt in das Gewirr des großen Marktes einzudringen, bahnten wir uns den Weg durch die Menge in Richtung auf das wenige

Straßen weiter um einen kleinen Platz gelegene Viertel der Töpfer, und dabei kamen wir näher an den Unterbau vom Tempel des Siegbringers, Kolibris zur Linken, heran.
Es gibt Dutzende, ja vielleicht Hunderte von Kolibri-Tempeln, und sie sind alle häßlich, weil sie zumeist nach irgendwelchen Siegen, die es zu feiern galt, überstürzt zusammengehauen wurden. Sie werden mit viel Pomp und Selbstbeweihräucherung errichtet; Liebe verschwendet man auf einen Kriegstempel allerdings nicht lange, und das zeigt sich zumeist schon nach kurzer Zeit. Der Tempel in Tlatelolco bildete in dieser Hinsicht keine Ausnahme, nur daß er größer war als die meisten. Einhundertvier Stufen – also zweimal die heilige Zahl – führten zu einer hohen Steinplattform hinauf, auf der sich ein aus Granitblöcken und schilfgedecktem Holzgerüst gebautes Heiligtum erhob. Darin, so hatte man mir erzählt, stand ein riesiges Standbild Kolibris in glänzendem Schlachtgewand. Links und rechts vom Gott wachten etliche steinerne Gefolgsleute, alle aus Basalt herausgehauen und blau angemalt. Grimmiger Säugling sagte, sie seien jetzt dermaßen dick mit Schichten getrockneten Bluts überzogen, das von den Altären heruntergespritzt wäre, daß es aussehe, als trügen sie lederne Rüstungen.
Ich verabscheute diesen Tempel ebensosehr seiner Geschichte wie seiner Häßlichkeit wegen. Dies war die Stelle, wo die Soldaten von Herrn Gesicht im Wasser ihre verachtenswerten Siege über nackte Frauen und Kinder errangen. Die Sieger hatten den großen, Gefiederter Schlange geweihten Tempel niedergerissen und den Ort mit Müll und Kot bedeckt. Bald jedoch hatte Herr Gesicht im Wasser ein neues Heiligtum errichtet, diesmal ein Kolibri geweihtes, dem einzigen Gott, der durch und durch aztekisch war.
Als wir am Fundament des Tempels vorüberkamen, fiel mir auf, daß keinerlei Riten gefeiert wurden; bis auf zwei schwarzgekleidete Priester stand der Tempel verlassen da, und diese hockten auf der halben Höhe der Stufen und hielten Wache. Einer las Läuse aus dem verklebten Haar des anderen – ein Bild, das viel Ähnlichkeit mit dem aufwies, was ich im königlichen Zoo bei den Affen gesehen hatte, so daß ich stehenblieb und laut lachen mußte – es war das erstemal seit Tagen, daß ich lachte.

»Rauch«, sagte Grimmiger Säugling und schaute zum Tempel hinauf.
Ich folgte seinem Blick und sah, daß sich Rauch vom Schilfdach des Tempels in die Höhe kräuselte. »Warum sie wohl bei Tage Fackeln angesteckt haben?« fragte ich. »Das kann doch kein Weihrauch sein.«
»Nein, dafür ist der Qualm viel zu dick und zu dunkel.«
In diesem Augenblick sprang einer der Priester auf und hetzte die Treppenstufen hinauf, während der andere – nicht minder alarmiert – versuchte, ihm zu folgen, sich jedoch in seinem zerrissenen Gewand verhedderte und stolperte. Bald riefen sie beide und winkten aufgeregt den Vorübergehenden und Verkäufern unten auf dem Platz zu.
»Hilfe! Bringt Wasser! Kolibri brennt!«
»Kolibri brennt?« Zynisch hob der Haushofmeister eine Augenbraue. »Wie soll solider Stein denn brennen? Nichts ist so absurd, als daß Priester es nicht behaupteten.«
Doch aus dem sich kräuselnden dünnen Rauch wurde eine dicke Rauchwolke, Grau wurde zu Rußschwarz. Leuchtend leckten Flammen über die Dachsparren, während aus allen Richtungen Männer und Frauen gelaufen kamen und Krüge und Schalen, ja sogar Schöpfkellen aus ausgehöhlten Kürbissen voller Wasser herbeitrugen. Die zwei Priester kreischten, plötzlich sprangen alle beide in die Luft und hüpften auf und nieder, führten einen wunderlich gehetzten Tanz auf. Dann sah ich, daß die steinerne Plattform, auf der sie standen – und das war nun wirklich unglaublich! – Feuer gefangen hatte, die Flammen darüber hinhuschten und die Priester heftig an den bloßen Füßen kitzelten. Die beiden Männer zogen sich ein paar Stufen nach unten zurück, nahmen Wassergefäße, die für Kolibri bestimmt waren, und netzten sich die eigenen Verbrennungen. Dabei hörten sie jedoch nicht auf, die Leute anzufeuern, ihre Anstrengungen zu verdoppeln, mehr Wasser herbeizuschaffen und die Flammen zu löschen. Irgend jemand fing verspätet an, die große Alarmtrommel zu schlagen, wurde jedoch bald vertrieben, als das Feuer sich über Holz und Lederbespannung der Trommel ausbreitete.
Das Tempeldach brach ein, ein Funkenregen ergoß sich über die

Wasserträger, und jetzt konnte jeder sehen, wie sich in dem offenen Tempel ein Wunder vollzog: Die Flammen nährten sich von den Steinen selbst, die gemeißelten Standbilder waren in Schleier allesverzehrenden Feuers eingehüllt, obgleich das ganze Holz und das Schilfdach des Tempels längst zu Asche geworden waren. Wieder versuchten die verängstigten Männer und Frauen Wasser auszuschütten, doch dieses brodelte nur einen Moment, bis es zischte und zu sengendem Dampf wurde, während der Brand sich weiterfraß. Jemand schrie, das Feuer habe sich verflüssigt und rinne jetzt wie geschmolzene Lava zu Kolibris Füßen zusammen. Ich sah, wie sich ein schmales Rinnsal von etwas Bläulich-Rotem über die Plattform vorschob, riß Mund und Augen auf und stand wie gebannt von diesem Wunder brennenden Steins da. Nur der Haushofmeister, der sich inzwischen wieder gefaßt hatte, rettete mich, sonst hätte man mich zu Tode getrampelt.

»Lauf!« rief er laut und packte mich am Arm. »Lauf jetzt!«

»Was ...?« Als ich mich soweit gefaßt hatte, daß ich hätte sprechen können, zerrte er mich bereits fort – gerade eben noch rechtzeitig. Die Menge auf den Tempelstufen erkannte plötzlich, daß das Feuer etwas Unirdisches war, das Stein und Wasser verschlang – so wie gewöhnliche Brände Öl verzehren. Panik ergriff sie.

Während Hunderte von schreienden Menschen die Stufen der Tempelpyramide hinunterflohen, um dem flammenden Gott zu entgehen, strömten – vom Rauch und Gebrüll angezogen, von den Trommelschlägen herbeigerufen – Tausende anderer auf dem engen Platz unten zusammen. Die beiden Menschenwogen prallten aufeinander wie zwei feindliche Heere in der Schlacht, und niemand weiß, wie viele stürzten und beim Kampf ums Überleben auf der Strecke blieben. Uns gelang es, in einem Toreingang Schutz zu suchen, bis wir uns aufmachen konnten, um gefahrlos nach Hause zurückzukehren.

»Gefiederte Schlange kommt«, sagte See Rose an diesem Abend, als sie hinaussah und den Sonnenuntergang betrachtete. »Und dann wird nicht nur eine Frau auf den Straßen wehklagen, es werden Tausende sein.«

Ganze Familien tauchten an den Haustüren auf, um den Bericht von Grimmigem Säugling über die Feuersbrunst anzuhören, die Kolibris Haus verwüstet hatte. Auch auf mich hätte sich die allgemeine Aufmerksamkeit gerichtet, hätte nicht Dame Iztac mir verboten, vor den Fremden zu erscheinen.

Jedermann in allen Städten des Tals kannte die alarmierende Geschichte: Beim Ausbruch des Feuers hatte sich kein Mensch im Tempel aufgehalten, und vorher war nichts Brennendes zurückgelassen worden. Der Tempel hatte sich ganz von selbst entzündet. Steine hatten das Feuer genährt – das wurde von hundert Augenzeugen beschworen. Und selbstverständlich war es so, daß der Grund und Boden, auf dem der Tempel stand, vor langer Zeit Gefiederter Schlange weggenommen und Kolibri zur Linken geschenkt worden war. Der Himmelsgott verlangte sein Eigentum zurück, und geholfen hatte ihm dabei offensichtlich der Alte Gott des Feuers.

»Ach, wir werden bald weinen«, erklärte See Rose. »Alle miteinander! Blutige Tränen werden wir vergießen.«

Zusammen mit allen anderen Weisen und Astrologen in der Stadt war mein Vater zu einer Ratssitzung gerufen worden. An diesem Abend warteten wir im Patio auf seine Rückkehr – Dienerinnen und Sklaven, Grimmiger Säugling, See Rose, die drei ältlichen Basen meiner Mutter, die sich bei den dünnen Händen faßten. Ein kleines Mädchen, ein Waisenkind, das in der Küche arbeitete, vermochte sein Schluchzen nicht zu unterdrücken. Ich schloß die Kleine in die Arme und versuchte, sie zu trösten.

»Ich bin ganz artig gewesen und hab mir nichts zuschulden kommen lassen«, beteuerte sie unter Tränen. »Ich habe keinen Flecken an den Töpfen gelassen, nie Gebäck gestohlen oder den Finger in den Honigtopf gesteckt. Warum will Gefiederte Schlange mich töten?«

»Er wird dir nichts tun, Liebling«, sagte ich und tätschelte ihr die schmalen Schultern. »Vermutlich wird er dir Geschenke bringen – süße Kuchen und hübsches Garn, das du dir ins Haar flechten kannst.« Sie aber wollte mir nicht glauben und weinte, bis sie erschöpft einschlief.

Von zwei Fackelträgern aus dem Palast geleitet, traf sehr spät Prinz Chimal ein. »Warum schlaft ihr alle denn noch nicht?«

fragte er erstaunt über die Versammlung im Patio. »Es besteht kein Grund, Angst zu haben.«

»Kehrt Gefiederte Schlange zurück? Was sagt der Rat?« Die Frage von Grimmigem Säugling war unverschämt, doch quälte uns alle dieselbe Sorge.

Aufseufzend sagte mein Vater: »Der Rat weiß auch nicht mehr als jeder von euch. Wenn der Gott kommt, werden wir ihn willkommen heißen. Der Überlieferung zufolge hat er die Einzige Welt schon einmal regiert, war gerechtigkeitsliebend und berühmt für seine Großmut. Warum also Angst haben?«

Das war nicht die Antwort, die seine Zuhörer hören wollten oder glauben konnten. Gerechtigkeit und Großmut von einem Gott? Das wußten sie besser. Wohin sie auch blickten, sie sahen nichts als Hungersnöte, blutige Gemetzel und Sklaverei. Trockenheiten ließen die Ernten verdorren, oder es gab Überschwemmungen, in denen alles ertrank. Vulkane spien Rauchwolken, Feuer und glühende Asche aus. *So* sahen im allgemeinen die Gaben aus, die man von den Herrschern des Universums zu erwarten hatte. Jedermann wußte das.

»Bitte, Herr«, sagte See Rose diesmal merkwürdig kleinlaut, »Ihr seid einer, der die Gestirne deuten kann. Sagt uns, was sie prophezeien.«

Mein Vater zögerte und vollführte dann eine Geste, die Vergeblichkeit ausdrückte: Er hob die Hände und ließ sie ergeben wieder sinken. »Nun denn: Dies steht in den Sternen: Die Zukunft wird genauso schwierig und schwer zu ertragen sein wie die Vergangenheit – aber ihr werdet sie ertragen können. Gebt euch damit zufrieden. Überlaßt die Sorge um die Rückkehr von Göttern und um brennende Tempel den Priestern. Sie werden dafür bezahlt, sich Sorgen zu machen, ihr nicht. Und jetzt legt euch schlafen – alle miteinander.«

Langsam gingen sie auseinander, dachten über das nach, was er gesagt hatte, und suchten nach einer verborgenen magischen Bedeutung der Worte. Jedenfalls hatte das kleine Mädchen aufgehört zu weinen. Prinz Chimal winkte Dame Iztac und mir, noch zu bleiben.

Als wir allein waren, sagte er: »Es gibt Neuigkeiten, die für uns wichtiger sind als diese Geheimnisse. Heute morgen, ehe die Stadt außer Rand und Band geriet, haben die Wächter das Testament von Dame Feuerstein Messer für gültig erklärt. Ich habe den Inhalt gehört.«

Dame Iztac stockte der Atem. Ich wußte, daß sie darauf hoffte, meinem Vater möge ein Riesenvermögen zugefallen sein und seine Mutter reicher gewesen, als allgemein angenommen wurde.

Prinz Chimal aber, der um ihre ehrgeizigen Wünsche wußte, schüttelte den Kopf. »Nein, meine Mutter war nicht insgeheim die Besitzerin des Jadebergs. Vor langer Zeit hat sie viel in meine politische Laufbahn gesteckt – und du weißt, was dabei herausgekommen ist! Immerhin aber gehörten ihr noch Familienländereien im Süden, in Grenznähe zu den Königreichen der Mayas. Wir werden auf diesen Plantagen ein behagliches Leben führen.«

»Wir sollen die Hauptstadt verlassen, mein Gebieter?« Dame Iztac mußte sich zusammenreißen, um sich ihre Enttäuschung nicht anmerken zu lassen; doch waren ihre Gefühle zu bitter, als daß sie sie ganz hätte verheimlichen können. Wieder stand ihr das Exil bevor. Sie zitterte, als hätte Prinz Chimal sie geschlagen.

»Sobald alles geregelt ist, reisen wir ab. Vorausgesetzt, versteht sich, daß unsere Tochter uns auf ihren Gütern empfangen will.«

»Euch empfangen will?« sagte ich. »Ich verstehe nicht.«

»Du mußt uns auf deinen Ländereien willkommen heißen, Dame Ce Malinalli. Du bist die Erbin, meine Tochter. Dame Feuerstein Messer hat dir ihren gesamten Besitz hinterlassen. Ich soll dein Vormund und Vermögensverwalter sein, aber Eigentümerin der Ländereien bist du.«

Viel zu erstaunt, um zu sprechen, stand ich steif da, während mein Vater mich umarmte. Und in dem Schweigen hörte ich die Stimme von Dame Iztac.

»Sonderbar, daß sie ihren eigenen Sohn übergangen hat. Und noch dazu, um ihr Vermögen einem Mädchen zu hinterlassen! Dazu muß sie wohl ein Geist verführt haben, der in sie gefahren ist.« Nachdenklich sah sie mich an. Und dann sagte sie: »Irgendeine übernatürliche Kraft.«

Am zweiten Morgen des dreizehnten Monds, der das Fest der Berge genannt wird, standen wir in der Dunkelheit der unglücklichen Siebten Wache auf, zogen Kleider an, in deren Farben sich das Grün des Lebens mit dem Karmesinrot des Todes vermischte, und fuhren über den See zum Tempel am Hügel der Heuschrecke. Es war der Morgen, an dem ich Abschied von Lerchen Singer nehmen mußte.

Hinterher verbannte ich alles, was geschehen war, aus meinen Gedanken. Doch als ich alles vergessen zu haben schien, regten die Erinnerungen sich wieder wie ein Jaguar im Dickicht, der den Tag verschläft und erst im Dunkeln lebendig wird, um durchs Gelände zu streifen. Irgendein Gott wollte, daß ich das Geschehene wieder durchlebte, wollte, daß ich den Alptraum immer wieder träumte. So kam es, daß ich nie den Zorn verlor, der an diesem Morgen in mir aufgewallt war, und ich zog daraus Kraft.

Ich weiß noch, daß Nebeldunst den See bedeckte und graue Schwaden die Vulkane und die Türme der Stadt einhüllten. Im Bug unseres Bootes flammte eine Fackel, und die Ruderer stießen immer wieder Warnrufe aus und ließen die Pritschen schnarren, um andere Gefährte zu warnen, die sichtbar in der Nähe fuhren. Der Wind der Dämmerung fuhr in den Nebeldunst, der um uns herum wallte und sich uns in den Weg stellte. Weit in der Ferne hörte ich, wie Ozelots den Tagesanbruch begrüßten.

Der Nebel hob sich. Ich erblickte die hochschwangere Dame Mond und sah im Westen schwach den Morgenstern blinken. Wohl hundert Boote kamen von allen Seiten auf das Gestade zugefahren, wo der Hügel – Chapultepec – im Schatten aufragte, doch auf den Tempelstufen glommen blaue Feuer – herabgefallene Sterne. Flöten spielten die Weisen, die ich im Garten von Texcoco gehört hatte, und irgendwo sang eine Frau mit dünner, fisteliger Stimme ein Lied, das von den fließenden Wassern und den vorüberziehenden Winden erzählte. »Für eine kurze Zeit teilen wir uns die Erde. Nur eine kurze Weile hier.« Der Vordersteven unseres Bootes stieß gegen die Mauer der Schiffslände.

Herr Lanzenträger wartete, um Mitglieder seiner Familie und Sippenangehörige zu begrüßen, denn dies war ein Ehrentag für ihn. Er trug ein prachtvolles Gewand, karmesinrot und grün wie

die unseren, verneigte sich und nickte. Grüßend hob er beide Hände. Sein Lächeln kam mir falsch, ja gespenstisch vor. Lerche hatte gesagt: »Vergiß nicht, glücklich für mich zu sein.« Stumm wiederholte ich diese Bitte, doch half das alles nichts.
Jemand flüsterte: »Herr Moctezuma ist hier. Der Verehrte Sprecher selbst ist gekommen!« Flüchtig sah ich einen Mann in priesterlichem Schwarz die Stufen zum Altar hinaufsteigen. Sein Gesicht sah ich nicht, aber er bedeutete mir auch nichts. Der Tempel, fand ich, wirkte schäbig. Vielleicht hatte man sich gerade diesen ausgesucht, damit erhabene Schönheit in Demütigung endete. Vielleicht erschien das passend und beruhigte diejenigen, die sich versammelt hatten, um zuzusehen.
Mit einem Trompetenstoß und dem Geklingel Tausender von Glöckchen trafen die Blumenboote ein und brachten den Erhabenen und sein Gefolge: seine Musikanten, seine Frauen. Sie trugen brennende Kienspäne und Sandelholz, das knisterte und kleine Funken stieben ließ. Am Ufer bildeten wir eine Doppelreihe, die zur Tempelpyramide führte, die Treppenstufen hinauf zur Plattform, dem Altar, dem letzten Ziel.
Lerchen Singer stieg an Land. Er trug nicht seinen schönen Umhang, sondern ein Gewand aus billiger, zerschlissener und verblaßter Baumwolle. Das Gesicht war gezeichnet mit dem schwarzen Schmutzfleck der Reue und Demut: Er war hoch über alle andere Menschen erhoben worden, hatte kennengelernt, was sie nie kennenlernen sollten. Jetzt sollte er fallen, heruntergestoßen werden unter ihre Füße.
Er wandte sich um und umarmte jede der vier jungen Frauen, die in seiner Nähe warteten – ein kurzes Lebewohl. Dann – den Kopf hoch erhoben und mit leuchtenden Augen – stieg er die Steinstufen zur ersten Plattform hinauf. Seine Gefährten folgten ihm. Einer reichte ihm das Kästchen mit den Flöten, die Lerche im Garten gespielt hatte. Er nahm eine aus dem Kästchen, hielt sie zärtlich hoch, zerbrach sie dann und ließ sie fallen, damit sie zu seinen Füßen auf den Pflastersteinen zerschellte. Ein Aufseufzen, ein wehes Murmeln des Schmerzes und der Erkenntnis ging durch die Reihen der Andächtigen.
Als er an mir vorüberschritt, mußte ich an mich halten, um nicht

laut loszuschreien. Sein Gesicht hatte etwas Ekstatisches, völlig Hingerissenes. Nie war er schöner gewesen, und ich schloß die Augen, außerstande, beim Zerbrechen der zweiten Flöte zuzusehen ... oder bei dem der dritten, vierten und fünften.
Er erreichte den Hochaltar genau in dem Augenblick, da der Herr Sonne, ein roter Feuerball, am Ostufer des Sees über der Stadt aufflammte, seine Strahlen übers Wasser schickte, um den Tempel zu treffen und die Tür des Heiligtums in Licht zu tauchen.
Vier Priester hielten Lerche auf dem Altar fest, ein fünfter reckte die Obsidianklinge in die Höhe. Mit angehaltenem Atem wartete ich darauf, daß Lerche einen Schrei ausstoßen würde, einen wilden Schrei, schrecklich und herrlich, der sich vom Tempel zum Himmel aufschwang. Doch in der nicht enden wollenden Sekunde, da die Klinge im Licht aufblitzte, kam nichts weiter als das erstickte Schluchzen eines Jungen. Mir war, als sagte er: »Schnell!« Aber sicher bin ich mir nicht.
Das Messer fuhr hernieder, und ein Schauder durchlief die Menge; ein paar Frauen weinten vor Freude und Ergriffenheit. Der Priester zeigte das Herz, hielt es mit ausgestreckten Händen in die Höhe – es zuckte noch.
Irgendwo, dachte ich, weit weg, war ein silberner Wasservogel aus dem Schilf hervorgebrochen, dem Licht entgegengeflogen und auf weit ausgebreiteten Schwingen auf die Wolken zugesegelt; laut hatte sein Ruf übers Wasser gehallt. Lerche hatte gesagt: »Ich glaube, so klingt es, wenn die Götter weinen.« Jetzt, so war mir, weinten die Götter. Nur, daß sie hier lautlos weinten.
Wir wandten uns vom Tempel ab und begaben uns zu den Booten. Der Ritus war beendet – nur, daß er für mich nie ein Ende haben sollte. Über den Wassern des Texcoco-Sees glühte die Stadt in der Morgenröte; Herr Sonne stand immer noch als Flammenball über dem Horizont. Ich mußte an den Tempel denken, den ich hatte brennen sehen, an die Flammen, die an den Sparren emporleckten, an das einstürzende Dach, an die hochschlagenden blauen Flammen, die die Standbilder der Götter verzehrt hatten. Einen Moment wollte es mir vorkommen, als ob die ganze Stadt auf der anderen Seite des Sees in Flammen stünde und Palästen und Heiligtümern blutroter Rauch entstieg. Die Blumenboote, die

hölzernen Marktstände, die Käfige, in denen Männer und Frauen auf die Opferung warteten – alles war wie von Feuer umkränzt. Plötzlich war da auf der Insel Tenochtitlan nichts als Flammensäulen und Rauch, der die Sonne verdunkelte.
»Komm, Mali«, sagte mein Vater. »Es ist jetzt vorbei.«
Ich jedoch verweilte noch einen Moment, schaute zu dem fernen Gestade hinüber, bis endlich die Vision verblaßte und die Stadt aus Feuer wieder zu der Stadt aus Holz und Stein wurde.

Zehn Tage später verließen wir Tenochtitlan und zogen mit einer bewaffneten Karawane von Kaufleuten gen Süden. Zwanzig Träger, die wir angeheuert hatten, trugen unsere Vorräte und anderes Hab und Gut. Die wenigen Sklaven, die wir hatten, verkauften wir, und freie Bedienstete wie See Rose und Grimmiger Säugling wurden entlassen. Die mixtekischen Töpfer von nebenan hatten unser Haus gekauft und so ihre Werkstätten verdoppelt.
»Ich bin froh, daß wir fortgehen«, erklärte Dame Iztac, als sie vom Verkauf erfuhr. »Die Stadt geht immer mehr in die Hand von Fremden über.« Selten hatte ich sie den Tränen so nahe gesehen.
Allerdings hellte ihre Miene sich auf, als sie entdeckte, daß Herr Lanzenträger sich uns auf unserer Reise in den Süden anschloß.
»Nichts hält mich hier. Ich muß andere Luft atmen, neue Sterne sehen«, sagte er zu meinem Vater. Prinz Chimal nahm ihn gütig als Reisegefährten auf, doch hörte ich ihn mit der sanftesten Stimme, die ihm zu Gebote stand, zu Lerches Vater sagen, er werde feststellen, daß die Sterne überall dieselben seien und der Kummer in den eigenen Sandalen mitgeht.
So bedrückt, wie er jetzt war, hatte Herr Lanzenträger keine Ähnlichkeit mehr mit dem Mann, der mit stolzgeschwellter Brust und in grellfarbigen Gewändern und mit dicken Goldringen an den Fingern Einzug in unseren Außenposten in Jalisco gehalten hatte. Freilich hatten wir uns alle inzwischen verändert – oder wirkten zumindest seit jenem Tag verändert.
Erst wandten wir uns nach Süden, dann nach Osten, zogen am Fuß der Vulkane dahin und mieden das Gebiet der feindlichen Tlaxcalaner, ein steiniges Land, das unser Karawanenführer als ein Nest von Skorpionen bezeichnete. Wir folgten dem Lauf von

Flüssen und Tälern, zogen durch felsiges Gelände, in dem uns aus spärlichen Wäldern heraus Rotwild nachblickte und wo nachts die Wölfe heulten. Dies galt als sichere Route, war die Strecke der Läufer, die fast täglich frischen Fisch vom Meer für die Tafel Moctezumas brachten; infolgedessen war die Strecke mit Relaisstationen und Wachtposten besetzt. Wir begegneten Karawanen auf der Heimreise nach Tlatelolco, und zweimal trafen wir auch Züge von Moctezumas Steuereintreibern, deren Träger unter der Last der Waren wankten, die als Tribut eingefordert worden waren: Kakaobohnen, Farbstoffe, Federn, Salz und Honig.

Eines Morgens rückten wir rasch beiseite, um Platz zu machen für einen Schnell-Boten, der mit dem kaiserlichen Wappen geschmückt war, das ihm auf jedem schmalen Pfad Vorrang vor anderen und an den Toren der Wegstationen Vortritt gewährte.

»Was gibt's Neues?« riefen die Männer ihm zu, wie sie es immer tun, und hofften stets auf eine kurze Antwort wie etwa: »Wieder Krieg in Tlaxcala« oder »Aufstand im Roten Land«. Diesmal gab es keine Antwort.

Doch zwei Tage darauf erfuhren wir, welche Neuigkeit er Moctezuma überbrachte. Ein kleiner Trupp Soldaten, der direkt von der Grenze zu den Königreichen der Mayas kam, teilte in dieser Nacht das Lager mit uns und forderte Verpflegung und Gastfreundschaft, wie es sein Recht war. Die Soldaten waren die Eskorte für den Schnell-Boten gewesen, der an uns vorübergelaufen war, und hatten ihn auf der unsicheren südlichen Etappe geschützt; als sie sich der Zivilisation näherten, hatten sie ihn vorauslaufen lassen. Natürlich kannten sie jede Einzelheit der Nachricht, die der Bote überbrachte, und teilten sie uns jetzt gern mit, weil sie meinten, uns mit einer erstaunlichen Geschichte beeindrucken zu können.

Ihr Hauptmann, der junge Herr Sturm Pfeil, wurde als Gast von Prinz Chimal und Herrn Lanzenträger willkommen geheißen, und daher wurde ich gebeten, Schokolade auszuschenken und die Tabakspfeifen herumzureichen. Dame Iztac bot Wohlgerüche und Girlanden an. Keiner von uns beiden entging auch nur ein Wort von dem, was gesagt wurde.

»Die Mayaherrscher haben von seltsamen Vorkommnissen berichtet. Diesmal scheinen sie so besorgt, daß sie bereit waren, das, was sie wußten, mit uns zu teilen.«

Jeder wußte, welche Vorurteile die Mayas Fremden gegenüber hegen und wie verschlossen sie sind. Und wenn ein Erdbeben die ganze Welt erschütterte, sie würden immer noch versuchen, es geheimzuhalten.

»Die Einbaumfahrer an der Küste haben wieder Türme auf dem Meer vorüberziehen sehen. Einige sagen Türme, andere Paläste oder Tempel, doch sind sich alle darin einig, daß diese Gebilde Flügel haben.« »Es ist nicht das erstemal, daß von diesem Wunder berichtet wird«, sagte mein Vater.

»Ja«, meinte auch Herr Lanzenträger mit der Andeutung eines Lächelns auf den Lippen. »Maya-Pulque macht jeden Mann kaninchenköpfig. Sie haben Wolken gesehen.«

Der Hauptmann schüttelte den Kopf. »Diesmal nicht. Sie haben Menschen gesehen oder Ungeheuer, die Menschen ähnlich sahen. Sie trugen merkwürdige Muscheln als Helm auf dem Kopf; vielleicht aber war auch ihr Kopf aus Muscheln gemacht. Und die Türme waren wirklich tempelhoch.«

»Auf dem Wasser treibende Tempel.« Mein Vater machte ein nachdenkliches Gesicht. »Das muß wahrhaftig ein prächtiger Anblick gewesen sein. Ein Wunder.«

»Wie Adler vor der Sonne«, rief der Hauptmann aus. Er wollte damit nicht sagen, daß die Türme Vögeln ähnlich gesehen hätten. Aber es gab nichts Gewaltträchtigeres und Unheilverkündenderes als den Anblick von Adlern, den Königen der Luft, die den Pfad von Herrn Sonne kreuzen.

Der Hauptmann senkte die Stimme. »Manche sagen, Gefiederte Schlange kehre zurück. Sie behaupten, die Türme seien seine Tempel und sie würden von seinen Schwingen getragen.«

»Dann sollten wir frohlocken«, sagte mein Vater. »Als Gefiederte Schlange früher unter uns weilte, war er der weiseste Herrscher auf Erden. Und das wäre er auch heute.«

»Vielleicht der weiseste – bis auf den Verehrten Sprecher Mocte-

zuma«, beeilte sich Herr Lanzenträger hinzuzufügen und bedachte meinen Vater mit einem Blick voller Unbehagen.
»Ja«, sagte Prinz Chimal ernst. »Ausnahmen gibt es immer.«
Als ich an diesem Abend einschlief, hatte ich den Kopf voll mit Bildern von Türmen auf dem Meer und Adlern vor der Sonne. Aber mein Schlaf währte nicht lange. Während der Fünften Wache wurde der Himmel von Blitzen zerrissen, Wolken wälzten sich über den Sternenfluß und brachten Sturzfluten von Regen und Winde, die ganze Äste von den Bäumen rissen. Der Donner Tlalocs ließ die Erde erbeben.
So heftig der Sturm auch wütete, ich hätte ihn vergessen, wären da nicht die anderen Ereignisse gewesen. Denn in diesem Jahr und eben diesem Monat wurde einer der geflügelten Türme, von denen ich gerade gehört hatte, von einem Sturm zertrümmert; durchaus möglich, daß es derselbe Sturm war, der auf dem Gebirgspfad auf uns eingepeitscht hatte. Jedenfalls habe ich das immer geglaubt. Die Männer an Bord wurden ins Meer gespült, hin- und hergeworfen und schließlich durch den Schmalen Durchgang herabgezogen. Die meisten wurden ein Raub der Wellen; ein paar Schwimmer, die das Ufer erreichten, wurden von den Muschel-Menschen, die sie fanden, lebendigen Leibes abgeschlachtet. Ein Mann kämpfte sich bis zum Ufer durch und arbeitete sich wankend durch Moräste und Urwälder vor. Er entging Schlangen, Treibsand und Giftpfeilen und hatte eine ganz unglaubliche Fähigkeit, am Leben zu bleiben – was merkwürdig war, denn er war von schmaler und schwächlicher Gestalt. Die einzige Kraft, die er besaß, lag in seinen Augen, und die brannten mit einem eigentümlich unerschütterlichen Licht.
Dieser Mann hieß Jeronimo de Aguilar. Ich sollte ihm später im Lager der Spanier in Tabasco begegnen, und unsere Begegnung wiederum sollte die Welt verändern, denn beide zusammen bildeten wir das Sprachrohr des heimkehrenden Gottes.
Ich erlebte ihn in Gefahr. Gemeinsam fanden wir auch dann Mittel und Wege zu überleben, wenn der Tod gewiß schien und unser Entrinnen unwahrscheinlich. Irgendwie schaffte es Aguilar, am Leben zu bleiben.

Doch als ich ihn das letztemal sah, war er ein Gespenst, das auf einem öden Friedhof in Texcoco unter einem Baum saß und Wache hielt am Grab meines *capitán*. Anders als ich, muß er seine Fähigkeit zu überleben doch eingebüßt haben.

8 Das Nest der Schlange – 1512

Die Güter, die ich von meiner Großmutter erbte, lagen genauso wie andere Ländereien, die mir eines Tages von Seiner Allerkatholischsten Majestät geschenkt werden sollten, in der Nähe des großen braunen und grünen Flusses, der sich träge durch das Coatzacoalcos genannte Gebiet schlängelt. Dieser Name bedeutet in der alten Sprache »Nest der Schlange«, freilich nicht, wie die Spanier später fälschlicherweise annahmen, weil es in den Dschungeln dieser Region von Schlangen wimmelte, sondern weil das ausgedehnte Waldland die erste Heimat des Gottes Gefiederte Schlange auf Erden war, seine Zuflucht und sein Heiligtum.

Die Göttin Coatlicue, »Die Mit Dem Schlangenhüfttuch«, gelangte eines Tages an einen Ort namens Schlangenhügel und sammelte Federn. Da kam eine wunderschöne, weiche und in allen Regenbogenfarben schillernde Feder vom Himmel heruntergeschwebt; verzaubert drückte die Göttin sie an den Busen. Aus dieser Vereinigung ging der Gott hervor.

Doch ist dies auch das Land, aus dem er betrübt und nur von wenigen guten Freunden wie den Falken und den Erdhörnchen begleitet entfloh, als er in Ungnade fiel, weil er mit seiner göttlichen jüngeren Schwester Inzest begangen hatte. Hier verflochten sich die ihm treu ergebenen Schlangen zu einem Floß, auf dem er übers Meer gen Osten zum Herrn der Morgenröte getragen wurde.

Später, als die Menschen annahmen, auch ich sei hier zur Welt gekommen, tat ich nichts, um sie von diesem Irrtum abzubringen. Schließlich ist es passend, daß die Gefährtin eines Gottes aus der Heimat dieses Gottes stammt. Aus religiösen Gründen bestärkte ich alle in dieser irrigen Annahme und auch noch in einigen anderen. In Glaubenssachen zählt Poesie mehr als Tatsachen.

Im Nest der Schlange trafen wir in einem Mond ein, da nach aztekischem Ratschluß vier Frauen und ein Mann geopfert und zu

Ehren des Regenbringers verzehrt werden. Dieses Fest fand zwei Tage vor dem Zeitpunkt statt, als wir die durch den Fluß gebildete Grenze der Provinz erreichten. Dame Iztac ärgerte sich, daß ihr dieses Fest entging, und machte gegenüber Herrn Lanzenträger, der an diesem Morgen neben uns ging, ihrem Unmut Luft.
»Ach, diese sinnlosen Verzögerungen! Der Tag ist vorüber, noch ehe wir richtig unterwegs sind.«
Ich wandte peinlich berührt den Blick ab und tat so, als hätte ich sie nicht gehört. Wir brachen nämlich immer so spät auf, weil mein Vater sich besorgt mit dem Morgenstern beschäftigte. Da der Morgenstern der Tempel und die Verkörperung von Gefiederter Schlange am Firmament ist, hielt Prinz Chimal Ausschau nach Zeichen, die auf die Rückkehr des Gottes hindeuteten. Er meinte, zwei Anzeichen entdeckt zu haben, die möglicherweise darauf hinwiesen, und berichtete darüber in die Hauptstadt.
Es war schon beschämend genug, daß Dame Iztac seine Arbeit nicht würdigte, doch war es vollends unentschuldbar, daß sie jetzt auch noch ihre Mißbilligung äußerte. Was mich besonders schmerzte, war, daß Herr Lanzenträger, der immer so selbstgefällig und wissend aussah, sich ihre Klagen anhörte.
Lanzenträger hätte ihr ihre Ungeduld, die sich für eine Ehefrau nicht ziemte, vorhalten sollen. Statt dessen sagte er: »Prinz Chimal täte gut daran, sich weniger mit den Sternen zu beschäftigen und mehr mit seiner eigenen Sicherheit. Moctezumas Aufmerksamkeit zu erregen ist heutzutage so, als kokettiere man mit einem Jaguar. Gerade noch schnurrt die Raubkatze, und im nächsten Augenblick springt sie einen an.«
Das war natürlich regelrechte Aufwiegelung, und mir ging auf, daß Herr Lanzenträger grenzenloses Vertrauen zu meiner Mutter haben mußte. Erleichtert atmete ich auf, als er uns verließ, um die Träger anzutreiben, die Mühe hatten, eine Schlucht zu durchqueren.
Besänftigt wurde Dame Iztac, als wir die Stadt Painala erreichten und feststellten, daß die ganze Bevölkerung des Landstrichs herbeigeeilt war, um uns zu begrüßen. Musikanten und Akrobaten geleiteten uns zum Hauptplatz, wo uns eine Abordnung von Ältesten und Priestern in Festgewändern erwartete.

Überrascht sah Herr Lanzenträger mich an. »Die Güter, die Ihr geerbt habt, müssen größer sein als angenommen. Einen solchen Empfang bereitet man nicht der Eigentümerin von drei Truthähnen und einem Maisfeld.«
Was die unerwartete Größe meines Erbes betraf, hatte er recht – unrecht jedoch in bezug auf den Grund für die Zeremonie. Während die Priester uns mit schwelenden Weihrauchkesseln benebelten und die Ältesten die Erde küßten, berichtete man uns, der Kazike, der in Painala geherrscht hatte, sei vor kurzem gestorben; während wir auf unserer Reise langsam vorankamen, hatten Schnell-Boten bereits die Stadt erreicht, um zu verkünden, daß Prinz Chimal zum neuen Kaziken, dem obersten Vertreter der Azteken, ernannt worden sei.
Das hatte nicht viel zu bedeuten. Die mit dem Amt verbundenen Pflichten waren größtenteils zeremonieller Art, denn im Grunde regierten die Leute selbst sich nach den örtlichen Sitten und der Religion. Bis auf die Zeit der Tributzahlungen machte sich die Herrschaft der Azteken hier kaum bemerkbar. Gleichwohl war mein Vater geehrt worden, und ich bedachte Herrn Lanzenträger mit einem triumphierenden Blick. Soviel zu seinen trüben Vorhersagen! Ich wußte zwar nicht, was mein Vater bei den Ratssitzungen in der Hauptstadt gesagt hatte, doch statt ihn anzufallen, hatte Moctezuma, der Jaguar, geschnurrt und Prinz Chimal sogar einen Kuß gegeben. Wir waren wieder in Gnaden aufgenommen.

Denke ich heute an jene ersten glücklichen Tage im Nest der Schlange zurück, wogen hundert Grüntöne vor meinem geistigen Auge durcheinander: Farne und Palmen und stille Teiche, in denen sich die belaubten Zweige großer Bäume spiegeln. Außerdem denke ich an die Leuchtkäfer, die die Mädchen ins Haar geflochten oder in winzigen Käfigen am Handgelenk trugen: lebendiges Geschmeide, das in den grünen Schatten blitzte.
Wieder lebten wir an der Grenze aztekischen Herrschaftsgebiets, so weit von Tenochtitlan entfernt, daß die Leute noch nie eine aztekische Frau zu Gesicht bekommen hatten und von Männern nur ein paar Kaufleute, Soldaten und Steuereintreiber. Aber diese Grenze war wie das Ufer des endlosen Ozeans. Nach Süden und

Westen erstreckte sich nahezu undurchdringlicher Dschungel, der Wald des Regenbringers, dessen Bäume höher wuchsen als die höchsten Tempel, von feindseligen Geistern bewohnte Gottesbäume. Nur wenige Reisende drangen in diesen belaubten Ozean ein, und von denen, die es dennoch taten, kehrten nur die stärksten zurück. Es wäre mir damals nicht im Traum eingefallen, daß ich dieses Meer nicht nur einmal, sondern sogar zweimal durchqueren sollte – und es überlebte, um mich später daran zu erinnern.

Jenseits der Waldschranken lebten die Maya, ein Menschenstamm, der bereits alt war, als die Zeit selbst noch im Schoß des Himmels ruhte. Sie waren die ersten Menschen, gemacht aus dem Lehm der jungen Erde. Die Affen mögen vielleicht noch älter sein, denn die Zeit hat sie schrumpfen lassen, doch mit Sicherheit weiß das niemand.

Von Zeit zu Zeit tauchten Maya-Händler in Painala auf, die Besitzer der Karawanen waren wohlgenährt und von glatter Haut, selbst nach der Durchquerung des Dschungels, wohingegen ihre Träger und Wachen nur noch wie Haut und Knochen aussahen. Die kräftigen Maya-Nasen sprangen ihnen aus dem ausgemergelten Gesicht, so daß sie aussahen wie die Aras, die Dame Iztac in Bambuskäfigen hielt.

Die Maya brachten Salz, Honig, Sklaven, Wohlgerüche, Farbstoffe und Quetzalfedern. Ihre Sprache klang merkwürdig und soll sich von der Sprache der Vögel herleiten, was ich jedoch bezweifle, denn ich habe recht gut maya sprechen gelernt, doch haben mir die Vögel nie geantwortet, wie sie es bei Lerchen Singer taten.

Einer der ersten Maya-Gruppen, der wir begegneten, kaufte Prinz Chimal eine Sklavin für mich ab, ein sanftes Mädchen, dessen Herren sie Moju nannten, weil sie sagten, sie sei groß wie der gleichnamige Urwaldbaum. In der Tat sind Moju und ich immer fast gleich groß gewesen – größer als die meisten Frauen.

Ich fing an, Mojus Sprache zu lernen, und entdeckte so meine Sprachbegabung. Höre ich ein Wort in einer fremden Sprache zweimal, scheine ich es nie wieder zu vergessen. Darauf bin ich stolz. Mir macht es nichts aus, daß manche Leute behauptet haben, ich könne zwar sieben Sprachen sprechen, doch in keiner die Wahrheit sagen. Sollen sie doch spötteln. Die Sprachen haben mir treue Dienste geleistet; auf die Wahrheit kann man sich hingegen meiner Erfahrung nach weniger verlassen.

Für gewöhnlich waren die Händler, die mit Handelswaren der Maya beladen aus dem Dschungel kamen, selbst keine Maya. Der Handel auf den Urwaldpfaden blieb meist den Menschen gemischten Blutes vorbehalten, die sich einzig einem vorteilhaften Handel oder einem mühelosen Diebstahl verpflichtet fühlten. Achtbaren Kaufleuten gleich, trugen sie das Zeichen friedlichen Handels – Federfächer und Banner des Großen Lenkers der Azteken, des Nordsterns der Maya. Doch im tiefsten Herzensgrunde blieben die Händler aus dem Nirgendwo Gauner, die stahlen, wo es ging, und Handel trieben, wenn sie mußten.

Der Lieblings-Urwaldhändler von Dame Iztac war ein Einäugiger aus Xacalanco, der Stadt zweier Flüsse. Über dem verlorenen linken Auge trug er eine Lederklappe, auf die ein falsches Auge aus weißer Muschel und schwarzem Obsidian aufgenäht war – und trotzdem blickte sein linkes Auge nicht kälter als sein rechtes. Von denen, die für ihn arbeiteten, wurde er Falke genannt, was ziemlich passend war, da er vor allem mit gefangenen Vögeln und Sklavenkindern handelte. Beide hielt er in Käfigen, die zu klein für sie waren.

Am Tag nach dem Erwerb Mojus näherte Falke sich meinem Vater und vergrub praktisch das Gesicht im Staub: »Erhabener Herr, ich ersuche Euch, einen Schatz zu begutachten, den ich mitgebracht habe, eine seltene Gelegenheit, für die ich im Land der Bebenden Erde ein Vermögen an Grund und Boden gezahlt habe.«

»Du wagst es, mir in Gegenwart meiner Tochter eine solche Ware anzubieten?« Prinz Chimal runzelte die Stirn, denn dem schmierigen Tonfall des Händlers glaubte er entnehmen zu müssen, daß dieser von einer Sklavin oder einem außergewöhnlich schönen Knaben sprach.

»Aber nein! Hoheit mißverstehen Ihren Diener. Dies hier ist der Schatz, von dem ich spreche.« Damit holte er einen Korb mit einer wirklichen Seltenheit hervor, einem der wunderschönen gemalten Bücher der Maya, einem Buch aus gefaltetem Feigenrindenpapier.

»Du hast irgendeinen Tempel geschändet, um dieses Buch in deinen Besitz zu bringen«, sagte der Prinz. Doch während er noch finster dreinblickte, streckte er schon begehrlich die Hand danach aus. Über den Preis wurden die beiden sich bald einig.
Später sah ich meinem Vater über die Schulter, als er die Seiten betrachtete. Zuerst versicherte ich mich, daß Dame Iztac anderswo beschäftigt war, denn zweifellos war es lästerlich für eine Frau, sich die Bilder und die Buchstaben anzusehen. Prinz Chimal hatte tolerante Ansichten, und bald stießen wir beide entzückte Schreie über die Schönheit der Schrift aus. Mein Vater konnte sogar die Zeichen mit der Datumsangabe lesen; er hatte die Zahlenzeichen der Maya gelernt, denn da die Maya selbst so alt sind wie die Sterne, sind sie selbstverständlich die bedeutendsten Sternkundigen der Welt.
Bei dem Buch schien es sich um ein theologisches Werk zu handeln: Ein Gott mit einer Maske vorm Gesicht liebkoste die prallen Brüste einer Frau und erklärte ihr dabei die Erschaffung der Welt. Sie trieben in einem Einbaum, während der Gott von der Verschmelzung von Land und Firmament erzählte, aus der Himmel und Erde hervorgingen; dann zeigte er ihr den Himmel, indem er sie bestieg und beider Leiber sich in einer göttlichen Paarung vereinigten. Ein atemberaubendes Bild – der mächtige Schwung der göttlichen Hüfte, seine kräftigen Armmuskeln. Das Gesicht der Frau verriet Freude und Heiligkeit.
»Ist eine solche Vereinigung möglich, Herr Vater?« fragte ich. »Die zwischen einem Gott und einer sterblichen Frau?«
»Warum nicht?« Er lächelte mich an. »In Augenblicken wie dem hier gezeigten bin ich mir selbst schon wie ein Gott vorgekommen. Zumindest besaß ich das Verständnis eines Gottes für die Kraft des Lebens. Außerdem habe ich Frauen gesehen, denen kein Gott widerstehen könnte. Dieses Buch ist, wie ich meine, wahr und heilig zugleich.«
Lange betrachteten wir gemeinsam das Bild – es war die schönste Malerei, die wir beide je gesehen hatten. Das Gesicht der Frau sollte ich nie vergessen, obwohl die Züge der Gottesmaske in meiner Erinnerung schließlich verblaßten und zu denen eines anderen wurden.

Die Zeit für Buße und Waffenmachen rückte heran. Unter der Führung von Herrn Lanzenträger drangen Fallensteller in den Wald und brachten in Netzen lebendiges Wild für die Herbstopfer heim. Der Herr Lanzenträger schien seinen Kummer vergessen zu haben. Seine schönen Züge bekamen wieder etwas Stolzes und Mutwilliges; er gab jetzt jedermann Ratschläge über alles und jedes und erteilte unablässig auf der Hand liegende, völlig überflüssige Befehle. Obwohl er anscheinend keinen Grund hatte, bei uns zu bleiben, sprach er nie davon fortzugehen.

Dies war die schöne Zeit im Nest der Schlange. Zweimal trieben Winde vom Meer wolkenbruchartige Regenfälle herbei, die so heftig waren, daß man die eigene ausgestreckte Hand nicht sehen konnte. Doch im allgemeinen waren die Tage golden und heiter. Wie trockenes Laub, das auf dem trägen Fluß dahinschwamm, trieben die Wochen vorüber.

Ein Händler brachte einen Bericht aus zweiter Hand, daß Moctezuma einen katastrophalen Angriff gegen die Tlaxcalaner geführt habe. Herr Lanzenträger machte sich Sorgen, daß Waffenbrüder von ihm gefallen sein könnten, doch versicherte ihm der Händler, die meisten Verluste wären bei den Texcocanern zu suchen. »Herr Moctezuma hat die Schlacht von einer Hügelkuppe aus verfolgt, und als er erkannte, wie die Dinge standen, zog er die aztekischen Truppen von der Flanke ab. Da waren es die Leute aus Texcoco, die praktisch die Stellung halten mußten, und das taten sie nicht lange.«

»Was sagst du da?« sagte Herr Lanzenträger aufbrausend. »Beschuldigst du etwa unser Heer, seine Verbündeten im Stich gelassen zu haben? Du siehst selbst aus wie einer von diesen dreckigen Texcocanern.«

Es wäre zu Handgreiflichkeiten gekommen, hätte mein Vater sich nicht ins Mittel gelegt. Eine Woche später wurde die Wahrheit bekannt: Moctezuma hatte seine Verbündeten in der Tat im Stich gelassen, wie ein Herold aus der Hauptstadt bestätigte, der gekommen war, um das Volk daran zu erinnern, daß im nächsten Mond die Steuereintreiber kämen. »Die Geschichte muß auch noch eine andere Seite haben«, erklärte Herr Lanzenträger.

»Das ist ja immer so«, erwiderte mein Vater. »Dinge, die den

Verehrten Sprecher betreffen, scheinen immer unendlich viele Seiten zu haben.«

Wenn bis auf die Dschungelleute auch nur wenige Händler unseres Weges kamen, lagen wir doch an der Route, die oft von Pilgern genommen wurde, die die Schreine der Mixteken und Tarasken im Westen besuchen wollten. Prinz Chimal baute in der Nähe der Pilgerstraße ein Haus, damit jeder fromme Reisende Schutz vor den Regenfällen finden konnte. Götter treten häufig als Pilger verkleidet auf, die ihnen selbst geweihte Heiligtümer aufsuchen wollen; ihnen die Tür zu weisen bringt Ungemach. Trotzdem wollten wir nicht, daß Besucher – gleichgültig, ob sterbliche oder unsterbliche – uns lästig fielen; aus diesem Grund wurde die Unterkunft für Gäste nur wenige Bogenschuß von unserem eigenen Haus und hinter einem dichten Laubdach verborgen gebaut.

Eines Morgens kam eine Dienerin zu mir und sagte: »Prinz Chimal wünscht, daß Ihr Essen für drei Pilger in die Herberge bringt.«

»Drei? Sehr wohl. Hilf mir tragen.«

»Nein, er hat gesagt, Ihr sollt allein kommen. Warum, weiß ich nicht. Es hat irgendeinen religiösen Grund.«

Prinz Chimal wartete am Tor. »Weiß deine Mutter, daß wir Besucher haben?« fragte er.

»Nein, Herr. Sie ist im Dorf.«

»Dann tritt ein. Ich habe eine Überraschung für dich.«

Im Inneren hielt sich nur ein einziger Pilger auf, einer, dessen Gesicht fast vollständig mit dem Ruß der Reue geschwärzt war. Es dauerte eine Weile, ehe ich Onkel Weide in unserem Besucher erkannte.

»Er wird gleich weiterziehen, und du wirst bitte keinem Menschen gegenüber erwähnen, daß er hier war«, schärfte mein Vater mir ein.

Während ich die Lebensmittel zusammenpackte, damit sie in den Pilgerkorb paßten, den Onkel Weide auf dem Rücken trug, redeten die beiden Brüder miteinander, und ich erfuhr, was geschehen war, obwohl der größte Teil der Geschichte erst hinterher herauskam, als Prinz Chimal unter vier Augen mit mir sprach.

Bald, nachdem wir die Hauptstadt verlassen hatten, war Onkel

Weide mit weiteren neuen Pflanzen für Moctezumas Garten von seiner Expedition heimgekehrt. Der Erste Minister, Herr Weibliche Schlange, beglückwünschte ihn und sagte ihm, er solle seine Pflichten als einer der zwanzig Prinzenerzieher augenblicklich wieder aufnehmen.

»Und was für Leute ausgewählt worden waren!« sagte Weide voller Stolz. »Alles gelehrte Männer oder solche, die eine besondere Fertigkeit beherrschten. Die besten Köpfe der Welt, das glaube ich wirklich. Nur du hast darunter gefehlt, Bruder.«

»Was doch offenbar mein Glück war, oder?«

»Du wärest auch von viel zu edler Geburt gewesen. Wir anderen waren alle Söhne von zweiten Ehefrauen oder Konkubinen – selbst Söhne von Sklavinnen waren darunter. Es war kein königlicher Trottel oder ein Schwachkopf von höchster Geburt unter uns.«

Moctezuma machte sich offensichtlich Sorgen, daß alle Lehrer, die seine Söhne und Neffen unterrichteten, niederer Herkunft waren. Herr Weibliche Schlange begütigte den Ersten Sprecher und versicherte ihm, die Lehrer wären alles Männer von ungewöhnlichen Fähigkeiten und größter Ergebenheit.

Das war die Situation, als Moctezuma zu seinem unseligen Feldzug aufbrach. Irgendwo im Gebirge kam es plötzlich über Moctezuma. Vielleicht hatte er eine Vision, vielleicht hatte eine Stimme im Traum zu ihm gesprochen. Jedenfalls befahl er Herrn Weibliche Schlange, der bei ihm war, in die Stadt zurückzukehren und sämtliche Prinzenerzieher auf der Stelle zu töten. Er nannte keine Gründe, sorgte sich jedoch, daß Weibliche Schlange seinen Auftrag vielleicht nicht ausführte, so daß er am nächsten Tag weitere Beamte losschickte, die dafür sorgen sollten, daß kein Erzieher der Enthauptung entging. Onkel Weide jedoch wurde irgendwie gewarnt, verkleidete sich und floh aus Tenochtitlan.

»Warum? Wozu ein solcher Befehl?« Onkel Weide, der bis jetzt ganz ruhig gesprochen hatte, hieb sich plötzlich mit der Faust in die eigene Handfläche. »Wir hatten für nichts anderes Sinn als für unsere Arbeit. Wir achteten Moctezuma als Sprecher und als Gott. Warum dies?«

»Die Erzieher wurden nicht für das getötet, was sie taten, sondern für das, was sie waren«, sagte mein Vater leise. »Vor langer Zeit, ehe er an die Macht gelangte und von den Göttern gekrönt wurde, hörte ich Moctezuma im Rat eine Rede halten. Er sagte uns, kostbare Edelsteine hätten unter gewöhnlichen Kieseln nichts zu suchen. Onyx dürfe nicht mit Kies vermischt und schöne Federn nicht zusammen mit den Federn von Krähen und Spatzen getragen werden. Damit meinte er natürlich, daß Adlige sich nicht mit dem Volk gemein machen sollten.«

Weide seufzte und nickte. »Ich weiß. Herr Weibliche Schlange sagte mir, als Moctezuma an die Macht kam, sei die gesamte Dienerschaft im Palast entlassen worden. Über hundert.«

»Nicht nur entlassen. Sie wurden insgeheim einen Kopf kürzer gemacht. Kein einziger blieb am Leben, um Moctezuma mit seinem Vorgänger zu vergleichen. Und nicht nur Höflinge fielen diesem Aderlaß zum Opfer. Noch in den fernsten Provinzen wurden viele Beamte auf den Altar geschickt. Irgendwie ist mir dieses Los erspart geblieben.« Mit der rechten Hand machte Prinz Chimal die Geste schicksalhafter Ergebenheit. »Ich glaube, lange werde ich dieses Glück nicht mehr genießen.«

Ein eisiger Schauder überlief mich bei diesen Worten, und Onkel Weide erklärte alarmiert, er werde auf der Stelle nach Tenochtitlan zurückkehren und sich stellen, wenn damit die Sicherheit meines Vaters gewährleistet würde.

»Die hat nichts mit dir zu tun, Bruder«, sagte Prinz Chimal. »Ich habe Moctezuma klipp und klar gesagt, was ich in den Sternen gelesen habe. Ein Gott kehrt zurück und fordert sein Königreich ein – Gefiederte Schlange oder irgendein anderer. Ich bin wie ein Botschafter, der eine Kriegserklärung überbringt und so das erste Opfer dieses Krieges wird. Aber warum gleich mit dem Schlimmsten rechnen: Verehrter Sprecher ist ein Gott, und folglich ist er launisch und unberechenbar.«

Jawohl, er war ein Gott. Wir beurteilten seine Grausamkeit oder Ungerechtigkeit genausowenig nach menschlichen Maßstäben, wie wir den Gott eines Vulkans danach beurteilten, daß er Lava speit, oder den Regenbringer, daß er es donnern und blitzen läßt. Man urteilte nicht über derlei Katastrophen; man versuchte nur, ihnen zu entgehen.

Nachdem er sich eine Nacht bei uns ausgeruht hatte, brach Onkel

Weide bei Morgengrauen auf, um die mixtekischen Heiligtümer auf der anderen Seite der Berge aufzusuchen. Er hatte Freunde dort, Männer, denen er auf seiner letzten Expedition begegnet war und die seine Liebe zu den Pflanzen und Blumen teilten. »Nach Moctezumas Tod werde ich zurückkehren«, versicherte er meinem Vater. Für mich hörte sich das so an, als verspreche er, einen Tag nach dem Ende der Ewigkeit zurückzukehren. Damit hatte ich intuitiv recht; ich habe ihn nie wiedergesehen, noch von ihm gehört, und ich weiß nicht, ob seine Flucht etwas mit dem zu tun hatte, was sich kurz darauf ereignete.

Während der nächsten Wochen, als ich in mein dreizehntes Jahr eintrat, machten sich bei mir Zeichen des Frauseins bemerkbar, und ich versuchte, das geheimzuhalten, obwohl Dame Iztac es erraten haben muß. Sie war jedoch viel zu sehr damit beschäftigt, die anderen Frauen der Gemeinde zu organisieren und zu beherrschen, sie insbesondere dazu zu bewegen, ihre Brüste nach Aztekenart in der Öffentlichkeit zu bedecken; eine Ausnahme bildeten dabei nur religiöse Feiern. Ihre aztekische Prüderie gewann ihr nicht viele Freunde. Ansonsten widmete sie jede freie Stunde dem Gebet und den Ritualen, die ihre eigene Fruchtbarkeit gewährleisten sollten. Die meine kümmerte sie daher herzlich wenig.

Dann, eines Morgens, drang die äußere Welt in unser Leben ein. Zuerst hörten wir das ferne Gedröhn von Trommeln und das Ächzen von Muschelhörnern. Bald verkündeten Weit-Rufer die Ankunft von Abgesandten vom Hof des Verehrten Sprechers. Jeder in der Stadt ließ stehen und liegen, was er gerade tat, und eilte auf den Platz vorm Tempel, wo die öffentlichen Veranstaltungen stattfanden. Was wir diesmal zu sehen bekamen, war für uns alle überraschend.

Die Beamten trafen eine Stunde später ein; ihr Einzug in die Stadt fand mit großem Gepränge statt: zweiundfünfzig waren es an der Zahl, einer für jedes Jahr der großen Bündel Zeit. Ihre Gewänder schienen aus Blumen gewebt; die Sonne blitzte auf goldenen Brustschilden und Ketten, und Banner wogten in der Morgensonne. Die Leute aus der Stadt sperrten Mund und Nase auf; niemand hatte eine so prächtige und offensichtlich wichtige Kara-

wane erwartet. Kein Schnell-Bote war ihr vorausgeeilt, was merkwürdig war, und infolgedessen auch keine Zeit geblieben, Vorbereitungen für einen gebührenden Empfang zu treffen.
Ich selbst traf erst spät auf dem Platz ein, was nicht weiter von Bedeutung war, da die Frauen aus der Familie von Prinz Chimal an der öffentlichen Begrüßung nicht teilnahmen. Wir hatten unsere Rolle später daheim zu spielen, Gastfreundschaft zu bieten. Ich fand einen Platz ganz hinten in der Menge.
»Wozu sind sie wohl gekommen?« fragte eine alte Frau.
»Vielleicht geht es um Gefiederte Schlange«, sagte ein Mann. »Vielleicht sind wichtige neue Anzeichen bekannt geworden.«
Leute in der Nähe bekamen einen Teil seiner Worte mit, und so hörte ich immer wieder die Worte »Gefiederte Schlange« und »Neue Anzeichen«.
Mein Vater, vornehm in seinem schlichten geraden Überwurf, trug zum Schmuck nur Kupferornamente, wie sie hier in der Stadt hergestellt wurden, und begrüßte die Azteken am Fuß der Tempeltreppen. Er war so groß und gelassen und strahlte soviel Würde aus, daß mir vor Stolz und Liebe schier das Herz zersprang.
Die ersten formalen Begrüßungen wurden ausgetauscht, Worte, die ich nicht hören konnte; dann stiegen die Stadtältesten sowie die Anführer des Adler- und des Jaguar-Ordens in ihren leuchtenden feder- und pelzbesetzten Kampfanzügen die dreizehn Stufen zur untersten Plattform hinauf; mein Vater ging in der Mitte. Was mich überraschte, war, daß Herr Lanzenträger sich nicht unter den Würdenträgern befand. Er genoß sonst jeden öffentlichen Auftritt und versuchte, stets dort zu stehen, wo die Sonne am hellsten schien. Warum hielt er sich ausgerechnet heute fern?
Was dann geschah, muß sehr lange gedauert haben – so etwas geschieht nie rasch –, doch für mich war es in einem Atemzug vorbei. Ob meine Erinnerung mir einen Streich spielt, um mir ein Übermaß an Schmerz zu ersparen?
Ein Redner in Königsgrün sprach die Lobpreisungen Moctezumas. »Seine Macht ... seine allesumfassende Weisheit ... seine göttliche Gerechtigkeit.« Die Zuhörer neben mir fingen an, von einem Fuß auf den anderen zu treten und betretene Blicke zu wechseln. Ich sah immer noch nichts von Herrn Lanzenträger,

doch als der Redner den Namen des Verehrten Sprechers zum hundertstenmal anrief, mußte ich plötzlich an das denken, was Lanzenträger über Moctezuma gesagt hatte. »Ein Jaguar... Eben noch schnurrt die Raubkatze, und als nächstes fällt sie einen an...«

Plötzlich aufmerksam geworden, hörte ich dem Redner genau zu. »So soll alle Welt wissen, daß Verehrter Sprecher, der große Moctezuma, jetzt das belohnt, was sein Untertan, der Sternenleser Prinz Chimal, gesagt hat. Dieser Prinz hat im Rat ernste Worte von unheilvoller Vorbedeutung geäußert. Moctezuma hat Chimals Worte vernommen; und hat sie alle wohl bedacht.«

Zwei stattliche Männer traten mit einem Kranz aus Jasmin und Orchideen vor, mit dem mein Vater geschmückt werden sollte. Schon wollte ich in Hochrufe ausbrechen, da hielt ich inne, denn ich merkte, daß die Menge bestürzt schwieg. Als die Männer meinem Vater den Kranz über den Kopf hoben und ihm auf die Schultern legten, richtete Prinz Chimal den Blick himmelwärts und reckte das Kinn, als gälte es, auch jetzt die Sterne zu betrachten, obwohl doch helles Tageslicht herrschte. Dann meinte ich zu sehen, wie er die Augen schloß – doch ich stand zu weit entfernt.

Plötzlich war ich die einzige auf dem ganzen Platz, die nicht vermutete, was jetzt bevorstand; dazu kam es viel zu häufig vor. Ich jedoch, die ich in einem Außenposten groß geworden war, hatte immer noch keine Ahnung von aztekischen Feinsinnigkeiten. Aber ich sollte schnell lernen.

Auf ein Zeichen hin zogen die Kranzträger die kräftige Schnur, die unter den Orchideen verborgen war, zusammen und machten die Girlande zu einer Würgschlinge. Einen Moment lang widersetzte Prinz Chimal sich nicht, sondern sank auf die Knie, trat dem Tod gelassen entgegen. Doch dann griffen seine Hände plötzlich nach der Schnur, zerfetzten mit fahrigen Fingern die Blüten, er rang nach Luft, kämpfte ums Leben. Kein Mensch stirbt würdig in einer Würgschlinge. Die Augenlider meines Vaters sprangen auf, das Weiße seiner wild rollenden Augen zeigte sich, sein Mund zuckte, die Lippen strafften sich schwarz über den Zähnen. Versteinert, fassungslos sah ich zu.

Ich dachte: *Jetzt hat der Jaguar ihn angefallen.* Vielleicht aber kam

mir dieser Gedanke auch erst später – wahrscheinlich habe ich überhaupt nichts gedacht und nichts gesehen als die grauenvolle Ermordung meines Vaters.
Die Stille der Menge wurde unterbrochen durch den Schrei von Dame Iztac. Sie riß sich von den Händen los, die sie festhalten wollten, drängte nach vorn, um ihren Gatten zu erreichen, rief schrill seinen Namen. Plötzlich begann auch ich zu kämpfen. Hilflos stürzte ich mich auf diejenigen, die sich mir in den Weg stellten. Dann erkannte ich, daß Prinz Chimal den Schmalen Durchgang bereits hinter sich hatte. Kein Laut mehr löste sich von meinen Lippen.
Die Henker wanden die Schlinge zu einem farbenprächtigen Knoten zusammen; sie packten ihr Opfer bei den Fersen und schleiften es von der Plattform die Stufen hinunter. »O nein, bitte, nein!« flehte ich im Flüsterton. »Die Steine müssen ihm am Kopf weh tun! Bitte!« Ich konnte einfach noch nicht begreifen, daß er jenseits aller Schmerzen war.
Die Menge ging auseinander. Eine Hinrichtung ist keine Opferung; da wird nichts gefeiert, um Opfer oder Zuschauer zu ehren, keine Speise wird zur hungrigen Sonne emporgehalten, der Durst der Erde nicht gestillt. Der Tod durch die Würgschlinge ist so wenig ruhmvoll, wie wenn einem Huhn der Hals umgedreht wird. Der Leichnam wird hinterher Krähen und Aasgeiern vorgeworfen, den Kojoten und Raben. Da nicht getrauert werden darf und es keine Abschiedsriten gibt, ist das Leben des Opfers zwar zu Ende, aber beendet ist es nicht. Ich stellte plötzlich fest, daß ich ganz allein dastand; und das Furchtbarste von allem war, daß es nichts gab, was ich hätte tun können.
Einer Schlafwandlerin gleich, ging ich auf meine Mutter zu. Herr Lanzenträger war aufgetaucht, hatte ihr den Arm um die Schultern gelegt, stützte sie und versuchte, sie heimzugeleiten. Weinend und sich mit den Fäusten gegen die Brust schlagend, schluchzte sie etwas von Schande und Ruin.
»Ihr müßt stark sein, meine Liebe«, sagte er. »Bald ist alles vergessen.«
Sie blickte zu ihm auf und nickte stumm. Sie ist genauso benommen wie ich, dachte ich. Nur war Dame Iztac keineswegs benom-

men, als sie plötzlich merkte, daß ich dastand. Einen Moment schien sie mich nicht zu erkennen, sondern sah mich mit starrem Blick nur an. Dann sah ich, wie es in ihren toten Augen aufleuchtete; sie stieß einen heiseren Schrei aus und warf sich auf mich. Mit ihren Krallen zerkratzte sie mir das Gesicht, daß es blutete.

Ich muß schützend die Arme vor die Augen gehalten haben – geblendet hat sie mich jedenfalls nicht –, aber mir fehlte einfach der Wille, sie fortzustoßen. Ich verdiente diesen Schmerz, ja weit Schlimmeres. Als Herr Lanzenträger sie von mir fortriß, hatte sie immer noch die Finger gekrümmt und zischte und fauchte wie eine Katze.

»Ihr und ich, wir werden die nächsten sein, mein Herr!» rief sie und wehrte sich gegen ihn. »Ihr werdet sehen, das Böse in ihr wird uns vernichten! Mein Gatte ist tot, desgleichen Euer Sohn. Und alle, die in Jalisco in ihrer Nähe waren. Alle, bis auf mich; und auch mir wird sie den Tod bringen!«

»Nicht jetzt, still!« mahnte Herr Lanzenträger. »Gestattet, daß ich Euch heimbringe.«

»Und ich sage Euch, sie lebt nur, damit wir anderen alle vernichtet werden.«

Leute versammelten sich um uns, um zuzuhören und sich nichts entgehen zu lassen. Sie tuschelten untereinander, starrten mich an, und ein Mann machte das Zeichen, um sich gegen das Böse zu wappnen. Mir machte das nichts aus. Bis zu diesem Tag hatte kräftig lodernd eine Flamme in mir gebrannt, eine Fackel – keine schwache Kerze. Ich war mit dem Falkenwillen zum Überleben zur Welt gekommen. Doch in diesem Augenblick hätte ich mich der Menge zuwenden und schreien können: »Bringt mich um, bevor ich euch umbringe!« Ich hätte die Dolchstöße willkommen geheißen!

Doch war es mir nicht bestimmt, an diesem Tag auf dem Vorplatz des Tempels in Stücke gerissen zu werden. Die Menschen waren eher neugierig als erschrocken, und bald hatte Herr Lanzenträger meine Mutter beruhigt, sie mit seinen sanften Worten beschwichtigt, und so barg sie wieder den Kopf an seiner Brust und weinte leise. Dann erst ließ sie sich von ihm nach Hause bringen.

»Ihr seid gütig, mein Herr«, murmelte sie. »Ihr seid immer gütig zu mir gewesen.«
Als es für sie nichts mehr zu sehen gab, entfernten sich die Umstehenden. Nach einer Weile merkte ich, daß die Sonne auf mich niedersengte. Die Steine der Tempelpyramide schienen vor meinen Augen zu wabern. Ich konnte nicht dableiben, und so folgte ich Dame Iztac nach Hause. Wo hätte ich sonst hingehen sollen?

Manchmal, im Traum oder im Halbdämmer, wenn ich in der Sonne döse, erinnere ich mich an ihre Hälse, doch an ihre Gesichter nicht. Doña Catalina, die den weißen Reiherhals reckt, ihn hinstreckt, um die Hände in Versuchung zu bringen, die sie erwürgen sollen... Das emporgereckte Kinn meines Vaters, wie er den Kopf hochhält, damit die Schlinge ihr Werk rasch vollbringen konnte... Der umgedrehte Hals eines Aztekenfürsten – er hing am Ast eines Dschungelbaums. Ich erinnere mich noch, daß ihm die Fußsohlen weggebrannt worden waren und die verkohlten Knochen zu sehen waren... Die ungewaschenen weißen Hälse zweier Männer – waren es Brüder? –, die am Strand von Veracruz aufgeknüpft wurden. Es waren die ersten Spanier, die ich sterben sah, und es kam mir merkwürdig vor, daß man diese Gottgleichen genauso leicht erdrosseln konnte wie meinen Vater.

Herr Lanzenträger und Dame Iztac wurden am ersten günstigen Tag nach dem neuen Mond verheiratet. Ich wußte von der Hochzeit, nahm jedoch weder am Festmahl noch an den Zeremonien teil; ich war noch viel zu krank, mir irgend etwas aus dem zu machen, was um mich herum geschah. Später, als ich begriff, was geschehen war, sagte man mir, beim Verknüpfen ihrer Umhänge wäre ein Fest gefeiert worden, so kostspielig und schockierend, wie man es in Painala noch nie erlebt hätte.
»Die Frau war so gierig, daß jeder dachte, sie würde den Bräutigam wie eine Spinne verschlingen«, sagte jemand. »Und ums Haar wäre es auch so gekommen. Brustwarzen und Ohren von Herrn Lanzenträger sollen so zerbissen gewesen sein, daß er blutete. Wer weiß, wo er sonst noch geblutet hat?«

Die andere Frau grinste. »O ja, sie hat das Hochzeitsbad benutzt, um ihre Witwentränen abzuwaschen. Das spricht nicht für ihren ersten Gatten! Es hört sich an, als hätte es vergangenes Jahr überhaupt keinen Regen gegeben.«

Sie kicherten und gluckten. Das war Monde nach der Schande, doch ich brannte immer noch vor Scham, weil meine Mutter sich lächerlich gemacht hatte.

Allerdings verging Dame Iztac sich auch auf noch bedenklichere Weise gegen Sitte und Herkommen. Als Witwe hätte sie die Pflicht gehabt, einen Bruder des verstorbenen Gatten zu ehelichen. Da jedoch kein legitimer Bruder meines Vaters lebte, hätte sie sich mit jedem Mann aus der Sippe Prinz Chimals verbinden können – und Hunderte von seinen Culhua-Sippenangehörigen hätten sie mit Freuden genommen, hätten sie nur gewußt, daß sie Witwe war. Statt dessen heiratete sie in eine Sippe ein, die mit ihrer eigenen verbündet war; so haftete dieser Verbindung der häßliche Geruch des Inzests an. Fromme Seelen erschauerten, insbesondere, als sie ihre Hochzeitszeremonie mit einem rauschenden Fest feierte und auf diese Weise praktisch dafür sorgte, daß die Dunklen Herren der Strafe es auch bemerkten. Die meisten Leute hatten Angst vor Flüchen und hielten sich der Zeremonie fern, so daß Herrn Lanzenträgers Bedienstete Wildfremde ansprechen und sie zum Fest laden mußten, damit die Matten der Gäste nicht leer blieben.

Solch unmoralisches Verhalten hätte auch zu allgemeiner Empörung geführt, wenn das Paar nicht irgendwelche Priester bestochen hätte, ihre Einwilligung zu geben. Auch gelang es ihnen auf ganz ungewöhnliche Weise, sich der Zustimmung des neuen Gouverneurs zu versichern, den Moctezuma in die Stadt geschickt hatte.

Da die Braut keine männlichen Verwandten hatte, die sexuellen Pflichten der Frühen Nächte zu übernehmen, oblag diese Aufgabe dem neuen Kaziken. Als er die Verbindung zwischen den beiden für rechtens erklärte, ernannte er sich selbst zugleich zum Ehrenonkel von Dame Iztak und erhob damit Anspruch auf die Frühen Nächte. Soviel zur Rechtsauffassung. Geilheit ist allemal stärker als das Gesetz.

Das Brautbad wurde mit Duftstoffen und Aphrodisiaka angereichert, die solche Unsummen kosteten, daß sie den Jade-Gott zum

Bettler gemacht hätten. In meiner Ahnungslosigkeit war ich es, die all dies bezahlte. Die Familiengüter waren ausschließlich mein Besitz; mir gehörte alles bis hinunter zum letzten Mangobaum.

Doch der Tod meines Vaters hatte mich so niedergestreckt, daß ich überhaupt nicht begriff, was vorging. Die meiste Zeit über lag ich betäubt und wie erstarrt da, doch nachts suchten mich Alpträume heim, und ich hatte das Gefühl, Orchideenblüten und Lederschlingen legten sich mir um den Hals – eine Liebkosung, die mich aufschreien ließ. Ich dachte, ich würde wahnsinnig. Ich schien zu sterben; ich hatte kaum noch Kraft, mich von meinen Schlafmatten aus Schilf zu erheben. Ich fiel so oft hin und lag auf dem Boden, daß Moju die Nächte neben mir verbrachte. Da sie mir nahe war, dachte ich, daß auch sie auf irgendeine gewalttätige Weise zu Tode kommen würde. Ihre einzige Hoffnung war, daß ich schnell starb, vor ihr – und danach sah auch alles aus.

In dieser Zeit erzählte mir irgend jemand – wer, weiß ich nicht mehr –, mein Vater sei verurteilt worden, weil er die Ankunft von Gefiederter Schlange und die Errichtung eines neuen Reiches vorhergesagt hätte. Als Moctezuma dies erneut hörte, war er zwischen Zorn und Verzweiflung hin- und hergerissen; schließlich hatte er Prinz Chimals Tod befohlen. Formal ging die Anklage dahin, mein Vater habe Furcht im Reich verbreitet. Moctezuma war nie imstande, das Schicksal hinzunehmen oder sich ihm entgegenzustellen. Er entschied sich dafür, die Eule zu töten, die Untergang krächzte.

Wochen vergingen; die Alpträume hörten auf, doch meine Kraft kehrte nicht zurück. Die Zeit der Geschenke des Regenbringers setzte ein und erweckte das Land zu neuem Leben; auch Dame Iztac fühlte, daß sich neues Leben in ihrem Schoß regte. Bald sollte ich einen kleinen Bruder bekommen – zumindest behaupteten das die Wahrsager, die im Haus ein- und ausgingen. Ein kräftiger Junge! Triumphierend klatschten sie in die Hände, empfingen ihren Lohn und verschwanden wieder. Wenn auch viel zu schwach, als daß es mir viel hätte ausmachen können, wünschte ich Herrn Lanzenträger eine Tochter. Später konnte ich mir nicht mehr vorstellen, einem winzigen Blutsverwandten eine solche Tragödie zu wünschen. Was blühte einem Mädchen schon, das bereits bei seiner Geburt eine solche Enttäuschung war?

In den Tagen nach der Bekanntgabe der Schwangerschaft hörte ich in der Nähe Hämmern und Schlagen, achtete jedoch nicht weiter darauf. Dann betraten eines Morgens vier Sklaven meine Kammer, hoben die vier Ecken meiner Schlafmatten und trugen mich zu einem kleinen Haus, das einen Bogenschuß entfernt errichtet worden war. Dort legten sie mich ab, zogen sich zurück und sagten Moju, sie solle meine Sachen holen. So kam ich auf Geheiß von Dame Iztac zu einem eigenen Haus. Ich zog dessen Stille dem Trubel in dem anderen Haus vor und nahm an, daß meine Mutter sich jetzt weniger von mir bedroht fühlte. Freilich wußte ich genau, daß ein Fluch wesentlich weiter fliegen konnte als ein Pfeil.

Tag um Tag lag ich im Halbschlaf da, mein Hirn ganz benommen von dem Getrommel des Regens auf dem mit Flechtwerk bedeckten Dach. Ich verfolgte, wie kleine Rinnsale am Firstbalken entlangliefen und das Wasser auf den gestampften Boden heruntertropfte. An manchen Tagen aß ich, was Moju mir brachte, doch meistens wies ich es zurück. Sie tat ihr Bestes, mich aufzuheitern, sang mir Maya-Lieder vor und sagte Wiegenverse auf, die ich freilich kaum hörte.

Ein Traum wiederholte sich so oft, daß ich ihn als eine von einem bestimmten Gott geschickte Vision begriff. Ich durchlebte den Tag der Hinrichtung meines Vaters, alles genauso, wie es sich in Wirklichkeit zugetragen hatte, das Aufblitzen des Sonnenlichts auf dem Gold, die flatternden grünen Banner. Doch kurz bevor die Henker die Schlinge zuziehen sollten, rief ein Mann, der ganz in meiner Nähe in der Menge stand: »Wer bezahlt für die Federn, die die Azteken tragen? Wer kauft ihnen die Jade? Wir! Die Steuereintreiber haben das Letzte aus uns herausgequetscht. Jetzt werden sie uns Zähne und Zehennägel ausreißen!«

Eine alte Frau rief: »Wessen Kinder geben den Altären von Tenochtitlan Nahrung?« Mit knochigem Finger zeigte sie auf den königlichen Redner. »Schaut, wie glatt er ist, wie fett und wohlgenährt! Er hat die Lebern und das Fleisch meiner Enkelkinder gegessen!«

Die Menschenmenge schob sich vor, jeder Mann und jede Frau schrie einen anderen Fluch! Klingen blitzten in der Luft; die Tempelstufen leuchteten vom Rot des aztekischen Blutes. Und mein Vater – groß wie ein Turm – führte das Massaker an.

Herr Lanzenträger stattete mir mehrmals einen Besuch ab und nannte mich seine Tochter, tätschelte mir die Hand und versuchte, mich zu trösten, auch wenn ihm das Unbehagen dabei im Gesicht geschrieben stand.

»Dieser Dämon wird dich bald verlassen, Tochter. Du mußt kräftig sein, um bei der Feier zur Geburt deines neuen Bruders dabeizusein.« Er trug einen weiten, aus gummiverklebten Blättern gemachten Regenumhang. Die Stacheln auf den Blättern füllten den Raum, und in dieser Nacht träumte mir, ich hätte mit einem riesigen Käfer geredet.

Mehrere Tage nacheinander blieben morgens die Regenfälle aus. Daran erkannte ich, daß die Jahreszeit sich änderte. Moju half mir an die Tür, ich saß eine Stunde lang im Sonnenlicht und zog daraus Wärme und Kraft. Noch am selben Tag aß ich zum erstenmal wieder mit Appetit und brachte es fertig, zu den Arbeitern hinüberzugehen, die den Wildwuchs abhackten, der während der Regenzeit sämtliche Felder überzieht.

Ich war noch nicht vollständig genesen. In den Tagen, die folgten, überfiel mich nur manchmal Verzagtheit wie ein Schatten, der die Sonne auslöscht. Die Schatten verschwanden freilich bald wieder, und ich wußte, daß ich wieder ganz gesund werden würde.

Mein Bruder klopfte frühzeitig ans Tor und kam einen Monat vor dem erwarteten Tag, was zu beträchtlicher Angst im Haushalt von Herrn Lanzenträger führte. Die Hebamme kam gelaufen und kreischte bereits, daß der Tod des winzigen Wesens nicht ihre Schuld sei; irgendein Ritual müsse von anderen vernachlässigt worden sein, irgendeine Warnung nicht zur Kenntnis genommen. Sie hätte sich das Lamentieren sparen können. Mein Bruder entsprang dem Schoß seiner Mutter, strotzte vor Lebendigkeit und war rund und prall wie ein reifer Flaschenkürbis.

Am Namensgebungs-Fest sagte der Herr Lanzenträger: »Mein Sohn erhält den Namen Chimal Sechs Hirsch.« Mein Herz schlug schneller. »Sechs Hirsch ist der Name, den der Kalender vorschreibt. Und Chimal, weil das ein alter und tapferer Name ist. Ich hatte einen Großonkel namens Chimal, einen überaus tapferen Krieger.«

So bewahrte Herr Lanzenträger in einem Akt der Barmherzigkeit den Namen meines Vaters, ohne dies in der Öffentlichkeit zuzugeben. Danach ließ auch der Kazike Vergangenes vergangen sein und zollte dem Namen Beifall. Beim Gastmahl hinterher saß er da und schaute immer wieder begehrlich zu dem Vorhang hinüber, der Dame Iztac von den Feiernden trennte. In Erinnerung dessen, was gewesen war, hätte er sich fast die Finger geleckt.

Später an diesem Tag, als Moju die Steine erhitzte, um Dampf für mein Bad zu bereiten, sah sie mich merkwürdig an und sagte hauptsächlich in der Mayasprache: »Wie gut für den Geist Eures Vaters. Jetzt taucht sein Name auf Erden schon auf, obwohl seit seinem Ableben noch längst kein Jahr vergangen ist.«

Jedenfalls meine ich, daß sie dies sagte – denn einige der Wörter kannte ich nicht. Ich nickte zustimmend in der Annahme, die Mayas hätten irgendwelche Glaubensvorstellungen in dieser Hinsicht. Später jedoch, als ich eingehüllt in eine Wolke von Dampf dahockte und mit den Händen meine Knie umfaßte, fielen mir die Worte *noch längst kein Jahr* wieder ein.

Wahrhaftig, es war weit weniger als ein Jahr vergangen. Der Gedanke, den Moju in mich eingepflanzt hatte, wuchs und gedieh, und ich zählte die Monde. Wenn mein neuer Bruder wirklich zu früh gekommen war, war er der Sohn von Herrn Lanzenträger. Hatte er jedoch die volle Zeit im Schoß meiner Mutter ausgeharrt, mußte Chimal Sechs Hirsch das Kind meines Vaters sein. Die Hochzeit war so überstürzt gefeiert worden, daß kein Mensch ganz sicher sein konnte.

»Bis auf Herrn Lanzenträger«, murmelte ich. O ja, der war sich sicher; ich hatte den Stolz in seinem Gesicht aufleuchten sehen. Inzwischen würde ja die ganze Stadt gespannt sein, würde tuscheln, sich in Mutmaßungen ergehen und die Zeit an den Fingern nachzählen.

Kerzengerade richtete ich mich im Bad auf, so daß ich mit dem Kopf gegen die niedrige Decke stieß. Chimal Sechs Hirsch, das wußte ich in diesem Augenblick, war der Sohn meines Vaters, nicht nur mein Halb-, sondern mein Vollbruder. Warum sonst sollte ein Gott Herrn Lanzenträger veranlaßt haben, den Namen Chimal zu wählen? Mein Vater war Lanzenträgers Rivale gewesen, nicht sein Freund. So lebte Prinz Chimal in diesem Kind weiter; er hatte Unsterblichkeit erlangt. Zum erstenmal seit meines Vaters Tod fühlte ich mich zufrieden. Ich ließ die Geister fahren, die ich festgehalten hatte.

Moju anlächelnd, stieg ich aus dem Bad, und sie übergoß mich mit kaltem Wasser. Aus dem Haus meiner Mutter hörte ich Schreien, die gebieterischen Schreie des kleinen Herrn Chimal Sechs Hirsch. Was für Lungen er hatte!

Ich nahm mir vor, über meinem neuen Bruder zu wachen, ihn zu beschützen und zu lieben. Jetzt endlich würde Dame Iztac sich sicher und glücklich fühlen. Sie hatte einen Gatten, den sie verehrte, und einen schönen Sohn, den sie anbeten konnte. Mit solchen Freuden in ihrem Leben hatte sie bestimmt keine Zeit mehr, mich überhaupt wahrzunehmen.

Natürlich war ich ahnungslos und ohne jeden Arg. Nur ein paar Jahre später hätte ich augenblicklich erraten, welche Gedanken jetzt im Kopf von Dame Iztac umgingen. Als ich sie ansah, sah ich nur die beim Nähren ihres Kindes lächelnde Mutter. Damals konnte ich dies Lächeln noch nicht durchschauen und die Angst dahinter erkennen. Schließlich war ich immer noch dieselbe, ein Mädchen, das vor noch nicht einem Jahr nur die Orchideen, nicht aber die Würgschlinge gesehen hatte, die Moctezumas Boten gebracht hatten. Ich war blind und vertrauensvoll geblieben. Bald sollte ich meine Lektion lernen.

Das erste Anzeichen nahenden Unheils zeigte sich wenige Tage nach dem Ende der Jahreszeit der Heiterkeit. Die Riten waren getreulich vollzogen worden: Die Frauen – ich war noch ein paar Wochen zu jung dafür – waren mit strohgefüllten Beuteln geschlagen worden. Sie brachen in Wehgeschrei aus und taten so, als hätten sie so große Schmerzen, daß ihre Tränen die Erde netzten.

Damit sollte der Regenbringer angerufen werden, der selbst im Süden am Ende des Jahres sehr knauserig ist. Beim Anblick der weinenden Frauen – brachte er es da fertig, nicht selber auch ein paar Tränen zu vergießen? Nun, er konnte so herzlos sein, und oft war er es auch.
Nach Abschluß der Zeremonien wandten die Frauen sich dem Maistrocknen zu, während die Männer auf die Jagd gingen, fischten oder sich angenehmem Nichtstun hingaben. Die jungen Schößlinge waren ausgepflanzt worden.
Eines Morgens saß ich allein in meinem kleinen Haus und betrachtete heimlich die gemalten Maya-Bücher, die ich aus der Truhe meines Vaters entwendet hatte. Plötzlich fiel ein menschlicher Schatten über mich, und er war so mächtig, daß ich sofort ein böses Omen darin hätte sehen sollen, und eine Stimme krächzte: »Allen, die hier wohnen, ein langes Leben. Ich suche Herrn Lanzenträger.«
»Moment«, rief ich und beeilte mich, die Bücher unter einer Matte zu verbergen, denn daß ich sie in Händen hielt, konnte eine Entweihung bedeuten. Dann trat ich hinaus. Ein altes Weib – warzenbedeckt und mit geschwollenen Augen, jedoch mit reicher Reisekleidung angetan – erwartete mich. Als ich sie begrüßte, trat sie näher, um mich genauer in Augenschein zu nehmen. Schweißperlen standen ihr auf der Stirn, obwohl der Morgen noch kühl war.
»Ihr seid vermutlich Ce Malinalli, die geliebte Tochter von Dame Iztac?«
Ich nickte, doch unter ihrem forschenden Blick wurde mir zunehmend unbehaglich. »Ich bin Malina, ja.«
Sie klatschte entzückt in die von Ringen strotzenden Hände. »Dann seid Ihr, meine Blume, das glückliche Mädchen, das der Anlaß für meine beschwerliche Reise nach Painala ist. Ich bin Tlahua, die Heiratsvermittlerin. Ein junger Herr aus der Stadt, in der ich zu Hause bin – und er ist ein stattliches Mannsbild und reich –, hat Euch gesehen, als seine Jagdgesellschaft vor einem Monat hier durchkam. Er schwört, er werde kein Mädchen ehelichen außer Euch. Ich bin hierhergereist – und es waren drei harte Tage für mich –, um zu versuchen, diese glückliche Verbindung zu knüpfen.«
Zwei Sklaven, die sich mit Bündeln auf dem bloßen Rücken und

Trageriemen über der Stirn im Hintergrund gehalten hatten, traten auf ihre Aufforderung hin vor und breiteten hübsche Matten, zwei kleine Fächer und eine Kalebasse mit honiggesüßtem Kleewasser aus. Tlahua, die Heiratsvermittlerin, ließ sich mit Hilfe ihrer Sklaven auf einer der Matten nieder und ließ ein zufriedenes Schnaufen vernehmen.

»Ich hoffe, meine Blume, Ihr verargt es mir nicht, daß ich mich an Euch wende, bevor ich mit Eurer Mutter und Eurem Vormund gesprochen habe. Werdet Ihr mir meine Kühnheit verzeihen?«

Ich nickte; daß sie meinetwegen gekommen war, verwunderte mich immer noch. War denn wirklich die Zeit für mich gekommen, an eine Eheschließung zu denken? Die Vorstellung beunruhigte mich.

Das Jahr der Erwartung soll das aufregendste im Leben eines jungen Mädchens sein. Das ist die Zeit, da Mädchen miteinander tuscheln und über ihren Wasserkrügen kichern. Sie singen, wenn sie am Webrahmen sitzen, zerreiben Blüten unter ihren Achseln, damit diese süßer duften, obwohl doch nur andere Mädchen da sind, um daran zu schnuppern. Diese zappeligen Mädchen und künftigen Bräute habe ich immer verachtet. Sahen sie denn nicht, wohin ihr Geflüster und ihre Geziertheit führten? Sie brauchten doch bloß die Schwielen ihrer Mütter zu betasten, um zu wissen, was ihnen für eine Zukunft blühte! Plötzlich, da Tlahua, die Heiratsvermittlerin, mich mit einem gekonnten, verschwörerischen Augenzwinkern bedachte, beneidete ich diese Mädchen um ihre Blindheit. Wie sehnte ich mich nun nach ihren Hoffnungen, die ihnen die Herzen höher schlagen ließen, nach dem Kribbeln der Vorgefühle, von denen sie beherrscht wurden! Und doch wußte ich, daß mir diese Freuden nicht beschieden waren – weder vom Schicksal noch von der Natur. Ich konnte mir einfach nichts vormachen.

»Ich bin doch hoffentlich nicht unverfroren und zudringlich?« fragte sie.

»Nein, ich möchte hören, was Ihr zu sagen habt.«

In Wirklichkeit war sie gar nicht so unverfroren, wie sie tat. Eheschließungen wurden selbstverständlich zwischen Familien und Sippenräten in die Wege geleitet. Dabei werden die Wünsche

der jungen Leute, sofern sie vernünftig sind, selten übergangen. Tlahua war daher gut beraten, mich von Anfang an auf ihre Seite zu bringen, und genau das hatte sie jetzt versucht.
»Ich werde sehr unartig sein«, vertraute sie mir augenzwinkernd und unter leisem Gekicher an. Mit diesen Worten entrollte Tlahua, die Heiratsvermittlerin, das Portrait eines hübschen jungen Mannes in Festkleidung. Die Ähnlichkeit mit dem Jungen Mais-Gott war unverkennbar; offenbar hatte der Künstler sich ein Tempelstandbild als Modell genommen; das jedoch bedeutete gleichzeitig, daß das Portrait auch Lerchen Singer ähnlich sah. Verstört wandte ich den Blick ab.
»Diese bezaubernde Sittsamkeit!« rief Tlahua in völliger Verkennung meiner Gefühle. »Wie selten man das heutzutage bei jungen Leuten findet!«
Als sie die Bildrolle wegstellte, rutschte – anscheinend absichtslos – ein Stück Rindenpapier aus dem Korb heraus und zu Boden. Dabei erhaschte ich ein weiteres Portrait des jungen Mannes, diesmal allerdings bis auf den Schmuck nackt. Sein eregiertes Glied war halb so lang wie sein Arm und mindestens so dick.
Mit gespielt entsetztem Aufschrei griff Tlahua nach dem unzüchtigen Bild; beide taten wir so, als hätte ich nichts gesehen. Ich selbst war nur leicht amüsiert über diesen Trick beim Ehestiften. Waren denn Mädchen so leicht zu täuschen? Es war wohl so; schließlich wurden sie dazu erzogen. Ich dachte an das Buch, das ich betrachtet hatte, ehe Tlahua gekommen war – ein Gott, der eine Frau bestieg, während ihr Boot träge übers Wasser glitt. Die Szene war wunderschön, hatte etwas Heiliges.
Tlahua nahm einen großen Schluck aus der Kalebasse und schüttelte den Kopf, als wollte sie ihre Müdigkeit verscheuchen. Ob sie wohl ein bißchen betrunken war? Ihre Handbewegungen und ihr Lächeln hatten etwas sonderbar Verwirrtes.
»Die Tageshitze und die lange Reise haben ihren Zoll gefordert«, sagte sie und wischte sich abermals die Stirn.
Dann fuhr sie fort, die Vorzüge ihres Klienten aufzuzählen, eines jungen Mannes mit dem Namen Drei Wasser Fuchspfote. Sie pries seinen Reichtum, seine Kühnheit und seine Güte. »Und er stammt aus einer so guten Familie! Seine reizende Mutter – die Euch jetzt

schon liebt, meine Teuerste – ist lieb und sanft wie Orchideencrème.« Die Aufzählung der vielen Tugenden fing an, mich zu langweilen, als die alte Frau sich plötzlich vorneigte, mir förmlich die Zunge ins Ohr steckte und in wollüstigem Ton sagte: »Und einen Hintern hat er wie eine Mangofrucht, meine Blume. Wie zwei Mangofrüchte! Hinreißend! Köstlich! Ja, selbst in meinem Alter könnte ich noch ...«

In diesem Augenblick trat Herr Lanzenträger ein, und so erfuhr ich leider nie, was sie mit dem köstlichen Hintern von Drei Wasser Fuchspfote alles hätte anstellen können. Ihn zum Neujahrsfest braten, ihrem Ton nach zu urteilen.

Bei solchen Gelegenheiten sollen Mädchen zwischen Hoffen und Bangen hin- und hergerissen werden, während ihre Eltern die erste Entscheidung treffen. Ich dagegen verbrachte diese Zeit damit, mir alles genau auszurechnen. Ich dachte an die Ländereien, die mir gehörten, an das, was sie hervorbrachten und wie sie verwaltet wurden. Mir fiel ein, daß Herrn Lanzenträgers bester Umhang an der Halsschließe schon ausfranste; Dame Feuerstein Messer hatte seinen Schmuck vor langer Zeit als »grell und billig« beschrieben. So erwog ich meine Lage und wartete darauf, gerufen zu werden.

Das geschah bei Sonnenuntergang. Herr Lanzenträger ließ mich zu einer nahe am Haus gelegenen Laube kommen, in die mein Vater sich häufig zurückgezogen hatte, um dort allein oder in Gesellschaft von ein paar Freunden zu rauchen und in der Gestalt des Abendsterns Geflügelte Schlange zu betrachten. Jetzt saß Herr Lanzenträger auf dem Platz meines Vaters und trug das Goldmedaillon mit den Delphinen darauf, das Prinz Chimal immer getragen hatte. Auch das grüne Gewand, das er anhatte, stammte von meinem Vater. Einen Moment haßte ich ihn und nannte ihn bei mir einen Dieb. Dann machte ich mir meiner Gedanken wegen Vorwürfe. Was wollte ich denn? Daß das Gewand verbrannt und das Gold eingeschmolzen wurde? Warum sollte ich dem Gatten von Dame Iztac und dem Vater von Lerchen Singer diese Geschenke nicht gönnen? Mein Groll war völlig unberechtigt gewesen. Andererseits wußte ich, daß Herr Lanzenträger der Kleidung, die er trug, nicht würdig war.

Obwohl er mich liebevoll begrüßte, schien es Herrn Lanzenträger nicht wohl in seiner Haut zu sein. Er redete von Nichtigkeiten und mied es, auf den Grund für unser Gespräch zu sprechen zu kommen. Die Hände gefaltet und den Blick gesenkt, wartete ich; ich war nicht im geringsten gespannt, da mir längst klargeworden war, daß er nur auf eine einzige Art auf den Heiratsvorschlag reagieren konnte. Das Dunkel verdichtete sich, die letzten streitenden Stare schlugen noch ein paarmal mit den Flügeln, ehe sie sich in den gewohnten Bäumen zur Ruhe niederließen; die Luft um mich herum wurde schwer vom Duft des Tabaks und des Nachtjasmins. Endlich kam der Herr Lanzenträger zur Sache.

»Ich habe dieser Heiratsvermittlerin gesagt, daß du noch viel zu jung bist, um die Bürden einer Ehefrau zu tragen. Der junge Herr möge in Jahresfrist noch einmal anfragen – falls er dann noch möchte und falls die Vorzeichen günstig aussehen.«

Selbstverständlich hatte ich die Veränderungen bedacht, die meine Heirat für das Leben von Herrn Lanzenträger haben würde. Ihm würde dann die Oberaufsicht über die Ländereien entzogen; diese Rechte würden auf meinen Gatten übergehen, auch wenn ich nach wie vor die Eigentümerin blieb. Bis in alle Ewigkeit ließ sich der Verlust für Herrn Lanzenträger nicht hinausschieben, doch würde er in der Zwischenzeit alles, was er in die Hände bekommen konnte, zu seinem eigenen Vorteil veräußern.

Selbst in diesem Augenblick noch, da er sanft über meine Jugend und die herrliche Freiheit des Mädchenseins sprach – ha! –, sah ich ihn darüber nachdenken, wie sich Sklaven in Jade umtauschen und unsere Felder für kostbare Federn verpachten ließen. Binnen zweier Jahre würde der ganze Reichtum bis auf den Landbesitz selbst in bewegliche Habe umgesetzt und in seinem eigenen Gepäck untergebracht sein. Die ganze Geschichte war ihm in das väterliche Gesicht geschrieben.

Ich beschloß, ihn auf die Probe zu stellen. »Ich nehme doch an, daß die Angehörigen der Sippe meines Vaters über die Heiratsangebote unterrichtet werden. Selbstverständlich bin ich bloß ein Mädchen und habe keine Ahnung von solchen Dingen, aber wäre es nicht ein Gebot der Höflichkeit, sie – nun ja – über meine Angelegenheiten zu unterrichten?« Ich ließ meine Stimme verhallen und setzte eine Miene auf, als könnte ich kein Wässerchen trüben.

»Aber gewiß doch! Dafür habe ich bereits gesorgt«, beteuerte er viel zu hastig, um dann zu schweigen. Der Kopf seiner Pfeife glühte wie ein roter Edelstein im Dunkel. Ich spürte, wie er mich genau musterte. »Ich verstehe, warum es der junge Mann so eilig hat.« Seine Stimme wurde weich wie die Narbenbärte jungen Maises. »Du hast heute überhaupt nichts mehr von dem jungenhaften Mädchen, das du warst, als ich dich damals in Jalisco kennenlernte. Viele Männer werden eine Schönheit wie dich begehren. Aber wir wollen nichts überstürzen. Verlaß dich auf mich, Mali.«

Er rückte näher an mich heran; die Kette aus Ucuquiroblüten, die er um den Hals trug, verströmte einen betäubenden Duft. »Wenn ich dich so ansehe, begreife ich, wie sehr dir darum zu tun sein muß, einen Gatten zu bekommen, die Nächte mit ihm zu verbringen, meine liebe Mali.« Ich kniete neben ihm, und er legte mir sanft die Hand auf den Schenkel. »Natürlich freue auch ich mich darauf, wenn du einmal heiratest. Du kannst dich darauf verlassen, daß du gut mit mir fahren wirst, Tochter. Eine Ehe muß mit der rechten Unterweisung beginnen.«

Einen Moment dachte ich, er meinte, er werde klug unter den jungen Männern auswählen, die um meine Hand anhielten. Doch dann ging mir auf, daß er an die Frühen Nächte dachte. Als Gatte meiner Mutter war er hier mein einziger männlicher Verwandter. Herr Lanzenträger würde zu meinem »Onkel« werden, so wie der Kazike zum Onkel von Dame Iztac geworden war. Es gelang mir zu verhehlen, wie angewidert ich war; ich zuckte nicht einmal zusammen, und Herr Lanzenträger ahnte den Schauder nicht, der mich durchlief.

Nun schäme ich mich meiner Gefühle nicht. Ich glaube nicht, daß ich unnatürlich oder untöchterlich reagierte – obwohl ich nicht verhehle, daß mir die Vorstellung, mich mit dem Gatten von Dame Iztac paaren zu müssen, schier unerträglich war. Doch so beherrschend sollte keine Leidenschaft sein. Meine Gefühle waren viel zu stark, als daß sie weise oder nach dem Sittengesetz zu vertreten gewesen wären.

Wäre Herr Lanzenträger mein richtiger Onkel oder Vater gewesen, wie er plötzlich zu sein vorgab, hätte ich nur die ganz normale Befangenheit und Unsicherheit empfunden, die alle Bräute haben. Doch was er da andeutete, war sündhaft. Zum erstenmal begriff ich wirklich, was Dame Iztac meinte, wenn sie – was sie häufig tat – die Lippen schürzte und »unanständig!« zischte.

Daß ich plötzlich an sie dachte, schien Dame Iztac wie durch ein Wunder in Fleisch und Blut herbeizurufen. Sie trat aus dem Dunkel hervor und sprach dabei in einem aufgeregten Ton. Hinterher dachte ich darüber nach, wieviel sie gesehen oder gehört haben mochte. Ob sie sich in der Nähe herumgedrückt hatte? Brachte erst die Tatsache, daß Herr Lanzenträger anfing, begehrliche Blicke auf mich zu werfen, sie dazu, meine Zukunft zu planen? Ich glaube nicht – aber das werde ich mich mein Lebtag fragen.

»Mein Gebieter, es ist die alte Frau, die Heiratsvermittlerin«, sagte Dame Iztac. »Ein Dämon hat sie gepackt. Ob ich nach einem Priester schicken soll? Oder nach einem Herzschlag-Heilkundigen?«

Mir war bis dahin noch nicht klargewesen, daß Tlahua für diese Nacht unser Gast war, obwohl sie selbstverständlich Anspruch auf unsere Gastfreundschaft hatte. Ich schützte diesen Notfall vor, um Herrn Lanzenträger zu entkommen, und stand rasch auf. Ich erbot mich, jeden Botengang auszuführen und zum Platz zu gehen; denn – was völlig unnatürlich war – ich fürchtete mich nie im Dunkeln.

Herr Lanzenträger sah ärgerlich aus. »Nein, Tochter, wir haben unser Gespräch noch nicht beendet. Aber zunächst werde ich nach dieser Frau sehen. Bringt Fackeln!«

Tlahua, die Heiratsvermittlerin, lag im Gästehaus auf der Matte, stöhnte und erschauerte, hatte die Zähne fest aufeinandergebissen und sah im Gesicht gespenstisch aus. War das dieselbe Frau, mit der ich am Morgen gesprochen hatte? Dann fiel mir ihr unlöschbarer Durst ein, der Schweiß, der ihr auf der Stirn gestanden hatte – und ich wußte, daß der Dämon bereits in sie eingefahren sein mußte, als sie gierig bei mir das Wasser getrunken hatte.

Ein Schwarm Glühwürmchen war durch die offene Tür hereingekommen; der Dämon, von dem Tlahua besessen war, zog sie an, sie kreisten über ihr und bildeten eine schillernde Wolke. Obwohl sie sonst nichts sah noch hörte, beunruhigten sie die Glühwürmchen. Sie schlug mit den Armen um sich, versuchte, sie zu vertreiben, die schimmernden Seelen von Kindern, die im Dunkel sterben. Wenn man ihnen etwas antut, ist es, als täte man einem Schmetterling etwas zuleide; nur Wilde würden einen solchen Frevel wagen.

»Haltet sie fest, und bindet ihr die Hände zusammen!« herrschte Herr Lanzenträger die beiden Sklaven an, die sich in der Ecke herumdrückten und ängstliche Blicke tauschten.

Während sie Tlahua die Handgelenke zusammenbanden, betrachtete Herr Lanzenträger eingehend ihr erhitztes Gesicht und berührte mit übertriebener Vorsicht ihre Stirn. »Ich glaube, ein gefleckter Gott ist in sie gefahren«, sagte er und machte jetzt ein genauso ängstliches Gesicht wie die Sklaven. »In ein oder zwei Tagen werden wir es wissen.« Damit gingen wir, ließen sie in der Obhut der Diener, während die Glühwürmchen, von der Gegenwart des Gottes erregt, sie umschwirrten.

Zwei Tage später bestätigte sich Herrn Lanzenträgers Verdacht. Die Heiratsvermittlerin hatte einen Gefleckten Gott geschluckt, der sie bald tötete, nachdem er sie heftig gebeutelt hatte. Inzwischen waren weitere gefleckte Götter in ihre Sklaven eingedrungen, und auch diese starben, wie es den meisten ergeht, die diesen mörderischen Gast beherbergen. Die Opfer glühen, als liefe ihnen flüssiges Feuer durch die Adern; der Gott hämmert ihnen im Schädel, nach ein oder zwei Tagen bekommt ihre Haut blaue Flecken. Der Gott selbst ist blau gefleckt und verwendet seine eigenen Zeichen, um diejenigen zu zeichnen, die er versklavt.

Plötzlich tauchten überall in Painala gefleckte Götter auf. Als das Ende des Jahres und die fünf Unglücklichen Tage näher rückten, fuhren sie in den Kaziken und seine beiden Frauen; die meisten seiner Sklaven wurden befallen, doch die Hälfte von ihnen spie die Dämonen wieder aus. Alle sieben Tempelpriester lagen im Fieber, zeigten die Flecken am Körper und stöhnten. Wir befürchteten schon, daß nicht ein einziger von ihnen am Leben bleiben würde, um die Neujahrsriten zu vollführen und die Feuer neu zu entzün-

den. Doch einer entwand sich schließlich dem Zugriff des Gottes; er überlebte, um seine Brüder zu bestatten.
Eines gefiel mir inmitten von all diesem Sterben und Weinen. Ich hörte, wie die Männer murrten und sagten, die Azteken seien schuld, solche Schrecken hätten das Nest der Schlange noch nie heimgesucht, bis die Azteken das Land erobert und zu ihrer Vasallenprovinz gemacht hätten. Ich hörte einen Federweber sagen: »Es hat Unglück gebracht, den anderen Kaziken umzubringen. Der kannte sich jedenfalls mit den Göttern aus – das sah doch jeder.«
Ich hätte weinen und zugleich frohlocken können, als er so von meinem Vater sprach.
Dame Iztac stand Todesängste um ihren kleinen Sohn aus und verbot den Sklaven, sich dem Haus zu nähern; sie befahl, daß sie draußen auf dem Feld oder im Wald schliefen. Ihre Sünden und ihre Gottlosigkeit, sagte sie, würden nur noch mehr Dämonen ins Haus ziehen – Dämonen, die es nur auf die Wiege ihres schönen Kindes abgesehen hätten. Moju wurde mit den anderen verbannt, und ich blieb allein. Am liebsten hätte ich mich unsichtbar gemacht, doch war ich mir nicht sicher, was gefährlicher war, gefleckte Götter oder die in Panik geratene Dame Iztac. Wie sich herausstellte, war meine Sorge eine Vorahnung.
Kurz nachdem die Sklaven aus dem Haus verbannt worden waren, saß ich allein unter meiner Tür und bemühte mich, heiteren Sinnes nachzudenken, wie ich es meinen Vater immer hatte tun sehen. Ich richtete meine Aufmerksamkeit auf Dame Mond, die golden und hochschwanger über den Himmel zog, sann darüber nach, welch sanftes Licht die Freude ihrer Mutterschaft verbreitete. Aber auch wenn ich mich noch so sehr bemühte, beunruhigende Gedanken auszuschließen, vernahm ich doch von Ferne aus den Tempeln Bestattungsmusik, die Gesänge und Trauerlieder, die seit nunmehr zehn Tagen und zehn Nächten unablässig erklangen. Ich hörte, wie die Namen der frisch Verstorbenen der Tradition entsprechend zweimal von den Priestern gerufen wurden. »Sieben Rohr Schwimmblüte... Aaaiijj! Sieben Rohr Schwimmblüte...« Dann das Wehklagen einer Frau, wahrscheinlich der Mutter des Mädchens, das sich schaurig anhörte. Der Nachtwind trug nicht nur

die Klagen, sondern auch die Dämpfe schwelenden Copalharzes herüber, das für die Dahingeschiedenen verbrannt wurde. Die Totentrommeln dröhnten, und Flöten und Trompeten schmetterten ihren Jammer hinaus.

»Dame Mond, ich denke an nichts anderes als an Dame Mond«, sagte ich laut und hielt mir die Ohren zu.

Plötzlich sah ich aus einem nahegelegenen Gehölz eine Gestalt hervortreten, so groß und so gespenstisch, daß ich mich unwillkürlich ein paar Schritte ins Haus zurückzog, als sie auf mich zugewankt kam und langsam flehend die Hände hob. Ich machte das Zeichen zur Abwehr des Bösen, als ich in der Gestalt Moju erkannte.

»Ach, meine Freundin«, rief ich, lief zu ihr und legte den Arm um sie, damit sie nicht hinfiel. Ihre Haut glühte. Ich sah ein blaues Mal an ihrer Kehle und zwei weitere an der Schulter. Sie war zum Sterben zurückgekommen.

Ich schaffte es, sie bis zu meiner Matte zu geleiten, und reichte ihr Wasser; ich dachte an den Durst des Gottes und hoffte, ihn mit Wasser zu beschwichtigen. Moju konnte jedoch nur wenig schlukken. Ich tupfte ihr das Gesicht ab, als plötzlich jemand mit einer Fackel in der Hand an meiner Tür auftauchte.

»Tochter, bist du das?« rief Dame Iztac, ohne indes näher zu treten. »Ich meinte, dich gesehen zu haben, als du aus dem Gehölz herauskamst. Warum bist du dort gewesen?«

»Ich bin nicht draußen gewesen«, erklärte ich ihr und trat an die Tür. »Du hast Moju gesehen. Wir sind ja ungefähr gleich groß, wie du weißt. Sie ist zurückgekommen.«

»Zurückgekommen?« Zornig wollte Dame Iztac näher treten, doch dann hielt sie inne. Im Licht der flackernden Fackel sah ich geronnenes Blut auf ihrer Wange und an ihrem Hals; zur Buße hatte sie sich selbst mit Dornen durchbohrt und gebetet. »Schick sie augenblicklich wieder fort!«

»Nein, das geht nicht. Sie ist zum Sterben zurückgekommen.«

»Zum Sterben? Ist sie etwa eine von den Blauen?«

»Ja. Ich denke, morgen wird er sie töten. Vielleicht aber auch erst übermorgen.«

Stumm stand Dame Iztac da, sah mich an, hörte die Bestattungsmusik und das Rufen der Namen. Schließlich sagte sie: »Sag mir, wenn sie dahingegangen ist. Ich werde für ein Begräbnis sorgen. Ich weiß, sie ist dir ans Herz gewachsen.«

»Meine Mutter ist gütig.«

Mit erhobener Fackel wandte sie sich zum Gehen und glitt durch die Schatten. Ihre Stimme und das, was sie gesagt hatte, klangen anders, als ich es erwartet hatte. Dame Iztac hatte nicht zornig, sondern unerwartet traurig gewirkt. Ein Ausdruck der Vergeblichkeit? Hatte sie alle Hoffnung fahrenlassen? Ich vermochte mich nicht zu entscheiden, und das Rätsel beunruhigte mich, während ich die ganze Nacht hindurch neben Moju wachte und darauf wartete, daß der Gott sie tötete; ich hoffte, daß er es gnädig schnell tat. Aber er kostete seine Freuden genüßlich aus.

Am Morgen des nächsten Tages, als Moju kaum noch lebte, ging ich hinaus, um die Wasserkalebassen zu füllen. Es war der letzte Tag des Jahres, und die Bestattungsriten wurden so lange ausgesetzt, daß die Leute Gelegenheit hatten, ausreichend Vorräte für die Unglücklichen Tage zusammenzutragen, die morgen begannen. Ich war erst ein kurzes Stück auf dem Weg zum Brunnen gegangen, als ich zu meiner Überraschung Dame Iztac unter dem Baum stehen sah, an dem sie bei günstigerem Wetter ihren Webrahmen aufzuhängen pflegte. Sie redete mit einem Mann, einem Fremden, der mir den Rücken zukehrte. Merkwürdig, denn ihre eigenen Sklaven hatte sie doch aus dem Haus getrieben und Freunde gewarnt, nicht näher als bis auf zwei Bogenschüsse an ihre Tür heranzukommen. Dann drehte der Mann sich halb um, und ich erkannte den Urwaldhändler Falke, den Einäugigen aus Xacalanco.

Ich setzte meinen Weg bis zum Brunnen fort, ohne daß sie mich bemerkten. Was für Schätze Falke ihr wohl anbot, daß er es geschafft hatte, Dame Iztac aus dem Haus herauszulocken? Und wer behütete meinen Bruder, da doch jetzt keine Sklavin mehr da war? Sonderbar war auch, daß Falke am letzten Tag des Jahres seinen Geschäften nachging wie sonst. Wenige Minuten später, als ich mit den gefüllten Kalebassen wieder vorüberkam, stand niemand mehr unter dem Baum. In Gedanken vornehmlich mit Moju beschäftigt, ging ich davon aus, daß sie ihren Handel abgeschlossen hätten, und dachte nicht weiter darüber nach.

Moju starb am Nachmittag dieses Tages und glitt so lautlos durch den Schmalen Durchgang, daß ich es erst merkte, als mir auffiel, wie glasig ihre Augen aussahen. Rasch stellte ich eine Schale mit Kräutern und Wasser neben die Matte, auf der sie lag; damit das Haus vor dem Bösen beschützt wurde. Dann ging ich schweren Herzens zu Dame Iztac.

Ich hielt mich in sicherer Entfernung und verkündete ihr die Neuigkeit. »Soll ich Sklaven rufen, um sie forttragen zu lassen?« fragte ich.

»Nein.« Dame Iztac antwortete aus der Tiefe des Hauses heraus. »Geh zurück und wache bei ihr. Ich habe alles in die Wege geleitet.« Sie schien lange zu zögern, so lange, daß ich mich bereits zum Gehen wandte, als sie wieder sprach. »Überlaß dich nicht zu sehr deinem Kummer, Tochter.«

»Ich bin ja gar nicht traurig.« Das war zwar eine Lüge, doch was hätte ich sonst sagen sollen?

»Wir suchen uns unser Schicksal nicht aus. Wir folgen nur dem Kaninchen, das uns leitet.«

Sie schien richtig gerührt von diesem erbaulichen Gedanken. Selbstverständlich hatte sie allen Grund, erregt zu sein – die gefleckten Götter, die Unglücklichen Tage, die Klagen der Trauernden.

Ich kehrte zurück, um neben Mojus Leichnam zu wachen. Um nicht ständig darüber nachzudenken, wie gut sie zu mir gewesen war, bemühte ich mich, Gebete in der Maya-Sprache zu erfinden und zu sprechen; überrascht stellte ich fest, wie viele Wörter ich kannte.

Ich wurde immer unruhiger. Warum kamen keine Träger, um Mojus Leichnam abzuholen? Dreimal trat ich an die Tür, um nachzusehen; gleichzeitig machte ich mir Vorwürfe, ungeduldig und rastlos zu sein.

Endlich, im schwindenden Licht der Ersten Wache der Nacht, kamen zwei schwarzbraune, untersetzte Männer, die ich noch nie gesehen hatte. Einer von ihnen trug eine aus jungen Weidenruten und Hirschlederriemen geflochtene Tragbahre, der jeder Schmuck fehlte; von den Stangen, die das Gerüst bildeten, hingen keine Totenschleifen herab, und Blütengirlanden fehlten völlig. Sie hät-

ten auch gekommen sein können, um einen Tierkadaver fortzuschaffen.
»Wer seid ihr?« fragte ich und trat rasch nach draußen, als sie sich der Tür näherten. Ihr Aussehen gefiel mir ganz und gar nicht, und jetzt erkannte ich auch noch, daß sie nicht die Brustschilde des Herrn der Unterwelt trugen. Dame Iztac hatte ganz gewöhnliche Sklaven geschickt, dachte ich verärgert, keine für den Dienst an den Toten. »Welche Abzeichen tragt ihr? Ihr könntet den Leichnam besudeln.«
»Wo ist das tote Mädchen? Zeigt sie uns! Wir haben keine Zeit zu verlieren. Noch vier weitere Tote warten heute abend auf uns.«
Mit einer Handbewegung forderte ich sie auf, ins Haus hineinzugehen, folgte ihnen aber nicht. Ich war in der Dunkelheit und vor allem auf so engem Raum Fremden gegenüber mißtrauisch. Deshalb wartete ich draußen im Freien in sicherer Entfernung vor der Tür und ließ mir die Maya-Gebete, die ich verfaßt hatte, durch den Kopf gehen.
Einer der Männer rief laut: »Was ist das? Atem auf meiner Hand! Ich spüre Atem auf meiner Hand!«
»Sie lebt ja noch!« rief der andere. »Das Mädchen lebt. Rasch, reicht ihr Wasser!«
»Sie lebt?« Ich war überzeugt gewesen, daß Moju nicht mehr geatmet hatte, doch offensichtlich hatte ich mich getäuscht. Das passiert bei den gefleckten Göttern; die Opfer scheinen tot wie ein Stein, und dann werden sie wieder lebendig und haben sogar Hunger.
»Moju!« rief ich und sprang durch die Tür in das unbeleuchtete Haus, begierig, ihren Atem selbst an meiner Wange zu spüren.
Kraftvolle Hände packten mich von hinten und hielten mir die Arme fest. Als ich um Hilfe rufen wollte, stopften sie mir einen Knebel in den Mund. Ich trat um mich und wehrte mich, versuchte vergebens, zu kratzen und zu beißen, denn meine Hände waren mit einer Schnur gefesselt. Ein hirschlederner Sack wurde mir über Kopf und Schultern gestülpt und an der Hüfte fest zugebunden. Es gelang mir, den Mann zu treten, der den Knoten zuzog. Meine Ferse traf ihn in die Weichteile, und er jaulte vor Schmerzen auf. Dann wurde ich zu Boden geworfen und so lange

gefesselt, bis ich hilflos dalag wie ein bratfertig dressierter Truthahn und fast erstickte. Dann rollten sie mich auf die Tragbahre und banden mich darauf fest.

Ich gab es auf, mich zu wehren, war viel zu benommen, um nachzudenken, würgte, weil mir vom Gestank des frischen Hirschleders übel war und ich Angst hatte, an dem schrecklichen Lederknebel zu ersticken. Ein heftiger Schlag traf meine Rippen und raubte mir den letzten Atem – der Mann, den ich getreten hatte, nahm Rache. Danach hörte ich ein Geräusch, als ob etwas fortgeschleift würde, dann herrschte Schweigen.

Ich war sicher, daß meine Angreifer fortgegangen waren und Mojus Leichnam mitgenommen hatten. Allmählich wurde mir klar, daß sie die ganze Zeit über tot gewesen war. Mit einem gemeinen, einfachen Trick hatte man mich ins Haus gelockt. Doch wozu hatten sie jetzt ihre Leiche fortgeschleift? Und wieso hatten sie mich hier zurückgelassen, wo Herr Lanzenträger oder Dame Iztac mich früher oder später finden mußten?

Doch wann? Panik packte mich, die Angst davor, an Hunger oder Durst zu sterben oder zu ersticken.

Nach einer Weile wurde ich ruhiger. Ich wollte die Finger bewegen, um mich zu vergewissern, daß ich wirklich noch lebte, doch meine gefesselten Hände waren ganz taub geworden, und die Finger wollten mir nicht gehorchen. So drehte ich statt dessen den Kopf hin und her, versuchte, den Lederknebel durchzubeißen, bis meine Kräfte erschöpft waren und ich nach Atem rang.

Dann hörte ich aus dem Haus von Herrn Lanzenträger das feierliche Gedröhn einer Trommel. Gleichzeitig ertönte gedämpft, aber unverkennbar die klare, kräftige Stimme von Dame Iztac, die die förmliche Totenklage anstimmte. »Mein Kind! Mein Kind! Mein Schatz ist mir genommen worden! Ach, mögen die Götter teilhaben an meinem Schmerz!«

Ihr Kind tot? Ich strengte meinen benommenen Geist an, um das zu verstehen. Mein Bruder mußte heute nachmittag völlig unerwartet gestorben sein – der gefleckte Gott hatte ihn geholt. Vielleicht aber waren auch die Männer, die mich gepackt und gefesselt hatten, in das Haus meiner Mutter eingedrungen und hatten ihn in seiner Wiege erschlagen. Ja, so mußte es gewesen

sein. Ich versuchte zu schreien, doch der Knebel hinderte mich daran.
Wieder ließ sich Dame Iztac vernehmen, stimmte abermals die Totenklage für ein verlorenes Kind an, diesmal freilich mit anderen Worten. »Sie ist dahingegangen, ist dahingegangen! Meine Blume, mein blühender Zweig verdorrt durch den Tod. Ach, meine Tochter! Ce Malinalli! Ce Malinalli!«
Nicht der Name meines Bruders, sondern meiner. Aber ich war doch gar nicht tot! Meine Lippen bewegten sich, bemühten sich, Worte zu formen, zu rufen, daß das nicht stimme. Warum betrauerte sie mich und verkündete der Welt, daß der gefleckte Gott ihre Tochter genommen hatte?
Es hämmerte unerträglich in meinem Kopf. Ich gab den Versuch auf zu verstehen, kämpfte nicht mehr mit den Riemen, die mir in Fuß- und Handgelenke schnitten, schloß die Augen und hoffte, daß der Schmerz verging. Ich wartete auf die Erlösung durch den Tod.

Irgendwann während der Wachen der Nacht – wie ich annehme, in der dunkelsten Dunkelheit, nachdem Dame Mond geflohen war – wurde die Tragbahre, auf der ich festgebunden war, in die Höhe gehoben und aus dem Haus in den Wald getragen. Auf dieser kurzen Strecke erfuhr ich, was es heißt, eine Leiche zu sein, völlig ohnmächtig dazuliegen, in Totenriemen eingezwängt, blind wie im dunklen Grab. Hätte ich nichts gehört, ich wäre bestimmt vor Grauen gestorben. In diesen Stunden lebte ich von Geräuschen.
Die Männer gingen alles andere als behutsam mit der Tragbahre um und waren außerdem so schweigsam, daß man hätte meinen können, sie wären Erdungeheuer oder Lehmmenschen. Doch während wir uns durch die Nacht bewegten, schnatterten und kreischten Affen, so wußte ich, daß ich über einen Waldweg getragen wurde, der freilich nicht weit genug von der Siedlung entfernt war, als daß ich Totentrommeln und Hörnerklang vom Tempel nicht mehr gehört hätte.
Plötzlich gingen meine Füße in die Höhe und senkte sich mein Kopf nach unten. Es ging ein paar sehr steile Stufen hinan. Dann stellten die Träger die Tragbahre ab, und ich spürte die kalte

Feuchtigkeit von Steinplatten unter den Riemen und der Matte. Ein Grab, dachte ich. Jetzt werden sie Grabgottheiten, den Krug mit Maiskernen und ein Stück Jade zurücklassen und den Zugang für immer versiegeln.

Statt dessen ließen sie mich einfach stehen, offenbar weil sie meinten, der Leichnam könne noch eine Weile warten; weglaufen konnte er schließlich nicht.

Ich war immer noch nah genug zum großen Tempel, um schwach aus der Ferne die Bestattungsriten zu hören. Ich erkannte den Namen eines Nachbarn, der betrauert wurde; später kamen die Trauerfeierlichkeiten für ein kleines Mädchen, das ich kannte, die Nichte des toten Kaziken. So war es dann nicht überraschend, als ich bald danach hörte, wie mein eigener Name ausgerufen wurde. Schwach vernahm ich die Abschiedweise der Priester für Ce Malinalli, Tochter von Dame Iztac, die der gefleckte Gott dahingerafft hatte. Im Geiste schloß ich mich dem Lied an, einem Gebet darum, daß meine Überfahrt leicht vonstatten gehen und der Todeszweig, den ich trug, im grünen Himmel viele Blüten treiben möge. Laß dieses Mädchen tot sein, dachte ich. Sie war ein unglückliches Geschöpf; es ist schon am besten, sich ihrer zu entledigen. Dann sank ich in Halbschlaf und wußte nichts mehr.

Mein Gefängnis während dieser Nacht und der ganzen nächsten Tage war, wie ich später feststellte, ein Tempel gleich am Rande der Stadt, genannt Männerhaus, ein kleines Heiligtum, das während bestimmter Feste für die Männer ein Ort der Läuterung war. Hier mußte der Bräutigam die Frühen Nächte verbringen. Daß ich mich als weibliches Wesen in diesem Heiligtum aufhielt, war eine Schande, nur hatten mich Männer hergebracht, die offensichtlich gottlos waren. Der Fluch der Herren der Dunkelheit mußte sie treffen, nicht mich.

Gottlos und trotzdem abergläubisch. Nicht einmal sie wagten es, am ersten der Unglücklichen Tage unterwegs zu sein; aus diesem Grunde lag ich, wie ein Tierkadaver abgestellt, an einem Ort, wohin sich vor Beginn des neuen Jahres kein Mensch wagen würde.

Irgendwann am nächsten Morgen hörte ich leise Schritte näher kommen; Hände machten sich an den Schnüren zu schaffen, mit denen der abscheuliche Sack zugebunden war, und zogen ihn ab. Trotz des Dämmerlichts im Tempel lag ich wie geblendet da. Schließlich begriff ich, daß ich einem der Männer ins Gesicht sah, die mich am Abend zuvor ergriffen hatten. Er hatte eine breite, platte Nase und Lippen, die so dick waren wie die einer olmekischen Statue. Den Schädel mußte man ihm schon als Kleinkind mit Stöcken zusammengepreßt haben, denn er war verlängert und sah fast aus wie ein Flaschenkürbis.

»Kannst du mich verstehen?« fragte er mit schwerem Akzent. Ich nickte. »Ich werde dir jetzt den Knebel aus dem Mund nehmen und dir Wasser reichen. Aber hör gut zu! Siehst du dieses Messer?« Er hielt mir einen schrecklich schartigen Quarzdolch vor die Augen. »Den setz ich dir an die Kehle, mein Truthähnchen! Und dein erster Koller wird auch dein letzter sein. Bleib also mucksmäuschenstill, sonst ... chrchrchr!« Er machte ein unmißverständliches Geräusch, zog mir dann den Knebel heraus, und ich holte gierig Luft, ehe ich das Wasser trank, das er mir hinhielt.

Selbst wenn er mir das Messer nicht an die Kehle gesetzt hätte, ich hätte weder schreien noch sprechen können. Meine Stimme hatte mich verlassen und sollte erst nach einigen Tagen wiederkommen. Das Wasser bekam ich zwar herunter, doch für die Speisebrocken, die er mir anbot, wollte sich mein Schlund nicht öffnen. Als ich sie wieder ausspuckte, schüttelte er über diese Verschwendung den Kopf, hob sie auf und verspeiste sie mit großem Appetit, das heißt, er kaute sie mit den wenigen ihm verbliebenen Zähnen langsam durch.

Meine Lippen formten eine Frage: »Wer bist du?«

Er legte einen dicken Finger vor den Mund, um mir zu verstehen zu geben, daß er nicht antworten wolle. Als er mir eines meiner Beine losband, ging er dabei so vorsichtig zu Werke, als wäre ich ein Jaguar, der ihm ins Netz gegangen war; durch Gesten gab er mir zu verstehen, ich solle das Bein bewegen. Wie mit tausend Nadeln stechend, schoß das Blut hinein. Jedes Glied wurde genauso behandelt, dann wurde es wieder festgebunden. Als letztes steckte er mir den Knebel in den Mund. Ich leistete keinerlei Widerstand; dazu hatte ich gar keine Kraft. Ich nahm an, nun würde er mich verlassen, doch hatte er anderes im Sinn. Als sie mich packten, hatte ich nur einen dünnen baumwollenen Überwurf angehabt, der so in Fetzen gegangen war, daß ich nun fast nackt dalag. Darüber hatte ich nicht nachgedacht; ich hatte an Wichtigeres zu denken als an meine Sittsamkeit. Doch jetzt, da er neben mir hockte und seine Augen über meinen Leib wandern ließ, machte meine Blöße mir angst. Genauso wie die Schnüre und der Knebel war sie Teil meiner Hilflosigkeit, der Demütigung, die mir widerfuhr. Er sah, wie ich die Schenkel zusammenpreßte und versuchte, meine Brüste flach zu machen, und schüttelte den Kopf.

»Aber nicht doch, du bist nicht für einen armen Mann wie mich gemacht. Nicht ich, sondern irgendein reicher Herr wird dein Trommelfell durchstechen und in den Himmel eintreten.« Schicksalergeben seufzte er auf. »Allerdings werde ich mir nehmen, was ich bekommen kann, solange sich mir die Gelegenheit bietet.«

Mit diesen Worten beugte er sich über mich und biß mir langsam und fast traurig erst in die eine, dann in die andere Brustwarze. Ich spürte seine zahnlosen Kiefer, und ein Schauder durchlief mich. Lange saß er schweigend da und betrachtete mich; er schien wie gebannt, doch Freude machte ihm das Ganze offenbar nicht. Eine Fliege landete auf meiner Hüfte, krabbelte über meinen nackten Schenkel auf den Hügel über meinem Vordereingang zu. So gut ich konnte, bewegte ich mich, um sie zu verscheuchen, doch konnte ich der Fliege genausowenig widerstehen wie diesem Mann. Aufmerksam, aber ohne zu lächeln, verfolgte er den Weg des kleinen Geschöpfes, dann murmelte er leise: »Die Fliege weiß, wo der Honig ist.«

Dann zog er mir die Sandalen aus, begann an meinen Fußsohlen, schob mit quälender Langsamkeit Lippen und Zunge über meinen Körper und ließ nicht eine Pore unberührt. Er arbeitete überaus sorgfältig, doch ohne das geringste Anzeichen von Leidenschaft, kaute und leckte, während sich mir vor Ekel der Magen verkrampfte.

Jahre später lag ich eines Nachts im Dschungel und erwachte voller Entsetzen, als mir eine Tarantel über die Brust kroch; ihre zehn behaarten Beine waren sanft wie Federn. Hinterher, als ich bereits außer Gefahr war, aber immer noch erschauerte, fielen mir die sanften Berührungen von Zunge und Lippen des Olmeken im Männerhaus wieder ein. Es war das gleiche Gefühl.

Ich werde diesen Mann umbringen, dachte ich. *Seine Todesqualen werden genauso in die Länge gezogen wie jetzt meine.*

Als er nach einer Ewigkeit von seiner freudlosen Schwerarbeit abließ, streifte er mir sorgfältig wieder die Sandalen über, deckte mich mit einem Stück dünnen Tuchs zu und ging. Noch lange, nachdem er gegangen war, fühlte ich seine feuchten Lippen an meiner Kehle und spürte, wie seine Zunge mir über die Augenlider leckte. Ganz allmählich dämmerte mir, was es bedeutete, Sklavin zu sein. Diese Vergewaltigung war die erste, aber nicht die letzte, die mir widerfuhr. Andere Erfahrungen würden zweifellos schmerzlicher sein als diese; aber etwas Abstoßenderes konnte ich mir nicht vorstellen.

Ich konnte immer noch nicht klar denken, konnte nicht einmal das erkennen, was doch auf der Hand lag – daß Dame Iztac sich mit dem Händler Falke verschworen hatte, um mich zu entführen, und daß die in rote Bestattungsgewänder gekleidete Leiche Mojus als meine ausgegeben worden war. Mir war immer noch nicht klar, daß ich in Painala als tot betrauert wurde.

Gleichwohl wußte ich vom ersten Tag an, daß mir irgendeine Art von Sklaverei bevorstand. Um zu überleben, mußte ich lernen, mich unterzuordnen, egal, wie unnatürlich und entwürdigend das schien. Für mich war Falke mein erster Herr; sein Gesicht mit der auffallenden Augenbinde wurde in meinen Gedanken riesengroß. Wenn er Macht über mich besaß – gut, ich würde nachgeben, ohne daß man mich zerbrach. Ich würde mich unterwerfen, bis der Tag kam, an dem ich ihm die Kehle durchschneiden konnte.

Dritter Teil

Die Götter

9 Ciudad de México – Himmelfahrt – 2. Mai A.D. 1564

Ein Spitzel arbeitet für mich, eine Aztekin, die genauso alt ist wie ich und im Palast des Vizekönigs die Nachtgeschirre leert und scheuert. Niemand ahnt, daß sie Spanisch versteht und deshalb Geheimnisse mitbekommt. Vor drei Tagen haben wir uns an einem Kanal getroffen, wo die Frauen zusammenkommen, um Wäsche zu waschen und zu klatschen. Da sie keinen Zahn mehr im Mund hat, sprüht es, wenn sie spricht; binnen fünf Minuten war mein linkes Ohr voll Speichel.

»Diener und Anhänger der Gebrüder Avila haben unter der Folter gestanden«, vertraute sie mir an. »Sie haben einen Aufstand geplant, um ein neues Königreich zu gründen, Martin Cortés, der Marqués del Valle, sollte unser König werden.« Als sie mich aufseufzen hörte, fügte sie mürrisch hinzu: »Warum nicht? Er ist der Sohn von Gefiederter Schlange.«

»Und was ist mit dem anderen Sohn von Gefiederter Schlange?« fragte ich mit gespielter Beiläufigkeit. Sie argwöhnt nicht, wer ich bin, kennt also nicht mein besonderes Interesse.

»Der Bastard hat nichts gesagt. Sie sagen, wenn der Aufstand gelungen wäre, würde er heute ein großer Edelmann sein, ein Herzog vielleicht. Neben dem König sollte ein Rat das neue Königreich regieren. Söhne und Enkel der Spanier, die mit Gefiederter Schlange gekommen sind. Und außerdem die Nachkommen der alten Herrscher, aztekische Fürsten.«

Jawohl, dachte ich ingrimmig. Die hätten dann Botengänge machen und Wein ausschenken dürfen. Was die Gebrüder Avila betrifft, so gebe ich mich keinerlei Illusionen hin; sie und ihresgleichen würden Macht nie mit anderen teilen. Schließlich kannte ich ihre Väter, Männer, die kaum bereit waren, bei einem Fest auch nur etwas von ihrem Truthahnbraten abzugeben.

Gestern haben die Alte und ich uns an einem anderen Ort noch einmal getroffen. Ihr Bericht hatte zwar nicht viel zu bedeuten, war aber angenehm. Die Hämorrhoiden des Vizekönigs – er behauptet natürlich, sich wundgeritten zu haben – sind akut entzündet. Sein Arzt hat ihm Packungen aus Eis verordnet, das jetzt Tag für Tag von den Vulkanen heruntergebracht wird. Sobald die Eiskompressen an den vizeköniglichen After gehalten werden, heulen Seine Exzellenz auf wie ein Kojote. Der Blutstein, den ich mit einem Fluch besprochen und hinterm Altar versteckt habe, tut also bereits seine Wirkung.

Aber was geschieht im Verlies, wo Gefangene noch lauter schreien als der Vizekönig? Ob Tepi der »peinlichen Frage« unterworfen worden ist, wie sie das nennen? Ich stelle mir meinen Sohn vor, wie bei ihm ein Seil um Arm oder Bein oder – was Gott verhüten möge! – um den Kopf langsam immer fester zugezogen wird. Ein Seil ist ein so einfaches und doch so wirksames Folterinstrument! Was braucht man da noch Folterleitern und weißglühende Zangen? Ein Seil und ein Stock zum Zudrehen reichen durchaus.

Es bringt nichts, sich diese Szenen vorzustellen, und wenn ich wach bin, kann ich sie auch verdrängen. Aber wenn ich schlafe, bin ich hilflos. Heute nacht trat mein Herr, der *capitán*, zu mir ans Bett. Ich kniete, doch nicht in meiner Kammer, sondern unter den Ruinen von Tenochtitlan, und hielt ihm Tepi, meinen soeben geborenen Sohn, entgegen.

»Euer Sohn, Gebieter. Heil und gesund.«

Er jedoch runzelte die Stirn. »Wirst du ihn beschützen, wenn ich nicht mehr bin?«

Zitternd wachte ich auf. Was mich erfüllte, war die Panik der hilflosen alten Leute. »Was kann ich tun?« Keine Antwort kam aus dem Dunkel. Weder mein Herr noch irgendein anderer Gott sprach; ich wäre fast in Tränen ausgebrochen und verfluchte mich ob meiner Schwäche.

Vor kurzem haben sie an der Stelle, wo früher ein alter aztekischer Markt war, einen hübschen Park angelegt, der wohl sehr einladend sein wird, wenn aus den Bäumchen erst einmal Schattenbäume geworden sind. Heute morgen bin ich hingegangen, um einem vom Heiligen Offizium veranstalteten Autodafé beizuwohnen. Die Inquisitoren überantworteten neun Menschen dem Scheiterhaufen, einen lebendig, die anderen acht frisch von der Garrotte

erwürgt. Sechzig weitere Verurteilte wurden ausgepeitscht, mit Knüppeln zusammengeschlagen und von Pferden durch den Staub geschleift.
Ich fand das Ganze nicht besonders beeindruckend. In meiner Kindheit hätte fast jeder kleine Ort ein erregenderes Schauspiel bieten können. Solche Schaustellungen wurden öffentliche Opferungen genannt; wir wurden belehrt, daß sie sehr, sehr böse waren. Heute wohnten wir einer öffentlichen Läuterung bei – sehr heilig. Für die Opfer bestand selbstverständlich nicht der geringste Unterschied, und für mich haben sich eigentlich nur das Ausmaß des Ganzen sowie die Kostüme verändert. Aber ich bin keine Gottesgelehrte.
Ich hätte auch heute nicht teilgenommen, wäre ich nicht von der Angst erfüllt gewesen, man könnte Tepi und sogar Herrn Martin, in schwarze *sanbenitos* gekleidet, den Flammen überantworten, denn Verrat am König ist auch ein Vergehen an Gott. Am meisten fürchtete ich, daß die Inquisitoren, um irgendwelches Aufsehen zu vermeiden, die beiden anonym zu Tode bringen könnten. Wer kann schon einen Verurteilten in diesen allesverhüllenden Sterbehemden, die sie nach dem heiligen Benedikt *sanbenitos* nennen, erkennen. Ich mußte es mit eigenen Augen sehen.
Gestern feilschte ich mit einem ungehobelten Spanier, der auf die Scheiterhaufen an der Ecke des Parks hinausgehende Balkone und Stehplätze auf den Dächern vermietet. »Dieser Balkon ist geradezu ideal«, versicherte er mir. »So nahe, daß Ihr praktisch in die Flammen spucken könnt, und doch trägt der Wind den Rauch in die andere Richtung. Und außerdem ganz nahe beim Richterpodest.«
Da ich im Nonnenhabit gekommen war, fügte er noch hinzu: »Als Nonne habt Ihr selbstverständlich Anrecht darauf, daß ich Euch im Preis entgegenkomme, Ehrwürdige Mutter. Die Hälfte des regulären Preises, und für Stuhlkissen wird nichts extra berechnet.«
Anschließend versuchte er, mich um das Doppelte des normalen Preises zu schröpfen, woraufhin ich ihn bedrohte.
Dame Maria Monica, die Mutter Oberin des Klosters, in dem ich wohne, hat meine Einladung auf einen besonders guten Platz mit Freuden angenommen.
»Dann sorge ich für das Mittagessen«, sagte sie. »Gebratene Tauben

und einen Krug Wein, den mein Bruder, der Bischof, aus Cádiz geschickt hat.« Sie kann keine zwei Sätze sagen, ohne einzuflechten, daß ihr Bruder Bischof ist.
Ihr rosiges Näschen zitterte vor Erwartungsfreude. »Das wird ein wunderbarer Tag! Nur vergeßt nicht, *sera* Xamarillo, die Frühmesse mit uns zu feiern.« Sie hat besondere Pläne für das Himmelfahrtsfest in der Klosterkirche, die auch der Öffentlichkeit zugänglich ist. Irgendeine Art von Schauspiel.
Den größten Teil der Nacht lag ich wach; wieder quälte mich der Gedanke, was in den Gefängnissen vorgehen mochte, die das Heilige Offizium sich geliehen hat, um seine unglückseligen Gäste darin unterzubringen. Ob Herrn Martin und Tepi gerade in diesem Augenblick Maß für die Totengewänder genommen wurde? Zwar bezweifelte ich das, aber...
Endlich schlief ich ein, doch kaum hatte ich die Augen geschlossen, da wurde das Kloster vom Krach einstürzenden Mauerwerks geweckt. Ein Erdbeben, dachte ich und sprang zur Tür. Doch dann hörte ich auf dem Flur Dame Maria Monica schreien – aus Leibeskräften zwar, aber nicht aus Angst, sondern vor Wut. Doch kein Erdbeben! Die Rufe hallten im steinernen Treppenhaus wider.
»Ach, ihr indianischen Teufel!« rief sie. »Unholde! Ketzer!«
Dann ging ihre Stimme, die aus der der Öffentlichkeit zugänglichen Kirche kam, in einen langgezogenen Klageschrei über. Eine Dienerin, die vor mir den Kircheneingang erreicht hatte, drehte sich um und sagte: »Nur ein Stück Dach, das eingestürzt ist. Nichts Ernsthaftes.«
Ich kehrte ins Bett zurück und wünschte bald, das ganze Gebäude würde über der Mutter Oberin zusammenstürzen, bloß um sie mit ihren Klagen zum Schweigen zu bringen.
Bei der Frühmesse erfuhr ich, was geschehen war. Die Kirche war ohne die übliche, von Fenstern durchbrochene Kuppel überm Altar gebaut. Da heute Auferstehung ist, wollte Dame Maria Monica der Sitte folgen, eine Christusstatue an einem Seil in die Höhe und durch das Dach ins Freie zu ziehen.
Da jedoch in der Höhe kein Fenster vorhanden war, hatte sie angeordnet, ein Loch ins Dach zu brechen; nur handelte es sich bei

den Arbeitern um aztekische Steinmetze, die im Grunde von der spanischen Baukunst nichts verstehen und keine Ahnung haben, was Bogen stützen. Infolgedessen stürzte ein Teil des Gewölbes ein. Ein geringer Preis dafür, Gott in den Himmel auffahren zu sehen.

Die Statue stand auf einem besonderen Sockel vor dem Altar, und das Seil, welches das Wunder vollbringen sollte, war passend zu den Vorhängen dahinter magentarot eingefärbt. Da Dame Maria Monica hatte verbreiten lassen, Jesus werde heute fliegen, war die Kirche gedrängt voll mit allen möglichen Leuten – Tlaxcaler Adlige in abgelegten spanischen Hüten, mixtekische Frauen, die nach Parfüm rochen, und Otomi-Männern, die einfach nur rochen. Sie alle warteten gespannt darauf, Zeuge eines Wunders zu werden, ehe sie sich zum Inquisitions-Karneval in den Park begaben.

Die menschlichen Ausdünstungen, die Gesänge und das Flackern der Kerzen benebelten meine Sinne und versetzten mich in einen Dämmerzustand, der kein richtiger Schlaf war. Deshalb war mir auch bewußt, daß ein alter Mann auf der anderen Seite des Seitenschiffs Gebete in der alten Sprache murmelte und den Herrn der Unterwelt und Gott des Todes, Mictlantecuhtli, anrief. Vielleicht lag es daran, daß ich diese Worte hörte, daß mir meine Sinne einen Streich spielten. Ich kann es nicht sagen. Ich weiß nur, was geschah.

Da mir die Lider immer schwerer wurden, war mir, als befände ich mich nicht in der Kirche, sondern an einem anderen dämmerigen, schattenerfüllten Ort. Die Mauern, falls es überhaupt Mauern waren, schwankten leicht hin und her, veränderten ihre Form und wurden schließlich zu Laub zwischen Ästen und Ranken von Schlinggewächsen.

Ein Mann wartete im Halbdunkel, eine verschwommene Gestalt, die meine Aufmerksamkeit gefangenhielt, obwohl ich das Gesicht nicht erkennen konnte. Ein Spanier? Er wirkte dunkler als ein Spanier, doch heller als ein Azteke. Irgendwie kannte ich seinen Gesichtsausdruck, ohne ihn zu sehen: ein Ausdruck von Resignation und gelassener Ruhe. Dennoch durchbohrten mich seine Augen und verurteilten mich. Ich konnte den Blick nicht abwen-

den; er hielt mich mit den Augen im Bann, wie eine Schlange ein Kaninchen, einfach kraft seines Willens.
Unversehens wurde der Mann von einer unsichtbaren Kraft in die Höhe gerissen. Dann sah ich den Strick um seinen Hals, eine blutbedeckte Schlinge, und ich wußte, daß sein langes Haar den Knoten des Henkerstricks verbarg. Geister strichen in der Nähe herum; ihr Stöhnen hallte in meinen Ohren. Ich sah, wie sein Körper zuckte und wie er mit den Beinen strampelte, als ihm die Luft abgedrückt wurde.
Langsam, Handbreit um Handbreit, wurde er in die Höhe gezogen, und als sein Kopf die Blätter erreichte, gesellte er sich zu anderen Gehenkten, die dort von den Ästen eines großen Baumes – einer Ceiba – herunterhingen. Der Baum stand allein auf einer Dschungellichtung: ein leichengeschmückter Kapokbaum.
Ich kannte den Mann, der da zuckend in der Schlinge hing. Ich erhob mich und schrie seinen Namen, schrie, als könnte meine Stimme ihn wieder ins Leben zurückbringen.
»Cuauhtemoc, Cuauhtemoc, Cuauhtemoc! Herr Fallender Adler!«
Zwei der Nonnen, die mein Entsetzen sahen, führten mich still zur Kirche heraus. Eine von ihnen tätschelte mir die Hand. »Eure Frömmigkeit gereicht Euch zur Ehre, Teuerste. Ihr habt ein behütetes Leben geführt und seid zu unschuldig, um diesem Wunder beizuwohnen.«

Cuauhtemoc war der letzte Herrscher der Azteken und der letzte Nachfolger des göttlichen Moctezuma, Erbe von Demütigungen und Gemetzel. *Fallender Adler.* Der Adler, das ist die Sonne, deren Abstieg die Nacht bringt; so erfüllte sein Name eine Prophezeiung, genauso wie der meine. Beide waren wir von Geburt an dem Untergang geweiht, nur in unterschiedlicher Weise.
Er verkörperte das Beste im Volk meiner Mutter und duldete weder bei sich noch bei anderen Schwäche. Als seine Stadt belagert wurde, verteidigte Fallender Adler sie mit solcher Tapferkeit, daß er das Leiden aller verlängerte, als längst jede Hoffnung verloren war. Zum Schluß hatte seine Standhaftigkeit etwas Selbstmörderisches und sein Stolz etwas Selbstquälerisches. Wie auch anders? Er war Azteke!

Nachdem die Stadt gefallen war, wurde er wie andere Edelleute mit Feuer gefoltert; die Geschundenen sollten das Versteck des Aztekenschatzes preisgeben, dieses riesigen Goldvorrates, der verschwunden war. Als die Flammen ihnen die Füße versengten, stöhnte der Fürst von Tacuba, der neben Fallender Adler angekettet stand, vor Schmerzen auf. Leise machte Fallender Adler ihm Vorwürfe: »Glaubst du etwa, ich stünde in einem Blumenbeet?«

Ich wartete in der Nähe, denn ich war beauftragt worden zu übersetzen, falls einer der Herren zusammenbrach und das Geheimnis preisgab. Doch kein Azteke redete. Die Spanier waren Narren, Fallenden Adler in der Nähe der anderen zu lassen. Welcher Azteke würde sich schon in seiner Gegenwart ergeben? Er lehrte sie, das Feuer zu verachten.

Ich sah, wie ihm der Schweiß übers Gesicht lief, ein einfaches Gesicht, in keiner Weise besonders schön oder heroisch; doch sein wortloses Dulden, sein übermenschlicher Mut bewirkten, daß das Blut meiner Mutter in mir sprach und mir vorwarf, an einer Gotteslästerung teilzunehmen. Fallender Adler war immer noch Verehrter Sprecher, von den Göttern erwählt. Ihn zu berühren, ja nur anzusehen war bereits sündhaft. Was ich jetzt sah, erfüllte mich mit Abscheu und Angst zugleich. Von Übelkeit wie auch von Scham erfüllt, wandte ich mich ab, dankbar, daß mein Herr, der *capitán*, dieser Folter nicht zugestimmt und sich geweigert hatte dabeizusein.

Ich sah steinerne Härte in Fallender Adlers Augen, ich las seine Gedanken; er würde nie reden. Sobald ich fort konnte, eilte ich zum Hauptquartier meines Gebieters und begab mich unangemeldet in seine Privatgemächer. Er lag auf einem Lager aus geflochtenem Schilf, schlief jedoch nicht, sondern starrte an die Decke.

»Da du hier bist, muß die Befragung zu Ende sein«, sagte er.

»Ja, mein Gebieter. Jetzt verbinden sie den Edelleuten die Füße.«

»Und was haben sie erfahren?«

»Nur, daß die Azteken Feuer aushalten können.«

»Selbstverständlich. Ich habe ihnen ja gesagt, daß es sinnlos ist. Fürsten mißhandelt man nicht – auch dann nicht, wenn sie

Gefangene sind. Wir sind Spanier, keine Mauren; wir haben Hochachtung vor edlem Blut.« Mit einem Seufzer ließ er den Kopf auf das Kissen zurückfallen. »Aber es wollte ja keiner auf mich hören.«

Gestern noch hatte er gejubelt, war er von überschäumender Lebensfreude erfüllt wie immer nach einem Sieg. Jetzt war alle Freude aus ihm gewichen, sah er verzweifelt aus.

»Ich konnte sie nicht abhalten. Ich kann unmöglich immer gegen alle sein. Und ich bin es leid, sie immer wieder von ihrer Gier abzulenken. Sollen sie sich doch wie die Schweine suhlen, wenn das ihrer Natur entspricht.«

Die Männer, die ihn mit ihrer Forderung, Fallenden Adler zu foltern, überstimmt hatten, verdankten ihm ihr Leben. Sie wollten nicht auf ihn hören, ihm nicht gehorchen. Diese Undankbaren! Er hätte sich auf die tlaxcalanischen Schwertkämpfer stützen und sich ihnen gegenüber durchsetzen sollen! Mein Gebieter brauchte bloß die Hand zu heben, und zehntausend Tlaxcalaner wären über jeden Spanier hergefallen, der es gewagt hätte, sich ihm zu widersetzen. Mit einem einzigen Wort hätte mein Gebieter, der *capitán* ...

Aber er tat es nicht.

Plötzlich befielen mich Zweifel, und ich musterte die unergründliche Miene meines Herrn. Sein schon immer hageres Gesicht sah nach dem langen Kampf um die Stadt noch ausgemergelter aus als sonst. Er war erschöpft; kein Wunder, daß er sich gegen das lautstarke Geschrei der Goldgierigen nicht durchsetzen konnte.

Trotzdem verriet mir das nichts; ich war unsicher geworden. Wenn er etwas gegen die Folter hatte, wenn er behauptete, daß sie, auf einen König angewandt, Sünde sei – hatte er dann nicht im Grunde immer gewußt, daß er schließlich nachgeben und zustimmen müsse? Hatte er die »peinliche Frage«, egal, wie seine Worte waren, hatte er sie *gewollt* – oder zumindest die möglichen Ergebnisse gewollt? Würde ich je hinter seine wahren Absichten kommen?

Wir kennen nicht einmal unsere eigenen tiefsten Wünsche, und ganz gewiß können wir unseren Mitmenschen nicht trauen. Um wieviel weniger können wir dann den Göttern und den Menschen

trauen, die ihnen ähneln? In dem Bewußtsein, daß ein Gott unergründlich ist, überwand ich meine Neugier.
Gleichwohl zwang ich mich zu sagen, was gesagt werden mußte. »Gebieter, heute nacht müßt ihr Herrn Fallender Adler töten. Solange er am Leben ist, schwebt Ihr – und mit Euch alle Spanier – in Gefahr.«
Ich hatte es gesagt. Ich hatte ihm das Undenkbare vorgeschlagen und mich daher mit noch mehr Schuld beladen als die Folterer. Es hätte mich nicht gewundert, wenn eine Schlange in den Raum geglitten wäre und mich mit einem Biß getötet hätte.
Mit einem sanften, beinahe traurigen Lächeln schüttelte er den Kopf. »Die Folter habe ich zwar nicht verhindern können. Aber was sein Leben betrifft, so habe ich ihm Gnade versprochen.«
Gnade! Dieses sinnlose Wort, das die Männer benutzen, wenn sie zwar wider ihre Pflicht handeln, sich aber dennoch tugendhaft fühlen möchten. In der alten Sprache kannten wir ein solches Wort nicht, denn die Vorstellung, Gesetze oder Konsequenzen außer acht zu lassen, ist nicht nur töricht, sondern frevelhaft.
Ich sprach zwar respektvoll, wich aber seinem Blick aus. »Ich weiß, es ist frevelhaft, was ich Euch dringend nahelege, mein Gebieter. Ich bin mir darüber im klaren, daß Ihr entsetzt seid und Euch abgestoßen fühlt. Trotzdem glaube ich mit ganzem Herzen, daß Fallender Adler sterben muß. Ich bitte Euch darum um Eurer eigenen Sicherheit willen.«
Nochmals schüttelte er den Kopf. »Nein. Niemals.«
Drei Jahre lang sollte nicht wieder an die Sache gerührt werden.

Im Oktober 1524 führte Hernán Cortés, gerade zum Generalkapitän und Gouverneur von Neuspanien ernannt, eine Strafexpedition gegen den Verräter Cristobal de Olid an, der in Honduras, einem Land ganz am Ende der Welt, gegen Cortés rebelliert hatte. Nie hatte eine Armee, ja selbst Kaufleute hatten kaum je versucht, diese schreckliche Reise über Land zu machen. Wir durchquerten hundert Flüsse, entweder an einer Furt oder mit einer Brücke, schlugen Pfade in den Dschungel, der dermaßen fieberverseucht war und in dem es so von Ungeheuern wimmelte, daß Männer, die eben noch gesund gewesen waren, am nächsten Tag tot umfielen.

Wir bezwangen Berge, an denen jeder Fels eine Obsidianklinge war, scharf wie ein spanisches Rasiermesser. Gelehrte Männer in Europa behaupteten hinterher, dies sei der unglaublichste Marsch in der gesamten Geschichte aller Heere gewesen. Sie behaupteten, nur Wahnsinnige oder Narren würden so etwas wagen. Jawohl. Das stimmt genau.

Warum dieser tödliche Gewaltmarsch durch die Moräste des Nirgendwo? Wir taten es, obwohl kein Mensch die Wahrheit ahnte, weil mein Herr, der *capitán*, wahnsinnig geworden war.

Sein Wahnsinn kam und ging wie Hitze– und Kälteanfälle bei der Malaria. Ich lernte ihn an kleinen Anzeichen erkennen – an der Art, wie er ein Augenlid hob, wie er die Lippen zusammenpreßte, an der Verkrampftheit seiner Finger. Andere schienen diese Veränderungen überhaupt nicht wahrzunehmen – vielleicht aber meinten sie auch, daß Wahnsinn einfach zum Wesen eines Gottes gehört.

Zu einem solchen Anfall kam es nach Beginn des christlichen neuen Jahres, als das Heer in Xical, der Dschungelstadt der Dritten Sonne, Station machte. Er schlief nachts im Haupttempel, eine Gewohnheit, von der er nie abließ, wenn er in eine ihm unbekannte Stadt kam. Manche Spanier tuschelten, das sei sehr klug von ihm, eine gerissene Taktik. Mir wollte es bloß angemessen erscheinen, daß er das Heiligtum für sich beanspruchte. Heute denke ich, daß wir alle recht hatten; dem Göttlichen in ihm stand der Tempel zu, aber seine menschliche Klugheit ließ es genauso geboten erscheinen.

Eines Nachts schlief ich neben dem Mann, dem er mich vor kurzem zur Ehefrau gegeben hatte, als ich von einem Soldaten geweckt wurde.

»Ihr sollt sofort zum *capitán* kommen.«

Der Tempel wurde von einer einzelnen Fackel erleuchtet; nur noch zwei Kerzen flackerten auf beiden Seiten eines groben, rasch zusammengeschlagenen Kreuzes, das auf dem Altar aufgestellt war, der bis vor wenigen Tagen Rauchendem Spiegel geweiht gewesen war. Obwohl sie geschrubbt und saubergekratzt worden war, stank es in der Kammer immer noch nach dem getrockneten Opferblut, ganz besonders heute in dieser feucht-heißen Nacht.

Obwohl der *capitán* im Schatten stand, erkannte ich sofort, daß der Wahn ihn gepackt hatte, so wie er das Haupt auf eine ganz bestimmte Weise geneigt hielt; diese Steifheit in den Schultern.
Neben dem Altar stand Coxtemexi, einer von mehreren abgesetzten Aztekenfürsten, die wir mitgenommen hatten, weil wir nicht wagten, sie zurückzulassen, wo sie zur Rebellion hätten anstiften können. Er hielt ein bemaltes Tuch in der Hand, eine illustrierte Anklageschrift, in der vier seiner Mit-Fürsten beschuldigt wurden, die Ermordung des *capitán* und seiner spanischen Offiziere geplant zu haben.
»Das ist Hochverrat, Malintzin«, erklärte er Cortés. »Und Fürst Fallender Adler steht an ihrer Spitze.«
Bei anderer Gelegenheit hätte mein Gebieter mich flüsternd gefragt: »Worüber sollten sie sonst reden? Hat je ein gestürzter Herrscher etwas anderes getan? Soll ich jetzt über etwas außer mir sein, das ganz natürlich ist? Handelt ein Jaguar unmoralisch, wenn er mich seine Tatzen spüren läßt?« Und er hätte leise in sich hineingelacht – und insgeheim Vorsichtsmaßnahmen getroffen.
In dieser Nacht jedoch sagte er mit merkwürdiger Stimme: »Ergreift sie alle und bringt sie nacheinander zu mir. Ich will sie verhören.«
Da wußte ich, daß Fallender Adler sterben würde, noch ehe die Nacht ging und wieder kam.
Was spielte es für eine Rolle, ob er unschuldig war oder schuldig – wer weiß das, und wen kümmert es? Er starb, weil ein Gott wahnsinnig geworden war und ein Opfer forderte. Ich wußte nur, daß ich traurig war; in dieser Nacht durchbohrte ich mit einem Dorn mein eigenes Fleisch – sowohl für den Gott wie für das Opfer.
Wenn der Tag anbricht, ist der Himmel in Xacalanco grün, denn die Wasser zu beiden Seiten der Stadt färben sich in der ersten Wache des Tages grün. Ich stand an diesem gespenstischen frühen Morgen neben einem Priester, der den Verurteilten die letzte Beichte abnehmen sollte. Fallender Adler wurde vor uns gebracht und gezwungen niederzuknien. Ich starrte auf ihn hinab – den letzten Verehrten Sprecher der Azteken, den Auserwählten Gottes – wie er da zu meinen Füßen kniete. Ich hätte den Triumph

auskosten sollen. Aber seine Erniedrigung hatte etwas Lästerliches und Sündhaftes.

Fallender Adler sprach ganz leise, doch statt eine christliche Beichte abzulegen, betete er zum Hüter des Schmalen Durchgangs. Ich sagte zu dem Priester: »Dies ist ein wahrer Gläubiger, der seine Sünden bereut und hofft, durch unseren Herrn gerettet zu werden.« Der Priester schlug das Kreuzeszeichen; er war fast zu Tränen gerührt über Fallenden Adlers Frömmigkeit angesichts des Todes.

Dann packten drei Soldaten Fallenden Adler und legten ihn mit dem Hals über einen Baumstamm. Ein anderer schlug ihm mit einer Streitaxt den Kopf ab. Dreimal mußte er zuschlagen. Nachdem der Kopf abgetrennt war, setzten sie diesen auf eine Astgabel des großen Ceiba-Baums und zogen die Leiche von Fallendem Adler an den Füßen in die Höhe, so daß der Kopflose kopfunter hing. Jeder Azteke, den ich hatte sterben sehen, schien im Vergleich mit ihm weniger Haltung gezeigt zu haben.

Dabei gab es an diesem Morgen nur noch ein anderes Opfer. Der erste, der an diesem Tag den Kopf verlor, war der Herrscher von Tacuba, dem Fallender Adler einst sein Stöhnen bei den Flammen vorgehalten hatte. Ohne zu murren, trat Tacuba vor den Scharfrichter und warf nur noch einen letzten Blick auf Fallenden Adler. Ich glaube, er hat gelächelt. Aber vielleicht hoffe ich auch nur, daß er es tat.

Ich erholte mich rasch von dem Unwohlsein, das mich in der Kirche befallen hatte, und eine Stunde später begaben wir uns zum Autodafé. Die Mutter Superior nahm einen Korb Leckerbissen, eine Flasche spanischen Weins und den kleinen braunen Spaniel mit, der nur selten ihren Schoß verläßt. Unsere Gruppe ließ sich in vier Tragstühlen, die mit Auferstehungswimpeln geschmückt waren, zum Autodafé bringen, Spielleute gingen vor uns her und sangen geistliche Lieder und Balladen.

»Was für ein schöner Ausflug!« freute sich die Mutter Oberin. »Wie kann ich Euch nur danken?«

Doch wie bereits gesagt, die Vorgänge waren nicht sonderlich interessant. Wie gewöhnlich wurden die Verurteilten durch die

Straßen gepeitscht; sie trugen *sanbenitos* mit Kapuzen, die ihr Gesicht verdeckten und nur Löcher für die Augen freiließen. Die Kapuzen liefen oben zu wie spitze Hüte; sie erinnerten an die Kopfbedeckungen, die die Maya denen überzogen, die geopfert werden sollten. Als ich die Kapuzen sah, fielen mir religiöse Riten ein, denen ich vor langer Zeit in Tabasco beigewohnt hatte.
Zuerst kamen die kleinen Ketzer, die nur zu ein paar Jahren Gefängnis oder Knechtschaft verurteilt worden waren; sie waren in hübsches Gelb gekleidet. »Schaut, ein Zwerg!« rief eine von den Damen unserer Gruppe. Der Mob kreischte und schlug auf eine kleine Gestalt ein, die sichtlich Mühe hatte weiterzulaufen. Ein Schlag mit einem Knüttel ließ die Kapuze des Opfers auf die Seite rutschen, und da sahen wir, daß es sich nicht um einen Zwerg handelte, sondern um einen goldhaarigen Knaben von elf oder zwölf Jahren.
Die auf ihn eingedroschen hatten, wichen verwundert zurück, und die Mutter Oberin rief: »Ach, ist der bezaubernd! Wer *ist* denn dieser kleine Ketzer?«
Dann wurden die Gefangenen mit Geißeln in ihr Verließ, an die Pfeiler zum Auspeitschen und zum Schandpfahl getrieben, und die großen Sünder, die zum Tode Verurteilten, schleppten sich in schweren Ketten durch den Park. Sie trugen Schwarz mit roten Teufelchen und züngelnden Flammen darauf. Der Mob auf den Straßen und die Schaulustigen, die sich um die Scheiterhaufen versammelt hatten, brachen in Hochrufe aus. Auch wenn das ganze Geschehen recht schlicht war, muß ich zugeben, daß ihm eine gewisse Dramatik nicht abzusprechen war.
Mir fiel ein Stein vom Herzen, als ich erkannte, daß keiner von den sieben schwarzgekleideten Verurteilten so groß war, daß es Tepi oder Don Martin hätte sein können. Allerdings ist es schwer, die Größe eines Menschen unter der Kapuze richtig abzuschätzen, besonders dann, wenn er vorher auf der Folterleiter gewesen ist.
Sechs der sieben waren so klug gewesen, Ketzerei zuzugeben, so daß sie gnädigerweise mit der Garrotte erwürgt wurden, ehe man sie den Flammen übergab. Der siebte Ketzer jedoch blieb verstockt, und da er nicht abschwören wollte, sollte er bei lebendigem Leibe verbrannt werden. Die Frommen in der Menge der Schaulu-

stigen waren entsetzt, daß er verstockt und unbußfertig sterben und damit zur Hölle verdammt sein sollte; deshalb drängten sie sich an den Bewachern vorbei, warfen sich vor dem Verurteilten auf den Boden und flehten ihn an, seine Verruchtheit einzugestehen. Doch seine herrisch-hoffärtige Haltung verlieh ihm eine beklemmende Ähnlichkeit mit Don Martin Cortés.

Die Mutter Superior behauptete zu wissen, um wen es sich bei dem Verurteilten handelte. »Er ist ein notorischer Lutheraner und Jude aus Hispaniola«, verkündete sie. Gleichwohl wartete ich ungeduldig darauf, daß er aufschrie, was er schließlich tun mußte, nachdem der Scheiterhaufen in Brand gesteckt worden war. Ich wußte, daß ich Don Martins Stimme erkennen würde, selbst wenn die Kapuze sie dämpfte.

Das Feuer wurde entzündet, die Flammen leckten nach seinen Füßen, und er wehrte sich gegen seine Fesseln und führte den grotesken Tanz auf, wie Opfer das in diesem Augenblick immer tun, eine kleine *Gigue*, die nie verfehlt, die Menge zu amüsieren. Er tanzte, er drehte und wand sich, wie sich alle drehen und winden, doch kein Schmerzenslaut löste sich von seinen Lippen. Ich dachte wieder an Fallender Adler und verkrampfte meine Hände so sehr, daß mir der Rosenkranz in die Haut schnitt.

Als der Rauch von den Flammen aller sieben Scheiterhaufen kräuselnd in die Höhe stieg, erfaßten Hysterie und eine Welle von Jubel die Menge, genauso wie in den alten Tagen, wenn die unsichtbaren Götter bei öffentlichen Opferungen unter den Feiernden einhergingen. Die Leute weinten und brachen in Hochrufe aus, sie beteten und klatschten, genauso wie damals. Die Mutter Oberin – die sich überhaupt nicht bewußt war, daß sie blökte wie ein Schaf – machte: »Baa... ba...«, und aus ihren weit aufgerissenen Augen rollten die Tränen. Väter hielten ihre Kinder in die Höhe, damit sie das Schauspiel mitbekamen. Irgendwo in der Nähe schrie unablässig eine Frau. Die Gattin des Mannes auf dem Scheiterhaufen? Seine Mutter?

Worte, vor langer Zeit ausgesprochen, fielen mir wieder ein, Worte, die leise in der Nacht geflüstert worden waren. »Auf den Ruinen werden wir eine neue Welt errichten. Alles wird anders, alles wird besser sein.« Wie oft mag das wohl gesagt worden sein,

seitdem die Götter die Welt erschaffen haben? Dann hatte ich wieder die Szene im Park vor Augen und nichts anderes. Das Abstoßendste daran war, daß mir alles so vertraut war.
Inzwischen war der kleine Spaniel der Mutter Superior ganz außer sich vor Erregung, kläffte und jaulte und versuchte, sein edelsteinbesetztes Halsband abzustreifen.
»Das liegt nur an der Verruchtheit dieses Ketzers«, rief die Dame aus und drückte das erregte Tier an den Busen. »Mein kleiner Liebling weiß, daß der Teufel nahe ist; er riecht Schwefel. Seht, wie sein kleines Näschen zittert.«
Ich nickte und hatte den Verdacht, daß den Hund der Duft von soviel gebratenem Fleisch erregte. Die ganze Luft war ja voll davon. Die spanischen Damen hielten sich duftgetränkte Spitzentüchlein an die Nase, wohingegen ältere Aztekinnen nachdenklich schnieften, weil sie sich an die Festtage ihrer Kindheit erinnerten.
Plötzlich schlugen die Flammen des nächstgelegenen Scheiterhaufens von einer Brise entfacht in die Höhe. Die Kapuze des lebenden Opfers wurde verzehrt, und ich sah sein Gesicht, sein flammendes Haar, und war erleichtert, daß es nicht Don Martin war. Ich mußte aber auch erkennen, daß meine Begeisterung für sein schweigendes Dulden unangebracht war. Man hatte ihm die Lippen zugenäht, und wahrscheinlich hatte man ihm vorher Lumpen in den Mund gestopft. Ob sie das wohl häufig tun, um zu vermeiden, daß nicht noch im letzten Augenblick auf dem Scheiterhaufen Gotteslästerungen ausgestoßen werden?
In diesem Augenblick schnappte der Spaniel nach der Hand der Mutter Superior, und diese brach vor Schmerz und Empörung in Tränen aus, so daß wir heimgingen und mir der Rest der Volksbelustigung erspart blieb. Die Mutter Superior wimmerte den ganzen Weg zum Kloster über und machte dem Hündchen abwechselnd Vorwürfe und drückte es an sich.
Bei unserer Heimkehr tröstete ein Brief vom Heiligen Offizium die Dame; dem Kloster wurden die Dienste eines bußfertigen Ketzers im Kindesalter angetragen. Der Knabe sollte drei Jahre dienen, »Spülwasser weggießen, Abtritte scheuern und derlei Aufgaben übernehmen, wie sie einem Penitenten anstehen, dessen Seele in großer Gefahr bleibt«.

»Das muß der Knabe mit dem Goldschopf sein!« Entzückt klatschte die Mutter Oberin in die Hände. »Wo ist er?«
Die Nonne, die als Pförtnerin diente und wußte, daß der Bursche ein Ketzer war, hatte diesen in einen Schrank eingesperrt, die Tür verschlossen und einen Rosenkranz davor gehängt, um die Teufel drinnen zu halten.
Der Junge entpuppte sich in der Tat als der Knabe, den wir zuvor gesehen hatten. Er heißt Juanito, ist elf Jahre alt und hat die letzten beiden Jahre in den Verliesen des Heiligen Offiziums verbracht, was seine bleiche Hautfarbe erklärt. Juanito, ein Schiffsjunge, war mit einem Segler voll englischer Piraten in der Bucht von Veracruz gekapert worden. Als Engländer war er in Schändlichkeit erzogen worden, denn England ist Satans Königreich auf Erden. Er hat das Gesicht eines halb Verhungerten, was die Mutter Oberin für ein Zeichen von Vergeistigung nimmt. Mit einigem Glück könnte er in ihrer Zuneigung den abscheulichen Spaniel verdrängen.
Der Kummer von vorhin war vergessen, und jetzt ließ die Mutter Oberin Musikanten in den Patio kommen und lud all die älteren Edeldamen ein, die Musik zu genießen, Erfrischungen zu sich zu nehmen und den kleinen Engländer in Augenschein zu nehmen.
Ich zog mich in meine Kammer zurück, um ein wenig zu ruhen, doch das gelang mir nicht, da die Sänger genau unter meinem Fenster standen. Kaum war ich eingenickt, brachen sie in die altbekannte Schauerballade von »Dame Malinche« aus. Es gibt kein Entrinnen. Irgend jemand wird sie noch bei meiner Beerdigung singen, denn gewiß wird sie mir noch bis ans Grab folgen. Nein, schlimmer noch, sie wird mich überleben.

> *»Wie sieht ihr Geheimnis aus? Dame Malinche*
> *Welche Geschichte verbirgt sich hinter ihren Augen? Dame Malinche?*

Ja, was für ein Geheimnis wohl? Sollen sie doch raten.

10 Tabasco

Die ganze Welt kennt die Geschichte meines Lebens von dem Zeitpunkt an, da ich von den Xacalancaner Kaufleuten aufgegriffen wurde, bis zu dem Tag, da ich als die Stimme eines Gottes in Erscheinung trat. Man kann jede beliebige Marktfrau und jeden dürren Missionar fragen und bekommt die Geschichte dieser fünf Jahre zu hören:

Als mein Herr, der einäugige Falke, meine Schönheit und meine edle Haltung sah, fiel er auf die Knie und schwor bei allen Göttern, daß meine Reinheit nicht im mindesten leiden solle, solange ich seiner Obhut anvertraut sei. Er schwor, mich in seine Heimatstadt zu bringen und mich dem ältesten Sohn des dortigen Herrschers zum Geschenk zu machen, der mich gewiß heiraten werde, um das Blut jenes edlen Hauses weiter zu veredeln.

Als Falke sich durch den Dschungel schlug, begegnete er einer Karawane, die von einem sehr vermögenden Maya angeführt wurde, der in Tabasco eine hohe Stellung bekleidete. Kaum war dieser hohe Herr meiner ansichtig geworden und hatte die Vollkommenheit meines Antlitzes und die Schönheit meines Körpers erkannt, wußte er, daß er mich nach Tabasco bringen müsse, damit ich dort im Tempel der Liebe Hohepriesterin würde – dem einzigen Tempel dieser Art in der Welt. (Im Lauf eines einzigen kurzen Gesprächs merkte er, daß ich erstaunlich viel von Theologie verstand.)

Mein Herr weigerte sich, mich zu verkaufen – nicht einmal für den unerhörten Preis, bei dem ich zur Hälfte meines Gewichts in Jade und zur Hälfte in Kakaobohnen aufgewogen werden sollte, dazu noch so viele Quetzalfedern, daß man meinen ganzen Leib damit bedecken könne. Es entspann sich ein Kampf, und die Xacalancaner, die ihr Leben für verloren gaben, fielen bis auf den letzten Mann bei der Verteidigung meiner Person.

Von den Siegern wurde ich in den Tempel der Liebe gebracht, in dem ich als Hohepriesterin herrschte, während ich gleichzeitig in allen Liebeskünsten und sämtlichen Techniken des Blumenprinzen unterwiesen wurde – nicht durch praktische Unterweisung, was profan gewesen wäre, sondern keusch durch Bilder, Gedichte und Gesänge.

Als die großen Schiffe mit Cortés – der Gefiederten Schlange – und seinen göttergleichen Gefährten anlangten, wurde ich – die auf diesem Gebiet am umfassendsten unterrichtete Jungfrau der Welt – vor ihn gebracht; ein erhabeneres Opfer anläßlich seiner göttlichen Wiederkehr war nicht denkbar.

Jeder weiß, daß dies die wahre Geschichte dessen ist, was mir widerfuhr. Oder...

Als mein Herr, der einäugige Falke, meine Schönheit erkannte, fiel er über mich her und tat mir auf der Stelle Gewalt an – falls man bei einem so geilen Geschöpf wie mir von Vergewaltigung sprechen kann. Als großzügiger Mann ließ mich dann Falke unter seinen Männern die Runde machen; nicht einmal Lastenträger und Sklaven brauchten nur zuzusehen. Ich wurde von allen und jedem vorgenommen, sehr zu meiner wie aller Zufriedenheit.

Diese Orgie war freilich nur ein Vorgeschmack auf die kommenden Jahre, in denen ich jedes Hurenhaus im Herrschaftsbereich der Maya kennenlernte. In einem solchen Etablissement war ich willige Sklavin, als die spanischen Teufel kamen. Mein Herr war entzückt, mich zu ihnen schicken zu können, denn inzwischen hatte ich die Hexerei erlernt, und er fürchtete sich nachgerade vor mir. Außerdem war meine Möse durch das ständige Gerammel derart ausgeleiert, daß mich nur noch Männer mit ausgefallenen Wünschen und ungeheuerem Glied genießen konnten – Männer wie Cortés. Oder...

Der Händler Falke erkannte den Wert der Ware, die meine Mutter ihm überlassen hatte. Meine Jungfräulichkeit wurde Tag und Nacht gehütet, bis er einen passenden Käufer fand, einen reichen Herrn aus Tabasco.

Für die nächsten Jahre blieb ich im Haus dieses großen Herrn. Selbstredend diente ich seiner Lust, und er teilte mich anständig und nie ausschweifend mit seinen Freunden. Gleichzeitig wurde mir wie einem kostspieligen Hätscheltier, dem noch so manches beigebracht werden sollte, eine ebenso strenge wie gründliche

Ausbildung im Sprechen, Singen und Tanzen zuteil – woraus sich mein späteres Können erklärt. In der Öffentlichkeit prahlte dieser Herr mit meiner Schönheit und meiner edlen Abkunft. Unter uns beschwerte er sich darüber, wie kalt ich wäre.

Dann kamen die Vorboten und anschließend die gesamte Flotte der Tempel auf dem Meer mit Geschöpfen an Bord, die wie Menschen wirkten und doch auch Götter sein konnten. Oder wie Götter wirkten und doch auch Menschen sein konnten. Ganz gewiß waren sie gnadenlos genug, um Götter zu sein, und so erwies es sich als notwendig, sie geneigt zu stimmen. Da ich nun schön und teuer war, aber nicht sonderlich geschätzt wurde, war ich wohl ein ideales Angebinde.

Das ist die wahre Geschichte. Oder...

Nichts von dem oben Gesagten ist wahr. Oder...

Alles oben Gesagte ist wahr.

Jedermann weiß, daß die Schwester von Herrn Moctezuma starb und bereits vier Tage im Grab lag, als sie sich von ihrem Totenlager erhob, lebendig, aber in ihren Grabgewändern stinkend, und die Ankunft von Göttern prophezeite, welche die Azteken vernichten würden.

Später kam es in Mode zu behaupten, die Prinzessin sei überhaupt nie tot gewesen, sondern nach einem Anfall aus Versehen bestattet worden. Möglich, doch seinerzeit hat kein Mensch die Geschichte angezweifelt. Selbst Völkern weit jenseits der Grenzen des Aztekenreiches war unbehaglich zumute.

Als sich der Kalender dem schicksalhaften Jahr »Ein Rohr« näherte, in dem laut aztekischer Überlieferung Gefiederte Schlange zurückkehren und sein Reich zurückfordern sollte, gab es weitere Zeichen.

Doch vor dem Gott kamen die Vorboten.

Ich lebte damals in Tabasco, dem Ort der Flüsse, als sie – von der Küste aus sichtbar – auf dem Meer auftauchten. Wir erwarteten sie an diesem Tag, weil am Morgen ein Schnell-Bote mit der Nachricht gekommen war, fremde Wesen, die Menschen ähnelten, wären an zwei Küstenorten gelandet, deren Bewohner ihnen erbitterten Widerstand geleistet hätten. Die Geschöpfe forderten einen schrecklichen Zoll an Gefallenen, ehe sie wieder auf dem Meer verschwanden.

Als von den Treppenstufen des großen Tempels diese Nachricht laut verkündet wurde, schrie die Menschenmenge auf dem Tempelvorplatz betroffen auf. Soldaten liefen, um ihre Waffen zu holen, während die Sklaven – Männer wie Frauen – angetrieben wurden, um zur Verteidigung der Stadt Barrikaden aus Baumstämmen zu errichten.

»Tötet die Eindringlinge! Greift sie am Strand an!« schrie ein Priester.

»Nein, wir müssen verhandeln, müssen mit ihnen reden«, rief ein älterer Adliger und war bemüht, sich über den wogenden Streit der Meinungen hinweg Gehör zu verschaffen.

In dem ganzen Gefluche und Geschrei und der Streiterei sprach kein einziger jenen Namen aus, der mittlerweile groß wie ein Vulkan in meinem Geiste aufragte – Gefiederte Schlange. Der Gott kehrte zurück. Ein Jahr zu früh zwar, aber ich zweifelte nicht daran.

Ich dachte gerade darüber nach, als mein Blick zufällig auf einen alten Mann fiel, der am Rand der Menge stand, ein Sklave, der vor Jahren vom Hochland heruntergebracht worden war. Seine Muttersprache war das Nahuatl der Azteken; er war mit ihren Traditionen aufgewachsen. Jetzt stand er schweigend da; Schrecken und Furcht malten sich auf seinem Gesicht, als er nach einem Medaillon an seinem Hals griff, das das Bild von Gefiederter Schlange trug. Offensichtlich glaubte er das gleiche wie ich.

Bald kam ich dahinter, daß alle in Tabasco, die aus dem Hochland und aus dem Norden stammten, diese Überzeugung teilten und daß wir eine ganze Menge waren – Kaufleute, Sklaven, Konkubinen und ein halbes Dutzend Cholulaner Huren, die gekommen waren, um an den Dschungelpfaden ihren Lebensunterhalt zu verdienen.

Bei den Bewohnern von Tabasco handelte es sich nicht um reine Maya, doch wie die meisten Völker im Mayaland verehrten auch sie Gefiederte Schlange, den sie freilich Kukulkan nannten. Vor langer Zeit hatte der Gott ihnen einen Besuch abgestattet. Manche sagen, er habe das Paradies gebracht, andere, Krieg und Metzelei.

Doch die Bewohner der Sümpfe des Südens sowie die Dschungelbewohner erwarteten nicht wirklich seine Wiederkehr, obwohl sie von der Legende des Nordens wußten.
Jetzt sah ich ihnen zu, wie sie ihre schwachen Verteidigungsstellungen errichteten, schüttelte nur den Kopf über soviel Unverstand und ging hinunter an den Strand. Die Ankunft eines Gottes wollte ich auf keinen Fall verpassen.
Anderen erging es ähnlich, ob sie nun Götter erwarteten oder nur Ungewöhnliches – jedenfalls wimmelte es am Strand bald von Neugierigen; die meisten versteckten sich in den Mangrovenwäldern, nur wenige von uns standen sichtbar am Strand.
Als sie dann auftauchten, meinte ich zuerst, nichts weiter als eigentümliche Wolkengebilde am Horizont zu erblicken. Dann jedoch, mit wachsender Erregung, dachte ich, nein, keine Wolken. Banner. Riesige Banner, die über das Wasser zogen, Banner, die im Winde flatterten und über etwas schwebten, das Ähnlichkeit mit einem übergroßen Einbaum hatte, der sich wunderbarerweise ohne Ruderer vorwärtsbewegte. Und doch glich das Ganze wieder weniger einem Kanu, wie ja auch eine Taube nicht viel Ähnlichkeit mit einem Adler hat. Ich mußte an die langen Holzhäuser denken, welche die Tarasken im Land der Regenwälder errichteten.
Die Banner – die inzwischen überhaupt nichts mehr von einem Banner hatten – standen steif in der Brise, ihr mittlerer Teil blähte sich und schien den Wind selbst einzufangen und festzuhalten. Wie passend, dachte ich! Wie schön, daß Gefiederte Schlange, der Herr der Lüfte, mit in Stoff eingehüllten Windballen zurückkehrte! Das Wunderbare daran rührte mich so sehr, daß mir zu meiner Verwunderung zum erstenmal seit Jahren Tränen über die Wangen liefen. Mir, die ich niemals weinte! Aber gelacht hatte ich in jener Zeit auch nicht; jetzt jedoch lachte ich laut auf und klatschte in die Hände wie ein Kind. So etwas Herrliches!
Unversehens wurde ich herumgerissen, und eine Stimme sagte: »Seid Ihr taub? Habt Ihr nicht den Befehl gehört, weiter hinten Schutz zu suchen? Macht schon!«
Es war ein Soldat in voller Kriegsbemalung und -montur, ein Offizier, und so blieb mir keine Wahl, als mich der zurückwei-

chenden Menge anzuschließen. Um mich herum hörte ich Angstgemurmel, und ein Kind brach regelrecht in Wehklagen aus. Was mich jedoch erfüllte, war nicht Angst, sondern nur Verwunderung und frohe Erwartung, wußte ich doch, daß mein Weg von nun an eine andere Richtung nehmen würde.

In diesem Augenblick sah ich zum erstenmal und hell wie eine Fackel für mich das Versprechen von Erfüllung, auch wenn ich keine Ahnung hatte, in welcher Form die Erfüllung kommen würde. Und doch wußte ich, daß mein Leben und meine Welt sich von Grund auf ändern würden. Sich bereits geändert hatten.

Im Gegensatz zu den anderen verließ ich den Strand wider meinen Willen, wußte allerdings, daß eine Verzögerung nichts weiter bedeutete; ich würde Gefiederte Schlange sehen, das war mir vom Schicksal bestimmt. Man kann dem Gott genausowenig entfliehen, wie man ihn bekämpfen kann, dachte ich, als ich an den albernen Barrikaden vorüberging, die die Sklaven in aller Eile errichteten.

Dann geschah das Ungeheuerliche. Alle Frauen und Kinder der Stadt wurden wie eine Herde Truthühner zusammengetrieben und flußaufwärts in – wie es hieß – Sicherheit gebracht. Dabei wurden wir so schwer bewacht, daß es kein Entkommen gab.

Wir warteten – warteten auf Nachrichten, auf Donnerschläge, auf Erdbeben. Wir warteten darauf, daß verstümmelte Männer das Flußufer heraufgewankt kämen. Eine Nacht und ein Tag gingen vorüber. Ich hoffte verzweifelt darauf zu erfahren, was passiert war, und den anderen Frauen erging es genauso – wenn auch aus anderen Gründen.

»Unsere Männer sind lebendig aufgefressen worden, einfach runtergeschlungen!« rief eine bedauernswerte Dame. »Es hat wohl kein einziger überlebt, um uns zu benachrichtigen.«

»Als nächste sind wir an der Reihe«, sagte eine andere und weinte. »Diese Wesen riechen, wo wir sind.«

Doch dann, am nächsten Tag, traf eine Flotte von Einbäumen ein, die von tabaskischen Kriegern bemannt waren. Ein Priester, der für seine laute Stimme berühmt war, rief die Neuigkeit aus.

»Freut euch! Die Wesen sind wieder fort, wie sie gekommen sind!

Es ist zu keinem Blutvergießen gekommen. Sie haben gesehen, wie kampfesmutig wir sind, und haben sich aus Angst wieder zurückgezogen.«
Fort? Das konnte nicht sein! Meine immer noch zerbrechliche neue Welt stürzte in sich zusammen.
Nach Jahren der Erstarrung war ich in den letzten Tagen wieder zum Leben erwacht. Ich hatte einen Sinn in meinem Dasein entdeckt, und irgendwie hatte dieser Sinn mit dem Dienst an Gefiederter Schlange zu tun. Jetzt war der Gott wieder im Osten entschwunden, genauso wie vor zehn Bündeln von Jahren, und ich fühlte mich einsam, verlassen und untröstlich.
Ich würde mich umbringen, beschloß ich, als ich auf die wartenden Einbäume zuging. Ich würde dafür sorgen, daß ich sobald wie möglich meine Selbstopferung feierte. Ich wußte auch schon genau, wie ich das anstellen wollte; dazu hatte ich mir diesen Schritt schon zu oft genau überlegt; nur hatte es mir bisher am Willen oder an der Kraft, mich selbst auszulöschen, gemangelt. Welche Ironie, dachte ich getragen von einer Welle von Selbstmitleid, ausgerechnet jetzt zu sterben, da ich zum erstenmal seit Jahren das Versprechen auf Leben vor mir gesehen hatte.
Dann bemerkte ich, daß der bereits betagte Sklave, der Hochländer, der mir zuvor aufgefallen war und der von Gefiederter Schlange wußte, mitgekommen war, um die Einbäume den seichten Fluß hinunter staken zu helfen. Ich drängte mich vor, ergatterte einen Platz neben ihm und redete ihn in seiner Sprache an: »Alter Vater, habt Ihr diese Wesen gesehen? Sind es Menschen oder sind es Götter?«
»Es sind Gottheiten, die allerdings ziemlich genauso aussehen wie Menschen, meine Dame«, erwiderte er ohne zu zögern. »Selbstverständlich handelt es sich um die Vorboten. In meiner Heimat – und der Euren, wie ich annehme – kennt jeder die Prophezeiung, daß Gefiederte Schlange nächstes Jahr wiederkommt. *Aij-ji,* wird das eine Zeit sein! Hoffen wir, daß wir sie beide erleben – und überleben, meine Dame!«
Natürlich. Die Vorboten! Kein Menschen-Fürst, und selbstverständlich erst recht kein Gott, würde ohne Herolde in ein frem-

des Land kommen. Meine Befürchtungen und meine Enttäuschung waren umsonst gewesen.
Jetzt machte ich es mir im Boot bequem, zog die Knie hoch und legte den Kopf auf die Arme. Zum erstenmal seit fast drei Tagen schlief ich ein. Ich war innerlich ruhig.

In den Monden, die folgten, stritten die Menschen sich endlos über die fremden Wesen und ergingen sich in Mutmaßungen über ihre Natur. Tiere oder Dämonen oder Menschen? Oder eine Kombination aus allen dreien? Zwei von ihnen waren unverkennbar Menschen gewesen, Männer, die einen Dialekt sprachen, der Ähnlichkeit hatte mit der in Tabasco gesprochenen Maya-Sprache. Sie schienen Gefangene zu sein und schrien immer wieder, daß die Wesen Teufel in Person seien. Meinten sie damit nun: Dämonen oder nur böse Menschen? Sicher war sich keiner; es war schwer, sie mit ihrer Aussprache zu verstehen.
Eines jedoch war bei den fremden Wesen offenkundig: Sie aßen Gold. Von allen Geschenken, die ihnen am Strand gemacht worden waren, um sie uns geneigt zu stimmen, hatten nur Schmuckstücke aus Gold sie erregt. Die feinsten Federarbeiten und Stickereien hatten sie völlig kalt gelassen, doch beim Anblick von Gold hatten sie gierige Augen bekommen und mehr verlangt. Sehr merkwürdig. Gold, das vielleicht entfernt mit der Sonne verwandt sein mochte, war nicht völlig wertlos. Nur, wer war so töricht, Gold der Jade oder dem Silber vorzuziehen, was beides soviel härter ist, um damit zu arbeiten?
Dann schlug die Stimmung unter den Leuten um; aus Verwirrung wurde Wut. Besucher aus den Nachbarsiedlungen warfen den tabaskischen Kriegern Feigheit vor, weil sie mit Worten und Bestechung gekämpft hatten. Ob sie denn nicht Manns genug gewesen seien, diesen Wesen die Stirn zu bieten? Dies fuchste die Bewohner von Tabasco ganz besonders, da sie berüchtigt sind für ihre Lüsternheit und ihre Freßgier, bekannt als Leute, die unmäßig reich und fett geworden sind durch ihre Gewinne beim Handel und durch die Ausfuhr von Schokolade und Gummi. Sie stehen in dem Ruf, die Hälfte ihrer Zeit mit so leichtfertigen Beschäftigungen zu verbringen wie dem Entwerfen von Blumenbeeten. Im

übrigen sind sie ein Völkergemisch, was Menschen immer leicht in die Defensive drängt. Infolgedessen war man jetzt in jedem Haus verbittert und entschlossen, sich besonders wild aufzuführen, wenn die fremden Wesen zurückkehrten.

Ich hörte mir das alles an und lächelte freundlich und nichtssagend jene an, die Macht über mich besaßen; bei mir dachte ich, daß ihre Tage gezählt waren, und stellte sie mir bereits in ihren Grabgewändern vor.

Ich selbst gewann inzwischen mit jedem Tag und mit jedem Wechsel von Dame Mond am Himmel mehr die Zuversicht, in der Tat ein Werkzeug von Gefiederter Schlange zu sein, eine seiner Erwählten. Endlich hatte mein Leben einen Sinn.

Und dann kam er.

Der Tag war Sechs Blume, der Anfang des Jahres, für den die Einzige Welt den Atem angehalten hatte – ein Rohr, das Jahr, in dem sich eine Prophezeiung erfüllen sollte.

Die Tempel auf dem Wasser schimmerten in der Sonne und hatten die Flügel ausgespannt, eine Schar großer Vögel – Reiher oder Kraniche – mit weißen Federn und scharlachroten Kreuzen auf der Brust.

Wieder wurden rund um die Stadt Barrikaden errichtet, wieder die Frauen fortgeschafft, doch diesmal war ich nicht bei ihnen. Mit einem Bündel voller Lebensmittel und einem Krug Wasser, beides hatte ich vorbereitet, lief ich zu einem hochgewachsenen Mangrovebaum, dessen Stützwurzeln das Flußufer durchzogen. Ich kletterte auf den Baum und versteckte mich hinter einem Vorhang aus ledrigen Blättern.

»In Sicherheit!« sagte ich mir. Diesmal sollte mir nichts entgehen.

Kaum hatte ich den kräftigen Ast erreicht, auf dem ich mich niedersetzen wollte, als unter mir große Verwirrung ausbrach – Männer rannten hin und her, fuchtelten mit Pfeil und Bogen in der Luft herum und schwangen hölzerne Schwerter, deren Schneiden mit Obsidian oder Feuerstein verstärkt waren. Viele legten noch im Laufen die Kriegsbemalung an und schwärzten sich Wangen und Stirn, rempelten sich dabei gegenseitig an, stolperten über das verworrene Geflecht der Mangrovewurzeln. Fünftausend Stimmen schrien Befehle und stießen Schlachtrufe aus.

Von meiner Baumkrone aus konnte ich die Flußmündung sowie eine große Insel darin überblicken. Während ich gebannt Ausschau hielt, umrundeten die ersten, mit den Vorboten bemannten Boote die Landspitze. Bei diesen Booten handelte es sich nicht um die großen vogelähnlichen Tempel auf dem Wasser, sondern um kleine Fahrzeuge, die nicht einmal so groß waren wie die tabaskischen Kriegskanus, die immerhin vierzig Ruderern Platz bieten. Selbst auf diese Entfernung konnte ich sehen, wie ähnlich Passagiere und Ruderer Menschen waren. Bis auf einen, der aufrecht im zweiten Boot stand und alle überragte wie ein Gott, das Haar und der Bart so golden, als wär's von der Sonne heruntergeholt. Aber schließlich war er ja auch ein Goldesser; das mußte er ja sein. *Gefiederte Schlange,* dachte ich, und mein Herz machte einen Satz. Er war schöner, als ich ihn mir vorgestellt hatte, und sah dazu auch noch weit mehr wie ein Mensch aus!

Plötzlich entschwanden die Boote; eine Reihe von Palmen, die das Ufer säumte, entzog sie meinem Blick. So konnte ich auch nicht die Szene beobachten, die jetzt folgte, sondern nur den Lärm hören. Ich wußte trotzdem, was sich abspielte. Die Vorboten – für mich immer noch Herolde, auch wenn ich kurz den Gott selbst unter ihnen erblickt hatte – landeten am Ufer, während die tabaskischen Krieger sich zwischen den Palmen und am Flußufer formierten und Drohungen und Verwünschungen schrien.

Die Stimme eines tabaskischen Kriegers erhob sich über alle anderen: »Diesmal sind wir keine Weiber! Kommt näher, und wir hacken euch den Kopf ab.«

Die Antwort konnte ich nicht hören, doch mit jedem Augenblick, der verging, trafen aus den weiter entfernt gelegenen Dörfern weitere Tabasken ein. Manche liefen zu Fuß durch den Dschungel, andere kamen auf Einbäumen angeglitten, jeder Mann in voller Kriegsbemalung und schwer bewaffnet. Sie waren wunderschön anzusehen – wie Regenbogen oder Schmetterlinge oder Girlanden. Ich haßte und verfluchte sie schweigend.

Dennoch war noch kein Schlag ausgeführt und kein Speer geschleudert worden. Die Hitze des Tages hielt an, und die Lage blieb festgefahren; keine Seite wollte einen Fußbreit nachgeben. Die Krieger von Tabasco schienen bei allem mutigen Geschrei zu zögern und sich zu fürchten, als erste anzugreifen; und die Herolde schienen unentschlossen. Mehrere Male hörte ich mit schriller Stimme und fremdem Akzent die Worte: »Wir kommen in friedlicher Absicht« – Maya-Worte und doch nicht ganz so ausgesprochen, wie Maya sie aussprechen würden.

Endlich sah ich die Boote wieder; sie überquerten die Flußmündung und hielten auf eine Insel zu; doch wenn Gefiederte Schlange noch unter ihrem Gefolge weilte, dann hatte er sich jetzt hingesetzt und das goldende Haupt mit einem Helm bedeckt. Die Mehrzahl der Vorboten trug Helme, die genau die Form der Krone von Gefiederter Schlange hatte, wie sie jedes Kind von den Bildern kennt. Doch auf den Bildern ist die Krone aus Leder oder Ozelotfell. Diese Kronen hier waren aus Gold oder Silber oder irgend etwas anderem, das in der Sonne blitzte. Es war kein Gold, zu diesem Schluß kam ich, und Silber auch nicht. Dann verschwanden die Boote hinter der Insel, und ich hörte die Männer am Strand schreien, die Vorboten wären dort gelandet und schlügen ein Lager auf. Zwei Kriegskanus schossen den Fluß hinunter, um die Lage zu erkunden.

In dieser Nacht schlief ich auf dem Baum, gesichert durch eine schwere Schlingpflanze, die ich mir um die Hüfte geschlungen hatte. Einmal weckte mich ein vorüberhuschender Nachtvogel, eine große Eule oder ein Nachtfalke, die Affenjungen jagten, und einmal wurde ich von den Stimmen von Tabasken wach, die auf dem Pfad unter mir entlanggingen.

»Wie nennen sich die Wesen?« fragte ein Krieger.

»Er sagte ›Spanier‹. Ja, so lautete das Wort – oder ähnlich fremdartig«, erwiderte sein Gefährte.

So wußte ich jetzt, wie sie hießen, und wiederholte das Wort mehrere Male so lautgetreu, wie ich nur konnte. Die Diener von Gefiederter Schlange hießen Spanier.

Bei Morgengrauen wurde ich so heftig aus dem Schlaf gerissen, daß ich trotz der Schlingpflanze fast vom Ast heruntergefallen wäre. Hunderte, vielleicht Tausende von Trommeln wurden geschlagen, Handtrommeln, hohle Baumtrommeln und die großen, dröhnenden Zeremonialtrommeln aus dem Tempel in der Stadt. Ein mißtönendes Geplärr von Trompeten und Muschelhörnern verkündete den Krieg. Immer noch vom Schlaf benommen, sah ich hinunter und hielt den Atem an, als ich das letzte der spanischen Boote fast direkt unter mir flußaufwärts gleiten sah. Vor diesem Boot fuhren zwei weitere, und zwar die beiden kleinsten von den Tempeln-auf-dem-Wasser. Sämtliche Fahrzeuge waren mit Vorboten bemannt – mit Spaniern, meine ich –, und sie starrten von Schwertern, Dolchen und Streitäxten.

Als ich sah, daß ihre Waffen Klingen aus Metall hatten – wieder weder aus Silber noch aus Gold –, und da ja jeder weiß, daß Metall zwar schön ist, aber stets viel zu weich, um gegen obsidianverstärktes Holz anzukommen, sank mir das Herz. Als das Boot sich von dem Baum, auf dem ich saß, entfernte, erblickte ich einen schwarzen Gegenstand, den ich für eine Baumstammtrommel hielt: Er war lang und rund und wies an einem Ende ein Loch auf, als wäre er hohl.

Inzwischen hatte der Lärm, der einem Angriff vorausgeht, eine grauenhafte Lautstärke erreicht: Es dröhnte und kreischte und ächzte. Plötzlich sprangen tabaskische Krieger aus ihrer Deckung heraus und wateten in den Fluß hinein. Gleichzeitig sprangen die Spanier aus ihren Booten, und die Schlacht wogte hin und her. Sie prallten in den Untiefen aufeinander, Schwert hämmerte gegen Schwert, Schilde aus Metall prallten gegen Schilde aus Leder, und Männer schrien, als sie von Spießen und Schwerthieben getroffen wurden. Ich sah Äxte im Frühlicht aufblitzen, und Pfeile und Wurfspieße rauschten wie ein todbringender Regen hernieder.

Ganz in meiner Nähe hob ein tabaskischer Edelmann, den ich kannte, sein Schwert, um einem Spanier einen tödlichen Hieb zu versetzen, doch auch der Spanier schwang sein Schwert mit einer allerdings wesentlich dünneren Klinge, die sauber die Holzwaffe des Tabasken durchschnitt. Wie vom Donner gerührt stand der Edelmann da, hielt sprachlos den nutzlosen Stumpf seiner Waffe in der Hand. Dann blitzte die Klinge des Spaniers nochmals auf, der tabaskische Edelmann brach zusammen und starb in dem von seinem Blut geröteten Wasser.

Die Reihen der heftig Kämpfenden wogten hin und her, aufs Ufer zu und zurück zu den Booten. Männer stolperten und patschten durch das aufspritzende Wasser. Pfeile, ja selbst Wurfspieße prallten von den spanischen Schilden und Rüstungen ab, spritzten und sprangen davon wie Hagelschloßen von einem Felsen.

Ich hatte in meinem Leben schon viel Morden mitangesehen. Zweimal war ich am Rand von Schlachten gewesen, doch diesmal sah ich zum erstenmal einen richtigen Krieg, und das Blut raste mir durch die Adern. Ich schrie, ich hämmerte an den Baumstamm, denn ich hatte das Gefühl, ich selbst stünde unter den Kämpfenden, brächte meine Feinde zu Fall, eilte dem Sieg entgegen, und das alles geschützt und erhoben durch die Macht von Gefiederter Schlange. Mein Frauenarm war plötzlich so stark, wie ich es mir immer ersehnt hatte. Ich hob die Klinge, ließ sie herniederfahren wie eine Keule, ich machte Ausfälle und Finten, schlug und parierte. Im Baum versteckt, war ich unbesiegbar!

Unter mir zerbrachen und zersplitterten immer wieder die Holzschwerter, wurden die Lederschilde zerfetzt und prallten Pfeile und Spieße ab. Noch schwärmten die Tabasken über den Strand aus, brandete eine menschliche Welle nach der anderen heran, stieß einer am anderen vorüber, um der nächste zu sein, der starb. Und wenn auf einen Spanier zwanzig Gefallene gekommen wären, so ging mir auf, es wären immer noch Tausende von tabaskischen Kriegern übriggeblieben. Die Streitkräfte von Gefiederter Schlange waren dem Tode geweiht.

Dann geschah das Wunder – sprach der Donner. Ein Grollen, wie ich es noch nie gehört hatte, ließ die Luft erbeben, dann folgte ein zweites Grollen, und dann noch eines. Ich sah die baumstammgleichen Rohre, die ich für Trommeln gehalten hatte, Feuer speien. *Es ist doch keine Trommel,* dachte ich, als sie wieder aufbrüllte, *nicht einmal ein toter Gegenstand, sondern ein Ungeheuer, ein lebendiger Dämon.*

Eine dichtgedrängte Gruppe von Tabasken stürzte auf den Strand, wie zu Tode erschreckt oder wie von unsichtbarer Hand gefällt. Ein Baumstamm zersplitterte, Äste rauschten hernieder. Von heiligem Schrecken erfüllt und zitternd, begannen die Tabasken sich zurückzuziehen. Vorsichtig und erschrocken wichen sie vor den donnernden Dämonen zurück; aber sie gerieten nicht in Panik, stürzten nicht in heilloser Flucht davon.

Selbstverständlich hatten sie vor, sich hinter den hölzernen Barrikaden am Rande der Stadt zu sammeln.
Doch plötzlich kamen gerade von dort seltsame, unnatürliche Laute, kleinere und schärfere Donnerschläge als von den schwarzen Dämonen, doch von der gleichen Art, als ob die Ungeheuer Junge bekommen hätten, die jetzt ihrer Wut freien Lauf ließen.
Ein tabaskischer Priester kam einen Dschungelpfad heruntergelaufen und schrie: »Die Eindringlinge haben die Stadt eingenommen! Sie haben den Tempel besetzt!«
Da begriff ich, daß am Nordstrand weitere Spanier gelandet sein mußten. Tabasco schien kampflos gefallen zu sein, während die gesamte Streitmacht der Stadt hier am Fluß in Kämpfe verwickelt war.
Als diese Nachricht durchkam, wurde aus dem Rückzug der Tabasken eine kopflose Flucht. Sie flohen durch den Dschungel, und die Spanier blieben ihnen auf den Fersen. Die Boote mit den schwarzen Ungeheuern schoben sich weiter flußaufwärts in die Nähe der Stadt, so daß ich sie nicht mehr sehen konnte.
Ich schickte mich schon an, mich von der Schlingpflanze zu befreien, mit der ich mich um die Hüfte angebunden hatte, und wollte hinunterklettern und der Schlacht folgen, als Klugheit die Oberhand über meine Neugier gewann. Die Tabasken waren in alle Himmelsrichtungen auseinandergestoben – mir ging auf, daß ich mich nicht bewegen konnte, ohne Gefahr zu laufen, ergriffen und zu den Frauen gesteckt zu werden. Zwar hatte ich keine wirkliche Angst vor Gefiederter Schlange und seinen Anhängern, wohl aber vor den feuerspeienden Ungeheuern. Wer wollte wissen, was das für Wesen waren? Vielleicht verstanden sie nicht, daß ich eine der Auserwählten des Gottes war. Deshalb blieb ich, wo ich war.
In dieser Nacht hörte ich in der Ferne Signaltrommeln und -trompeten; Verstärkung für das tabaskische Heer traf ein. Doch auf dem Pfad unter mir regte sich erst sehr spät etwas, als Dame Mond auf dem höchsten Thron des Himmels saß. Zuerst sah ich einen Schatten, dann einen Mann, der verstohlen aus dem Dickicht hervortrat. Ein Spanier. Mit angehaltenem Atem wartete ich. Ob er mich wohl witterte, wie es ein Jaguar täte? Und konnten Spanier im Dunkeln sehen wie Eulen?

Der Mann blieb dort, wo der Pfad sich verbreiterte, stehen, und gerade, als ich überzeugt war, daß er mich entdeckt hätte, tat er etwas ganz und gar Unerwartetes. Im dämmerigen Mondlicht hatte ich ihn nach seiner fremdartigen Kleidung für einen Spanier gehalten. Jetzt legte er diese Kleider ab. Ich lehnte mich vor, begierig zu erfahren, ob Spanier mit einem Männerglied ausgestattet waren – und in der Tat, dieser war es. Dann hob er Dame Mond das Gesicht entgegen, und sie zeigte mir, daß er kein Spanier war, sondern nur ein Maya aus dem Nordosten mit den charakteristischen mandelförmigen Augen und der Nase, die hökkerlos in die Stirn überging.

Beim Ausziehen hatte er jedes Kleidungsstück über den niedrigsten Ast eines jungen Baums gehängt. Jetzt warf er einen Blick auf die Kleidung, hob wie abschiednehmend den Arm, rannte den Pfad hinunter und verschwand in der Dunkelheit. Da fiel mir wieder ein, daß sich zwei Maya unter den Dienern von Gefiederter Schlange befunden hatten. Gefangene, hatten die Tabasken gesagt. Nun, einer von ihnen war kein Gefangener mehr.

Ich schlief ein und erwachte erst wieder bei Morgengrauen. Wenn ich irgend etwas erfahren wollte, konnte ich nicht länger auf meinem Schlafbaum sitzen bleiben. Weiter landeinwärts, hinter der Stadt, erstreckten sich Felder, und von dorther ertönte Lärm, als ob irgend etwas im Gange sei.

Vorsichtig näherte ich mich dem Trommelgedröhn. Da ich die ganze Nacht verkrampft in der Astgabel des Mangrovebaums gehockt hatte, war ich noch ganz steif. Aus Angst, aufgegriffen zu werden, mied ich alle üblichen Wege und kam daher nur langsam voran. Als ich auf der Ceutla genannten Ebene endlich den Rand der Felder erreichte, wurde bereits gekämpft. Wieder kletterte ich auf einen Baum, diesmal auf eine niedrige Kakaopalme.

Die Felder von Ceutla werden von Kanälen und Entwässerungsgräben durchzogen; überall sind morastige Stellen und kleine Teiche, ein zum Laufen ausgesprochen schwieriges Gelände. Ich war verwundert, daß die Spanier die barrikadenverschanzte Stadt verlassen hatten, um sich hier im Freien dem Kampf zu stellen. Ihre Anmaßung war unerhört.

Doch die übrige Szene, die sich mir bot, erschreckte mich. Das tabaskische Heer erstreckte sich vom Rand des Dschungels bis zum fernen Horizont. Zehntausend Mann? Vielleicht waren es sogar fünfzigtausend, wie sie selbst jetzt immer wieder riefen. Sie stießen einander und drängten, weil jeder einmal an die Reihe kommen und die Handvoll Spanier angreifen wollte. Ein günstiges Zeichen freilich fiel mir auf: Die Tabasken hatten sich so überstürzt versammelt, daß viele von ihnen nicht einmal im vollen Kriegsschmuck angetreten waren, sondern ihre normale, um nicht zu sagen ärmliche Kleidung trugen. Vom Sieg-Bringer aber weiß man, daß er schlechtgekleidete Truppen ihres mangelnden Respekts vorm Kriegsgott wegen bestraft. Das gab mir ein wenig Hoffnung.
Die Luft hallte wider von Schreien, dann bebte der Boden beim Aufbrüllen der schwarzen Ungeheuer, deren feuriger Atem einen hohen Blutzoll forderte; nur heute ließen die Krieger sich nicht von dem Donnergrollen einschüchtern. Die Masse der Männer schrak nur zurück, um erneut vorzustürmen und anzugreifen.
»Oh, Gefiederte Schlange, vollbringe ein Wunder!« rief ich laut und suchte den Himmel nach einem Zeichen ab. Dann, als hätte mein Stoßgebet es herbeigezwungen, geschah dieses Wunder. Von den rückwärtigen Linien der tabaskischen Horde erklangen die Schreie entsetzter Männer, und plötzlich fegte Panik übers Feld.
»Ungeheuer! Wundertiere!« rief jemand mit schriller Stimme. »Wundertiere kommen! Zweiköpfige Ungeheuer!«
Die Tabasken wandten sich zur Flucht, blieben im Morast stekken, türmten sich in den Gräben zu Bergen, wobei diejenigen, die noch aufrecht standen, auf den Leibern der Gestürzten herumtrampelten. Was nur hatte sie ausgerechnet im Augenblick des Sieges in die Flucht gejagt? Bis ich es mit eigenen Augen sah, konnte ich es mir nicht vorstellen.
Die Ungeheuer kamen über die Ebene herangeprescht, halb Mensch, halb Tier, ein jedes mit dem Kopf eines Menschen und dem Kopf eines Dämons, und alle waren mit langen Lanzen bewaffnet. Da sie sich auf vier Beinen fortbewegten, bereitete es ihnen keinerlei Mühe, die fliehenden Krieger zu überholen. Als ich dies sah, sank mir der Mut, und ich tat, was ich nie zuvor und

auch seither nie wieder getan habe: Ich glitt den Palmenstamm hinunter und nahm in Panik die Beine in die Hand, hetzte durch den Wald und hoffte inbrünstig, daß ich es schaffte, über den Fluß in Sicherheit zu kommen. Und doch hatte ich trotz meines Schreckens den Verdacht, daß mir auch der Fluß keinen richtigen Schutz bieten könnte, da die Wundertiere einfach darüberspringen würden.

So wurde ich von der allgemeinen Flucht mitgerissen und hörte erst dann zu laufen auf, als ich eines der Lager weiter flußaufwärts erreicht hatte, wo ich keuchend zusammenbrach und erst ganz allmählich wieder vernünftig denken konnte. Es tröstete mich bald, daß selbst die unerschrockensten tabaskischen Kämpfer, die ins Lager hereingewankt kamen, genauso von panischem Schrecken erfüllt waren, wie ich es gewesen war.

Weiterer Widerstand kam überhaupt nicht in Frage. Jetzt stellte sich das Problem, wie man die Ungeheuer beschwichtigte und die Götter zufriedenstellte. Nach kurzer Beratung beschlossen die tabaskischen Edelleute, als ersten wichtigen Schritt gelte es, den Mann zu opfern, der dringend zum heutigen Angriff geraten hatte, den Mann, der ihnen versichert hatte, daß die Spanier nichts weiter wären als ganz gewöhnliche, schwache und sterbliche Menschen.

Als ich sah, wie das Opfer zum Altar geschleift wurde, war ich fassungslos, denn es erwies sich als jener Flüchtling, den ich in der vergangenen Nacht am Pfad beobachtet hatte, als er die spanischen Kleider auszog.

»Aber es sind nur Menschen!« rief er. »Ich weiß es, ich war ihr Gefangener und habe unter ihnen gelebt! Keine Ungeheuer – nur Menschen, die auf Tieren reiten.«

Die Menge brach in Hohngelächter aus und verfluchte ihn als Lügenbold und Verräter. Menschen, die auf Tieren ritten? Absurd! Konnten Menschen denn auf einem Hirsch oder auf einem Jaguar reiten? Das Wort »reiten« bedeutete nichts weiter, als daß ein Mensch huckepack von einem anderen getragen wurde.

»Menschen, die auf Pferden reiten, das ist alles!« Er schrie noch immer diesen Unsinn, als das Messer sich in seine Brust senkte.

So wurde das Königreich Tabasco am fünfundzwanzigsten Tag im März des Jahres 1519 von einem Gott erobert. Einem Gott und dreizehn Pferden.

Durch meine Flucht war ich geradewegs wieder in Gefangenschaft geraten, so daß ich von den Verhandlungen mit den Spaniern, die am nächsten Tag begannen, nichts mitbekam. Ich sah allerdings sehr wohl, wie sich die in die grauen Gewänder der Demut gehüllten tabaskischen Edelleute zitternd auf den Weg machten. Der Mut, den sie damit bewiesen, war gewaltig, waren sie doch überzeugt, von den zweiköpfigen Ungeheuern verschlungen oder von dem feuerspeienden Atem der gedrungenen schwarzen Dämonen verzehrt zu werden. Tränenreich nahmen sie Abschied von ihren Familien. Wie alle ging auch ich davon aus, daß sie ein schauriges Schicksal erwartete; schließlich hatten sie die schlimmste Bestrafung durch Gefiederte Schlange verdient.

Doch nach wenigen Stunden kehrten sie in das erstaunte Lager zurück und verkündeten, daß der Anführer der Spanier – sie wollten immer noch nicht zugeben, daß es Gefiederte Schlange war – ihnen Frieden und Freundschaft zugesichert habe. Gleichzeitig habe er jedoch gedroht, jeden Mann, jede Frau und jedes Kind im Königreich Tabasco zu erschlagen.

Was sonst? Versprechungen und Drohungen, die Wahl zwischen ewiger Glückseligkeit oder schauriger Vernichtung. So haben die Götter sich von jeher ausgedrückt; dieser Widerspruch bildet ja geradezu die Grundlage der Religion.

Inzwischen überschlugen sich die Leute, um passende Geschenke zu finden, um das Wohlwollen der Spanier und ihrer gefährlichen Dämonen zu gewinnen. Am meisten gelüstete es die Eindringlinge nach Gold, aber Gold gibt es in Tabasco nur wenig, denn hier schaffen und horten die Menschen wertvollere Dinge. Soldaten suchten nach Schätzen und den Bündeln, die die Leute aus der Stadt mitgebracht hatten. Ich sah bei dieser Durchsuchung müßig zu, denn ich hatte nichts von Wert mitgebracht, als ein Offizier auf mich zukam und meinen Namen rief.

»Du sollst mitkommen«, sagte er streng.

»Wohin? Was ist denn?« Ich nahm an, daß meine lange Abwesenheit aufgefallen war und mich die übliche kleine, aber demütigende Bestrafung erwartete. An solche Behandlung hatte ich mich nie gewöhnen können; ich hatte gelernt, mich mit Schmerzen abzufinden, Freude lag außerhalb meines Erfahrungsbereichs, aber meinen Stolz konnte man immer noch verletzen.

»Komm mit! Ich habe Befehle vom Viererrat«, verkündete er und war bemüht, auf jeden Umstehenden Eindruck zu machen.

Als er sich zum Gehen wandte, lief ich rasch voran, damit er und nicht ich als zweiter ging. Es ist überaus wichtig, den Rang, den man einnimmt, in kleinen Dingen geltend zu machen, besonders dann, wenn man es mit Offizieren zu tun hat.

Unser Ziel war ein großer Pferch aus Dornzweigen, in dem eine Gruppe junger Frauen bereits unter Bewachung eingesperrt war. Ich erstarrte, kam dann jedoch zu dem Schluß, daß uns von seiten der Priester keine unmittelbare Gefahr drohte. Im Azteken-Reich hätte ich jetzt angefangen, meine Sterbegebete zu sprechen; dort hätte ich gewußt, daß man uns nur ein wenig mästete, ehe wir mit dem Obsidianmesser zur Speise der Götter gemacht wurden. Das konnte einem zwar auch in Tabasco widerfahren, allerdings nicht, wie ich meinte, einer so großen Schar von Opfern auf einmal. Das wäre einfach zu teuer gekommen. Als geborene Händler würden die Tabasken immer versuchen, die Götter übers Ohr zu hauen.

Ich kannte keine meiner Mitgefangenen; sie alle stammten aus der niedrigsten Klasse und waren Sklavinnen von Gemeinfreien oder Kebsfrauen der Zweiten Kategorie. Wir waren schon ein ziemlich abgerissener Haufen: Nur wenige von uns trugen fadenscheinigen Putz, der Rest – und das heißt: die meisten – waren in Lumpen gekleidet, die andere Frauen weggeworfen hatten. Nur eines hatten alle bis auf mich gemein: Jede Frau in dem Pferch schielte.

Bei den Maya gilt Schielen als Zeichen großer Schönheit, dem nur noch die fliehende Stirn gleichkommt. Schon im Babyalter wird der Natur hier nachgeholfen, der Kopf fest eingebunden, so daß die Stirn eine fliehende Form bekommt, und den kleinen Kindern ein Kügelchen zwischen die Augen gehängt, um sie zum Schielen zu bringen.

So schien mir, daß man uns um unserer weiblichen Schönheit willen hier zusammengetrieben hatte, obwohl es einen hochgestellten tabaskischen Edelmann bei unserem Anblick geschaudert hätte und er die meisten von uns mit einem Tritt von seiner Schlafmatte vertrieben hätte. Doch oberflächlich gesehen waren alle recht hübsch.

Der Offizier, der mich hergebracht hatte, kehrte mit drei weiteren Frauen zurück, zählte uns zweimal durch und sagte dann: »Zwanzig, endlich. Kommt alle mit!«

Die alten Männer, die den Viererrat bildeten, standen im Dienste Chacs, des Regenbringers, doch ging ihre Macht über das Taufen von Kindern und andere Riten dieser Art weit hinaus. Der Regenbringer ist so wichtig, daß Tabasken wie Maya glauben, er sei eine einzige Kraft, in welche die Energie von vier verschiedenen Göttern eingeflossen ist.

Aus Zweigen und Schlingpflanzen war tief im Dschungel ein Bauwerk errichtet worden, ein schattiger Ort, und die Frauen überlief genauso wie mich eine Gänsehaut beim Anblick der Herren Chac-Männer in vollem Ornat. Grausige Masken mit Nasen, lang und gedreht wie Schlangen, verdeckten den oberen Teil ihres Gesichts, und der Mund darunter war so mit Farbe ummalt und vergrößert, daß er den Kiefern von Erdungeheuern ähnelte. Alle vier sahen so furchterregend und böse aus, daß auch ich es mit der Angst bekommen hätte – nur kannte ich im Gegensatz zu den anderen Frauen, die alle von niedriger Geburt waren, die Männer hinter den Masken.

Ein Dutzend Gefolgsleute von Chac, als Naturgottheit verkleidet, standen mit hohem Kopfschmuck in Gestalt von Ozelot- und Jaguarmaul in der Nähe.

Der Chac des Ostens, ganz ins Blutrot des Sonnenaufgangs gekleidet, war ein Edelmann und häufiger Gast in dem Haus, in dem ich lebte; ich kannte ihn also ziemlich gut und hatte ihn nie leiden können – er kniff mich jedesmal in den Hintern, wenn ich an ihm vorüber mußte. Jetzt sah ich, wie seine Augen bösartig durch die Sehschlitze der Maske blitzten. Um die Wirkung zu verstärken, schwieg er lange, ehe er sich von seinem Thron erhob und in feierlichem Ton das Wort an uns richtete:

»Töchter von Tabasco, Töchter der Flüsse, von allen Frauen dieses Landes seid ihr auserwählt worden, eine große Ehre zu erfahren.«
Ich machte mich auf das Schlimmste gefaßt. Wenn ein Offizier von Ehre redet, weiß man, daß er im Leibriemen verborgen den Dolch trägt.
Nach einem weiteren eindrucksvollen Schweigen fuhr der Chac mit Grabesstimme fort: »Im Augenblick sammeln wir kostbare Gaben für die Geschöpfe aus dem Osten, die Herren, die sich Spanier nennen. Ihr, meine bezaubernden Töchter, sollt zu diesen Schätzen gehören.«
»Die Ungeheuer!« kreischte eine Frau. »Wir sollen den Ungeheuern zum Fraß vorgeworfen werden.«
Wehklagen erhob sich; ein Soldat packte eine Frau beim Haar, als sie zu fliehen versuchte. Die meisten weinten, ohne sich zu wehren. Als Frauen waren sie dazu geboren, eine Handelsware zu sein, und hatten sich mit ihrer Hilflosigkeit längst abgefunden. Ich achtete kaum auf ihre Tränen, denn ich war völlig überrascht und konnte mich nur wundern, wie sich mein eigenes Schicksal gestaltete; wieder einmal wurde mir klar vor Augen geführt, daß uns kaum eine Wahl bleibt: Wir folgen dem Kaninchen, das uns führt.
Die Offiziere stellten die Ordnung wieder her, und abermals ließ der Chac sich streng vernehmen: »Törichte Weiber! Ihr werdet keinen Ungeheuern vorgeworfen, sondern Wesen zum Geschenk gemacht, die auf gewisse Weise Menschen sind, auch wenn sie nicht ganz so aussehen. Es handelt sich um mächtige Krieger, die listenreich sind und tüchtig. Ich gebe zu, sie sehen abstoßend aus und riechen noch schlimmer, aber sie sind entzückt, euch zu bekommen, und haben sich sogar erboten, euch zu heiraten – allerdings weiß ich nicht, was eine Heirat bei ihnen bedeutet. Preist euer Glück. Heute abend werdet ihr gebadet, parfümiert und für morgen zurechtgemacht! Geht in Freuden und erfüllt eure Pflicht!«
Der Chac hielt inne, doch seine Maske funkelte uns weiterhin an. Als er eine ringgeschmückte Hand hob, meinte ich, daß er uns segnen wollte. Doch statt dessen zeigte er geradenwegs auf mich und nannte mich beim Namen.
»Warum lächelst du? Du bist eine Fremde, eine Gefangene, aber

du bist hier gut behandelt worden. Jetzt freust du dich unverhohlen, deinen rechtmäßigen Herrn und dein angenommenes Land zu verlassen. Du bist undankbar!«

Ich senkte den Blick und bemühte mich, unterwürfig zu erscheinen. Das war eine Maske, die ich oft aufsetzte, auch wenn mir das nicht sonderlich gut gelang. »Ich schätze mich glücklich, die Wünsche meines Herrn zu erfüllen«, antwortete ich. »Er muß einverstanden gewesen sein, daß ich fortgeschickt werde, sonst wäre ich nicht hier.«

Daran, wie er die Hand zur Faust ballte, merkte ich, daß meine Antwort ihn ärgerte. »Jawohl, dein Herr und Beschützer ist einverstanden. Und er ist froh, dich los zu sein, Weib! Deine Schönheit hält nicht, was sie verspricht. Du bist kalt und lieblos; und daß dir die normale Leidenschaft fehlt, ist unnatürlich. Der Trieb – die wichtigste Eigenschaft einer Frau – fehlt dir. Es wäre besser, du wärest blind und taub. Das jedenfalls wäre keine solche Schande!«

Dieser Vorwurf, der im Beisein von unter mir Stehenden ausgesprochen wurde, schmerzte sehr, denn er entsprach der Wahrheit. Kein Mann hatte je den Funken der Leidenschaft in mir entzündet; übrigens auch keine Frau, obwohl mein Herr mehrmals dafür gesorgt hatte, daß ich solche Erfahrungen machte. Ich kam mir schuldig und unvollkommen vor. Nicht einmal Bestrafungen – und manche davon waren sehr hart gewesen – hatten mich bewegen können, den Männern so etwas wie Lust vorzugaukeln; man merkte mir Schmerz und Ekel trotzdem an. Ich war nicht einmal eine Schauspielerin, geschweige denn eine Geliebte.

»Ich weiß das alles, denn wir vom Rat vermögen euch ins Herz zu sehen und die Geheimnisse zu lesen«, sagte er und funkelte mich hinter seiner Maske gehässig an.

Wie gern hätte ich ihm erwidert: »Ihr wißt das nur, weil Ihr der Onkel meines Herrn seid. Er vertraut sich Euch an und beschwert sich über mich.« Aber ich hielt den Mund. Sollte er doch mit seiner Kraft, mir ins Herz sehen zu können, die anderen Frauen beeindrucken.

Sich vorneigend, zeigte er abermals auf mich – eine Geste, mit der er mich der Verdammnis überantwortete. »Wir kennen aber auch deine Geschichte und dein Horoskop. Unheil ist dein Gefährte. Es war töricht von uns, dich bei uns aufzunehmen. Kein Wunder, daß du lächelst, wenn das Elend hier zuschlägt.«

Lächelte ich denn wirklich, weil ich ans Fortgehen dachte? Es muß wohl so gewesen sein. Ich setzte ein ernstes Gesicht auf.

»Geh jetzt, Ce Malinalli. Gehe und nimm deine Liebe zum Bösen mit!«

Ich verneigte mich und wandte mich ab. Ich wollte es einfach nicht glauben, daß ich diese vertrauten Verfluchungen zum letztenmal hören sollte. Was bedeuteten Gefiederter Schlange schon Horoskope? Der Gott brauchte nur mit der Zunge zu schnalzen, und sie veränderten sich schon.

Als wir hinausgetrieben wurden, sagte ein wimmerndes junges Mädchen neben mir leise: »Werdet Ihr mich beschützen, meine Dame? Selbst Dämonen müssen jemand, der so wunderschön ist wie Ihr, hochschätzen. Ihr braucht nicht zu zittern.«

Zittern? Da merkte ich, daß mir in der Tat die Hände zitterten, allerdings nicht vor Angst, sondern vor Erregung; denn jeder Schritt, den ich machte, brachte mich einer anderen Welt näher.

Am Nachmittag wurden wir gebadet, parfümiert, gekämmt, von Körperbehaarung befreit und angemalt. Jede Frau bekam schöne neue Kleider und billigen Schmuck, den anzulegen ich mich weigerte. Ich machte kein Hehl daraus, und bald wurde vom Rat eine Sklavin geschickt, die mir einen Jadeanhänger und einen Armreifen von solcher Schönheit brachte, daß ich mich in meinen Vermutungen nur bestätigt sah.

Mit den anderen Frauen bot der Rat schäbigen Tribut an und hoffte, Gefiederte Schlange zufriedenzustellen, wenn auch ich geschickt wurde, um dem Gott selbst das Geschenk zu versüßen. Ich sollte die Scheibe Wildbret sein, die man in einen Topf Bohnen wirft, um das Gericht schmackhaft zu machen. Nun, warum nicht? Zumindest brauchte ich dann keine Rivalinnen zu fürchten, wenn es darum ging, die Aufmerksamkeit von Gefiederter Schlange zu erregen – dessen Name, wie ich bereits von einem der Herren, die zum Verhandeln ins Lager der Spanier geschickt worden waren, erfahren hatte. Auf spanisch hieß Gefiederte Schlange »Cortés«.

Am nächsten Morgen erwarteten uns vier Kriegskanus, die wie Blumenboote geschmückt worden waren; Sklaven hoben uns hinein, damit die Blüten, die man uns auf die Füße gemalt hatte, nicht durchs Wasser verblaßten. Vierzig Krieger – zwei für jede Frau – begleiteten uns, und alle waren prächtig gekleidet und genauso wie die Frauen mit Federn und angebundenen Vögeln geschmückt, daß die Boote auf dem Fluß wie schwimmende Gärten mit nistenden Reihern und Flamingos und grünfedrigen Quetzals wirkten.
Die Männer nahmen unter dem Vorwand teil, Brüder oder Väter zu sein, die uns unseren neuen Gatten übergeben sollten. In Wahrheit jedoch waren sie Wachen, die dafür sorgten, daß die Frauen nicht in Panik gerieten und flohen. Wie sich herausstellte, waren die Wachen auch wirklich nötig, denn dies war ein Tag, an dem Dame Mond – selbst ein blasses Gespenst – noch lange nach Sonnenaufgang triumphierend und mit Kopf über den Himmel zieht.
Eine der Frauen, die zufällig zum Himmel hinaufsah, erblickte sie und rief laut: »Unsere Mutter behält uns im Auge! Dame Mond wird uns vor den Ungeheuern bewahren.« Die Frauen brachen in Schluchzen aus und schlugen sich an die Brüste.
»Halt den Mund, Dummkopf!« zischte ich und versetzte der jungen Frau neben mir eine Ohrfeige. »Du bietest ein abstoßendes Schauspiel!«
Die Bewacher, die begriffen, daß ich recht hatte, fingen an, die untröstlichen Bräute zu kneifen und zu zwicken, und wir schafften es schließlich, die Reise schweigend zu vollenden. Aber mehrere Male sah ich, wie aus Augen mit reizvollem Silberblick dicke Tränen kullerten.

Die Spanier waren sehr gespannt auf uns und hatten sich unten am Wasser versammelt. Sie waren groß gewachsen und sahen mit ihren Bärten, ihren eigentümlich rosa bis rot gefärbten Gesichtern und dem Haar in unirdischen Farben höchst fremdartig aus. Wunderliche Geschöpfe, dennoch winkten sie, johlten ein wenig, versetzten sich gegenseitig Rippenstöße und lachten, so daß ich augenblicklich wußte: Der Chac hatte recht, »auf gewisse Weise« waren es doch Menschen. Sofern sich Götter unter ihnen befanden, was ja

zweifellos der Fall war, dann hatten sie zumindest menschliche Gestalt angenommen.
Die beiden Krieger, die mir zugeteilt waren, hoben mich auf die Schultern und trugen mich an Land. Für die nächsten Augenblicke war das spanische Lager nichts als ein verschwommenes Bild und ein einziges Getöse für mich – Banner flatterten, Schilde blitzten, und hundert Stimmen riefen in einer Sprache durcheinander, die ich nicht verstand und die in meinen Ohren nicht sehr menschlich klang, sondern mehr wie die Sprache der Affenmenschen oder Vögel. Ich war wie benommen, und als die Männer mich absetzten, kam mir alles unwirklich vor.
Dann hörte ich in meiner Erinnerung Dame Feuerstein Messer sagen: »Kopf hoch, Mädchen! Und Augen gesenkt! Schreite wie eine Königin, und du wirst behandelt wie eine Königin.«
Ich machte ein paar Schritte, dann blieb ich stehen und sah mich langsam um. Da – fast unmittelbar neben mir – stand ein Gott! Sein Haar war das Gold der Sonne, und seine Augen das Blau des leuchtend-klaren Himmels um die Mittagszeit. Er sah viel zu fremdartig aus, als daß ich ihn hätte schön nennen können, obwohl er wohlgestalt schien und größer war als jeder andere Mensch. Sein Lächeln hatte zwar etwas Beunruhigendes, schien mich aber gleichwohl willkommen zu heißen.
Ich kniete nieder und küßte den Boden, nicht, um mich zu erniedrigen, denn schließlich berühren die Lippen die Erde dabei nicht wirklich, sondern als Ausdruck der Höflichkeit und der Hochachtung. Ich kniete nieder und erhob mich in zwei voneinander getrennten, aber dennoch fließenden Bewegungen, vollführte die Geste mit Anmut, wie man es mich gelehrt hatte. Der Gott lächelte und erwiderte die Geste, indem er sich verneigte, was ich für unangebracht hielt, obwohl Anmut nie ungehörig sein kann.
Gerade in diesem Augenblick sprach jemand, der hinter mir stand, meinen Namen aus, allerdings mit einem so fremdländischen Akzent, daß ich die einzelnen Wörter nicht erkannte. Dann wurde mein Name in so etwas ähnlichem wie Maya wiederholt: »Dame Ein Gras.« Obwohl erschrocken, gelang es mir, meine Würde zu wahren: Ich drehte mich langsam um und ließ dabei meinen Körper der Bewegung von Augen und Schultern folgen, so, wie

man sich anmutig bei Zeremonien bewegt. Förmlich grüßend, neigte ich den Kopf, dann hob ich ihn langsam wieder.
Ich blickte in ein kraftvolles, ruhiges Gesicht. Er war groß, fast so groß wie der andere Gott, und er trug einen kurzen Spitzbart, der dunkel glänzte wie feuchte Baumrinde. Seine grauen Augen hatten fast etwas Leuchtendes, waren sonderbar eindringlich und bewußt, so bezwingend, daß ich eine ehrfurchterregende Kraft hinter diesem Blick spürte.
Gestern hatte der Chac des Ostens durch die Sehschlitze in seiner Maske geblickt und behauptet, in mein Herz zu sehen und alle Geheimnisse darin erkennen zu können. Das war selbstverständlich nur vorgetäuscht gewesen. Aber hätte dieser Mann – dieser Spanier, und flüchtig überlegte ich abermals, ob denn diese Spanier wirklich Menschen wären –, hätte dieser Mann gesagt: »Ce Malinalli, ich kann in deiner Seele lesen«, so hätte ich ihm, ohne zu zögern und es im mindesten anzuzweifeln, geantwortet: »Ja, Herr, ich weiß.«
Gleichwohl hatte sein Blick nichts Beunruhigendes, sondern eher Tröstendes, als ob er mich durch und durch kennte und verstünde. In der Hand hielt er einen Hut, so als hätte er ihn gerade erst abgenommen. Das Haar, dick und so dunkel wie sein Bart, fiel ihm bis auf die Schultern.
Ich wollte schon höflich vor ihm die Knie beugen, da ergriff er meine Hand, hielt sie fest, und seine Berührung war ebenso bestürzend wie angenehm. Er neigte tief den Kopf darüber und streifte mit den Lippen meine Haut, eine Geste, die so unerwartet war, daß ich die Hand erschrocken zurückzog. Er lächelte über meine Überraschung, so als freuten wir uns gemeinsam über einen Scherz.
»Habt Ihr mich bei meinem Namen gerufen, Herr?« fragte ich. »Jedenfalls meine ich, ihn gehört zu haben.«
Immer noch lächelnd, gab er mir durch Gesten zu verstehen, daß er nicht verstand. Später erfuhr ich, daß er meinen Namen auswendig gelernt hatte, weil die Tabasken meinen Rang und meine Bedeutung übertrieben hatten; sie hatten mich als eine hochgeborene Prinzessin ausgegeben, um damit den Wert ihres Geschenkes zu vergrößern.

Irgend etwas an ihm kam mir vertraut vor, doch das war selbstverständlich unmöglich. Vielleicht der lange, dunkle Rock, den er trug? Als ich noch darüber nachdachte, setzte er den Tuchhut, den er hielt, wieder auf, und da wußte ich es. Der Hut, der Rock, der Bart und das ernste und doch freundliche Gesicht: *Gefiederte Schlange.* Ich kannte ihn von hundert Bildern, von Standbildern, aus Schnitzereien und Reliefs an Tempelmauern. Dies war Gefiederte Schlange, bis zum Schwung der Feder an seinem Hut.

Ich war kein Kind, mir konnten Priesterversammlungen nichts vormachen; ich war keine von den unwissenden tabaskischen Frauen, die vor der Maske Chacs zitterten. Ich hätte Gefiederte Schlange allein nach ihrem Aussehen erkannt, doch mich verblüffte mehr als das. Ein Priester der Xipe Totec, der von Kopf bis Fuß in die abgezogene Haut eines menschlichen Opfers gehüllt war, ist etwas Furchtbares; trotzdem weiß man immer, daß er ein Priester ist und nicht der Gott selbst. Bei Gefiederter Schlange war das anders; ich spürte die Anwesenheit des Gottes. Ich *wußte*, daß er da war.

Der goldhaarige Gott hatte in der Nähe gestanden; jetzt sprach er. Die Worte konnte ich zwar nicht verstehen, doch hörte ich Ehrerbietung heraus; er redete den dunkelbärtigen Herrn als einen über ihm Stehenden an. Und ganz deutlich nannte er ihn »Cortés«, was, wie ich bereits wußte, Gefiederte Schlange hieß.

Plötzlich wurde mir klar, daß ich mich in Gegenwart eines Gottes befand; betroffen von meiner eigenen Verwegenheit, sank ich auf die Knie, berührte mit den Fingern erst die Lippen und dann die Erde. »Verzeiht, Großer Herr, ich habe zuerst nicht gewußt, wer Ihr seid.«

Er winkte mir, mich zu erheben; meine demütige Haltung schien ihn durcheinanderzubringen, was wiederum zu meiner eigenen Verwirrung beitrug, als ich nochmals versuchte, mich zu entschuldigen.

In diesem Augenblick zerrissen Schreie die Luft. Als ich mich umwandte, sah ich die neunzehn anderen Bräute sowie etliche ihrer Begleiter von Entsetzen gepackt fliehen. Ein großes Tier, fast so groß wie ein Jaguar, kam mit gebleckten Zähnen wild über den Strand gestürmt und stieß Laute aus, die dem Bellen eines Hundes ähnelten, nur zwanzigmal so laut und viel bedrohlicher waren. Und ganz im Gegensatz zu allen Hunden, war dieses Geschöpf über und über mit Haaren bedeckt.

Ich biß die Zähne zusammen und blieb still stehen; in der Gegenwart von Gefiederter Schlange, dessen war ich ganz sicher, würde man mich nicht verschlingen; schließlich wußte ich, daß der Gott Menschenfleisch verabscheute.

»Kommt zurück! Das Tier tut euch nichts«, rief ein Spanier in jämmerlichem Maya. »Benehmt euch, er beißt euch nicht!«

Die Bräute wurden mit Gewalt zurückgeholt. Einige mußten triefend und völlig aufgelöst aus dem Wasser gezogen werden; die Hochzeitsfarbe lief an ihnen herunter. Das Tier, so sollten wir später erfahren, war ein *Lurcher*, eine Kreuzung zwischen schottischem Schäferhund und Windspiel. (Aber ein Hund mit langhaarigem Fell!) Es wurde weggeführt, und die Spanier lachten und klatschten sich auf die Schenkel, was, wie ich fand, wenig Feingefühl verriet. Ich warf einen Blick auf Gefiederte Schlange. Er mißbilligte das Lachen; er verstand unsere Angst; ich hätte das auch nicht anders von ihm erwartet. Dabei war mir nicht klar, daß ich eine bedeutsame Entdeckung gemacht hatte: Er verstand unsere Gefühle, wohingegen alle seine Anhänger blind für sie waren.

Sein Gesicht, so erkannte ich jetzt, war von einer kraftvollen Schönheit. Als ich ihn so betrachtete, fiel mir das gemalte Buch ein, das mein Vater mir vor langer Zeit gezeigt hatte, und das Bild von einem Gott, der eine Frau besteigt, deren frommes Gesicht vor Freude strahlt.

Cortés entschuldigte sich mit einer höflichen Verneigung und ging weiter, um seinen Offizieren Anweisungen zu geben. Als ich ihn gehen sah, regte sich in mir ein Gefühl, das ich nie zuvor in Anwesenheit eines männlichen Wesens empfunden hatte, und ich dachte: *Der Gott ist ein Mann geworden. Sowohl als Mann wie als Gott soll er mich haben. Das schwöre ich.*

Die ersten Tage im Lager der Spanier waren so voller Wunder, daß mir vom vielen Schauen die Augen weh taten. Ich entdeckte Glas, ein erstaunliches Material, das Licht durchließ, Wasser aber nicht.

Ich sah und berührte Stahl, das stärkste aller Metalle, und doch so leicht, daß eine Frau einen Degen mit einer Hand hochheben konnte – und das machte mich sehr nachdenklich. Da gab es Kanonen und Schwarzpulver, Spiegel, Seide, Flaschenzüge und Räder.

Vor Jahren hatte ich einmal Räder an einem kleinen Hund aus Ton gesehen, ein Spielzeug für reiche Damen; doch nie wäre ich darauf gekommen, daß so etwas wie ein Rad auch *nützlich* sein könnte.

Segel waren das Symbol dieser neuen Welt. Die Spanier zähmten die Natur und machten sich die Naturgötter dienstbar, indem sie die Luft mit Segeln einfingen, den Wind also genauso versklavten, wie sie es mit Tieren taten. In unserer Welt hatten wir nur daran gedacht, den Winden nachzugeben und Tiere zu bekämpfen. All dies machte die Spanier den Göttern gleich, denn die Götter beherrschen die Natur genauso, wie die Natur die Menschen beherrscht.

Während ich alle diese Dinge entdeckte, hielt ich bei den Spaniern nach Zeichen von Göttlichkeit Ausschau. Göttlichkeit ist nicht von Dauer. Moctezuma zum Beispiel war, ehe er zum Gott erhoben wurde, nichts weiter als ein Mensch. Cortés war ein Gott, weil er Gefiederte Schlange war, doch Gefiederte Schlange war in der Vergangenheit bisweilen sterblich und fehlbar gewesen.

Der goldhaarige Spanier, den ich anfangs für Gefiederte Schlange gehalten hatte, hieß Alonzo Puertocarrero, ein Name, den auszusprechen ich die allergrößten Schwierigkeiten hatte; er enthielt zu viele unmögliche Laute. Puertocarrero war zumindest eine mindere Gottheit; das zeigte sich in seinem Aussehen und seinen Gesten, ging auch aus der Achtung hervor, die die anderen Spanier ihm entgegenbrachten; man merkte sofort, daß er über ihnen stand. Ich beobachtete die anderen Offiziere und fand ihre Göttlichkeit zweifelhaft. Sie waren nur Gefolgsleute des Gottes, und die Macht, die sie hatten, leitete sich von ihm her.

Am dritten Morgen betrat ein Spanier das abgetrennte Areal, in dem ich mich zusammen mit den anderen zukünftigen Bräuten aufhielt; von diesem Mann hieß es, er sei von den Maya im Nordwesten gefangengehalten worden.

»Bitte herzuhören, meine Damen!« Er versammelte uns um sich, hüpfte mit seinen dunklen Gewändern hin und her wie eine Krähe, blinkerte mit seinen blanken Augen und krächzte, um uns zum Schweigen zu bringen. »Ich bin Bruder Aguilar. Heute vormittag wird Vater Olmedo, ein heiliger Priester, euch die wahre Religion lehren. Diejenigen, die sich ihr anschließen, werden das Paradies erringen. Diejenigen, die das nicht tun, werden in einen See aus Feuer gestürzt werden.«

Er redete davon, als ob dieser See gleich hinterm Horizont loderte, und was uns betrifft, so hätte es wahr sein können. Doch wie dem auch sei, ich war aufgeregt und voller Hoffnung, daß ich auf die schwierige Frage, mit der ich mich herumschlug, endlich eine Antwort bekommen sollte.

»Ihr dürft nicht bei christlichen Herren liegen, solange ihr selbst noch keine Christinnen seid«, sagte er. Darauf konnte sich keine von uns einen Vers machen; fragend sahen wir uns an.

Aguilar führte uns an eine schattige Stelle zwischen den Palmen, auf der zwei Pfähle in Kreuzform zusammengebunden worden waren. Ein Bild hing daran. Da das Kreuz bei den Maya als Fruchtbarkeitssymbol sowohl für die Erde als auch für den weiblichen Schoß gilt, war es nur recht, daß das Bild eine schmachtend dreinblickende Frau mit einem Säugling zeigte. Bei der Mutter wie bei dem Kind handelte es sich um Albinos, was schade war, denn sonst sahen sie recht anziehend aus.

Mit zusammengelegten Händen verneigte Aguilar sich vor dem Bildnis; er war offensichtlich tief gerührt. Sein längliches, schmerzverzerrtes Gesicht war selbst in diesem Augenblick frommer Erfüllung geprägt von Falten, eingefallenen Wangen und hervortretenden Knochen, so daß er das skeletthafte Aussehen aztekischer Priester hatte, welche durch Fasten Buße tun. Ich kam zu dem Schluß, daß Aguilar sich genauso wie sie mittels Hungern kasteite. Hunger konnte auch den gehetzten Ausdruck in seinen Augen erklären. Aber Göttliches sah ich in ihm überhaupt nicht – er war ein Mensch, auch wenn ihn ein Gott vielleicht mit ein wenig Wahnsinn geschlagen hatte.

Vater Olmedo – genauso ungöttlich, dafür aber feist – kam schwitzend und keuchend an und war so verrückt, in der Hitze von Tabasco eine schwere Kutte zu tragen. Bestimmt auch wieder eine Bußübung, wie ich annahm. Er kletterte auf einen gestürzten Baum, um über uns zu stehen und sich so Autorität zu verschaffen.

»Das hier ist die Heilige Muttergottes.« Er zeigte auf das Bild, und Aguilar dolmetschte in seinem schrecklichen Dialekt. Nach langen bombastischen Reden und viel vergossenem Schweiß wurde allmählich klar, daß diese Dame die Göttin Die Mit Dem Schlangenhüfttuch war, hier freilich in jüngeren Jahren dargestellt, bevor ihre Brüste vom Nähren all der Götter schlaff geworden waren.

»Unsere Liebe Frau gebar ihren göttlichen Sohn, obwohl sie noch Jungfrau war«, sagte der Priester. Die meisten Frauen lächelten wissend und dachten offensichtlich: Wie leicht Männer sich doch täuschen lassen. Der Rest nickte eingedenk zweier jungfräulicher Geburten in der Hochlandreligion.

Olmedo sprach von der Heiligen Dreifaltigkeit. »Dies Mysterium könnt ihr nicht begreifen«, schloß er.

Dabei war uns diese Idee keineswegs fremd; schließlich sind die meisten Götter vielfältige Persönlichkeiten, genauso wie Menschen helle und dunkle Seiten, männliche wie weibliche Eigenschaften haben. Allmählich begriff ich, daß dieser Mann mir keine der grundlegenden religiösen Fragen beantworten würde, die mich faszinierten. Welcher Gott die Menschen zum Beispiel lehrte, den Wind in Segeln einzufangen? Und wie man Macht über Tiere gewann? Welcher Natur die Göttlichkeit von Cortés als Gefiederter Schlange war – war er so geboren worden, oder war sie ihm später zugewachsen?

Das meiste von dem, was Olmedo sagte, fand meine Billigung. Diese Frau auf dem Bild, die Jungfrau Maria, schien alles in der Hand zu haben – eine neue, gleichwohl aber gute Idee, denn schließlich hatten männliche Götter die Welt ziemlich verpfuscht. Ich stimmte zu, daß Menschenopfer abscheulich waren, wenn im Übermaß dargebracht – das hatten die Anhänger von Gefiederter Schlange schon immer gefunden.

Ich hörte auf, mich auf das verwaschene religiöse Gerede zu konzentrieren; statt dessen prägte ich mir die Worte ein, wie sie klangen und was sie laut Aguilar bedeuteten. Ich nahm mir vor, diese Sprache bald zu beherrschen.

Der Priester sagte: »Jetzt wißt ihr alles, was ihr wissen müßt. Morgen, während der Palmsonntag-Messe, werdet ihr getauft.«

»Vielen Dank, aber das ist nicht nötig«, sagte eine Frau. »Wir sind alle schon vor langer Zeit mit heiligem Wasser getauft worden.« Andere pflichteten ihr bei.

Aguilar machte sich gar nicht erst die Mühe, das zu übersetzen, sondern schrie: »Eure Taufe war Teufelswerk! Ich kenne eure dreckige Religion, kenne eure Verderbtheit.«

Sein Haß und sein Groll erstaunten mich. Dieser Mann war durchdrungen von Haß, so wie Singende Schlange von Gift durchdrungen ist. »Die christliche Taufe wird euch von der Sünde reinwaschen«, sagte er mit ruhigerer Stimme. »Wird euch läutern.«

Eine der Frauen, die den Namen Blumen Tasche trug, stellte die Frage, die alle bewegte: »Werden die Spanier uns hinterher vögeln?«

Die Frauen lehnten sich vor; endlich war ihr Interesse geweckt. Aguilar wurde aschgrau im Gesicht, doch wurde ihm eine Antwort erspart, weil Vater Olmedo wohlwollend lächelnd die Hand hob und das Zeichen des Fruchtbarkeitskreuzes der Maya schlug. Diese Geste sprach eine deutliche Sprache.

Als wir alle gingen, glitt Blumen Tasche neben Aguilar und fragte: »Wird der Große Herr der Spanier sich auch eine Frau nehmen? Entspricht das seiner Natur?«

»Cortés? Ja, das entspricht seiner Natur.« Mißbilligend schürzte Aguilar die Lippen. »Aber morgen wird er sich keine Frau erwählen. Es gibt nicht genug Frauen für alle Offiziere, und Cortés gehört nicht zu denen, die essen, solange seine Männer noch hungrig sind.«

So ein Unsinn! Wir waren schließlich nicht zum Sattmachen da – zumindest hoffte ich das. Wenn nicht jeder Offizier eine eigene Frau haben konnte, dann mußten sie sie teilen, wie Männer das in Zeiten von Frauenknappheit immer tun. Was Aguilar da sagte, war barer Unsinn.

Am nächsten Morgen begab ich mich an einen abgeschiedenen Ort zwischen hohen Farnen – Wachen waren keine mehr da, die Frauen konnten nirgendwohin fliehen. Es war eine Stelle am Flußufer, die ich auch früher schon aufgesucht hatte, wenn mir das Leben schwierig vorgekommen war. Da saß ich, starrte auf die sanften Wellen und versuchte, meine Ängste zu überwinden. Völlig unabhängig von dem, was Aguilar gesagt hatte, wußte ich, daß ich für Cortés bestimmt war. Doch wie sollte ich mich verhalten, wenn der Augenblick der Paarung kam?

Der Chac des Ostens hatte mir vorgeworfen, lieblos und kalt zu sein. Er hatte recht – dabei hatte ich nicht das Gefühl, daß meine Gleichgültigkeit angeboren war. Vor langer Zeit hatte ich mich auf eine unschuldige Weise zu Lerchen Singers Körper hingezogen gefühlt. Außerdem hatte ich die männlichen Umarmungen meines Vaters sehr genossen.

Dann war der Tag im Tempel gekommen, im Haus der Männer, als ein Mund wie eine feuchte Spinne über mich hinweggekrochen war. Von da an hatte ich die Tarantelliebkosung wohl tausendmal immer aufs neue durchlebt – in der Erinnerung, in Alpträumen, vor allem aber, sobald irgendein Mann mich in Lust anrührte. Das erstemal hatte mich ein Mann genommen, indem er mich auf einem Dschungelpfad zu Boden warf; ich hatte mich gewehrt wie eine im Netz gefangene Wildkatze, und als er gewaltsam in mich eindrang, hatte ich das Gefühl gehabt, daß Krallen meinen Körper zerrissen. Später, als andere Männer mich nahmen, war der erinnerte Schmerz weniger stark, aber an meinem Ekel änderte sich nichts. Ich zwang mich, das Unabänderliche zu ertragen, aber ich täuschte nie etwas vor, was ich nicht empfand.

Ob es jetzt bei Cortés genauso sein würde? Ich starrte ins Wasser und versuchte, meine eigene Natur auszuloten. Ich fühlte mich machtvoll zu dem Gott hingezogen; war empfänglich für seine Sanftheit wie für seine Stärke. Aber ich kannte auch andere Männer, die schön anzusehen waren, ja bei denen es sogar schön war, nur an sie zu denken. Doch sobald sie sich mir näherten, sobald ich ihren Atem auf meiner Haut spürte, wurde ich von Panik ergriffen, und ich konnte es nicht verhehlen.

»Bei Gefiederter Schlange wird es anders sein«, sagte ich mir. Er war ein Gott; sich mit einem Gott zu paaren, das mußte so

herrlich sein wie auf der Szene in dem gemalten Buch. Und wenn nicht? Was wäre, wenn ich würgte und zitterte oder womöglich gar schrie? Er würde mich mit Schande fortjagen. Und dann würde ich mich umbringen, würde ich Aguilars Flammensee finden und mich hineinstürzen.
Eine Trompete erscholl – das Signal, sich zu versammeln. Ich strich mir das Haar zurück, kniff mich in die Wangen, um frische Farbe zu bekommen, und machte mich auf die Suche nach der Blütenkrone, die ich zur Taufe und zur Hochzeit tragen sollte.

Cortés kniete vor dem Bild Unserer Lieben Frau. Andächtigkeit malte sich auf seinen Zügen. Er kennt sie, dachte ich. Sie ist seine Mutter.
Bei Vater Olmedo war Unsere Liebe Frau ein fleischloser Geist gewesen, der irgendwo am fernen Himmel schwebte. Bei Cortés war sie lebendig, war sie gegenwärtig.
»Die neuen Christen sollen jetzt vortreten und niederknien, damit sie getauft werden«, sagte Aguilar und winkte mir, als erste vorzutreten, was ich ohnehin getan hätte.
Ich kniete so nahe bei Cortés, wie ich nur wagte, und hatte die Augen sittsam gesenkt. Vater Olmedo murmelte ein paar magische Worte und besprengte mich mit Wasser. Der Duft meiner Blütenkrone konnte den Geruch seines Schweißes nicht ganz überdecken.
»Marina«, sagte er. »Doña Marina.«
»So lautet dein neuer Name in Christo«, flüsterte Aguilar, der hinter mir kniete. »Jetzt bist du Doña Marina. Bis in alle Ewigkeit.«
»Doña Marina«, wiederholte ich den Namen leise, wobei ich zwar meine Schwierigkeiten mit den ungewohnten Lauten hatte, den Namen selbst jedoch mochte und hoffte, daß er mit einem günstigen Horoskop verbunden war. Ich merkte rasch, daß die anderen Frauen nicht *Doña* genannt wurden, und so sollte es auch sein. Ich hatte meinen Rang behauptet.
Die religiöse Zeremonie endete abrupt. Die Spanier stießen Freudenschreie aus, klatschten in die Hände, fielen sich in die Arme und umarmten sogar die Frauen. Ich war dankbar, daß keiner von ihnen mich berührte.
»Was schreien sie denn da, Bruder Aguilar?« fragte ich.

»Nichts, Doña Marina.« Schmerzlich verzerrte er das Gesicht und errötete. »Es sind Soldaten, und sie haben ein loses Mundwerk.«
Dann fluchten sie also. Ich muß diese Sprache unbedingt erlernen, dachte ich. Aguilar taugte nur für frommes Gerede.
»Die Frauen stellen sich jetzt in einer Reihe auf«, verkündete Aguilar. Stolz erhobenen Hauptes blieb ich stehen, während die anderen Frauen sich hinter mir aufstellten.
Ernst lächelnd, doch eine Augenbraue hochgezogen, ging Cortés die Reihe ab, begutachtete die Frauen und nickte ihnen beifällig zu. Dabei bewegte er sich, wie ich fand, geschmeidig wie ein Jaguar. Nein, nicht wie ein Jaguar, sondern wie ein Ozelot. Maulwurf und Ozelot sind die Erdtiere, die ihm heilig sind.
Vor Blumen Tasche – die jetzt einen neuen und unaussprechlichen Namen hatte – blieb er stehen und winkte ihr vorzutreten. Dann führte er sie zu einem seiner Offiziere, einem rotbärtigen Mann und legte Blumen Tasches Hand in die Rotbarts.
Die Spanier wollten schier den Verstand verlieren vor Freude, und Rotbart, der verschlagen grinste, schlang die Arme um Cortés, drückte ihn und klopfte ihm dann so profan auf den Rücken, daß ich meinen Augen nicht traute. Ich hoffte und erwartete, daß Cortés den Unverschämten auf der Stelle tot niederstrecken würde. Statt dessen lachte er einfach, als er sich von der unverfrorenen Umarmung befreite. Mir schwamm plötzlich der Kopf – dabei war das erst der Anfang.
Achtzehnmal wiederholte sich solch eine Übergabe einschließlich In-die-Arme-Schließens, lauter Rufe und sogar einiger schlüpfriger Gesten. Zum Schluß war ich die einzige Frau, die von der ganzen Reihe übriggeblieben war. Irgendwie hatte ich gewußt, daß es so kommen würde, daß er die von ihm Erwählte bis zuletzt aufsparen würde. Und die Spanier wußten das offensichtlich auch, denn plötzlich herrschte Schweigen.
Cortés trat vor mich. Er verbeugte sich tief – bei den anderen hatte er nur den Kopf geneigt. Einen Moment sahen wir einander offen ins Gesicht. Wie edel er ist, dachte ich und vergaß völlig, mich niederzuknien und ihm zu huldigen. Was ich in seinem Gesicht las, schien höfliche Bewunderung zu sein. Doch dann malte sich etwas anderes in seinen Augen, das jedoch fast sofort wieder

verschwand. Begehren vielleicht? Oder sogar Schmerz? Völlig verwirrt stand ich da und war wie benommen, als er meine Hand nahm und mich führte. Wohin gingen wir? In sein Zelt? Zu einem seiner Boote? Die Männer in unserer Nähe bewahrten Schweigen. Ein paar von ihnen nickten.

Cortés blieb stehen. Ich fand mich vor dem großgewachsenen Gott mit dem Haar aus gesponnenem Gold wieder, den ich beim erstenmal irrtümlich für Gefiederte Schlange gehalten hatte. Seinen umständlichen Titel hatte ich vergessen, doch sein Name war mir, wie ich jetzt merkte, immer noch geläufig: Don Alonzo. Cortés sprach leise, dann legte er Don Alonzos Hand in die meine. Ich war dermaßen verblüfft, daß ich kaum die Hochrufe hörte.

Ich glaube, für einen Moment verriet mich mein Gesicht – aber nur für einen Augenblick; dann war die Maske wieder da. Diese Verbindung war der Wille von Gefiederter Schlange. Ich hatte das zu akzeptieren, mußte sogar versuchen, froh darüber zu sein.

»Don Alonzo, mein Herr«, sagte ich und lächelte, als ich ihm in die beunruhigenden, himmelblauen Augen sah. Erstaunt, aber offensichtlich hocherfreut starrte er mich an; von meinem Schock und meinem Schmerz ahnte er nichts. Dame Feuerstein Messer wäre stolz auf mich gewesen.

Im Zwielicht spazierten wir am Fluß entlang. Ich verstand keines seiner Worte bis auf »Marina«, doch seine Stimme klang tief und angenehm. Er bemühte sich, behutsam zu sein, und dafür war ich ihm dankbar. Er flüsterte, und ich dachte, daß er sagte: »Du bist bezaubernd, ich bin entzückt von dir.«

»Ihr ehrt mich, und Ihr seid freundlich, Don Alonzo«, antwortete ich, als hätte ich ihn verstanden und er könnte mich verstehen.

Plötzlich errötete er und wurde schüchtern. Ohne daß ich auch nur ein einziges seiner Worte begriffen hätte, wußte ich, daß er mich fragte: »Gefalle ich dir? Bist du glücklich mit dieser Wahl?«

Diese Frage stellen Männer immer, wenn eine Ehe arrangiert worden ist, ohne daß die Frau gefragt wurde. Selbst Freier von Prostituierten fragen das.

Ich erwiderte: »Euer Glück, Don Alonzo, ist auch mein Glück.«

Das stimmte zwar nicht, aber von welcher Frau hat man jemals

erwartet, daß sie diese Frage ehrlich beantwortet? An der Art und Weise, wie ich nickte und die Augen wie eine Dorfbraut niederschlug, konnte er schließen, daß er mir gefiel.
Er zögerte und wies auf eine Stelle zwischen den Farnen, wo wir uns hinsetzen und ganz unter uns sein konnten. Mit den Augen fragte er, ob mir die Stelle genehm sei.
»Es ist wunderschön hier, Don Alonzo.« Er merkte nicht, daß ich ihn hingeführt hatte.
So setzten wir uns, und er sprach leise, zwirbelte dabei eine Haarsträhne von mir zwischen den Fingern. Sein Handrücken und der linke Unterarm waren mit feinen goldenen Härchen bedeckt. Das war zwar merkwürdig, aber hübsch, und plötzlich verlangte es mich, diese Härchen mit den Fingerspitzen zu berühren, doch wußte ich nicht, was bei ihm üblich war, und hatte Angst, mich in seinen Augen unschicklich zu verhalten.
Noch vor wenigen Stunden hatte ich an derselben Stelle gesessen und mir Sorgen gemacht, ob ich Cortés gefallen würde. Nun, dieses Problem war mir abgenommen worden. Warum mochte Cortés mich einem anderen gegeben haben? Ich war mir sicher, Begehren in seinen Augen aufleuchten gesehen zu haben. Ob er wohl, mit dem Gesicht von Gefiederter Schlange begabt, meine Ängste und Selbstzweifel erkannt hatte? Und ich wußte auf der Stelle, daß genau das der Fall gewesen war. Er verstand mich, und plötzlich war ich ihm dankbar für seine Weisheit. Don Alonzo war mein Lehrer; wenn ich bereit war, würde Cortés mich nehmen. Das stand durchaus im Einklang mit den ältesten Hochzeitsgebräuchen bei meinem eigenen Volk. Wie hatte ich nur so schwer von Begriff sein und nicht sehen können, daß Cortés all dies wußte?
Jetzt wandte ich mich dem goldhaarigen Gott zu und sagte: »Können wir jetzt anfangen? Zeigt mir, was Euch gefällt – und was ihm gefallen wird.«
Doch er verstand nicht. Folglich wollte ich ihm das Hemd über den Kopf streifen, doch ich hatte noch nie Knöpfe berührt und wußte nicht, wie ich damit fertig werden sollte. Er gluckste – entzückt und nicht so, als machte er sich über meine Unwissenheit lustig, sondern wie man über ein Kind lächelt, das etwas Neues

entdeckt. Das Haar auf seiner Brust war viel dichter und länger als auf den Armen, aber nur wenig dunkler. Er wirkte im schwindenden Licht wie poliert, fremdartig und schön. Die Blässe seiner Haut unterm Hemd überraschte mich; sie war so hell, daß sie den kreidegeweißten Gesichtern der Bestattungs-Tänzer ähnelte, doch als er sich dem Licht zuwandte, erkannte ich, daß seine breite Brust keineswegs weiß war, sondern elfenbeinfarben, von jener bezaubernden Färbung und Beschaffenheit wie die Figürchen aus Jaina.

Als seine Hände und seine Lippen meine Brüste berührten, hielt ich den Atem an und wartete darauf, daß mich Ekel oder Klauen ergriffen, doch empfand ich nur eine unvertraute Wärme und Zärtlichkeit. Als ich auf die helle Haut und auf das goldene Haar hinabblickte, das so anders ist als Haut und Haar von Menschenmännern, spürte ich, wie das Begehren in mir wach wurde. Ganz langsam antwortete mein Leib ganz von sich aus auf seine Liebkosungen. Ich vergaß, daß ich eigentlich Angst haben müßte, und verlor mich an seine Fremdheit.

Dann legte er ohne jede Warnung seinen Mund fest auf den meinen, und seine Zunge zwängte sich zwischen meine Lippen. Ich wußte nicht, was er tat – solche Küsse kannten wir nicht in unserer Welt, und einen schrecklichen Augenblick lang dachte ich, das Schlimmste, das ich gehört hatte, wäre wahr – daß er jemand sei, der lebendiges Fleisch verzehrte und im Begriff war, mich zu verschlingen. Doch die Sanftheit seiner Liebkosungen beruhigte mich. Ich gab mich dem Geschmack seines Mundes und seiner Zunge hin – und fand ihn merkwürdig süß und erwärmend. Ich wollte, daß die Wärme anhielt bis in alle Ewigkeit.

Ein Kribbeln breitete sich aus. Es wurde Verlangen, dann Zwang. Dies, dachte ich verschwommen, ist es, worüber Mädchen flüstern und erfahrene Frauen sich insgeheim voreinander brüsten. Daß es so mächtig war, hätte ich nie erwartet. Als er in mich eindrang, verspürte ich keinen Schmerz, sondern empfand nur Erfüllung; trotzdem stieß ich einen Schrei aus, wie Bräute es tun, doch nicht aus Angst, sondern aus Freude und Beseligung. Dann umklammerte ich ihn und drückte ihn an mich, umfing ihn und vereinigte mich mit dem Gott.

11 Ins Land des grenzenlosen Überflusses

Zwei Tage später, an einem strahlenden Morgen mit stürmischem Wind segelten wir an der Küste entlang nach Westen. Als die Mündung des vertrauten Flusses meinen Blicken entschwand, erfüllte mich nichts als ein Gefühl der Freude und der Befreiung. Mein Leben war selten glücklich gewesen, nur als Kind in Jalisco war ich einigermaßen zufrieden gewesen. Im Nest der Schlange hatte ich das Leiden richtig kennengelernt; aber Leiden setzt ein Bewußtsein von Schmerz voraus, ein Gefühl dafür, lebendig zu sein. Selbst das hatte ich in Tabasco nicht mehr gehabt. Für mich war das Land der Feuchten Erde und der Flüsse eine Station auf dem Weg ins Grab gewesen, und jetzt hatte es eine Auferstehung gegeben. Ich war wie die Erde, nachdem die Regenfälle wieder eingesetzt haben, wie ein winziger Vogel, der aus einem Ei schlüpft, wie ein Schmetterling, der aus seinem Kokon ausbricht. Ich war ins Leben zurückgekehrt; mir war, als müßte ich immerzu singen.

Den Wind im Rücken, flog das Schiff dahin, und über mir knatterten die Segel so laut, daß es schien, als wohnte dort der Donner. Ich stand an Deck und hielt mich an einem Mast fest, um nicht das Gleichgewicht zu verlieren; gleichzeitig versuchte ich, mich an das Gefühl zu gewöhnen, übers Wasser dahinzufliegen. Ich wußte, was die Götter empfunden haben mußten, wenn sie auf Adlers Rücken ritten. An diesem Morgen gab es nichts, das ich nicht geschafft hätte, nichts, das ich nicht hätte werden können.

Ich wußte weder, wohin wir segelten, noch, warum wir überhaupt ablegten, obwohl ich annahm, daß wir erst gen Westen fuhren und dann nach Norden abdrehen würden, so daß Cortés als Gefiederte Schlange seine Reiche zurückfordern konnte. Alle Anzeichen deuteten darauf hin, daß wir auf dem Weg waren, die Prophezeiungen zu erfüllen. Außerdem schien unsere Reise mit den goldenen Schmuckstücken zu tun zu haben, die die Tabasken den Spaniern als Teil ihrer Tributzahlung gegeben hatten. Bei diesem billigen Schmuck handelte es sich um protzigen Tand, wie etwa Herr Lanzenträger ihn getragen hatte, doch rief er unter den Spaniern große Aufregung hervor – weshalb, blieb mir unerfindlich. Anscheinend war das Gold Don Alonzo und einigen anderen, die ihm ähnelten, ihres Haars wegen heilig; das wäre nur natürlich gewesen. Doch eines taten die Spanier, wie ich bald herausfand, nicht: Sie aßen kein Gold.

Ich beschloß, Aguilar bei der ersten Gelegenheit danach zu fragen, doch ging Aguilar mir aus dem Weg, so wie er überhaupt alle Frauen mied. Wann immer möglich, hielt er sich in unmittelbarer Nähe von Cortés auf, und dann konnte ich mich schon deshalb nicht an ihn wenden, weil das dreist gewirkt hätte, obwohl Cortés mir gegenüber große Höflichkeit zeigte und ich ein günstiges Zeichen darin sah, daß Don Alonzo und ich auf der *San Sebastian* fuhren, dem größten der neun Schiffe und demjenigen, für das auch Cortés sich entschieden hatte.

Am nächsten Tag nach einer überaus befriedigenden Nacht mit Don Alonzo beobachtete ich Cortés genau aus der Nähe. Er lehnte an der Reling und ließ die Augen zu dem flachen, graugrünen Ufer hinüberwandern, das nie besonders weit entfernt war; dabei ging ich davon aus, daß seine Augen hundertmal weiter sahen als meine. Wahrscheinlich sah er am Dschungel vorbei und durch die Berge hindurch, die, wie ich wußte, dahinter aufragten, und schon heute nahm er die Herrschaftsgebiete der Azteken in Augenschein, die er eines Tages regieren sollte. Oder sollte dies die Gegend sein, wo er beim Versuch, sie zu erobern, vernichtet würde? Gefiederte Schlange war nicht immer unbesiegbar gewesen, nicht einmal, als sich Maulwürfe, Ozelots und Bussarde auf seine Seite geschlagen hatten. Er würde abermals vertrieben werden. Irgendwann einmal würde er selbstverständlich im Triumph zurückkehren, doch das vielleicht erst, nachdem einige Garben Jahre vergangen waren. Ich selbst würde dann längst tot sein und meine Gebeine vergangen, daß nicht einmal seine Maulwürfe sie mehr fanden.

Dieser Gedanke war unerträglich, und so verdrängte ich ihn mit Macht. Es war viel angenehmer, Cortés zu beobachten und die menschlichen Seiten des Gottes zu studieren, das Gesicht und den

Körper, den Gefiederte Schlange für seine Fleischwerdung erwählt hatte.
Nach aztekischem Maßstab war er überragend groß; und ein großer Mann war er auch unter Spaniern. Sein Haupt- und sein Barthaar waren nicht dunkel, sondern schwarz – ein weiser Farbkompromiß, denn so würden die Azteken seine Hautfarbe zwar ungewöhnlich, aber nicht unmöglich finden. Die meisten Bilder von Gefiederter Schlange zeigen ihn mit dunklem Bart; auf einigen wenigen jedoch wird er auch mit gelbem Haar dargestellt. Vielleicht hatte der Gott sich auf ein dunkles Braun eingelassen. In den Schultern war er breiter als fast alle anderen Männer und seine Brust mächtig wie die eines Ballspielers. Für meine Begriffe hatte der Gott sein irdisches Gefäß sehr klug gewählt.
Die bestürzend grauen Augen verrieten die Verkleidung. In ihnen schaute aus dem menschlichen Gesicht der Gott heraus.
Ich sah, wie er sich von der Reling abwandte und gleichmütig, entspannt und unverkrampft einem Matrosen einen Befehl gab. Dabei brachte er das Weltende, eine Kraft wie ein Erdbeben, als ob alle Vulkane auf einmal Feuer spien. Unvermittelt begriff ich, daß ich ausschließlich darauf gehofft hatte, seine Begierde zu erregen. Mich kränkte der Gedanke, daß er meine Brüste nicht anziehend finden könnte, machte mir Sorgen um die Rundung meiner Hüften. Ich war wie eine von den Frauen geworden, die ich immer verachtet hatte, Frauen, die an nichts anderes denken als an Sex. Freilich ist das nur natürlich, denn schließlich werden sie dazu erzogen; ihr ganzer Erfolg hängt davon ab. Gelingt einer Frau nur dies eine gut zu tun, braucht sie nie im Leben irgend etwas anderes zu machen. Ich jedoch wollte mehr; ich war dazu geboren, mehr zu verstehen.
Gewiß gab es anderes, womit ich meinem Gott dienen konnte; und doch hatte ich bis jetzt an nichts anderes als an die flüchtigste aller Freuden gedacht, an eine, die schön sein konnte, aber mit der Zeit keinen von uns beiden zufriedenstellen würde. Ich mußte mehr sein als ein Gefäß, selbst für einen Gott. Den ganzen Tag über zerbrach ich mir den Kopf darüber. Wenn es zu Kämpfen käme, würde ich keine Angst haben, mich für ihn zu schlagen. Die Erinnerung an den Zusammenprall in Tabasco stand mir noch

lebhaft vor Augen, erregte mich, und ich hatte das Gefühl, daß spanische Waffen mich so stark machen würden wie die meisten aztekischen Soldaten. Aber ob man mir auch erlaubte zu kämpfen? Das bezweifelte ich. Es gab keine Kriegerinnen unter den Spaniern, und so sah ich in dieser Beziehung ein Problem auf mich zukommen. Schlug ich mich schlecht, konnte sich das nur als peinlich für die Sache erweisen; und schlug ich mich zu gut, würde das für jeden peinlich sein.

Ich überlegte, ob ich ihm anbieten sollte, Schmerzen für ihn zu ertragen. Ich konnte seinetwegen Opfer bringen, konnte mich zum Beispiel mit Nadeln durchbohren. Allerdings wies nichts darauf hin, daß er so etwas wollte oder brauchte. Im übrigen war ja eines der einnehmendsten Dinge an Gefiederter Schlange gewesen, daß er Opfer stets abgelehnt hatte. Was also sonst? Ich war völlig durcheinander.

Nachdem wir an dem großen Fluß vorübergekommen waren, der das Nest der Schlange durchfließt, wandten wir uns nach Norden. Unter den Bäumen am Ufer sah ich scheu wie Rotwild Menschen stehen, und ich fragte mich, ob wohl mein Bruder darunter wäre. Ich war jetzt zwanzig Jahre alt; infolgedessen mußte er etwa sechs sein, und ich dachte voller Sehnsucht an ihn. Ich winkte, und ich rief, doch meine Stimme verhallte in der Weite der See.

Zwei oder drei Vormittage später tauchten die großen schneebedeckten Berge vor uns auf. Die Spanier bewunderten sie, und die tabaskischen Frauen, die in ihrem ganzen Leben noch nicht einmal einen Hügel zu sehen bekommen hatten, konnten sich vor Verwunderung überhaupt nicht fassen; für ihre Begriffe war der Tempel in ihrer Stadt immer das höchste Ding auf Erden gewesen. Manche Spanier erkannten jetzt stolz Buchten und Flußmündungen wieder; sie hatten zu den ersten Herolden gehört und waren schon früher an dieser Küste entlanggesegelt. Die Berge lockten Aguilar allein an die Decksreling, so daß ich die Gelegenheit beim Schopfe packte und ihn ansprach.

»Darf ich Euch etwas fragen, Bruder Aguilar?«

»Aber gewiß doch, Doña Marina.« Verlegen lächelte er mich an. »Nur macht es kurz. Ich habe religiöse Pflichten zu erfüllen.«

»Es geht um die Religion; da wollte ich Euch etwas fragen.« Nun war Religion das letzte, woran ich gedacht hatte, doch war sie ein Köder, nach dem er schnappen mußte.

»Ich werde mich bemühen, Euch zu erleuchten.«

»Vater Olmedo erwähnte die Kardinaltugenden. Wenn Ihr mir erklären könntet...«

»Selbstverständlich.« Schon hob er zu einer regelrechten Predigt an, und ich erfuhr bald, daß die christlichen Auffassungen davon, was gut ist, im großen und ganzen denen einer jeden gebildeten Person entsprachen. Er sprach so nachdrücklich über die Ehrlichkeit, daß ich zu dem Schluß kam, er müsse unter Dieben und Lügnern aufgewachsen sein.

»Keuschheit ist eine Tugend, die mir persönlich besonders am Herzen liegt. Die Liebe zur Keuschheit hat mir das Leben gerettet und mein ganzes Dasein verändert.«

»Erzählt mir davon, Bruder Aguilar.«

»Ich befand mich an Bord eines Schiffes auf der Reise zwischen Kuba und Hispaniola, als ein Sturm uns ans Ufer warf und wir von Heiden gefangengenommen wurden. Wir wurden in der grausamsten Sklaverei gehalten. Die Frauen, die wir bei uns hatten, mußten dermaßen schuften, daß sie beim Kornmahlen tot umfielen. Unter Schlägen mußten sie in der höllischsten Sonne arbeiten! Dann sah ich, wie meine Freunde einer nach dem anderen geopfert wurden. Ich selbst sollte getötet und mein Fleisch verspeist werden.«

Er spach ruhig, aber mit größtem Nachdruck, und der Schrecken war seiner Stimme noch anzumerken. »Ein Häuptling mochte mich. Mein Anderssein amüsierte ihn. Er sparte mich auf und bot mir eine Frau an. Ich weigerte mich zu heiraten, da ich heilige Gelübde abgelegt hatte, und einer Frau beizuwohnen, wäre für mich Verdammnis gewesen. Er glaubte mir nicht und stellte mich auf die Probe. Ich wurde gezwungen, eine Nacht am Ufer des Sees in Gesellschaft der verführerischsten und lüsternsten Frau zu verbringen, die er finden konnte.«

»Wie schrecklich für Euch«, murmelte ich, und mein Interesse an der Geschichte stieg plötzlich merklich. In Erinnerung versunken, starrte Aguilar zum Ufer hinüber.

»Sie tat mir jede Schändlichkeit an, auf die sie nur kam. So mußte ich mich ihren Liebkosungen und ihrer ekelhaften Umarmung hingeben. Sie tat mir Abscheulichkeiten an, von denen ich angenommen hatte, daß Menschen im Traum nicht darauf kämen. O ja, sie versuchte, mich in jeder Weise zu besudeln. Ich denke, sie war von Satan persönlich besessen.«

Ich mußte an das Haus der Männer denken. Nie zuvor war es mir in den Sinn gekommen, daß man auch einem Mann Gewalt antun konnte.

»Doch ich erlag ihren Verführungen nicht. Sie schaffte es nicht, mich zur Sünde zu verleiten. Der Häuptling, der sich diese Probe für mich ausgedacht hatte, war von meiner Willensstärke bewegt. Danach war er freundlich zu mir, und das Leben wurde leichter für mich. Ich wurde gut behandelt, fühlte mich aber einsam. Das schlimmste von allem war, daß ich mit dem Kalender durcheinander gekommen war. Deshalb wußte ich nie, welcher Tag nun ein Sonntag und damit heilig war.«

»Jawohl, eine Tragödie.« Die Frau am Ufer des Sees hatte ihn also nicht zu erregen vermocht. Und wohl auch vorher und seither keine Frau, wie ich annahm. Dieser Maya-Häuptling mußte der größte Dummkopf in der gesamten Einzigen Welt gewesen sein, nicht durchschaut zu haben, wie es um Aguilars Natur bestellt war. Mich ärgerte, daß er sich so sehr brüstete, allen Versuchungen widerstanden zu haben; denn er war schließlich nie in Versuchung gebracht worden, sondern hatte sich immer abgestoßen gefühlt. Aguilar schien ein Mensch zu sein, der sich selbst haßte; deshalb konnte man davon ausgehen, daß er auch andere haßte.

»Vielleicht gestaltet sich Eure Zukunft glücklicher als Eure Vergangenheit«, sagte ich und überlegte, ob die Aussicht auf Glück ihm angst machte.

»O ja. Alles wird gut, wenn wir Culhua erreichen. In Culhua werden wir eine Kathedrale aus purem Gold bauen.«

»Culhua?« Er meinte, wie ich annahm, wohl Culhuacan; es überraschte mich, den Namen der Stadt meines Vaters zu hören. »Ist das das Ziel unserer Reise?«

»Ja. Die Tabasken haben uns davon erzählt – vom Goldland. Es liegt nur ein kurzes Stück von der Küste landeinwärts, hinter fetten Weiden voll mit wohlgemästetem Wild.«

Ich wäre fast erstickt. Dieser Narr glaubte den Lügen, die die Tabasken den Spaniern aufgetischt hatten, bloß um sie loszuwerden. Ich war drauf und dran, ihm die Wahrheit zu sagen, daß die Vasallenstadt Culhuacan zwar früher, als die Azteken noch einen elenden Ort namens Lehmstadt bewohnten, sehr reich gewesen war. Doch selbst damals hatte man es nicht Goldland genannt. Und »nur ein kurzes Stück von der Küste landeinwärts« bedeutete immerhin, die höchsten Berge der Welt zu bezwingen – es sei denn, man folgte einem Pfad, der auf Schritt und Tritt von aztekischen Bogenschützen und Speerwerfern bewacht wurde.

Doch ehe ich etwas sagte, begriff ich, daß die tabaskische Lüge abermals eine Taktik des Schicksals war. Nach Culhuacan zu gelangen hieß, in das Herz des Aztekenreiches vorzustoßen. Gefiederte Schlange erfüllte die Prophezeiungen, während Aguilar und die anderen meinten, es handele sich um nichts weiter als um die Jagd nach Gold.

Just in diesem Augenblick ertönte ein Ruf von der Mastspitze, ein Ruf, den ich nicht verstehen konnte, der jedoch die Leute an Deck hasten ließ. Ursache der ganzen Aufregung war ein kleines Kanu mit einem einzigen Fischer darin, das keine zwei Bogenschuß von uns entfernt auf den Wellen dümpelte. Der Mann mußte mit seinen Angelschnüren eingeschlafen sein, denn er schien plötzlich wach zu werden, und als er das Ungeheuer – unser Schiff – sah, das da auf ihn zuhielt, wäre er ums Haar aus dem Einbaum gesprungen. Cortés und Aguilar rannten zum Bug, winkten und riefen ihm, und ich lief hinter ihnen her.

»Hab keine Angst«, rief Aguilar. »Wir werden dir nichts Böses antun.«

Aguilar sprach in seinem Maya-Dialekt, den soweit im Norden und Westen kaum ein Mensch mehr verstand. Der Fischer rief nach einigem Zögern: »Was für eine Sprache ist denn das? Seid ihr Menschen oder Dämonen?«

Aguilar schien verwirrt. »Was ist denn das für ein Kauderwelsch?« fragte er mich. »Könnt Ihr das verstehen?«

»Selbstverständlich. Er spricht meine Muttersprache.«

Ich setzte nicht hinzu, daß wir von Glück sagen konnten, überhaupt jemandem begegnet zu sein, der hier am äußersten Ende der Welt die Hochlandsprache beherrscht. Der Mann war vermutlich der Sklave irgendeines Beamten.
Aguilar sagte auf spanisch irgend etwas zu Cortés, woraufhin dieser sich verwundert zu mir umdrehte. Er wandte sich auf spanisch an Aguilar und dieser sich wiederum auf maya an mich.
»Fragt den Fischer, ob es hier in der Nähe eine große Stadt gibt.«
Was für eine dumme Frage. Wir befanden uns an der Nordgrenze des Landes der Gummi Menschen, und Gummi Menschen bauen keine Städte. Ihre Vorfahren waren die Kinder von Göttern und Jaguaren gewesen, doch heutzutage waren sie so unnütz wie Flöhe. Trotzdem stellte ich die Frage, und der Mann antwortete.
»Keine Städte, nur kleine Döfer. Aber wer sind Eure Gefährten, Dame? Woher kommen Sie? Sind sie denn Menschen?«
Ich wiederholte die Worte auf maya, Aguilar sagte sie auf spanisch, woraufhin Cortés etwas antwortete, was Aguilar übersetzte, indem er sagte: »Sagt dem Fischer, er solle seinem Volk melden, wir kämen im Auftrag Seiner Allerkatholischsten Majestät, des Königs von Spanien. Wir brächten seinem Land Seine gnädige Oberherrschaft und die wahre Religion.«
Ich starrte Aguilar an und versuchte zu begreifen. Zwar meinte ich, die Worte im einzelnen verstanden zu haben, doch der Gedanke, der dahinter stand, wollte mir nicht einleuchten. Und wie sollte ich diesem einfachen Fischer erklären, was ich selbst nicht begriff? Außerdem bezweifelte ich, daß Cortés einen solchen verblasenen Unsinn geäußert haben konnte. Aguilar, der das Maya ja nur wenig beherrschte, mußte die Worte durcheinandergebracht haben.
Statt dessen sagte ich: »Richte deinen Leuten aus, daß die uralten Weissagungen erfüllt werden. Gefiederte Schlange kehrt in sein Reich zurück.«
Ich hörte meine Stimme übers Wasser hallen, als hätte ich nicht zu einem Mann gesprochen, sondern zu Zehntausenden. »Schau, hier steht er! Du kennst den Gott ja, denn schließlich hast du seine Standbilder in den Tempeln gesehen. Geh jetzt und sag dies deinen Leuten.«

Der Fischer stieß einen Ruf des Erstaunens aus. Dann riß er seinen Einbaum fast auf der Stelle herum und paddelte wie wahnsinnig ans Ufer; er war der erste lebende Herold von Gefiederter Schlange.

»Er ist furchtbar aufgeregt. Hat er denn verstanden?« fragte Aguilar.

»Er versteht es«, sagte ich. »Er wird die Neuigkeit verbreiten.«

Dankend nickte Cortés mir zu, und ich neigte bescheiden den Kopf. Dennoch erfüllten mich Stolz und Freude, als ich sah, wie die Dinge in Zukunft aussehen würden. Ich hatte meinen Dienst gefunden und wußte, was ich in Zukunft wert sein würde. Mit meiner Fähigkeit würde mein Gebieter, der *capitán*, mehr auf mich angewiesen sein als auf jede Gemahlin. Ich würde seine Zunge sein.

Wir segelten nordwärts und streiften die dampfende Küste der heißen Lande. Don Alonzo verbrachte viel Zeit an Deck und lehrte mich spanische Wörter. Mir machte sowohl der Unterricht selbst als auch die große Aufmerksamkeit Spaß, die er mir dabei entgegenbrachte; denn mir war längst klargeworden, daß die spanischen Männer auch nicht anders waren als die aztekischen und die Gesellschaft der Frauen mieden, außer, sie wollten mit ihnen schlafen oder irgendeine andere Dienstleistung.

Die Spanier wurden immer aufgeregter, je häufiger wir an Landmarken vorüberkamen, die diejenigen kannten, die hier als Kundschafter schon einmal entlanggekommen waren. Doch je aufgeräumter die Männer waren, desto bleicher und ängstlicher wurden die tabaskischen Frauen, desto mehr tuschelten sie miteinander. Zwar hatten sie keine Ahnung von der Welt, wußten aber immerhin soviel, daß wir jetzt in den Herrschaftsbereich Moctezumas gelangten, und so waren sie fest überzeugt, daß seine Götter bereits unser Blut gerochen hätten und sich schon die Steinlippen leckten. Als ich riesig und allmächtig den Sternberg auftauchen sah, wußte ich, daß wir uns immer noch am Rande des Aztekenreiches befanden.

Der Sternberg ist der höchste Gipfel der Welt, ragt höher auf als selbst Rauchender Mann und Schlafende Frau. Seine Weststirn, die Inlandseite, hatte ich vor Jahren gesehen, als meine Familie zum Nest der Schlange aufgebrochen war. Obwohl wir damals viel weiter von dem Berg entfernt gewesen waren als jetzt, hatten wir die Knie gebeugt, um den Geist des Berges anzuflehen, uns unbehelligt vorüberziehen zu lassen und nicht mit den Schultern zu zucken oder große Felsbrocken herunterkollern zu lassen, um uns darunter zu begraben. Der Sternberg ist ein schöner Berg, doch berüchtigt für seinen Jähzorn und seine Launenhaftigkeit. Außerdem ist er undankbar; er nimmt zwar Opfergaben wie Duftstoffe und gewürzten Honig gern an, zögert jedoch nicht, einen gleichzeitig mit Haut und Haar zu verschlingen.

War der Berg angsteinflößend, so war auf kaum merkliche Weise die Küste nicht minder bedrohlich. Graugrün und voller Geröll, liegt sie langgestreckt und schläfrig da wie ein lauerndes Krokodil. Die Küstenlinie war so verschwommen, daß ich im allgemeinen nicht genau erkennen konnte, wo das Meer endete und das Land begann. Ich wandte den Blick ab und dachte an Treibsand.

Abend für Abend warfen wir Anker; die Schiffe waren wie große Reiher, die bei Sonnenuntergang die Flügel zusammenfalteten. Eines Abends, als bei Einsetzen der Dämmerung die Segel gerefft wurden, hatte ich ein unheilvolles Gesicht. Wir lagen in seichtem Wasser vor einer mit Bäumen gesäumten Küste vor Anker. Durch Wassermangel waren die Bäume grotesk verkrüppelt und zwergwüchsig geblieben. Ihre Stützwurzeln wirkten wie dürre Klauen, die nach Wasser gruben. Plötzlich sah ich, wie die Bäume sich in Totengerippe verwandelten, und ich mußte an die Dörfer der Hunde Menschen in Jalisco und an andere Barbaren denken, die ihre Siedlungen mit Staketen aus gebleichten Menschenknochen einzäunen und Schädel auf Kaktusdornen stecken, um Räuber und Steuereintreiber abzuschrecken. Die Schädel sagen: »Komm nur herein, Freund, und geselle dich zu uns!«

Hinter diesen Skeletten ragte schwarz der Sternberg in den Himmel; in den dunklen Falten seiner Hänge verbargen sich die Augen Moctezumas. Da wußte ich, daß wir durch Felder von Toten hindurch mußten, um Dunkel und Feuer zu begegnen. Die Toten trieben uns voran.

In diesem Augenblick tauchte klar und heiter am Himmel der

Abendstern auf, der zugleich Gefiederte Schlange ist. In seinem Schimmer konnte ich die menschliche Verkörperung des Gottes, Cortés, betrachten, der in der Nähe des Ruders stand und sich mit dem Steuermann unterhielt, ohne daß die erschreckende Küste den geringsten Eindruck auf ihn machte. Der Steuermann, der gleichfalls unbeeindruckt blieb, schien eine Zote zu erzählen, denn Cortés lachte und klopfte dem Mann gutmütig auf die Schulter. Mich beruhigte es, so grundverschiedene Erscheinungen des Gottes gleichzeitig vor mir zu sehen. Seine menschliche Gestalt gab mir Hoffnung, obwohl Cortés in diesem roten Sonnenuntergang erschreckend sterblich wirkte und der Abendstern unendlich fern schien.

Am nächsten Morgen hallte das unheilschwangere Geschehen in mir wider wie der Nachhall eines Donners und wollte auch nicht vergehen, als die Wachen oben im Mast riefen: »Ulua! Die Insel San Juan!«

Vor uns tauchte einer braunen Meeresschildkröte gleich ein trostloses Eiland auf; es war kaum mehr als ein Sandhaufen, der schützend einer Bucht vorgelagert war und aus roten Dünen bestand, die wie ein riesiger Ameisenhaufen zwischen Strand und dschungelüberwuchertem Küstenstrich lagen.

Don Alonzo kam mit weitausgreifenden Schritten federnd übers Deck, umarmte mich und lachte, was mich verwunderte, da er sich sonst in der Öffentlichkeit immer sehr förmlich gab und selbst privat kaum Gefühle zeigte, ehe wir uns nicht der Liebe hingaben – dann jedoch stieß er erstickte Schreie und verzweifelte Worte aus, deren Bedeutung ich nicht ergründen konnte.

»Die Insel San Juan de Ulua!« sagte er. »Das Tor zum Goldland! Endlich!« Inzwischen konnte ich genug Spanisch, um zu erraten, was er meinte. Stark und beschützend legte er die Arme um mich. Was mich tief anrührte, war die Schönheit und die Freude in seinen himmelblauen Augen, und so blieb ich einen Moment eng an ihn geschmiegt stehen, mochte seinen Körper und war dankbar, daß Cortés mir einen solchen Lehrer gegeben hatte.

Als er mich losließ, sah ich hinauf zum Sternberg und fragte mich, ob ich dort nicht irgendein Zeichen erkennen könnte: ein freundliches, willkommenheißendes oder ein bedrohliches. Zu meinem

größten Erstaunen war der Berg verschwunden, obwohl der Horizont klar dalag und der Gipfel sich auch nicht in Wolken gehüllt hatte. Dennoch, er war verschwunden, schien sich zu verstecken.
Als wir die Insel umrundeten, bereiteten die Spanier sich darauf vor, die Segel zu reffen und in der Bucht vor Anker zu gehen. Dabei lachten sie die ganze Zeit über und rissen Witze. Ich hatte das deutliche Gefühl, daß der Sternberg – wenn auch unsichtbar – uns dennoch nicht aus den Augen ließ und auf uns lauerte. Und genauso, dachte ich, war es mit Moctezuma. Zusammen mit seinen Zauberern und Fluch-Beschwörern, seinen Hexenmeistern, Eulenmenschen, Priestern und Kriegern, so zahllos wie die Blätter des Dschungels, wartete er hinterm Horizont, genauso verborgen wie der Sternberg, aber dennoch vorhanden und ungeheuer mächtig.
Ich ließ eine Schnur mit schwarzen Kügelchen durch die Finger gleiten, die Vater Olmedo mir geschenkt hatte, damit ich meine Gebete zählen konnte, und überlegte, ob auch nur die geringste Chance bestünde, daß ihr Zauber wirksam wurde.
Unsere Ankunft fand um die Mittagsstunde statt; Herr Sonne hatte seinen höchsten Thron bestiegen, das ist der Gipfel des Licht Bringers. Man schrieb Gründonnerstag des Jahres Ein Rohr, auch genannt A.D. 1519.

Es stellte sich rasch heraus, daß wir beobachtet wurden. Kaum hatten die Anker den Boden erreicht, als zwei Langboote – rot und glänzend wie Bestattungstrommeln – aus ihrem Versteck zwischen den niedrigen Dünen am Ufer hervorgeschossen kamen. Die Ruderer überlegten keinen Augenblick, welches das Flaggschiff der elf Fahrzeuge war, und so kamen sie geradenwegs auf uns zu. Unser Schiff war zwar das größte und trug auch die meisten Flaggen, trotzdem beruhte ihre Wahl auf mehr als kluger Vermutung. Sie wußten genau, wer der Befehlshaber war; denn sie hatten uns seit Tagen, vielleicht seit Wochen beobachtet. Möglicherweise hatten ihre Späher schon von Tabasco her durch Staffettenläufer Einzelheiten übermittelt. Flüchtig kam mir auch der Gedanke, daß Moctezuma von Dämonen unterrichtet worden sein könnte.
An Deck wimmelte es dermaßen von Spaniern, daß Aguilar sie

beiseite schieben mußte, um sich zwischen Cortés und mich zu schieben. Das war insofern nötig, da Aguilar, der ja die Sprache der Azteken nicht verstand, Cortés' Spanisch in maya wiedergab, anschließend übersetzte ich die Maya-Wörter. Als der Anführer der Azteken mit einer Eskorte an Bord kletterte, flüsterte Aguilar: »Was für prächtige Gewänder! Ein Fürst ist gekommen, um uns zu begrüßen.«
Da er jedoch nie zuvor Azteken gesehen hatte, wußte er nicht, mit welch verschwenderischer Pracht ein Fürst aufgewartet hätte; er hatte keine Ahnung, was Prachtentfaltung war. Bei dem Offizier handelte es sich nur um einen einfachen Truppführer, einen Ritter mittleren Ranges, der nur einen bunten Umhang mit ganz gewöhnlicher Federarbeit umgenommen hatte. Die Männer seiner Eskorte in ihrer Werktagskleidung und den Lendentüchern waren noch weniger beeindruckend.
Mit typisch aztekischer Gelassenheit und Großspurigkeit sperrte der Ritter angesichts von Schiff und Spaniern nicht Mund und Nase auf, sondern war bemüht, den Eindruck zu erwecken, dies sei für ihn ein Routinebesuch, obwohl ihm das Ganze so vollkommen fremdartig vorkommen mußte, als habe Dame Mond persönlich ihn auf den Schoß genommen. Seine Männer schauten weder nach links noch nach rechts, sondern starrten betont ins Leere; ihre Gesichter waren so absichtlich bar jeden Ausdrucks, daß sie das Werk eines toltekischen Steinhauers hätten sein können. Offensichtlich hatten sie Befehl erhalten, keinerlei Reaktionen erkennen zu lassen. Man hätte ihnen die Nase abbeißen können, und sie hätten keinerlei Regung gezeigt.
»Bitte, stellt mich Eurem Herrn Befehlshaber vor«, sagte der Ritter, nachdem er symbolisch das Deck geküßt hatte, als wäre es die Erde. Dabei hatte er den Kopf so ungewöhnlich lange unten behalten, daß ich vermutete, er hatte insgeheim die Schuhe der Spanier inspiziert.
Mit einer Handbewegung zeigte ich auf Cortés, obwohl er sich offensichtlich durchaus darüber im klaren war, wer hier befahl; er war eben vorzüglich informiert worden.
»Im Namen meines Gebieters, des großen Moctezuma, Verehr-

ten Sprechers des Dreibunds, heiße ich Euch willkommen. Sagt mir, Herr, was für eine Art Menschen Ihr seid?«
»Freundliche Menschen«, übersetzte Aguilar Cortés' Worte.
»Freundliche«, sagte ich, ohne das Wort »Menschen« anzufügen. Warum Verwirrung stiften?
»Was sucht Ihr hier?« fragte der Ritter, der seine Worte auswendig gelernt zu haben schien. »Es wäre uns ein Vergnügen, Euch mit allem zu versorgen, was Ihr für Eure Reise benötigt.«
Nicht sonderlich elegant, dachte ich. Da wurde den frisch eingetroffenen Gästen gleichsam Marschverpflegung angeboten, ehe sie auch nur Zeit gehabt hatten, erst mal zu verschnaufen.
Während ich dies übersetzte, verlor der Ritter unversehens für einen Moment seine Gelassenheit. Gegen den Anblick von bleichhäutigen und behaarten Menschen hatte er sich zwar innerlich gewappnet, doch jetzt erblickte er unerwartet einen der schwarzen Sklaven, die von Kuba mitgebracht worden waren. Davon hatten wir mehrere an Bord; sie gehörten einigen Spaniern. Eine weißliche Hautfarbe war schon ein dicker Brocken für den Ritter gewesen; doch schwarze Haut – das traf ihn völlig unverhofft und brachte ihn um seine Fassung.
Cortés rettete die peinliche Situation mit großer Gewandtheit und viel Höflichkeit, indem er befahl, Wein und etwas zu essen zu bringen und ein paar Ketten aus blauen Glaskugeln zu verteilen – bezaubernde Halsketten, wie ich fand. Der Ritter erholte sich von seinem Schock und bewahrte seine Selbstbeherrschung, aber seinen Männern fielen nun doch die Augen aus dem Kopf.
»Wir sind daran interessiert, Handel zu treiben«, sagte Cortés, doch bezweifle ich, daß meine Übersetzung gehört wurde, denn plötzlich redeten mehrere Spanier gleichzeitig.
»In welcher Richtung liegt das Goldland?« fragte einer.
»Ist das nicht eine Silberspange, die der Bursche da trägt! Ob er sie wohl eintauscht?«
»Wir bringen die wahre Religion und das Heil«, fuhr Vater Olmedo dazwischen. »Die Segnungen des Kreuzes.«
Zumindest glaube ich, daß er das sagte – denn Aguilar konnte nicht so schnell übersetzen, wie gefragt wurde, und ich verstand nur ab und zu eines der spanischen Wörter. Immerhin bekam ich

mit, worauf alles hinauslief; unvermittelt sah ich die ganze ungeheuerliche Szene wie aus weiter Ferne, so wie Herr Sonne sie vom Himmel herab gesehen haben muß, und plötzlich war alles unsinnig, grotesk und *falsch*.

Gefiederte Schlange, wohl nicht der größte aller Götter, doch auf jeden Fall der schönste und menschenähnlichste, war nach Bündeln von Jahren aus der Wolke Welt wiedergekehrt und verlangte die Wiederinbesitznahme seiner Reiche. Das Leben, wie wir es gekannt hatten, würde bald von Grund auf verändert, wenn nicht gar vollends ausgelöscht werden, so wie es zur Zeit der Wald Menschen und der Lehm Menschen gewesen war.

Und wie begrüßte nun ein Universum das andere? Einer von den unbedeutenderen Offizieren der Menschheit in seiner zweitbesten Kleidung versuchte, banale Fragen nach Tand aus Gold und Silber zu verstehen.

Die Spanier nahmen zum Essen und Trinken Platz, und die Azteken hockten sich auf den Boden; der Ritter schmatzte vernehmlich, um zu verstehen zu geben, wie gut der Wein ihm mundete. Er war, das fiel mir ganz nebenbei ein, der erste Bewohner der Einzigen Welt, der dies Getränk kostete. Zwar lobte er es, doch machte er ein argwöhnisches Gesicht, denn betrunken zu sein gilt bei den Azteken als schreckliche Sünde; nur alten Leuten sieht man da einiges nach, wenn sie sich in allen Ehren betrinken, um ihre Gicht zu vergessen.

»Wie heißt Ihr?« wandte der Ritter sich an mich und verriet damit, daß er doch neugierig war.

»Doña Marina, Dienerin meines Gebieters hier«, erwiderte ich und neigte den Kopf in Cortés' Richtung.

Doch der Ritter konnte den Namen Marina nicht aussprechen – was dabei herauskam, war Malina, woraufhin Cortés sofort Malintzin genannt wurde, eine absolut unmißverständliche Bezeichnung, die nichts anderes bedeutete als »Malinas Herr«. Sie bestätigte seine Göttlichkeit nicht, stellte sie aber auch nicht in Abrede. Der Ritter besaß eine ausgesprochene Begabung für Harmlosigkeiten; er war ein besserer Diplomat, als ich vermutet hatte.

Dennoch hatte ich inzwischen erkannt, daß dieser Mann kein

direkter Abgesandter Moctezumas war. Er hatte selbstverständlich seinen besonderen Auftrag, doch mußten Dutzende wie er an jedem möglichen Landeplatz an der Küste postiert sein. Gewiß, er war das äußerste Ende von Moctezumas Fühlern; doch die Fühler selbst hatten noch nicht begonnen, uns abzutasten.
Der Ritter erhob sich, um sich zu verabschieden, wiederholte seine Begrüßungsworte und das Angebot, uns mit Proviant zu versorgen, damit wir weiterfahren könnten. Und Cortés versicherte ihn abermals der spanischen Aufrichtigkeit und Freundschaft.
»Unser Eintreffen hier ist ein Glück für euch und euer Volk«, rief Cortés den sich entfernenden Einbäumen nach. »Ein Glücksfall.«
Ich übersetzte Aguilars Worte. »Ein Glücksfall«, das hieß in der alten Sprache »götterbegünstigt«, und vielleicht war das der Grund, warum der Ritter mit dem Granitgesicht nun doch lächelte, als er zum Abschied winkte. Wahrscheinlicher jedoch ist, daß er einfach auf die Wärme und den Zauber von Cortés' Stimme und sein gewinnendes Wesen reagierte. Das erging den meisten Menschen so; Cortés hatte einen Zauber, der oft weit über das hinausging, was er sagte. Lange nachdem die Einbäume abgefahren waren, wurde mir klar, daß ich seit vielen Jahren zum erstenmal wieder meine Muttersprache korrekt gesprochen gehört hatte, nicht von Sklaven oder Handelsreisenden verhunzt. Der aztekische Ritter hätte ohne weiteres einer meiner Vettern sein können. Trotzdem erfüllte mich keine Freude, verlangte nichts in mir danach, herzlich zu reagieren. Diese Männer mit den leeren Gesichtern und den leeren Augen waren nicht meine Leute. Sie waren nur Feinde, die ihre Waffen noch in der Scheide stecken hatten.

Am nächsten Tag – Freitag – jährte sich der Tag, an dem Gott gestorben war, obwohl ich mir damals nicht sicher war, welcher Gott. Vater Olmedo erklärte feierlich, dies sei der erste der beiden Tage im Jahr, an denen Christen nicht die in Wein getauchte Oblate schlucken dürften, bei der es sich in Wahrheit um Gottes blutiges Fleisch handelte. Ich fand das äußerst verwirrend. In der alten Religion verzehrten die Götter stets Menschen, wohingegen es in der neuen die Menschen waren, die Gott zu sich nahmen, bis auf zwei Tage im Jahr, wenn sie es nicht durften. Meine lebenslange Qual, mich in der Theologie auskennen zu wollen, hatte begonnen.

An diesem Tag wateten wir mit Ausnahme der Stunden, da wir auf den Knien lagen, hüfttief durchs Wasser und entluden Material und Vorräte, um am Ufer ein Lager aufzuschlagen. Aguilar machte entsetzlich viel Gewese darum, daß es unter meinem Rang und meiner Würde sei, Handarbeit zu verrichten – und unter seinem Stand selbstverständlich auch. Mir jedoch machte harte körperliche Arbeit nach der langen Zeit des Eingesperrtseins auf dem Schiff Freude. Besonders viel Spaß machte mir, die Waffen zu tragen – es bereitete mir ein inniges Vergnügen, sie zu berühren und richtig in die Hand zu nehmen, weil ich das Gefühl hatte, die ihnen innewohnende geballte Kraft zu spüren.

Da es hier nirgendwo eine ebene Stelle gab, wurde in den Dünen ein bewaffnetes Lager aufgeschlagen. Mehrmals sah ich flüchtig irgendwelche Leute zwischen den verkümmerten Bäumen der Savanne zu uns herüberspähen. Da es sich vornehmlich um Frauen und Kinder handelte, konnten es keine aztekischen Spione sein; da sie Kleidung trugen, waren sie auch keine Huaxteken, denn die kennen keine Scham; und für die Gummi Menschen waren wir zu weit nach Norden vorgestoßen. Ich schloß daher, daß wir uns in einem alten Reich genau östlich des großen Tals befanden, einem Königreich, das jetzt ein Vasallenstaat der Azteken war. Dieses Reich hieß Land des Grenzenlosen Überflusses, ein Name, der mehr von Heimatliebe geprägt war, als daß er der Wahrheit entsprochen hätte, denn das einzige, was es hier im Überfluß gab, waren Moskitos, Sandflöhe und Skorpione. Vielleicht nannten die Einheimischen es Land des Grenzenlosen Überflusses, weil sie hofften, damit Händler anzuziehen. Später nannten die Spanier jenes elende Nest nicht minder irreführend nur *Villa rica de Vera Cruz* – Reiche Stadt vom Wahren Kreuz.

Irgendwann ertappte ich mich dabei, wie ich den fernen Trommeln eines Azteken-Heeres lauschte – vielleicht aber war es auch nur eine Gesandtschaft oder ein religiöser Willkommensumzug. Doch welche Haltung sie auch immer annahmen, es würde nicht

mehr lange dauern, bis die Azteken kamen. Die Strecke von der Hauptstadt bis an die Küste bedeutete für gewöhnliche Reisende viele anstrengende Tagesmärsche, doch Moctezuma verfügte über ein Korps von besonders ausgebildeten Läufern, den sogenannten Schnell-Boten. Diese waren in Relaisstationen untergebracht und liefen so schnell über die Bergpfade, daß der Verehrte Sprecher zum Frühstück Fisch genießen konnte, der noch am Morgen zuvor im Meerwasser geschwommen hatte. Die gestrigen Neuigkeiten würden bestimmt genauso rasch reisen wie der gestrige Fang. Morgen, davon war ich überzeugt, würden wir erfahren, was Moctezuma zu tun gedachte.
Ich sah Cortés zu, wie er vor dem großen, schräg im Sand steckenden Holzkreuz kniete. Sein andächtig verklärtes Gesicht war so bewegend, daß ich meine neuerlernten christlichen Gebete wiederholte. Doch noch ehe ich ein Dutzend Perlen gezählt hatte, schweifte ich in Gedanken ab. Ich fing an, darüber nachzudenken, wie Schwarzpulver hergestellt wurde und wie man Hakenbüchsen abfeuerte.

Wie ich erwartet hatte, trafen am Ostersonntag Moctezumas Abgesandte ein, Provinzialbeamte, die so prächtig gekleidet waren, wie das kurzfristig und mit geringen Vorbereitungen möglich war. Selbstverständlich kamen diese Männer nicht aus der Hauptstadt. Dazu war die Zeit zu kurz gewesen – Würdenträger von Hofe konnten schließlich nicht so rennen wie Schnell-Boten. Aufschlußreich und ermutigend schien, daß der Verehrte Sprecher so schnell reagierte.
An diesem Morgen hatte ich mich vor Tagesanbruch behutsam aus Don Alonzos Armen gelöst und war durch das Dunkel und die Stille der Neunten Wache geeilt; denn ich wußte, dies war ein entscheidender Tag, an dem ich meinem Herrn und Gebieter, dem *capitán*, zu Diensten zu sein hatte. Auch er mußte eine Vorahnung von den entscheidenden Ereignissen gehabt haben, denn noch ehe es ganz hell war, tauchte auch er aus seiner Unterkunft auf. Da Vater Olmedo diesen Tag zum Festtag ausgerufen hatte, trug Cortés einen dunkelroten Mantel – wie ich annahm, eine Farbe zum Gedächtnis an das Grab, aus dem der Christengott auferstan-

den war. Ich fand es bemerkenswert, daß der Gott genauso wie Moctezumas Schwester vor noch nicht langer Zeit von den Toten wieder auferstanden war, und ich überlegte, ob es da wohl eine Verbindung gab. Ich verneigte mich tief und bemerkte unter gesenkten Augenlidern hervor, wie stattlich er heute aussah. Er wies auf seinen Mantel und fragte mich etwas wie: »Gefällt er dir?«

»Ja, Herr«, erwiderte ich. »Und Ihr tut recht, heute einen grabfarbenen zu tragen.«

Er verstand das als Kompliment, denn er berührte meinen Arm – nur leicht, wie ich sagen muß, doch für mich war es, als ob ein Funken von seinen Fingern auf meine Haut übergesprungen wäre. Vermutlich bin ich bei der Berührung zusammengezuckt, jedenfalls bemühte ich mich, meine Verwirrung durch eine zweite Verneigung zu verbergen. Gleichzeitig hatte ich das unbehagliche Gefühl, daß irgend etwas nicht stimmte. Wieder sah ich ihn an und bemühte mich, ihn nicht unziemlich anzustarren, bis mir allmählich klar war, was mich störte.

»Verzeiht mir, Herr, aber Ihr solltet Euer dunkles Habit und den Hut tragen. Jenes Gewand, das Ihr in Tabasco anhattet. Das wäre passend für Gefiederte Schlange.«

Er begriff kein einziges Wort, merkte jedoch, daß ich ihm etwas Wichtiges mitzuteilen hatte. »Aguilar!« rief er laut. »Kommt her!« In die zerknitterte Kutte gekleidet, in der er auch schlief, war der Mönch, der sich immer noch den Schlaf aus den Augen rieb, sofort zur Stelle. »Was gibt's?« fragte er mich, nachdem Cortés mit ihm geredet hatte.

»Das Gewand, das der hohe Gebieter angelegt hat. Das würde Moctezumas Abgesandte verwirren, ja sie sogar enttäuschen. Es könnte sein, daß heute eine offizielle Abordnung eintrifft, und der hohe Gebieter sollte ...«

Ich sprach nicht weiter. Eigentlich wollte ich sagen, daß Cortés mehr wie auf den üblichen Darstellungen von Gefiederter Schlange aussehen sollte, doch das hätte nicht nur unverschämt geklungen, sondern wäre auch für Aguilar nicht zu begreifen gewesen, denn dieser hatte nicht die geringste Ahnung von Religion oder höchstens nur von ihren grobschlächtigsten und abergläubischsten Formen.

»Sollte unbedingt *wie* aussehen?« wollte Aguilar wissen. »Worüber macht Ihr Euch Sorgen?«
»Er sollte wie ein Priester aussehen«, erklärte ich rasch. »Heute ist ein heiliger Tag – Vater Olmedo hat das gesagt –, und eure Priester tragen Schwarz, genauso wie die unseren.«
»Aber warum wie ein Priester?«
»Herr Moctezuma ist ein Priester. Noch ehe irgend jemand ahnte, daß er einmal zum Verehrten Sprecher gewählt werden sollte, hat er in seiner Jugend Religion studiert. Und deshalb wären ein schwarzes Gewand, ein schwarzer Hut – ein Zeichen von Höflichkeit.«
Nachdem Aguilar das auf spanisch erklärt hatte, nickte Cortés und berührte mich abermals am Arm – eine Geste, die diesmal Hochachtung und Dank ausdrückte. Ich spürte keinen Funken überspringen, sondern nur die wohlige Wärme seiner Hand.
Ein wenig später, als Herr Sonne in dem roten Ball der Geburt emporschoß, so daß sein Licht das Wasser im Osten förmlich zu zerteilen schien, kam Cortés in der richtigen Aufmachung wieder zum Vorschein. Er war wieder Gefiederte Schlange; unverkennbar.

Das Gerücht hatte womöglich noch schneller die Runde gemacht, als Moctezumas Schnell-Boten laufen konnten. Lange bevor die offizielle Abordnung am Strand eintraf, hatten sich viele Menschen in Erwartung des Schauspiels versammelt. Die Bewohner vom Land des Grenzenlosen Überflusses waren wie Vögel, die nach Krumen pickten; der Regung des Augenblicks nachgebend, lösten sie sich aus dem Schutz der spärlich belaubten Bäume, blinzelten, reckten den Kopf und starrten uns an, um bei der ersten plötzlichen Bewegung in ihre Richtung sofort wieder erschrocken zurückzuflitzen. Als die Pferde aus dem Pferch geführt wurden, um zu prüfen, wie gut sie auf dem feuchten Sand liefen, der der härteste Untergrund weit und breit war, verschwanden die Schaulustigen bis auf den letzten Mann, nur um sich später, von unbezähmbarer Neugier getrieben, wieder hervorzuwagen. Schließlich kommt es im Leben der Menschen nicht oft vor, daß nebenan Götter eintreffen. Und immerhin wollten sie

dieses Ereignis dereinst ihren Enkelkindern erzählen. Wie sich herausstellte, sollten viele das tatsächlich erleben.
Kleine aufgeregte Schreie – wieder wie Vogelgezwitscher – wurden aus den Büschen laut, als die ersten Herolde der Azteken, große hölzerne Rasseln schüttelnd und Standarten in Königsgrün schwenkend, auftauchten. Ihnen folgte eine Reihe von Wachen, die grüßend ihre geschmückten Speere hoben, dann zwei Ausrufer, die gemeinsam riefen: »Herr Tendile, aztekischer Statthalter, Bewahrer des Friedens in diesem Land des Grenzenlosen Überflusses, kommt nun! Er grüßt Malinas Herr, der vor kurzem aus den Landen des Sonnenaufgangs eingetroffen ist.«
Ich übersetzte für Aguilar alles, bis auf den Titel »Malinas Herr«. Statt dessen sagte ich einfach »Malintzin«.
Gemessenen Schrittes kam Herr Tendile in Begleitung von zwei Fliegenwedel schwingenden Sklaven und zwei kleinen Jungen – Zwillingen –, die Becken mit schwelendem Copalharz trugen, auf uns zu. Tendile, streng und pfiffig zugleich aussehend, trug nicht nur seine Amtsinsignien, sondern auch eine Brosche, die den zähnebewehrten Gott des Handels und der Kaufleute darstellte. Er war also ein Kaufmann, der zum Gesandten gemacht worden war. Den Typ kannte ich; solche Leute hatten meinem Vater den Hof gemacht. Diese Gesandtschaft war genau das, was ich hätte erwarten sollen: überaus ehrbar, aber nichts Außergewöhnliches. Doch dann tauchte eine erstaunliche Gestalt auf.
Bis auf ein winziges Lendentuch und sehr üppigen Schmuck war der Mann nackt wie ein Huaxteke. Sein mit einer Perle im Nabel geschmückter Wanst wölbte sich wie bei einer im elften Mond Schwangeren; es hätte niemand gewundert, wenn ein Diener ihn vor ihm hergetragen hätte. Sein ganzer gewaltiger Leibesumfang schwabbelte erstaunlich feierlich unter einem bändergeschmückten und von Sklaven gehaltenen Baldachin.
»Herr Groß Bauch! Berühmt im Reich und geliebt vom Verehrten Sprecher! Herr Groß Bauch!«
Ich wollte meinen Ohren nicht trauen. Aztekische Gemeinfreie und Sklaven erhalten bisweilen wenig schmeichelhafte Namen. Aber ein Herr namens Groß Bauch? Hätte sich dies unter den Maya abgespielt, ich hätte auf einen feinsinnigen Scherz geschlos-

sen. Doch dies hier waren Azteken, die sich nun wirklich nicht auf Andeutungen verstanden.
»Die Herren Tendile und Groß Bauch«, wiederholten die Ausrufer, und die gesamte Gruppe schritt zur Begrüßung, ließ sich auf den Boden nieder und küßte symbolisch dreimal die Erde. Herr Groß Bauch, der Mühe hatte, sich wieder zu erheben, machte ein schrecklich trauriges Gesicht und wirkte etwas benommen. Es wurde Tabak angeboten, doch ich überlegte, ob Groß Bauch nicht etwas anderes geraucht haben könnte. Hanf, zum Beispiel.
Cortés begrüßte die Delegation höflich, doch sehr ernst und erklärte, die Spanier seien gerade im Begriff, ein religiöses Fest zu feiern; er hoffe, alle Anwesenden würden sich ihnen anschließen. Als ich die Wörter »religiöses Fest« übersetzte, erbleichte Herr Groß Bauch sichtlich, und die Baldachinträger legten ihm die Hand auf die Schulter, eine Geste, die ich als regelrecht unverschämt empfand.
Während Vater Olmedo die Messe intonierte, versuchte ich, hinter die Bedeutung dieses sonderbaren Abgesandten Herrn Groß Bauch zu kommen. Warum hatte man ausgerechnet ihn geschickt, um seine völlig unaztekische Leibesfülle zur Schau zu stellen, mit Bändern und Schmuck behängt wie eine Braut und das Haar mit Koriander- und Lorbeerblättern durchflochten wie ein ganz besonders saftiger Braten?
Dann dämmerte es mir – genau das war er: *ein besonders saftiger Braten.* Der Verehrte Sprecher bot Cortés ein wandelndes Festmahl an, das womöglich noch frischer war als sein eigenes Fischfrühstück und eigens für dieses Festmahl gemästet und gründlich gewürzt.
Ich war sehr verwundert, wieso Moctezuma, der ursprünglich ja Priester hatte werden wollen, sich so mir nichts, dir nichts darüber hinwegsetzte, daß Gefiederte Schlange den Verzehr von Menschenfleisch ablehnte. (Das heißt, wie ich vor kurzem erfahren hatte, außer in Form der christlichen Zauberoblaten). Sollte dies eine Beleidigung sein, eine Abfuhr? Kein Wunder also, daß Herr Groß Bauch, der sicherlich kein richtiger Herr war, nervös schien. Und auch kein Wunder, daß Herr Tendile und die Sklaven ihn scharf im Auge behielten. Wie peinlich, wenn das Haupt-

gericht plötzlich aufgesprungen und im Dschungel verschwunden wäre.

Nach der Messe lud Cortés die Azteken ein, den Spaniern beim Essen Gesellschaft zu leisten. Wieder tauschten die Azteken unsichere Blicke, während Groß Bauch versuchte, ein Stöhnen zu unterdrücken, da er glaubte, sein letztes Stündlein habe geschlagen. Seine Miene hellte sich erst auf, als er sah, daß die tabaskischen Frauen Körbe mit Früchten herumreichten.

Herr Tendile sprach im glatten Tonfall des geübten Verkäufers. »Malintzin, dürften wir Euch einen ganz besonderen Leckerbissen anbieten: Wir haben die erlesensten Köstlichkeiten der Welt mitgebracht.« Dabei zeigte er nicht mit der Hand auf Groß Bauch, sondern rollte mit den Augen in dessen Richtung. Tendile war ein Handelsmann, der einen Ballen köstlichen Tuches entrollte oder seine Konkubinen vorführte.

Beim Übersetzen versuchte ich, meiner Stimme einen warnenden Unterton zu geben, doch Aguilar, der nichts Ungewöhnliches vermutete, wiederholte die Worte und erwies sich als so schwer von Begriff wie ein Papagei. Die Höflichkeit verbot mir, ihn regelrecht zu kneifen. Ebensowenig wagte ich, ohne weiteres davon auszugehen, daß keiner der hier anwesenden Azteken Maya verstand. Wie nur sollte ich Cortés begreiflich machen, daß er irgendwie auf die Probe gestellt wurde?

»Vielen Dank, aber heute sorgen wir für das Essen«, sagte Cortés zu meiner großen Erleichterung. Ob er Angst hatte, vergiftet zu werden? Sein lächelndes Gesicht wirkte wie die Aufrichtigkeit, ja die Arglosigkeit selbst, so daß ich etwas ahnte.

Das Lächeln in Tendiles Gesicht schwand nicht, doch bemerkte ich, wie sich seine Augen kaum merklich verengten. »Dann gestattet uns zumindest, Euch ein paar besonders pikante Leckereien anzubieten. Wir bringen sie im Auftrag unseres geliebten und verehrten Herrn Moctezuma.«

Tendile klatschte in die Hände und gab damit den Spielleuten das Zeichen zum Einsatz. Gemessenen Schritts, aber überaus sinnlich in den Bewegungen traten drei junge Männer mit kurzgeschorenem Haar vor und tanzten einen rituellen Tanz, den ich noch nie gesehen hatte. Über den Kopf hielten sie große runde, flache

Schüsseln. Mir kam der Verdacht, daß es sich um noch jugendliche Priester handelte, die man als Sklaven ausgab. Das Haar eines Priesters starrt so sehr von gestocktem und getrocknetem Blut, daß man es weder waschen noch kämmen kann. Das erklärte, warum sie geschoren waren. Aus irgendwelchen undurchsichtigen Gründen wollte Moctezuma, daß Cortés nicht merkte, daß er von Priestern bedient wurde.

»Gut angelerntes Küchenpersonal«, sagte ich liebenswürdig zu Aguilar. »Sie scheinen genausogut ausgebildet zu sein wie unser Freund Olmedo.«

Beim Namen des Priesters blinkerte Aguilar ein paarmal; offensichtlich begiff er, daß ich eine verschleierte Warnung aussprach. Er sagte etwas zu Cortés, dessen Gesicht immer noch nichts verriet.

Die Schüsseln, die die jungen Priester anboten, hätten von Mosaikkünstlern gearbeitet sein können. Auf einer war aus allen Früchten und Gemüsen der Welt ein Regenbogen gestaltet worden, auf einer anderen ein Blumengarten und auf der dritten ein Schwarm Singvögel. Alle drei Schüsseln waren mit einer rötlichbraunen Sauce bespritzt, von der ich annahm, daß es sich um eine Art *mole* mit Chilipfeffer handelte. Schon wollte ich zulangen, als mir aufging, daß dies dieselbe Sauce war, die überall im Lande von den Tempeltreppen tropfte. Es war Blutsauce. Dickflüssiges Menschenblut.

Im selben Augenblick gab Don Alonzo einen würgenden Laut von sich und ließ die Frucht, die er in der Hand hielt, fallen; Cortés erbleichte und sah im nächsten Augenblick auch angeekelt aus.

»Diese Speisen stinken wie der Pesthaufen der Hölle!« rief Aguilar auf maya. »Schwefel! Sagt das diesen Teufeln!«

Doch das tat ich mitnichten. Was wäre mit rüden Beleidigungen gewonnen gewesen? »Mein Gebieter und seine Gefährten können dies nicht essen«, wandte ich mich höflich an den Herrn Tendile. »Fleisch und Blut von Menschen zu verzehren ist wider ihre Natur.«

Herr Tendile verriet keinerlei Überraschung. »Ich verstehe. Doch was ist mit Euch selbst? Ihr seht aus wie eine Aztekin, und Ihr sprecht auch so.«

»Wirklich? Ich bin eine Dienerin von Gefiederter Schlange. Euer Gnaden kennen unsere religiösen Überlieferungen.« Und, dachte ich, haben alles getan, um gegen sie zu verstoßen.

Herr Tendile winkte den verkleideten Priestern, samt ihren Schüsseln zu verschwinden. »Sagt mir, wer ist dieser behaarte Herr, den wir Malintzin nennen? Warum beehrt er uns mit seinem Erscheinen?«

Statt zu antworten, übersetzte ich die Frage, und Cortés sprach in seiner Entgegnung von König Carlos, dem größten Herrscher der Welt und Hüter der Religion. Für mich ergab Aguilars Übersetzung in die Maya-Sprache wenig Sinn; gleichwohl versuchte ich, es zu erklären, und ging für mich davon aus, daß dieser König Carlos eine Inkarnation von Ometeotl – Schöpfer-Gott-Göttin des Universums – war. Das jedenfalls würde die Ehrfurcht erklären, mit der Cortés gesprochen hatte. Ich nahm an, daß auch Herr Tendile dieselbe Möglichkeit in Erwägung zog. Nachdenklich fingerte er an dem geschnittenen Schlangensteinpflock herum, den er in der durchbohrten Nasenscheidewand trug.

Die ganze Zeit über waren zwei Schreiber am Werk: Der eine hockte ganz in der Nähe und machte Merkzeichen für unsere Wörter, während der andere ein wenig weiter entfernt stand und die Szene – zweifellos für Moctezumas Augen – im Bild festhielt.

»Mein großer König hat viel von den Azteken und von Moctezuma gehört«, sagte Cortés. »Er wünscht sich friedlichen Handel und Freundschaft. Außerdem wünscht er, Moctezuma die Segnungen der wahren Religion zuteil werden zu lassen. Wann und wo darf ich Herrn Moctezuma persönlich begrüßen? Wir müssen über diese Dinge reden.«

Ganz offensichtlich hatte Herr Tendile diese Frage erwartet und konnte daher ungesäumt mit der auswendig eingeübten Antwort aufwarten. »Ihr seid hier eingetroffen, und schon sucht Ihr um Audienz beim Verehrten Sprecher nach.«

»Die Aufträge meines Königs können nicht warten«, sagte Cortés. Der Ton war zwar gefällig, doch hörte man seine Entschlossenheit heraus.

Um von etwas anderem zu sprechen, vollführte Herr Tendile eine auffordernde Handbewegung, woraufhin Sklaven eine wunder-

schöne hirschlederbezogene Truhe herbeitrugen. »Ich bringe noch ein paar kleine Geschenke vom Verehrten Sprecher. Unser Angebot an Speisen habt Ihr zurückgewiesen. Hoffentlich finden diese Kleinigkeiten vor Euren Augen mehr Gnade.«
Gewandt zeigte er auf einige größere Schmuckstücke aus Gold und ein paar Federarbeiten. Die Sklaven entrollten Ballen von Baumwolltuch, so weiß wie der Schnee auf dem Sternberg, während die Herolde gleichzeitig Körbe mit Früchten, geräuchertem Truthahn und Fisch darboten, die diesmal nicht in einer Sauce aus Opferblut lagen.
Gemurmel erhob sich unter den Solaten: »Gold!« hieß es immer wieder. Das war ein spanisches Wort, das ich schnell gelernt hatte.
Jetzt ließ Cortés Gegengeschenke für Moctezuma bringen, eine karmesinrote Kappe und eine schöne Schaumünze. Eindrucksvoller war da schon ein geschnitzter Holzthron, das Gegenstück zu dem, auf dem mein Gebieter selbst saß: ein ehrfurchtgebietender Sitz; nur meinte ich, es müsse einen schwindlig machen, so hoch darauf zu thronen. Cortés sagte: »Herr Moctezuma kann darauf sitzen, wenn wir uns demnächst begegnen.«
Herr Tendile verneigte sich und murmelte: »Ah, ja. Ja, natürlich.«
Ein weiterer Künstler, der mir zuvor nicht aufgefallen war, skizzierte die Schiffe, und einer der jungen Priester, der anscheinend gleichzeitig auch Schreiber war, hatte Pinsel und Rindenpapier hervorgeholt.
Auch Cortés hatte die Künstler bemerkt, und plötzlich erteilte er ein paar Befehle. Kurze Zeit später galoppierten die Pferde über den Strand und ließen den Sand unter den Hufen aufspritzen. Die Hunde wurden gebracht; sie bellten und sperrten bedrohlich den Rachen auf. Als ich dachte, Herr Tendile würde seine aztekische Unerschütterlichkeit nie verlieren, wurden die Kanonen abgefeuert, und er sprang vor Schreck kerzengerade in die Luft. Herr Groß Bauch hämmerte mit den Fäusten auf den Sand, ich wußte nur nicht, ob vor Angst oder vor Entzücken.

Plötzlich zeigte Herr Tendile, der sein Zittern kaum bezwingen konnte, auf den Helm, den einer der Spanier – ich glaube, es war Don Pedro Alvarado – trug.

»Diese Krone«, rief er aus. »Ich muß sie mir ausborgen. Der Sprecher wird außerordentlich interessiert sein.«

Ich weiß nicht, wieso mir vorher nie aufgefallen war, daß der Helm genauso aussah wie die Kriegskrone, mit welcher der Gott Kolibri zur Linken stets bei Schlachten dargestellt wird. Wahrscheinlich waren Wunder für mich mittlerweile zu etwas Selbstverständlichem geworden; Herr Tendile hingegen sah diese neue Welt mit frischen Augen.

Nachdem Pedro Alvarado begriffen hatte, worum es ging, setzte er den Helm sofort ab und überreichte ihn Herrn Tendile. Doch gleichzeitig lächelte er, und ein gewisses Leuchten kam in seine Augen. Ich mußte an ein Wiesel denken, den ein fetter Truthahn lockt; er flüsterte Cortés etwas ins Ohr, der sich daraufhin an Aguilar wandte, und ich übersetzte schließlich.

»Tut uns den Gefallen, den Helm mit Goldkörnern gefüllt zurückzugeben. Wir möchten, daß unser König das Gold Eures Herrn mit dem seinen vergleicht.«

Cortés sah, wie erstaunt Herr Tendile über diese dreiste Bitte war, und begriff auf der Stelle, daß es ein Fehler gewesen war, dem unüberlegten Vorschlag eines seiner Offiziere nachgekommen zu sein. Mein Gebieter ist nie taktlos gewesen, und die Situation war ihm jetzt peinlich. Mit verzerrtem Lächeln setzte er daher noch hinzu: »Die Spanier leiden unter einer schrecklichen Krankheit, und Gold ist das einzige Heilmittel dagegen. Oder vielmehr, kein richtiges Heilmittel, aber immerhin bringt es vorübergehend Linderung.«

Diese Bemerkung kannte ich von meinem Gebieter, dem *capitán*, bereits; er sollte sie auch nicht das letztemal gemacht haben. Seither hat man ihm bittere Vorwürfe wegen dieser offenkundigen Lüge gemacht, obwohl er mit grimmigem Humor doch nur die Wahrheit gesagt hatte. Kein Mensch erkannte besser als er die schmerzlichen Symptome und schließlich zum Tode führenden Begleitumstände der Habgier. Schließlich war er ständig von Männern umgeben, die daran starben.

Als Herr Tendile sich verabschiedete, nahm er verstohlen noch einmal unser Lager in Augenschein. »Ich werde mit Befehlen von meinem Herrn wiederkehren«, sagte er und empfahl sich, wobei er seine Verwunderung über diese bunte Ansammlung von Menschen und Dingen kaum verhehlen konnte. Was er alles zu berichten haben würde!

Groß Bauch wurde zurückgelassen und erhielt Anweisung, die Sklavinnen zu überwachen, die täglich Geflügel und Fisch für uns braten sollten. Moctezuma schien Gastfreundschaft zu pflegen. Zumindest hoffte ich, daß er uns aus diesem Grunde so gut verpflegte.

Ich erfuhr bald, daß Groß Bauch keineswegs ein adeliger Herr war, sondern ein gewöhnlicher Arbeiter, der sich durch Schulden beim Glücksspiel selbst in die Sklaverei gebracht hatte; *patolli* ist ein Brettspiel, das mit Bohnen oder sogar mit Edelsteinen gespielt wird. Die Göttin Fünf Blume wacht über diesem Spiel, bestraft Mogeleien und demütigt die Stolzen oder Rücksichtslosen. Die Spieler verlieren oft all ihre Habe bis hinunter zum letzten Stoffrest; ja, wenn Fünf Blume wütend auf sie ist, verlieren sie sogar die Verfügungsgewalt über ihre eigene Person. So war es Groß Bauch ergangen.

Ein Großteil seiner Fettleibigkeit, so erzählte er mir, sei erst neu erworben. Irgendwelche Soldaten eines nahegelegenen Militärpostens hatten ihn als Opfergabe für ein Regimentsfest gemästet, mit dem der Mond »Verlangen nach Regen« geehrt werden sollte. Das verstieß wider das Gesetz, hatte er doch nur noch zwei Jahre Sklaverei abzudienen, bis seine Schulden beglichen wären. Doch die Soldaten hatten sich seinen Bitten gegenüber taub gestellt. Dann hatten Moctezumas Boten ihn für Cortés beschlagnahmt; wenn Cortés Menschen verzehrte, wollten sie ihm ein saftiges Mahl bieten.

»Dann solltest du also seine Göttlichkeit beweisen?« fragte ich.

Groß Bauch zuckte ernergisch die Achseln. »Nun, Gefiederte Schlange nimmt weder Menschenfleisch noch Blut zu sich, und Moctezuma wollte alles nur Denkbare herausfinden.«

In den nächsten Tagen bekam ich meinen Gebieter nur aus der Ferne zu sehen; ich verfolgte, wie er sich mit seinen Offizieren beriet. Häufig erhitzten sich bei diesen Diskussionen die Gemüter; ich sah, wie sich Männer mit unverschämtem Gesicht von Cortés abwandten; sie begehrten gegen ihn auf und vergaßen ihre Stellung als seine Untergebenen. Warum duldete Cortés dies alles? Mein Vater, ein Muster an Langmut, hätte ihre Unbotmäßigkeit keine Stunde lang geduldet. Bei Cortés jedoch erlebte ich, daß er seinen Offizieren gut zuredete und ihnen mit seiner Aufmerksamkeit schmeichelte. Jeder andere Herrscher, ob Gott oder Mensch, hätte sie über den Altar werfen und ihnen vor Sonnenuntergang das Herz herausreißen lassen.

Jeden Abend fielen Schwärme von Mücken mit wahren Geierschnäbeln über unser Lager her. Da sie mich wach hielten, beschäftigte ich mich damit, neue spanische Wörter zu wiederholen; doch häufig machte ich mir auch große Sorgen. Ich hatte Angst, daß Cortés zu wenig auf seine Würde bedacht sei; und ich befürchtete, daß Moctezuma als nächstes nicht wieder eine Gesandtschaft mit Geschenken schickte, sondern ein Heer.

Außerdem hatte ich Angst, daß Don Alonzo, auch wenn er mich befriedigte und oft erregte, mir nichts Neues mehr beibringen könnte. Wenn ich meine Lektionen jetzt gelernt hatte, warum nahm mich dann nicht mein Gebieter? Was war an mir auszusetzen? War ich zu groß oder für eine Frau zu kräftig? Don Alonzo schien das nicht zu finden. Ich lag wach da, klatschte Mücken tot und verfluchte das Land des Grenzenlosen Überflusses.

Dann, eines Morgens, bemerkte ich eine gewisse Aufregung unter den scheuen Menschen, die in der Nachbarschaft unseres Lagers wohnten. Sie tauchten unter den verkrüppelten Bäumen auf und suchten offensichtlich nach Stellen, von denen aus sie gut sehen konnten. Das verriet mir genauso eindeutig wie Signaltrommeln, daß Herr Tendile zurückkehrte.

»Noch eine Gesandtschaft«, erklärte ich Aguilar. »Aber kein Heer, sonst würden sich diese Menschen hier verstecken.«

»Sie kommt aus Culhua«, sagte Aguilar selbstgefällig.

Ich begriff, daß er Berge von Gold sah. Er malte sich nicht die schimmernden Seen und großen Städte aus, oder die Märkte mit allen Handelswaren der Welt, noch die Blumenboote oder gar die Tempel und Paläste. Er träumte nur von einem Land, dessen Berge

aus gelbem Metall bestanden. Und das tat fast jeder um mich herum, sogar die tabaskischen Frauen.
Wie konnten die Spanier nur so kurzsichtig sein? Vor langer Zeit hatte Gefiederte Schlange beschlossen, sich von einem Heer von Maulwürfen dienen zu lassen; und genau danach sah es auch heute aus. Der Gott hatte eine Neigung zu blinden Gefolgsleuten.
»Eine Gesandtschaft, kein Heer«, verkündete Aguilar jedem, der es hören wollte, und ich verstand die spanischen Wörter. Trotz meiner Beteuerungen ließ Cortés rasch jeden Mann nach den Waffen greifen und sich gefechtsbereit machen. Selbst die Herren Pferde wurden bereit gemacht, notfalls anzugreifen.
Ich freute mich, daß Cortés in das Gewand von Gefiederter Schlange schlüpfte; es tut wohl, wenn man sieht, daß Ratschläge befolgt werden.
Der Zug der Azteken traf während der Dritten Wache ein, und zwar mit großem Pomp: Die dumpfen Trommeln grollten, und Hörner und Flöten ertönten. Diener trugen Blumen und Weihrauch, Becken mit schwelendem Copalharz, das die Luft mit süßem Duft erfüllte. Als Zuschauerin durchlebte ich noch einmal meine Kindheit: Herrn Lanzenträgers Ankunft in Jalisco, den Einzug und die Begrüßung meines Vaters im Nest der Schlange, die großen Prachtumzüge in Tenochtitlan.
Hinter den Weihrauchschwenkern und Blumenträgern marschierten Erscheinungen, die sich flügelschlagend näherten: wunderschön anzusehen und keineswegs Raubvögel. Das waren die Zauberer, Hexenmeister und Fluch-Beschwörer, phantastisch in Federn gekleidet und mit Klauen und Schnäbeln bewehrt. Als erstes kamen Eulenmenschen, dann andere Zauberer, die wie Geier, Falken, Raben und Würger aussahen.
»Sind das Tänzer?« Aguilar sperrte Mund und Nase auf und wußte nicht, ob er Angst haben oder sich nur blenden lassen sollte.
»Zauberer der Luft«, erklärte ich ihm. »Es muß aber auch andere Magier geben. Zauberer der Erde und des Wassers.«
Aguilar erbleichte und bekreuzigte sich.
»Sie können verzaubern und Unglück bringen«, erklärte ich,

und das stimmte. Dann fügte ich noch eine kleine, boshafte Lüge hinzu: »Soweit ich weiß, übermitteln sie ihre Flüche durch Gold. Das ist überhaupt ihr übliches Material.«
Beunruhigt sah er mich an.
Plötzlich hielten die Spanier vernehmlich die Luft an; dann kam amüsiertes Gemurmel, sogar Gluckser wurden laut. Ich dachte, der Anblick von Herrn Tendile entzücke sie, denn der war wunderbar in Orange und Gelb gewandet und trug einen Kopfputz aus scharlachroten Federn. Dann sah ich eine andere Gestalt, die dunkel gekleidet war und hinter Tendile herging, so daß sie mir lange verdeckt geblieben war. Auf den ersten Blick sah sie aus wie Cortés selbst, mit dunkelbraunem Haar und dichtem Bart, kräftiger gerader Nase und mächtigen Augenbrauen. Auch war der Mann schmalhüftig wie mein Gebieter, hatte breite Schultern und war bemerkenswert groß gewachsen. Anfangs war mir nicht klar, daß seine Sandalen dreifache Sohlen hatten und der Rock ausgestopft war. Es war, als ob ein künstliches Bildnis meines Gebieters, des *capitán*, lebendig geworden wäre.
»*Viva Cortés!*« schrien die Soldaten. »Beide!«
Nachdem Moctezuma sich die Zeichnungen der Künstler genau angesehen hatte, hatte er einen Doppelgänger für Cortés gefunden – das war mir zwar klar, doch warum, verstand ich noch nicht. Große aztekische Adlige verwendeten oft Männer, die ihnen ähnelten oder die sich wie sie verkleiden konnten; diese Doppelgänger wurden bei ermüdenden und unangenehmen Amtspflichten eingesetzt. So hatte ich von einem Fürsten gehört, der sich bei langweiligen öffentlichen Zeremonien von einem Sklaven, der ihm ähnelte, vertreten ließ. Dieser Sklave machte seine Sache so geschickt, daß er eines Tages anstelle seines Herrn auf königlichen Befehl hin hingerichtet wurde.
Für diese Gepflogenheit hatte ich Verständnis. Doch wozu hatte Moctezuma einen Doppelgänger für Cortés ausgesucht und sich so große Mühe gemacht, ihn zu verkleiden? Das war mir unerfindlich.
»Wieder Teufelswerk«, sagte Aguilar. Er verzog seine lange, dünne Nase, und ich vermute, daß er wie bei den Leckerbissen in Blutsauce den Gestank der Hölle roch. »Das ist Hexerei!«

Als nächstes kamen die umständlichen Begrüßungsrituale: das Weihrauchverbrennen, das Die-Erde-Küssen und die Lobpreisungen. Gutmütig begrüßte Cortés seinen Doppelänger, der Quintalbor hieß. »Setzt Euch neben mich, dann kann uns keiner unterscheiden.« Mit der Umgänglichkeit, die die Azteken verwirrte, klopfte er Quintalbor auf den Rücken. Ein Gott verhielt sich bestimmt nicht so! Noch weniger allerdings ein Mensch, der vorgab, ein Gott zu sein. Mich berührte diese Geste schmerzlich – ich konnte sie überhaupt nicht verstehen.
Quintalbors Gesicht war dick gepudert und vielleicht mit Gips bestrichen, und wenn man ihn von nahem betrachtete, sah er wie eine Leiche aus, deren Einbalsamierung brüchig geworden war. Der Bart schien aus gefärbter Baumwolle oder aus Fell gemacht zu sein, doch aus einiger Entfernung war die Ähnlichkeit mit Cortés erstaunlich.
Als sie sich nebeneinandersetzten, war die Illusion freilich dahin. Zwei Kerzen können aus demselben Bienenwachs gemacht sein, doch sind sie unverwechselbar, wenn nur eine brennt. Quintalbors Verkleidung vermittelte etwas von Cortés' kräftigen Zügen, nur flackerte nicht die Flamme von Gefiederter Schlange in seinem Gesicht. Außerdem ging die oberflächliche Ähnlichkeit der Gesichtszüge, die sie bei Ruhe aufwiesen, verloren, wenn sie in Bewegung gerieten. Cortés hatte in Gestik und Mimik – wie er den Kopf drehte und die Hand hob – die Kraft zu faszinieren, eine Fähigkeit, die nur wenigen Geschöpfen wie Kolibris, Ozelots und Libellen gegeben ist. Man konnte gar nicht anders, man mußte ihm einfach zusehen. War erst die erste Überraschung verflogen, konnte man Quintalbor vergessen.
Ich fragte mich, ob Moctezuma, schwer zu durchschauen wie eine Gottesanbeterin, durch Quintalbor irgendeine Botschaft übermitteln wollte. »Seht her, wir haben zumindest einen Mann, welcher der Zwilling von Gefiederter Schlange ist. Ihr seid nicht einzigartig, wir sind Hochstapeleien gewohnt.« Wenn diese Absicht dahintersteckte, kam er damit nicht durch. Der Gott war mit niemand zu verwechseln.
Nach dem notwendigen Austausch von Höflichkeiten kam der Augenblick, auf den die Spanier mit angehaltenem Atem warteten

– der Moment der Geschenküberreichung. Einhundertvier schwerbeladene Lastenträger – die Zahl stellte eine Doppelgarbe an Jahren dar – wurden herbeigewunken, und nachdem der Strand mit Strohmatten bedeckt worden war, breiteten sie die mitgebrachten Schätze aus. Ringsum mich her vernahm ich tiefempfundene spanische Seufzer, ein Gemurmel, jenem nicht unähnlich, das Don Alonzo auf dem Höhepunkt der Leidenschaft von sich gab. Das verstand ich, denn auch ich war hingerissen und dachte, wenn es im Paradies einen Markt gibt, in dem geläuterte Seelen einkaufen, dann muß er Ähnlichkeit mit dem hier aufweisen.

Sieben Ballen feinsten Baumwolltuchs, ein jeder so schwer, daß ein Mann ihn gerade noch tragen konnte, wurden entrollt und schimmerten in den sieben Farben der Regenbogenkrone, die Tlaloc, der Regen, und Tonatiuh, die Sonne, gemeinsam tragen. Bald prangten auf diesem Regenbogen Gefäße, Statuetten und Masken aus Holz, Ton und Stein. Ich starrte auf Bilder, die aus zehntausend Federn gemacht waren, auf Mosaiken aus Türkis und Onyx, Götterbilder mit Feueropalen als Augen – Opale, die vom äußersten Rand der Toten Welt im Land der Chichimeken geholt worden waren. Die Steine schimmerten wie milchige Sterne. Mit weitausholender Gebärde hob Herr Tendile eine aus Blumen gewirkte Tapisserie in die Höhe, unter der Jadeherzen lagen, Mixteken- und Maya-Arbeiten, Jadespangen und Jademedaillen und dazu etliche Schnitzereien, die mit dem blutroten Zinnober der Gräber gefärbt waren.

Die Spanier seufzten auf, als die Träger mit einer dicken und hochschwangeren Dame Mond aus Silber vortraten. Und aus dem Seufzen wurde ein Aufschrei, als gleich danach ein Bildnis von Herrn Sonne aus purem Gold kam, ein Schild, den ich mit meinen Armen nicht hätte umfassen können. Dame Mond hielten sie einen halben Bogenschuß entfernt hoch – sie stirbt, wenn sie ihrem Bruder Sonne zu nahe kommt –, doch die große Goldscheibe wurde vor Cortés auf den Sand gelegt, gleichsam als gälte es, ihm den Himmelsthron als Fußschemel anzutragen. Nickend berührte er die Sonnenscheibe unendlich vorsichtig mit seiner Stiefelspitze, so als wolle er prüfen, ob sie auch nicht

verschwände, vielleicht hinweggezaubert würde von den Hexenmeistern, deren Gesänge am Rand der Menge ertönten.
Die Scheibe war schön, angemessen, fast genauso wunderbar wie die winzigen Schmuckstücke aus geschnitzter Jade. Sie enthielt, wie ich irrtümlich annahm, genug Gold, um Tausende von spanischen Schiffsbesatzungen von ihrer Krankheit zu heilen. Damals hatte ich noch nicht begriffen, daß diese Krankheit genauso unersättlich ist wie der Gefleckte Gott; nachdem er alles andere aufgefressen hat, verzehrt er seinen Gastgeber.
Während die Spanier in Rufe der Bewunderung und des Erstaunens ausbrachen und die Dinge abschätzten, überlegte ich, wie viele Städte versklavt werden mußten, wie viele Sippen verarmt und ausgerottet worden waren, um diese Reichtümer zusammenzuraffen. Während der letzten drei Generationen war die Welt mit gezücktem Aztekendolch geplündert worden. Mein Blick fiel auf ein Halsband aus Amethisten, die in der Sonne funkelten, und ich mußte an meinen Vater denken.
Dann fiel mir ein älterer Mann in schlichter, schmuckloser Kleidung auf. Er war offensichtlich ein bedeutendes Mitglied der offiziellen Abordnung, hob sich aber wegen seines einfachen Umhangs, wegen des fehlenden Schmucks und seines vergeistigten Antlitzes ab. Mit Bedacht wahrte er einen kleinen Abstand zwischen sich und denen, die die Geschenke darboten; dann kniete er nieder, um einen aus Agavenfasern gewebten Beutel aufzunesteln, einen rauhen kleinen Sack, wie ein gewöhnlicher Bettler ihn mitführen könnte. Als er sich umdrehte, sah ich, daß er das kaiserliche Wappen Moctezumas auf die schmale Schulter tätowiert trug; folglich kam er aus dem Haushalt des Verehrten Sprechers, war Moctezumas persönlicher Bote.
Die geflochtenen Matten mißachtend, legte der alte Mann seine wenigen Gaben auf den bloßen Sand. Da war ein Anhänger, nichts weiter als ein Lederriemen mit einem Ornament daran, ein aus Quetzal- und Kolibrifedern gewebtes Schmuckstück; das Kleinod war alt, die Federn hatten längst ihren grünschillernden Glanz verloren. Als ich näher trat, sah ich, daß das Angebinde nicht nur alt war, sondern auch getragen, die Federn waren vom Gebrauch abgescheuert. Gleich daneben legte der alte Mann eine Tonflöte

nieder sowie die Schale einer Schneckenmuschel, die man in der Mitte durchgesägt hatte, so daß sie jetzt einem Stern ähnelte; als letztes fügte er noch ein einzelnes Kügelchen aus unpolierter Jade sowie ein paar Maiskörner hinzu; dann umgab er seine Geschenke kreisförmig mit einem Gürtel aus Rindenpapier, dessen einziger Schmuck ein paar Blumen bildeten: Veilchen und Heliotrop – einige Blüten waren frisch, andere gepreßt und getrocknet.
Der alte Mann zog den Gürtelkreis in die Länge. Es wurde ein Oval daraus, hatte damit die Gestalt aller Tempel von Gefiederter Schlange als Herr Wind, sanft geschwungen, auf daß der Wind wehe, wohin er will, auf daß er ungehindert und frei durchziehe, da Gefiederte Schlange die Freiheit der Seele ist. Mais war Seine Speise, mit der Er Geist und Leib ernährte, die Flöte Seine Musik, welche die Sinne beruhigt und das Herz erfüllt; in der sternförmigen Muschel wohnte der Abendstern, der in Schönheit hinter dem Horizont versinkt, so wie Gefiederte Schlange selbst einst in die Unterwelt hinabtauchte, bloß um im Flug der Vögel wieder aufzuerstehen, im Wind zu fliegen, der Er Selbst ist, und zeigt, daß wir vom Dunkel auf die Sonne zufliegen müssen, dem Licht entgegen. Die Jade war nicht, was Er ist, sondern was Er wird, denn Gefiederte Schlange ist kein unveränderlicher Gott wie Ometeotl oder der Blumenprinz. Er vergeht und kehrt wieder wie die Veilchen, er ist der im Entstehen begriffene Gott, der sich auf die unveränderliche Härte der Jade zuentwickelt, während unsere eigenen Seelen, die so weich, unfaßbar und vergänglich in der Form sind, durch den Schmalen Durchgang hindurch auf das Land zustreben, wo tote Äste erblühen und tote Augen ewiges Licht erblicken.
Die Abordnung der Azteken hatte die Reichtümer der Welt als Geschenk gebracht; Moctezumas persönlicher Bote hatte Gefiederte Schlange selbst dargeboten. Und wer hätte den alten Anhänger getragen, die Schwingen des fliegenden Gottes? Niemand brauchte mir zu sagen, daß es sich um Moctezumas Eigentum handelte, um sein Halsband, das er als Knabe getragen, da er studiert hatte, um Priester zu werden. Der Erste Sprecher war der höchste Herr der Einzigen Welt, der Sonnen aus Gold und Monde aus Silber zu verschenken hatte; doch Moctezuma der Mensch

hatte bescheidene Dinge gewählt, die seinem eigenen Herzen etwas bedeuteten, um sie seinem Gott als Geschenk anzutragen.
Als ich mich Cortés zuwandte, hatte ich Tränen in den Augen. Ich verstand Moctezumas Hingabe und verzieh ihm alles, jedenfalls für diesen Augenblick – vielleicht sogar für diesen einen Tag.
Mein Gebieter, der *capitán*, folgte meinem Blick und erkannte, daß die Gaben des alten Mannes anders waren, daß sie etwas Besonderes darstellten – und er sah mich fragend an. Ganz leise nickte ich, unmerklich fast. Cortés ließ den goldenen Fußschemel liegen, wo er lag, und ging raschen Schrittes zu dem kleinen symbolischen Windtempel hinüber, kniete nieder, um sich den Anhänger um den Hals zu legen und den Gürtel wie einen Schal auf die Schulter. Als er dies sah, fing der alte Mann an zu weinen, warf sich auf den Boden, als Cortés sich abwandte, und küßte die Fußspuren, die Gefiederte Schlange im Sand hinterlassen hatte.
Tief beeindruckt von dem Geschehen, warteten die eleganteren Abgesandten mit einem weiteren Schatz auf, einer Türkismaske, deren Züge kunstvoll in den Windungen einer Schlange nachgebildet waren. Zusammen damit überreichten sie eine Krone aus Quetzalfedern sowie einen prachtvollen Federumhang – den Ornat des Oberpriesters von Gefiederter Schlange und damit das Gewand des Gottes selbst.
Cortés erlaubte nur für einen Moment, daß man ihn in diese Zeichen der Würde kleidete; ich war erleichtert, als er sie wieder ablegte. Irgendwie machten sie ihn klein, waren sie seinem Gottsein abträglich. Aguilar muß das gleiche empfunden haben, denn er seufzte vernehmlich erleichtert auf, als Umhang und Krone höflich beiseite gelegt wurden. Cortés sagte: »Mein Dank dem großen Herrn.«
»Der Verehrte Moctezuma hat uns aufgetragen zu sagen, daß er Euch nur gibt, was ohnehin längst Euer ist«, erwiderte Herr Tendile. Von den anderen aztekischen Edelleuten kam zustimmendes Gemurmel.
Doch während sich all dies abspielte – zur gleichen Zeit, da sie Cortés als Gott grüßten –, vollführten die Eulenmenschen und andere Zauberer mit Händen und Stäben unheilvolle Gebärden. Ein Hexenmeister schüttelte eine Rassel aus Menschenknochen,

während gelber Rauch aufstieg, der der Luft etwas Unheilvolles verlieh. Mein Gebieter wurde gleichzeitig begrüßt und verflucht, gleichzeitig willkommen geheißen und ausgetrieben! Zum erstenmal bekam ich einen flüchtigen Eindruck von Moctezuma.
Cortés machte eine Handbewegung, und das allgemeine Gerede erstarb. Er sagte: »Diese Geschenke haben uns tief bewegt. Jetzt bleibt uns nichts anderes übrig, als zur Hauptstadt zu ziehen und dem großen Herrscher persönlich Dank zu sagen!«
Schweigen senkte sich herab, das bis zum Zerreißen gespannte Schweigen einer heißen Sommernacht, ehe die Blitze niederzukken. »Nein!« erklärte Herr Tendile und erhob sich. »Die Reise würde Euch erschöpfen. Und sie wäre gefährlich.« Er hatte nicht nur die Worte auswendig gelernt, sondern auch den strengen Tonfall und die Gesten eingeübt.
»Keine Sorge!« Cortés lächelte zuversichtlich. »Da ich nun schon von so weit her gekommen bin, erwartet König Carlos von mir, daß ich Herrn Moctezuma auch persönlich kennenlerne.«
Ich übersetzte nicht genau, denn ich selbst hatte das mit König Carlos noch nicht richtig verstanden. Ich sagte: »Unser Hoher Herr!« – womit Ometeotl, der Beweger des Universums, hätte gemeint sein können. Niemand erhob Einspruch.
»Unmöglich! Der Verehrte Sprecher möchte nicht, daß Ihr eine so gefahrvolle Reise unternehmt.« Die Drohung, die hinter diesen Worten stand, war unmißverständlich. Herr Tendile brachte seine Abschiedshuldigung dar. »Ich wünsche Euch, daß Ihr heil und gesund in Euer eigenes Land heimkehrt.«
»Vor Moctezuma werden wir uns wiedersehen.« Cortés grüßte lebhaft. Als ich übersetzte, verhehlte ich nicht, wie stolz ich darauf war, daß er Moctezuma die Stirn bot.
Tendile, der sich bereits zum Gehen wandte, funkelte mich plötzlich an und ließ sein zeremonielles Gehabe fallen. »Wer immer Ihr seid, Weib, Ihr seid eine Verräterin! Warnt Euren Herrn und sagt ihm, er solle abreisen, bevor es zu spät ist.«
In jahrelanger Demütigung aufgestauter Zorn wallte in mir auf. »Warnt Euren eigenen Herrn, Herr Speichellecker! Ich diene einem Gott!«
Verwirrt und voller Empörung zog Tendile ab. Noch nie hatte

eine Frau es gewagt, so grob und offen zu ihm zu sprechen, und ich nehme an, er sah in mir auch nur eines jener Geschöpfe aus dem unheimlichen Land jenseits des Meeres – so etwas Ähnliches wie Kanonen und Hunde.

»Was habt Ihr gesagt?« fragte Aguilar verwundert.

»Ach, das waren nur religiöse Spitzfindigkeiten«, erwiderte ich. Obwohl es nur einen raschen Austausch von Beleidigungen gegeben hatte, kam ich mir vor, als hätte ich die ganze aztekische Armee vernichtet. Als Mädchen hatte man mir oft eingeschärft, eine Frau habe ihr Gefieder des Stolzes unter den Blättern der Bescheidenheit zu verbergen. Nun, ich war zu lange unter diesen abgestorbenen Blättern begraben gewesen. Mich verlangte danach, mein Gefieder zu sträuben und auszuprobieren, ob die Federn auch wirklich echt wären, ob Flügel daraus werden würden.

Die Azteken hatten kaum den Strand verlassen, da stürzten sich die Spanier auf die Geschenke wie die Bienen auf eine Papaya und summten und schnupperten und kratzten und drückten. Für einen Moment hätte ich den Unsinn, Gold sei eine Medizin, glauben können, denn ich sah etliche Soldaten auf goldenen Schmuckstükken herumbeißen. Doch dann ging mir auf, daß sie nur prüften, wie rein das Metall war und welchen Härtegrad es hatte.

Mit Stiefeln wurde auf herrlichem Tuch herumgetrampelt, der riesige Baumwoll-Regenbogen von Sporen zerrissen. Die tabaskischen Frauen kamen aus ihren Verstecken hervor – beim Anblick der Azteken waren sie untergetaucht – und retteten die Stoffe, hielten sie sich an wie Kleiderbahnen und putzten sich, gurrten und brüsteten sich. Spanier und Tabaskinnen waren derart fasziniert von den Gaben, daß sie die aztekischen Spender und das ferne Schatzhaus, aus dem alles stammte, momentan vergaßen. In ihrer Habgier verschwendeten sie keinen Gedanken an das Können und die Geschicklichkeit der Handwerker, die in Tenochtitlan wahre Wunder geschaffen hatten; die Künste, die sie ausübten, waren über Garben von Jahren hinweg von den Tolteken übernommen und weitergegeben worden. Doch wie von Seifenblasen geblendet, dachte nicht einer von allen an das größte aller Wunder, die Städte der Azteken.

Nein, nicht alle.
Mein Gebieter, der *capitán*, stand, die goldene Sonne zu Füßen, da, hatte jedoch keinen Blick für sie. Statt dessen starrte er zum westlichen Horizont hinüber, und mir stockte der Atem, als ich sah, daß der Sternberg sich in alter Pracht schimmernd wieder gen Himmel reckte – ein Omen. In diesem Augenblick, glaube ich, sahen mein Gebieter und ich dasselbe: daß alles möglich wäre und kein Traum zu verwegen, als daß er sich nicht doch verwirklichen ließe.

Am nächsten Morgen war die gesamte Abordnung mit Ausnahme von Quintalbor, dem Mann, der Cortés verkörpert hatte, verschwunden. Zurück blieb nur ein bunter Haufen von Hexenmeistern, vor allem Eulenmenschen, die hinter Büschen und Sanddünen saßen und uns nicht aus den Augen ließen. Groß Bauch und seine Mannschaft von Lieferanten und Köchinnen blieben gleichfalls zurück. Sie hatten Anweisung, nicht mit uns zu sprechen, doch Quintalbor streunte durch unser Lager, äffte Cortés nach und stieß Befehle in einem Kauderwelsch aus, von dem er meinte, daß es so klänge wie Spanisch.
»Eure Ähnlichkeit mit Gefiederter Schlange ist erstaunlich«, sagte ich zu ihm, und er sonnte sich in dieser Schmeichelei. »Moctezuma muß ja die ganze Welt abgesucht haben, um Euch zu finden.«
»Durchaus nicht. Ich war dabei, als die Portraits von Malintzin gezeigt wurden. Herrn Moctezuma fiel die Ähnlichkeit sofort auf. Ich bin Hofbeamter, der Bewahrer der Spezial-Käfige.«
»Aber ja! Der königliche Zoo ist zu Recht berühmt.«
»Der Zoo? Ich bin nicht beim Zoo.« Sein Blick hätte einen Kaktus zum Verdorren bringen können. »Die Spezial-Käfige stehen in einer Reihe vor Herrn Moctezumas Privatgemach. Die Gefangenen, die darin untergebracht werden, sind alle jung und ausnehmend schön. So verfügt der Sprecher zu jeder Tages- und Nachtzeit über eine makellose Auswahl an Gefangenen, um sie eigenhändig auf seinem Altar zu opfern.«
Begeistert erzählte er von seinem Beruf. »Drei Auswähler helfen mir, jeden neu von den Tributeintreibern gebrachten Gefangenen

zu inspizieren: Für die Opferung im Palast werden nur die allerbesten ausgesucht.«
Völlig von seiner Wichtigkeit überzeugt, erzählte Quintalbor mir bald eine Geschichte, die eigentlich ein Staatsgeheimnis hätte sein sollen.
Nach ihrem ersten Besuch bei uns waren Herr Tendile und die anderen Abgesandten im Eiltempo in die Hauptstadt zurückgekehrt und dort um die Fünfte Wache, also zu nachtschlafender Zeit, im Palast eingetroffen. Die Angelegenheit war so wichtig, daß Moctezuma geweckt wurde, um sie empfangen zu können. Nachdem er besorgt lange auf Nachrichten gewartet hatte, hatte er nicht mehr an das Kommen der Abgesandten geglaubt und sich gerade zur Ruhe begeben.
Die Abgesandten wurden also in seinen Schlafraum geführt; ein Blick auf ihre besorgten Gesichter hatte genügt, ihm zu verraten, daß an der Wiederkehr von Gefiederter Schlange nicht mehr gezweifelt werden konnte und der Welt die größte Krise ihrer Geschichte bevorstand.
»Sprecht nicht, bevor wir keine heiligen Riten vollzogen haben«, befahl er.
Sie begaben sich in einen nahegelegenen Staatsraum, der mit Moctezumas privatem Opferstein ausgestattet war.
»Ich erhielt Befehl, fünf Opfer herbeizubringen«, berichtete mir Quintalbor. »Einen hübschen Jüngling für jede der vier Himmelsrichtungen und ein Mädchen für die gesegnete Mitte. Zufällig hatte ich fünf junge Zapoteken zur Hand; folglich paßten die Opfer gut zueinander. Sie hatten diese bezaubernden klaren Augen, die man fast nur im Süden zu sehen bekommt.« Die Erinnerung erwärmte ihn; er war stolz auf sein Amt. »Moctezuma war entzückt, daß wir ungesäumt mit den Riten beginnen konnten.«
Die Opfer wurden eines nach dem anderen über den Stein gelegt; vier Priester hielten sie an Hand- und Fußgelenken fest, während ein fünfter ihnen mit einer Holzgabel den Hals nach unten drückte. Moctezuma schnitt die Herzen heraus und opferte die noch zuckenden Muskeln den Richtungen des Ometeotl. Die Abgesandten drängten sich dicht um den Altar, um etwas von dem hervorschießenden Blut abzubekommen.

»Sie hatten mit Göttern gesprochen«, sagte Quintalbor. »Sie bedurften einer besonderen Taufe.«

Moctezuma muße verrückt sein – oder zumindest von religiösem Wahn besessen. So also begrüßte er Gefiederte Schlange, einen Gott, von dem man wußte, daß er Menschenopfer verabscheute! Wenn die Verkörperung einer anderen Gottheit zurückgekehrt wäre – Xipe Totec etwa, der sich in die Haut von frisch Geschundenen hüllt –, ich hätte verstanden, daß der Sprecher glaubte, so handeln zu müssen: Es wäre ihm gar nichts anderes übriggeblieben. Doch sich auf diese Weise das Wohlwollen des Herrn der Sanften Weisheit erringen zu wollen? Das war Verschwendung, war Wahnsinn!

»Nach der Opferung sah der Verehrte Sprecher sich die Bilder an, die die Künstler mitgebracht hatten, und erkannte die Ähnlichkeit, die ich mit Eurem Herrn aufweise. Natürlich bin ich etwas dunkler als er und habe von Natur aus keinen Bart. Trotzdem sah ich den Bildern ähnlich genug, daß Moctezuma Herrn Zwei Geier Wolfspfote kommen ließ, um sich beraten zu lassen.«

»Wer ist das?«

»Ein großer Zauberer, der an der Spitze von Moctezumas Eulenmenschen steht. Ihr habt Herrn Wolfspfote gesehen. Er ist mit den Gesandten gekommen und immer noch hier. Der großgewachsene Herr mit der verkümmerten linken Hand.«

Diesen Mann hatte ich mehrere Male in der Nähe des Lagers gesehen; seine verkümmerte Hand hatte in der Tat Ähnlichkeit mit einer Pfote. Er kleidete sich nicht wie die Zauberer, deren Gilde er vorstand, hatte aber trotzdem etwas Unheimliches. Einmal hatte ich ihn beobachtet, wie er Kräuter und Beeren suchte.

»Moctezuma und Wolfspfote berieten sich, und ich wurde hierher geschickt.«

Quintalbor hatte keine Ahnung, was damit bezweckt wurde, daß er Cortés darstellte, noch warum er in unserem Lager bleiben und jede Geste meines Gebieters nachmachen sollte. Ehe diese Pläne ausgeheckt worden waren, hatte man ihn aus dem Beratungssaal geschickt. Gleichwohl glaubte er, eine überaus wichtige Rolle zu spielen.

Nach diesem Gespräch ging ich in dem spärlichen Schatten am

Rand des Strandes auf und ab und versuchte, Moctezumas Geist zu ergründen. Der Verehrte Sprecher kam mir wie ein Gott mit einem lichten und einem dunklen Gesicht vor. Das Lichte an ihm erstrahlte in den verschwenderischen Geschenken und den Grüßen sowie in den üppigen Mahlzeiten, die er uns täglich bereiten ließ.

Manches deutete aber auch auf das Dunkle an ihm hin: daß er unsere Reise in die Hauptstadt verhindern wollte; die nichts Gutes verheißende Anwesenheit von Zauberern und Fluch-Beschwörern.

Während ich über all dies nachdachte, wäre ich fast über ein Gebilde aus Federn und dunkler Menschenhaut gestolpert, das mitten auf dem Pfad niedergelegt war, ein Wächtergeist, der Hexen und Dämonen den Weg versperren sollte. Obwohl ich weder das eine noch das andere war, hütete ich mich, irgendwelche Mächte herauszufordern, indem ich darum herumgegangen wäre – solche Zeichen sind fluchbeladen, wie ein Schwamm mit Wasser vollgesogen ist. Ich kniete nieder, um mir die Sache genauer anzusehen, ohne sie indes zu berühren: Haut und Federn waren auf einer Unterlage aus Blättern, Beeren und Wurzeln drapiert worden. Ich erkannte Tollkirschen und die grünlichen Beeren des Gilakrauts, deren Saft einem die Finger verbrennt; schluckt man sie, sorgen sie für eine rasche, wenn auch schmerzhafte Passage durch den Schmalen Durchgang. Das also waren die Kräuter, die Herr Wolfspfote gesammelt hatte! Ich kehrte ins Lager zurück.

Auch hier stieß ich auf Geheimnisvolles. Gold mochte zwar kein Allheilmittel gegen Krankheiten sein, doch seine anregende Wirkung auf die Spanier war erstaunlich. Gestern noch waren sie vor Freude darüber in die Luft gesprungen und hatten die Beine in die Höhe geworfen wie Tänzer beim Erntefest. Heute morgen hatten die tabaskischen Frauen kichernd von der erstaunlichen Steigerung ihrer Manneskraft als Liebhaber berichtet – ein weiteres Ergebnis dieser sonderbaren Medizin. Heute jedoch war aus Freude Argwohn und Feindseligkeit geworden. Das Gold spaltete sie in verschiedene Lager, die sich alle gegenseitig mit Mißtrauen betrachteten. Wo immer sich ein wenig Schatten fand, sah man

kleine Gruppen von Männern beisammenstehen, halblaut miteinander reden und aus verengten Augen mißtrauische Blicke zu den anderen Gruppen hinüberwerfen.
Alle behielten sie wachsam einen Offizier namens Cristobal Olid im Auge, einen Puma von einem Mann, tiefgebräunt und mit einem Gebiß wie eine Raubkatze. Er hatte heute den überaus heiklen Auftrag, die Männer zu befehligen, die das Gold und die anderen Schätze vom Strand auf das Flaggschiff bringen sollten. Als ich vorüberkam, brachte das schwere Bildnis von Herrn Sonne beinahe zwei miteinander vertäute Boote zum Kentern.
»Soll das Schiff die Geschenke fortbringen?« fragte ich Aguilar.
»Nein. An Bord ist es nur leichter, sie vor Diebstahl zu bewachen.«
»Vor Diebstahl? Ihr denkt, die Azteken könnten sich das Gold zurückholen?«
Er wandte sich zum Gehen, und ich spürte, wie schwer es ihm gefallen wäre zuzugeben, daß es seine Landsleute waren, denen er mißtraute.
Ich ging am Rand des Wassers entlang und nickte höflich mehreren Gruppen von Soldaten zu. Inzwischen verband ich verschiedene Spanier mit ihren Namen und wußte, was für Menschen sie waren. Anfangs hatten sie für mich alle ziemlich gleich ausgesehen – rosige Haut, Bart und Hakennase, Raubvögel mit Haaren statt Gefieder. Ein paar waren etwas anders gewesen, und doch waren sie mir alle so fremdartig vorgekommen, daß einer aussah wie der andere; jedenfalls fiel mir das gemeinsame Andersartige mehr auf als die Unterschiede, die zwischen ihnen bestanden. Jetzt sah ich in ihnen die Einzelpersönlichkeit wie bei anderen Menschen.
Ganz am Rande des Lagers sah ich nun vier Spanier beisammenstehen, die mir am wenigsten von allen gefielen, die Gebrüder Alvarado. Wie so oft, bildeten sie auch heute eine Gruppe für sich und hielten unter dem Vorsitz von Pedro, dem größten und verwegensten von ihnen, einen Familienrat ab. Ihr Haar und ihre Spitzbärte waren gelb wie die Sonne, gelber, nur ein wenig heller als die Sonnenscheibe, mit der Olid und seine Leute sich jetzt abmühten. Sie hockten in einer Reihe im Sand, vier Goldene Kondore – wie ich sie nannte – auf einem Ast, wobei der Große

Kondor dominierte. Ihre dünnen Nasen fuhren in einem schwungvollen Bogen auf das Kinn zu, das der wie eine Pfeilspitze geformte Bart womöglich noch spitzer erscheinen ließ. Sie wurden von allen gefürchtet; zu Recht.
Heute schienen die Kondore Unheil auszubrüten. Aber Cortés, das war mir aufgefallen, setzte großes Vertrauen in diese vier; und wenn sie wirklich Unheil ausheckten, war das bestimmt nicht gegen ihn gerichtet. Mir brachten sie immer Respekt entgegen; um so mehr fiel mir auf, mit welcher Verachtung sie die tabaskischen Frauen behandelten. Gewiß hatten sie einen Hauch von Göttlichkeit – um das zu erkennen, brauchte man nur zu sehen, wie sie das Sonnenlicht reflektierten –, nur handelte es sich um eine bösartige Göttlichkeit, das, was Aguilar einen Dämon nannte.
»Guten Tag, Señores«, grüßte ich und probierte meine spanischen Wörter aus, die Don Alonzo mir beigebracht hatte.
Verwundert sahen sie mich an, als hätte ein Kojote spanisch gesprochen. Der Große Kondor – Pedro – faßte sich als erster wieder. »Guten Tag, Doña Marina.« Er rappelte sich hoch, verneigte sich und fügte noch etwas Höfliches hinzu; und ich tat, als verstünde ich es.
»Guten Tat«, wiederholte ich, setzte meinen Weg fort und fragte mich verwundert, ob denn schon drei Wörter in ihrer Sprache mir in ihren Augen einen höheren Rang verliehen.
Ich ließ das spanische Lager hinter mir und flüchtete mich vor der Hitze unter einige kümmerliche Palmen, zwischen denen Groß Bauch ein paar Matten aufgehängt hatte, um den Frauen und den drei oder vier Sklaven, die unser Essen zubereiteten, Schatten zu verschaffen. Ich war inzwischen ein so vertrauter Gast, daß niemand mehr auf mich achtete. Mir fiel auf, daß zwischen den Bäumen und etwas weiter entfernt eingegrabenen Stangen neue Sonnensegel aus Baumwolle aufgespannt worden waren; darunter befanden sich Nester für die Eulenmenschen, die durch luftige Blättervorhänge vor den Blicken Außenstehender geschützt waren und so ungestört ihre Flüche aushecken konnten. An diesem unseligen Strand im Land des Grenzenlosen Überflusses gab es nur wenige Bogenschuß voneinander entfernt zwei Lager, ein spanisches und ein aztekisches, und in beiden wurden Ränke

geschmiedet und Intrigen gesponnen. Ich fragte mich, wann das Gerede und Gefluche wohl aufhören und der Kampf offen ausbrechen würde.

Gleichzeitig jedoch vermittelte die Szene auch den Eindruck von Frieden und Heiterkeit: Drei Frauen schälten irgendwelche Früchte und plauderten dabei, ein alter Mann baute eine Feuerstelle, um Fisch zu garen, und Groß Bauch selbst, der auf einer Matte döste, während ein Kind mit Fliegenwedel seinen Schlaf bewachte, sah aus wie der Gott der Gaumenfreuden höchstpersönlich.

Gerade als meine Sorgen eingelullt waren und mir selbst die Lider schwer wurden, schreckte mich ein Schrei auf, halb Schluchzen und halb Würgen. Immer noch wie mein Gebieter, der *capitán*, gekleidet, kam Quintalbor aus einer der Zaubererhütten herausgewankt, versuchte sich im Vorwärtstaumeln an den Schlingpflanzenvorhängen festzuhalten und riß sie zum Teil herunter. Er sank in die Knie, abgebrochene Ranken schlangen sich ihm um Hals und Schultern, mit den Fäusten schlug er sich auf den Bauch. Mit einem langgezogenen, gurgelnden Schmerzensschrei brach Quintalbor auf dem Boden zusammen und lag am ganzen Körper zuckend und sich windend im Sand.

Nachdem sie sich von ihrem ersten Schrecken erholt hatten, eilten die Köchinnen ihm zu Hilfe, und ich erhob mich, um das gleiche zu tun, doch irgend etwas hielt mich zurück – vielleicht war es die Erinnerung an die Gefleckten Götter, daran, wie diese von einem Opfer zum nächsten gesprungen waren. Ich wußte, daß Quintalbor starb; dabei war er noch vor einer Stunde im Vollbesitz seiner Kräfte durchs Lager stolziert.

Dann tauchte eine ganze Versammlung von Hexenmeistern so plötzlich aus ihren Unterkünften auf, daß sie auf Quintalbors erstes Stöhnen geradezu gelauert haben mußten. Die ganze gefiederte und klauenbewehrte Heerschar des Übernatürlichen tanzte um den Sterbenden herum und sang ihre Lieder, sie zückten die Obsidianklingen, um ihm seine nachgemachten spanischen Kleider vom Leib zu schneiden, sie zu durchlöchern und zu zerfetzen und schließlich auf ihnen herumzutrampeln. So wie die Kleidung in Stücke gerissen wurde, verging auch meine kurze Sinnestäu-

schung, daß es mein Herr und Gebieter wäre, der dort stöhnte und erstickte.
Ich hatte keine Ahnung, was für ein Gift sie verwendet hatten – diese Kunst hatte ich bis jetzt noch nicht gelernt –, und konnte auch die Riten nicht verstehen, die sie vollführten, doch hatte ich nicht den geringsten Zweifel, daß ich der Ermordung meines Gebieters, des *capitán*, durch Zauberei beiwohnte. Quintalbor war Cortés geworden; jetzt konnten beide gemeinsam sterben.
Ich schlich mich davon, wobei ich zuerst ganz gemächlich ging, um keinerlei Aufmerksamkeit zu erregen, doch dann rannte ich, stob durch den Sand und kam keuchend im spanischen Lager an. Ich hoffte inständig, es möge noch nicht zu spät und mein Gebieter, der *capitán*, noch am Leben sein, so daß ich neben ihm knien und ihm Worte ins Ohr flüstern könnte, die es ihm leichter machten, den Schmalen Durchgang zu passieren.
Ich zweifelte nicht im mindesten daran, daß gegen den Zauber der Eulenmenschen kein Kraut gewachsen war, daß ich Gefiederte Schlange verloren hatte; ich hatte das Gefühl, alle Welt um mich herum stürbe und es gäbe nichts mehr als trostlose Leere. Der Gott konnte zwar nicht vergehen, aber seine Gestalt aus Fleisch und Blut war vergänglich und konnte von der Ewigkeit aufgezehrt werden; und wenn er nach Garben von Jahren schließlich wieder erschien, würde nichts weiter von mir übriggeblieben sein als dürres Gebein und Fetzen von Grabtüchern.
Gerade als ich losschreien, mir das Haar raufen und das eigene Fleisch blutig kratzen wollte wie eine tabaskische Witwe, sah ich ihn.
Er hockte auf einem niedrigen Schemel unter der Tür seines Zeltes und lächelte gelassen: Ein paar von seinen Offizieren umringten ihn und lauschten und nickten, und keiner von ihnen hatte die geringste Ahnung von dem Zauber, der gerade gewirkt worden war.
»Doña Marina.« Er stand auf und verneigte sich leicht, um mir zu verstehen zu geben, daß er meine Anwesenheit zur Kenntnis genommen hatte. Als er jedoch die Qual in meinen Augen sah, wurde sein Gesicht ernst, und seine Stimme bekam etwas Fürsorgliches. Ich verstand ihn, als er sagte: »Was fehlt Euch? Bitte, nehmt Platz. Soll ich Bruder Aguilar rufen lassen?«

»Nein. Alles ist gut, mein Gebieter«, antwortete ich; es war das erstemal, daß ich ihn in seiner eigenen Sprache anredete. Und lautlos setzte ich hinzu: »Verzeiht mir, jemals an Eurer Macht gezweifelt zu haben. Jetzt weiß ich es ein für allemal.«

Mit gefaßtem Gesicht kniete ich neben ihm nieder; nur mein Herz pochte noch wie wild. Ich bemühte mich, ihn zu verstehen, als er fortfuhr zu reden; viele Worte begriff ich, doch die Bedeutung der meisten konnte ich bestenfalls ahnen, und viele verstand ich überhaupt nicht. Nach und nach beruhigte ich mich und begriff allmählich die Bedeutung dessen, was ich gesehen hatte. Jetzt konnte es keinen Zweifel mehr geben, daß Moctezuma seinen Zauberern befohlen hatte, Cortés zu vernichten, daß er sich große Mühe gegeben hatte, dies zu erreichen, und aus seinem eigenen Hofstaat sogar persönlich den Mann ausgesucht hatte, der Cortés verkörpern sollte und der nun – nachdem er Cortés geworden war – stellvertretend umgebracht worden war. Trotz allen Goldes und Silbers, das er ihm geschenkt hatte, und trotz aller süßen Worte – die Absichten, die Moctezuma verfolgte, waren böse, ja mörderisch.

Dennoch – mit den Zauberern hatte der Erste Sprecher gleichzeitig Dinge geschickt, die viel wertvoller waren als Gold, Geschenke für einen geliebten Gott. Ich dachte an den abgetragenen Anhänger und an die Tonflöte. Lag Moctezuma, der Kaiser, mit Moctezuma, dem Priester, in Fehde?

Lange sann ich über diese Frage nach, bis ich schließlich erkannte, daß ich in Moctezuma sowohl einen Menschen als auch einen Gott sehen mußte. Früher war er nur ein Mensch gewesen, nichts weiter als General Kühner Herr, ein gefeierter Soldat und Priester, aber nicht göttlich. Nachdem er dann vor siebzehn Jahren das höchste Amt der Welt übernommen hatte, war er außerdem auch noch zu einem Gott oder zumindest einem gottähnlichen Wesen geworden. Wie alle Götter, war er halb licht und halb dunkel, halb Tag und halb Nacht. Gestern hatten wir das Gesicht gesehen, das von Gold, Silber und Türkis schimmerte; heute hatte ich sein anderes Antlitz erblickt, den Moctezuma, der meinen Vater getötet hatte. Ich sollte keines seiner Gesichter je vergessen.

Dann überlegte ich, welches Gift verwendet worden war, um

Quintalbor umzubringen, und ob es wohl Herr Zwei Geier Wolfspfote zusammengebraut hatte. Eines Tages würde sich solches Wissen als nützlich erweisen. Wahrscheinlich würde ich über den tödlichen Trank nicht mehr erfahren können – er blieb gewiß das Geheimnis der Eulenmenschen. Aber ich konnte mir den Namen des Mannes merken, der ihn gebraut hatte. Es ist immer klug, die Namen von Fachleuten zu kennen.

Am nächsten Tag bekam ich mehr vom finster blickenden Gesicht Moctezumas zu sehen.

Am Vormittag traf Groß Bauch im Lager ein und bat um ein Gespräch mit Cortés, Aguilar und mir. Als er statt der Verpflegung eine Botschaft überbrachte, war sein gewöhnlich so fröhliches Gesicht zum erstenmal so lang wie breit. Aus besonderen religiösen Gründen könnten die Azteken heute kein Feuer entzünden und infolgedessen auch keine Speisen zubereiten. Er bedauere zutiefst, daß wir ohne Essen von ihnen auskommen müßten, doch werde er das mit künftigen Festmählern wiedergutmachen – ob uns für morgen Truthahn- und Wildbraten mit Kürbisblüten genehm wären und zum Nachtisch wilder Honig und Mangos?

Unbewegt hörte ich mir das Ganze an. Der religiöse Unsinn war nur ein Vorwand, uns kein Essen zu liefern, und nur Höflichkeit gebot das unverhohlen falsche Versprechen kommender Gelage. Wie Bohnen mit Chilipfeffer sollte uns die Absage mit Hoffnung schmackhaft gemacht werden.

Ohne mich erst um Aguilar zu kümmern, übersetzte ich für Cortés direkt ins Spanische. »Das ist eine Lüge«, erklärte ich. »Wir haben noch den Mond Verlangen nach Regen. Es gibt keine Fastentage.«

Mit gerunzelter Stirn korrigierte Aguilar meine Aussprache des Worts »Fastentage«, verstand es jedoch. Cortés lächelte über mein Spanisch, und ich hatte das Gefühl, am liebsten hätte er mich anerkennend bei den Schultern gepackt, wie er es tat, wenn er seinen Soldaten für etwas dankte, das sie besonders gut gemacht hatten. Der Anstand verbot eine solche Berührung, doch mit seinem Lächeln erzielte er dieselbe Wirkung.

»Also gut, eine Lüge.« Er wandte sich nicht erst an Aguilar,

sondern direkt an mich. »Ist das auch ein Befehl von Moctezuma?«
Groß Bauch wollte sich nicht ausfragen lassen und watschelte zum Aztekenlager hinüber. Ich brauchte seine Antwort nicht, denn ich kannte sie; doch diesmal brauchte ich Hilfe bei den Wörtern.
»Kein Befehl. Nicht einmal die Schnell-Boten können in so kurzer Zeit Bericht erstatten und wieder hierher zurücklaufen – heute abend allerdings müßten sie zurücksein, und dann werden wir es mit Sicherheit wissen. Aber Herr Tendile, der sich irgendwo in nicht allzu großer Entfernung aufhalten muß, erwartet einen solchen Befehl, uns keine Vorräte mehr zu liefern, und es zahlt sich immer aus, die Wünsche eines Herrschers vorwegzunehmen. Ich bin überzeugt, man wird uns nicht weiter versorgen. Sie werden versuchen, uns auszuhungern und zu zwingen, den Strand zu verlassen und fortzusegeln.«
»Warum? Gestern waren sie doch noch so freundlich.« Ich spürte, wie er mein Urteil gegen seines abwägte und bereits zu einer Antwort gekommen war.
»Nur bis zu dem Augenblick, da mein Gebieter sagte, er werde Moctezuma besuchen. Danach waren sie nicht mehr freundlich.«
»Ich danke Euch, Doña Marina.« Liebenswürdig entließ er uns, und als wir gingen, schaute er selbst zum Sternberg hinüber. Ich wußte, wenn wir gezwungen waren, den Strand zu verlassen, würden wir gen Osten segeln, und darüber jubelte ich innerlich. Außerdem sonnte ich mich in der Freude meines Gebieters über mein Spanisch, auch wenn es noch so mager war.
In dieser Nacht stellte ich mir – erwärmt von Cortés' Lächeln – vor, Don Alonzo wäre Gefiederte Schlange. Plötzlich hatte alles, was ich gelernt hatte – Lust zu schenken und zu empfangen –, einen Sinn. Ich ehrte den Gott mit Lippen, Mund und Zunge und wölbte ihm dann meinen Leib entgegen. Es gab Augenblicke, da war ich das Instrument, auf dem ein Musiker spielte, dann wurde ich zur Musikerin und er zum Instrument. Später schmiegten wir uns gesättigt und voller Wohlbehagen aneinander und waren beide ebenso überrascht wie zufrieden.
Glücklicherweise gab es für uns diese Ablenkung, denn die frühen Wachen waren grauenhaft und nervenzerreißend; die Dunkelheit

hallte wider von den Rufen und Schreien von Moctezumas Zauberern. Überall um das Lager herum erklangen so unheimliche und unmenschliche Laute, daß ich mich fragte, ob die Eulenmenschen sich nicht tatsächlich in Dämonenvögel verwandelt hätten – ich meinte regelrecht, das Rauschen riesiger Flügel zu hören. Viele der Soldaten versammelten sich um ein Feuer, an dem Vater Olmedo mit zitternder Stimme Gebete sprach.
Endlich schlief Don Alonzo ein, bald darauf auch ich, doch schon kurze Zeit später wurde ich von einer plötzlich einsetzenden Stille wieder geweckt. Nichts raschelte im Dunkel, nicht einmal eine Grille zirpte. Ich trat hinaus auf den Sand, der silbrig unter Dame Mond dalag. Jetzt, nachdem die Eulenmenschen sich völlig verausgabt und, wie ich hoffte, ihre Abschiedsgrüße aus dem letzten Graben abgeschickt hatten, besaß die Stille etwas Tröstliches. Vater Olmedos Feuer war zu einem Häuflein schwelender Glut zusammengesunken, und seine beunruhigte Herde hatte sich verstreut und schlafen gelegt. Doch ein gutes Stück weiter unten am Strand glomm noch ein Feuer, zu dem mich meine Neugier trieb.
Vorsichtig näherte ich mich, dann stand ich unbemerkt im Schatten und spähte hinüber. Ganz dicht am Ufer des Meeres, dort, wo bei Flut die Wellen heraufleckten, kniete Cortés und beugte den Kopf. Und neben ihm – der Schnurrbart weiß im Mondlicht – kniete Pedro Alvarado, der größte aus der Brut des Großen Kondors. Außerdem waren noch zwei Soldaten da, deren Namen ich nicht kannte; und alle vier hatten sich um den reglos ausgestreckten Körper eines der Herren Pferde versammelt.
Beim Anblick des Pferdes zog ich mich tiefer in die Schatten zurück. Pferde waren mir immer noch unheimlich, obwohl ich jetzt vieles verstand, was sie betraf, und sogar mit dem Gedanken spielte, eines Tages eines davon zu besteigen. Zuerst hatte ich selbstverständlich – was ja ganz natürlich gewesen war – angenommen, daß Reiter und Pferd eines wären, doch hatte ich dann erfahren, daß das in keiner Weise stimmte.
»Pferde sind weder Menschen noch Götter«, hatte Aguilar mir erklärt, »sondern nur Tiere.« Nur? Falls ein so herrliches Geschöpf wie ein Pferd jemals *nur* irgend etwas sein könnte!
Gleichwohl brachten Aguilars Worte und sein leicht verächtlicher

Tonfall mich auf eine überaus wichtige Spur. Er betrachtete Menschen, Tiere und Götter – oder wie er gesagt hätte: Dämonen – als Bewohner von drei verschiedenen Inseln, die durch unüberbrückbare Meeresströmungen getrennt waren. Ich war in dem Glauben erzogen worden, daß alle Lebewesen sich ein einziges Land teilten oder daß wir alle Mitglieder einer einzigen großen Familie mit nahen und fernen Verwandten waren, alle sehr verschieden und oft miteinander im Streit liegend. Götter und Menschen waren sich sehr nahe, manchmal bis zum Verwechseln ähnlich. Andere Geschöpfe wiederum waren mit beiden verwandt, auch wenn sie ganz anders aussahen, und ein paar wenige – Jaguare und Schmetterlinge zum Beispiel – waren den Menschen mit Sicherheit überlegen, standen aber unter den Göttern. Kein Spanier wollte das jemals begreifen – was wiederum bedeutete, daß kein Azteke jemals einen Spanier verstand.

Das Feuer in der Nähe flackerte ein wenig, und ich erkannte, daß das Pferd, welches da auf dem Sand lag, jenes temperamentvolle Tier war, das Cortés selbst gehörte – ich erkannte es an seinem bezaubernden *piñon*-nußfarbenen Fell. Im selben Augenblick begriff ich, daß das Pferd nicht schlief, sondern tot war – ein betroffen machender und furchtbarer Gedanke. Ich hatte nie daran gedacht, daß solche stolzen und herrlichen Geschöpfe sterben könnten. Sie schienen viel zu kraftvoll, viel zu majestätisch, als daß der Tod ihnen etwas hätte anhaben können.

So also hatte sich der Zauberfluch der Eulenmenschen ausgewirkt; die Ermordung Quintalbors hatte nicht Cortés gefällt, sondern das Wesen, das ihm am nächsten stand.

»Babieca!« sagte Cortés mit schmerzerfüllter Stimme. »Ach, Babieca.« Der Name des Pferdes? So mußte es wohl sein. Merkwürdig, denn obwohl ich das Wort nicht kannte, hatte ich oft gehört, wie die Soldaten sich gegenseitig so nannten – allerdings hatte ich immer angenommen, daß es sich dabei um ein Schimpfwort handelte.

Pedro Alvarado legte Cortés den Arm um die Schultern, eine frech-vertrauliche Geste selbst dann, wenn er ihn trösten wollte. Alvarado teilte den Verlust seines Befehlshabers, sein Mitgefühl war echt, und ich wußte, auch wenn ich einiges gegen den Kondor

hatte, daß er Cortés' getreuer Gefolgsmann war. Im Lagerleben mit all seinen Verfluchungen und falschen Lächeln war es wichtig, niemals die Loyalitäten der einzelnen zu verkennen.
»Babieca!« Als Cortés das Gesicht hob, sah ich Tränen auf seinen Wangen glänzen. Dann glitt ich lautlos davon; ich wollte mich dem Kummer meines Gebieters nicht aufdrängen, zumal ich wußte, daß ich bereits ein Zartgefühl bei ihm erlebt hatte, das er der Welt eigentlich nicht zeigen durfte, denn Spanier schämen sich ihrer Tränen. In einem seiner früheren Leben, als Priester in der Stadt Tula, hatte Gefiederte Schlange häufig offen geweint – aus eigenem Kummer und um des Leides anderer willen. Wir hören seinen Schmerz heute noch im Seufzen des Windes.

Die letzten Azteken verschwanden wie der Frühnebel beim ersten Morgengrauen. Moctezuma bekundete sein königliches Mißfallen und das Ende seiner Gastfreundschaft, indem er alle Köchinnen, Jäger und Groß Bauch abzog. Ich habe mich oft gefragt, ob er wohl als Festschmaus des Regiments geendet hat.
Der Hunger machte sich rasch bei uns bemerkbar. Die tabaskischen Frauen suchten das Ufer nach Krebsen ab und pflückten Beeren, während die Soldaten mit ihrer Armbrust ein paar Vögel vom Himmel holten. Ergänzt wurden die kargen Rationen mit Klumpen eines klebrigen Stärkemehls, das aus den Laderäumen der Schiffe geholt wurde. Das Zeug war weder Teig noch Brot, sondern ein muffig riechender, klebriger Brei, der aus den Wurzeln einer Pflanze gewonnen wurde, die auf den fernen Inseln wächst. Jeder bekam einen Klacks davon, der ranzig und voller Maden war.
Einer der Soldaten, ein Mann namens Bernal Diaz, grinste mich an und sagte: »Gebt gut acht auf Euer Essen, Señora, meins ist mir eben vom Teller gehüpft.«
Dieser Soldatenwitz ist zwar uralt, war aber dafür der erste Witz auf spanisch, den ich verstand, und deshalb freute ich mich unbändig. Außerdem gefiel mir dieser einfache, ehrliche Mann. Er hatte ein gutes Gesicht ohne den geringsten Hauch von Göttlichkeit, um meinen Argwohn zu wecken.
Nach wenigen Tagen begann ich wirklich zu fürchten, daß Moctezuma uns zwingen werde, in See zu stechen. Weder konnten wir am

Strand bleiben noch uns ohne Vorräte in die unbekannten Berge wagen. Dazu gab es viel zu viele hungrige Mäuler zu stopfen – über sechshundert Spanier und dazu noch die tabaskischen Frauen und eine Reihe von dunkelhäutigen Sklaven aus Kuba, von denen viele so schwarz waren, daß sie wie Maya-Junggesellen aussahen, die sich die Haut mit Ruß und Pech schwärzen, wenn sie einem Mädchen den Hof machen.

Der Hunger legte sich mir aufs Gemüt. Ich erinnerte mich, daß Gefiederte Schlange früher einmal Kürbisse von einer solchen Größe hatte wachsen lassen, daß eine ganze Familie eine Woche lang davon satt werden konnte. Doch über diese besondere göttliche Kraft gebot Cortés nicht. Er konnte auch Vögel nicht dazu bringen, sich auf seine Schulter zu setzen, oder Kaninchen, sich zu seinen Füßen zu versammeln. Wie vielfältig doch die verschiedenen Inkarnationen eines Gottes sind! Gefiederte Schlange mochte ein dutzendmal auf die Erde wiederkehren und sich dabei noch nicht zweimal gleichen.

Ein paar hungrige tabaskische Frauen kamen in Tränen aufgelöst zu mir. »Müssen wir denn verhungern? Werden die Azteken zurückkommen und uns aufessen?«

Blumen Tasche, die ja immer ein freches Mundwerk hatte, forderte mich heraus. »Du behauptest, Cortés sei ein Gott. Warum verwandelt er dann diesen Sand nicht in einen Garten?«

»Du redest wie Vater Olmedo«, wies ich sie scharf zurecht. »Bloß weil *sein* Gott allmächtig ist, muß doch nicht jeder der unseren es auch sein. Die Menschen der Einzigen Welt haben einen solchen Gott nie gehabt – nicht einmal Ometeotle oder Itzamna sind allmächtig. Jeder Gott verfügt über eine bestimmte Macht, und die ist begrenzt.«

»Im Moment sehen wir aber nichts weiter als Grenzen«, brummelte sie.

Ich kam dicht an Blumen Tasche heran. »Vielleicht bitte ich ihn um ein besonderes Wunder. Was würdest du davon halten, wenn er deine Brüste in Kakteen verwandelte? Hübsche kleine runde mit vielen spitzen Stacheln daran?«

Die Frauen entfleuchten, und Blumen Tasche ließ mich für einige Zeit in Ruhe.

Die Spanier waren uneins und zögerten. Eines Abends, nach stundenlangen Auseinandersetzungen und Streitereien, gingen zwei Soldaten an dem Schutzdach vorüber, unter dem ich saß, und ich bekam genug Worte mit, um zu begreifen, um was es ging.
»Du mußt zugeben, daß Cortés jeden reden läßt«, sagte einer.
Der andere höhnte: »Ja. Er läßt dich so lange reden, bis du dem zustimmst, woran er schon die ganze Zeit gedacht hat. Und dann bildest du dir ein, es sei deine eigene Idee.«
In der Hoffnung, ein paar neue Wörter aufzuschnappen, drückte ich mich am nächsten Tag lange in der Nähe einer Besprechung herum, die Cortés mit seinen Offizieren abhielt. Aber ich hörte nur immer dieselben Wörter, die ständig wiederholt wurden.
»Rückkehr nach Kuba!«
»Nein, hier ein Fort bauen!«
»Das verstößt gegen das Gesetz.«
»Unsinn. Gestern haben wir alles legalisiert.«
Dieses Krähengekrächz ging endlos weiter. Der *capitán* schien genau zuzuhören und nickte zustimmend selbst dann, wenn sie sich alle widersprachen. Zweimal jedoch sah ich ihn zum Sternenberg hinübersehen. Warum erteilte er diesen Männern nicht einfach einen Befehl? Nein, das war nicht seine Art. Langsam dämmerte mir: Er wartete einfach darauf, daß sie irgendeinen Wink vom Schicksal erhielten. Auf unergründliche Weise mußte sein Wille der ihre werden.
Noch als ich darüber nachsann, entschieden die Ereignisse den Lauf der Dinge. Bernal Diaz kam von seinem Wachtposten herbeigelaufen und rief, wichtige Boten wären angekommen, die Cortés sprechen wollten.
»Von einem anderen Volk«, sagte er. »Keine Azteken.«
Die Abgesandten näherten sich, fünf Männer mit einer Haltung, die beeindruckender war als ihre schlichte Kleidung. Sie gingen barfuß, trugen schmucklose weiße Lendentücher und schützten sich mit baumwollenen Umhängen vor der Sonne. Einer von ihnen – wie ich annahm, ihr Anführer – trug einen wunderschönen polierten Jadepflock in der Nase.
Sie waren alle klein und gedrungen wie die Tieflandbewohner, hatten aber eine würdevolle Haltung, die auf einen hohen Rang

schließen ließ. Alle bis auf den Anführer trugen den gleichen Schmuck, eine Art Stammesabzeichen. Die Ohrläppchen waren durchstochen und ungewöhnlich lang gezogen, so lang, daß sie fast ihre Schultern streiften; außerdem war ihre Unterlippe durchbohrt. In den Ohren- und Lippenlöchern trugen sie einige der bezauberndsten Türkisschmuckstücke, die ich je gesehen hatte: schimmernde blaue Sterne. Es waren Totonaken, ein Volk, das in längst vergangener Zeit in den Bergen gelebt hatte, die jetzt von Bundesgenossen der Azteken besetzt gehalten wurden. Vor etlichen Garben von Jahren waren sie in die heißen Lande abgedrängt worden, und dort waren sie durch die Hitze geschrumpft und kleiner geworden. Die Männer waren kaum größer als die tabaskischen Frauen.

Ihr Anführer begrüßte Cortés und begann dann rasch in einer Sprache zu sprechen, die ich nicht verstand und die sich für meine Ohren genauso merkwürdig anhörte wie die Sprache der Affen Menschen. Zwei von ihnen hatten jedoch mit den Azteken zu tun gehabt und sprachen genug Nahuatl, so daß ich zumindest verstand, was sie sagen wollten. Wie sich herausstellte, hatte es sie stark beeindruckt, daß die Azteken uns Geschenke gebracht hatten.

»Moctezuma fürchtet uns«, antwortete ich, und das schien ihm zu gefallen.

»Die Azteken haben euch von der Versorgung abgeschnitten.«

»Sie haben es mit der Angst bekommen; sie sind weggelaufen.«

Der Anführer, der nur seine eigene Sprache sprach, stieß plötzlich einen Laut des Erstaunens aus und zeigte auf das Halsband aus Papageienfedern, das einer der Soldaten trug. Dieses Halsband hatte zu den aztekischen Tributen gehört, nur daß Spanier Federarbeiten geringschätzten.

»Möchte er das Halsband haben?« fragte Cortés. »Schenkt es ihm.«

Doch nachdem der Totonake die Federn genau untersucht hatte, schüttelte er den Kopf und wollte das Geschenk nicht annehmen. Er habe sich geirrt, erklärte einer der Dolmetscher. Sein Enkelsohn – der Lieblingsenkel des Mannes – habe im Alter von neun Jahren ein ähnliches Halsband getragen; der Junge sei damals von

den aztekischen Steuereintreibern ergriffen und zur Opferung mit nach Tenochtitlan geschafft worden. Aber nein, dies sei nicht das Halsband des Knaben.
»Verschwinden viele Kinder auf diese Weise?« erkundigte sich Cortés, als er den Schmerz und den Zorn des Mannes sah.
Diese Frage löste eine Flut von Antworten und Verwünschungen aus. Die Azteken hatten das Volk der Totonaken erst kürzlich unterworfen; deshalb war deren Wut noch frisch und lodernd. Ich konnte nur einen Bruchteil dessen übersetzen, was sie in ihrer Empörung von sich gaben.
»Dann hat Moctezuma also Feinde in seinem eigenen Reich«, stellte Cortés leise fest.
»Mehr Feinde als Freunde, mein Gebieter«, sagte ich. »Nicht nur die Totonaken. Da sind außerdem die Tlaxcalaner, und kein Tlaxcalaner stirbt zufrieden, wenn nicht zwei Azteken mit ihm sterben. Dann sind da noch die Wolken Menschen, die sich Mixteken nennen und von Rebellion träumen; dasselbe gilt für die Stadt des Schilfrohrs. Und noch andere – viele andere.«
»Werden die Spanier unsere Stadt besuchen?« Es war geradezu ungehörig, wie die Totonaken die Spanier bedrängten. »Unser oberster Häuptling ersucht sie zu kommen. Er verspricht Geschenke, Frauen und Gelage.«
Ich übersetzte, so laut ich konnte, und hoffte, daß ich die richtigen spanischen Wörter fand und die Männer es hörten und sich einigten, diesen trostlosen Strand zu verlassen.
»Unsere Stadt liegt nur eine Tagereise von hier entfernt, ein wenig landeinwärts«, sagten die Totonaken, und ich übermittelte es Cortés.
»Landeinwärts?« Er wirkte unentschlossen und warf einen zweifelnden Blick auf seine Offiziere und Soldaten.
Just in diesem Augenblick fiel mir auf, daß einige Spanier näher kamen und aufgeregt miteinander redeten. Einer von ihnen drängte sich vor, packte roh einen der Totonaken am Ohrläppchen und betrachtete eindringlich den Türkisschmuck, den er darin trug.
»Das ist Gold – bei den Hoden des Heiligen Joseph!« rief der Spanier. »Dieser blaue Stein ist ganz in Gold gefaßt!« Ein Gold-

reif, so dünn, daß ich ihn nicht bemerkt hatte, faßte das Schmuckstück ein.
»Dieser Kerl kommt aus einem Land, in dem es Gold gibt!« verkündete der Spanier. Zumindest sagte er sinngemäß so etwas, denn das Wort verbreitete sich wie ein Lauffeuer, und plötzlich war das ganze Heer in heller Aufregung.
»Ja, Gold«, rief ich. »Ihr könnt alle hingehen.« Ich wußte, daß ich Cortés nicht kränkte, wenn ich ihm die Entscheidung aus der Hand nahm. Schließlich lag das Totonaken-Land auf dem Weg zum Reich von Gefiederter Schlange.
»Gold!« riefen die Männer immer wieder.
Am nächsten Morgen marschierten wir los.

Die Spanier brachen das Lager mit einer Geschwindigkeit ab, die die Azteken erstaunt hätte. Wir zogen gen Norden; Schiffe mit den Schätzen und den schweren Kanonen fuhren langsam an der Küste entlang.
Der Aufenthalt im Land des Grenzenlosen Überflusses war schon schlimm genug gewesen; als wir es jetzt verließen, kam es uns womöglich noch trostloser vor. Wir stapften durch steinigen Sand, und die Pferde wußten häufig nicht, wohin sie die Füße setzen sollten. Das hier war eine Ödnis, in der nichts lebte außer Sandkrebsen und kleinen braunen Skorpionen, den bösartigen Vettern der Krebse. Die Skorpione, deren dolchartige Stacheln einen Menschen für einen oder gar zwei Tage bewegungsunfähig machen können, flößten mir so viel Angst ein, daß ich Don Alonzos Angebot annahm, mich hinter ihn auf sein Pferd zu setzen; ich mußte die Zähne zusammenbeißen, damit sie nicht vor Furcht klapperten. Bald jedoch hatte ich keine Angst mehr und empfand das Reiten geradezu als angenehm; doch da ich mich gleichzeitig an das Pferd und an Don Alonzo klammern mußte, wurde die Hitze immer unerträglicher, je höher die Sonne stieg. Da riskierte ich es doch lieber wieder, zwischen den Skorpionen herumzulaufen.
Cortés ritt ständig die Marschkolonne auf und ab, trieb an und redete seinen Leuten gut zu. Beim Hin- und Herreiten muß er gut das Doppelte des Tagesmarsches zurückgelegt haben; trotzdem war er bei Sonnenuntergang immer noch frisch und guter Dinge.

Unterwegs war er immer ein Wunder an Durchhaltevermögen. Teils seinetwegen und teils auch ihres eigenen ungewöhnlichen Naturells wegen schienen die Spanier es zu genießen voranzukommen, obwohl sie dabei ständig murrten und fluchten.
Später am Tag stieß ich mir oberhalb der Sandalensohle einen Dorn in den Fuß. Als ich mich hinkniete, um ihn herauszuziehen, war Cortés plötzlich da und kniete neben mir.
»Gestattet, Doña Marina«, sagte er. Als er mich am Enkel packte, fand ich, daß dies das kleine bißchen Schmerz lohnte. »Dieser Marsch ist zu anstrengend für eine vornehme Dame. Verzeiht mir!«
»Aber nein, mein Gebieter. Ich bin genauso kräftig wie jeder Soldat hier, mit Ausnahme von Euch, natürlich.« Ob er mich verstand? »Ich habe schlimmere Fußmärsche hinter mir als diesen.«
Die meisten spanischen Wörter mußten falsch sein. Wir waren uns so nahe, daß ich mir einbilden konnte, seinen Atem auf meiner Wange zu spüren. Als er den Dorn herauszog, war ich leider nicht so klug, ihm in die Arme zu sinken oder anmutig einen kleinen Schmerzenslaut auszustoßen. Noch das dümmste Mädchen hätte nicht versäumt, instinktiv die Kokette zu spielen. Ich jedoch zuckte nicht mit der Wimper und bemühte mich, ihn als guter Soldat zu beeindrucken, dabei ersehnte ich doch nichts mehr, als eine der hübschen Damen im Garten von Texcoco zu sein, mich erregt und geziert zu geben und einen betörenden Duft zu verströmen.
»Hoffentlich hat es nicht allzu weh getan«, sagte er.
»In der Gegenwart meines Gebieters kenne ich keinen Schmerz.«
Das war eine viel zu ernste Bemerkung, jedenfalls keineswegs das, was eine der hübschen Damen gesagt hätte. Doch hielt er immerhin mein Fußgelenk einen Moment länger als nötig in der Hand, und seine Augen sprachen zu mir: *Bald jetzt. Warte auf mich!*
Am nächsten Morgen durchwateten wir einen seichten Fluß. Bald veränderte sich der Charakter des Landes, es wurde grün und fruchtbar. Die Bäume, die hier am Ufer Schatten warfen, waren weder Gespenster noch Gerippe, sondern üppige Palmen und Seetrauben. Linker Hand erstreckten sich Wälder mit höheren

Bäumen, und die Offiziere warnten uns vor etwaigen Hinterhalten.
Kurz vor Mittag kamen die Alvarado-Brüder, die als Kundschafter vorausgeritten waren, zurückgaloppiert und riefen, vor uns liege eine Stadt. Ich hastete voran, mußte aber wegen des Dorns von gestern etwas humpeln.
Die Ortschaft erwies sich als verarmt und heruntergekommen – ein einfacher Tempel, überall Abfallhaufen, auf denen es von Fliegen wimmelte, und ein paar eingefallene Lattenverschläge und Pferche, in denen vor kurzem noch Truthähne gehalten worden waren. Die Bewohner waren geflohen.
Pedro Alvarado rümpfte die Nase, und sein goldener Schnurrbart sträubte sich. »Ich rieche gebratenes Fleisch. Sie haben gerade zu Mittag gegessen.« Heute erinnerte er mich weniger an einen Kondor als mehr an einen wunderschönen gelben Wolf. Er machte sich auf den Weg zum Tempel – offensichtlich die Quelle des Duftes. Cortés folgte ihm, desgleichen Aguilar und ich.
Der Tempel war nichts weiter als eine schäbige schildgedeckte Bambushütte auf einer niedrigen Stufenpyramide. Im Inneren fanden sich einige religiöse Standbilder, behauene Steingötter von so grober Arbeit, daß ich sie nicht erkennen konnte. Drei kopf-, arm- und beinlose Leichen, denen die Därme herausgerissen worden waren, lagen auf den Altären.
»Sind das etwa Menschen?« fragte Pedro Alvarado. Aguilar nickte und bekreuzigte sich.
»Und wo sind Arme und Beine geblieben?«
»Weggetragen – Nahrung«, antwortete ich. Alvarado verstand mein gebrochenes Spanisch nicht, und so gestikulierte ich beredt mit den Händen. »Nahrung. Zum Essen.«
Er erbleichte und stürzte die Treppenstufen hinunter, um sich zu erbrechen. »Kannibalen! Wir sind in einem Nest von Menschenfressern gelandet. Ach, wenn sie doch wiederkämen! Ich würde jede einzelne dieser Bestien in Stücke hauen.«
Das sollte ich in Zukunft noch öfter von ihm hören. Sonderbar, daß den Spaniern Menschenleben so wenig galten, Menschen*fleisch* hingegen so viel. Dame Feuerstein Messer hatte mich gelehrt, Kannibalismus sei außer in Notzeiten und religiös mäßig

praktiziert unklug. Er mache jeden Menschen zur möglichen Beute von jedem; selbst Wölfe verhielten sich zivilisierter. Nur das Töten sei böse, nicht der Verzehr von Menschenfleisch. Was spielt das Fleisch von toten Wesen überhaupt für eine Rolle? Aber natürlich, die Zukunft meines eigenen Leichnams macht mir schon Sorge.

(Was meine eigene Leiche betrifft, so habe ich alle nötigen Vorkehrungen getroffen. Nach der unumgänglichen christlichen Beerdigung werden bezahlte Diener mich ausgraben und meine Überreste in einem Baum bestatten, wie es früher bei den Tolteken Sitte war, damit mein Fleisch von Vögeln gefressen werden kann. So werde ich als Teil von ihnen wiederkehren, eine gefiederte Gefährtin des Wind Gottes. In meiner eigenen Vorstellung bin ich eine Lerche oder eine Prachtmeise mit schillerndem Gefieder. Aber wahrscheinlich komme ich als Krähe oder krächzender Papagei wieder. Das prophezeien mir zumindest meine Feinde.)

Nachdem wir uns an den halbreifen Früchten gütlich getan hatten, die zu pflücken die geflohenen Bewohner sich nicht die Mühe gemacht hatten, verließen wir dies bedrückende Dorf wieder und folgten einem aus dem Landesinneren kommenden Wildwasserlauf. Rotwild brach durch die Bäume. Jemand gab einen Schuß darauf ab, verfehlte jedoch das Ziel. Und so schnell sein Pferd auch war, Pedro Alvarado konnte das Wild nicht einholen. Wo Rotwild äst, wächst auch Mais, und so wußte ich, daß wir bald auf Siedlungen stoßen würden.

Am gegenüberliegenden Ufer tauchte trommelschlagend und hörnerblasend eine Gruppe von Männern auf; sie bogen Weidenruten auseinander, um auf einem schmalen Pfad voranzukommen. Als sie uns sahen, vollführten sie Willkommensgesten und wateten ins Wasser, das zwar tief wirkte, aber, wie sie wohl wußten, flach war.

»Wir haben auf euch gewartet und gehofft, daß ihr kommen würdet!« rief einer jener Männer, die zu uns ins Lager gekommen waren.

Die Herren, die uns begrüßten, trugen große Rosensträuße und reichten Cortés und jedem Reitersmann sowie auch mir ein Bündel davon. Am fernen Ufer trafen Krieger, Frauen und Kinder mit soviel Blumensträußen auf, daß die Weiden um uns herum einen aus blühenden Ranken gebildeten Laubengang bildeten. Wir überquerten den Wasserlauf und wurden von einer Wolke aus Wohlgeruch und Gesang eingehüllt. Unsere Vorausabteilung riß die Pferde plötzlich herum und kam laut rufend zurückgeprescht. »Eine Stadt aus Silber! Direkt vor uns. Silberne Mauern und Dächer.«

Die Spanier stürzten förmlich auf dieses Wunder zu, doch Aguilar und ich sahen uns lächelnd an und lachten dann laut auf, wußten wir doch, daß Dächer und Wände in vielen heißen Ländern mit weißem Stuck überzogen sind und hinterher leuchtend weiß gestrichen werden. Nie zuvor hatte ich Aguilar lachen hören. Sein langes, schmales Gesicht straffte sich dabei, so daß alle Falten verschwanden und er fast freundlich aussah.

Wir zogen in Zempoala ein, dem Ort der Hundert Wasser, und nie hätte ich es für möglich gehalten, daß Heiß-Land-Bewohner, die ja für ihre Trägheit und ihre sexuellen Ausschweifungen berüchtigt sind, eine solche Stadt hätten bauen können. Tausende von schilfgedeckten Häusern wuchsen aus dem Dschungelboden hervor und drängten sich um weiße Paläste und weiß-rosa Tempel. Von den üppigen Gärten der Stadt und ihrem berühmten Tempel der Kleinen Gesichter hatte ich zwar bereits gehört, aber so etwas ungewöhnlich Schönes hatte ich trotzdem nicht erwartet.

Mit stolzgeschwellter Brust zogen wir durch die jubelnde Menge; man beträufelte uns mit Duftwässern und hängte uns Blumenketten um den Hals. Den Soldaten bot man honiggesüßte Ananas und Pflaumen an, die den Gebern förmlich aus der Hand gerissen wurden. So, dachte ich, ist es recht, so sollte es sein: Gefiederte Schlange hält triumphierend und freudig Einzug in sein Reich. Ich war überglücklich, in seiner Nähe zu sein, jemand, der eine Rolle in der größten Szene der Geschichte spielte und dazu wußte, daß noch größere Szenen folgen würden.

Mit gedämpfter Stimme fragte mich mein Gebieter, der *capitán*, der im übrigen ernst lächelte und grüßte: »Warum ein solcher Empfang?«

Auf spanisch konnte ich einfach nicht erklären, daß Gefiederte Schlange nichts Geringeres erwarten sollte. Außerdem hatte ich

keine Ahnung von der Religion der Totonaken und wußte nicht, welche Rolle mein Gebieter darin spielte. Es gab aber noch einen anderen Grund für den Empfang, der ebenso der Wahrheit entsprach.
»Sie hassen die Azteken, mein Gebieter. Ihr kommt als Befreier.«
Das Wort Befreier kannte ich nicht, und so mußte Aguilar es liefern.
»Das hatte ich mir gedacht«, sagte Cortés, reckte sich, daß er gleich einen Kopf größer wirkte, und verzog den Mund zu einem womöglich noch breiteren Grinsen.
Der offizielle Empfang fand auf dem großen Platz statt, der fast drei Bogenschuß breit und an drei Seiten von Tempeln und an der vierten vom Palast umgeben war. Mein Gebieter warf einen Blick hinauf zu den Heiligtümern oben auf der Plattform der Stufenpyramiden. Sein Lächeln veränderte sich kaum, doch meinte ich, daß er einen Schauder unterdrückte. In viel zu schnellem Spanisch, als daß ich es hätte verstehen können, wandte er sich an Aguilar.
»Was hat er gesagt?« fragte ich.
»Die Tempel sind wie Bussarde, die auf Felsklippen hocken.«
Ihre schilfgedeckten Dächer erinnerten in der Tat entfernt an Flügel, und ich wußte, daß das Tempelinnere in der Tat wie das Innere von Bussarden war, nämlich voll von Aas. Mein Gebieter sprach wie ein aztekischer Dichter; nur hätte kein Azteke seine Gefühle geteilt.
Den Krummstab der Herrscherwürde in der Hand, huldigte ihm ein Edelmann. Dabei war sein Gesicht weiß gekalkt, um anzuzeigen, daß er der Stellvertreter des Häuptlings war. Weiße Pflöcke zierten seine Ohrläppchen und seine Nasenscheidewand; außerdem trug er einen weißen silbergetriebenen Zeremonialschild. Er sah prachtvoll aus.
»Ein Totenschädel«, flüsterte Aguilar. »Gott steh uns bei!«
Geschmack kann man nicht erklären.
»Willkommen! Teilt den wenigen Luxus, den wir Gästen bieten können, jetzt, da die Azteken unser Land ausgeplündert haben.«
Er kam ohne Umschweife auf den Grund für unsere Einladung zu sprechen – die Azteken. Der Stellvertreter-Häuptling sprach ein so perfektes Hochland-Nahuatl, daß er meiner Vermutung nach einst

als Geisel in Tenochtitlan gelebt haben mußte. »Unser Herrscher, Herr Drei Kaninchen Donnerschlag, bittet um Vergebung. Er ist einfach zu schwer, um eine formale Begrüßungszeremonie durchzustehen, wird euch aber bald empfangen. Er schlägt vor, daß ihr erst einmal eßt, denn ihr müßt hungrig sein.«

Hungrig? Wir waren verhungert. Es fiel schwer, sich zu zügeln und nicht sofort auf die mit Leckereien hoch gehäuften Matten in der Nähe zu stürzen. Die Soldaten schlugen sich den Bauch mit Wildbret und Truthahn voll und warfen Knochen und Knorpel den Hunden vor, die hoch in die Luft sprangen, um sie aufzuschnappen, und sich dann darum balgten. Nachdem wir uns satt gegessen hatten, tauchte ein Trupp hübscher junger Frauen mit Kalebassen auf, die mit blütenduftendem Wasser gefüllt waren; außerdem brachten sie Baumwolltücher und Stücke teurer Seifenbaumwurzeln, um den Männern die Hände zu baden. Obwohl sie keine Huren waren, besaßen sie weder die Bescheidenheit der Maya-Frauen noch die Reserviertheit der Aztekinnen. Kichernd machten sie Affenaugen, ließen vor den Blicken der Soldaten die Brüste wippen und geizten nicht mit dem Anblick ihrer Schenkel; es war fast, als ob sie sich zum Nachtisch anböten. Eine von ihnen befingerte Don Alonzos goldenes Haar und juchzte dann vor Vergnügen.

Ich kam zu dem Schluß, daß alle Berichte über die Sinnlichkeit der Heiß-Land-Bewohner durchaus zutreffend sind, zumal mir beim Baden der Finger keine junge Frau zur Hand ging, sondern ein hübscher Jüngling, dessen Nabel die Mitte einer tätowierten Rose bildete. Ranken liefen von den Blüte hinunter in ein Lendentuch und versprachen einen ganzen Rosenstrauß darunter. Der Gastgeber hatte sich etwas einfallen lassen, um mir eine besondere Freude zu bereiten, und mich selbst erfüllte es mit Genugtuung, als ich sah, wie Don Alonzo den Jungen anfunkelte.

Hörner wurden geblasen, und ein Herold verkündete: »Jetzt kommt Herr Drei Kaninchen Donnerschlag, Herrscher über Zempoala und die Dreißig Städte unseres Volkes.«

Ihm voraus eilten die Standartenträger; sie trugen lange Stangen mit Schilden, die mit Federbüscheln und gefärbten Baumwollbäuschen geschmückt waren. Dann kam Häuptling Donnerschlag auf uns zugewatschelt, wobei er sich schwer auf kräftige Stöcke stützte, während zwei Knaben ihm halfen und von hinten schoben, je ein Junge für eine Gesäßbacke. Häuptling Donnerschlag war nicht nur von ungeheurer Fettleibigkeit, sondern auch noch riesengroß, er hatte Beine wie Mahagonistämme, Arme wie Trommeln und derart strotzende Brüste, daß Huren ihn darum beneidet hätten. Die ungeheure Fleischesfülle ließ Kopf und Hände zwergenhaft erscheinen: Ich dachte an eine Monster-Schildkröte, die in Tabasco an Land getrieben worden war. Die Spanier sprachen nie anders von ihm als von dem Fetten Häuptling; sein richtiger Name war bald völlig vergessen.

»Willkommen!« rief er, woraufhin Cortés vortrat und ihn umarmte – nur daß er ihn bei diesem Leibesumfang höchstens halb mit den Armen umfassen konnte.

»Empfangt diese bescheidenen Gaben«, ließ Fetter Häuptling durch einen Übersetzer mitteilen. Pedro Alvarado nahm ein geflochtenes Weidenkörbchen entgegen, kramte rüde im Inhalt herum und brach in kleine Schreie des Entzückens aus, als er auf ein paar kleine Schmuckstücke aus Gold stieß.

Cortés nickte gnädig. »Wir werden diese Geschenke mit unseren Diensten bezahlen. Wir sind gekommen, um die Missetäter zu bestrafen und der Gerechtigkeit zu dienen.« Dann sprach mein Gebieter, der *capitán*, von dem spanischen König und von der Religion, wobei er Menschenopfer verurteilte. Unterstützt von Aguilar, übersetzte ich, ließ den spanischen König aus und berührte die Religion nur am Rande. Einige Probleme waren für das erste Treffen viel zu kompliziert. »Das mit den Menschenopfern sollte ein Ende haben«, wiederholte ich.

Fetter Häuptling seufzte auf; schließlich hatte er dies erwartet und wußte, daß er sich Schwierigkeiten einhandeln würde. »Ihr seid unsere Hoffnung, Malintzin«, sagte Fetter Häuptling und redete Cortés mit diesem sonderbaren Titel an. Ich selbst hatte mich noch nicht an die Vorstellung gewöhnt, daß er »Malinas Herr« war, obwohl er natürlich genau das war.

Nachdem der Häuptling wieder gegangen war, machte Cortés dem Heer Verhaltensvorschriften. »Finger weg von fetten Hühnern und drallen Mädchen. Ich bitte mir aus, daß diese Leute hier

nicht beleidigt werden! Damit ist es mir ernst – hoffentlich braucht niemand am eigenen Leib zu erfahren, *wie* ernst.«
Zwei ganze Tage lang durchstreifte ich die Stadt und erfuhr eine ganze Menge über die Totonaken. Sie haßten die Azteken erbittert, doch waren sie, wie ich feststellte, von Niederlagen der Vergangenheit eingeschüchtert. Ich berichtete meinem Gebieter darüber, der fragte: »Werden sie kämpfen?«
»Gegen die Azteken? Das bezweifle ich. Sie haben entsetzliche Prügel von ihnen bezogen.«
Mit bescheidenen Geschenken und neuen Beschwerden über die Azteken trafen Tag für Tag weitere totonakische Anführer in Zempoala ein, die Häuptlinge entfernter liegender Städte. Herr Cuesco, der Stellvertreter von Fetter Häuptling und Übersetzer, versammelte sie auf dem großen Platz. Sie brachen in Wehklagen aus, als sie ihre Vorwürfe hinausschrieen: eine Tochter, die von aztekischen Soldaten erst vergewaltigt und dann umgebracht, eine Lieblingsfrau, die fortgeschleppt, Söhne, die zu den Opferaltären geschleift worden waren. Ein alter Mann aus einem Dorf von Vanillebauern berichtete, daß die Azteken, die die Vanille hoch schätzen, weil sie Kopf und Magen von schlimmen Dämpfen befreit, jeden Herbst Steuereintreiber schickten, die ihnen die Hälfte ihrer Ernte – samt einigen der Bauern – wegnahmen.
Während einer dieser Versammlungen traf in einer Sänfte Fetter Häuptling ein und sprach so beredt, daß wir seine Sorgen fast ohne Übersetzung verstanden. Fette Männer müßten lustige olmekische Götter abgeben, die trotz ihres Jaguargebisses ständig zu lachen scheinen. Fetter Häuptling, dem die Tränen über die Wangen liefen, war um so bewegender, als Schmerz überhaupt nicht zu ihm paßte.
Cortés sagte ruhig: »Habt keine Angst. Wir bringen alles wieder ins Lot. Wir beschützen euch!«
Doch gerade in diesem Augenblick kamen Männer von nahegelegenen Posten auf den Platz gelaufen und meldeten laut: »Aztekische Tributeintreiber! Am Rand der Stadt.«
Furchtsam stoben die Totonaken in alle Winde auseinander, und Fetter Häuptling rief noch, während er davongetragen wurde:

»Wir müssen reinliche Unterkünfte bereitstellen ... Essen, Schokolade ...«
Die Spanier erwarteten ein Heer oder mindestens ein ganzes Regiment. Statt dessen kamen fünf aztekische Geschäftsleute auf den Platz geschlendert. Sie trugen ihre Amtszeichen in der Hand, und ihre Umhänge sowie die Lendentücher waren mit dem kaiserlichen Siegel geschmückt – sehr farbenprächtig, doch reichlich übertrieben, auf jeden Fall aber geeignet, Eindruck auf die Eingeborenen aus der Provinz zu machen. Friseure hatten ihnen die Locken in gedrehten Knoten hoch aufgesteckt und Federn und Goldnadeln hineingesteckt. Alle fünf hielten sich Zweige mit Jasminblüten vor die Nase – deren Duft den Gestank von Zempoala überdecken sollte. Die Totonaken wurden nicht nur ausgeplündert, sondern mußten sich obendrein auch noch beleidigen lassen.
In Speerwurfweite gingen die Azteken am *capitán* vorüber: stolz aufgerichtet und an ihren Jasminblüten schnuppernd.
»Die können mir mal den Buckel runterrutschen!« sagte ein Soldat und machte einen Furzlaut.
Die eifrig an ihren Jasminblüten schnuppernden Azteken steuerten – von Sklaven mit Fliegenwedeln und Sonnenschirmen begleitet – geradenwegs auf den Palast von Fetter Häuptling zu. In beträchtlicher Entfernung hinter ihnen schleppte sich ein Troß gefangengenommener totonakischer Edelleute her, die weder Jade- noch Federschmuck trugen. Sie sehen aus wie gerupfte Truthähne, dachte ich, die nur auf den Bratspieß warteten.
Die Azteken, die in Räumen untergebracht waren, die man regelrecht zu Lauben hergerichtet hatte, ließen die Hauptwürdenträger von Zempoala nacheinander kommen. Ich stand mitten auf dem Platz und hörte, wie sie den Totonaken Vorhaltungen machten, die Spanier eingeladen, willkommen geheißen und beschenkt zu haben. Als Fetter Häuptling vor ihnen erscheinen mußte, trat ich näher, um durch das durchbrochene Mauerwerk der Rückwand zu spähen.
Mit dem kleinen Finger zeigte ein Azteke auf Fetter Häuptling – eine Gebärde äußerster Verachtung. »Zur Strafe wird dir auferlegt, zwanzig deiner Untertanen zu liefern. Keine Sklaven, wohlge-

merkt, sondern Mädchen und Jünglinge aus guter Familie. Sorge dafür, daß sie morgen abmarschbereit aneinandergefesselt sind.«
Der Häuptling stöhnte, und sein Doppelkinn erbebte.
»Schweig, du Herrscher über Würmer und Ungeziefer! Hättest du vielleicht selber Lust, den Gang nach Tenochtitlan anzutreten?«
Als der Häuptling zurückkroch, rief einer der Tributeintreiber noch hinterher: »Deine armseligen Untertanen dienen einer guten Sache. Moctezuma wird Großem Kolibri ihre Herzen opfern, damit er uns den Sieg über die Spanier schenkt.«
Der arme Häuptling winselte vor Gram. Zweifellos würden einige seiner eigenen Kinder und Enkel zu den Opfern gehören. Mit Geringerem würden die Azteken sich gewiß nicht zufriedengeben.
Ich eilte, um Cortés all dies zu berichten. Er dachte einen Moment über die Lage nach und fragte dann: »Und du meinst, die Totonaken lassen sich das gefallen?«
Ich mußte ihm die bittere Wahrheit sagen: »Noch, mein Gebieter. Ihre Angst ist immer noch größer als ihr Schmerz.«
Er nickte, und ein Lächeln stahl sich auf seine Lippen. »Dann müssen wir daran etwas ändern, Doña Marina.«

Eine Stunde später, in der größten Hitze des Tages, als die Azteken ein Schläfchen hielten, schlichen sich sieben Spanier und sieben junge Totonaken in die blumengeschmückten Quartiere und fielen über die ahnungslosen Tributeintreiber her. Die Azteken spuckten und schlugen um sich, mußten sich jedoch gefallen lassen, an lange Stangen gebunden und über den Platz getrieben zu werden, wo tausend Totonaken sie mit Spott und Hohn übergossen. Drei der Azteken wurden in einem Raum zwischen dem Häuptlingspalast und den Unterkünften der Spanier eingesperrt und zwei nicht weit von Cortés' Privatgemächern.
Mein Gebieter, der *capitán*, bestieg ein auf dem großen Platz stehendes Podest und wandte sich an die aufgeregte Bevölkerung. Herr Cuesco, der königliche Übersetzer, half Aguilar und mir, vom Spanischen ins Maya und vom Maya ins Nahuatl und vom Nahuatl ins Totonakische zu übersetzen, denn inzwischen verstand ich die meisten spanischen Wörter meines Gebieters.
»Die Azteken werden nicht wagen, euch nochmals zu berauben«,

sagte Cortés. »Ihr werdet ihnen auch keine Gefangenen mehr liefern. Ihr werdet Moctezumas Handlangern nicht mehr gehorchen.«

Die mit schweren Halsbändern gefesselten aztekischen Beamten mußten die Jubelschreie gehört haben, konnten jedoch nicht wissen, wer sprach, noch was gesagt wurde.

»Alle Ältesten sollen in ihre Städte zurückkehren und verkünden, daß dieses Land für alle Zeiten von den Azteken befreit ist!« rief Cortés, und noch ehe er zu Ende gesprochen hatte, waren die Boten bereits unterwegs.

Nach der öffentlichen Versammlung kamen die Ältesten unter sich zusammen; den Vorsitz führte neben Fetter Häuptling Cortés. Die totonakischen Edelleute starrten Cortés an und flüsterten miteinander. Sie wußten, ein normaler Sterblicher würde das, was er getan hatte, nicht wagen, und so akzeptierten sie seine Göttlichkeit – einige widerstrebend, andere bereitwilliger, und selbst die skeptischsten waren erschüttert.

»Laßt uns die Altäre für die Opferung vorbereiten«, sagte Fetter Häuptling. »Keiner von diesen Beamten darf nach Tenochtitlan zurückkehren und berichten, was hier geschehen ist.«

Angesichts der allgemeinen Zustimmung runzelte Cortés die Stirn. »Nein. Ich möchte sie behalten. Sie haben mir viel zu erzählen.« Cortés erhob sich und gab durch eine Handbewegung zu verstehen, daß er keinen Widerspruch duldete.

Um Mitternacht wurde ich geweckt und in Cortés' Gemach bestellt. Zwei der aztekischen Beamten warteten dort; man hatte ihnen die Fesseln abgenommen, doch ließen die Goldenen Kondore und Bernal Diaz sie keinen Moment aus den Augen.

»Doña Marina, könnt Ihr ohne Hilfe von Aguilar verstehen, was ich sage?«

»Ich will es versuchen, Gebieter. Sprecht langsam.«

»Gut. Ich möchte, daß kein Mensch, nicht einmal Bruder Aguilar, von dieser Sache erfährt.« Ich verstand ihn und nickte stolz. Er sagte: »Fragt diese Männer, warum sie Gefangene sind und aus welchem Lande sie kommen.«

Ich tat, wie mir geheißen, und anfangs waren die Azteken erstaunt, daß Cortés vorgab, keine Ahnung zu haben.

»Euer Gebieter weiß ganz genau, warum wir gefangen sind und schlecht behandelt werden«, sagte der ältere der beiden Männer. »Er selbst hat das veranlaßt – und wird dafür bezahlen.«

»Es kränkt mich, daß Ihr solches glaubt«, erwiderte Cortés in aufrichtigem Ton, den ich nach Kräften bemüht war nachzuahmen. »Ich vermute, Ihr seid Diener des großen Moctezuma, des Herrn, der sich mir gegenüber äußerst großzügig gezeigt hat. Ich möchte Moctezumas Freund werden und ihn nicht beleidigen.«

»Mehrere Spanier sind aber bei den Truthahnhälsen gewesen, die uns ergriffen haben. Wir haben sie gesehen.«

»Dann haben sie sich gegen mich aufgelehnt und werden erbarmungslos bestraft werden.«

Mit Schalen voller Kakao und einem Pflaumengericht für die Azteken trat ein Soldat ein. »Erfrischt euch, meine armen Freunde«, sagte Cortés und reichte ihnen eigenhändig den Kakaotrank. »Es schmerzt mich, mitanzusehen, daß so hohe Herren in eine so erbärmliche Lage gebracht wurden. Sobald ihr euch gestärkt habt, sollt ihr heimlich die Stadt verlassen. Eilt schnurstracks zu Moctezuma und berichtet ihm, was geschehen ist. Versichert ihm, daß ich ihm zu Diensten bin. Sobald ich kann, werde ich eure Gefährten freilassen.«

»Die Stadt verlassen? Aber wir sind von Totonaken umgeben. Jeder Pfad wird überwacht!« protestierte der ältere der beiden.

»Mit meiner Hilfe ist es möglich«, sagte Cortés. Dann verkleidete er sie mit spanischen Kapuzen und Umhängen und befahl sechs Matrosen, sie flußabwärts an die Küste zu bringen, wo ein Boot sie nach Süden bringen sollte, außer Reichweite der Totonaken.

»Geht mit Gott, meine Freunde«, sagte er und umarmte sie nacheinander. »Ihr könnt euch darauf verlassen, daß ich streng mit euren Feinden ins Gericht gehen werde.«

Nachdem sie fort waren, wandte Cortés sich uns zu und sagte traurig: »Die armen Kerle! Wie sie gelitten haben.« Und dann, ohne seinen ernsten Gesichtsausdruck oder Ton zu ändern, meinte er augenzwinkernd: »Daran wird der große Moctezuma lange kauen müssen.«

Als der Morgen graute, war alles in heller Aufregung über die geheimnisvolle Flucht der beiden Azteken. Cortés empörte sich gegenüber Fettem Häuptling. »Das ist unfaßbar! Haben denn all eure Wachen geschlafen? Nun, die letzten drei Tributeintreiber kommen mir nicht so leicht davon.«

Er befahl, sie an eine große Kette vom Schiff zu schmieden, doch dann schien er sich eines Besseren zu besinnen und ließ sie gleich an Bord bringen. »Damit man sie besser bewachen kann«, erklärte er. Gleichzeitig versicherte ich den Azteken, daß Cortés guten Willens und freundschaftlich gesinnt sei.

»Ihr werdet schon bald auf dem Heimweg sein«, sagte ich.

»Und wir werden bald wieder mit einem Heer zurück sein«, erwiderte einer von ihnen. Dann plusterten sie sich alle drei auf, doch konnte ich erkennen, daß sie alle zutiefst getroffen und keineswegs mehr die überheblichen Wichtigtuer waren, die gestern am Jasmin schnuppernd in die Stadt eingezogen waren und so ausgesehen hatten, als hätten sie einen Ladestock verschluckt. Sie waren nicht nur mitgenommen, sondern auch völlig durcheinander. Warum ließ man sie frei, statt sie auf den Altar zu werfen und zu opfern oder bestenfalls zu Sklaven zu machen? Cortés' Verhalten war ihnen so fremd, daß sie es einfach nicht begreifen konnten.

Am Nachmittag versicherte Cortés einer Versammlung völlig verstörter Totonaken-Ältester, er würde sie vor jedem Heer beschützen, das die Azteken schicken könnten. »Und jetzt, meine lieben Freunde«, sagte er, »werdet ihr in Anwesenheit unseres Schreibers, Diego de Godoy, unserem Allerkatholischsten König die Treue schwören. Jetzt sind Spanier und Totonaken Verbündete gegen die Tyrannei.« Alle brachen in Hochrufe aus und schworen.

So hatte mein Gebieter, der *capitán*, mit einem Streich die verängstigten Totonaken für den Krieg mit dem mächtigsten Volk der Welt gewonnen. Gleichzeitig hatte er Moctezuma gegenüber eine Geste der Treue und der Dankbarkeit vollführt, so daß dieser bestimmt nicht mehr wußte, was er denken sollte. Ein Gott, zu diesem Schluß kam ich, ist so listig wie eine Schlange. Außerdem lieben Götter die Verwirrung und gedeihen prächtig dabei. Ich hatte Cortés nie zuvor so glücklich gesehen.

Moctezuma reagierte prompt. Nur wenige Tage später trafen –

unter der Flagge sicheren Geleits reisend – zwei von Moctezumas Neffen in Begleitung von vier älteren vornehmen Adeligen, die sich unendlich angestrengt hatten, die lange Reise so schnell hinter sich zu bringen, in Zempoala ein. Jeder Edelmann war in eine andere Farbe gekleidet – in Weiß, Gelb, Rot und Schwarz – und stellte so jeweils eine der vier Himmelsrichtungen dar. Die Neffen in grünen Umhängen und Lendentüchern symbolisierten den Mittelpunkt, die Erde und Tenochtitlan. Mit anderen Worten, die Gesandtschaft stellte das Universum dar, das an Gefiederte Schlange ausgeliefert wurde wie eine Tributzahlung.

»Seht Ihr!« rief ich Aguilar zu. »Moctezuma erkennt den Gott abermals an. Jetzt bleibt ihm nichts anderes übrig, als nachzugeben.«

Doch die Abordnung überbrachte kein Kapitulationsangebot. Der ältere der beiden Neffen – ein Knabe, der noch im Stimmbruch war – zählte die Beschwerden auf, die der Verehrte Sprecher gegen uns hatte. Wir hätten die Städte der Totonaken gegen ihn aufgewiegelt und dazu gebracht, Treuebruch zu begehen.

»Mein Onkel und Herr versteht das nicht, denn er weiß, wer Ihr seid«, sagte der Junge, und ich mußte plötzlich die Luft anhalten. Jetzt mußte die Entscheidung kommen, daß man vor Gefiederte Schlange die Waffen streckte. »Euer Kommen ist prophezeit worden, und Ihr entstammt derselben Linie wie er. Warum lebt Ihr als Verwandter und Angehöriger desselben Clans im Haus von Verrätern?«

Die Frage wurde so drohend vorgetragen, wie ein dreizehn Jahre alter Knabe mit noch ungefestigter Stimme sie nur vorbringen konnte, und selbst dieser Hauch Drohung schwand, als die Lastenträger Gold- und Baumwollgeschenke für uns brachten.

Ich hatte die allergrößten Befürchtungen, daß Cortés durch das Gold von der Bedeutung von Moctezumas Worten abgelenkt werden könnte, doch hätte ich mir darüber keine Sorgen zu machen brauchen. Mein Gebieter, der *capitán*, begriff sofort und machte das, was er sagen wollte, überdeutlich, indem er dem Anschein nach die beiden Neffen ansprach, obwohl seine Worte in Wirklichkeit für die vier Edelleute bestimmt waren.

»Sagt meinem Verwandten Moctezuma, daß seine Diener mich

ohne sein Wissen schlecht behandelt und beleidigt haben. Sie haben ihren Posten als Bedienung am Strand verlassen, und deshalb haben wir hier Unterkunft gesucht.« Lächelnd und in sanftem Ton fuhr Cortés dann fort: »Der Verehrte Sprecher muß diesen Menschen jede zufällige Respektlosigkeit ihm gegenüber verzeihen. Ich und alle meine Freunde und Brüder sind praktisch auf dem Weg, Moctezuma einen Besuch abzustatten. Wir werden persönlich alles erklären und uns seinem Dienst weihen.«

Die letzten paar Worte übersetzte ich nicht; sie hätten die Azteken wahrscheinlich nur verwirrt.

Cortés ließ die drei – wohlgenährten und wohlgekleideten – Steuereintreiber vom Schiff herunterbringen und übergab sie zusammen mit ein paar herrlichen Glasperlen für die Neffen der aztekischen Abordnung. Pedro Alvarado führte mit seinen Reitern auf einer nahegelegenen Weidefläche einen Scheinangriff vor, daß den Azteken die Augen fast aus dem Kopf fielen, als sie wieder abzogen.

Außerstande, meine Erregung für mich zu behalten, wandte ich mich an Aguilar und rief: »Habt Ihr gesehen, wie sie gekleidet waren? Habt Ihr ihre Worte vernommen – daß sie derselben Linie entstammen? Moctezuma hat Gefiederte Schlange anerkannt. Er glaubt an Cortés.«

Mit Aguilar sprach ich und verwendete für »Gefiederte Schlange« den Namen »Kukulcan«. Dieses Wort bedeutete in beiden Sprachen eine Schlange mit Federn, doch haben die Maya ihre eigenen Legenden, so daß Aguilar vielleicht nicht genau verstand, was ich meinte. Jedenfalls glaubte ich, daß er mich deshalb so eigentümlich ansah.

Dieser unfreundliche Blick überraschte mich nicht. Irgendwie hatte Aguilar erfahren, daß ich als Mitternachtsübersetzerin für meinen Gebieter, den *capitán*, tätig gewesen war, und zwar ohne jede Hilfe. Es wurmte ihn, übergangen worden zu sein, und er sah voraus, daß meine raschen Fortschritte im Spanischen seine Dienste bald überflüssig machten, eine Aussicht, die er unerträglich fand. In den letzten drei Tagen hatte er nicht mit mir gesprochen, doch wenn ich in seiner Nähe war, spürte ich, daß die Luft voller Hornissen war.

Nach dem Abzug der Azteken machte ich im Wald in der Nähe der Stadt einen Spaziergang, voller Staunen über all die vielen Möglichkeiten, die sich mir auftaten. Jedenfalls hatte ich nicht gemerkt, daß mir jemand folgte, als plötzlich eine Stimme »Doña Marina« sagte und sich mir eine Hand auf die Schulter legte. Ich drehte mich um, und meine Hand fuhr instinktiv an die Klinge, die ich im Haar verborgen trug.

»Ich muß Euch unbedingt sprechen, und Ihr müßt mich anhören!« Es war Bruder Aguilar. Seine Lippen waren so bleich und sein Gesicht und seine Stimme so erregt, daß ich zwar meinen Dolch nicht zückte, doch hellwach war und bereit, es jeden Augenblick zu tun.

»Was habt Ihr diesen Leuten über Cortés erzählt?« wollte er wissen. »Habt Ihr ihnen gesagt, er wäre irgendein heidnischer Gott? Oder ein Teufel?«

»Ihr vergreift Euch im Ton, Bruder Aguilar«, erklärte ich ihm. »Redet mit mir, wenn Ihr ruhiger seid.« Ich wollte weitergehen, aber er wollte das nicht zulassen.

»Ich will die Wahrheit wissen. Sonst werdet Ihr ihn in Eurer Ahnungslosigkeit noch vernichten. Was soll diese Blasphemie – daß er Gefiederte Schlange ist? Seid Ihr Euch darüber im klaren, wie verdammenswert diese Behauptung ist?«

Ich zögerte. Wenn ein Feind erklärt, man ist böse, kann man einfach weggehen. Wenn er jedoch behauptet, man sei ein Ignorant, lohnt es sich zuzuhören.

»Vielleicht gibt es da etwas, das Ihr mir beibringen könnt, lieber Freund«, sagte ich und bemühte mich, jenen verständnisvollen Ton anzuschlagen, den mein Gebieter, der *capitán*, so erfolgreich gebrauchte. Ich lächelte, doch als ich Aguilar am Arm berührte, zuckte er zusammen. »Setzen wir uns hin; dann könnt Ihr mir alles erklären.« Ich führte ihn zu einer Felsplatte in der Nähe, einem ehemaligen Altar. Ohne zu argwöhnen, daß der Stein den Totonaken heilig und damit etwas Abscheuliches war, setzte er sich darauf.

Immerhin schien die Kraft in dem Altarstein oder vielleicht auch mein ruhiger Ton ihn zu beschwichtigen, denn er sprach ganz vernünftig: »Ich vermute, Ihr behauptet, Cortés sei irgendein Gott

oder Dämon. Irgendein Dämon, der etwas mit einer fliegenden Schlange zu tun hat – eine gräßliche Vorstellung. Ja schlimmer noch, ich glaube, Ihr ermutigt ihn, dies zu behaupten oder zumindest nichts zu unternehmen, es abzustreiten.«
Vorsichtig, da ich mir über den christlichen Aberglauben durchaus im klaren war, antwortete ich: »Wenn die Leute Cortés irrtümlich für einen Gott halten – was ist daran so schlimm?«
»Entsetzlich wäre das! Versteht Ihr denn nicht?« Er war wieder erregt. »Wenn sie an Cortés glauben, glauben sie weder an Christus noch an die Heilige Dreieinigkeit noch an die gebenedeite Jungfrau! Dann fallen sie der Verdammnis anheim.«
»Aber sie haben doch auch früher nicht daran geglaubt, und so...«
»Nein, nein! Ihr könnt nicht einfach einen furchtbaren Irrglauben gegen einen anderen austauschen. Außerdem – bedenkt, wie gefährlich es wäre, wenn Cortés so etwas behauptete oder es unwidersprochen ließe. Er würde dann zu einem Hexenmeister oder einer Art Teufel. Durch eine solche Behauptung, auch wenn sie noch so falsch ist, würde Cortés' unsterbliche Seele für alle Ewigkeit verdammt sein – er selbst weiß das auch ganz genau.« Plötzlich senkte Aguilar die Stimme. »Doña Marina, Ihr und ich, wir können verstehen, daß eine solche Behauptung, auch wenn sie sündhaft und verrucht ist, in diesem barbarischen Land, in dem wir von lauter Wilden umgeben sind, durchaus von Nutzen sein kann. Aber was würde wohl das Heilige Offizium tun, wenn solche Gerüchte seine Ohren erreichten? Und glaubt mir, die Ohren der Inquisitoren sind lang und sehr scharf.«
»Ich verstehe nicht. Handelt es sich beim Heiligen Offizium um eine weitere Gruppe von Göttern? Ist es so etwas wie die Heilige Dreieinigkeit? Oder mehr so etwas wie ein Engel der Erinnerung?«
»Doña Marina, ich spreche von den Inquisitoren der Kirche. Sie haben im Laufe der letzten vierzig Jahre Ketzer und Hexen ausgerottet und Feinde Gottes und des Königs vernichtet. Ihr Zorn würde Cortés furchtbar treffen – er wäre erledigt –, wenn sie auch nur im entferntesten den Verdacht hätten, daß er sich

als Dämon ausgeben oder behaupten würde, über dämonische Kräfte zu verfügen.«

Aguilar war um Cortés' willen so aufrichtig besorgt, daß ich ihm seine Ahnungslosigkeit verzieh. Es war schon ein Jammer: Da war er Tag für Tag einem Gott nahe, den er liebte – Cortés –, und konnte doch diese Macht nicht einmal mit einem einzigen Wort anerkennen. Beklagenswert!

Ich verstand nicht, wovon Aguilar eigentlich sprach, begriff jedoch die Hauptsache: daß es Kräfte gab, die Gefiederte Schlange haßten. So flunkerte ich Aguilar in freundlichem und ganz aufrichtigem Ton etwas vor, so daß ihm gleich etwas wohler in seiner Haut wurde. Und zum Schluß sagte ich: »Ihr seid doch auch der Meinung, daß Cortés ein bemerkenswerter Mensch ist. Ist er das schon immer gewesen?«

»In Kuba, so hat man mir gesagt, hielt man ihn nicht für jemand Besonderes. Nur für einen trefflichen Reitersmann und Kämpfer – intelligent, natürlich. Vielleicht sogar für eine Führernatur. Aber es ist schwer, einen Menschen an einem Ort zu beurteilen, wo Adlige, die über ihm stehen, jede Ehre und jedes Verdienst für sich beanspruchen. So erging es Cortés dort.«

»Männer, die über ihm stehen?« fragte ich, empört über so eine Vorstellung.

»Cortés ist von achtbarer, aber gewöhnlicher Geburt, jedenfalls keineswegs von Adel. Auch hier stehen durch ihre Herkunft ein paar Männer über ihm. Insbesondere Don Alonzo.«

»Don Alonzo steht über ihm?« Das schien unmöglich.

»Selbstverständlich. Euch ist doch bestimmt schon aufgefallen, wie Cortés vor ihm katzbuckelt und wie er ihn verwöhnt, oder?« Aguilar schob die Brauen in die Höhe und sah mich bedeutsam an. »Ihr selbst steht ja rangmäßig über Cortés, Doña Marina.«

»Aber er ist doch...« Ich sprach nicht weiter, sagte nicht: »ein Gott.«

»Cortés verlangt, daß der Rang eines Menschen hier in diesen Ländern genauso geachtet wird wie in Spanien. Er ist fromm, und ein Affront gegenüber dem Adel ist ein Affront gegenüber Gott, von dem die Könige schließlich ihre Macht haben.«

Ich nickte und mußte daran denken, was Onkel Weide einst über

Moctezumas Glauben an den Blutsadel und über die gottgegebenen Stände gesagt hatte. Offenbar waren Cortés und Moctezuma in dieser Hinsicht einer Meinung; nur war mein Gebieter von niedriger Geburt. Vielleicht war es da besser oder angemessener, daß, wie Vater Olmedo sagte, der höchste Gott der Spanier in einem tributpflichtigen Vasallenstaat als Sohn eines Zimmermanns zur Welt gekommen war.
»In Kuba hat kein Mensch die großen Gaben bemerkt, die Ihr und ich bei Cortés erkennen, Doña Marina.« Da wurde mir klar, daß ihm die Göttlichkeit erst verhältnismäßig spät im Leben zugewachsen war. Und wieder war er darin wie Moctezuma.
Aguilar runzelte die Stirn. »Es heißt, er habe von jeher viel für Frauen übrig gehabt. Er hat nicht nur eine Gattin, sondern auch eine...« Ihm lag das Maya-Wort für Konkubine auf der Zunge, doch verwarf er das dann. »Nun, er unterhält noch eine andere Dame und hat Kinder von beiden. Ganz zu schweigen von seinen Liebesgeschichten überall auf der Insel Kuba. Doch das sind läßliche Süden, keine Todsünden. Und doch sind es deren zu viele gewesen.«
Offenbar wartete er auf eine Reaktion von mir. Doch was kümmerte es mich, ob mein Gebieter tausend Frauen hatte, solange ich den mir zustehenden Platz unter ihnen einnahm? Möglich, daß ich später einmal den Wunsch verspürte, jede Nacht einen eigenen Mann zu haben – immerhin hatte Don Alonzo mich die Lust gelehrt. Doch was spielte das jetzt für eine Rolle?
Aguilar und ich kehrten ins Hauptquartier zurück, er erleichtert, was Cortés' mögliche Ketzerei betraf, und ich um ein gutes Stück klüger. In Zukunft würde ich Vorsicht walten lassen.

Daß Moctezuma auf die Festnahme der Tributeintreiber mit Geschenken reagierte, versetzte die Totonaken in helle Aufregung; die Kunde verbreitete sich über die Grenzen ihres Landes hinweg. Olmeken trafen ein, um die Befreier in Augenschein zu nehmen, und brachten Kautschukbälle und Jadeschnitzereien mit. Die Jadearbeiten wurden kaum zur Kenntnis genommen, doch da die Spanier noch niemals Kautschuk gesehen hatten, freuten sie sich wie Kinder über seine lebendigen und federnden Eigenschaften. Aus dem Norden trafen nackte Huaxteken ein, die sich ihre persönliche Geschichte auf den Körper tätowiert hatten; einige von den Huaxteken hatten sich Honigbienen auf den Penis tätowieren lassen, was ich für einen hübschen Einfall hielt, doch die Spanier brachen in schallendes Gelächter darüber aus. Warum, verstehe ich bis heute nicht; denn die Bilder waren bezaubernd.

Cortés erforschte vor der Stadt Zempoala gelegene kleinere Ortschaften und versprach den Leuten Gerechtigkeit und Sicherheit. Er ritt jetzt auf einem großen mahagonifarbenen Pferd, das den Namen Mulitreiber hatte, doch wenn Cortés das Tier lobte und ihm den Hals klopfte, murmelte er stets: »Babieca.«

Eines Nachmittags kehrten wir nach Zempoala zurück. Cortés und Don Alonzo ritten innerhalb der Kolonne, während Aguilar und ich zu Fuß neben ihnen hergingen. »Diese Männer sind gut, Ihr könnt Euch auf sie verlassen«, sagte Cortés. Mir war bereits aufgefallen, wenn er die Truppen lobte – und das kam häufig vor –, sorgte er immer dafür, daß die Leute es auch mitbekamen.

Mit gedämpfter Stimme antwortete Don Alonzo: »Die meisten von ihnen würde ich als Halsabschneider und Galgenvögel bezeichnen.«

»Sie haben mir in diesen Dörfern gezeigt, daß man ihnen trauen kann.« Wieder die laute Stimme.

Der Gott Fünf Blume, der die Stolzen zu Fall bringt, muß zugehört haben, denn just in diesem Augenblick entdeckten sowohl Cortés als auch Don Alonzo, wie ein Soldat mit einem jungen Truthahn unter jedem Arm aus einer Totonakenhütte herauskam.

Cortés rief: »Ergreift diesen Mann, und laßt die Truppen antreten.«

Während Männer und Offiziere von hinten aufrückten, betrachtete Cortés den Schuldigen und sagte kein einziges Wort. Nachdem die Spanier sich versammelt hatten, befahl er: »Dieser Dieb wird gehängt. Knüpft ihn auf!«

Schamrot im Gesicht, brummelte der Erwischte etwas, sah dann auf und kicherte; er nahm Cortés die Drohung genausowenig ernst wie ich.

»Worauf wartet ihr noch?« wollte Cortés von dem Sergeanten mit

dem Strick wissen. »Soll er seine Beichte doch in der Schlinge ablegen. Zieht ihn hoch!«
Drei Mann warfen sich auf das Seil und rissen das Opfer in die Höhe, so daß es mit den Beinen strampelte. Das wäre auch sein Ende gewesen, hätte nicht Pedro Alvarado seinem Pferd die Sporen gegeben, den Strick mit einem einzigen Säbelhieb durchtrennt und dem Schuldigen das Leben gerettet.
Schweigen breitete sich aus; die Zeit schien stillzustehen. Dann klatschte mein Gebieter, der *capitán*, mit den Zügeln und ritt allein nach Zempoala weiter, ohne sich auch nur ein einziges Mal umzusehen.
Eine solche Strafe für ein so unbedeutendes Vergehen erregte hinterher, als die Männer die Sprache endlich wiedergefunden hatten, ziemlich viel Gerede. Einige Soldaten mutmaßten, Cortés und Alvarado hätten das Drama unter sich ausgeheckt, um an dem ersten, der als Dieb erwischt wurde, ein Exempel zu statuieren, ohne daß es die Truppe auch nur einen einzigen Mann kostete.
Das war eines der Spiele, auf die Cortés sich trefflich verstand. Allerdings habe ich das Gesicht des *capitán* in dem Moment gesehen, da er den Befehl zum Hängen gab. Ich sah es Winter in seinen Augen werden, konnte verfolgen, wie der lächelnde Mensch verschwand und der Gott zum Vorschein kam – erbarmungslos. Der Gott war unversöhnlich; ich sollte das nie vergessen.
Während der nächsten paar Tage war Gefiederte Schlange machtvoll in Cortés gegenwärtig und voller Zorn. Wie ein Priester, der durch die Schlitze einer Maske späht, blickte der Gott Cortés aus den Augen. Er verlor kein Wort darüber, als er zusah, wie die Totonaken zu Ehren ihres neuen Bündnisses mit den Spaniern ein Festmahl vorbereiteten. Dunst hing über Zempoala, der Rauch von den Feuern, auf denen die Frauen Fisch und Wild für das Mahl brieten, und von anderen Feuern, in denen Steine für reinigende Dampfbäder erhitzt wurden. Weiterer Rauch stieg sehr kräuselnd aus den Tempeln in den Himmel, in denen die Priester besondere Opfer darbrachten, um gutes Wetter und Glück für die vor uns liegenden Tage zu erflehen. Und während Cortés all dies beobachtete, umdüsterte sich seine Stirn immer mehr. Ich spürte förmlich, daß der Vulkan kurz vor dem Ausbruch stand.

Das Fest begann am Morgen des Neumondtages; die Spanier schienen eher für eine Schlacht als für eine Feier gerüstet. Sie hatten Helme auf und trugen Waffen; einige hatten sogar den Brustharnisch angelegt.
»Hat Cortés erhöhte Alarmbereitschaft befohlen?« fragte ich Aguilar.
»Das nicht. Aber den Leuten ist unbehaglich zumute. Sie sehen Schwierigkeiten voraus.«
Den Totonaken erging es offenbar ähnlich. Fetter Häuptling ließ mindestens tausend Bogenschützen um den großen Platz herum Aufstellung nehmen; daß sie zur Feier des Tages Blumengirlanden trugen, ließ sie nicht minder furchteinflößend erscheinen.
Dennoch begann das Fest in bester Stimmung. Fetter Häuptling strahlte vor Gutmütigkeit und ließ sich auf die Plattform vor dem Tempel hinaufhieven und -schieben. Um die Leute in Stimmung zu bringen, erzählte er ein paar schlüpfrige Witze, die auf totonakisch umwerfend komisch gewesen sein müssen, sich aber offensichtlich nicht recht übersetzen ließen. Vater Olmedo und Aguilar machten ein entsetztes Gesicht; Cortés saß auf Mulitreiber und verzog keine Miene.
»Spanier und Totonaken sind Brüder!« verkündete der Häuptling. Dann spielte eine Kapelle auf Muschel- und Horninstrumenten; einige Angehörige des Delphin-Ordens sangen begeistert, aber falsch mit. Ein totonakischer Würdenträger machte Cortés eine lächerlich kleine Trommel zum Geschenk und versicherte ihm, er brauche »bloß mit dem Finger darauf zu klopfen, und das ganze Volk der Totonaken eilt herbei, um ihm zu Diensten zu stehen«.
Es war eine öffentliche Zeremonie, die sich in nichts von anderen unterschied; sie war so langweilig und prunkvoll, daß ich alle meine bösen Ahnungen vergaß. Dann rückte Fetter Häuptling mit seiner Überraschung heraus.
»Spanier und Totonaken müssen sich für immer im Blut vereinen. Deshalb schenken wir euch unsere schönsten Töchter als Frauen für eure Offiziere. Laßt uns durch die Kinder, die diesen Ehen entspringen, zu einem Volk werden.«
Sieben hübsche junge Frauen – alle mit goldenen Halsketten und

Ohrringen geschmückt – wurden aus einem Blumenzelt herausgeführt.

»Diese jungen Frauen hier sind für Eure Offiziere, Herr«, erklärte Fetter Häuptling Cortés. Dann klatschte er zweimal in die Hände, und das dickste weibliche Wesen, das ich je zu Gesicht bekommen hatte, watschelte heraus, um sich dem Reigen der Jungfrauen anzuschließen. »Meine Nichte, Erbin von Städten und Pflanzungen. Sie soll die Eure sein, Herr!«

Fette Prinzessin tat ihr möglichstes, um auf Cortés zuzufliegen; ihre gewaltigen Brüste zitterten wie Berge bei einem Erdbeben. Cortés brachte das einzige Lächeln der Woche zustande, doch das Pferd, das damit großes Urteilsvermögen verriet, schnaubte und machte Kratzfüße und brachte die junge Braut dazu, aufkreischend zurückzuweichen.

Cortés beruhigte Mulitreiber und forderte mich dann durch ein Zeichen auf, die Plattform zu besteigen, damit die Menge auf dem Platz mich auch hören könnte. Er wollte eine Rede halten, und ihm war sehr daran gelegen, daß jeder ihn verstand. Aguilar postierte sich auf den Treppenstufen der Plattform, um mir notfalls vorsagen zu können.

»Unseren Dank für Eure Großmut und Zuneigung. Doch ehe wir diese bezaubernden Mädchen annehmen, ehe wir Brüder werden können, müssen die Mädchen getauft und Christinnen werden.«

Fetter Häuptling nickte zustimmend. Was konnte ein bißchen Wasser schon schaden.

Plötzlich veränderte sich Cortés' Stimme und wurde streng. »Ihr und Euer Volk müßt der Verehrung dieser verdammungswürdigen Götzen entsagen!« Mit einer umfassenden Bewegung zeigte er auf die Tempel, die sich hinter der Plattform erhoben. »Diese Teufel aus Stein. Sie müssen herabgestürzt und zerschmettert werden.«

Die Spanier brachen in Hochrufe aus. Grüßend reckten sie die Arme. »Jeden Tag, die ganze Woche hindurch, haben wir zugesehen, wie unschuldige Männer und Frauen diesen Ungeheuern zum Opfer gebracht wurden.«

Das also war es. Wegen des Festes hatten die Priester die Opferungen mehr als verdoppelt; kein Wunder, daß Gefiederte Schlange vor Zorn kochte.

»Wir haben zuviel Grauen gesehen!« rief Cortés, und jetzt richtete er seine Worte an die Spanier, obwohl er dem Anschein nach immer noch zu Fettem Häuptling sprach. »Wie können wir irgend etwas zum Ruhme Gottes vollbringen, wenn wir zulassen, daß dies weitergeht? Diese Götzen müssen jetzt gestürzt werden. Und selbst wenn es uns das Leben kostete, wäre das ein geringer Preis.«
Ich stand wie vor den Kopf geschlagen da, konnte nicht glauben, was ich da hörte, wollte diese ungeheuerlichen Worte nicht übersetzen. Den Azteken und den eigenen widerstrebenden Männern gegenüber hatte Cortés sich als Meister des Scharfsinns und der Spitzfindigkeiten erwiesen – er hatte verzögert, hinausgeschoben, angetrieben und ständig die Richtung geändert. Und jetzt stand er da, bereit, in einem Ausbruch von Leidenschaft alles wegzuwerfen.
»Tag für Tag haben wir mit angesehen, wie in diesen Tempeln gemordet wurde – und Schlimmeres. Sollen wir das weiterhin zulassen? Wir sind Christen und Spanier!«
Die Soldaten antworteten mit einem Aufschrei. War es wirklich so schrecklich gewesen? Die Totonaken hatten höchstens fünf oder sechs Menschen pro Tag opfern können – was schließlich in einem so großen Augenblick der Geschichte nicht unvernünftig war. Mir jedenfalls war es nicht weiter aufgefallen.
Ich fing an zu übersetzen und brachte alles durcheinander; und Aguilar war viel zu aufgeregt, um mir eine Hilfe zu sein. Aber Fetter Häuptling, der sofort begriff, um was es ging, begann sich über Cortés' Ansinnen zu ereifern.
»Ihr müßt von Sinnen sein! Unsere Götter zu zerstören heißt, uns selbst zu zerstören. Wir werden für unsere Religion sterben.«
»Dann sterbt!« schrie Cortés zurück. »Eure blutigen Gottungeheuer werden noch heute zertrümmert.«
Nur eine Geste von Fetter Häuptling, und tausend Krieger hoben den Speer und setzten weitere tausend die Pfeile auf die Sehne ihres Bogens. Jetzt war nichts mehr zu sagen, galt es nur noch zu sterben. Armbrüste und Hakenbüchsen wurden hochgenommen, Schwerter gezogen. Fetter Häuptling hob die Hand; er brauchte sie nur sinken zu lassen, und das Gemetzel würde beginnen.
Plötzlich stellte ich fest, daß ich in eine Totenstille hineinsprach.

Ich hatte das weder beabsichtigt noch geplant, und weder Worte noch Stimme schienen meine eigene zu sein. »Volk von Zempoala, wie könnt ihr die Weisheit von Gefiederter Schlange anzweifeln? Viele Garben von Jahren habt ihr auf ihre Wiederkehr gewartet. Jetzt richtet ihr eure Speere auf sie! Ich werde euch sagen, wer morgen stirbt! Ihr alle! Wenn Moctezuma erfährt, daß die Totonaken die Feinde der Spanier sind, wenn er merkt, daß die Totonaken keinerlei Schutz mehr genießen, springt er euch wie ein Jaguar aus den Bergen an, reißt euch eure Eingeweide heraus und verschlingt sie!«
Irgendeine unbekannte Macht hatte Besitz von mir ergriffen. Die Stimme, die so laut in meinen Ohren dröhnte, war meine und war doch nicht meine. Zusammen mit dieser gewaltigen Kraft erfaßten mich ein Stolz und eine Hochstimmung wie nie zuvor. Ich reckte mich bis zur Höhe der großen Bäume hinter dem Tempel auf; und meine Stimme hallte hinüber bis zu den Gipfeln des Sternenbergs.
Langsam wandte ich mich Fettem Häuptling zu. »Ihr wißt genau, welches der nächste aztekische Festtag ist – das Fest der Feuergrube. Da ihr Moctezumas Beamte beleidigt habt, werdet ihr in die Flammengrube geworfen werden, gefesselt, doch lebendig, und ihr werdet schreien. Und wenn eure Haut verbrannt ist, wenn euch die Stimme versagt und ihr nicht mehr schreien könnt, werden sie euch mit ihren hölzernen Haken aus den Flammen herausholen und euch euer noch zuckendes Herz aus dem Leib reißen. Wie ihr den Tod dann herbeisehnen werdet!«
Ich hob der Menge die Hand entgegen. »Ihr werdet alle so zugrunde gehen. Moctezumas Hunde werden euer Blut auflecken. Einzig Gefiederte Schlange kann euch retten. Gehorcht jetzt, oder Heulen und Zähneklappern wird euch und eure Kinder erfassen, ehe Dame Mond wieder voll und rund zurückkehrt!«
Ich hatte geendet. Ich spürte, wie mich die Kraft verließ, wie ich schrumpfte und wieder meine eigentliche Körpergröße erreichte und vollkommen erschöpft war. Schweigen lastete über dem Platz. Spanier und Totonaken starrten mich ungläubig an. Ich hörte den Namen »Moctezuma« durch die Menge gehen wie Wind durchs Schilf. Ein Krieger in meiner Nähe senkte das

Schwert. Die Bogenschützen zögerten, waren verwirrt. Die Leute tuschelten miteinander: »Azteken ... Ja, die Azteken werden kommen.«
Ich spürte die Gegenwart einer Göttin, die ganz in meiner Nähe verweilte, und ich wußte, daß ich in diesen Augenblicken in ihrem strahlenden Schatten gestanden hatte.
Fetter Häuptling wandte sich zum Tempel; er weinte und betete. Langsam sank sein Leib zu Boden, schluchzend brach er auf der steinernen Plattform zusammen, die Arme immer noch dem Tempel entgegengereckt. Dann weinten Tausende – Krieger und Priester und Frauen – mit ihm zusammen. Ich dachte: Wir haben gewonnen! Gefiederte Schlange hat gewonnen!
Nachdem Herr Cuesco sich gefaßt hatte, wandte er sich an Cortés: »Unsere Götter sind gut zu uns gewesen. Wir lieben sie und können ihre Tempel nicht schänden. Aber wir sind hilflos, und Ihr könnt selbstverständlich tun, wie Euch beliebt.«
Als die Spanier das begriffen, stürmte ein halbes Hundert von ihnen die Tempeltreppe hinauf, sie schrien und jubelten, drängten Priester beiseite, die sich ihnen in den Weg stellen wollten. Einer der ersten war Vater Olmedo; Aguilar hetzte hinterher und rief den spanischen Kriegsgott an: »Santiago! Santiago, der Maurentöter!«
Dann polterten die uralten Steingötter die Treppenstufen herunter. Regenbringer stürzte und rollte und zerschellte schließlich. Die Mit Dem Schlangenhüfttuch sowie die Mais Mutter folgten ihm ins Verderben, während ich still weinend und genauso fassungslos wie jeder Totonake dastand. Diese Götter hatten mir geschadet, hatten mir das Leben zur Hölle gemacht, und ich haßte sie. Und doch rannen mir unerklärlicherweise die Tränen über die Wangen.
Ich stieß einen lauten Schrei aus, als Herr des Feuers aus seinem Heiligtum herausgerissen wurde; sein wunderschönes Kohlenbekken schwelte noch; es war mit brennender Glut gefüllt, die sich jetzt daraus ergoß und in alle Winde verstreut wurde, während Alter Herr von der hohen Plattform herunterkollerte. Ein Regen von Funken und glühenden Kohlestücken ging auf Fetten Häuptling nieder, verletzte ihn am Rücken und versengte ihm ein wenig das Haar. Er schrie vor Schmerz auf, wollte jedoch weder die

glühende Kohle abschütteln noch sich von anderen helfen lassen, während er Altem Herrn mit seinem eigenen Leiden für die dem Gott angetane Schmach zahlte – und dabei zweifellos an die Todesqualen dachte, die ich ihm in einer der aztekischen Feuergruben versprochen hatte.

Als das Schilfdach des Tempels oben auf der Plattform der Pyramide aufloderte, wogte die Masse der Totonaken heran, reckte drohend die Speere und schrie. Cortés sprang auf die Plattform, packte Fetten Häuptling beim Haar und hielt ihm den Dolch an den Hals, während spanische Soldaten totonakische Adlige und Priester, die den Tempel verteidigen wollten, auf die Treppenstufen drückten.

Über den Tumult hinweg verschaffte Fetter Häuptling sich Gehör und befahl seinem Volk, jeden Widerstand aufzugeben. Widerwillig gehorchten sie ihm.

»Mit dem Dolch an der Kehle ist der Dickwanst wesentlich weniger fromm als sonst«, sagte Pedro Alvarado. Aber er irrte – Fetter Häuptling lud sich die Tempelschändung nicht auf die Seele, um sein eigenes Leben zu retten, sondern um das seines Volkes vor den Azteken zu schützen. Er war tapferer, als den Spaniern bewußt war; schließlich hatte ich gesehen, wie er die glühenden Kohlen ertrug, ohne auch nur mit der Wimper zu zucken.

Als die Menge sich beruhigt hatte, ließ Cortés Fetten Häuptling los und entschuldigte sich. Zu Pedro Alvarado sagte er: »Gott sei Dank, daß wir ihm nichts antun mußten.«

Alvarado meinte achselzuckend: »Warum nicht?«

Erschrocken sah Cortés ihn an. »Aber er ist ein König!«

Wenige Stunden später – der Tag war noch längst nicht zu Ende – ging das Fest der Verbrüderung weiter, wurden die Festlichkeiten da wieder aufgenommen, wo sie abgebrochen worden waren. Zumindest legten die Totonaken, wenn sie vielleicht auch nicht ganz beschwichtigt waren, lächelnde Masken an.

Die Bräute wurden vergeben; Vater Olmedo sprengte ihnen Wasser auf den Kopf und erklärte sie zu Christinnen. Cortés nahm huldvoll die Hand von Fetter Prinzessin und machte ein finsteres

Gesicht, als er einige Soldaten hinter vorgehaltener Hand schmutzige Witze machen hörte.
Die Tochter von Herrn Cuesco, ein hübsches Mädchen namens Süße Zwillings Ananas, wurde als nächste vorgeführt, und Cortés erklärte, sie werde seinem »Freund und Kameraden Alonzo Puertocarrero« gegeben. Daß er Don Alonzo eine zweite Frau gab, war nicht ganz so offensichtliche Günstlingswirtschaft, wie es aussah; schließlich erhielten noch drei weitere Offiziere eine zweite Bettgefährtin. Dennoch fiel mir ein, was Aguilar über Cortés' Hang gesagt hatte, vor Höhergestellten und Adligen zu katzbuckeln.
Mir war klar, als könnte ich in die Zukunft sehen. Fette Prinzessin würde selbstverständlich ihre Lust bekommen, und ihr würde Ehre angetan werden, doch dann würde man sich ihrer schnell entledigen. Ohne ihr goldenes Halsband, versteht sich, das in den Schatztruhen der Spanier verschwinden würde. Ohne daß es ihm in irgendeiner Weise weh täte, würde Don Alonzo mit dieser neuen Braut dasitzen und ich mit Cortés zusammensein.
Heute hatte ich meinem Gebieter, dem *capitán*, gut gedient. Jetzt würde er Schritte unternehmen, mich fester an sich zu binden; jedenfalls würde das seiner Art entsprechen. Wie mochte er es anstellen? Dieses Spiel würde faszinierend sein.
Ich warf Süßer Zwillings Ananas eine Rose zu, gratulierte ihr und versicherte sie meines ehrlichen guten Willens. Don Alonzo würde ihr gefallen – er war lieb und schön.
Spanier und Totonaken schlossen in aller Form ein Bündnis und kamen überein, Brüder sein zu wollen. Die Spanier würden Gerechtigkeit und den wahren Glauben bringen, außerdem Schutz vor den Azteken gewähren. Dafür versprachen die Totonaken, ihre Tempel sauberzukratzen und mit Kalk zu weißeln, Bilder Unserer Lieben Frau aufzustellen und Kreuze zu errichten. Auf Anforderung hin würden sie Lastenträger, Krieger und Führer ebenso stellen wie Verpflegung und Vorräte.
Die Priester der Totonaken sollten sich ihr blutverklebtes Haar abschneiden. (Tatsächlich mußte es ihnen abgesägt werden, denn das geronnene Blut hatte sich im Laufe der Jahre zu einer Art

Sandstein verhärtet.) Als Diener der Heiligen Jungfrau sollen sie in Zukunft weiße Gewänder anlegen und ihren Schrein täglich mit frischen Blumen und Kerzen schmücken, die aus Bienenwachs herzustellen die Spanier ihnen beibringen wollten. Das bedeutete eine tiefgreifende Veränderung im Leben dieser Männer – an einem einzigen Tag von Schlächtern zu Blumenbindern und Wachsstockziehern zu werden. Doch daran fand niemand etwas Besonderes – höchstens die Heilige Jungfrau.

Nach viel Gejammer erklärten die totonakischen Edelleute sich bereit, ihre männlichen Liebhaber und Konkubinen wegzuschicken.

»Ihr müßt der Sodomie abschwören«, erklärte ihnen Vater Olmedo.

Herr Cuesco machte ein verwirrtes Gesicht. »Um so was kümmert sich der Allmächtige Beweger des Alls?« fragte er.

»Darum ganz besonders«, erklärte Vater Olmedo.

Die Spanier – vom Allmächtigen mal abgesehen – hatten einen heiligen Horror vor Sodomie, jedenfalls solange sie ihr nicht heimlich untereinander frönten, wie jeder, der einmal nachts an den Gebüschen unten am Strand entlangspaziert ist, bestätigen kann. Allerdings standen ihnen jetzt in Zempoala mehr Frauen zur Verfügung als vorher, und so war es natürlich leichter, sich gottesfürchtig zu verhalten. Fette Prinzessin war, wie sich herausstellte, von recht mürrischem Wesen. Cortés entledigte sich ihrer höflich, aber sehr schnell, nicht allerdings, ehe sie nicht auf den Namen Doña Catalina getauft worden war – also auf den Namen seiner spanischen Frau in Kuba. Das fand ich zwar eigenartig, sollte es jedoch später verstehen.

Ich selbst nahm wenig von dem Gelage und der Feier an diesem Abend wahr. Dabei hatte mein Gebieter, der *capitán*, mir einen Ehrenplatz gegeben und die Ansprache gelobt, die ich vorm Tempel gehalten hatte. Ich dankte ihm, lächelte den Totonaken zu und applaudierte den Fackeltänzern, war jedoch die ganze Zeit über damit beschäftigt, mir den Nachhall dessen ins Gedächtnis zu rufen, was ich empfunden hatte und was ich gewesen war. Ich vergegenwärtigte mir noch einmal, wie Tausende von Gesichtern starr und verzückt zu mir aufgesehen hatten, und hatte die ganze Zeit über ein letztes Echo der kraftvoll tönenden Stimme im Ohr, die so wenig Ähnlichkeit mit meiner eigenen gehabt hatte. Für ein paar Minuten war ich etwas ... ganz Außergewöhnliches gewesen.

12 Türme der Götter

Ohne einen einzigen Totonaken zu töten oder auch nur einen spanischen Soldaten zu verlieren, hatte mein Gebieter, der *capitán*, sein erstes großes Bündnis geschlossen und sich die Stadt Zempoala gesichert. Er war dabei mit einer Beharrlichkeit und Umsicht vorgegangen, als wäre er ein Falke, der am Himmel seine Kreise zieht; jetzt war er bereit, schnell und zielsicher zuzustoßen. Einen seiner Pläne erfuhr ich durch Don Alonzo.

Seit dem Verbrüderungsfest hatte Don Alonzo seine Schlafmatte mit seiner neuen Gefährtin geteilt; denn selbstverständlich wollte er herausfinden, was sie an Neuem zu bieten hätte. Wir stiegen nicht alle drei, wie einige meiner Feinde später behaupteten, gemeinsam in dieselbe Hängematte, um uns dort wie drei Wildkatzen im Netz aufzuführen. Diese Vorstellung hätte Don Alonzo zu Tode erschreckt. Schließlich war er ein wohlerzogener Katholik und argwöhnisch gegenüber lang ausgekosteter Lust.

Eines Tages forderte er mich am Spätnachmittag auf, den Flußpfad mit ihm entlangzuschlendern. Er platzte förmlich vor unterdrückter Erregung, als hätte er plötzlich ein Vermögen gewonnen oder von einer Erbschaft erfahren. Er konnte mir auch nichts vormachen, als er ein langes Gesicht aufsetzte und in ziemlich bekümmertem Ton sprach: »Meine Liebe, ich habe eine traurige Nachricht. Ihr müßt tapfer sein.«

»Ich werde mich bemühen, mein Gebieter.«

»Cortés hat vor, einen Boten nach Spanien zu schicken, jemand von Rang und Ehre, der für ihn sprechen kann. Dieser Bote soll dem König persönlich einen Brief überreichen und ihm außerdem den Schatz überbringen, den wir bis jetzt zusammengebracht haben. Meine Liebe, ich wurde für diese Mission auserwählt.«

»Dann müssen wir uns trennen.« Welche Hoffnung in mir aufkeimte, verbarg ich. »Wann werdet Ihr abreisen, mein Gebieter?«

»Sobald die Soldaten eine Beratung abgehalten haben. Cortés hat mir erklärt, er möchte, daß die Männer das Gefühl haben, sie selbst wären auf die Idee gekommen, den Schatz nach Spanien zu schicken. Jedenfalls reise ich morgen oder übermorgen ab – wie ich vermute, auf der *San Sebastian*.«

Die *San Sebastian* war Cortés' Flaggschiff. Wenn er vorhatte, die Küste weiter zu erforschen oder nach Kuba zurückzukehren, würde er es nie fortschicken. Also hatte der Gott in ihm endlich den Befehl gegeben: Wir sollten den Marsch ins Landesinnere antreten; Gefiederte Schlange sollte in ihr Reich heimkehren.

Ich wandte den Kopf ab, so als gälte es, Tränen zu verbergen. »Und wann kehrt mein Gebieter zurück?«

»Nun, kaum vor zwei Jahren«, erwiderte er und tat so, als bereite ihm das großen Kummer. »Wer weiß? Der Gedanke, Euch allein hier zurückzulassen, ist mir unerträglich. Eine zarte Frau in einem gefährlichen Land!«

Worauf wollte er hinaus? Er war doch wohl nicht so verrückt, davon zu träumen, mich mitzunehmen? Cortés jedenfalls war jetzt mehr denn je auf seinen Dolmetsch angewiesen. Nach Spanien zu reisen wäre nichts anderes gewesen, als den Schmalen Durchgang zu passieren – es hätte keine Rückkehr gegeben, und wer wußte überhaupt, was einen am anderen Ende erwartete?

»Mein Gebieter ist gütig, aber er sollte sich keine Sorgen machen, sollte nur an die höhere Pflicht denken.« Ich sprach jedes spanische Wort ganz langsam, um auch ja nichts falsch zu machen.

»Aber ich *mache* mir Sorgen. Welcher Edelmann würde das nicht tun? Deswegen habe ich Eure Zukunft geplant. Cortés ist mein lieber Freund. Ich denke, ich kann ihn bewegen, Euch – ähm – unter seine Fittiche zu nehmen. Er hat sogar angedeutet, daß er Euch recht nützlich findet. Ähm – natürlich nur bis zu meiner Rückkehr, versteht sich.« Er stotterte und errötete; er war es einfach nicht gewöhnt, eine Frau zu verkuppeln.

»Wie freundlich Ihr seid, und so klug!« Ich schloß ihn in die Arme und gab meine Freude als Glut aus. Cortés war aber auch durchtrieben wie ein Dachs! Wie hatte er es nur angestellt, den arglosen Don Alonzo auf diesen Gedanken zu bringen?

Wir zogen uns an einen Ort zurück, wo wir allein waren – ich hatte eine Weide entdeckt, deren herabhängende Zweige ein Zelt bildeten, und in diesem Zelt war er zärtlich und glücklich. Ich

erinnerte mich an das erstemal, als wir uns in Tabasco geliebt hatten; ich war so angstvoll und er so vertrauenerweckend gewesen. Wie erfahren und gottgleich er mir damals erschienen war! Beides war er in meinen Augen nicht mehr ganz so, aber ich fand ihn immer noch schön. In Tabasco hatten wir uns auch in der Nähe eines Flusses geliebt, wo die Zweige ins Wasser herabhingen. Wie romantisch von ihm, jetzt, da es galt, Abschied zu nehmen, wieder eine ähnliche Stelle gefunden zu haben!
Als er mich nahm, freute ich mich über seinen Hunger. Offenbar hatte Süße Zwillings Ananas ihm kein so exotisches totonakisches Gericht gekocht und dargeboten, daß ihm ein anderes jetzt nicht doch besser geschmeckt hätte. Nein, sie hatte mich nicht übertroffen, und das beruhigte mich.
Hinterher weinten wir bei der Aussicht auf Trennung beide ein wenig. Er vergoß ein paar Tränen, um mir zu schmeicheln, und ich zeigte ihm die feuchten Augen, die sein Stolz brauchte.
»Ich liebe Euch, Marina«, sagte er. »Werdet Ihr mich auch nicht vergessen, wenn ich im fernen Spanien weile?«
»Aber nein doch, mein Gebieter.«
Zwei Tage später stach Don Alonzo mit der *San Sebastian* in See. Ich sollte ihn nie wiedersehen.
Ich war an dem, was mein Gebieter, der *capitán*, nachdem die *San Sebastian* Segel gesetzt hatte, tat, nicht beteiligt, doch ist sein Entschluß so berühmt, daß er gleichsam sprichwörtlich geworden ist. Heute sagt man von dem gewöhnlichsten Menschen, er habe seine Schiffe hinter sich verbrannt, wenn er sich auf irgendeine Reise begibt, bei der es möglicherweise keine Rückkehr gibt. Unsinn! Das ist keineswegs dasselbe!
Die Geschichte wird heute noch erzählt und in pinkelschäbigen Tavernen dramatisch ausgeschmückt, in denen sich schwerbäuchige Veteranen treffen, um über ihre niedrigen Pensionen zu jammern und sich gegenseitig ihre Lügen zu erzählen.
Die Wahrheit ist viel einleuchtender. Cortés machte die Schiffe segelunfähig – von Verbrennen kann wirklich nicht die Rede sein –, als er erfuhr, daß einige seiner Männer planten, übers Meer nach Kuba zu desertieren. Das durfte nicht sein; er brauchte jede Klinge und jede Kugel. Außerdem hätte der Gouverneur von

Kuba, der ja keine Ahnung von der Mission von Gefiederter Schlange hatte, große Schwierigkeiten machen können, wenn seine Anhänger in Cortés' Heer gerade in diesem Augenblick zu ihm gekommen wären. Er machte so schon Schwierigkeiten genug und hatte es nur auf Gold und Ruhm abgesehen.

Cortés setzte deshalb die Schiffe auf Grund und versteckte alle wichtigen Instrumente. Desgleichen wurden Segel und Rahen versteckt. Selbstverständlich konnte man die Schiffe binnen weniger Tage wieder fahrtüchtig machen. Mein Gebieter, der *capitán*, war viel zu klug, um sich in albernen Heldentaten zu ergehen. Aber nur eine Handvoll der richtigen Seeleute vermutete das. Die Soldaten wurden damals genauso genarrt, wie alle Welt heute genarrt wird.

Im Mond, Da Die Reifen Früchte Fallen – an einem Tag, den die Spanier den 16. August 1519 nannten –, brachen wir von Zempoala auf und zogen im Gewaltmarsch landeinwärts; an den Nordflanken des Sternbergs ging es in die Höhe. Der schneebedeckte Gipfel war an diesem Morgen in Nebel getaucht, keineswegs ein Willkommenszeichen. Ich flüsterte: »Großer Herr, bald werden wir auf deinen Schultern ruhen. Sei freundlich zu uns!«

Die Totonaken hatten eine umständliche Route durch zerklüftetes Land vorgeschlagen, jedenfalls nicht die Wege, die ein Schnell-Bote oder eine Händlerkarawane gewählt hätten. Aber diese wenig bekannten Routen würden uns weiträumig um die aztekischen Außenposten herum in das berggesäumte Land Tlaxcala führen, zu einem außerordentlich freiheitsliebenden Volk, das die Azteken immer wieder zu erobern versucht hatten. Doch an diesem Volk hatten sie sich stets von neuem die Zähne ausgebissen.

Wir boten an diesem Morgen ein prächtiges Bild. An der Spitze ritt eine schwerbewaffnete Vorausabteilung; dann kamen vierzig Totonaken-Krieger – reiche Herren in ihrem schönsten Kriegsputz. Ihnen folgten Vater Olmedo und Kaplan Juan Diaz mit einem Kreuz, das von Türkisen strotzte, die er irgendwie aus den Ohren und Nasen neubekehrter Zempoalaner herausgekriegt hatte. Hinter ihm, dort wo die Sonne auf Rüstungen,

Musketen und dem messingbeschlagenen Zaumzeug der Pferde schimmerte, flatterte das Banner des San Diego. Das blitzte und blinkte, wie es dem stahlgewandeten Troß eines Gottes durchaus anstand.

Ich versuchte, dies Bernal Diaz klarzumachen, der eine Zeitlang neben mir ging. Als er mein Spanisch endlich verstand, verzog er sein sonst so gewöhnliches Gesicht zu einem breiten, ansprechenden Grinsen. Und er sagte: »Nicht prächtig und hehr, Señora. Ich trage Schuhe mit Sohlen aus Schnurgeflecht. Und meine Kleider sind so oft gestopft und geflickt, daß ich wie eine Vogelscheuche aussehe.«

Dann erklärte er mir, was eine Vogelscheuche ist, und ich setzte sie auf meine lange Liste wunderbarer spanischer Erfindungen.

Cortés mal hoch zu Pferd, mal Mulitreiber am Zaum führend, war ständig in Bewegung, ritt an der Marschkolonne auf und ab. Zempoala ist der Ort der Zwanzig Wasser; Wildbäche rauschen aus den Bergen hinunter zur Stadt; im Moment führten sie sommerliches Hochwasser. An einer Furt hob Cortés mich neben sich aufs Pferd, das durch das schäumende Wasser platschte. Bei der Berührung seiner Hände mußte ich die Luft anhalten. Drüben setzte er mich ab und leistete einer zahnlosen alten Totonakin – der Sklavin einer der neuen Bräute – denselben Dienst.

»Kaltes Wasser ist schlecht für deine Knochen, Mutter«, sagte er. Obwohl sie kein Wort verstand, kreischte sie entzückt, hatte jedoch entsetzliche Angt vor dem Pferd; gleichzeitig war sie wie verzaubert von der Berührung des Gottes. Es war *der* große Augenblick in ihrem Leben. So war mein Gebieter, der *capitán*; kleine Aufmerksamkeiten dieser Art machten ihm Spaß, besonders, wenn sie unerwartet waren oder irgendwie nicht ganz passend.

Wir kamen durch mehrere Dörfer, doch überall waren die Bewohner geflohen, hatten all ihre weltliche Habe mitgenommen und sogar die Steingötter aus ihren kleinen Tempeln mitgeschleppt. Unser Ruf eilte uns von Zempoala kommend voraus; kein Mensch wollte etwas riskieren.

Als kalte Luft von den Gipfeln herunterkam, wurden die Spanier laut und ungestüm. Hitze bedrückte sie, um so erstaunlicher fand ich, daß sie selbst im Dschungel ihre Rüstung nicht ablegten. Kühle Luft war für sie belebend wie ein tüchtiger Schluck *pulque* – während der ersten Stunde waren sie regelrecht beschwipst. Irgendeiner stimmte ein Lied an, und bald sangen vierhundert Mann Balladen über Flüsse und reiche Länder. Ich liebte das Gelächter und die tiefen männlichen Stimmen.

Eine Weile saß ich im Schatten einiger Glockenblumenbüsche und ließ die Marschkolonne an mir vorüberziehen; ihr schlossen sich mehrere hundert totonakische Lastträger mit Vorräten und Gepäck an. Don Alonzo hatte mir einen Ballen Baumwollstoff geschenkt, und ich wollte sichergehen, daß dem nichts geschah. Außerdem wollte ich gern das Fohlen wiedersehen.

Das Füllen, ein erstaunliches Geschöpf, nur Beine und Augen, war das erste Pferd, das in der Einzigen Welt geboren worden war. Ich sah in seiner Geburt ein günstiges Zeichen, ein gutes Omen, daß spanische Pferde hier gedeihen und eine neue Tierart das Land bevölkern würde. Der Besitzer des Stutenfohlens, Juan Sedeño, nannte sie ihres zimtbraunen Fells wegen Canela, ich jedoch – der Blässe auf der Stirn wegen – Citli, Stern. Für mich war Citli ein ebenso hübscher wie origineller Name, bis ich erfuhr, daß jede zweite Stute und die meisten Huren in Kuba Stern genannt werden. Citlis Mutter entwickelte eine widernatürliche Abneigung gegen ihr Füllen, stieß es oft weg, wenn es versuchte zu saugen. Don Alonzo hatte gesagt, die Stute habe entzündete Zitzen, doch das werde bald vergehen und alles gut sein.

Während ich wartend dasaß, kamen die Frauen, die in Tabasco auf die Schiffe gegangen waren – eine Ewigkeit war das her! –, näher. Fern von ihrer Heimat, hielten sie nun gut zusammen und folgten dem Zug in festgesetzter Hackordnung wie ein Schwarm Stare. Blumen Tasche, die aggressivste von allen, führte selbstverständlich die Schar an, deren Zahl sich inzwischen halbiert hatte. Ein paar waren in Zempoala zurückgeblieben; andere, die schon Huren gewesen waren, ehe sie die Milchzähne verloren hatten, waren im Dschungel untergetaucht und hofften, an den Handelsrouten ihr Glück zu machen. Wirklich aus freien Stücken hatte keine der Frauen sich dem Marsch nach Tenochtitlan angeschlossen. Sie kannten die Gefahren.

Als sie an mir vorüberzogen, hielt Blumen Tasche sich die Ohren zu, um das Gesinge nicht hören zu müssen. »Schrecklich! Wie tausend Aras. So etwas bringen auch nur die Spanier fertig: singend zu Moctezumas Altären und Feuergruben zu marschieren.«

»Sie sind heute sogar noch merkwürdiger als sonst«, sagte eine Frau.

»Verrückter«, sagte Blumen Tasche. »Sie werden noch lachen, wenn sie über den Rand der Welt hinausmarschieren.«

Als ich dies hörte, haßte ich sie und war versucht, aus meiner Deckung herauszuspringen und sie Achtung zu lehren. Aber ich rührte mich nicht und wünschte ihr ein schlimmes Ende. Im Grunde konnte ich mir kein schlimmeres Schicksal vorstellen als das, was ihr, wie ich meinte, ohnehin blühte – sie würde sich bald von der Marschkolonne absetzen und bei irgendeinem Dorfbauern landen, der gefärbte Maiskolben im Haar trug. So würde sie den Rest ihres Lebens damit zubringen, die Beine breit zu machen, um seinen Samen zu empfangen oder die Frucht dieses Samens zur Welt zu bringen. Ich war wütend, wünschte ihr aber nichts wirklich Schreckliches.

Aber es ist gefährlich, einem Menschen Böses zu wünschen. Man weiß ja nie, wie machtvoll der Fluch ist. Jedenfalls fiel mir mein Fluch wieder ein, als Blumen Tasche später ein so grauenvolles Ende fand.

Ich vergewisserte mich, daß mein Tuchballen sachgerecht behandelt wurde. Gerade als ich dabei war, mich bei dem Träger zu bedanken, hörte ich bestürzte Rufe vom Ende der Marschkolonne, wo Citlis Besitzer, Juan Sedeño, und zwei weitere Reiter die Nachhut bildeten.

Sedeños Stute, die ihr Füllen nicht recht annehmen wollte, schnaubte und wieherte zornig, als Sedeño selbst versuchte, ihr die Sporen zu geben und sie den Hang neben dem Pfad hinaufzutreiben. Ich verstand weder seine Beschimpfungen noch, warum er so wild gestikulierte, doch einer der Lastträger, ein Sklave aus dem Süden, berichtete mir auf maya, was geschehen war.

Das Fohlen war an einer Stelle, wo der Weg sich um einen niedrigen Felsen herumwand, brav neben seiner Mutter hergetrabt. Plötzlich streckten oben drei Hirsche den Kopf aus dem Laub, das Füllen sah sie und sprengte davon. Schnell wie ein Kinkaju-Wickelbär hastete es den nächstgelegenen Hang hinauf, um sich den Hirschen anzuschließen und mit ihnen zu verschwinden, während seine Mutter und die anderen Pferde sich weigerten, ihm den steilen Hang hinauf zu folgen.

Viel später an diesem Tag, als wir am Ufer des Rotschlundflusses entlangritten, sah ich das Fohlen auf der anderen Seite des Flusses inmitten einer Herde von Hirschen grasen. Citli hörte zwar das Gewieher der anderen Pferde, trollte sich jedoch zusammen mit seiner neuen Familie und entschwand unseren Blicken. Die Totonaken sagten voraus, das Füllen werde Monstren hervorbringen, eine ungebärdige, wilde Brut mit der Unerschrockenheit und Kraft von Pferden und einem Hirschgeweih. Möglich erschien mir das schon.

Bevor der Nachmittagsregen einsetzte, schlugen wir unser Lager in einem breiten Tal auf, in dem Vanille und Koschenillekakteen üppig gediehen. Passionsfrüchte, deren Blüten heilig sind, wuchsen hier wild, und in der Nähe loderten ein paar Bäume von den flammenfarbenen Blüten einer Schlingpflanze. Fünf totonakische Lastträger kamen offenbar auf Anweisung von Cortés und errichteten aus geflochtenen Matten eine große Unterkunft und gaben mir dann durch Zeichen zu verstehen, sie sei für mich bestimmt. Diese Unterkunft war so geräumig und viel zu aufwendig für eine Nacht, daß ich sofort dachte: *Das hat er so eingerichtet; er will die Nacht hier verbringen.*

Das überraschte mich. Ich war darauf gefaßt gewesen, gerufen zu werden, nicht jedoch darauf, daß man mir einen Besuch abstattete. Seit Don Alonzos Abreise waren ein paar Tage verstrichen, und Cortés hatte kein persönliches Wort mit mir gesprochen. Wegen des Bündnisses mit den Totonaken hatte er Fetter Prinzessin ein paar Abende hintereinander etwas bieten müssen. Jetzt aber hatte er sie in Zempoala zurückgelassen; ich meinte daher, gut daran zu tun, mich vorzubereiten.

Die Stangen, die das Dach trugen, schmückte ich mit Nachtjasmin und hoffte, daß er keinen allzu schweren Duft verströmte. (Wohlgerüche hatten Don Alonzo zwar erregt, doch hinterher hatte er sich stets beschwert, der schwere betäubende Duft sei ungesund.) Außerdem sang ich beim Herstellen einer Bougainvillea-Girlande für den Türbogen still vor mich hin – etwas, das ich seit meiner Kinderzeit nicht mehr getan hatte. Der Eingang war schlicht, aber ich wollte nicht, daß der Raum aussah wie ein Brautgemach – jedenfalls nicht ganz. Aber so würde er ihm bestimmt Freude machen. Warum auch nicht?

Bei Einbruch der Dunkelheit stellten die Spanier Wachtposten auf, und mir fiel auf, daß auch die Männer, die dienstfrei hatten, den stählernen Brustharnisch nicht abnahmen. Cortés etwa auch nicht? Das war ein erschreckender Gedanke. Wie sollte ich all das tun, was ich mir vorgenommen hatte, wenn er seine Rüstung nicht ablegte? Selbstverständlich würde er das tun! Ich hängte eine Schlaufe an eine der Stangen, damit er die Rüstung rasch und mühelos daran aufhängen konnte und es keine peinlichen Augenblicke geben würde.

Während die Spanier ihre Schildwachen aufstellten, schickten die Totonaken vier Himmelbeobachter aus, welche die Zeichen der aufgehenden Sonne für uns deuten sollten, und diese Männer kamen bald zurückgeeilt, um zu berichten, ein großer weißer Reiher habe das Lager dreimal umkreist und sei dann am westlichen Himmel verschwunden. Die Azteken sind das Reiher Volk; ihre Zauberer stehen auf sehr vertrautem Fuß mit diesen Vögeln. Bei dem Reiher konnte es sich also sehr wohl um einen von Moctezuma ausgeschickten Späher handeln.

Ich nahm ein rasches Bad im Fluß; dabei hätte ich lieber die Dampfhütte benutzt, die die Totonaken bereits aufgebaut hatten, doch war die nur für Männer da. Dann flocht ich aus der Schlingpflanze mit den feuerfarbenen Blüten zwei Girlanden, ließ mich in der Unterkunft nieder und wartete.

Gegen Ende der Ersten Wache begann am anderen Ende des Lagers ein Festgelage; die Spanier feierten und sangen dabei dieselben Lieder, die sie schon heute morgen gesungen oder vielmehr gegrölt hatten. Der Mond schien; trotzdem zündete ich eine Kerze an, die den Raum mit einem schönen behaglichen Schimmer erfüllte. Kerzen waren immer noch etwas Neues für mich und hatten in meinen Augen etwas fast Magisches. Jedenfalls fand ich, es sollte eine Kerze brennen, wenn er kam.

Als die Zweite Wache endete, waren die Spanier ein wenig betrunken, und die Lieder wurden immer schleppender und gefühlsseliger. Selbstverständlich hatte Cortés bei ihnen zu sein. Überhaupt, nur Cortés konnte diese Feier organisiert haben, denn mit ihr wurden alle Regeln über spätes Aufsein und Trinkerei gebrochen. Hoffentlich ließ er mich nicht zu lange warten!

Ich blies die Kerze aus, machte mir Sorgen über sein Ausbleiben und wollte einiges von dem sanften Schimmer für ihn aufsparen – er gefiel ihm bestimmt. Er wußte dann jedenfalls sofort, daß dies ein besonderes Willkommen war.

Während ich dem Lärm des Gelages lauschte, ging mir auf, daß sich in den letzten paar Tagen mit den Spaniern merklich eine Veränderung vollzogen hatte. Bisher waren sie auf alles Neue erpicht gewesen und hatten sich vor nichts gefürchtet; jetzt jedoch marschierten und sangen sie, als gehörte ihnen die Welt. Jawohl, das war es: Die Welt gehörte ihnen. Als mein Gebieter, der *capitán*, die Schiffe auf Grund gesetzt hatte, war seinen Leuten keine andere Welt geblieben als die, in der sie sich aufhielten. Sie mußten sie sich wirklich zu eigen machen oder zugrunde gehen. Cortés hatte sie in Stahl verwandelt.

Noch als ich darüber nachsann, wurde mir klar, daß Cortés in dieser Nacht nicht zu mir kommen würde. Mit dieser Feier wurde das Ende des ersten Tagesmarsches auf der Reise ins Unbekannte begangen. Heute nacht gehörte er seinen Soldaten.

Und nicht nur heute nacht. Er gehörte vor allem und besonders erst mal ihnen. »Mach dir das klar und vergiß es nicht!« sagte ich laut.

Ich zündete die Kerze wieder an – nicht für ihn diesmal, sondern für mich, denn ich brauchte etwas Schönes zum Ansehen; doch auch wenn ich mich zwang, ganz in der Betrachtung der Flamme aufzugehen, fand ich keine Ruhe, denn in mir tobte ein Sturm. Ich wußte zwar, daß ich dem Gott gefolgt war, doch gleichzeitig verzehrte ich mich nach dem Mann, den er bewohnte. Ich wollte wie alle Bräute auf dem Rücken eines Heiratsvermittlers an seine Tür getragen werden. Ich sehnte mich danach, das rituelle Hochzeitsbad mit ihm zu besteigen; ich wollte ihm den Haushalt führen und dafür sorgen, daß er tagsüber glücklich war und nachts beseligende Erfüllung fand. Ich wollte all die ganz gewöhnlichen Dinge tun, für die ich bisher nichts als Verachtung übrig gehabt hatte.

Gleichzeitig aber wollte ich dem Gott bis an das Ende der Welt folgen, Berge mit ihm besteigen und in der Schlacht neben ihm stehen. Es verlangte mich wieder nach der Gegenwart jener Göttin, die mir zur Seite gestanden hatte, als ich mich an die Menschenmassen in Zempoala gewandt hatte. Die Göttin war nicht die Gefährtin der zufriedenen Ehefrauen, die den ganzen Tag Säuglinge nähren und dabei die Umhänge ihrer Männer besticken.

Die Kerze war tief herabgebrannt. Ich ließ den Blick durch den Raum schweifen, der fast ein Brautgemach war, sah die welkenden Girlanden, den Jasmin, der die Luft jetzt mit widerlicher Süße erfüllte. Ich kam mir gedemütigt vor. Ich hatte mich benommen wie die törichte alte Jungfer, die sich Tag für Tag anmalt und schön gekleidet vor ihrer Tür sitzt wider alles bessere Wissen hoffend, daß ein hübscher Jüngling sie anlächelt und sich von ihr bestricken läßt.

Ich nahm die Girlanden und schleuderte sie hinaus. Ich riß den Türbogen aus Schlinggewächsen herunter. Erwarte nichts, sagte ich mir, und du wirst nie enttäuscht. Das immerhin sollte ich inzwischen gelernt haben! Doch wie kann man leben, wenn man nicht auf irgend etwas hofft? Wenn Enttäuschung der Preis für Hoffen war, dann blieb mir nichts anderes übrig, als ihn zu zahlen.

Ich streckte mich auf meiner Matte aus und versuchte, den immer leiser werdenden Lärm der feiernden Spanier zu überhören. Jede aztekische Frau wie etwa meine Mutter hätte genau gewußt, wie man mit solch einem inneren Aufruhr fertig wurde. Sie hätte sich ein paar Kaktusdornen durch den Daumenballen gejagt, und der körperliche Schmerz hätte alles andere ausgelöscht. Vielleicht war es doch keine so sinnlose Sitte, wie meine Großmutter immer behauptet hatte.

Endlich schlief ich ein, und als ich plötzlich wach wurde, war so viel Zeit vergangen, daß das Lager bis auf die leisen Schritte der umhergehenden Wache still geworden war. Ich war mir nicht bewußt, geträumt zu haben, doch wußte ich, daß die Göttin mich im Schlaf irgendwie heimgesucht hatte. Gesagt hatte sie nichts, und auch ihr Gesicht hatte ich nicht sehen können, das war unter einer Kapuze verborgen gewesen; doch mit einer abschätzigen Handbewegung hatte sie mir zu verstehen gegeben, daß ich sehr töricht gewesen sei.

Ich hatte getan, was nicht zu tun ich mir immer geschworen hatte – hatte mich wie eine aztekische Ehefrau verhalten. Kein Wunder, daß ich mich genauso elend fühlte. Ich hatte meine Düfte und meine Blütenblätter zurechtgelegt und dann gewartet wie eine Blume, die Insekten fängt. Hatte gewartet, so wie Ehefrauen immer auf die Männer warten, die kommen und gehen, wie es ihnen gefällt.

Warum hatte ich nicht einfach meine Girlanden angelegt und an der Feier der Spanier teilgenommen? Ich gehörte genauso zum Heer wie jeder Soldat und war für Cortés' Erfolg weit wichtiger als die meisten von ihnen.

Wenn mir ein Mann in einer Stunde der Einsamkeit geholfen hätte – aber ich glaubte nicht, daß es so einfach war–, hätte ich ihn in jeder Himmelsrichtung gefunden. In der Nähe lagerten ein paar stattliche Totonaken und ein paar womöglich noch bessere Spanier. Und wenn mein Verlangen nur durch Cortés hätte gestillt werden können, hätte ich hingehen und ihm das rundheraus und unverblümt sagen sollen. Jeder Mann – gleichgültig ob Azteke, Maya oder Spanier – wäre das Problem direkt angegangen. Ich jedoch hatte untröstlich unter den Blumen gehockt.

Ich legte mich auf der Matte zurück; ich war vielleicht nicht zufrieden, aber zumindest ruhig und mir darüber im klaren, mich töricht verhalten zu haben, aber ich wußte, daß ich mich bei nächster Gelegenheit nicht wieder genauso töricht verhalten würde. Ich hatte etwas gelernt, und ich war entschlossen, dies für den Rest meines Lebens nie wieder zu vergessen; wenn man zuläßt, daß man wie eine Ehefrau denkt und wie eine solche handelt, läuft man mächtig Gefahr, auch wie eine solche behandelt zu werden.

Am Spätnachmittag des nächsten Tages erreichten wir das schönste Fleckchen Erde auf der ganzen Welt, die Stadt Sand Fluß, die die Spanier Jalalpa nennen. Ihre Stuckgebäude ducken sich auf einem Plateau von Wäldern und Weiden, grüner als Quetzalfedern. Nach Osten hin fällt das Land zum Dschungel und zum Meer hin ab, wohingegen es nach Westen Felszacken und Gipfeln entgegenwächst, die die weißen Türme der Götter sind. Wenn ich an Sand Fluß denke, denke ich an Orchideen und Schnee.
Im Triumph zogen wir in die Stadt ein, genauso, wie wir es später noch oft in anderen Städten tun sollten: Mein Gebieter, der *capitán*, hoch zu Roß und in blitzender Rüstung voran. Seine Standarte tragend, schritt ich neben ihm her – die stolze Gefährtin des Gottes. Danach kamen andere Reiter, andere Flaggen und die Priester mit den Kreuzen. Den spanischen Soldaten folgte unser Regiment von Totonaken-Kriegern, eine Truppe, die jetzt auf über tausend – vielleicht sogar auf zweitausend – angewachsen war, denn an jeder Wegkreuzung schlossen sich uns Männer aus den verbündeten Städten an.
Die Spanier waren so begeistert von der Vielzahl der Totonaken und deren Kampfbereitschaft, daß sie gar nicht merkten, welch kindliche Vorstellungen ihre Verbündeten vom Kriege hatten. Wie rührend stolz sie allein auf ihre albernen Waffen waren – quastengeschmückte Keulen, scharf geschliffene Knochen, die geschmückten Panzer von Meeresschildkröten, die sie als Schilde verwendeten und die so zerbrechlich waren, daß aztekische Schwertkämpfer darüber gelacht hätten. Die Totonaken zeigten stolz ihre Bänder und Farben, während ich ingrimmig darüber nachdachte, wie lange sie etwa an der Grenze von Jalisco standgehalten hätten.
Und doch hatten ihre Begeisterung und ihr Kampfesmut etwas Rührendes. Ich selbst war unter den härtesten Kriegern der Welt aufgewachsen, die wirklich kein anderes Interesse hatten als das Waffenhandwerk; es war rührend – vielleicht auch etwas traurig –, junge Männer zu sehen, die sich einbildeten, sie könnten das Reich Moctezumas mit einem angespitzten und vielleicht im Freudenfeuer irgendeines Dorfes gehärteten Stock in die Knie zwingen.
In Sand Fluß hieß uns eine jubelnde Menge willkommen. Ich

übersetzte die förmlichen Begrüßungen sowie die im Befehlston gehaltenen Worte über die Heilige Jungfrau und den König. Sie wußten, was ich wiederholen würde. Ich sah den Gesichtern der Stadtbewohner an, daß die Schnell-Boten bereits bis ins einzelne über die Spanier berichtet hatten, und ich hätte all meine Habe bis zum letzten Hemd, das ich am Leib trug, darauf verwettet, daß in den Tempeln kein steinerner Gott zurückgeblieben war. Selbstverständlich waren sie samt und sonders in der Nähe versteckt worden; nach unserem Abzug würde man sie wieder hervorholen.
»Im höchsten Tempel werden wir das Bild der Heiligen Jungfrau aufstellen«, sagte Aguilar glücklich.
Ich fragte mich, was die Jungfrau wohl davon hielt, von morgen an einen Tempel mit Der Mit Dem Schlangenhüfttuch zu teilen. Gewiß fanden sie Gefallen aneinander. Schließlich ähnelten sie sich so sehr, daß man sie für Schwestern, wenn nicht gar für Zwillinge halten konnte.
Meine Unterkunft wurde wie am Tag zuvor aufgebaut, nur ich selbst war heute so vernünftig, mich nicht um besondere Düfte und um Blumengirlanden zu kümmern; ich verstreute nur ein paar Blüten auf den Matten, wie jeder gebildete Mensch es machte.
Am Morgen drangen tränenreiche Abschiedsworte an mein Ohr; vermutlich waren sie nicht echt. Jedenfalls schickten die Spanier die meisten Frauen nach Zempoala zurück. Von nun an mußten wir uns auf unwegsameres Gelände gefaßt machen; außerdem hatten wir nur noch einen Tagesmarsch in befreundetem Territorium vor uns. Zweifellos gab es unterwegs andere, neue Frauen, die den Spaniern geboten werden würden.
Ziel des heutigen Tages war die befestigte Stadt Xico, ein totonakisches Raubvogelnest unmittelbar unter dem Rand der Welt. Oberhalb von Xico gab es weder Dörfer noch Gehöfte; nur Eidechsen leben in den grauen Felsen unter Bäumen, die vom eisigen Wind verkrüppelt sind. Der Anstieg bis hinauf nach Xico ist so steil und außerdem von Erdrutschen und herunterstürzenden Wasserläufen versperrt, daß nicht einmal Steuereintreiber sich dort hinaufmühen.
Die Pferde suchten Halt für ihre Hufe und rutschten und strauchelten, bis sie den letzten Hang praktisch hinaufgetragen werden

mußten. Nach Atem ringend und völlig aufgelöst, hielten wir Einzug in der Stadt, und mich erfaßte ein Gefühl der Vertrautheit: Kindheitserinnerungen regten sich in mir. Dann wurde mir klar, daß es sich hier um einen Grenzposten handelte, um die letzte zivilisierte Siedlung vor der Wildnis.

Wie in Sand Fluß waren uns auch hier die Nachrichten vorausgeeilt. In den Tempeln fanden sich keine Götter mehr, und den Priestern war das blutverkrustete Haar geschoren und die Haut so geschrubbt worden, daß sie geradezu poliert wirkten. Die vornehmsten Familien der Stadt schliefen heute nacht in Strohhütten und stellten ihre Häuser den spanischen Offizieren zur Verfügung. Ich selbst bezog wieder meine übliche Unterkunft, und ich war dankbar für die dichtgeflochtenen Matten, als nach Sonnenuntergang ein eisiger Wind vom Sternberg herunterfegte: kein gutes Omen; der Berg warnte uns, ihm näher zu kommen. Dabei hätte er sich die Mühe ersparen können, uns seinen Eishauch zu schikken; unsere Route morgen würde uns von ihm fort und zu seinem kleineren Bruder, dem Turmberg, führen. Zitternd lag ich auf meiner Matte und rollte mich zu einer Kugel zusammen wie eine Raupe; spät erst fiel ich in einen unruhigen Schlaf; ich war mir durchaus bewußt, daß dies unsere letzte Nacht unter Bundesgenossen war. Morgen drangen wir in ein Territorium ein, das unter aztekischer Oberhoheit stand; dort lag mit geschärften Krallen Moctezuma auf der Lauer. Ich konnte noch nicht lange geschlafen haben, als ein spanischer Soldat draußen meinen Namen rief und mich weckte.

»Tut mir leid, Euch zu wecken, Doña Marina. Aber der *capitán* braucht einen Dolmetsch.«

»Ja, ich komme sofort.«

Der Soldat hatte leise, fast im Flüsterton gesprochen, was auf irgendwelche Ränke oder auf Gefahren hindeutete. Ich erinnerte mich an das mitternächtliche Gespräch mit den aztekischen Tributeintreibern und schloß daraus, daß etwas Unerwartetes geschehen sein müsse.

Cortés hatte sein Hauptquartier im imposantesten Haus der Stadt aufgeschlagen. Schweigend winkte mir die Schildwache einzutreten, ich durchmaß rasch eine dunkle Halle, überquerte dann einen

Innenhof aus gestampfter Erde und ging auf eine Tür mit Vorhang davor zu. Als ein Wind aufkam, waren an den Rändern des Vorhangs Lichtstreifen zu erkennen. Es roch sehr stark nach Vanille im Haus; Körbe mit Schoten dieses Gewürzes waren an der Wand gestapelt.
Leise trat ich ein. Mein Gebieter, der *capitán*, saß allein am Tisch, und zwar auf seinem Holzstuhl, den ich für einen Thron hielt, weil der Sitz so hoch war. Auf diesem Möbel saß er, wenn er Würdenträger empfing. Der Stuhl war ein wahres Wunder: Die schweren Holzbeine, die Sitzfläche und die Armlehnen waren irgendwie gebogen worden; außerdem war alles zusammenklappbar, so daß ein Träger das ganze Ding flach zusammengelegt bequem auf dem Rücken tragen konnte. Ein weiterer derartiger Stuhl stand an der anderen Seite des Tisches. Der kleine Altar, an dem Cortés seine Gebete sprach, war von Kerzen in rubinroten Schalen matt erleuchtet, und seine Rüstung hing neben den Schlafmatten an der Wand. Da er sein Lieblingswams aus dunkelblauem Samt mit den kleinen goldenen Knöpfen trug, wußte ich, daß er wichtigen Besuch erwartete.
Ohne mich bemerkt zu haben, saß er über ein ledergebundenes Buch gebeugt da und las im Licht einer Hängelampe, die von einem der Schiffe stammte. Die Schatten machten seine Züge weich, und auch seine Brauen wirkten darin weniger streng. Schön wie Don Alonzo würde man ihn nie nennen, doch wie ich ihn so ansah, konnte ich wieder verstehen, warum Gefiederte Schlange sich Cortés als Wohnung ausgesucht hatte. Selbst wenn er entspannt war wie jetzt, strahlte mein Gebieter, der *capitán*, etwas Kraftvolles aus – selbst dann noch, wenn ich – wie heute abend – die Anwesenheit von Gefiederter Schlange im Raum nicht besonders deutlich wahrnahm.
Cortés sah auf und schien erschrocken, mich da stehen zu sehen. »Doña Marina, verzeiht. Ich habe Euch nicht eintreten hören.«
Ich neigte leicht den Kopf zum Gruß. Er stand auf und verneigte sich vor mir, etwas, das er in der Öffentlichkeit nicht tat. Mir war nicht wohl in meiner Haut, daß er meinetwegen aufge-

standen war. Das war eine spanische Sitte, an die ich mich nie gewöhnen würde. »Ein Bote sagte, Ihr braucht einen Dolmetsch, mein Gebieter«, sagte ich. Wenn er sich doch bloß wieder hinsetzte!

»Einen Dolmetsch? Nein, da hat er mich falsch verstanden. Ich habe Euch aus zweierlei Gründen hergebeten. Erstens möchte ich mich über die Dalcalaner mit Euch unterhalten.«

Ein neues spanisches Wort: Dalcalaner. Wann würde ich diese unmögliche Sprache endlich beherrschen? »Ich verstehe ›Dalcalaner‹ nicht, mein Gebieter.«

»Ich meine das Volk, dessen Land vor uns liegt. Die Feinde der Azteken.«

Da ging mir auf, wen er meinte. »Ach so, die Tlaxcalaner. So sagen wir das, Gebieter: *Tlaxcalaner*.« Ich hatte ihn korrigiert, ehe mir aufging, wie rüde das von mir war. Am liebsten hätte ich mir die Zunge abgebissen. Ihn jedoch störte das nicht besonders, er lachte in sich hinein. »Für Sprachen habe ich keinen Kopf. Als Schüler habe ich die Mönche zur Verzweiflung gebracht, als sie mir Latein einbimsen wollten. Ich will's noch mal versuchen.« Und dann sagte er genau wie schon zuvor: »Dalcalaner. Besser so?«

»Vollkommen, mein Gebieter.«

Er wiederholte es etliche Male und war zufrieden mit sich. Dann stellte er sich hinter den Stuhl in meiner Nähe. »Bitte, nehmt Platz, Doña Marina. Ich lebe jetzt schon so lange unter Soldaten, daß meine Manieren zu wünschen übriglassen.«

Vollkommen verwirrt, versuchte ich zu tun, wie mir geheißen, und überlegte dabei, was jetzt wohl mit mir geschehen würde. In seiner Gegenwart hatte ich mich immer um Anmut und Haltung bemüht – um die Haltung einer Königin, wie Dame Feuerstein Messer gesagt hätte. Wie sollte ich mich jedoch wie eine Königin betragen, wenn ich noch nie auf einem Stuhl gesessen hatte? Soweit ich wußte, gab es nirgendwo in der Einzigen Welt Stühle. Unsere Sitzgelegenheiten, das waren unsere Hacken. Gewiß, für hohe Würdenträger gab es Throne, doch das waren niedrige Hocker, den kleinen Schemeln ähnlich, die besonders überhebliche Maya-Männer beim Essen benutzten. Nun, es blieb mir nichts anderes übrig, als es auszuprobieren.

Vorsichtig ließ ich mich auf dem Hochsitz nieder; ich war überzeugt, daß das Ding umkippen oder zusammenklappen und ich in der Mitte eingeklemmt würde. Wenn es wirklich sicher war, warum hielt Cortés es dann hinten fest? Ich setzte mich auf die Kante, kam mir dabei jedoch linkisch vor und rutschte deshalb zurück. Ich versuchte, weniger verkrampft zu sein, doch war die Sitzfläche so tief, daß ich jetzt mit den Füßen nicht auf den Boden reichte, und das stürzte mich beträchtlich in Verlegenheit. Ich hielt mich daher an den hölzernen Armlehnen fest. Irgendwie brachte ich mich dazu, so auszusehen, als hätte ich mein Leben lang auf Stühlen gesessen.

Cortés nahm auf dem anderen Stuhl Platz, lehnte sich über den Tisch und lächelte. Ich versuchte, das Lächeln zu erwidern.

»Aber abgesehen davon, daß ich mit Euch über die Dalcalaner reden wollte, möchte ich Euch für Eure Hilfe danken. Besonders für die Rede, die Ihr in Zempoala gehalten habt. An jenem Tag wart Ihr mehr wert als alle meine Kanonen und die ganze Kavallerie.«

»Mein Gebieter ist gütig!« Ich schlug die Augen nieder. Wenn ich doch nur die Füße fest auf den Boden bekäme!

»Bis jetzt habe ich noch keine Gelegenheit gehabt, Euch zu danken. Und da dachte ich, heute abend könnten wir hier vielleicht das Nachtmahl zusammen einnehmen.«

Das Nachtmahl? Ich wäre fast vom Stuhl gefallen! Das war also die Nacht, auf die ich so lange gewartet, die Nacht, auf die Don Alonzo mich vorbereitet hatte. Und zu diesem Ereignis war ich in zerknitterten Kleidern hergeeilt, trug das Haar offen und hatte nicht einen Hauch von Zimt auf Lippen und Augenlider aufgelegt. Es war hoffnungslos mit mir!

An der Tür rief Cortés nach einer Ordonnanz, und diese stellte ein Tablett mit Speisen und bereits brennenden Kerzen auf den Tisch. Nicht einmal eine Schale mit wenig kunstvoll arrangierten Blumen fehlte – an so etwas denken Spanier für gewöhnlich nicht, es sei denn, es handelte sich um einen Altar der heiligen Jungfrau. Was das alles zu bedeuten hatte, war nur allzu deutlich.

Doch während wir gebratenes Kaninchen aßen – das ohne Chili-

pfeffer übrigens ziemlich fade schmeckte–, fragte Cortés mich sehr genau und anscheinend endlos über Tlaxcala aus.
»Vier Länder bilden die Republik Tlaxcala, und so wird das Reich auch von einem Viererrat regiert. Die großen Herren herrschen, und die kleineren Adligen haben Stimmrecht und erteilen Ratschläge«, sagte ich und hörte mich wie ein aztekischer Lehrer in einer Clan-Schule an. Ich rang mit Erklärungen und fand oft nicht die richtigen spanischen Wörter; immerhin gelang es mir, Cortés klarzumachen, daß die Tlaxcalaner ein strenges und bewundernswertes Leben führen, bei dem es hauptsächlich um Gesundheit, Stärke und den Dienst am Staat geht. Knaben und Jünglinge treten in harten Wettkämpfen gegeneinander an und stählen den Leib für den späteren Heeresdienst.
»Sie sind stolz. Sie haben nie irgend jemand Tribut gezahlt und rühmen sich, lieber ihr Leben hinzugeben, als den Azteken auch nur ein Maiskorn herauszurücken. Den Haß auf die Azteken saugen sie schon mit der Muttermilch ein.«
Cortés machte ein nachdenkliches Gesicht. »Das klingt nach den Römern aus der Zeit der Republik oder vielleicht sogar nach Spartanern«, sagte er, doch sagte mir das nichts. »Die Dalcalaner werden mir gefallen.«
Wenn das der Fall sein sollte, wäre er der einzige Nicht-Tlaxcalaner, der sie mochte. Die Tlaxcalaner waren notorisch ungeschliffen und großmäulig, betrachteten die Künste voller Argwohn und machten sich nicht das geringste aus der Dichtkunst. Ihre einzigen Lieder waren Kriegsgeschrei oder langatmige Balladen, in denen ihre Siege besungen wurden. Sie sprachen dieselbe Sprache wie die Azteken – das Nahuatl–, nur wurde daraus im Hals der Tlaxcalaner ein Bärengebrumm. Ihre Religion war gleichfalls wie die der Azteken, nur weniger extrem: jedenfalls waren sie nicht ganz so blutrünstig. Ich persönlich glaube allerdings, daß das nur der Mangel an Gelegenheit war.
»Sie sind allem Komfort gegenüber mißtrauisch und verbieten den Luxus; aber sie sind reich«, berichtete ich ihm und holte das letzte an Tatsachen aus mir heraus, was ich wußte. »*Tlaxcala* bedeutet ›Land des Brotes‹.«
Nachdenklich saß er da und nahm alles in sich auf, was ich gesagt

hatte. In der Hoffnung, womöglich noch kniffligeren Fragen aus dem Weg zu gehen, tippte ich auf das kleine Buch auf dem Tisch und fragte: »Was ist das, mein Gebieter? Ich weiß, es ist ein spanisches Buch, wie Vater Olmedos Meßbuch. Ist es auch eines?«

»Nein. Dies Buch ist nicht heilig wie das Meßbuch, aber auf seine Weise ist es fast genauso wunderbar.« Als er den Einband berührte, tat er das mit sanften, liebevollen Fingern.

»Sind es Geschichten von den Göttern? Ich meine natürlich von Heiligen?«

»Es erzählt von einem großen Krieger namens El Cid.«

»El Cid? Den Namen habe ich schon gehört.«

»Wirklich?« Eifrig lehnte er sich vor. »Wo? Erzählt es mir.«

»Die Soldaten singen Balladen, die von ihm handelten.«

»Ach ja.« Er schien enttäuscht. »Ihr habt also nur durch Spanier von ihm gehört, nicht von Euren eigenen Leuten.«

»Nur durch Spanier«, entgegnete ich und bedauerte die Antwort sofort. Warum erzählte ich ihm die Wahrheit, wo er doch offensichtlich etwas anderes hören wollte?

»Ich hatte gehofft, sein Ruf sei bis hierher gedrungen. Es sind wunderschöne Geschichten.«

»Ich würde sie gern kennenlernen.«

»Wirklich, Doña Marina? Jeder spanische Schuljunge wächst mit ihnen auf. Natürlich stehen nicht alle Geschichten in diesem Buch. Viele sind gar nicht aufgeschrieben worden, werden aber mündlich weitererzählt oder gesungen. El Cid hat uns Ehre und Pflichtgefühl beigebracht. Jeder Junge möchte El Cid werden, wenn er groß ist.«

Ihr auch? fragte ich mich. Irgend etwas an seiner Stimme verriet mir, während er mir die Geschichten erzählte, daß er El Cid liebte und bewunderte, seine eigenen Träume aber anders gewesen waren.

Das meiste von dem, was er über den spanischen Helden und größten Schwertkämpfer der Welt erzählte, verstand ich. El Cid hatte es als seine Pflicht betrachtet, alle Menschen zu töten, die keine Christen waren, und hatte das mit unvergleichlichem Erfolg getan. Durch Lug und Verrat hatte er für seinen König eine große Stadt erobert; und als ein andermal eine Stadt vor ihm die Waffen gestreckt hatte, brach er alle seine Versprechungen und ließ zu, daß seine Männer eine wahre Orgie an Mord, Vergewaltigung und Diebstahl feierten. Jetzt klang er mehr wie Moctezumas Vorgänger, Ahuitzotl der Zornige. Doch der Herrscher, dem El Cid so treu ergeben war, war womöglich noch schlimmer als Ahuitzotl, denn er ließ auch die übelsten Verleumdungen seines getreuen Dieners ungesühnt.

»Doch El Cid wurde in der Hingabe an seinen Souverain nie wankend«, sagte Cortés.

»Warum nicht? Er ist schlimm behandelt worden. Und ungerecht dazu.«

Cortés machte ein erschrockenes Gesicht. »Aber der König ist von Gott gesandt. Gott regiert durch ihn.«

»Das glauben die Azteken auch«, sagte ich und dachte an Ahuitzotl und Moctezuma. Trotzdem war es nicht das gleiche. In der Einzigen Welt hatten wir nie behauptet, daß die Götter gut oder freundlich oder gar liebenswert wären. Das einzige Attribut, das allen Göttern gemeinsam war, war die Macht, nichts sonst. Wir erwarteten nicht, daß die von ihnen ernannten Herrscher besser wären als sie. Da konnte man vom wohlwollenden Gott der Christen schon mehr verlangen.

»Hört Euch dies an«, sagte er, erhob sich und ging beim Vorlesen im Raum auf und ab. Ich rutschte auf meinem Stuhl hin und her und wäre am liebsten aufgestanden und neben ihm hergegangen, noch lieber hätte ich still an seiner Seite auf dem Boden gesessen. Er las eine Stelle vor, in der El Cid seiner Gemahlin und seiner Tochter Lebewohl sagt, die, soweit ich es mitbekam, recht schön waren. Aber ich wußte, daß Cortés nie solche Gefühle haben und niemals solche Worte sprechen würde. Er würde freundlich und höflich sein – aber was bedeutete Gefiederter Schlange eine Gemahlin: Mein Gebieter, der *capitán*, war größer als El Cid und ihm nicht sonderlich ähnlich.

»Er war alles, was ein Mann werden konnte«, sagte Cortés und legte das Buch aus der Hand. »Das Schwert seines Gottes und Königs.«

»Hat mein Gebieter noch andere Bücher?«

»Nur dieses und ein Gebetbuch. Aber in Kuba habe ich noch

eines, ein wunderbares Werk über einen Ritter namens Amadis. Irgendwann möchte ich Euch einmal von Amadis erzählen.« Wieder strich er liebevoll mit den Fingern über den Ledereinband. »Dies hier hat mein Vater mir geschenkt, als ich nach Salamanca auf die hohe Schule zog. Ein großzügiges Geschenk. Bücher sind selten und teuer, und mein Vater ist nur ein kleiner Landedelmann – kein großer Adliger wie Euer Vater, Prinzessin.«

Ich fand, daß der Titel für mich ein bißchen übertrieben war, aber es schien ihm Vergnügen zu machen, ihn benutzt zu haben.

»Auch wir haben Bücher, obwohl sie anders aussehen als dieses hier«, erzählte ich ihm. »Es gibt eine Bibliothek in Tenochtitlan, eine in Mani und noch viele andere. Aber genau angesehen habe ich mir bis jetzt nur ein einziges Buch. Das gehörte meinem Vater.«

»Eine Geschichte? Eine Abenteuergeschichte?«

»Naja... hm.« Ich konnte ihm schließlich nicht von dem Gott und der Frau erzählen, die sich auf dem Fluß treibend zärtlich liebten. Statt dessen wiederholte ich eine Geschichte, welche Dame Feuerstein Messer mir erzählt hatte und in der es um eine Kriegerprinzessin ging, die ihre Feinde vernichtete und einen Thron beanspruchte.

»Eine Kriegerprinzessin? Gibt es davon viele?« erkundigte er sich.

»Nein. Aber die Stadt Palenque wurde einst von einer Königin regiert, einer Kriegerin.«

»Aha, Amazonen«, sagte er erfreut. Ich verstand nicht, was er meinte.

»Gibt es denn in anderen Ländern keine Kriegerinnen, mein Gebieter?«

»Heute nicht mehr. Ich habe von einer Frau in Frankreich gehört, die in eine Rüstung gekleidet an der Spitze ihrer Truppen in die Schlacht zog und große Siege errang. Sie wurde die Jungfrau genannt.«

Flüchtig genoß ich die Vorstellung, eine Rüstung zu tragen, und stellte mir vor, hoch zu Roß in die Schlacht zu ziehen. An der Spitze von tausend Rittern griff ich an. Aber vorsichtig fragte ich: »Hat sie denn nach ihren Siegen als Königin regiert?«

»Die Jungfrau von Frankreich?« Er schüttelte den Kopf. »Nein.

Sie hat für ihren König das Land gewonnen, wie es ihre Pflicht war. Dann aber hat sie behauptet, die Stimmen von Gott und seinen Engeln zu hören, und so wurde sie als Ketzerin auf dem Scheiterhaufen verbrannt, als Hexe. Von der Inquisition, wie ich denke. Natürlich war das, was sie behauptete, teuflisch – verdammenswert.«
»Ja.« Ich sann darüber nach und nahm die darin enthaltene Warnung zur Kenntnis. Außerdem erinnerte ich mich an das, was Aguilar mir über die Inquisition erzählt hatte. Nie würde ich die Göttin erwähnen, die in Zempoala durch mich zu den Totonaken gesprochen hatte. Außerdem glaube ich nicht, daß eine Frau, die eine Rüstung trägt, Heere anführt und Siege erringt, sehr lange am Leben bleibt, gleichgültig, ob sie nun Engel hört oder nicht.
Die Lampe war herabgebrannt, und der Docht schwelte. Cortés stand auf und löschte sie. Im Kerzenschein schienen seine Augen zu leuchten, und als er auf mich herabsah, erhaschte ich einen Blick auf den Gott dahinter. Der Gott lächelte durchtrieben.
Daß er aufgestanden war, gab mir die Chance, ebenfalls von dem Stuhl loszukommen. Respektvoll die Augen niedergeschlagen und die Hände gefaltet, stand ich da. Das Schweigen schien kein Ende nehmen zu wollen. Der Wind raschelte am Vorhang vor der Tür, und eine Regenbö streifte das Dach.
»Ich habe Euch mit meinem Gerede lange wach gehalten, Doña Marina. Verzeiht. Ihr müßt müde sein.«
»Nein, mein Gebieter.«
Warum ließ er den Tisch zwischen uns, und wieso sprach er mit solcher Hochachtung zu mir? Vermutlich drückte sich seine Achtung vor dem Rang darin aus. Er behandelte mich wie eine Dame, ja wie eine Prinzessin und wollte sich nicht aufdrängen. Das war reizend und frustrierend zugleich.
Ich schob mich um den Tisch herum, hob den Blick, um ihm direkt in die Augen zu sehen und – jawohl, der Gott war da. Ich sagte: »Morgen marschieren wir in aztekisches Gebiet ein. Ich werde keine Angst haben, denn mein Gebieter steht an unserer Spitze. Ich hatte das Bedürfnis, Euch das zu sagen, wollte, daß Ihr das wißt.«
Sanft packte er mich bei den Schultern. Er lachte nicht, und

obwohl er leise sprach, klang seine Stimme heftig. »Wir werden dies Land erobern! Wir werden über Städte und Königreiche triumphieren, weil es Gottes Wille ist und wir seine Diener sind. Du weißt das, Marina?«

»Ich weiß. Ich habe es immer gewußt.«

Er zog mich an sich; gegen meinen Willen zitterte ich. »Willst du mich?« flüsterte er. »Du verdienst mehr, als ich dir geben kann. Ich gehöre dem König. Ich habe Gottes Werk zu verrichten. Und noch andere Versprechen gegeben. Verstehst du mich?«

»Ich verstehe.« Wollte er mir begreiflich machen, daß er nicht in dem Sinne mein Mann sein könnte, wie mein Vater der Mann meiner Mutter gewesen war? Selbstverständlich konnte er das nicht. Wer hätte schon so etwas erwartet? Wie in dem Buch war uns bestimmt, nur eine Zeitlang auf dem Fluß zu treiben. Seine Hand fand meine Brust, und er drückte die Lippen auf mein Haar. Ich zitterte. Mein Atem ging viel zu rasch, ich keuchte ein wenig wie eine ängstliche und doch willige Dorfbraut. Ich zwang mich, ruhig zu sein und einen klaren Kopf zu behalten. Ich mußte mich jetzt nicht nur an alles erinnern, was Don Alonzo mir von der spanischen Art beigebracht hatte, sondern auch noch an alle Künste des Blumen Prinzen, von denen ich von älteren Frauen gehört hatte.

Er ließ mich los und wandte sich ab, um die Kerzen auf dem Tisch auszublasen, was mir einen Moment Zeit ließ, mich zu fassen. Jetzt flackerten nur die Kerzen am Hausaltar noch rubinrot und warfen einen weichen Schimmer auf seine Wangen. Gleichwohl ragte er riesengroß im Dämmerlicht auf, ein Gigant, die grauen Augen so leuchtend und so zwingend, daß ich den Blick senkte, weil ich mich fürchtete, dem seinen zu begegnen, und Angst hatte, mein Zittern nicht zu beherrschen. Er war so viel größer als jeder andere Mann, so viel mächtiger.

Als er mich am Arm nahm, um mich zu den Schlafmatten zu geleiten, unterdrückte ich ein unwillkürliches leises Aufseufzen. Der Zeitpunkt war gekommen, die Stunde, auf die mich mein ganzes Leben vorbereitet hatte. Ich würde für ihn vollkommen sein. Ich würde so geschickt vorgehen wie eine Tempeltänzerin, deren Körper geübt ist, ein Werkzeug der Lust zu sein.

Schnell streifte ich die Kleider ab. Das ging ganz mühelos, dachte ich. Ich ließ mich durch seine Nähe nicht verwirren, und so zitterten mir auch nicht die Hände, als ich sie ausstreckte und die Verschlüsse seines Hemds löste. Einst, bei Don Alonzo, hatte ich ungeschickt daran herumgefummelt; jetzt sollte mich nichts hindern, und ich würde liebevoll aufseufzen, wenn meine Fingerspitzen seine Brust entblößten und streichelten. Ich wußte, wie es gemacht wurde.

Doch plötzlich schloß er mich in die Arme. Ich spürte, wie er sein Gesicht an das meine preßte – die flaumweiche, die federleichte Berührung des Gottes. Ich spürte seinen Atem, dann seine Lippen, die nicht brannten, wie ich es mir vorgestellt hatte, sondern warm und süß und sanft waren. Meine Erinnerung verschwamm, doch dann fiel mir ein, daß ich jetzt feucht die Lippen zu öffnen hatte, nur ein wenig zuerst, dann weiter, um ihn willkommen zu heißen, und dann ...

Er jedoch umfing mich, bedeckte meinen Körper mit dem seinen, löste mich in ihm auf, und all mein Können wurde wie von einer Flut hinweggeschwemmt. Ich *war* die Dorfbraut, die vor Lust aufschrie, vor Schmerz und Erfüllung. Wild klammerte ich mich an ihn, wußte nicht, was ich tat, doch war mir das egal; ich überlegte nicht einmal, was er von mir denken mochte oder ob ich ihm gefiel. In Gedanken hatte ich mich als Werkzeug seiner Lust gesehen; statt dessen wurde er zum Instrument der meinen; ich hatte gehofft, ihm zu dienen, das Begehren in ihm zu wecken und dann vielleicht sogar Taumel und Verzückung. Nie hatte ich gedacht, daß ich selbst in einen Strudel hineingerissen würde.

Nachdem wir uns allmählich beruhigt hatten und mein Denken zurückkehrte, merkte ich jedoch an seiner Berührung und an seinen sanften Küssen, daß, was immer ich getan hatte, irgendwie richtig gewesen war, daß trotz meiner Raserei, vielleicht sogar wegen ihr, mein Gebieter befriedigt war.

Jahre später fragte mich eine junge Frau einmal: »Wie liebt denn ein Gott?«

Da sie aufrichtig war, versuchte ich, ihr ehrlich zu antworten: »Wie ein Mann«, sagte ich. »Nur besser.«

Und doch war das nur ein armseliger Teil der Wahrheit. Den

Rest hätte ich ihr nicht erklären können, selbst wenn ich gewollt hätte.

In der Neunten Wache schlief ich neben ihm ein; es waren die letzten Stunden der Nacht, und ich hätte den tiefsten, zufriedensten Schlaf meines Lebens schlafen sollen. Aber ich erwachte in den Ruinen einer in Flammen stehenden Stadt, in der die Leichen, deren Haar und Fleisch im Feuer knisterten, hoch getürmt auf den Straßen lagen. Links und rechts stürzten in Wolken von Staub Hausmauern ein und ließen Kammern sehen, die zu Feueröfen geworden waren. Wenngleich tot, kreischten und schluchzten die Leichen noch. Ich versuchte, ihnen zu entkommen, und entfloh, wobei unter meinen Sandalen Blut aufspritzte. Ich lief die Stufen eines Tempels hinauf, stolperte und schürfte mir die Hände an den Steinstufen auf, doch als ich die Plattform oben erreichte, stellte ich fest, daß das Heiligtum genauso lichterloh brannte wie die Stadt unten. Von hier überblickte ich eine weite, trostlose Landschaft, Berge und große Seen, Wälder, die in schwelende Aschenglut verwandelt worden waren. Obwohl es Nacht war, kreisten am Himmel die Geier, sie waren die einzigen lebenden Wesen.

Vierter Teil

Die Heimkehr in sein Reich

13 Ciudad de México – Pfingsten 1564

Vor acht Tagen zuckte ein Blitz über einen klaren Himmel und schlug in das Holzkreuz auf dem Tepayac Hügel ein, der der Heiligen Jungfrau geweiht ist. Die Menschen bekreuzigten sich oder machten das alte Zeichen gegen das Böse; sie fragten sich, was jetzt wohl geschehen würde. Dann – nur wenige Stunden später, mitten in der Nacht – hörte man die Weinende Frau auf den Straßen schluchzen, daß es einen genauso eiskalt überlief wie in meiner Jugend, wenn sie kam, um die Azteken zu warnen.

Ich schlief, als sie sich dem Kloster näherte. Mir träumte, ich wäre wieder jung; mein eigenes Kind schrie, und so murmelte ich beim Aufwachen seinen Namen, um es zu trösten.

»Tepi, Tepi. Schlaf weiter, Liebling!«

Und das ist merkwürdig, denn ich habe ihn doch nur kurze Zeit genährt und ihn nur so selten schreien hören.

Plötzlich war ich hellwach. Ich erinnerte mich, daß Tepi tatsächlich geschrien, ich ihn im Arm gewiegt und ihm die Brust gegeben hatte, um ihn zu beruhigen. Ich stellte ihn mir jetzt vor, wie er in Ketten im Verlies schmachtete, und überlegte, ob die Weinende Frau wohl seine Hinrichtung voraussagte.

Ich betete nicht, aber ich ratterte sämtliche Flüche herunter, was inzwischen zu einer allnächtlichen Litanei für mich geworden war, obwohl ich manchmal die Wörter wechsele, wenn ich mir neue Mißgeschicke ausdenke, die meine Feinde heimsuchen sollen: In manchen Nächten wird der Vizekönig von einem Stachelschwein vergewaltigt statt von einem Kaktus, wachsen der Geliebten des Erzbischofs Reißzähne in der Möse und ertrinkt der Großinquisitor in Schweinescheiße.

Bevor die Weinende bei Morgengrauen verschwand, hatte sie vielleicht einem zwölfjährigen Jungen die Kehle durchgeschnitten – es wäre nicht ihr erster Mord gewesen. Das Opfer – ein Meßknabe von der Kathedrale – lag vor dem verschlossenen Portal der Kirche auf dem Steinpflaster hingestreckt. Es handelte sich um

den Enkel eines tlaxcalanischen Prinzen, der durch ein Dekret, von meinem Gebieter, dem *capitán*, vor einer Generation unterzeichnet, seinen Rang behalten hatte. Der Jüngling hatte vor kurzem einen Preis in Latein gewonnen, deshalb behaupten gewisse Leute, er wäre von Männern umgebracht worden, die noch den alten Göttern anhingen. Andere glaubten genau das Gegenteil: daß er nämlich das Opfer von Spaniern sei, die meinen, einer, der nicht in Spanien geboren wäre, könne Latein nur mit Hilfe des Teufels meistern.
»Mexikaner besitzen nur wenig natürliche Intelligenz«, erklärte die Mutter Oberin einigen Damen, die so taten, als klöppelten sie Spitzen im Garten. »Deshalb verleiht Satan ihnen die Fähigkeit, Ketzereien zu erfinden.«
Neuerdings hört man dieses Wort immer häufiger aus dem Munde von Spaniern: »Mexikaner«, und es klingt immer etwas herabsetzend. Der Name leitet sich von einem alten Wort her, das wir benutzten, um die Azteken zu bezeichnen; heute jedoch meint man damit jeden, der nicht rein spanisches Blut hat; das können auch Zapoteken oder Otomi oder Maya sein. Nun, warum nicht? Schließlich entsteht hier eine neue Rasse. Warum sollen wir nicht Mexikaner sein?
Jeden Tag bei Sonnenuntergang treffe ich mich am Brunnen mit der häßlichen Alten, die für mich spioniert; wir tun so, als schöpften wir Wasser.
»Ich bin hinter ein großes Geheimnis gekommen, meine Dame!« zischte sie mir zahnlos zu. »Der Marqués del Valle ist entlassen worden!«
»Unmöglich! Das würde zu Zusammenrottungen auf der Straße führen.«
»Er ist heimlich aus der Stadt geschafft worden. Er war gefesselt und mit einer Franziskanerkutte und -kapuze verkleidet. Fünfzig Berittene eskortieren ihn nach Veracruz, von wo aus er nach Spanien in See stechen soll. Er ist auf Lebenszeit verbannt.«
Auf Lebenszeit verbannt? Er war der rechtmäßige Erbe des Eroberers, der Spanien eine ganze Welt übergeben hat. Doch warum sollte mich das erstaunen? Ich hatte Schlimmeres für ihn erwartet. Hätte er vor einigen Monden nur mutiger zugeschlagen, so wie es

sein Vater getan hätte! Das ganze Land hätte sich erhoben und sich hinter ihn gestellt; dann wären wir heute ... was? Das Königreich Mexiko? Aber der Marqués ist nicht sein Vater!
Ohne meiner Stimme die innere Erregung anmerken zu lassen, fragte ich: »Und was ist mit seinem Halbbruder?«
»Der liegt noch in Ketten im Verlies.« Sie beugte den Kopf näher zu mir heran und flüsterte: »Überall sprechen die Leute Gebete für den Sohn von Gefiederter Schlange.«
Ich drückte ihr zwei Münzen statt einer in die Hand, und wir trennten uns. Ich kehrte in meine trostlose Kammer im Kloster zurück und versuchte zu verstehen, was geschah.
Warum ließen sie den viel gefährlicheren Sohn frei und hielten den anderen weiterhin gefangen? Vermutlich wagten sie nicht, einen richtigen Adligen umzubringen. Doch was war mit meinem Sohn? Da saß ich, starrte das häßliche Kruzifix an, das Gottesbild mit den Augen aus blauem Glas, und hatte das Gefühl, eine bessere Behandlung verdient zu haben.
Am nächsten Morgen ließ ich einen Tragstuhl kommen, um eine Tour durch die Stadt zu machen; denn ich werde sie bald tot oder lebendig verlassen, um nie wieder hierher zurückzukehren. Ich habe das Bedürfnis, bestimmte Orte, die für Höhepunkte meines Lebens stehen, noch einmal aufzusuchen, obwohl ich weiß, daß solche Besuche immer vergeblich sind und enttäuschend. Im Grunde begebe ich mich auf Geisterjagd und hoffe irgendwie, nicht nur Straßen und Gebäude zu sehen, sondern wie durch Wunder auch den Menschen zu begegnen, die sie einst bewohnten. Ob ich wohl einer Vision meiner selbst vor vierzig Jahren begegne, als ich noch voller Hoffnung und Torheiten war? Ach, diese junge Frau müßte sich schon einiges von mir anhören!
Ich engagierte also drei stämmige Otomi – zwei trugen die Sänfte, und einer war mit einer Keule bewaffnet, um Bettler und Händler abzuwehren. Oft sind die Händler nichts anderes als Diebe, die sich aus einem Fenster lehnen und so tun, als böten sie irgendwelche Waren feil; und dann reißen sie den verblüfften Vorübergehenden Ohrringe oder irgendwelchen anderen Schmuck ab. Wie ich mich nach aztekischer Ehrlichkeit sehne! Abgesehen von der Leibwache lieh ich mir noch ein Hackmesser

aus der Klosterküche und legte es auf das Kissen unter meinen Seidenfächer.

»Zum Hospital Jesus der Nazarener«, befahl ich den Trägern. Doch kaum waren wir drei oder vier Block weiter, blickte ich hinaus und rief den Männern zu: »Halt!«

»Hier, Ehrwürdige Mutter?« Sie setzten den Stuhl auf einem staubigen, offenen Platz ab, der einst ein Park gewesen war. Ich erkannte ihn nur, weil ein Kanal, der jetzt ausgetrocknet und mit Abfällen gefüllt ist, das Areal teilte. Zwei schwarzgesichtige und verrußte Köhler waren dabei, die Stämme der letzten abgestorbenen Bäume umzulegen.

Einer der Otomi half mir aus dem Stuhl – meine Gelenke scheinen in sitzender Haltung eingerostet zu sein –, und da stand ich nun und nahm die tote Landschaft in Augenschein, die zwar voller Erinnerungen war, aber ohne Geister. Hier ließ vor langer Zeit mein Gebieter, der *capitán*, Maulbeerbäume pflanzen; in jenem Jahr ließ er auch um die halbe Welt die wunderbaren Würmer herbeischaffen, die Seidenfäden spinnen.

Während der wenigen Jahre, da die Herrscher Spaniens ihn gewähren ließen und er machen konnte, was er wollte, vollbrachte er wahre Wunder, legte Obstgärten an, in denen Bäume wuchsen, deren Früchte nie zuvor jemand gesehen oder gar gekostet hatte: Äpfel, Kirschen und Pflaumen. Er schenkte uns Weizen und Zuckerrohr; er baute Mühlen, Gießereien, Werften, Brücken. Ich sah, wie die Welt sich veränderte, und in kurzer Zeit hätte es das legendenumwobene Tula sein können, als die erste Gefiederte Schlange hier regierte: das Land des Überflusses, in dem in wilden Hainen *tortillas* an den Bäumen wuchsen und Spinnen keine Spinngewebe, sondern feines Tuch in hundert Farben webten.

Heute sind die spanischen Edelleute und die aztekischen Überlebenden sich nur in einem einig: Sie alle haben nichts als Verachtung für meinen Gebieter übrig, in dem sie nur einen goldgierigen Freibeuter sehen. Dabei war er der größte Erbauer und Pflanzer, den unsere Welt je erlebt hat. Kein Wunder, daß die Menschen ihn immer noch verehren; und kein Wunder, daß sein Name immer noch ein Zauberwort ist, vor dem dieser Wurm von

Vizekönig zittert! Cortés hätte die Welt in die Gärten von Texcoco verwandelt.
Einst standen wir genau an dieser Stelle und bewunderten die neugepflanzten Maulbeerbäumchen; die fette Erde um sie herum war naß. Ich erinnere mich noch, wie das Sonnenlicht auf dem Kanal funkelte. Mein Gebieter war an diesem Tag ganz von seiner Zukunftsvision erfüllt.
»Wir werden mehr Seide haben als Kathay«, sagte er. »Seide wird genauso wichtig sein wie Zuckerrohr. Habe ich dir von den Weinbergen erzählt, die ich hier anlegen will?« Dann veränderte sich sein Gesicht, und obwohl er laut sprach, war es, als rede er mit sich selbst und nicht mit mir. »Wo sonst haben die Menschen jemals eine Chance gehabt, mit allem neu anzufangen? Wir können hier eine neue Welt schaffen. Wer weiß? Vielleicht wird ein kleines Paradies daraus?«
Aber die Maulbeerbäume sind abgestorben; die Gärtner, die sich um sie kümmerten, wurden fortgetrieben, um in den neuen Silberminen zu schuften. Die Habgier von heute läßt die Reichtümer von morgen verdorren. Jeden Mond kommen weitere Schiffsladungen gieriger Spanier in Veracruz an, für gewöhnlich zweitgeborene Söhne mittelloser Ritter, mit nichts als Löchern in den Strümpfen. Die glücklichen unter ihnen werden bald große Ländereien erwerben, die von Männern und Frauen bearbeitet werden, die nur dem Namen nach keine Sklaven sind.
Das haben wir nun von den Paradiesträumen meines Gebieters geerbt: diesen Schweinetrog für hochwohlgeborene Säue. Ich verfluche ihre ungeborenen Kinder. Blutegel, Maden, hoffärtige Rotznasen!
Verschwunden sind jedenfalls die blutverkrusteten Priester; und der Abfall stinkt weniger als die alten Tempel von Kolibri und Rauchendem Spiegel. Die Welt ist besser, als sie war, nur nicht mehr so schön.

Überall lag das Straßenpflaster voll mit toten oder sterbenden Pestopfern, so daß meine Sänftenträger nur bis auf zwei Bogenschuß an das Hospital Jesus von Nazareth herankommen

konnten. Reihenweise lagen die Leichen da, einige auf Matten oder Decken, die anderen einfach auf den Pflastersteinen.
Sie sagen, dies sei ein Pestjahr – aber das sind ja die meisten Jahre. Die Azteken behaupten, dieser Pocken genannte Fluch sei die Rache des Rauchenden Spiegels für all jene, die ihn verraten hätten. Die Christen wiederum behaupten, die Pocken seien eine Strafe für unsere Sünden. Wenn eine der beiden Behauptungen stimmt, warum habe dann ausgerechnet ich überlebt? Vermutlich sind diese Pockenteufel nahe Verwandte der Gefleckten Dämonen, die in meiner Jungmädchenzeit das Nest der Schlange entvölkerten. Sie müssen Verwandte sein – spanische Vettern, wenn man so will.
Ein von der Gicht gebeugter Franziskanermönch, noch älter als ich, humpelte mit einem großen Schöpfgefäß umher und besprengte die Toten und Sterbenden mit Weihwasser. Als er meinen Tragstuhl halten sah, kam er ächzend näher, um mit seinen Triefaugen durchs Fenster zu spähen. Beim Anblick meiner schwarzverschleierten Gestalt rief er den Trägern mit krächzender Stimme zu: »Schafft diese Leiche fürs Begräbnis direkt in die Kirche. Wir haben hier keinen Platz.«
Noch ehe ich irgendwelche Einwände erheben konnte, bespritzte er mich mit kaltem Wasser. *»In nomine Patri et ...«*
»Hundsfott, Priester!« fluchte ich hinter ihm her. »Ich piss in die Milch deiner Mutter! Piss auf ihr Grab!« Trotz aller Gicht – kniehoch sprang er in die Höhe!
Es ist unerträglich, *zwei*mal im Leben für eine Leiche gehalten zu werden!
Die Träger zogen sich mit dem Tragstuhl zurück, und als ich das Wasser abgeschüttelt hatte, bereute ich die Beleidigung und bekreuzigte mich. Schließlich habe ich Hochachtung vor den Franziskanern. Als die erste Schiffsladung von ihnen in Veracruz an Land ging, traten zwölf dieser Missionare barfuß die Reise über die Berge an und legten die dreihundert Meilen bis Ciudad de México zurück mit nichts weiter zwischen ihren dünnen Leibern und dem Regen als billigste Kutten aus kratzigem Stoff.
Mein Gebieter, der *capitán*, begrüßte sie genau an der Stelle, wo jetzt mein Tragstuhl stand, fiel auf die Knie und küßte den

ausgefransten Saum ihres Habits. Prinz Fallender Adler und andere aztekische Adlige standen in der riesigen Menge, die zuschaute. Sie waren erstaunt, weil die Franziskaner ausgemergelt waren wie Krähen und sich Gefiederte Schlange dennoch vor ihnen im Staub demütigte und ihnen mit Tränen in den Augen huldigte. Infolgedessen beugten die hohen Herren gleichfalls die Knie vor Männern, die nicht kräftiger aussahen als dürres Reisig. Die Brüder jedoch erwiesen sich des Willkomms würdig; ihretwegen hat sich das Leben der Menschen verbessert.

Doch warum sehe ich, wenn ich mich in dieser neuen Welt umblicke, immer nur aufgeblasene Gecken und keine Franziskaner?

Ich gab den Trägern Anweisung zu warten und humpelte zurück an jene Ecke, wo ich nochmals jenen Teil der Stadt überblicken konnte, der mir soviel bedeutet hat. Das klotzige Hospital ist alles andere als ein anmutiger Bau; es ist so häßlich, daß die Azteken es eine Beleidigung des Herrn der Schönheit nennen. Im Inneren jedoch gibt es prächtige Räume mit Zedernbalken; im Innenhof verströmen Orangenbäumchen ihren feinen Duft und werfen Sonnenkringel auf den Boden, während Brunnen über hübsche Steine plätschern. Der Innenhof wirkt so heiter, daß ich glauben könnte, er sei ein Abbild des Grünen Himmels, wüßte ich nicht, daß er nichts weiter ist als eine erbärmliche Kopie der Höfe Moctezumas.

Rauch stieg noch von den zerstörten Mauern Tenochtitlans auf, als mein Gebieter, der *capitán*, auf den Ruinen eine neue Stadt zu bauen begann. Noch war die Kraft, die ihn im Krieg unbesiegbar machte, im Frieden nicht erlahmt. Von morgens bis abends und manchmal sogar bis nach Monduntergang arbeitete er. Er trieb Maurer und Zimmerleute an, lobte und korrigierte, zeichnete mit einem Stecken die Umrisse neuer Gebäude in den Staub. Aus den Trümmern der alten hätte er mit seinen eigenen Händen eine neue Stadt errichten können.

Gott der Allmächtige, so sagte er, habe ihm für den König diese Welt anvertraut; deshalb müßten so schnell wie möglich Kirchen und Schreine errichtet werden; nur die Befestigungsanlagen hätten noch vorher fertig zu sein.

Eines Tages nahm Aguilar mich beiseite und sagte in besorgtem Ton: »Cortés ist unruhig. Der Friede vermag ihn nicht lange zu zügeln: Er sieht unglücklich und unzufrieden aus.«
»Das ist doch nur natürlich. Er ist frisch verwitwet; es wird von ihm erwartet, daß er Trauer trägt.« Als ob irgend jemand auch nur eine Träne darüber vergösse, diese Hexe losgeworden zu sein!
Aber ich wußte, daß Aguilar recht hatte. In manchen Nächten erhob Cortés sich von unserer Bettstatt und lief im Mondschein wie ein eingesperrter Ozelot auf und ab. Oft, wenn er Wein getrunken hatte, erzählte er mir wieder die Geschichten des Ritters Amadis, der Länder besuchte, von Zwergen und Riesen bevölkert, die ewig jung blieben, nachdem sie in Zauberquellen gebadet hatten. Seine Stimme klang sehnsüchtig.
Manchmal erschrak ich sogar bei Kerzenlicht, wie sehr er binnen eines Jahres gealtert war. Sein Bart war weiß gesprenkelt, die Augen lagen tief in den Höhlen. Mich packte dann Schmerz und Verwunderung. Nie war es mir in den Sinn gekommen, daß man die Augen von jemand abwenden könnte, den man liebt, um dann, wenn man wieder hinsah, festzustellen, daß er nicht mehr jung war. Damals hatte ich den Verdacht, daß Gefiederte Schlange sich aus ihm zurückgezogen hatte, um nie wiederzukehren. Doch wies ich diese Vorstellung von mir; ich verbannte sie einfach aus meinem Denken.
Frieden vermochte ihn nicht zu zügeln. Er beauftragte andere mit den Bauarbeiten, marschierte dann fort, um die Enden der Erde zu erforschen, trat seine zum Scheitern verurteilte Expedition durch den Dschungel von Honduras an, und dort, unterwegs, gestand ich mir selbst ein, daß der Gott ihn vollständig verlassen hatte und nichts zurückgeblieben war als Wahnsinn.
Während Cortés' Eroberungszügen schlief ich meistens an der Seite des Gatten, den er mir gegeben hatte, eines durchaus trefflichen Mannes; doch oft lag ich auch wach und fragte mich, wo Cortés jetzt wohl sein mochte. Ich sehnte mich, bei ihm zu sein. Nicht um der Macht willen, und bestimmt nicht wegen der Liebe, wie später die Balladen-Sänger behaupteten, sondern weil ich wie er war: Frieden konnte mich nicht fesseln, zumindest nicht lange.
Ich fragte mich, wonach Cortés eigentlich suchte. Nach den

Ländern, die Amadis in der Legende gefunden hatte? Er selbst hatte doch schon Reiche entdeckt, die viel wunderbarer waren als jene. Vielleicht wollte er sich bloß außer Reichweite des eifersüchtigen Adels und der Undankbaren von königlichem Geblüt bringen.

Jedesmal, wenn er in die Hauptstadt zurückkehrte, regte sich der Traum von einer großen neuen Stadt in ihm. Dann wuchsen neue Mauern empor und höhere Türme in den Himmel. Während dieser Zwischenspiele gründete er die ersten Hospitäler in unserer Welt, unter anderem dasjenige, das Jesus von Nazareth geweiht ist.

In dieses Gebäude wurden die Siechen und Bresthaften aufgenommen; hier betete man für sie und besprengte sie mit Weihwasser und ließ sie ein wenig zur Ader, ehe es mit ihnen zu Ende ging. Uns war nie die Idee gekommen, ein besonderes Haus zu errichten, das nur dazu da war, daß Menschen darin starben; deshalb war das Hospital etwas unerhört Neues für uns.

Später kam ich dahinter, daß das Hospital eigentlich genau dem Gegenteil dessen dienen sollte, was dort geschah; daß es sich um Stätten der Genesung und nicht des Sterbens handelte. Doch selbst wenn keiner von denen, die in diese Leichenhäuser hineingetragen wurden, hoffen durfte, auf eigenen Beinen wieder herauszukommen – die Absicht, die dahinter stand, war lobenswert, und es war besser, vor Wind und Wetter geschützt auf dem Fußboden des Hospitals zu sterben, als elendiglich irgendwo auf einem Abfallhaufen zugrunde zu gehen.

Leuten, die das erstemal hierherkamen, wurde erzählt, Cortés habe diese Stelle gewählt, um hier sein Haus der Barmherzigkeit zu errichten, weil er genau hier zum erstenmal Moctezuma gegenübergetreten war. In Wirklichkeit jedoch baute mein Gebieter hier aus einem ganz und gar persönlichen Grund – demselben Grund übrigens, der mich noch einmal hierher zurückgebracht hat.

Als mir klar wurde, daß die Geburt meines Kindes immer näher rückte, begab ich mich an den Huitzilan genannten Ort, fast im Herzen der verwüsteten Stadt, die nur wenige Monde zuvor zerstört worden war. In Huitzilan stand ein berühmter Tempel der Göttin der Kindsgeburt, und das seit Anbeginn der Welt. Die Mutter der ersten Inkarnation von Gefiederter Schlange, die Alles-in-Einem und Schwester von Dame Mond, besuchte diesen Inselschrein, als sie zum erstenmal spürte, daß sich Leben in ihrem Schoß regte. Ich konnte nur hoffen, daß der Tempel die Belagerung überstanden hatte.

Damals fühlte ich mich ständig hin und her gerissen zwischen Angst und überschwenglicher Freude, wußte ich doch nicht, ob ich durch den Menschenmann schwanger geworden war oder durch den Gott. Vor langer Zeit hatte eine Olmekin eine heilige Höhle aufgesucht und sich dort mit einem Gott vereinigt; später hatte sie ein Kind zur Welt gebracht, dessen Mund das reißzahnbewehrte Maul eines Jaguars gewesen war und dessen winzige Füße Krallen aufwiesen. Eine andere Frau, eine Maya, vereinigte sich mit einem Gott und gebar den Stammvater eines Clans von Flußzwergen mit Schwimmhäuten. Zwar war ich selbst überzeugt, daß mein eigenes Kind durch und durch heil und menschlich sein würde und vermutlich durch den Gott besonders schön. Aber ich hatte auch Angst.

Wie ich feststellte, war der Tempel dem Erdboden gleichgemacht worden, und die Priesterinnen waren geflohen. Doch unter dem eingestürzten Dach lag die schönste Statue, die ich jemals gesehen hatte, eine Göttin, deren Kind gerade eben hervorkam; ihr Gesicht zeigte den Ausdruck jenes Augenblicks, da der Jubel über den Schmerz siegt und das Leben über den Tod triumphiert.

Meine Diener retteten ihren zerschmetterten Altar aus dem Aschenhaufen, und da sie sehr klein war, fiel es nicht schwer, sie in dem Unterstand, den ich hatte bauen lassen, hinter einem Banner der Gebenedeiten Jungfrau zu verbergen. Über eine Woche lang lebte ich dort, sanft behütet von der Göttin und der Jungfrau.

Ich stellte Wachen auf, damit bis auf einen Bogenschuß kein Vogel und kein Tier herankam, auf daß das Baby sich nicht mit seiner eigenen Nabelschnur erdrosselte. Wie die Sitte es verlangt, hielt ich ein scharlachrotes Tuch und ein zerbrochenes Messer bereit. Zwei zu Schlaufen geknüpfte Stricke hingen von den Dachpfosten herunter, damit ich mich daran festhalten konnte, wenn meine

Zeit gekommen war; nur ordnete ich an, daß die Stricke bereits geknotet wären und nicht erst in meiner Gegenwart geschlungen wurden, was Unglück bringen konnte.
Eines Tages, als ich mich über irgendeine vernachlässigte Sicherheitsvorkehrung aufregte, mußte ich plötzlich an meine Mutter denken, und wie verzweifelt sie darum gebangt hatte, daß mein Bruder gesund zur Welt kam. Jetzt verstand ich ihre Gefühle und schaute ihr in die Seele. Eine Bürde an Zorn, die ich längst vergessen wähnte, schien mir plötzlich von der Seele genommen.
Makellos und schön war unser Sohn, als er geboren wurde. Cortés hob ihn aus seiner geflochtenen Wiege und sagte: »Wir werden ihn Martin nennen – nach meinem Vater.« Der Säugling packte mit seiner winzigen Hand Cortés' Finger. »Ein kräftiges Bürschchen für jemand, der noch so klein ist.«
Ich war stolz, daß mein Gebieter ihn nach seinem eigenen Vater nannte – ich sah darin eine Geste der Anerkennung. Etliche Jahre später, als mein Gebieter noch einen Sohn bekam, diesmal von seiner spanischen Gattin, nannte er auch diesen Jungen Martin und bewies damit aufs neue, wieviel dieser Name ihm bedeutete. Für mich persönlich jedoch war unser Sohn immer Tepi, was soviel heißt wie »Der Kleine«.
Mein Gebieter ließ den Blick auf den gewebten Matten und der gestampften Erde ruhen. »Warum hast du dich hierher zurückgezogen? Warum ist mein Sohn nicht in unserem Haus in Coyoacan geboren worden?«
Die Antwort hatte ich mir sorgfältig zurechtgelegt. »Ganz hier in der Nähe habt Ihr, mein Gebieter, und Moctezuma einander das erstemal begrüßt; es war die Begegnung zweier großer Rassen, zweier Völker. Auch in unserem Sohn begegnen sich die beiden Rassen, nur daß in ihm die beiden Völker zu einem Volk geworden sind.«
»Wir werden dafür sorgen, daß die Welt diesen Ort nie vergißt«, sagte er, kniete dann nieder, schlug das Kreuzeszeichen und sprach stumm ein Gebet zur Heiligen Jungfrau und der Göttin der Kindsgeburt, die sich hinter ihr verbarg.
Er gab seinem Sohn einen Kuß, schloß mich in die Arme und strich mir mit den Lippen über die Stirn. Dann stieß er einen

Jubelschrei aus und rannte zur Hütte hinaus. Laut rufend hörte ich ihn davongaloppieren.
Minuten später brüllte jede einzelne Kanone im Tal von Mexico auf, donnerte immer und immer wieder, während die neuen Bronzeglocken dröhnten. Und nicht alle Stimmen, die sich zur Feier des Tages erhoben, waren spanische Stimmen. Trommeln aus gebranntem Ton und aus ausgehöhlten Baumstämmen verkündeten ihre Freude, und die Trompeten aus Muscheln und anderen Hörnern schlossen sich ihnen an.
Ich wiegte Tepi auf den Armen, drückte ihn an die Brust und fühlte in seinem winzigen Körper und im Schlagen seines Herzens meine eigene Erfüllung.
Er war der erste Mexikaner.

Ich kehrte zu dem Tragstuhl zurück. »Geht. Tragt mich irgendwohin.« Als wir um die Ecke bogen, kam mir der Gedanke, daß die Gebeine meines Gebieters ihre letzte Ruhestatt im Hospital »Jesus von Nazareth« finden müßten, der Geburtsstätte seines Sohnes. Doch das ist so naheliegend, daß kein Mensch jemals auf diese Idee kommen wird. Nein, Cortés' Gebeine werden für immer in Texcoco modern, wo nachts wilde Hunde jaulen.
Die Sänftenträger blieben unaufgefordert stehen und kamen herum, um mir beim Aussteigen zu helfen. Sie hatten mich in ein weiteres Hospital gebracht; vielleicht dachten sie, ich machte die Runde durch die Pesthäuser. Oder meinten sie, ich bedürfte der Pflege dieses besonderen Spitals? Schließlich dient es der Behandlung jener Krankheiten, die empfindsame Seelen »von Venus geschickt« nennen. Pocken und Tripper. Auch das sind zwei spanische Vettern; manche freilich behaupten, es seien eingeborene Dämonen, die nach Spanien reisten und gekräftigt wieder zurückkehrten.
Dieses Krankenhaus trägt einen köstlichen Namen: »Hospital der Liebe Gottes«. Ich hob meinen Schleier und zwinkerte dem Träger, einem vierschrötigen Burschen, zu. »Du hältst mich also noch nicht für zu alt, mir was geholt zu haben? Soll ich den Teufel an dich weitergeben, mein Junge?« Er errötete und stam-

melte irgend etwas – das schönste Kompliment, das man mir seit Jahren gemacht hat.
»Nein, ich steige nicht aus, und du brauchst auch nicht einzusteigen. Bring mich in eine weniger liebe-volle Gegend.«
Kurze Zeit später fand ich mich im wahrhaft lieblosesten Viertel der Stadt wieder, dem Platz, auf den die Regierungspaläste, die Kontore der Anwälte und Verwaltungsbeamten hinausgehen. Es wäre ungefährlicher gewesen, in der Nähe der Pesthäuser zu verweilen! Just in diesem Augenblick kamen die Stadträte, die sich zusammengesetzt haben mußten, um irgendeinen neuen Schwindel auszuhekken, hintereinander über die Straße und versperrten mir den Durchgang. Ich starrte die Parade der Geier an: schwarz gefiedert, mit weißen Beffchen, glatzköpfig und mit Hakennase, trugen sie Wanst und Wamme vor sich her. Plötzlich wallte ein alter Zorn in mir auf, und ich schrie: »Wie könnt ihr es wagen, immer noch am Leben zu sein? Und weiterzuleben? Gezücht! Mönchskacke!«

Mein Gebieter, der *capitán*, starb in Spanien während seines zweiten langen Aufenthaltes dort. Genauso wie sein Held, El Cid, hatte er versucht, von einem König, der ihn wie Luft behandelte, Gerechtigkeit zu erfahren. Wer war denn dieser Emporkömmling Cortés? Ein Abenteurer ohne einen Tropfen blauen Bluts! Cortés war ein Beispiel, das bedrohliche Folgen zeitigen konnte.
Dann, zweiundsechzigjährig – und damit jünger als ich heute –, starb Cortés. Gewiß, er war bereits betagt – die meisten Menschen werden nicht so alt. Doch in ihm wirkte eine Kraft, die ihn hätte am Leben erhalten sollen. Wie es heißt, sollen Verzagtheit und Enttäuschung ihn geschwächt haben; er soll an Mutlosigkeit gestorben sein. Cortés und mutlos? Höchst unwahrscheinlich. Jedenfalls nie länger als zwei Tage.
Die Gerüchte waren ihm um sechs Monate vorausgeeilt; neue Hoffnung regte sich; Blutsauger würden den Menschen aus dem Fleisch herausgeschnitten werden; Massenmörder, einige davon abgrundtief böse, sollten der Gerechtigkeit überantwortet werden. Cortés' ehemalige Offiziere und viele von seinen gemeinen Soldaten hatten sich zu den allerschlimmsten Unterdrückern entwickelt. Und diese sollten bestraft werden.

Doch statt im Triumph heimzukehren, verschwand mein Gebieter durch den Schmalen Durchgang.
Als die Nachricht von seinem Tod mich im Frühling des nächsten Jahres erreichte, trauerte ich weniger um Cortés als vielmehr um die Welt, die seiner bedurfte, um sein Werk, das nun nie vollendet werden sollte. Mein persönlicher Kummer war längst vergangen, als ich wußte, daß ich ihn nie wiedersehen würde.
Ich empfand mehr Zorn als Trauer. Bald sah ich jeden, der meinen Gebieter ungerechtfertigterweise überlebt hatte, mit schelen Augen an. Ich sah Männer, die von morgens bis abends nichts weiter taten, als Pfeife zu rauchen. Mit welchem Recht schmauchten sie immer noch vor sich hin, während Cortés nicht mehr atmete? Ich ertappte mich dabei, wie ich nicht nur Schurken verdammte, sondern auch anständige Leute – und zwar bloß, weil sie einen Menschen, der soviel größer und nützlicher war als sie, überlebt hatten. Mit der Zeit faßte ich mich; ich fand mich damit ab, daß das Überleben ein Glücksspiel ist und es keinen Sinn hat, sich dagegen aufzulehnen, daß es ein Spiel ist, das häufig mit gezinkten Karten gespielt wird. Gleichwohl meine ich immer noch, daß es Menschen gibt, deren Langlebigkeit noch erschwerend zu allem anderen, was sie getan haben, hinzukommt.

Beim Anblick der die Straße überquerenden niederträchtigen Ratsherren flammte mein alter Zorn wieder mächtig auf und legte sich auch dann nur zum Teil, als der letzte von ihnen in diesem oder jenem Loch verschwunden war. Ein alter Gauner hockte an der Palastmauer. Ich warf ihm eine Münze hin und rief: »Was für eine Teufelei hat der Rat denn heute wieder ausgeheckt?«
»Sie haben dem Gesetz über den Besitz von Edelmetall zugestimmt«, antwortete er.
Diesem Gesetz zufolge darf niemand außer Spaniern mit Silber oder Gold umgehen; und das trifft insbesondere jene Handwerker, die seit Hunderten von Generationen wunderschönen Schmuck geschaffen haben. Der Erzbischof hat erklärt, der Umgang mit solchen Metallen könne sich als verderblich für die Seelen der »Indianer« erweisen.
Unsere Seelen sind also zu rein, um den Gefahren des Reichtums

ausgesetzt werden zu dürfen, zugleich aber auch so böse, daß wir den Einflüsterungen des Teufels ganz besonders leicht erliegen. Ich schließe daraus, daß eine Seele gerade soviel wert ist, wie jemand anders daran verdient, wenn er sie rettet.
Die Entscheidung der Ratsversammlung, die seit langem erwartet worden war, zeitigte rasch Wirkung. Kaum war mein Tragstuhl aus dem Schatten des Palastes heraus, als schon ein junger Mann Kopf und Arm durchs Fenster steckte.
»Ein Geschäft, die Dame!« Meine Hand fuhr nach dem Hackmesser. »Schaut Euch diesen wundervollen Anhänger an. Reines Gold!«
Er schwenkte eine bezaubernde Medaille hin und her – sie hing nicht wie bei den Spaniern an einer Kette, sondern an einem feinen Lederriemen.
»Und wessen Bild ist darauf eingeschnitten?« fragte ich.
»Das der Gebenedeiten Jungfrau – wessen sonst?«
Eine Lüge. Ich erkannte das angedeutete Gesicht der Unbekannten Göttin, die einst in Zempoala durch mich gesprochen hatte.
»Wieviel?«
Ich kaufte die Medaille und kehrte ins Kloster zurück. Dort nestelte ich mein Kleid auf und hängte mir den Anhänger um den Hals; dann knöpfte ich das Kleid wieder zu. Jetzt trug ich oben auf dem schwarzen Stoff ein Kruzifix und darunter eine Göttin. Das löste ein wohliges Gefühl in mir aus, das ich bereits kannte: wie damals, als ich Die Von Der Kindsgeburt hinter einem Banner der Heiligen Jungfrau versteckt hatte. So werden die Angehörigen meines Volkes es wohl immer halten, selbst dann, wenn im Lauf der Jahrhunderte die Göttin unsichtbar wird.

Ich bestellte mir Schokolade auf meine Kammer, und sie wurde mir von dem hübschen blonden Knaben, dem englischen Ketzerkind, gebracht. Er war bereits etwas aufgestiegen und leerte nicht mehr die Nachtgeschirre, sondern trug Tabletts und hatte den Spaniel in der Zuneigung der Mutter Oberin verdrängt – in ihrem Bett, wie ich hoffe, allerdings noch nicht. Für einen solchen Schock ist er noch zu jung.
Wir plauderten; aus Erfahrung weiß er alles über den Inquisitions-

kerker. »Wie steht es denn mit den Ratten?« fragte ich. »Sind sie nicht schrecklich?«
»Ach, eigentlich nicht«, sagte er und machte ein nachdenkliches Gesicht. »Im Grunde sind sie recht schmackhaft, wenn man ein Feuer hat, um sie zu braten. Nur roh schmecken sie abscheulich.«
Er macht sich immer noch Sorgen um seine Freunde im Gefängnis.
Ich sagte: »Wenn ich etwas zu essen kaufe, könntest du es deinen Freunden bringen?«
»Aber ja doch. Man braucht nur etwas, um die Wachen zu bestechen.«
Das wurde abgemacht. Ich habe noch einen Spitzel im Feindeslager.

Ich hätte gut schlafen sollen, doch kehrte ich im Geist immer wieder auf die Straßen zurück, die ich heute aufgesucht hatte; dabei bevölkerte ich sie nicht mit den Trunkenbolden und Ratsherren von heute, sondern mit den Soldaten von gestern, den Leuten, die uns von Lager zu Lager folgten, sowie aztekischen Adligen. Wenn man alt ist, kennt man sich eben unter den Toten besser aus als unter den Lebenden.
Gleichzeitig drängte sich mir immer wieder störend das bleiche Gesicht des englischen Jungen auf und erinnerte mich an einen gleichaltrigen, aber weit kindischeren Jungen. Mit der Zeit sind meine Erinnerungen verblaßt, und doch sehe ich immer noch Teile dieses Gesichtes – den Schmollmund, die unkindlichen haßerfüllten Augen. Zwar hat die Zeit sein Bild Gott sei Dank verschwimmen lassen, aber ich sehe ihn noch.

Es war in jenem Jahr 1524, daß mein Gebieter seine ganzen Eroberungen aufgab, seinem Reich den Rücken kehrte und gen Süden zog, angeblich, um den Verräter Olid im fernen Honduras zu bestrafen. Doch wer weiß, was er wirklich suchte?
Wir standen auf der Schwelle dieses unendlich ausgedehnten Morastes, eines Landes, das mich an eine riesige grüne Spinnwebe aus Schling- und Kletterpflanzen erinnerte. Und doch sind die Ränder dieser weitläufigen Falle so angenehm, so einladend.
Wir folgten den Windungen eines Stroms, von dem einige

behaupteten, es sei der Fluß aus dem Nest der Schlange, der sich hier durch Papaya-, Mandel- und Bananenpflanzungen hindurchwand.

Eines Tages erkundigte ich mich in einem Dorf, ob wir uns nicht in der Nähe von Painala befänden, denn roter Jasmin und Hibiskusblüten muteten mich heimatlich an.

»Diese Stadt gibt es nicht mehr«, erzählte mir eine Frau. »Sie ist vor Jahren von Gefleckten Dämonen heimgesucht worden. Alle darin sind gestorben.«

Dann waren sie also alle tot – meine Mutter, mein Bruder, Herr Lanzenträger. Immer wieder hatte ich flüchtig an sie gedacht. Wahrscheinlich hatten sie von mir gehört – gab es denn überhaupt einen Menschen in der Einzigen Welt, der nicht von mir gehört hatte? Nur konnten sie selbstverständlich unmöglich erraten haben, wer ich war. Ich hatte mir Begegnungen mit meiner Mutter ausgemalt, ein Wiedersehen mit meinem Bruder. Doch keine dieser Begegnungen, die ja nur in meinem Kopf stattgefunden hatten, hatte irgendeine Beziehung zur Wirklichkeit, und jetzt würde es überhaupt nie zu einer solchen Begegnung kommen.

Vor dem Aufbruch aus diesem Dorf ließ ich noch eine Messe für die Seele meines Bruders lesen und bezahlte einen ortsansässigen Priester der Göttin Verdrehter Blütenzweig, nach dem Abzug der Christen die Begräbnislieder für meine Mutter zu singen. Das war angemessen für Dame Iztac: Denn jene Göttin hatte früher Skorpione und Giftspinnen ausgeschickt, um ihre Feinde zu stechen. Wie Dame Iztac, war auch sie unversöhnlich.

Meine Mutter hatte schon vor langer Zeit aufgehört, meine Feindin zu sein, und zwar nachdem mir klargeworden war, daß sie eine ganz bestimmte Rolle in meinem Leben gespielt und mich auf den Weg zu Gefiederter Schlange gebracht hatte. Und das war ihr weder als Verschulden noch als Verdienst anzurechnen.

Doch die Nachricht vom Tod meines Bruders hinterließ eine große Leere in mir. Tepi war bei einer Amme zurückgeblieben. Nach meiner Rückkehr würde ich wieder Mutter sein, doch behalten konnte ich Tepi nicht. Cortés' Sohn sollte in Spanien erzogen werden, und mit diesem schwer zu akzeptierenden, weisen Entschluß hatte ich mich längst abgefunden. Ich hatte daran gedacht, meinen Bruder zu mir zu nehmen, eine Möglichkeit, aus der nun nichts mehr werden würde.

Wir zogen in ein anderes Dorf weiter und von dort wieder weiter. Es gab viel, worüber ich nachdenken mußte. Cortés hatte dafür gesorgt, daß ich Don Juan Xamarillo heiratete, einen spanischen Schiffskapitän, der mich zu einer anständigen Frau machte und mir darüber hinaus die Freude bereitete, meistens nicht daheim, sondern auf See zu sein. Er sollte mir ein großes Maß an Freiheit geben, konnte aber auch ein aufregender Gatte sein; gleichwohl konnte ich mir immer noch keine Zukunft vorstellen, in der ich die Gattin irgendeines Mannes wäre.

Außerdem machte ich mir Sorgen wegen der erschreckenden Stimmungen, denen mein Gebieter, der *capitán*, unterworfen war, und hatte Angst vor dem, was geschehen könnte, wenn er diesen angenehmen Rand des Dschungels einmal verließ.

Wir trafen in einer blühenden Stadt namens Jaltipan ein, einer unbedeutenden Siedlung aus dem alten Verwaltungsgebiet meines Vaters, das zu einem kleinen Regierungszentrum angewachsen war. Cortés hatte die Stadtväter wissen lassen, daß sich die Herren größerer Ländereien und die Dorfhäuptlinge versammeln sollten, um die christliche Taufe zu empfangen. Danach wollte er die Titel bestätigen, wie er es überall tat.

In dieser Nacht schlief er allein in dem frischgeschrubbten Tempel. Am Morgen versammelten wir uns dann auf dem öffentlichen Platz, um die Messe zu hören. Nachdem uns der Treueid geschworen worden war, tauften die Priester die über Nacht Konvertierten, indem sie sie mit Wasser besprengten, und zwar aus einer Muschel, die San Diego heilig ist – er war einst damit übers Meer gefahren.

Es bildeten sich zwei Schlangen – die eine aus religiösen, die andere aus zivilen Gründen, hier hielten Notare Taufen und Besitztitel schriftlich fest. Inzwischen gab es auch andere Dolmetscher, doch ich stand neben dem Stuhl meines Gebieters. Der Vormittag neigte sich bereits seinem Ende zu, als ich mich der Schlange der zivilen Bittsteller zuwandte und Dame Iztac geradenwegs ins Gesicht sah.

Offenen Mundes und mit weit aufgerissenen Augen sah sie mich fassungslos an, dann schüttelte sie den Kopf, als gälte es, ein Trugbild loszuwerden. Ich faßte mich bald und hob die Hände zur förmlichen Begrüßung. »Es gefällt Gott, daß wir uns wieder begegnen, Mutter.«

Immer noch fassungslos, stieß sie meinen Namen aus. Sie hatte etliche Zähne verloren, so daß sie älter wirkte, als sie in Wirklichkeit war. Tatsächlich sah sie so gebrechlich und so hilflos aus, daß sie mir plötzlich leid tat – was die letzte Regung war, die ich erwartet hätte. Doch was ihre Schwäche betraf, sollte sie mich bald eines Besseren belehren.

»Dann bist du das also! Du bist diejenige, von der soviel geredet wird. La Malinche, Doña Marina. Es hat sich also tatsächlich herausgestellt, daß du die Zerstörerin bist, von der wir immer gewußt haben, daß du es bist. Wieso wundere ich mich da, dich hier unter den Spaniern zu finden? Ich hätte es mir denken können!«

Sie drängte sich an mir vorbei und übergoß Cortés mit einem Schwall von Worten – dabei verstand der kein einziges Wort von alledem.

»Nur unter einem Vorwand hat man mich heute hierhergebracht; das ist nur ein Trick meiner verlogenen Tochter. Sie hat mich in die Falle gehen lassen, um Rache an mir zu nehmen.« Sie warf sich auf die Knie und küßte den Boden. »Glaubt meiner Tochter kein Wort, Malintzin! Sie ist schon fluchbeladen zur Welt gekommen. Es war nicht meine Schuld, daß sie entführt wurde.«

Dann fiel ihr ein, daß ihr vielleicht eine Erklärung nützen könnte – ich sah förmlich, wie sich dieser Gedanke in ihr festsetzte. »Das alles ist das Werk meines Gatten. Jawohl, meines Gatten. Ich habe nichts davon gewußt.«

Verblüfft und abgestoßen starrte Cortés sie an. Tragödien rührten ihn an, doch Melodramatisches verabscheute er. »Wer zum Teufel ist diese häßliche Alte?«

Ich schämte mich in keiner Weise; Dame Iztac hatte nicht das geringste mit mir zu schaffen. »Meine Mutter. Sie ist nicht ganz bei sich. Der Schock des Wiedersehens.«

»Deine Mutter? Du hast mir doch erst neulich erzählt, daß deine Mutter...«

»Tot sei? Ja, mein Gebieter. Doch das war gottlob eine falsche Nachricht.«
»Das freut mich für dich«, sagte er, nicht recht überzeugt, und versuchte, Dame Iztac anzulächeln.
Diese schöpfte Mut und erhob sich langsam. Ich sah förmlich, wie sie ihre Würde anlegte gleich einer unvertrauten Robe; so etwas wie aztekischer Stolz war ihr anzusehen.
»Du kehrst also im Triumph zurück, Ce Malinalli«, sagte sie. »Der Schmerz anderer ist dir wohl bekommen. Die ganze Welt redet davon. Nun, es war Schicksal.«
Hochaufgerichtet und fast schön stand sie in ihrem fadenscheinigen Gewand da. Herr Lanzenträger war vermutlich tot, sonst wäre sie nicht hier, um ihre Ansprüche auf den wenigen Besitz anzumelden, der ihr verblieben sein mochte – ihrer Kleidung nach zu urteilen, konnte es nicht viel sein. Selbstverständlich hatte Herr Lanzenträger sie verarmt zurückgelassen. Er hatte ja eine Zauberhand für Geld gehabt – er konnte es verschwinden lassen.
Als sie sich Cortés gegenüber als bedeutende Persönlichkeit ausgab, reckte sie den Kopf womöglich noch höher. Das war Herrn Lanzenträgers Stil – nicht der ihre. Zu mir gewandt sagte sie: »Welche Rache du auch an mir nehmen willst – sie trifft stets auch deinen Bruder. Er ist von deinem Fleisch und Blut.«
»Lebt er noch? Wo ist er denn?«
»Selbstverständlich ist er am Leben. Ich habe ihn behütet und beschützt.« Hoffnung flammte in ihren Augen auf. »Chimal! Komm augenblicklich her!«
Ein Knabe in der geflickten Kleidung des Jungadler-Ordens schob sich durch die Menge, rannte dann auf Dame Iztac zu und barg das Gesicht an ihrem Busen.
»Das hier ist deine Schwester, Liebling. Wir haben sie für tot gehalten, aber sie lebt und ist sehr berühmt, sehr mächtig. Begrüße sie wie ein kleiner Mann.« Als er nicht reagierte, wurde ihre Stimme plötzlich hart und scharf wie Feuerstein. Diesen Ton kannte ich noch. »Chimal!«
Das Gesicht, das er mir widerwillig zuwandte, kam mir nicht bekannt vor; es hatte weder etwas von meinem Vater noch von meiner Großmutter. Er hatte fleischige Lippen, einen Schmoll-

mund und ein schwaches Kinn. Er war ebensowenig der Bruder meiner Träume, wie Dame Iztac die Mutter meiner Erinnerung war.

Der Junge starrte mich an, sagte aber kein Wort. In seinem Blick las ich die vielen Geschichten von seiner bösen Schwester, die gnädigerweise gestorben war. Und spätere Geschichten, nicht von seiner Schwester, sondern von einer Hure, genannt La Malinche, einem Abgrund an Hinterhältigkeit und Verrat. Für ihn war ich diese beiden da; nie würde ich irgend etwas anderes sein.

Mir wurde bewußt, daß geklatscht und Hochrufe ausgebracht wurden, und als ich mich umblickte, sah ich, daß sich ein Dutzend Soldaten versammelt hatte. Murilla, Bernal Diaz und Lopez standen in der Nähe und lächelten mich an. Sie hatten die freudige Nachricht vom Überleben meiner Familie gehört und waren gekommen, um gemeinsam mit mir dafür zu danken. Das war der Stoff, aus dem ihre romantischen Träume waren: Die böse Mutter, die Prinzessinnen an Banditen verkaufte. Jetzt erwarteten sie die Schlußszene: Verzeihen und Versöhnung. Sie sollten nicht enttäuscht werden.

Ich erhob die Arme im Gebet und wandte den Blick himmelwärts. Leise, auf daß andere es nicht hörten, wandte ich mich an Dame Iztac: »Ich will dir nichts Böses. Unsere Begegnung war ein unglücklicher Zufall, keine Falle. Vergessen wir sie, so schnell wir können.«

Fast kamen mir die Tränen, als ich eine Goldkette vom Hals nahm und ihr umlegte. Dann streifte ich mir die Ringe von den Fingern und drückte sie ihr in die Hand – alle bis auf den Jadering, der ein Geschenk meines Gebieters war. Außerdem riß ich die Verzierungen ab, die an meinen Rock genäht waren, und gab sie meinem Bruder, der sie mißtrauisch betrachtete, als ob das Silber unrein sein könnte. Ach, er war wahrhaftig der Sohn von Dame Iztac, von der Wiege an mit Frömmigkeit gemästet. Da schenkte ich ihm ein kleines Vermögen, und er konnte sich bloß winden und scheinheilig lächeln.

Leise, aber sehr deutlich sagte ich: »Wenn du glaubst, daß ich dir da Truthahnscheiße gebe, brauchst du es nur abzulehnen.«

Er zögerte nicht einen Moment, es anzunehmen, ja brachte es sogar fertig, das Gesicht zu einem schiefen Grinsen zu verziehen. Ich schenkte ihnen meine Silberkämme, den Opalanhänger und die Türkisbrosche. Für Dame Iztac und Chimal war es genug, um jahrelang sorglos davon zu leben. Alle waren angemessen bewegt; die romantische Geschichte hatte geendet, wie die Soldaten es sich erhofft hatten.

Drei Tage später – wir waren bereits weit von Jaltipan entfernt – schickte ich Dame Iztac einen Schnell-Boten mit zwei Tonstempeln: dem Wappen meines Vaters und meinem eigenen sowie dem Namen eines Kaufmanns in der Hauptstadt, eines Mannes, der mit der Wahrung meiner Interessen beauftragt war. Er sollte Chimal Geld geben, falls es nötig sein würde. Chimal brauchte bloß ein mit den Stempeln bedrucktes Papier vorzuweisen.

Obwohl wir jahrelang nur vier Tagesmärsche voneinander entfernt lebten, sah ich weder Dame Iztac noch meinen Bruder je wieder. Dreimal – mit langen Abständen dazwischen – wurden meinem Vertreter Papiere präsentiert, gegen die er Geld gab. Eine Botschaft von Chimal war nicht dabei. Ich erwartete auch keine. Jetzt, da die Glocke im Kloster zum Heiligen Kind leise bimmelte, stellte ich mir vor, daß Dame Iztac immer noch am Leben war. Vor meinem geistigen Auge war sie diesmal nicht die von Betrug und Mißgeschicken gezeichnete alte Vettel wie bei unserer letzten Begegnung, sondern sah sie so königlich aus wie damals, als sie in Jalisco nackt getanzt hatte.

Ich stellte mir vor, daß ein Bote aus Ciudad de México eintraf. Er begrüßt sie und sagt: »Tragische Nachrichten. Euren Enkel Martin erwarten Folter und Tod von der Hand spanischer Richter.«

Sie nickt; ihr Gesicht bleibt unbewegt, verrät nichts von der Befriedigung, die sie erfüllt. »Von spanischen Richtern? Das mußte ja so kommen. Er ist ganz der Sohn seiner Mutter. Ach, diese goldgierigen Spanier!« Ihr edles Profil mit dem gereckten Kinn sieht sehr aztekisch aus.

Dann welkt sie dahin und verschrumpelt, wird zu der Frau, die mir in dem Dschungeldorf begegnet war. »Sagt mir, wenn er stirbt, gibt es dann etwas zu erben?«

Am nächsten Morgen mietete ich ein Boot, um die Stadt vom See und von den Kanälen aus zu betrachten, so, wie ich sie damals als Kind erforscht hatte. Diesmal nahm ich den Ketzerjungen mit, der Juanito hieß und mir Fliegenwedel und Sonnenschirm tragen sollte. Beim einzig zur Verfügung stehenden Boot am nächstgelegenen Kanal handelte es sich um einen reich mit Blumen geschmückten, grellfarbigen Kahn, der gerade von einer Brautfeier zurückgekommen war. Beim Einsteigen zertraten wir Rosen.

Als wir uns in den Schiffsverkehr auf dem See einreihten, müssen Juanito und ich schon ein sonderbares Bild geboten haben – eine Krähe von einer Nonne und ein Junge im Büßerhemd, die zusammen unter einem Hochzeitsbogen saßen. Doch kein Mensch guckte schief, denn es sah uns kein Spanier. Eines der vielen Dinge, die ich bei meinem Volk liebe, ist die Art und Weise, wie sie Ungereimtheiten und Merkwürdigkeiten akzeptieren. Sie nehmen keinen Anstoß daran, sondern amüsieren sich.

Heute ist ein Feiertag – Pfingsten –, da Flammenzungen auf dem Abendmahlstisch der Apostel tanzten; kein Wunder also, daß es heute von Feuerschluckern und Feuerjongleuren in Festtagsgewändern aus Papier nur so wimmelte. Matthäus, Markus, Lukas und Johannes paddelten an uns vorüber, trugen schreiend falsche Bärte und ließen ihrem Mund immer wieder Flammen entweichen. Ich wunderte mich, daß die falschen Bärte kein Feuer fingen.

Ganze Familien hatten billige Lustkähne gemietet, kleine Fahrzeuge, die unter dem Gewicht von einem Dutzend Erwachsenen und unzähligen Kindern fast sanken. Andere, weniger wohlhabende Familien drängten sich am Ufer, ohne dabei Spiele zu machen oder Aufführungen zu kritisieren, wie Spanier es tun müssen, wenn sie feiern, sondern sie genossen es einfach, ein Teil der Menge zu sein. Wenn wir mit vielen zusammen sind, wachsen wir über uns selbst hinaus, wir werden zu einem größeren Wesen, als wir es allein sind, und so leben die Leute genausosehr von Feiertagen wie von Mais – und das ist ein Glück heutzutage, denn der Mais ist knapp geworden.

Aber sie leben auch von Blumen. Eines Abends, ehe wir uns liebten und einschliefen, erzählte mir mein Gebieter, der *capitán*, von einem Helden – war es Amadis? –, der in ein fernes Land kam, in dem die Bewohner keinen Mund hatten und ausschließlich vom Blumenduft lebten. Ich dachte: *Und auch von der Farbe der Blumen. Die trinken wir mit den Augen.* Er sagte: »Es ist fast so, als ob die Menschen hier das auch könnten. Nie hätte ich erwartet, Krieger zu erleben – wilde Kämpfer, wohlgemerkt –, die mit einem Speer in der einen Hand und einem Blumenstrauß in der anderen in den Kampf ziehen.«

Jawohl, wir leben von Blumen. Es gibt kaum eine Hütte in der Stadt, in der nicht in einem gesprungenen Krug zumindest ein paar Ringelblumen ums Leben kämpfen.

Der Bootsmann lenkte sein Gefährt in einen schmalen Kanal, einen mit schlichten Herrenhäusern gesäumten Wasserweg, der mitten ins Herz der Stadt hineinführte. Ich hatte zwar nicht sonderlich aufmerksam zugehört, doch Juanito erzählte die Geschichte seines Lebens. Der Junge und ich haben etwas gemeinsam: Die ganz Jungen haben nichts weiter zu erzählen als ihre Lebensgeschichte, und die ganz Alten möchten nichts anderes erzählen.

Juanito war Kammersteward auf einem Schiff gewesen, das unter dem Befehl des englischen Piraten Sir John Hawkins stand, einem Ungeheuer, das afrikanische Sklaven nach Westindien brachte und sich dabei weder um das spanische noch das göttliche Gesetz kümmerte. Als Opfer eines Windes, den Gott hatte blasen lassen, war er in Veracruz gestrandet.

»Die Schwarzen wurden auf einer Insel verkauft, ehe wir Veracruz erreichten. Und zwar alle, bis auf diejenigen, die zu krank waren, die haben wir über Bord geworfen.«

»Ihr habt sie ertränkt?« Nicht das Ertränken, sondern der selbstgefällige Ton, in dem er das gesagt hatte, erschreckte mich.

»Ach, das ist schon recht. Schwarze haben keine Seele. Sie sind auch nicht die einzigen, die wie Menschen aussehen und doch keine sind. Auf dem Schiff hörte ich von Ländern im Norden voller Rothäute, die ebenfalls keine Seele haben und die man nicht mal dazu bringen kann zu arbeiten; also sind sie vollständig nutzlos. Wenn ich groß bin, will ich nach Norden segeln, alle Rothäute töten und ihr Gold und ihre Pelze mitnehmen.«

Ich wußte kaum etwas von den Völkern, die hinter den nördlichen

Wüsten wohnen, die Vettern der Chichimeken und Yaquis. Gott stehe ihnen bei, wenn die Engländer sie besuchen. Vielleicht können wir sogar noch von Glück sagen!
Vor uns wurde der Kanal von einer langen Reihe von Barken versperrt, auf denen das Seefeuerwerk für heute abend aufgebaut wurde. Diese Scheiterhaufen werden wie die Vulkane aus dem Wasser aufsteigen.
»Es heißt, es soll das größte Feuerwerk werden, das die Stadt je erlebt hat«, sagte Juanito.
»Nicht ganz.«
Wie ich in Gedanken immer wieder abschweife! Ich erinnerte mich sehr wohl an die größte Feier, die ich hier jemals erlebt habe, obwohl ich in jener Nacht kaum Gelegenheit hatte, es mir anzusehen. Da war ich mit einem viel ernsthafteren Problem beschäftigt.

Das war in dem Jahr, da die Welt zu der Überzeugung kam, daß mein Gebieter, der *capitán*, in den Dschungeln von Honduras umgekommen war. Raffgierige Neider hatten sich seiner Ämter und Güter bemächtigt; Woche um Woche wurden neue Verbrechen gegen das Volk ersonnen.
Dann tauchte mein Gebieter plötzlich wieder auf; er war nachts an der Küste gelandet. Ich war eine der ersten, die davon erfuhren, denn inzwischen hatte ich überall Spione sitzen und Boten, die auf meinen Befehl hörten. Ich reiste in die Hauptstadt, um mit meinem Gebieter zusammenzukommen, denn ich nahm an, daß er mich brauchte.
Das Land war wie in einem Fieberrausch. Gewöhnliche Leute, die schon seinen Tod betrauert hatten, glaubten, Gefiederte Schlange sei durch den Schmalen Durchgang zurückgekehrt so wie Jesus Christus, der Heilige Lazarus oder Moctezumas Schwester.
Cortés traf vor mir in der Stadt ein, und so sandte ich eine Nachricht ins Kloster des Heiligen Franziskus, in das er sich zurückgezogen hatte, und ließ ihn wissen, daß ich ihm am nächsten Tag meine Aufwartung machen würde.
Daß er sich in ein Kloster zurückzog, überraschte mich, obwohl es hieß, er werde nur eine Woche dort bleiben. Ich wußte, er wollte Gott dafür danken, daß er ihn aus den Dschungeln errettet hatte,

doch ein Rückzug in eine Mönchszelle? Große öffentliche Messen waren mehr sein Stil.
Er schickte mir keine Antwort, und während ich wartete, hörte ich alarmierende Neuigkeiten. Luis Ponce de Leon, ein spanischer Edelmann, der das Ohr des Königs besaß, war vor einigen Tagen in Veracruz gelandet und befand sich jetzt auf dem Weg in die Hauptstadt. Er war im Besitz von Urkunden, die der König selbst unterzeichnet hatte; es handelte sich also um einen königlichen Abgesandten, dessen Aufgabe es war, meinen Gebieter, den *capitán*, wegen Verrats und anderer Verbrechen vor Gericht zu bringen. Die Vipern am Hof zu Madrid sollten also den Tag erleben, um den sie so lange gebetet und für den sie so eindringlich ihre Ränke gesponnen hatten. Der Neid auf Cortés, den Sohn eines Niemands, nagte an ihnen.
Auf der Straße begegnete ich einem alten Freund, dem Soldaten Pablo Suarez. Ihn fragte ich: »Warum hat Cortés sich zurückgezogen? Ist er etwa krank?«
»Nein. Es sei denn, er ist an religiösem Übereifer erkrankt. Er ist ja schon immer fromm gewesen wie ein Bischof und nicht minder geil. Was für einen Empfang wir ihm bereiten werden, wenn er wieder rauskommt, Doña Marina! Mir selbst unterstehen zwei Kanonenbatterien, neue Geschütze aus Flandern. Nicht mal der Satan persönlich kann lauter furzen.«
Die Soldaten ehrten mich, indem sie mit mir nicht anders redeten als mit ihresgleichen.
Ich roch Gefahr; sie lag regelrecht in der Luft. Da war die nichts Gutes verheißende Anwesenheit des königlichen Abgesandten; dann der Umstand, daß Cortés mir keine Antwort geschickt hatte. Am späten Vormittag ging ich, ohne auf eine besondere Einladung zu warten, geradenwegs ins Kloster; weder Pforte noch Tür waren verschlossen; ich trat ungesäumt ein. Da ich herausbekommen hatte, wo der Gast sich aufhielt, eilte ich einen fliesenbelegten Flur entlang und kam dabei an der Hauskapelle vorüber, in der drei Männer – Büßer – mit nacktem Rücken knieten und sich auspeitschten. Sie waren viel zu sehr damit beschäftigt, sich zu geißeln, als daß sie mich bemerkt hätten. Es hatte sich, so scheint's, im Laufe der Jahre nichts geändert.

Im Vorraum standen zwei Meßgehilfen mit pickeligen Gesichtern Wache. »Ihr könnt nicht hinein«, sagte einer von ihnen.
»Nein«, sagte der andere. »Der Generalkapitän spricht mit Bruder Ortiz.«
Dieser Bruder Tomas Ortiz war mir bekannt. Mein Kamerad, Bernal Diaz, hatte mich gewarnt. »Hütet Euch vor diesem Priester. Er ist auf dem Schiff mit Ponce de Leon gekommen und ist mehr darauf aus, Politik zu machen, als Seelen zu erretten. Übrigens, einige von diesem Schiff haben die Cholera. Doch wenn Ortiz sie bekommt, ist das weiter kein Schaden.«
Ungeduldig wartete ich. Wenige Minuten später wurde Ortiz herausgelassen und rauschte an mir vorüber; offenbar lohnte mein dunkelhäutiges Gesicht keine besondere Aufmerksamkeit. Sein Augustiner-Habit war aus besonders feinem Tuch geschneidert, das wie ein Federumhang raschelte; ein juwelenstrotzendes Kruzifix hing ihm um den Hals. Mir fiel auf, daß er hämisch wegen des Auftrags grinste, den er soeben erledigt hatte. Während die Wachen vor Ortiz katzbuckelten, schlüpfte ich unangemeldet in den Empfangsraum.
Der langgestreckte Raum war selbst um die Mittagsstunde dämmerig – kein besonders anheimelnder Raum, genau der richtige Ort, um über Schicksal und Buße nachzusinnen. Mein Gebieter stand im Schatten und wandte mir den Rücken zu. Er war in Betrachtung eines Kreuzes versunken, das an einer Wand hing, wo eigentlich ein Fenster hätte sein müssen. Als ich das Schweigen nicht mehr aushalten konnte, sagte ich: »Mein Gebieter, ich konnte keinen Tag länger warten. Verzeiht mir die Ungeduld, mit der es mich nach Euch verlangte.«
Langsam und von meiner Anwesenheit nicht überrascht, drehte er sich um. Ich meinte, ihn lächeln zu sehen, doch war das in dem dämmerigen Licht schwer zu erkennen. Zwei Kerzen flackerten in roten Schalen auf dem Tisch. Ich erinnerte mich an jene erste Nacht in Xico; damals hatten zwei Kerzen vor dem Hausaltar gebrannt.
Wir sagten nicht, was sich gute Freunde oder Liebende nach langer Abwesenheit sagen.
»Es ist vorüber – aus und vorbei«, sagte Cortés zu mir. »Bruder

Ortiz hat mir das Schlimmste gesagt. Er hat um meinetwillen viel riskiert.«

Riskiert? Höchst unwahrscheinlich. Was führte dieser Mönch im Schilde? Wir saßen uns an entgegengesetzten Enden des Tisches gegenüber, und wieder mußte ich an Xico denken. Er, nehme ich an, auch. Was war nicht alles seither passiert!

»Bruder Ortiz hat mir mitgeteilt, wie man sich meine Zukunft vorstellt. Er hat dabei ein Gelübde gebrochen. Man könnte ihn dafür aufknüpfen.«

Ich fragte mich, ob das wohl stimmte. Ungezählte Männer sind aufgeknüpft, auf die Folter gespannt und gevierteilt worden, weil sie ihr Gelübde *hielten*, nicht, weil sie es brachen.

»Ponce de Leon hat Briefe vom König. Er soll das Kommando über das Land übernehmen, mich vor Gericht stellen und meine Ländereien konfiszieren. Und ja, noch etwas.«

»Und?«

»Mich wegen Hochverrats hinrichten.« Mein Gebieter wandte den Blick von mir ab. »Also endet die Eroberung Mexikos am Galgen – falls man mich nicht mit der Garrotte erwürgt. Der Bruder sagt, ich darf es mir aussuchen.« Ich war wie erstarrt und im Moment außerstande zu begreifen, was ich da gehört hatte.

»Jedes Gerichtsverfahren wird Eure Unschuld beweisen«, sagte ich und bemühte mich, ruhig zu klingen.

»Aber das Gerichtsverfahren ist doch nur eine Formsache. Die Entscheidung ist längst in Spanien gefallen.« Er hatte ein eingefallenes Gesicht, nicht nur wegen der Nachricht von eben, sondern von schlaflosen Nächten, in denen er sich mit der Frage herumgequält hatte, wann der Schlag erfolgen würde. Ich sah etwas, was ich zuvor nicht bei ihm gekannt hatte – Resignation, ja Schicksalsergebenheit. Ich dachte an Moctezuma und bemühte mich, nicht zu erschauern.

»Laßt diesen Ponce de Leon ergreifen«, sagte ich und bemühte mich um Festigkeit in der Stimme, um seiner Schwäche entgegenzuwirken. »Klagt ihn an, die königlichen Briefe gefälscht zu haben, und hängt ihn zehn Minuten später auf!«

»Die Briefe sind echt. Der König . . .«

»Nein. Fälschungen. Doch egal – der König wird sich eines

Besseren besinnen. Es wäre wahrhaftig nicht das erstemal, daß er seine Meinung änderte.«

»Ach, meine Liebe!« Er kam um den Tisch herum, lehnte sich dagegen und legte mir die Hände auf die Schultern. »Du beweist Mut, wie ich es erwartet habe. Aber weniger Klugheit. Bruder Ortiz hat mir mehr oder weniger denselben Rat gegeben, nur war er nicht so raffiniert wie du – auf die Fälschungen ist er nicht gekommen. Er sagt, ich solle Ponce de Leon ergreifen, ein Heer aufstellen und den König zwingen, Vernunft anzunehmen. Selbstverständlich bin ich nicht darauf eingegangen.« Cortés seufzte. »Was mag dieser Ortiz wollen? Will er Erzbischof von Mexiko werden?«

Ich erklärte: »Er hat recht, mein Gebieter. Handelt unverzüglich; schlagt zu, wie Ihr es früher getan habt.«

Im folgenden Schweigen spürte ich, wie sich ein Sturm zusammenbraute. Zum allererstenmal sprach mein Gebieter wütend mit mir. Nicht daß er die Stimme erhoben hätte; das war nicht nötig. Trotzdem fühlte ich eine Kraft dahinter, vor der Männer gezittert hatten. »Wie kannst du nur eine solche Meinung von mir haben! Denkst du etwa, ich trotzte meinem König? Versündige dich nicht und denk an dein eigenes Seelenheil, Marina, ehe du mich zum Verrat anstiftest. Dafür solltest du Gott um Vergebung bitten.«

Ich kam mir wie verurteilt vor – schuldig gesprochen und der Schande preisgegeben. Trotzdem fand ich, daß er unrecht hatte und töricht handelte. Warum sich dem Urteil eines Königs beugen, der sich von verlogenen Hofschranzen täuschen läßt? Doch Cortés' Vorwurf sprach mich schuldig, und ich ließ den Kopf hängen. Ich mußte daran denken, wie mein Vater stolz auf die Todesplattform hinaufgestiegen war. Er hatte ja gewußt, daß die Blütengirlande die Schlinge verbarg, mit der er erdrosselt werden sollte. Trotzdem hatte er sich mit keinem Wort gegen Moctezumas Ungerechtigkeit empört. Wie mein Vater konnte Cortés das ganze All bezweifeln, nicht jedoch das Wort des Königs.

Moctezuma war Gott. Genauso wie der heilige Carlos von Spanien. Ich hatte unzählige Menschen für ihre Treue in den Tod gehen sehen. Unverständlicherweise starben sie meist aus freien Stücken, wenn auch nicht immer glücklich.

Warum war ich anders? Noch während mir die Frage durch den Kopf ging, wußte ich die Antwort. Ich hatte mich Gefiederter Schlange ergeben. Infolgedessen war ich genauso wie jene, die ich nicht zu verstehen behauptete. Nur kannte ich natürlich die Wahrheit – und sie irrten sich.
»Verzeiht, mein Gebieter! Ich habe vorschnell gesprochen.«
»Vergessen wir, was du erwähnt hast.« Aber er wandte sich von mir ab. »Entschuldige mich jetzt. Morgen früh kehre ich in die Stadt zurück; es wird einen offiziellen Willkommensempfang geben. Später übergebe ich meinen Amtsstab dem Königlichen Sendboten.«
»Wird mein Gebieter mich später brauchen?« Wie sollte ich das, was ich sagen wollte, taktvoll ausdrücken? In solchen Dingen konnte er keine Unverblümtheit ertragen. »Ich könnte heute abend wiederkommen. Oder vielleicht morgen, nach den Feierlichkeiten ...« Ich beendete die Frage nicht; sein Schweigen war Antwort genug.
»Vielleicht ist es nicht so schlimm, wie Ortiz gesagt hat oder glaubt.« Es war fast, als ob mein Gebieter mit sich selber redete. »Dieses Gerichtsverfahren könnte sich als Segen erweisen, eine Gelegenheit, meinen Namen für immer reinzuwaschen. Warum sollte ich dem König nicht glauben?«
Es war ein Gebot der Klugheit, diese Frage nicht zu beantworten.
»Wann soll ich wiederkommen, Gebieter?«
»Das kann ich nicht sagen. Im Moment muß ich jedenfalls allein sein.« Selbst im Dämmerlicht mußte er die Verzweiflung in meinem Gesicht erkannt haben, denn er lächelte und sagte: »Komm zu mir, wenn dies vorüber ist. Wenn es ein Ende hat.«
Fluchtartig verließ ich das Kloster. Was meinte er damit: *Wenn es ein Ende hat?* Sollte ich nur im Tode bei ihm sein?
Am Seeufer zögerte ich und rang um Ruhe. Ich hatte schon so viel über diesen göttlichen König Carlos erfahren. Seine Mutter war schwachsinnig gewesen, konnte weder ihre Finger zählen noch sich die Schuhe zubinden. Der König hatte einen Dickwanst und einen noch mächtigeren Fettsteiß, so sehr war er der Freßgier erlegen. Er hatte den Papst bestochen, daß dieser ihn vom Fasten entband; infolgedessen schlug er sich sogar am Freitag und vor der

Heiligen Kommunion den Bauch mit Fleisch und Aalpasteten voll und rasselte seinen Rosenkranz zwischen Schlucken Wein und Rülpsern herunter. Während dieses Schwein sich mästete und vollaufen ließ, hatte Cortés am Strand und im Dschungel gehungert.

Ich wußte, daß König Carlos den Tod spielte und seine eigenen Trauerfeierlichkeiten einübte, samt Trauergemeinde, Gesängen und Hunderten von Wachskerzen. In ein Leichentuch gehüllt, lag er im Sarg und war so bei seinem eigenen Begräbnis der traurigste, aber auch am wenigsten entsetzte Trauernde. Da war jeder aztekische Herrscher – Ahuitzotl, genannt »der Zornige«, nicht ausgenommen – besser gewesen.

Ich kletterte in mein Boot, stieß den helfenden Arm meines Dieners zurück und wußte eines ganz genau: Cortés würde nichts zu seiner Rettung unternehmen. Deswegen mußte ich schnell und entschlossen handeln. Flüsternd betete ich zu der Göttin, mir Weisheit oder zumindest Schläue zu schenken, erwartete jedoch keine Antwort von ihr – sie hatte sich schon zu lange in Schweigen gehüllt.

Mein Boot glitt im Sonnenlicht über den See auf die Stadt zu. Ich sah alles mit großer Klarheit vor mir. Bruder Ortiz war ein Ränkeschmied, den die Feinde meines Gebieters gekauft hatten. Warum glauben, was er so freimütig enthüllte? Vielleicht stachelte er Cortés nur zur Rebellion auf; und wenn dem so war, hatte er Ponce de Leon bereits bestimmt gewarnt. Wenn mein Gebieter nach einem solchen Köder nicht schnappte, konnte er damit durchaus recht haben – wenn auch aus den falschen Gründen.

Meine Gedanken kreisten um Ponce de Leon. Von ihm wußte ich bisher nur wenig, nur das, was alle Welt wußte. Sein Vater war mit Kolumbus übers Meer gesegelt, hatte später Puerto Rico erobert und war auf der Suche nach dem sagenumwobenen Brunnen der ewigen Jugend in irgendeinem unzivilisierten nördlichen Land gestorben. Noch ein Spanier, dem romantische Ideen den Kopf verdreht hatten.

Ponce de Leon war Rechtsgelehrter, was schon Grund genug war, Argwohn zu erwecken.

Noch ehe das Boot in Coyoacan anlegte, wußte ich, was ich zu tun hatte.

Zwei Geier Wolfspfote hockte auf dem schmutzigen Boden seiner elenden Hütte und funkelte mich aus seinem einen, ihm noch verbliebenen Auge an. Das andere war ihm seit unserer letzten Begegnung ausgestochen worden, wahrscheinlich während der vergeblichen Verteidigung von Moctezumas Palast.
Der Duft schwelenden Copalharzes in seiner Hütte ließ mich kaum atmen; es gab auch keinerlei Beleuchtung, nur eine schmale Dame Mond berührte ein gähnendes Loch im Dach. Das eine Auge des Zauberers glomm im Dunkel wie das einer Eule, als er mich – voller Haß – betrachtete. Ich hatte viel dazu beigetragen, ihn in diese Armut zu stürzen. Gleichwohl mußte er jedem gegenüber, der für seine Dienste zu zahlen bereit war, Dankbarkeit heucheln. Er lebte verborgen vor den christlichen Priestern und führte das heimliche Leben einer Eidechse in einem Steinhaufen. Seine Frau, eine Schlampe, welcher der Hunger ins Gesicht geschrieben stand, hätte mir auch die Tür gewiesen, hätte ich nicht vielsagend mit Münzen geklimpert. Jetzt hockte sie hinter einem zerrissenen Vorhang und spitzte die Ohren. Ich konnte gerade noch ihre Füße mit den entzündeten Ballen unterhalb des Lumpens erkennen.
Draußen in der Stadt feierte die Stadt wie verrückt, jubelte über Cortés' Rückkehr, wenn auch ein paar Spanier behaupteten, ein Teil des Gejohles sei für den Königlichen Sendboten, Ponce de Leon, bestimmt.
Herr Wolfspfote und ich ignorierten den Tumult; ich selbst war nur dankbar, daß mein Besuch in der allgemeinen Verwirrung unbemerkt bleiben würde. Ich mochte mich nicht allein auf meine Vermummung verlassen – ich trug eine Maske mit einem Kranichschnabel, wie die Spanier sie tragen, um die Pest abzuwehren.
Der Zauberer drückte seine knochigen Finger an die Schläfe. Hinterm Vorhang flüsterte es: »Wieviel kann sie bezahlen?«
Er sagte: »Habe ich richtig verstanden? Ihr wollt, daß ich einen Fluch auf diesen Ponce de Leon beschwöre. Einen Fluch, der schnell und tödlich wirkt.«

»Jawohl, schnell. Ich zahle nicht dafür, daß er langsam an Altersschwäche dahinsiecht.« Der Königliche Sendbote hatte bereits verkündet, daß der Prozeß gegen Cortés in fünf Tagen beginnen würde.

»Ist Euch daran gelegen, einen ganz bestimmten Dämon zu beschwören? Ich kenne deren viele. Erzböser Moder Knochen, Teufel Herr Aas ...«

»Herr Aas kostet mehr«, ließ sich dringlich flüsternd die Stimme vernehmen.

»Mir geht es um einen bestimmten Dämon, allerdings weiß ich seinen Namen nicht«, antwortete ich. »Er war an Bord des Schiffes, das Ponce de Leon hergebracht hat. Dort hat er bereits etliche andere Reisende angefallen. Warum nicht Ponce de Leon?«

»Ein spanischer Dämon?« Wolfspfote erschauerte. »Das ist schwierig und gefährlich. Dafür müßt Ihr extra bezahlen.«

»Das Doppelte!« wisperte es hinter dem Vorhang.

»Ich werde das Doppelte bezahlen.«

Er verbarg seine Freude. »Das ist sehr weise von Euch. Es ist besser, einen Dämon zu beschwören, von dem man bereits weiß, daß er umgeht. Sonst könnten die Leute argwöhnisch werden, grobe Mittel vermuten, wie zum Beispiel Gift.«

Daß er überhaupt kein Blatt vor den Mund nahm, enttäuschte mich; ich hatte geglaubt, er sei zu gerissen, dieses Wort auch nur zu erwähnen. Wir hätten auf hohem Niveau über nichts anderes reden sollen denn geistige Heimsuchungen.

»So geht der Teufel zu Werke«, sagte ich. »Das Opfer klagt über Fieber und Kopfweh ...« Bis ins einzelne schilderte ich die Wirkung der Seuche, die an Bord des Schiffes umging, mit dem auch Ponce de Leon gekommen war; eine Krankheit namens Cholera. Ich fragte mich, was für einen Absud Wolfspfote wohl brauen mochte, um die Symptome zu verdoppeln.

»Ich erkenne diesen Teufel.« Er schloß die Augen; die Glut darin schien erloschen. Funkelte dies Auge von selbst so, oder gab es auch dafür einen Trank? »Erzählt mir von diesem Spanier, damit ich auch die richtigen Gesänge auswähle.«

»Zum Frühstück trinkt er Schokolade, die allerdings nicht von seinem Koch zubereitet wird, sondern die er von einer Garküche

am Markt kommen läßt. Während er sich ankleidet und parfümiert – vorm Baden hat er einen heiligen Horror –, kühlt die Schokolade in einem Becher auf der Terrasse aus. Jeden Abend vorm Schlafengehen genießt er aus einer Karaffe, die den ganzen Tag über auf seinem Tisch neben seinem Bett steht, ein Glas Sherry.«
Sein Auge leuchtete auf wie ein Glühwürmchen. »Neben seinem Bett? Die Dame kennt den Spanier aber gut!«
Ich machte mir nicht die Mühe, ihn wegen dieser Unverschämtheit zurechtzuweisen, und gönnte ihm die billige Rache für sein Leiden. Ich erwähnte auch die Spitzel nicht, die in meinem Dienst standen.
Wolfspfote nickte und machte mit gichtigen Fingern ein Zeichen; die Unterredung war beendet.
»Das Geld«, flüsterte die Frau. »Laß dir das Geld geben!«
Einige Goldstücke wechselten den Besitzer. Herr Wolfspfote sagte: »Darf ich Euch eine Erfrischung anbieten? Vielleicht eine Tasse von dem, was mein armes Haus bieten kann?«
Ich dachte: einen Nachtschattentrank? Oder Rattengift? Nein, alter Freund, da kommst du zu spät. Das hättest du mir schon vor langer, langer Zeit geben müssen!

Unser Boot glitt voran; ich wurde aus meiner Träumerei herausgerissen. Juanito sagte: »Verzeihung, Señora. Ich habe nicht verstanden ... das liegt an meinem schlechten Spanisch, nehme ich an.«
»Verstanden? Was?« Ich war mir nicht bewußt, laut gesprochen zu haben.
»Ihr habt Ponce de Leon gesagt. Und zwar zweimal.«
Dann denke ich jetzt also schon laut. Ich muß mir einen Maulkorb kaufen.
»Wer ist das?« wollte Juanito wissen. »Noch so ein Heiliger?«
»Nun, ein bißchen hatte er schon von einem Heiligen. Sehr weise und rechtschaffen. Er war hergekommen, um Richter in einem Verfahren zu spielen, in dessen Verlauf Lügen über einen Mann namens Cortés entlarvt werden sollten.«
»Und wie ist der Prozeß ausgegangen?«
»Er hat nie stattgefunden. Ponce de Leon starb plötzlich an der Cholera. Cortés hat es stets bedauert, daß er keine Gelegenheit

hatte, sich zu verteidigen. Und weil es kein Verfahren gab, haben einige böse Menschen Cortés nie richtig geglaubt.«

»Was für ein Jammer.«

»Ja, sehr schade! Aber Gottes Ratschlüsse sind unergründlich.«

Das hatte ich seinerzeit auch zu Cortés gesagt. Meiner Meinung nach ist es sicherer, daß einem einige nicht glaubten, als sich in die Gefahr zu begeben, aufgehängt zu werden.

Und wer weiß? Vielleicht war es ja doch die Cholera. Ich habe mich manchmal gefragt, ob das Geld nicht zum Fenster hinausgeworfen war – ob er nicht auch so gestorben wäre.

Ich suchte noch ein halbes Dutzend anderer Stätten auf, die in meinem Leben eine größere Rolle gespielt hatten, und mein Magen verkrampfte sich vor Ärger über die Welt, daß sie sich so veränderte, und vor Wut auf mich selbst, daß ich versuchte, alte Schwierigkeiten wiederaufleben zu lassen – als ob es möglich wäre, bei einer zweiten, neuerlichen Auseinandersetzung Sieger zu bleiben. Die Enttäuschung beim Besuch von Stätten der Vergangenheit bestand nicht darin, daß sie Tragödien heraufbeschworen, sondern daß sie nichts heraufbeschworen.

»Zum Landesteg des Klosters«, befahl ich dem Bootsmann.

»Seid Ihr wütend?« fragte Juanito mit besorgtem Gesicht.

»Nein, mein Junge, selbstverständlich nicht.«

Bald würde ich diese Stadt verlassen. Dadurch, daß ich blieb, war für Tepi nichts zu gewinnen; warum wollte ich dann überhaupt seinem Gefängnis nahe sein? Den größten Teil seines Lebens, seit unserer frühen Trennung, hatte ich nur durch seltene Gäste von ihm gehört, Berichte über Dinge erhalten, die lange zurücklagen. Auch jetzt wäre es am besten, erst wenn das Schlimmste vorüber war zu hören, was geschehen war. Schlechte Nachrichten gehören zu den wenigen Dingen, die im Alter nicht mehr so treffen wie in der Jugend.

Außerdem brauchte man mich daheim. In meiner Zuckermühle mußte ein neues Mahlwerk eingebaut werden, und nach einem Modell der ersten Werkstatt, die mein Gebieter, der *capitán*, entworfen hatte, sollte eine Fertigungsstätte errichtet werden. Wenn das Mahlwerk bis zur Ernte nicht funktionierte, bedeutete

das böse Zeiten für hundert Familien. Außerdem hatten wir sechs neue Webstühle nach spanischem Vorbild aufgestellt, die allerdings meine Zimmerleute gebaut hatten. Damit mußten sich wahre Wunder an Damasttuchen weben lassen; nur noch ein paar kleinere Probleme waren zu lösen. Wenn ich mich an Frauen in meiner Kindheit erinnere, sehe ich sie für gewöhnlich an einem einfachen Webrahmen sitzen, der von einem Baumast herabhing. Welch mühevolle Arbeit, die auf die Knochen und auf die Augen ging. Aber jetzt ... So ein Webstuhl ist schon eine herrliche Sache! Ein Jahr lang lebte ein junger Franziskaner auf meiner Hacienda, ein Gelehrter. Beim Abendessen erzählte er von heidnischen Göttern der Griechen und Römer; zwar liebte er sie weniger als die Heiligen, doch sie gefielen ihm weit mehr. Eines Abends berichtete er von Prometheus, der Feuer aus der Himmelsschmiede stahl, um es der Erde zu schenken.
»Das bedeutete nicht nur Feuer, sondern sämtliche Handwerkskünste, zu denen man Feuer braucht«, erklärte er eifrig. »Er lehrte die Menschen, Pferde zu zähmen, Wagen zu bauen und sogar Getreide anzubauen.« Er stieß einen Seufzer aus, und sein Ton verriet, mit welcher Liebe er an diesen Dingen hing. »Ach, Prometheus!«
Ich warf einen Blick auf die brennenden Kerzen in den eisernen Kerzenhaltern, auf das Damasttischtuch, den Wein in Glaskelchen. Draußen in der Remise standen Wagen mit Rädern, und ein Pferd wieherte. Hinter dem Pferdestall erstreckten sich in der Nähe der Zuckerrohrfelder Reihen mit Limonenbäumchen, und zwei Windmühlen pumpten Tag und Nacht Wasser herauf, um die Felder zu bewässern. Ich lächelte den Priester an und mußte an meinen Gebieter, den *capitán*, denken, und sagte auch meinerseits: »Ach, Prometheus!«
Neben mir saß Juanito und rief: »Schaut, Señora! Wie schön!«
Ein über und über mit Leckerbissen für die Festlichkeiten beladener Marktkahn glitt an uns vorüber: Kuchen, Früchte und Süßigkeiten. Ich winkte und kaufte großzügig ein, um den Nonnen etwas mitzubringen – gleichsam als Abschiedsgeschenk. Plötzlich war ich fröhlich und guter Dinge.
Ich gab Juanito zwei Orangen; die erste versuchte er samt Schale

zu essen wie einen Apfel; ich mußte ihm erst zeigen, wie man sie schälte. »Diese Frucht habe ich schon einmal gesehen«, sagte er. »Als kleiner Junge, auf dem Schiff. Der Kapitän hatte ein paar.«

»Ich war weit älter als du, als ich meine erste Orange sah«, erzählte ich ihm. »Jetzt sind sie hier nichts Besonderes mehr. Voriges Jahr, kurz vor der Sommerregenzeit, habe ich in der Nähe meines Hauses einen Orangenhain angepflanzt. Fünfzehn kleine Orangenbäumchen.«

»Schmecken Ihre Früchte so süß wie diese hier?« Er schmatzte genüßlich.

»Man merkt, du bist ein Seemann und kein Landmann. Meine Bäume werden frühestens in sechs Jahren Früchte tragen, die man essen kann. Sie wachsen nicht schneller als kleine Jungen.«

Sechs Jahre! Vermutlich werde ich diese Orangen niemals kosten. Mein Astrologe gibt mir nur noch drei weitere Sommer; allerdings macht er Ausflüchte – es soll da irgendeinen Kometen geben, der alles verändern könnte. Dennoch machte ich mir während meiner Abwesenheit von zu Hause Sorgen wegen der Trockenheit oder daß jemand ein Gatter offenlassen könnte und die Ziegen die jungen Bäumchen abfressen und mich um das Erlebnis bringen könnten, die feinen saftigen Orangen zu bewundern – doch wahrscheinlich werde ich das ohnehin nicht mehr erleben. Voriges Jahr habe ich außerdem auch noch drei kleine Olivenbäume aus Spanien angepflanzt. Man hat mich gewarnt und mir gesagt, daß sie wahrscheinlich in diesem feucht-warmen Klima eingehen würden – bis jetzt hat noch niemand versucht, welche anzupflanzen –, und abgesehen davon, falls überhaupt, werden sie erst in zwanzig Jahren oder noch später die ersten Früchte tragen. Gleichwohl stelle ich mir vor, die eingelegten Früchte zu kosten. Dieser sinnlose Optimismus!

Doch vielleicht sind die Orangen, die ich nie kosten, die Oliven, an denen ich nie knabbern werde, zwei wichtige Dinge, die ich der Einzigen Welt in meinem Leben gegeben habe. Den größten Teil meines Lebens habe ich nicht als Dienerin von Gefiederter Schlange oder als Geliebte von Cortés verbracht, also nicht auf der ruhmreichen Straße des Abenteuers, sondern mit der Bewirtschaftung einer Hacienda, bei der das Zurückdrängen des Dschungels schwieriger ist als das Bezwingen von Völkern. Vielleicht erweisen diese Dinge sich langfristig gesehen als das Wichtige und Bleibende, das ich getan habe.

Vielleicht wollte Juanito sich für die Orangen bedanken, jedenfalls beschloß er, mich damit zu unterhalten, daß er seinen neugelernten Katechismus aufsagte. Die Mutter Oberin hat ihn unterrichtet; seine Stimme klingt schon ganz wie die ihre, und beide plärren wie die Papageien.

Nach dem Herunterrattern der ersten Wörter kam er zu dem: »Was muß ich tun, um erlöst zu werden? Erstens muß ich hoffen, erlöst zu werden. In der Hoffnung liegt die Erlösung.« Er zögerte und sah betroffen aus. »Was bedeutet das? Hofft denn nicht jeder?«

»Was es bedeutet, brauchst du nicht zu wissen, ja es ist sogar besser, du verstehst es nicht. Hauptsache, du kennst die Worte und stellst keine Fragen«, sagte ich, was wahrscheinlich der beste Rat war, den man jemand in dieser Angelegenheit geben kann. Doch Juanito stimmte mich nachdenklich. Ist Hoffnung der Erlöser? Es hörte sich mehr nach Kerkermeister an. Zweifellos war ich selbst eine Gefangene meiner Hoffnungen für Tepi. Denn Hoffnung hielt mich hier in der Stadt zurück. Wahrscheinlich würde mich trotz meiner neuen Entschlossenheit die Hoffnung morgen früh doch wieder gefangennehmen, würde ich ihre Ketten nicht abstreifen und nicht abreisen.

Unser Boot stieß gegen die unterste Stufe der Treppe des Landestegs. Als Juanito mir heraushalf, sah ich zu einem imposanten Haus auf, das fast ein Palast war und das auf den Quai hinausging. Über dem Eingang prangte in Stein gehauen ein spanisches Wappen: wie stets ein Adler, um hohen Rang hinauszuposaunen, und ein Helm, um damit großzutun, daß man etliche Mauren erschlagen hat. Darunter fanden sich andere heraldische Krakel, unter anderem zwei vereinigte Gipfel, von denen ich annahm, daß sie ferne Vulkane darstellen sollten. Ein Eroberer Mexikos? Welcher alte Bekannte hatte sich dieses Haus erbaut? Dann fiel es mir ein, und ich gluckste vor Vergnügen.

Ehe er an der Cholera gestorben war – böse Zungen behaupteten an Gift –, diktierte Ponce de Leon ein Testament und übertrug seine Amtsgewalt auf einen betagten Anwalt, Marcos de Aguilar – ein kardinaler Fehler, der allein schon beweist, daß sein Hirn von der Pest gebeutelt wurde.
Don Marcos war ein uralter Mann und nicht nur hinfällig, sondern dermaßen von der Syphilis zerfressen, daß sogar das Hospital der Liebe Gottes ihn zurückgewiesen hätte. Der Dämon verzehrte ihn bei lebendigem Leibe. Als das Testament des Königlichen Gesandten verlesen wurde, machte sich Bestürzung breit. Ein lebender Leichnam war zum Herrscher Neuspaniens ernannt worden!
Die Leiche weigerte sich, ohne einen Brief vom König die Gewalt zu übernehmen. Das wollte aber auch Cortés nicht, auf der Hut vor königlichem Unwillen; er konnte sich nur dazu durchringen, ein paar Gesetze zum Schutze des Volkes zu erlassen, die jetzt Indianer genannt wurden und entweder ausgerottet oder versklavt wurden – jawohl, das war aus der neuen Welt geworden, für die wir geblutet hatten; sie war binnen kürzester Zeit völlig verkommen! Es war, als wären wir wieder von den Azteken erobert worden, nur hatten diese Azteken eine weiße Haut.
Als die neuen Erlasse gegen die Sklaverei angefochten wurden, zog mein Gebieter sich ins Privatleben zurück, legte sämtliche Ämter nieder und schrieb seinen schönen Fünften Brief an den König. Er las ihn mir vor, und die Worte darin waren so ergreifend schlicht und gleichzeitig so edel, daß El Cid selbst sie hätte sprechen können.
Don Marcos de Aguilar, jetzt oberster Herr Neuspaniens, hatte eine Eigenart. Da die Krankheit ihm die Innereien zerfressen hatte, entsagte er aller Speise außer menschlicher Milch, die er aus Frauenbrüsten saugte. Er hielt sich drei Ammen, eine spanische und zwei aztekische, verfügte also gleichsam über eine sich stets neu füllende Speisekammer. Alle drei Frauen waren prall und strotzten vor Milch. Jeden anderen erfüllte dies mit Ekel, doch wurde die Angelegenheit nicht vertuscht, denn Don Marcos speiste, wenn man so will, häufig in aller Öffentlichkeit.
Die einfachen Leute, die Don Marcos so verachtete, sahen das

ganze weitherziger und sagten, jeder Mensch fängt mit der gleichen Speise an.

Währenddessen ging ich im Garten meines Hauses in Coyoacan auf und ab und kam zu dem Schluß, daß dieser Zustand nicht fortdauern dürfe, daß irgend jemand handeln müsse, um das Land zu retten – und diesmal sollte es nicht mein Gebieter, der *capitán*, sein.

Bei Don Marcos' Eßgewohnheiten hatte es keinen Sinn, Wolfspfotes Dienste in Anspruch zu nehmen, und so überlegte ich, wie es mit einem Unfall wäre. Wie Anwälte nun einmal sind, hatte Don Marcos den öffentlichen Staatsschatz übernommen und baute sich eine aufwendige Residenz. Vielleicht konnte Wolfspfote einen Fluch beschwören, der Ziegel oder Balken genau im richtigen Moment herunterfallen ließ. Ich mußte mir die Baustelle unbedingt ansehen.

Ich wartete bis zum Heilig-Kreuz-Fest, das war ein Tag, an dem weder Zimmerleute noch Steinmetze etwas anderes tun durften, als Altäre in neu zu errichtenden Gebäuden zu bauen und dann ein Fest zu feiern. Ich nahm mir vor, dem Neubau einen Besuch abzustatten und eine Blumenkette für den heiligen Altar als Geschenk zu überbringen, eine noble Geste. Ich wollte meine besten Juwelen tragen, denn man kommt nie zur falschen Zeit, wenn man nur reich genug aussieht.

Am Nachmittag stieg ich am neuen Bootssteg aus meinem Boot und hörte eine schrille und mürrische Stimme rufen: »Gebt doch acht, ihr Bösewichter. Sonst reiß ich euch die Augen aus, das schwöre ich.«

Oben an der Treppe gab es kein Fest und keinen Altar. Eine Handvoll Männer schuftete an den Mauern des halbgebauten Hauses, und da der Vorarbeiter eine Lederpeitsche in der Hand hielt, wußte ich, daß es sich bei den Arbeitern um Sklaven handelte. Ich sah frische Striemen auf dem Rücken eines alten Mannes, der als Steinmetz arbeitete. Kein Wunder, daß Don Marcos gegen den Erlaß meines Gebieters gegen die Sklaverei gestimmt hatte. Schließlich machte er sich Sorgen über die Entlohnung.

An einer freien Stelle stand ein riesiges Bett, mit Baldachin und so

vielen Troddeln und Fransen geschmückt, daß man meinen konnte, es handelte sich um eine Lustbarke der Schwimmenden Gärten. Auf diesem Bett – ein spitzenbesetztes Kissen im Rücken – saß Don Marcos.
»Jeder Ziegel ist gezählt! Vergeßt das nicht, ihr Diebe!«
Eine Halbblutfrau stand in der Nähe; ihre Brüste standen vor wie Kalebassen. Er hatte sich das Mittagessen also mitgebracht.
Aus schwerlidrigen Augen spähte Don Carlos zu mir herüber. »Wer zum Teufel seid Ihr denn? Wieso bringt Ihr Blumen? Egal, was die Leute wünschen, aber noch bin ich nicht tot.«
Ich stellte mich vor. »Die Rosen sind als Segen für Euer neues Haus gedacht. Möget Ihr hier bei bester Gesundheit wohnen.«
»Ich kenne Euch. Ihr seid Cortés' indianische Hure. Gibt es eine Möglichkeit, Blumen zu vergiften? Falls ja – er wird wissen, wie man das macht.«
Ich blickte in das verwüstete Gesicht, und ein Totenkopf grinste mich an. Der Eishauch des Schmalen Durchgangs wehte mich an. Wozu da noch Flüche oder Gift oder Unfälle. Die Dunklen Herren hatten sich seiner bereits bemächtigt; sie hatten ihn in den Klauen, und er war schon so gut wie hinüber.
»Was starrt Ihr mich an?« Seine rotgepuderten Wangen zitterten. »Ihr seid gekommen, um mich mit dem bösen Blick zu verhexen.«
»Nein, Señor«, erwiderte ich leise. »Dazu ist es schon zu spät.«
Als ich mich zum Gehen wandte, schrie er den Vorarbeiter an: »Gib dieser Hure die Peitsche und vertreib sie von meinem Grundstück!«
Aber der Mann, der mich selbstverständlich erkannte, tat so, als hörte er nicht. Ich blieb neben dem alten Steinmetz mit den Striemen auf dem Rücken stehen.
»Welch wunderschöne Arbeit, Großvater«, sagte ich. Er war gerade dabei, das Wappen herauszuarbeiten. Wir redeten in der alten Sprache.
»Ich danke Euch, verehrte Dame. Den spanischen Adler habe ich so geschnitten, daß er wie unser alter Gott Herr Geier aussieht. Der Spanier will diese spitzen Gebilde – es sollen die Vulkane sein. Ich aber habe eine bezaubernde Mundmaske von Regen-

bringer daraus gemacht. Der Spanier wird den Unterschied nicht merken.«

Der Regenbringer? Für meine Begriffe sahen die beiden Gipfel mehr nach zwei strotzenden Brüsten aus, schwimmenden Bergen, die ihren Gebieter am Leben erhielten, allerdings nicht mehr lange.

Ich kicherte vor Vergnügen, und der alte Steinmetz, der meinte, ich lachte über seinen Trick mit Regenbringer, fiel mit ein. »Alle Künstler machen solche Scherze. Das Auge des Blumenprinzen im Gesicht von Putten; und das Heilige Kreuz wird zu den Gesegneten Vier Himmelsrichtungen.«

Hinter uns goß Don Marcos seinen Geifer über die Sklaven aus, und zwar mit einer Stimme, die schon aus dem Grab zu kommen schien. »Schneller! Das Dach muß fertig sein, ehe die Sommerregenzeit einsetzt. Schneller!« Er würgte und schluckte, doch dann nahm er noch einmal alle versiegenden Kräfte zusammen. »Ich will bald einziehen. Im nächsten Herbst werde ich hier wohnen.«

Die Hoffnung stirbt als letztes.

14 Der Rand der Welt – August 1519

Wir waren keineswegs die ersten, die die zerklüftete Schulter des Turmbergs zu überwinden versuchten, jenes Gipfels, den Azteken und Spanier wegen seiner Gestalt die Truhe nennen. Sklaven auf der Flucht sowie andere Flüchtlinge haben seit Jahrhunderten versucht, diesem Weg zu folgen, weil er so gefährlich ist, daß kein Mensch die Verfolgung aufnehmen würde. Der Berg selbst *ist* eine Strafe.

Unter Trommelgedröhn zogen wir aus Xico aus; die Pferde tänzelten, und unsere Fahnen knatterten in der frischen Brise. Manche der Einheimischen brachen in Hochrufe aus, wohingegen andere nur den Kopf schüttelten, als sie uns auf die Wildnis am Rande der Welt zumarschieren sahen. Gewitterwolken standen drohend überm Sternberg.

»Wir nehmen den schwierigeren, dafür aber von Feinden freien Weg«, erklärte Cortés und fuhr mir leicht übers Haar. Er lächelte in Erinnerung an die vergangene Nacht, wie mir schien, und ich bemühte mich, mit den Augen Dinge auszudrücken, für die mir bis jetzt die spanischen Wörter fehlten – nein, die man überhaupt nie in Worte fassen kann. Irgend jemand näherte sich; er zog die Hand weg und war wieder ganz der Befehlshaber. Wie den meisten Spaniern war es ihm unerklärlicherweise peinlich, vor anderen zärtlich zu sein, war jedoch nicht zu stolz, Feindseligkeit zu zeigen.

Die Totonaken, die immerhin eine gewisse Ahnung davon hatten, was uns bevorstand, hatten in Xico jede Decke aufgekauft oder gestohlen, deren sie hatten habhaft werden können. Der Weg, so sagten sie, führe direkt unterhalb unüberwindlicher Schneespitzen entlang, berühre ihre weißen Ränder. Je mehr wir an Höhe gewannen, desto seltener wurden die verkrüppelten zwergwüchsigen Bäume, bis wir sie schließlich ganz hinter uns ließen. Sprödes, stachliges Gras wuchs in Felsspalten, doch sonst lebte hier nichts mehr, nicht einmal Ameisen – doch: Zwei Bussarde kreisten am düsteren Himmel und verfolgten geduldig unser Vorrücken, ein so offenkundiges Omen, daß man kein Seher zu sein brauchte, um in diesen Greifvögeln Freunde von Herrn Zwei Geier Wolfspfote zu erkennen.

Wir erreichten ein uraltes Lavabett, eine Ödnis, die mit zu Stein erstarrten Schlackenstücken übersät war. Hier schlug der Regen zu; eisige Nadeln stachen mir ins Gesicht wie Stacheln des Feigenkaktus. Die Totonaken, die in ihrem ganzen Leben noch keine richtige Kälte kennengelernt hatten, begannen zu ächzen. Dann jammerten Hunderte von ihnen wie aus einem Mund, so daß die Spanier finstere Mienen machten und ihre neuen Verbündeten insgeheim als Schwächlinge verfluchten, weil sie nicht begriffen, daß die Bewohner der heißen Lande wie Krähen alle Gefühle ganz selbstverständlich laut zum Ausdruck bringen.

Mir klapperten die Zähne, als ein junger Soldat näher trat und mir einen schweren Umhang um die Schultern legte. »Cortés hat gesagt, Ihr seid seine Stimme, und seine Stimme dürfe durch die Kälte nicht heiser werden. Er hat mir aufgetragen, mich um Euch zu kümmern.«

Ich konnte den jungen Mann kaum erkennen, da ich vom Regen fast blind war und er außerdem eine Kapuze über den Helm gezogen hatte, aber ich kannte seine Stimme. Er hatte diesen fremdartigen rotgelben Schopf und die grünen Katzenaugen. Er spielte die Laute und sang mit einem schmelzenden Tenor.

»Vielen Dank.« Er nahm mich beim Arm und half mir über besonders unwegsame Stellen hinweg, was uns beide ein gutes Stück zurückwarf. Aber er war stolz auf seine Aufgabe; offenbar hatte man ihm noch nie zuvor wirkliche Verantwortung übertragen. Später, als der Regen uns peitschte und der Wind uns umtoste, hatte seine Berührung etwas Tröstliches. Als es so aussah, als könnte der Sturm uns den Hang hinunterfegen, blieben wir stehen und hielten uns aneinander fest.

Cortés ritt die Marschkolonne auf und ab und trieb die Nachzügler zur Eile an. Zurückzubleiben war gefährlich; in den Höhlen in Gipfelnähe hausten Jaguare.

An diesem Abend machten wir gar nicht erst den Versuch, Unterkünfte aufzuschlagen, sondern zitterten unter den Zeltbahnen.

Mein Gebieter hielt mich eng umschlungen, schlief aber nur kurz und ging dann ins Freie, um sich um das Wohlergehen der anderen zu kümmern. Am nächsten Tag wurde der Regen zu Graupel und Hagelschloßen. Mein Begleiter – derselbe junge Mann wie gestern – nahm schließlich all seinen Mut zusammen und stellte sich vor: Er sei Jaime Garay und – wie er mir erklärte – ein Baske, etwas ganz anderes und viel Besseres als ein Spanier.
»Diese Kälte hier ist gar nichts. In meiner Heimat kennen wir weit Schlimmeres.« Er war stolz auf das schlechte Klima im Land seiner Väter. »Aber jedenfalls brauchen wir hier keinen Hinterhalt zu fürchten. Wer würde schon auf die Idee kommen, daß wir diesen Weg wählen?«
Mir war die Antwort klar: Moctezuma. Zweimal waren mir heute schon feine, zerrissene Fäden auf dem Weg aufgefallen: Fluchfäden, wie die Zauberer sie aufspannten, um Feinden den Weg zu versperren. Zerriß man sie, konnte das Bergrutsche zur Folge haben oder Bäume zum Umstürzen bringen. Zweifellos waren die Eulenmänner vor uns hier gewesen. Mir fiel eine Last von der Seele, als ich mir überlegte, daß der Voraustrupp unserer Kolonne von Berittenen gebildet wurde, deren Pferde die Fäden zerrissen. Verwünschungen gegen Pferde auszusprechen würde nicht leicht sein; schließlich waren es unbekannte Geschöpfe.
Nachdem Jaime Garay stundenlang schweigend und ausdauernd Standhaftigkeit bewiesen hatte, sagte er schließlich fast verzweifelt: »Sobald wir Culhua erreichen, wird es bestimmt warm.«
»Culhua?« Dann fiel mir ein, daß er Tenochtitlan meinte.
»In Culhua wachsen an einem einzigen Baum ein Dutzend verschiedene Früchte, und man kann Opale und Smaragde von den Sträuchern pflücken.«
Woher kannte er diese alten Geschichten von den Gärten von Tula? Vorsichtig sagte ich: »Ja, das Land ist sehr reich, das stimmt.«
»Reich und warm! Die Lilien haben Blüten aus purem Gold.«
Er sah so verfroren, so hungrig aus, daß ich nichts sagte.
Der Berg wandte uns sein böses Antlitz zu und schickte Lawinen aus Eis und Geröll. Hier und da in dieser schaurigen Welt sahen wir Hütten dichtgedrängt beieinander stehen, Dörfer, die so arm

waren, daß dort auch nicht das geringste bißchen Essen zu holen war. Ich sann gerade darüber nach, wieso Menschen dazu kommen, hier ein so karges und entbehrungsreiches Leben zu führen, als Jaime sagte: »Mein Heimatdorf ist zwar größer, aber nicht besser als die hier. Wir haben unsere Heilige Kirche, aber sonst nichts.«

»Dann seid Ihr also wegen der Kälte und des harten Lebens fortgegangen?«

»Nein. Ich wäre ja geblieben und Holzfäller geworden wie mein Vater. Aber ich habe fünf Schwestern. Und die brauchen jede eine Aussteuer, sonst heiratet sie kein anständiger Mann.«

Es kostete ihn einige Mühe, mir begreiflich zu machen, was er damit meinte: daß in seiner Heimat die Väter den Töchtern einen Ehemann kaufen – was genau das Gegenteil von dem war, was ich bisher angenommen hatte.

»In Culhua werde ich für jede meiner Schwestern einen Opal oder sogar einen Smaragd pflücken.« Diese Hoffnung verlieh ihm Kraft, schneller zu gehen, und ich kam ganz schön außer Atem, um mithalten zu können, denn der Berg entzieht der Luft alles, was guttut. »Culhua«, sagte er schwer atmend. »Weit kann es nicht mehr sein.«

Allmählich verstand ich diesen Wunsch nach Gold. Die meisten dieser Spanier hatten nie etwas anderes kennengelernt als Armut. Jetzt hofften sie einfach, so gut zu leben wie die meisten Azteken.

Als es dunkel wurde, machten wir auch diesmal keinen Versuch, ein richtiges Lager aufzuschlagen – es wäre auch kaum genug Erde dagewesen, um die Zeltpflöcke hineinzutreiben. Außerdem gab es nichts, um Feuer zu machen, nur das bißchen Holzkohle, das wir mitgeschleppt hatten, um Essen darauf zu kochen. Das nahmen wir; Proviant hatten wir ohnehin nicht mehr.

Am nächsten Vormittag erreichten wir einen schmalen Paß zwischen den beiden großen Bergen, der jedem der beiden Berggötter gehören konnte, so daß weder die Totonaken noch ich wußten, an wen wir uns im Gebet zu wenden hatten. So beteten wir also zu beiden.

Pedro Alvarado rief aus: »In Gottes Namen, dies ist der kälteste Gebirgspaß der Welt.« Infolgedessen wurde der Paß sogleich Tor im Namen Gottes getauft. Nackte Felswände ragten zu beiden Seiten empor, und hätte Moctezuma es gewollt, er hätte uns unter einer Steinlawine begraben können. Ich jedoch begriff bald darauf, warum er uns nicht auf diese Weise zum Stehen brachte; denn ich erblickte wieder einen zerrissenen Faden. Seine vorderste Verteidigungslinie war Zauberei.

Hinter dem Paß lag eine Wüste, die womöglich noch abweisender war als die Ödnis, die wir bereits hinter uns hatten. Pferde und Kanonen versanken in Salzwassermorästen, und wir hatten sie kaum herausgeholt, als sie schon in ein ausgedehntes Aschenfeld gerieten; die Asche reizte meine Augen und setzte sich unter meiner Kleidung fest. Zwischen meinen Zähnen knirschte es, und ich spuckte Asche aus. Dies war ein Gelände, das dem Alten Feuer Gott heilig war, dessen Standbild die Spanier in Zempoala zerstört hatten. Jetzt rächte der Gott sich und wirbelte Wolken auf, die zum Husten reizten sowie Löcher und Erdspalten verbargen.

Cortés tauchte neben mir auf, und zu meiner Verwunderung gluckste er vor Vergnügen. »Dein bezauberndes Haar ist ganz grau geworden, meine Liebe«, sagte er. »Aber du bist auch als Greisin noch wunderschön.«

Seine Zunge war trocken von der Asche, und ich hatte Schwierigkeiten, seine Worte zu verstehen; doch was sein Lächeln und seine beruhigende Berührung zu bedeuten hatten, war mir klar. In diesen Stunden, da wir vor Kälte zitterten und so zu tun versuchten, als wäre der Tod nicht nahe, lachte Cortés über die Strapazen und brachte andere zum Lachen. Die Soldaten zogen Kraft aus seiner Gegenwart, und die Totonaken spürten die Macht in seiner Stimme.

Immer wieder sagte er: »Nur noch ein bißchen weiter. Nur über die nächste Erhebung hinweg!« Das wiederholte er so oft, daß man darüber hätte lachen können; statt dessen glaubten wir ihm und hielten ihn für stärker als den Feuer Gott. Totonaken, die vor Kälte und Erschöpfung sterben wollten, hatten bis zum letzen Augenblick das Gefühl, in der Hand von Gefiederter Schlange unsterblich zu sein.

Als an diesem Abend viele der völlig unzureichend gekleideten Totonaken einschliefen, um nie mehr aufzuwachen, retteten mich nur mein Glaube an Cortés und die Tatsache, daß ich mich an ihn schmiegen und bei ihm wärmen konnte. Der Wind heulte; in der Nähe hörte ich das Grollen von Schneelawinen, die den Berg hinunterstürzten, und fragte mich, wann auch wir in die Tiefe gerissen würden.

Am nächsten Tag verengte sich der Pfad, wurde zu einem schmalen Band an der Bergwand, und ohne Vorwarnung strauchelte Cortés' Pferd. Jaime Garay und Aguilar stürzten vor, um Mulitreiber zu helfen, drückten ihn gegen die Felswand und setzten, ohne zu zögern, ihr Leben aufs Spiel.

Als ich ihnen hinterher dankte, wendete Aguilar den Blick ab und hörte sich fast wütend an: »Das war doch nichts! Nur meine Pflicht.« Ich jedoch meinte, hinter seiner Schroffheit so etwas wie Stolz zu erkennen. Was er eigentlich sagen wollte, war meiner Meinung nach: »Ihr habt gesehen, was ich tat; und ich würde noch ganz andere Dinge für ihn tun.«

Jaime Garay sagte achselzuckend: »Naja, wenn Cortés umkommt, kommen wir alle um.« Um einen Augenblick später noch hinzuzusetzen: »Hoffentlich lahmt Mulitreiber jetzt nicht. Cortés darf nicht zu Fuß gehen.«

»Das ist hier oben leichter, als zu reiten.«

»Aber zu Fuß zu gehen ist würdelos, ist so gewöhnlich.« Als wir uns hinter einige Felsen hockten und aneinanderdrängten, um für einen Moment der Gewalt des Windes zu entgehen, versuchte er, mir begreiflich zu machen, daß eine bestimmte Klasse von Menschen zu Fuß ging und ihnen verboten war, auf Tieren zu reiten; andere, die etwas über ihnen standen, ritten auf Tieren, die Maultiere hießen. Adelige jedoch ritten auf Pferden und gingen nicht zu Fuß. Zumindest meinte ich, daß er mir diesen Unsinn erzählte. Ich hielt es für etwas Magisches; irgendwie hatte es mit Macht über andere Lebewesen zu tun.

»Wenn das Pferd lahmt, könnte Cortés sich doch eins von seinen Untergebenen nehmen«, sagte ich.

Jaime machte ein entsetztes Gesicht: »Jemandem ein Pferd wegnehmen? Nein, das ist ausgeschlossen. Das darf nicht einmal ein Oberbefehlshaber tun. Ihr versteht das nicht.«

Nein, das tat ich nicht und sollte ich niemals tun. Wir stellten uns wieder dem Wind und dem Berggott. »Ihr nennt das Pferd Mulitreiber.« Ich mußte schreien, um mir Gehör zu verschaffen. »Cortés aber sagt Babieca.«

»Das ist ein Scherz, der mit dem Pferd von El Cid zu tun hat.« Einen Moment später, als der Wind gerade eine Pause machte, sagte Jaime: »Der Name Babieca bringt Unglück. El Cid wurde von seinem König sehr schlecht behandelt. Genauso wird es Cortés ergehen. Wir Basken verstehen uns auf Vorzeichen; wir haben das zweite Gesicht.«

Als er »König« sagte, ging ich davon aus, daß er Moctezuma meinte. Ich begriff nicht, daß Jaime an einen anderen Monarchen dachte.

Allmählich zeigte sich der Berg etwas weniger grausam und legte sich die geballte Wut der Luftgeister. Wir näherten uns einigen verkümmerten Fichten, und dann fegte plötzlich eine warme Brise von Westen die Wolken vom Himmel. Wir – das heißt, die meisten von uns – waren dem Berg entronnen. Die Totonaken sanken auf die Knie, um den unbekannten Göttern des Landes zu danken, in das wir gerade eingedrungen waren, und Vater Olmedo lief, um sich ein Kreuz zu holen und es ihnen hinzuhalten, solange sie knieten.

Vor Sonnenuntergang gelangten wir in eine Gegend mit Obstgärten und Maisfeldern; überall am Weg standen verstreut Hütten. Die Totonaken behaupteten, wir näherten uns Xocotlan, der Stadt der Obstgärten, und in der Tat sahen wir bald weit unter uns am Fuße einer schwindelerregenden steilen Felswand in grünerem und fruchtbarerem Land Häuser schimmern.

Ich wußte nur wenig von Xocotlan, das ein heiliger Ort ist. Pilger aus der ganzen Welt kommen hierher, um das große Schädelgerüst zu verehren, von dem es heißt, es sei das schönste in der ganzen Welt, und sich von der bemerkenswerten Sammlung menschlicher Oberschenkelknochen des Schreins erheben zu lassen.

Ach, es war eine Wohltat, den Berg hinter sich zu haben und wieder in die Zivilisation zurückzukehren.

An diesem Tag rückten wir noch nicht in Xocotlan ein. Wir hatten wundgelaufene Füße, sahen viel zu erschöpft und heruntergekommen aus, um einen guten Eindruck zu machen. Nachdem wir in kluger Entfernung das Lager aufgeschlagen hatten, pflückten wir fürs Abendessen Früchte und sammelten blasse Lavendelblumen, aus denen die Totonaken Girlanden flochten.
Cortés schickte Boten aus, die unsere Ankunft melden und dem Herrscher unsere freundlichen Absichten verkünden sollten – einem Herrscher, der zwar immer männlichen Geschlechts war, aber den Namen Obstgarten Mutter trug. Die Xocotlaner erblickten indessen von ihren Wachttürmen aus vor ihrer Haustür ein totonakisches Heer und eine Bande stark behaarter Kobolde, von denen einige vierbeinig waren und andere eine Haut aus Metall hatten.
Die Totonaken waren besorgt, weil die Stadt der Obstgärten schon seit einer Garbe von Jahren den Azteken untertan war und sie davon ausgingen, daß Gewohnheit jedes Joch erträglicher scheinen läßt.
Herr Delphin Helmbusch, Hauptdolmetsch der Totonaken und gleichzeitig militärischer Anführer, sagte: »Nach einer Generation hat das Volk sich daran gewöhnt, daß die Azteken ihnen ihre Kinder und die Hälfte ihrer Vorräte wegnehmen. Sie sehen in den Tributeintreibern so etwas wie Wirbelstürme oder Trockenheiten – schreckliche Katastrophen, aber eben *Natur*katastrophen.«
Ich bezweifelte das, denn ich erinnerte mich an die Wut der Bewohner von Jalisco, den Groll der Bauern in Nest der Schlange und die aufrührerische Großsprecherei von Handeltreibenden und Pilgern. Ihr Haß war grenzenlos; die Welt lechzte danach, die Vernichtung der Azteken zu erleben.
Bei Sonnenuntergang wurde beobachtet, wie ein Schnell-Bote, aus der Richtung von Tenochtitlan kommend und mit dem Siegel des Verehrten Sprechers an der Stirn, in der Stadt eintraf: kein Zweifel, daß er Befehle von Moctezuma überbrachte.
Während die Totonaken sich Sorgen machten und fromme Riten vollzogen, zündeten die Spanier, obwohl die Nacht mild war, Lagerfeuer an, scherzten und entspannten sich meist nach dem harten Tag. Jetzt, da die alles taubmachende Eiseskälte des Berges

vergangen war, hoben sich auch meine Lebensgeister. Als ich mich zu den Soldaten setzte, grüßten sie mich höflich, wenn nicht gar herzlich, und schienen nicht im geringsten überrascht, daß ich bei ihnen war; die Strapazen des Wegs hatten uns zu Kameraden gemacht. Als Cortés meine Hand ergriff und sie in der seinen hielt, sah mich keiner auch nur im geringsten scheel an.

Am nächsten Morgen setzte das Heer sich in strenger Formation – die Feuerwaffen geladen und die Bolzen in die Rinne der Armbrustsäule gelegt – in Bewegung. Wie gewöhnlich führte Cortés auf Mulitreiber die Marschkolonne an; ernst und gottgleich sah er aus. Ich ging neben ihm her, nur wenige Schritte vor Aguilar, Vater Olmedo und dem Kaplan, die alle drei Kreuze trugen. Als nächstes kam ein Trupp Berittener, die wegen ihrer besonders feurigen Rösser dafür ausgewählt worden waren; dann Trommler und Trompeter, alle mit Waffen und Harnischen. So rückten wir mit Schnarren, Trompetenstößen und Gewieher näher – ein wahrhaft staunenerregender Einzug. Hinter uns marschierten Fußsoldaten, die die Kanonen beschützten, und danach kam weitere Kavallerie. Die Totonaken – Gefiederte Schlange in Hymnen preisend – bildeten die Nachhut.

Als wir die breite Prachtstraße erreichten, die zum Hauptplatz und den Tempeln führte, erfüllte abermals ein Gefühl von Macht und Stolz meine Brust. Doch als ich die Szene verstohlen betrachtete, schlug meine Hochstimmung in Argwohn um.

Alle Bewohner der Stadt – alles in allem fünfundzwanzigtausend Menschen – hatten ihre Häuser verlassen, säumten die rechte Seite der Hauptstraße oder standen auf den Flachdächern. Doch während es auf der rechten Straßenseite nur so von Menschen wimmelte, lag die linke verlassen da bis auf ein paar angeleinte Xolo-Hunde, die uns von den Hauseingängen her anbellten und sich dann, als sie unsere riesigen Jagdhunde sahen und ihre Witterung aufnahmen, ins Hausinnere verkrochen. Für die Xolos war es so, wie wenn Menschen plötzlich Riesen auf sich zukommen sehen.

Die Leute sahen ernst aus, manche sogar feindselig, obwohl alle Festkleider angelegt hatten. Die Männer trugen orangefarbene und grüne Mäntel, farbige Lendentücher und quastenbesetzte Sandalen, die Frauen bestickte Röcke und Umhänge. Hier und da sah

man bemalte Palmblattfächer und Fliegenwedel, doch Waffen waren nirgends zu entdecken. Vermutlich lehnten die Speere griffbereit hinter der Tür. Mir kam es merkwürdig und unheilvoll vor, daß die Menschen – farbenprächtig vor dem Weiß der Hausmauern – völlig still waren.
Unterwegs zum großen Platz hörte ich ein paar vorsichtige Hochrufe aus der Kehle von Anhängern von Gefiederter Schlange, und gleich danach die halbherzigen Rufe der abends zuvor von den Totonaken angeheuerten Claque. Wichtiger war da schon, daß ich etliche Leute mit gekrümmten Fingern stumm das Zeichen von Gefiederter Schlange machen sah. In der Mehrzahl waren das Frauen, und sie taten es verstohlen.
Cortés lehnte sich aus dem Sattel und sagte zu mir: »Dann ist es also doch ein Willkomm. Stumm zwar, aber ein Willkomm.«
»Nur ein halbes, Gebieter. Nur ein halbes.«
Er schaute sich nochmals um und nickte, wiewohl er nicht ganz begriff, warum die linke Straßenseite – die dem aztekischen Kolibri heilig ist – leer geblieben war. Ich bezweifle, daß er bemerkte, daß die Blumen, mit denen ein paar Leute uns zur Begrüßung winkten, halb verwelkt waren, ein Hinweis, daß unser Willkomm rasch welken könne.
Der Herrscher von Xocoltan, Obstgarten Mutter, hatte beschlossen, sich fürs erste neutral zu verhalten. Mit der einen Hand wurden wir begrüßt, die andere nahm uns nicht zur Kenntnis. Das entsprach der alten Sitte, bei hellem Tageslicht eine brennende Fackel zu tragen, um zu bekunden, daß es noch Nacht für einen ist, man also für alles, was sich vor den Augen abspielt, blind ist. Das sind die raffinierten Signale der Diplomatie.
Auf dem Hauptplatz der Stadt nahmen wir Aufstellung, vorn die Spanier und hinten die Totonaken. Wir warteten, die Sonne stieg höher, und es wurde uns warm. Obstgarten Mutter verzögerte seinen Einzug und bekundete damit Gleichmut und Überlegenheit. Ich sah ihn förmlich vor mir, wie er vor Moctezuma auf dem Bauch lag und winselte: »Verehrter Sprecher, ich habe diese Dämonen zwei Stunden lang in der Sonne schmoren lassen. Sie waren trocken wie Lehmziegel.«
Schließlich wurde Cortés ärgerlich. Der Tempel von Rauchendem

Spiegel war eine vierfach gestaffelte Pyramide, jeder Absatz lag jeweils dreizehn Stufen höher als der vorhergehende. Die Andächtigen waren gehalten, auf jeder Etage niederzuknien, um sich zu läutern, ehe sie das Allerheiligste oben erreichten. Cortés stieß einen wütenden Ruf aus, gab Mulitreiber plötzlich die Sporen und trieb ihn die Stufen zum ersten Absatz hinauf, wo das Pferd sich auf die Hinterhand stellte und dann herumfuhr, als gälte es, der Menge unten zu trotzen. Drei Berittene nahmen dies Signal auf und trieben ihre Rösser gleichfalls die Pyramide hinauf; ihre Hufe blitzten und schlugen Funken aus den Treppenstufen. Aguilar und die Priester rannten hinter ihnen her, ich auch.

Cortés zögerte und sah sich um, so als suche er den Herrscher, dann ritt er die nächsten Treppenstufen hinauf, und wieder folgten wir ihm. Mittlerweile hatte das gesamte Heer sich zu Füßen des Tempels versammelt.

Die unübersehbare Menge der Xocotlaner wurde unruhig; Furcht und Empörung hielten sich die Waage. Gleich würde Cortés zum Heiligtum von Rauchendem Spiegel hinaufreiten, und zweifellos hatten die Bewohner von Xocotlan gehört, was mit den steinernen Götterbildern in anderen Städten geschehen war.

Ein Priester steckte seinen Rabenkopf durch den Vorhang des Allerheiligsten oben und schrie: »Sagt dem Herrscher, er soll sich beeilen. Diese Unholde sind drauf und dran, den Schrein zu schänden.«

Andere nahmen den Ruf auf, Krieger rückten näher an die Türen und damit an ihre Waffen heran. Plötzlich war mir vergossenes Blut so machtvoll gegenwärtig, daß ich das für ein Omen nahm; dann erkannte ich den Geruch und sah, wie richtiges Blut durch eine Rinne hinuntertröpfelte, die in die Tempelbalustrade gehauen war. Die Spanier hatten es noch nicht bemerkt.

Auf der einen Seite des Platzes kam Unruhe auf – auf der rechten Seite, versteht sich, der von Kolibri –, und Herolde bahnten sich den Weg, um die unmittelbar bevorstehende Ankunft des Herrschers zu melden. Cortés' List hatte gewirkt; der Monarch, der sein Erscheinen hinauszögerte, war aus seinem Versteck aufgescheucht worden. Als die Menge auseinanderwich, um die königliche Sänfte durchzulassen, packte uns Erstaunen. Die von einem

Dutzend Trägern getragene Ruhefläche mit dem Thronhimmel darüber hatte keine Vorhänge an den Seiten, mit übereinandergeschlagenen Beinen saß Fetter Häuptling aus Zempoala darauf, der Xocotlan wie durch ein Wunder vor uns erreicht zu haben schien und jetzt mit einem farbenprächtigen, neuen Staatsgewand und neuem Kopfputz auf uns zukam.
Pedro Alvarado rief laut: »Beim Arsch des Satans – Fettsteiß in höchsteigener Person! Wie ist der denn hierhergekommen? Mit was für einem Trick hat er das geschafft?«
Aber als die Sänfte mit dem Thronhimmel darüber näher kam, erkannte ich, daß es sich doch nicht um Fetten Häuptling handelte, sondern um einen Mann, der zwar jünger, aber womöglich noch beleibter war als der Totonaken-Herrscher: ein schwabbelnder Fleischberg, so kugelrund, daß er sich meiner Meinung nach ohne Hilfe vieler Hände niemals aufrichten konnte. Er ähnelte einem riesigen, aus einem einzigen Felsblock herausgehauenen olmekischen Gott, ein Steinidol, das wie ein Ball hügelabwärts rollen konnte.
»König Olintetl der Wilde naht!« intonierte der Herold. Er sagte nicht: Obstgarten Mutter; folglich enthielt die Ankündigung irgendeine versteckte Zurechtweisung.
»Olintetl naht!« Doch statt näher zu kommen, gebot der Herrscher den Trägern, einen Bogenschuß vom Tempel entfernt stehenzubleiben; dort wartete er mit der Unbeweglichkeit eines Berges und sah zornfunkelnd zu Cortés hinauf. Die Priester seines Gefolges setzten die Rasseln in Bewegung und pfiffen auf Steinpfeifen.
Als Cortés Mulitreiber die Sporen gab und ihn die Pyramidenstufen hinuntertrieb, hielt ich genauso wie Aguilar die Luft an. Wenn Mulitreiber jetzt störrisch wurde oder ausrutschte, konnte das für Cortés einen schrecklichen Gesichtsverlust bedeuten.
Doch Mulitreiber schaffte es, als wäre er an Tempelstufen gewöhnt, und auch die anderen Pferde folgten ihm ohne Zögern. Ich eilte hinter ihnen her und fand eine Stelle an der Steinbalustrade, an der ich so stehen konnte, daß mein Kopf gerade ein wenig unter Cortés' Helm war, gleichzeitig aber auch ein bißchen über der Federkrone des Herrschers von Xocoltan. Wir waren auf

jeden Vorteil angewiesen. Blut, das die Rinne herunterfloß, netzte fast die Sohle meiner Sandale.
Der Herrscher begann laut zu reden.
»Moctezuma, der All-Weise und All-Mächtige, hat mir geboten, euch geziemend zu begrüßen, Fremde. Ich sehe, daß ihr und eure« – er zögerte, wußte nicht, wie er die Pferde nennen sollte – »eure vierbeinigen Gefährten euch zum Oberen Tempel hingezogen fühlt. Genau wie erwartet.« Wie glatt ihm die Lügen von den Lippen kamen! »Denn euch hat das Blut Frischgeopferter angezogen. Erst heute morgen, als ihr näher rücktet, haben wir euch zu Ehren fünfzig Jünglinge und Jungfrauen zum Opfer gebracht. Ihr Blut ist noch ganz frisch; ihr könnt es trinken, wenn ihr und eure« – abermals warf er einen Blick auf die Pferde – »eure Freunde Durst haben.«
»Gefiederte Schlange lehnt Blutopfer ab!« antwortete ich, ohne erst darauf zu warten, daß Cortés redete.
Als Cortés begriff, was geschehen war, wahrte er nach außen hin Fassung. Seine Stimme klang leise, war jedoch so eisig wie der Wind auf den Berggipfeln.
»Sag diesem Ungeheuer, daß nur Wilde und Raubtiere Menschenblut trinken. Er macht mich ganz krank.«
Die Spanier sahen sich voller Unbehagen an, als sie diese unverblümten Worte hörten. Ich schwächte sie in der Übersetzung ein wenig ab und fügte ein Zitat hinzu, das bestimmt viele Xocotlaner kannten: die berühmte Warnung von Gefiederter Schlange, daß Töten eine Gotteslästerung sei. »Denn selbst die Grille ist heilig, und die niedrige Ameise ist nicht zu verachten. Um wieviel kostbarer ist da das Leben eurer Brüder und Schwestern, der Kindern von Ometeotl!«
Obstgarten Mutter besaß immerhin den Anstand, so auszusehen, als hätten ihn die Vorwürfe getroffen; er versuchte sofort, die Spanier vom Tempel wegzulocken. »Wenn ihr mir folgen wollt – wir haben Essen für euch vorbereitet. Nichts Besonderes zwar, aber das Beste, was wir haben.« Anmutig vollführte er eine einladende Geste. Dann verfiel er in einen anderen Ton und fügte hinzu: »Unsere Frauen und Kinder werden hungern, damit wir euch gegenüber gastfreundlich sein können.«

Wieder dieser halbe Willkomm, die Widersprüchlichkeit, die Doppelmaske.
Wir begaben uns zum zweitgrößten Platz und kamen dabei an Tempeln und Palästen vorüber, die sich in den Augen der Spanier großartiger ausnahmen als in den meinen. Die Baukunst Xocotlans ist ansprechend, aber eintönig.
Die Mahlzeit, die uns von häßlichen Greisen und Greisinnen vorgesetzt wurde, war alles andere als reichhaltig und ziemlich fade. Während wir aßen, belehrte uns der Herrscher über die Herrlichkeiten Tenochtitlans und Moctezumas und hörte sich dabei an wie einer der öffentlichen Lobhudeler, welche die tabaskischen Freier anheuern, um die Familien ihrer Auserwählten zu beeindrucken.
»Tenochtitlan, die großartigste Stadt der Welt, ist in tiefem Wasser errichtet und nur über Dämme zu erreichen. Diese drei Dämme werden von Zugbrücken unterbrochen – fünf oder sechs auf jedem Damm. Sämtliche Häuser – Zehntausende, alles in allem – haben Flachdächer, damit sie, schneller, als ein Reiher über die Stadt hinwegfliegt, in Festungen verwandelt werden können. Tenochtitlan ist prächtig, unnahbar und unbezwinglich.«
Nachdem wir unser mageres Mahl verzehrt hatten, wurde das Essen für den Herrscher und seine Höflinge aufgetragen – große dampfende Schüsseln, Fleisch garniert mit blumenförmigem Gebäck aus gefärbtem Maismehl. Niemand hatte auch nur den geringsten Zweifel, woher das Fleisch stammte – aus den Tempelschlächtereien. Cortés wurde aschgrau im Gesicht; die Spanier sahen alle aus, als sei ihnen übel.
Um für Cortés alles noch schlimmer zu machen, bildeten viele der Höflinge Pärchen – männliche Liebespaare –, etwas, was überall üblich ist, besonders aber in Xocotlan herkömmlich und gefördert. Jetzt hielten diese Liebenden sich auch noch bei den Händen, offensichtlich stolz darauf, den Neuankömmlingen ihre Erwählten vorzuführen. Sie streichelten sich, doch konnte ich nichts Ungehöriges darin sehen.
Einen Moment sah Cortés sich die Szene schweigend an, dann setzte er seine Trinkkalebasse mit einer solchen Wucht ab, daß sie zerbrach. Dann stand er auf.

»Sag ihnen, daß all dies in den Augen Gottes abscheulich ist. Sie müssen von Kannibalismus und Päderastie und Teufelsverehrung ablassen.«
Herr Obstgarten Mutter dachte einen Moment über dies Durcheinander von Ermahnungen nach und legte dann mit vollem Bedacht dem nächststehenden jungen Mann den dicken Arm um die Hüfte.
»Wir werden darüber nachdenken. Daß man Opfer bringt und aus dem Fleisch der Geopferten Kraft schöpft, ist eine Frage der Religion. Wir werden uns mit den Priestern beraten. Aber die Gefühle, die junge Männer füreinander hegen, sind etwas Naturgegebenes. Wenn die Spanier die Natur verändern wollen, dann müssen sie, nicht ich, ein Wunder wirken. Persönlich finde ich diese Ansicht albern und unnatürlich.«
Ich versuchte zu übersetzen, was mir jedoch nicht gelang. Auch Aguilar war keine sonderliche Hilfe, denn er wurde nur rot und stotterte herum. Doch mein Gebieter hatte begriffen, daß seine Forderungen zurückgewiesen worden waren.
Ich sagte zu Obstgarten Mutter: »Bald werdet Ihr einsehen, von welcher Weisheit das Gesagte zeugt. Wir wollen uns nicht streiten.«
Obstgarten Mutter nickte anmutig, doch Cortés wandte sich bekümmert ab. Mir war klar, daß sein Gewissen, seine Göttlichkeit verletzt war.

Ehe wir Xocotlan verließen, bat der Herrscher, beeindruckt von spanischer Tapferkeit und den Berichten der Totonaken, um eine Unterredung, an der nur er selbst und Cortés sowie die wichtigsten Berater teilnehmen sollten. Bei Sonnenuntergang versammelten wir uns in einem Hofe in der Nähe des Herrscherpalasts, einem wunderschönen Ort, an dem die geschnitzten Zedernbalken erlesenen Wohlgeruch an die Luft verströmten. Der Herrscher achtete wie üblich darauf, etwas zu spät zu erscheinen.
Als er in seiner Sänfte herbeigetragen wurde, fiel mir auf, wie sehr sein Fleisch bei jedem Schritt der Träger schwabbelte und erzitterte. »Ich warne euch, euch Tenochtitlan zu nähern«, sagte er. »Moctezuma verfügt über die größte Streitmacht in der ganzen

Welt, bereit, euch in Stücke zu reißen. In der Stadt selbst sind es bereits hunderttausend Mann. In den Außenposten entlang der Grenzen des Reiches gibt es noch einmal doppelt so viele; sie können Tenochtitlan mit der Schnelligkeit angreifender Jaguare erreichen.«
Ich war mir sicher, daß dies eine Lüge war. Selbstverständlich konnte der Dreibund ein gewaltiges Heer aufstellen, doch standen die meiste Zeit über nur sehr wenige Männer unter Waffen.
»Außerdem bedeutet Reichtum Macht. Moctezuma gebietet über tausendmal mehr Reichtümer als irgendein anderer Herrscher auf Erden. Seine Gewölbe sind voller Jade und Smaragde. Gold ist für ihn, was für uns Lehm ist.«
Während ich dieses übersetzte, sah ich, wie Pedro Alvarados Augen aufleuchteten. Er streckte den Kopf vor, damit ihm kein Wort entging, und spitzte die Ohren. Cristobal de Olid und Alonzo de Avila waren gespannt und aufgeregt wie Hunde an der Leine. Obstgarten Mutter hatte sich genau das richtige ausgedacht, um ihren Appetit zu reizen; von nun an hätten sämtliche Feuer der Hölle sie nicht mehr davon abhalten können, von hier fortzugehen und weiter vorzurücken. Ich vermutete, daß der Herrscher von Xocotlan wie der Mannschaftskapitän beim heiligen Ballspiel war; er bewachte gleichzeitig einander gegenüberliegende Spielfelder. Er wollte, daß die Spanier vernichtet wurden, doch auch die Azteken sollten bluten. Vielleicht aber auch umgekehrt – wer wollte das wissen?
Während der Herrscher uns einen Vortrag hielt, bemerkte ich, wie ein hochgewachsener Mann in Begleitung eines Sekretärs eintrat, der Papier, Pinsel und Stifte trug. Sie suchten sich einen unauffälligen Platz, der Sekretär machte sich Notizen und Skizzen, während sein Herr ihm offensichtlich Anweisungen gab und ihm sagte, was genau er zu tun habe. Der Hochgewachsene war zwar wie ein Xocotlaner gekleidet, doch seine Haltung und die fein gemeißelten Züge verrieten den Azteken. Herr Obstgarten Mutter wurde sich des Neuankömmlings bewußt und übertraf sich jetzt selbst, als er Moctezuma bis in den Himmel lobte. Cortés warf einen Blick auf den Fremden, sah dann fragend mich an, und ich flüsterte: »Azteke.«

Mein Gebieter sagte: »Wir können Euren Nachbarn in der Republik Tlaxcala einen Besuch abstatten. Erzählt uns von ihnen. Seid Ihr Freunde?«
»Freunde?« Obstgarten Mutter tat entrüstet. »Freunde der stinkenden Papier-Träger?«
Die Tlaxcalaner hatten den Spitznamen Papier-Träger erhalten, weil Moctezuma eine Blockade über ihr Land verhängt hatte und sie von den Baumwollieferungen abgeschnitten waren. Deshalb behalfen sie sich mit Kleidern aus Rindenpapier und Tierhäuten. Selbstverständlich blühte der Schmuggel, und als Obstgarten Mutter sich eingehend über die Armut der Tlaxcalaner ausließ und darüber, was ihnen alles fehlte, fragte ich mich, ob er selbst nicht am Schmuggel reich wurde.
»Sie haben keine Quetzalfedern, keine Purpurschnecken, um roten Farbstoff herzustellen, und keine Baumwolle. Ihr Essen ist fade, weil ihnen Salz fehlt...« Dann kam eine wichtigere Information: »Die Tlaxcalaner sind solche Feiglinge, daß sie sich nicht im offenen Zweikampf stellen wie Männer, sondern sich hinter eine hohe Mauer ducken, die sie auf dieser Seite ihres elenden Tals errichtet haben. Es gibt nur einen Eingang, eigentlich kein Tor, sondern eine Falle, die sie sich ausgedacht haben. Ich werde Euch zeigen, was ich meine.«
Nachdem er einen Diener beauftragt hatte, Rindenpapier und ein Stück Holzkohle herbeizubringen, skizzierte Obstgarten Mutter einen Plan vom Tor in der großen Mauer von Tlaxcala, das eigentlich weniger ein richtiger Eingang, sondern mehr eine Todesfalle war.
»Die Verteidiger verbergen sich hinter der zweiten hohen Mauer«, sagte der Herrscher von Xocotlan. »Sie stehen auf Wehrgängen und Plattformen mit kochendem Pech, Steinen und Pfeilen. Eine angreifende Armee kommt zwischen den engen Mauern wie durch einen Trichter herein; der Zugang ist so schmal, daß nur drei oder vier Mann nebeneinander hindurchkönnen. Während sie durch diesen Engpaß laufen, werden sie abgeschlachtet. Wer übrigbleibt, wird auf dem freien Feld dahinter niedergemacht.«
»Wenn ich mich entscheide, dort durchzustoßen, kartätsche ich erst die Mauern zusammen.« Cortés tat das Problem als unbedeu-

tend ab, doch ich spürte, daß er von der Falle tief beeindruckt war. Allerdings war ich mir nicht sicher, ob er auch gesehen hatte, was von Anfang an auf *mich* großen Eindruck gemacht hatte: daß die Falle nämlich nach beiden Richtungen hin funktioniert: der Rückzug würde nicht weniger gefährlich sein als der Vormarsch.

Obstgarten Mutter legte die Maske der Weisheit und Verschwörung an. »Das Grollen eurer Feuerungeheuer würde eure Ankunft verraten. Es ist ratsamer, möglichst dann hineinzuschlüpfen, wenn der Zugang unbewacht ist. Die Tlaxcalaner sind sorglos und so feige, daß sie sich – seid ihr erst einmal innerhalb ihrer Mauern – ohne großen Kampf ergeben werden. Wenn ihr Heer aufmarschiert, braucht Ihr Euch nicht zu beunruhigen. Das ist nur Bluff, keine Schlacht.«

Ich ließ den aztekischen Abgesandten nicht aus den Augen, und als er diese Worte hörte, huschte der Hauch eines Lächelns über sein Gesicht. Obstgarten Mutter log also. Was war er für ein aufgeblasener Narr, daß er sich einbildete, er könne Gefiederte Schlange hinters Licht führen. Aber selbst Narren können gefährlich sein. Ich war froh, daß wir am nächsten Morgen weiterziehen wollten und uns bald außer Reichweite seiner schwammigen Patschhand befinden würden.

Nach dem mürrischen Schweigen der Xocotlaner und dem Doppelspiel ihres Herrschers war es eine freudige Abwechslung, durch die Städte und Siedlungen nahe der Tlaxcalaner Grenze hindurchzuziehen. Diese Bergsiedlungen und Flußdörfer huldigten Gefiederter Schlange rückhaltlos, und die totonakischen Herolde, die vorauseilten und von der Befreiung Zempoalas von der Aztekenherrschaft berichteten, wurden mit Blumen überhäuft.

Die Einzige Welt erwartete Gefiederte Schlange mit ausgebreiteten Armen. Strahlend standen Sinn und Zweck meines Lebens vor mir.

Wir zogen durch den breiten Korridor zwischen den Adlerklippen und folgten dabei dem Lauf eines Stroms, der uns bis an die Mauern von Tlaxcala bringen sollte. Nachts schlugen wir immer ein bewachtes Lager auf, und mein Gebieter schlief mit mir in dem großen Zelt, das er mir geschenkt hatte. Sobald sein Hausaltar darin aufgestellt worden war, wußte ich, daß er dies Zelt als sein Zuhause betrachtete. In der Nacht, ehe wir die Grenze von Tlaxcala erreichten, saßen wir noch lange auf und plauderten beim Schimmer einer Kerze.

»Glaubst du, was der fette König gesagt hat?« fragte er mich. »Werden diese Tal...«

»Tlaxcalaner.«

»Ja. Wenn wir eine Bresche in die Mauer schlagen – glaubst du, daß sie sich ergeben?«

Darüber hatte ich eingehend nachgedacht. »Nein, mein Gebieter. Sie sind die tapfersten Soldaten, die man sich vorstellen kann. Ihre Söhne schlafen schon als Säuglinge in der Mulde der Schilde. Allerdings glaube ich, daß das Tor unbewacht sein wird.«

»Weil sie uns willkommen heißen?«

»Wie ein lauernder Jaguar einen Hirsch. In diesem endlosen Krieg zwischen Tlaxcalanern und Azteken geht es ja nicht darum, den Feind auf dem Schlachtfeld zu töten, sondern möglichst viele Gegner gefangenzunehmen und später zu opfern.«

Er dachte darüber nach. »Dann wird sie unsere Kampfesweise überraschen.« Er schloß den Vorhang unseres Zeltes. Ich erhaschte noch einen Blick von einem Himmel, der aussah wie poliertes Silber; Dame Mond war dick und rund. »Erzähl mir vom Krieg, meine Liebe. Ich weiß, das ist keine Frauenangelegenheit, aber erzähle mir, was du über die Kampfgewohnheiten und Regeln gehört hast, nach denen er ausgetragen wird.«

Ich erzählte völlig planlos und wunderte mich bald selbst, wieviel ich wußte oder halb vergessen hatte. Schließlich war ich in einem Außenposten des Heeres aufgewachsen, hatte den Erzählungen von Soldaten, Offizieren und aztekischen Inspektoren gelauscht, die meinen Vater aufgesucht hatten. Die Azteken glauben, daß Frauen keine Ahnung von Strategie haben, doch das trifft wohl nur auf taube oder blinde Frauen zu. Krieg war das Leben. Während wir appetitanregende Getränke anboten, lauschten wir dem Gerede über den Pfeilhagel, mit dem ein Treffen eröffnet wird, und wenn wir Schokolade oder Nachspeisen reichten, hörten wir, wie über den endgültigen Sieg geprahlt wurde. Im Maya-Land war das nicht wesentlich anders gewesen. Meine Pflicht war

es, den Männern zu gefallen, für gewöhnlich Offizieren, und von den beiden Dingen, die Männern am besten gefallen, ist Zuhören bei weitem das leichtere.
»Du bist ein Wunder, meine Liebe«, sagte er schließlich. »Du redest wie ein General, der schon hundert Feldzüge hinter sich hat.«
»Nein, mein Gebieter. Wie die Tochter eines Generals.«
»Komm zu Bett!«

Geschichtenerzähler in den Dörfern und Balladensänger auf den Märkten haben tausend Versionen von den Nächten verbreitet, die ich auf dem Marsch von Tenochtitlan mit meinem Gebieter verbrachte. Wir waren immer von einer so heißen Leidenschaft erfüllt, daß sich jeder Lauscher an der Wand die Ohrläppchen verbrannt hätte. Sind aber Damen unter den Zuhörern, hielten wir uns zärtlich an der Hand oder unsere Lippen streiften sich. Die Berührung, obwohl zärtlich, wird als Woge beschrieben, als Vulkan, als reißender Fluß – es hängt alles nur von den Zufälligkeiten des Landes ab, wo die Geschichte erzählt wird. Aus irgendeinem Grunde wird die Schönheit der Leidenschaft für gewöhnlich mit Katastrophenbildern dargestellt.
Einem Glühwürmchen gleich, taucht in den Geschichten immer ein Körnchen Wahrheit auf. Wir kannten die Leidenschaft, wir kannten die Zärtlichkeit; wir scherzten sogar – und das scheint nun überhaupt niemand zu erwarten. Doch statt unsere Zeit in Ekstase zu verbringen, die die Erde erbeben ließ und den Himmel zerriß, redeten wir mehr über Taktik und Politik. Das war unsere Arbeit, unser Leben.
Und das waren die Stunden, die mir am meisten bedeuteten und die ich immer in einem ganz besonderen Licht sah. Jahre später hörte ich bei einer für ihren frischverstorbenen Gatten abgehaltenen Totenwache die Witwe jammern. Sie beklagte nicht den Verlust der werbenden Küsse der Brautzeit oder der Umarmungen im ehelichen Bett. Statt dessen liefen ihr die Tränen über die ledrigen Wangen, und sie schluchzte, als sie sagte: »Vierzig Jahre lang haben wir jeden Frühling zusammen Mais gepflanzt. Wir haben Unkraut gejätet und die Krähen verscheucht. Sobald ein Feld unfruchtbar wurde, brannten wir es ab und bestellten ein neues.« Arbeit und

Hoffnung hatte sie vor allem verbunden, nicht die Leidenschaft – obwohl sie auch die genossen haben müssen. Genauso war es bei mir.

Wir redeten über Kriegsführung, über Regierungsformen, über das Morgen. Weniger häufig sprachen wir über die Vergangenheit, über sein Leben. Obwohl ich inzwischen die meisten Wörter kannte, verstand ich ihn selten – Spanien war viel zu weit entfernt, als daß ich es hätte begreifen können. Gleichwohl begriff ich die gesellschaftliche Stellung seiner Familie: Verarmten Landadel, der sich abmühte, einen letzten Rest Prestige zu bewahren, gibt es überall.

»Dreimal in der Woche aßen wir Eintopf ohne Fleisch; und sonntags gab's Eier und Schinken. Mein Vater mußte zuviel für sein Pferd und seine Kleidung ausgeben.«

Mit vierzehn Jahren wurde er auf eine Schule geschickt, die Universität von Salamanca hieß. »Dort wurde ich bei einer Tante untergebracht, die womöglich noch ärmer war als mein Vater – Eier am Sonntag ja, aber keinen Schinken. Am meisten schämte ich mich jedoch über die geflickten Hosen, in denen ich herumlief; meine Kameraden waren alle reich. Die letzten beiden Jahre habe ich gehaßt.«

Nachdem er von der Armut seiner Familie erzählt hatte, drängte er mich jedesmal, von meinem Vater zu berichten, von hohen Ämtern und Ländereien im Süden, dem Haus in Tenochtitlan.

»Ein Palast«, sagte er und nickte. »Selbstverständlich. Wie viele Bedienstete?«

Ich übertrieb, machte alles ein bißchen großartiger, als es in Wirklichkeit gewesen war. Er brauchte eine Prinzessin, eine reiche Frau, von Rang. Das entschädigte ihn für seine Kindheit.

»Mit neunzehn schiffte ich mich nach Westindien ein. Ich wollte die sagenumwobenen Königreiche des Amadis finden. Statt dessen landete ich auf einer langweiligen Insel namens Hispaniola.« Dort lernte er die Sklaverei kennen und kam zu dem Schluß, daß diese sich langfristig nicht auszahlte; dabei hatte er später auf Kuba selber Sklaven.

»Die Sklaverei dauert hier fast niemals ein Leben lang«, erklärte ich ihm. »Und alle Kinder werden frei geboren.«

»Das ist recht so und christlich«, sagte er. Dann kehrten seine Gedanken zu den acht Jahren auf Kuba zurück. »Mir ging es gut. Ich fand ein bißchen Gold, ich leitete eine Plantage, und die Männer achteten mich. Und doch wollte es mir die ganze Zeit über vorkommen, als wäre ich nicht richtig wach. Das ist schwer zu beschreiben. Kannst du das verstehen?«

»Ja, mein Gebieter.« Wer wußte das besser als ich? Von dem Tag an, da sie mich in Painala in ihre Gewalt gebracht hatten, bis zur Ankunft der Schiffe hatte ich mich benommen gefühlt, wie im Nebel. Nur die Ankunft von Gefiederter Schlange hatte mich geweckt. Männer wie Frauen haben erst dann ein erfülltes Leben, wenn ein Gott sie berührt.

»Ich lebte nur von einem Tag zum anderen«, sagte er und zog mich auf einem Kissen, das aus einer zusammengerollten Wolldecke bestand, an sich. »Ich wurde Sekretär des Gouverneurs von Kuba. Ich heiratete eine Frau von vornehmer Herkunft. Es war ein kluger Schritt, über meinem Stand zu heiraten.«

Dann kicherte er. »Nein, ich will ehrlich sein. Ich mußte Catalina heiraten, weil ich sie verführt hatte. Kennst du das Wort ›verführen‹?«

»Ja, die Soldaten verwenden es oft.«

»Ja, und probieren es auch oft genug aus. So heiratete ich also Catalina. Sie kränkelt ewig und jammert von morgens bis abends.«

Doch vertrieb er den Gedanken an seine Frau rasch. Ein Seufzer, und sie war verbannt.

»Zwei Schiffsexpeditionen wurden ausgerüstet, um neue Länder zu finden und zu erobern, doch ich blieb zurück. Irgendwie war ich noch nicht soweit. Als diese Versuche sich als Fehlschlag erwiesen, freute ich mich insgeheim. Meine Zukunft sollte erst noch kommen.

Eines Nachmittags nickte ich ein und schlief wie ein Toter. Dabei hatte ich einen Traum, der wirklicher war als irgend etwas, das ich auf Erden gesehen hatte.«

Mein Gebieter setzte sich auf. Er starrte ins Dunkel, als ob sich die Bilder des Traums dort von neuem bildeten. Als er dann weitersprach, erlebte auch ich, was er als Vision gehabt hatte.

»Ich war in reiche Gewänder gekleidet, in einen Umhang aus

Goldbrokat und ein Hemd aus Damast. Fremde verneigten sich wie Diener vor mir. Sie sprachen voller Achtung und Lob über mich. Ich sah einen Bankettsaal, die Tische festlich gedeckt mit Silber und blitzendem Kristall. Livrierte Diener hießen mich unter Verbeugungen eintreten, und Herolde stießen in Fanfaren wie für einen König. Dabei war dies alles nur für mich.«

Er lehnte sich zurück und lächelte ins Dunkel hinein. »Als ich aufwachte, war mir dieser Traum gegenwärtiger als jede Erinnerung. Ich erzählte keinem Menschen davon – schließlich wollte ich nicht als Irrer eingesperrt werden oder mich der Lächerlichkeit preisgeben, weil ich einen Ehrgeiz nährte, der über meinen Stand hinausging. Und doch hatte ich mich verändert, war ich ein anderer geworden. Dieser Traum war ein flüchtiger Eindruck von meiner Zukunft. Ich wußte, ich würde entweder unter Fanfarengeschmetter speisen oder bei dem Versuch, es zu tun, am Galgen enden.«

Auf diese Weise also hatte Gefiederte Schlange Besitz von Cortés ergriffen, und er war ein Gott geworden.

15 Brotland

Die Republik Tlaxcala ist ein breites Tal, in dem der Mais so gut gedeiht, daß es Brotland genannt wird. Lange ehe wir die eigentliche Grenze, die berühmte Mauer, erreichten, zogen wir an Bergäckern vorüber, auf denen der Mais so dicht stand wie die Härchen im Backenbart eines Spaniers.

Der Viererrat, von dem das Land regiert wird, hatte Hexenmeister ausgeschickt, um uns abzuschrecken oder am weiteren Vorrücken zu hindern. Ihre mit grotesken Kraken bemalten Papierstreifen hingen von den Ästen der Kiefern herab und waren an Fäden quer über den Weg gespannt.

Die Bauern, welche die nahegelegenen Felder bestellten, waren verschwunden, vermutlich in das tlaxcalanische Heer einberufen worden; aber wir wurden aufmerksam beobachtet. Tiere der Berge und des Waldes spähten von fast jedem Erdhügel herunter. Ich sah, wie zwei Füchse mich beäugten, um gleich darauf davonzuhuschen und im Dickicht zu verschwinden. Hirsche verharrten seltsam zutraulich auf den Lichtungen, neugierig, Gefiederte Schlange vorüberziehen zu sehen, ein Zeichen, daß die Götter des Landes uns willkommen hießen; nicht einmal die Krähen krächzten feindselig, was die Totonaken, die sich gut bei den Vogelgöttern auskennen, beruhigte.

In einer freundlichen Stadt kurz vor der Grenze machten wir halt, und mein Gebieter schickte vier totonakische Gesandte nach Tlaxcala. Delphin Helmbusch sollte sie anführen und erhielt den Auftrag, dem Rat zu versichern, daß wir nur Freundschaft suchten und friedlichen Durchzug durch die Republik.

»Wir müssen ihnen ein Geschenk schicken, irgend etwas Eindrucksvolles«, sagte Cortés. In diesem Augenblick kam einer seiner Lieutenants, Andres Tapia, vorüber, wie immer mit mißmutiger Miene. Er war ein besonders kräftiger Mann, den irgendein Dämon offensichtlich begünstigt hatte, doch gewöhnlich war sein Gesicht schmerzverzerrt wie die Maske von Herrn Bauchkneifen.

»Die rote Kopfbedeckung, die Tapia aufhat, ist genau das richtige Geschenk«, sagte ich und zeigte darauf. Als er seinen Namen hörte, blieb Tapia stehen, wandte sich um und runzelte die Stirn. Wer beschwerte sich jetzt schon wieder über ihn?
»Die flämische Kappe? Nichts weiter?« fragte Cortés.
»Etwas Besseres gibt es gar nicht.« Die flauschige Stoffmütze erinnerte an die Kronen von Götterstandbildern und war fast genau die Kopfbedeckung, welche Gefiederte Schlange trug, wenn er als Jäger der Weisheit dargestellt wird.
»Die Kappe verschenk ich nicht an irgendwelche Heiden!« erhob Tapia Einspruch, nachdem er begriffen hatte, um was es ging. »Das sind die Menschen da vor uns nicht wert. Mein Weib hat mir erzählt, die Azteken lassen dies Land nur leben, damit ihre Truppen ab und zu etwas üben können.«
Sein »Weib«, das war die Schlampe Blumen Tasche, und wenn sie ihm das klargemacht hatte, mußte sie etwas Spanisch gelernt haben. Kein Wunder, daß Tapia immer ein finsteres Gesicht machte. Über die aztekische Angeberei in bezug auf Tlaxcala konnte man nur lachen. Tlaxcala hatte bis jetzt ausschließlich dank seines sechzigtausend Mann starken Heeres überlebt. Sie waren standhafte Patrioten, die sich mit den nicht gerade hellen, aber tapferen Otomi-Kriegern verbündet hatten, die bereit waren, ihr Leben bei der Verteidigung der Bergpässe teuer zu verkaufen. Wenn man Tlaxcala einnehmen wollte, so war das, als wenn man eine glühende Kohle anfaßt – möglich, aber schmerzhaft.
Widerstrebend rückte Tapia seine hübsche Mütze heraus. Cortés sagte: »Außerdem werden wir ihnen einen langen, mit vielen Amtssiegeln versehenen Brief schicken.«
»Mein Gebieter, kein Tlaxcalaner kann Spanisch lesen. Ich bin mir nicht sicher, ob es überhaupt einen gibt, der in irgendeiner Sprache lesen kann.«
»Um so besser.« Cortés lächelte.
Brief und Kopfbedeckung wurden Herrn Delphin Helmbusch übergeben, der sich in die Kleider eines Diplomaten geworfen hatte – einen doppelt verknoteten Überwurf, der ihm bis über den Nabel ging, ein besonderer Umhang aus Baumwolle und ein Amtszeichen in Form eines Schildes. Diese Tracht wurde von allen

zivilisierten Völkern anerkannt, und er versicherte uns, den Totonaken gegenüber wären die Tlaxcalaner freundlich eingestellt. Ich glaube jedoch, ganz so sicher war er sich nicht; ich sah, wie er ein winziges Jadeherz in die Flechten seines Haars steckte, um ein Wegegeld für die Niederwelt bereit zu haben, falls die Tlaxcalaner sich als weniger freundlich oder weniger zivilisiert erwiesen, als er behauptet hatte.

Zwei Tage lang warteten wir auf Delphin Helmbuschs Rückkehr. Cortés litt sichtlich darunter, daß er so lange auf sich warten ließ. Schließlich war ihm klar, daß es der Gesandtschaft schlecht ergangen war, und er befahl den Weitermarsch.

Vom Osten her geht es den Schlund des langgestreckten Tals von Tlaxcala steil bergauf. Links und rechts ragen Felswände in die Höhe. Das Land ist schön und fruchtbar und hat doch etwas Abweisendes; die Felsklippen wirken überwältigend, eine Welt aus Granit.

Wir erreichten den Kamm eines bewaldeten Bergrückens, und Cortés befahl zu halten. Nur wenige Bogenschuß entfernt ragte grau wie die Felsen selbst die berühmte Mauer auf. Von hier oben konnte man auf sie hinuntersehen – sie war oben mindestens zehn Schritt breit und mit einer niedrigen Brustwehr versehen. Die Mauer selbst erstreckte sich von einem Berg zum anderen quer durch das ganze Tal und war so hoch, daß ein Berittener, der sich in den Steigbügeln aufrichtete, die Oberkante nicht erreichen konnte.

Aguilar, der neben mir stand, sagte nur ein einziges Wort: »Gewaltig!«

Ich nickte. Alle waren gleichermaßen beeindruckt. Doch kein einziger Wachtposten kniete hinter der Brustwehr, und der schmale Eingang – genau in der Mitte des Tals – schien unbewacht. Gleichwohl machte das Fehlen von Wachtposten am Tor die Szene noch bedrohlicher, einfach deshalb, weil es so eigentümlich war.

Bernal Diaz hatte sich bis an die Spitze der Marschkolonne vorgearbeitet, um sich die Verteidigungsanlage anzusehen. Er war tief beeindruckt. »Es ist fast, als ob der Stein spräche«, sagte er.

»Und was sagt er Euch?«

»Er sagt: Komm hindurch, wenn du es wagst, Fremder. Aber schaffst du es auch wieder zurück?«

»Ja«, sagte ich. »Genau das höre ich auch.«

Das gesamte Heer schien diese Botschaft zu vernehmen; die Soldaten standen auf dem Bergrücken, starrten hinunter auf das trutzige Bauwerk und flüsterten miteinander. Viel hätte nicht gefehlt, und der Mut hätte sie verlassen, doch da gab mein Gebieter, der *capitán*, Mulitreiber die Sporen, die Fuchsstute stieg mit der Vorderhand hoch und stieß ein wildes Wiehern aus.

»Vorwärts, Soldaten!« rief er und zeigte auf das Banner, das Aguilar trug. »Vorwärts im Namen des Heiligen Kreuzes. Unter diesem Zeichen werden wir siegen!«

Munter trabte Mulitreiber den Hang hinab, das Heer folgte, und viele Soldaten sangen, als wir durch den gewundenen grauen Gang in der Mauer in Tlaxcala einmarschierten. Ich dachte: *Das hier ist wirklich der Schmale Durchgang. Von hier aus gibt es keine Wiederkehr.*

Cortés wartete auf den Wiesen hinter der Mauer nur so lange, bis die Truppen und die Lastenträger mit der Ausrüstung den Eingang passiert hatten. Dann ritt er zusammen mit sechs Reitern als Vorausabteilung weiter – nicht ohne mir vorher in aller Schärfe befohlen zu haben, ihm nicht zu folgen, sondern beim Heer zu bleiben.

»Ich kann nicht riskieren, dich zu verlieren«, sagte er. »Dazu bist du viel zu wertvoll für mich.« Das war der Befehl eines Oberkommandierenden, nicht der eines Gebieters.

So rückte ich zusammen mit den Fußsoldaten im Schneckentempo vor, bewacht von dem eifrigen Jaime Garay, der sich jetzt so überschwenglich gab, daß ich zu dem Schluß kam, das Schweigen draußen auf dem Land müsse ihn völlig zermürbt haben.

»Was für ein Glücksfall ... vielleicht sogar ein Wunder«, sagte er. »Wir haben sie überrascht, sie haben geschlafen, wir haben ihr verdammtes Tor geschafft, ohne auch nur blankziehen zu müssen. Gott ist auf unserer Seite.«

»Hoffentlich bleibt er das auch weiterhin«, antwortete ich, denn ich machte mir nichts vor, was den mühelosen Zutritt in dieses Land betraf. Der Jäger hatte uns gnädig gestattet, ins Netz zu gehen. Ich brauchte keine Hellseherin zu sein, um vorherzusagen, was als nächstes geschehen würde; sie würden sich einer Taktik bedienen, die sie vor langer Zeit von den Azteken gelernt hatten, einer List, die zum Beispiel auch mein Vater den Tarasken gegenüber angewandt hatte. Unser Heer würde unverhofft auf einen kleinen Trupp von vielleicht zehn oder fünfzehn Kriegern stoßen, die uns mit höhnischen Reden herausfordern würden, um dann die Flucht zu ergreifen. Die Verfolger wurden auf diese Weise weitergelockt, dachten, eine Fliege zu erschlagen, trafen aber einen Jaguar: Ein kleines Stück voraus würde das Heer des Feindes im Hinterhalt liegen. Ich wußte es. Das Schweigen der Vögel verriet es mir.

Es spielte sich genau so ab, wie ich erwartet hatte, nur sah ich das Scharmützel, das zur ersten der drei großen Schlachten in Tlaxcala führen sollte, nicht mit eigenen Augen.

Cortés mit seiner Vorausabteilung von sechs Berittenen stieß schon bald auf fünfzehn oder zwanzig Krieger, die in vollem Kriegsschmuck und bis zu den Ohrenknochen bewaffnet waren. Selbstverständlich traten diese Krieger, nachdem sie wie üblich herausfordernd verächtliche Gesten gemacht hatten, plangemäß den Rückzug an. Selbstverständlich wurden sie von den Spaniern verfolgt, Cortés rief und gestikulierte, um den Tlaxcalanern begreiflich zu machen, daß sie zurückkommen sollten, er mit ihnen reden wollte. Er wollte eine Unterredung, keine Schlacht. Aber die Krieger flohen weiter, und die Spanier verfolgten sie immer weiter.

Bis zu diesem Punkt war alles nach dem klassischen Plan verlaufen. Nur hatten die Tlaxcalaner nicht mit der Schnelligkeit der Pferde gerechnet; die als Köder ausgeschickte kleine Truppe hatte erwartet zu entwischen, nicht jedoch, geschnappt zu werden. Ein Reitersmann namens Martin Lares, der schneller reiten konnte als der Teufel, holte die Krieger ein und durchbohrte zwei von ihnen mit seiner Lanze. Zu seiner Überraschung und zur Verblüffung der anderen Spanier, die jetzt herangeritten kamen, machten die Krieger kehrt und stellten sich dem Kampf – eine Wendung, die in ihrem meisterhaften Plan nicht vorgesehen war.

Die Spanier wußten natürlich nicht, daß Gefallene in Tlaxcala als heilig gelten. Ein Soldat, der die Leichen seiner Kameraden liegen läßt, wird von den Herren der Nacht verflucht, die ihn bis zu seinem Grab und zweifellos noch lange darüber hinaus verfolgen und quälen werden. Die Herren kennen bei solchen Vergehen kein Pardon.

Die Tlaxcalaner vergaßen, daß sie eigentlich nur Lockvögel waren, und griffen mit einer solchen Wildheit an, daß drei Pferde getötet und drei zusammen mit zwei Reitern verwundet wurden. Gerade als der Kampf eine tödliche Wendung zu nehmen drohte, trafen weitere Berittene ein. Cortés, der plötzlich den Plan der Tlaxcalaner durchschaute, schickte Lares im Galopp zurück, um Fußsoldaten und Kanonen zu holen.

Der Hilferuf traf im letzten Augenblick ein. Plötzlich brachen mehrere tausend Tlaxcalaner aus ihrem Versteck in einem weiter oben im Tal gelegenen Kiefernhain hervor und eilten in den Kampf. Ein langanhaltender und kräfteverschleißender Sturmangriff war das Gegenteil dessen, was die tlaxcalanischen Führer geplant hatten. Sie hatten erwartet, aus dem Hinterhalt zuzuschlagen und die spanische Vorausabteilung mit zwei Schwerthieben zu zerschlagen. Die Macht von Gefiederter Schlange hatte ihren ganzen Zeitplan durcheinandergebracht, die Schlacht war verloren, und sie traten die Flucht an, noch ehe die Kanonen überhaupt zum Einsatz gekommen waren.

Als die Lebenden vom Schlachtfeld verschwunden waren, zählten wir siebzehn tlaxcalanische Gefallene. Ich nahm an, daß mindestens noch einmal soviel von ihren Kameraden mit zurückgenommen worden waren. Spanier waren nicht getötet worden, doch vier von ihnen hatten so schwere Verwundungen davongetragen, daß ihre Wunden ausgebrannt werden mußten.

Die Verwundeten – Männer wie Pferde – wurden noch versorgt, als die Ältesten der in der Nähe gelegenen Dörfer mit den blauen Federn des Friedens eintrafen. Sie wurden von zwei unserer vier totonakischen Gesandten begleitet, doch Herr Delphin Helmbusch war nicht dabei.

Unsere Abgesandten hatten nichts zu berichten, was von Nutzen gewesen wäre. Nachdem sie sich an den Viererrat gewandt hatten, waren sie von ihren beiden Gefährten getrennt und über Waldwege in ein nahegelegenes Dorf gebracht worden, wo man sie streng bewacht in Gefangenschaft gehalten hatte. Vom Schicksal Delphin Helmbuschs hatten sie genausowenig Ahnung wie von unserem Sieg.

Der Sprecher der Dorfältesten, ein in phantastischer Amtstracht steckender Kürbis von einem Mann, war vom Ausgang der Schlacht dermaßen mitgenommen und hatte eine solche Angst, Cortés könnte vielleicht doch ein Gott sein, daß er nichts weiter tat, als flehentliche Bitten und unterwürfige Entschuldigungen vorzubringen.

»Die Angreifer waren keine Tlaxcalaner! Nein! Nein! Wir sind ein entgegenkommendes, gastfreundliches Volk. Wir bedauern das Vorgefallene sehr!«

»Das kann ich mir lebhaft vorstellen«, sagte Cortés und sorgte dafür, daß seine Ironie in der Übersetzung nicht verlorenging. »Was für ein Pech für euch!«

»Diesen schrecklichen Sturmangriff haben die Otomi geführt. Das sind wilde, unbezähmbare Leute. Wir müssen sie als Verbündete dulden, weil die Azteken uns keine Ruhe gönnen. In gewisser Hinsicht war der Angriff auf Euch eigentlich die Schuld der Azteken.«

»Ich werde das Moctezuma gegenüber erwähnen«, meinte Cortés, und der Mann schaute noch betrübter drein.

»Wir bitten um Entschuldigung, daß wir Eure Wolfshirsche getötet haben.« Er meinte die Pferde. »Wir werden für den Schaden aufkommen und bezahlen, was Ihr verlangt.«

»Sie bedeuten uns nichts.« Mit einer Handbewegung fegte Cortés diese Angelegenheit beiseite. »Es sind ja noch viele nach hier unterwegs. Bis morgen früh werden hundert von ihnen eintreffen. Vermutlich werden sie den Tod ihrer Gefährten rächen wollen und entsprechend blutrünstig sein. Mit Bezahlung läßt sich da nichts wiedergutmachen.«

Die Ältesten erbleichten, zogen sich dann unbeholfen zurück und stolperten über ihre eigenen Füße, als sie versuchten, sich katzbuckelnd aus der Göttlichen Gegenwart zurückzuziehen. Ich hätte mehr Mitgefühl mit diesen Krieger-Bauern gehabt und ihnen ihre Entschuldigung mit den Otomi vielleicht auch etwas mehr geglaubt, hätte der Ostwind nicht den unverkennbaren Geruch von siedendem Kiefernharz herübergetragen. Hinter uns stieg Rauch in die Luft; Pech wurde erhitzt, um uns ein Abschiedsbad zu bereiten, falls wir versuchen sollten, uns zurückzuziehen. Die Mauer von Tlaxcala war wieder bemannt worden. Der Durchlaß hatte sich in das Gebiß eines Jaguars verwandelt.

Der großmütige Verzicht auf Bezahlung für die Pferde mochte strategisch richtig sein, füllte uns aber an diesem Abend nicht den Bauch. Die Bewohner des verlassenen Dorfes, in dem wir unser Lager aufschlugen, hatten wie immer bis zum letzten Maiskorn alles fortgeschleppt. Ein paar ihrer Xolo-Hunde kamen abends heim und wurden prompt zum Abendessen verzehrt – doch sie wurden ohnehin aus diesem Grunde gezüchtet.

Am nächsten Morgen, gerade als das Lager sich im Zwielicht der Dämmerung zu regen begann, kamen Herr Delphin Helmbusch und sein Gefährte völlig abgerissen und weinend hereingewankt. Als Totonaken kannten sie keinerlei Scheu, ihre Gefühle zu zeigen, und Delphin Helmbusch litt schwer unter Demütigung.

»Wir wurden im Gemeinschaftshaus vom Viererrat empfangen. Sie erwiesen uns jede Höflichkeit, auf die ein Diplomat Anrecht hat – zuerst jedenfalls.« Herr Delphin Helmbusch beschrieb, wie man die vier Gesandten auf niedrigen Amtsschemeln, den sogenannten *ycpallis*, die eigentlich Throne sind, hatte Platz nehmen lassen.

»Wir benahmen uns vollkommen. Wir hielten die Augen gesenkt, den Leib bedeckt. Ich sprach von den Spaniern und erging mich in den höchsten Tönen über ihre Macht, berichtete von den weißhäutigen und blauäugigen Dienern von Gefiederter Schlange, die uns von Moctezuma befreit hätten.«

Schweigend hatten die hohen Herren sie angehört und dabei den Kopf gesenkt, bis ihr Mund die Knie erreicht hatte. Nach Delphin Helmbuschs Ansprache hatte der Rat schweigend und regungslos dagesessen, um der Angelegenheit die gebührende Würdigung widerfahren zulassen, wie sie große Fragen bedürfen. Dann wurden die Abgesandten entlassen, damit der Rat sich besprechen konnte.

»Unter einem Vorwand wurden wir getrennt.« Delphin Helmbuschs Stimme bebte. »Dann wurde ich ergriffen und gefesselt. Die Abzeichen des Diplomaten wurden mir abgerissen, und ich wurde in einen Käfig gesteckt. Heute sollten wir Rauchendem Spiegel geopfert werden, doch gelang es mir und meinem Freund, die Latten des Verschlags zu lockern und zu entfliehen. Ich warne Euch, die Tlaxcalaner werden jeden Augenblick angreifen.«

»Jawohl«, ließ sich jetzt auch der andere Abgesandte vernehmen. »Sie stehen unmittelbar hinter diesen Bergen bereit. Fünftausend Mann, sechstausend ... wer vermag sie zu zählen?«

Mit Trompeten wurde Alarm geblasen. Cortés bestieg den Stumpf eines vom Blitz getroffenen Baums und wandte sich an seine Männer, wobei er nicht jene großen Worte sprach, die die Autoren von Versromanen ihm später in den Mund legten, sondern einfache Anweisungen gab, wie die Soldaten mit der Lanze umgehen sollten.

»Schleudert sie nicht, sondern greift an und zielt auf das Gesicht. Haltet die Waffe so unterm Arm, daß sie euch nicht entwunden werden kann. Und vor allem: Bleibt beisammen. Wenn sie euch trennen, bedeutet das euren sicheren Tod.«

Dann verließen wir das Dorf und rückten vor.

Alles in allem waren es vierhundert Spanier, vielleicht zweitausend Totonaken und ein paar hundert Bergmenschen. Nein, weniger Totonaken. Denn einige blieben zurück, um das in einem Kiefernwald versteckte Gepäck zu bewachen. Auch die wenigen bei uns verbliebenen Frauen blieben dort und bereiteten sich auf ihre Weise auf die Schlacht vor: Blumen Tasche färbte sich die Wangen mit Zimt und zeigte einem Mädchen aus Xico, wie man mit Purpurpulver Lidschatten aufträgt. Jeder kämpft eben mit seinen Waffen, dachte ich und wühlte in den Vorratskörben, bis ich ein kurzes, leichtes Entermesser fand, das ein Matrose zurückgelassen haben mußte. Dieses Messer umwickelte ich mit einem Stück Stoff; so würde ich vom Überraschungseffekt profitieren. Tarnung – weicher Baumwollstoff über scharfem Stahl, es war das gleiche, was Blumen Tasche auf ihre Weise tat. Ich suchte nicht nach einem Schild, sondern behalf mich mit dem Deckel eines Korbs aus Rohrgeflecht, der zwar kein Schutz gegen

Schwerter oder Äxte war, wohl aber gegen Pfeile jeglicher Art. Ich wirkte absolut harmlos.

Im übrigen dachte ich nicht daran, mich bewußt auf eine Schlacht vorzubereiten oder etwas Ungewöhnliches zu tun. Die Sache von Gefiederter Schlange war in Gefahr; ich wollte mich für sie einsetzen, nicht grausam, sondern freudig. Cortés auf dem Fuchs Mulitreiber war nur einen Bogenschuß entfernt.

Die tlaxcalaniche Vorhut rückte aus den vor uns liegenden Wäldern aus; es waren nur etwa tausend Mann, eine Kleinigkeit im Verhältnis zu dem, was noch kommen sollte. Cortés rief laut meinen Namen, und ich eilte an seine Seite.

»Schick schnell Dolmetsche vor. Sag, daß wir kein Blutvergießen wollen, sondern nur friedlich hier durchziehen. Mach ihnen das begreiflich.«

Herr Delphin Helmbusch verstand sofort und lief, laut seine Botschaft rufend, mutig vor; daß die Tlaxcalaner ihn so schlecht behandelt hatten, feuerte seinen Mut nur an. Doch schon ehe er seine Botschaft beendet, ja noch ehe er sie begonnen hatte, ging ein Hagel von Pfeilen, Spießen und Steinen auf uns nieder. Die Tlaxcalaner schrien nach unserem Fleisch und Blut, fuchtelten mit ihren Spießen in der Luft herum und stürmten voran.

»*Santiago!* Auf sie!« schrie Cortés und hob seine Lanze. Das Echo seiner Stimme hallte von den Bergwänden wider.

Die Pferde donnerten an mir vorbei. Dann streifte ich die Schultern von Fußsoldaten, die hinterhermarschierten. Nie hätte ich gedacht, daß alles so schnell gehen würde. Ich war wie vor den Kopf geschlagen und benommen und stellte plötzlich fest, daß ich zurückgeblieben war.

Als ich sie wieder eingeholt hatte, waren die Tlaxcalaner etwas zurückgewichen, und es sah schon fast nach Rückzug aus; während ich spritzend durch einen seichten Bach lief, überlegte ich, ob hier nicht die Kriegslist von gestern wiederholt wurde: eine kleine Vorhut, die uns in den Rachen eines Ungeheuers von Heer lockte. Doch das spielte keine Rolle. Wie ein Sturmwind konnten wir über sie hinwegbrausen, wir waren ja unbesiegbar – wir waren Götter. Ich hörte meine eigene Stimme

»Santiago!« rufen, hörte das laute Pochen meines eigenen Herzens, es war wie Trommelgedröhn.
Wir erreichten jene Stelle, an der der schmale Schlund des Tals einen Bogen macht und sich zu einer großen Ebene öffnet. Dort stand das tlaxcalanische Riesenheer vor uns, und wieder hielt ich inne, diesmal, weil ich es einfach nicht fassen konnte.
Ich habe gehört, einhunderttausend Krieger hätten an diesem Tag auf dem Schlachtfeld gestanden. Andere sagen dreißig- oder fünfzigtausend. Aber wie zählt man die Tropfen eines Wasserfalls, die Grashalme auf einer Weide? Ich erblickte die berühmten gelben Standarten des stolzen Hauses Titcala, umringt von Tausenden von Kriegern, deren Leiber weiß und gelb gestreift waren. Daneben flatterten und knatterten die Banner des Felsenreiher-Clans im Wind. Ein Aufjaulen von Pfeifen, das Klappern von Holzrasseln und Dröhnen von Trommeln erschütterten das Tal wie das Aufbrüllen von Donner Schlange. Dann wogte die Menschenmasse voran: tödlich und schön!
Und über allem erklang Cortés' Stimme: »Je größer die Zahl der Feinde, desto größer der Triumph! Mäht sie nieder! Für Gott und Santiago!«
Plötzlich herrschte nur Stille um mich herum – zumindest kam es mir hinterher so vor. Meine Ohren verschlossen sich vor dem Höllenlärm, oder aber er war so groß, daß ich taub wurde. Ich bewegte mich wie eine Tänzerin in einer Pantomime, vollführte die Bewegungen, von denen ich wußte, daß sie gemacht werden mußten, und wußte dennoch nicht, was ich tat. Ein Krieger, ein tlaxcalanischer Edelmann in einem wattierten Kampfanzug mit weißen und gelben Federn, hatte es irgendwie fertiggebracht, in unsere Reihen einzubrechen. Entgeistert starrte ich ihn an, als er sein schweres, mit scharfen Obsidiansplittern bewehrtes Schwert hochriß und es beidhändig auf den Hals einer von Pedro Moron gerittenen Stute niedersausen ließ. Das Pferd wurde durch einen einzigen Schwertstreich enthauptet. Der Krieger, der einen Siegesschrei ausstieß, achtete nicht auf mich, eine Frau, sondern sprang vor, um den vom Pferd gestürzten Reiter gefangenzunehmen. Er hätte Moron ohne weiteres dort, wo dieser lag, mit einem weiteren Schwerthieb töten können, doch ihm ging es darum, einen Gefan-

genen zu machen, nicht einen Gegner zu töten. Ich benutzte das Entermesser wie einen Dolch und stieß kurz zu. Die Spitze drang mühelos durch den wattierten Kampfanzug; der Stahl bohrte sich tief in sein Fleisch – wie einfach es war! Spanier, die herbeieilten, um Moron vor anderen Tlaxcalanern zu retten, schoben mich unsanft beiseite. Links von mir nahm ich gleichsam aus dem Augenwinkel heraus eine weiß und gelb gestreifte Gestalt wahr. Ich wirbelte herum und stieß mit dem Stahl zu; nur eine Sekunde, und der Krieger brach zusammen. Meinen hausfraulichen Schild, den Korbdeckel, hatte ich verloren, doch ich brauchte ihn nicht. Die Göttin stand an meiner Seite, lenkte Pfeile ab und ließ Speere an mir vorüberfliegen; in gefährlichen Momenten machte sie mich unsichtbar und sang mir gleichzeitig ihr Todeslied ins Ohr. Alles, was ich sah oder fühlte, wurde intensiviert, geriet zum Strahlen wie seinerzeit im Süden, als ich bei einer Frauenzeremonie eine bestimmte Pflanze gegessen hatte und die Welt so lebendig geworden war wie der Himmel. Ich wurde aus meinem Leib emporgehoben, war außer mir.

Ein tlaxcalanischer Adler-Ritter packte mich bei den Haaren, um mich gefangenzunehmen; als er erstaunt feststellte, daß ich eine Frau war, ließ er mich mit einem verächtlichen Schnauben fahren und wandte sich ab, um einen des Opfertodes auf dem Altar würdigeren Gefangenen zu suchen. Ich stieß zu. Es war der letzte Fehler, den er in seinem Leben begangen hatte.

Zu einer Stunde, da Herr Sonne im Westen stand, wurde die Stille um mich herum Wirklichkeit; plötzlich lag es nicht mehr daran, daß ich nichts mehr hörte. Ich befand mich inmitten von Spaniern und Totonaken; wir waren alle völlig benommen. Das tlaxcalanische Riesenheer zog sich in die Wälder und Berge zurück, trat über Schluchten den Rückzug an, in die wir sie nicht zu verfolgen wagten. Der Kampf dieses Tages war vorüber; wir hatten gewonnen.

Wir lagerten an einem Ort, der Turmberg hieß, ein Dorf, das randvoll war mit Vorräten, so daß die Soldaten an diesem Abend ein Gelage abhielten. Totonaken tanzten und erfanden Lieder, in denen der Mut der Tlaxcalaner verunglimpft wurde; aber in Wirklichkeit hatten wir Hochachtung vor ihnen. Ich begriff nun,

warum Moctezuma die Republik nie mit Erfolg niedergerungen hatte. Bei einem der Versuche, die Bergreiher-Menschen zu unterjochen, hatte der Verehrte Sprecher seinen Lieblingssohn verloren; bis heute war er nicht weitergekommen, als eine Blockade über Tlaxcala zu verhängen.
»Wie viele haben wir getötet?« fragte Pedro Alvarado. »Mit den Hakenbüchsen haben wir viele zu Fall gebracht. Ob wohl tausend durch die Kanonen umgekommen sind?«
Hakenbüchsen und Kanonen? Ich hatte nicht einmal gehört, daß sie abgefeuert worden waren. In der Schlacht hörte und sah jeder ganz unterschiedliche Dinge.
»Sie bringen ihre Gefallenen und Schwerverwundeten ja fort; deshalb können wir ihre Verluste nicht zählen«, sagte Bernal Diaz, der überhaupt nichts begriff. »Jedenfalls ist es sie teuer zu stehen gekommen. Wie viele sind noch bei dem Versuch, die Toten wegzubringen, gefallen?« Er hatte keinerlei Verständnis dafür, daß die Leiche eines Kameraden hier als heilig galt und – sofern zurückgelassen – Gefahr lief, verzehrt zu werden – und zwar nicht säuberlich durch Aasgeier, sondern von menschlichen Feinden, die dadurch Kraft und Mut der Toten in sich aufnahmen.
Alvarado legte den Kopf schief. »Horcht!« Von fern drang das Dröhnen der großen Tempeltrommel an unser Ohr. »Was geht da vor?« Seine sommersprossige Hand fuhr an den Griff seines Schwertes.
»Das ist keine Schlacht, sondern ein religiöser Ritus«, sagte ich. »Sie opfern die Totonaken, die sie heute gefangengenommen haben.«
Die Soldaten entspannten sich. Alvarado sagte: »Sie haben aber auch gut gekämpft. Für Heiden haben sie ganz schön Mumm.«
Von der anderen Seite des Lagers erhob sich das Wehklagen der Totonaken, die Klagelieder um verlorene Krieger. Später erfuhr ich, daß rund dreihundert Totonaken auf dem Schlachtfeld gefallen oder in Gefangenschaft geraten waren, was letztlich auf dasselbe hinauslief. Keiner, nicht einmal mein Gebieter, machte sich die Mühe, sie zu zählen.
Am Morgen tauchte am Horizont kein Heer auf. Die Tlaxcalaner, die viel zu sehr mit ihren Debatten und Auseinandersetzungen

beschäftigt waren, der Plage aller Republiken, verschafften uns so törichterweise Zeit, unsere Waffen zu reparieren, unsere Verwundeten zu versorgen und, was vielleicht am wichtigsten war, uns auszuruhen. Außerdem nutzte Cortés den Vorteil der Waffenruhe, um mit ein paar Bewaffneten gegen einzelne Dörfer und Gehöfte vorzugehen. Gleichzeitig schickte er einige totonakische Ritter aus, um sich erneut um einen Friedensschluß mit dem Feind zu bemühen. An ihrer Spitze stand wieder Herr Delphin Helmbusch; er erklärte, seine Ehre verlange es, daß er den Viererrat noch einmal aufsuche. Mein Gebieter suchte immer während des Angriffs um Frieden nach. Er erinnerte mich an die Steingötter, welche die Maya auf den Ecken ihrer Bauwerke aufstellen; er schaute immer gleichzeitig in entgegengesetzte Richtungen.

Das Kommando über das Lager übertrug er Pedro Alvarado, und ich blieb bei ihm, um zu übersetzen, wenn die Gesandten von den Tlaxcalanern zurückkehrten – falls sie überhaupt zurückkehrten.

Die Antwort traf um die Mittagsstunde ein. Herr Delphin Helmbusch traf mit einer tlaxcalanischen Abordnung ein, die die offizielle Botschaft überbringen sollte – und was für eine Abordnung das war! Die drei Boten waren in stinkende Papierlumpen gekleidet und trugen als Symbol einer zum Gespött gemachten Diplomatie ein paar zerrupfte Federn – eine wahrhaft rüde Beleidigung. Selbstverständlich hielten sie Alvarado für Cortés und konnten seine goldene Göttlichkeit nicht fassen. Der Anführer, der als alter Mann verkleidet war, erholte sich von seinem Schock und krächzte die Botschaft heraus.

»Kommt in die Stadt Tlaxcala! Dort wollen wir Frieden schließen, indem wir unseren Göttern euer Blut und eure Herzen zum Opfer bringen. Wir hoffen, ihr habt Freude an dem geplanten Festmahl, bei dem ihr den Hauptgang bilden sollt.«

Nachdem sie Augen und Ohren beleidigt hatte, humpelte die absonderliche Abordnung in gebückter Haltung davon, so daß sie uns den blanken Hintern zukehrten.

»Was tut sich in der Stadt?« fragte ich Delphin Helmbusch.

»Von der Westgrenze sind weitere Truppen eingetroffen. Morgen wird das gesamte Heer angreifen, ungefähr fünfzigtausend Mann.«

Als Cortés mit Vorräten und einigen hundert Gefangenen zurückkehrte, bestätigte er das. Er hatte überall denselben Bericht gehört; er hatte auch ohne Sprache die tödliche Nachricht verstanden.
Vater Olmedo und der Kaplan, Juan Diaz, kamen in dieser Nacht nicht zum Schlafen. Bis zum Morgengrauen waren sie unterwegs, um Männern die Beichte abzunehmen, die nicht Gefahr laufen wollten, ohne Beichte auf der Ebene von Tlaxcala den Tod zu finden. Womit ich nicht sagen möchte, daß sie den Tod erwarteten; nur wußten sie, daß es auch schiefgehen konnte. Sie waren bereit, ihr Leben aufs Spiel zu setzen, nicht jedoch zu riskieren, in die Hölle zu kommen.
Für mich verlief die Schlacht am nächsten Tag ganz anders als die vorangegangene; nur für kurze Zeit nahm ich am Handgemenge teil. Cortés verlor kein Wort über meine Rolle, die ich in der ersten Schlacht gespielt hatte, doch kurz vor Morgengrauen, als ich ihm half, seine Rüstung anzulegen, warf er einen Blick auf den Stoff, unter dem ich das Entermesser verborgen hatte. Ich hatte einfach Angst, jemand anders könnte Anspruch darauf erheben.
»Heute bleibst du bei den Kanonieren, liebste Marina. Verlaß sie nicht, und lauf nicht den Hügel hinunter. Etwas Extraschutz kann ihnen nur guttun.« Diese Bemerkung machte er in dem ernsten Ton, den er gebrauchte, wenn er einen strengen Befehl durch Witzeln milderte.
»Ich helfe, so gut ich kann, mein Gebieter.« Ich konnte ihn nicht ansehen, denn ich war mir nicht sicher, ob ich mich verletzt oder gedemütigt fühlen sollte; ich war mir nicht sicher, ob er das, was ich getan hatte, leicht nahm. Die Männer, die ich getötet hatte, hatten nicht zum Spaß den Tod gefunden.
»Das weiß ich ja.« Er umarmte mich rasch. »Ich bete nur, daß alle meine Soldaten so tapfer sind wie du.«
Mit den Lippen berührte er mein Haar, eine Geste, die mir heute morgen sehr viel bedeutete. In der Nacht war er ungewöhnlich feurig gewesen; ich fragte mich, ob er mich schwängern wollte und ob das auf irgendwelche Todesahnungen zurückzuführen war, und das erschreckte mich.
Die Artillerie hatte sich auf dem Berghang eingegraben und beherrschte die Ebene unten. Sie sollte beim ersten Angriff über

die Köpfe unseres Heeres hinwegschießen und sich dann auf die Flanken der Tlaxcalaner richten, wo sie den Feind beharken konnte, ohne unsere eigenen Leute zu gefährden.
Cortés stand vor seinen Soldaten. Einen Moment senkte er das Haupt, dann bekreuzigte er sich und sagte nur: »Denkt daran, was Spanier zu unseren Lebzeiten und zu Zeiten unserer Väter geleistet haben. Nie zuvor hat es so etwas gegeben, auf der ganzen Welt nicht. Für Gott und den Heiligen Jakob.« Mit diesen Worten schwang er sich in den Sattel.
Erwartungsvoll standen Totonaken und Bergmenschen da und warteten gespannt darauf, was ihr Anführer gesagt hatte; nie wären sie auf den Gedanken gekommen, daß er sie in diesem Augenblick völlig vergessen hatte. Ich tat so, als übersetzte ich, und so wandte ich mich an sie: »Heute erhebt Gefiederte Schlange Anspruch auf das Brotland. Seine Mutter, die Gebenedeite Jungfrau Mit Dem Schlangenhüfttuch, wird euch Kraft verleihen. Für Gott und den Heiligen Jakob.«

Die Tlaxcalaner machten keinerlei Anstalten, in dichtgeschlossener Phalanx vorzurücken, sondern tauchten nach und nach auf dem Feld auf, in kleinen Gruppen, die von überallher kamen, Trauben von Männern, und dann Massen, etliche tausend, die sich sammelten, kaum daß es im Osten anfing, hell zu werden. Neue Clansverbände der Republik erschienen heute waffenstarrend, fremdartig grüne Kampfanzüge übertrafen zahlenmäßig die weiß- und gelbgestreiften der Angehörigen des Bergreiher-Clans. Die rote Sonne blinkte auf Obsidianklingen sowie auf Pfeilspitzen aus Kupfer, das die Tlaxcalaner gerade zu verwenden lernten. Quer über die Felder erstreckte sich schillernd und schimmernd ein gewaltiger, todbringender Regenbogen, aus dem bald eine Flut von einem Heerbann werden sollte.
Der kümmerliche Trupp der Spanier und ihre dreizehn Berittenen – heute zogen sogar die verwundeten Pferde mit in den Kampf – nahm sich nicht eigentlich wie ein Heer aus als vielmehr wie eine Gruppe von Artisten, die auftraten, um ein riesiges, grell herausgeputztes Publikum mit ihren Kunststücken zu erfreuen. Nur Federbüsche und Blumen der Totonaken, die die spanischen Flan-

ken verstärkten, taten ihr möglichstes, gegen die geballte Zurschaustellung tlaxcalanischer Pracht anzukommen.
Die Trompeten der Spanier und die Hörner der Tlaxcalaner erschollen gleichzeitig; Schreie und Pfiffe des Gegners zerrissen die Luft. Dann brüllten neben mir die Kanonen auf und säten Tod quer übers Tal. Die vordersten Glieder der Tlaxcalaner fielen wie von Zauberhand gefällt, so als hätte der Kalte Herr sie mit seinem Atem bestrichen und wäre ihr Blut plötzlich zähflüssig geworden wie Pech. Als Kanonen und Hakenbüchsen wieder losdonnerten und ihre Geschosse über die zum Angriff vorstürmenden Spanier und Totonaken hinwegschickten, meinte ich, der Krach müsse mir den Schädel sprengen. Ein bereits betagter Kanonier – wie kam ein solcher Großvater nur von Kuba herüber? – reichte mir zwei angefeuchtete Wattepfropfen und gab mir durch Handbewegungen zu verstehen, ich solle mir damit die Ohren zustopfen. Doch das tat ich nicht. Heute sollte mir nichts entgehen, auch der Schmerz nicht.
Als ich den Blick über die sich zwei Bogenschuß weit unter mir erstreckende Ebene schweifen ließ, machte ich die erstaunliche Erfahrung, daß von einem bestimmten Augenblick an Zahlen in einer Schlacht keine Rolle mehr spielen. Tausende, vielleicht Zehntausende warteten am fernen Rand der feindlichen Heerscharen – außerstande, irgend etwas auszurichten. Andere versuchten, sich durch das Gewühl der Krieger vorzuschieben, um eine Gelegenheit zum Töten zu bekommen. Um möglicherweise Ruhm zu erringen, behinderten sie sich gegenseitig. Viele wurden zufällig von den Waffen verwundet, die ihre Kameraden trugen, andere zu Tode getrampelt, als die Masse der Krieger außer Rand und Band geriet.
Die Tlaxcalaner hatten aus der ersten Schlacht nichts gelernt. Immer noch kämpften sie, um Gefangene zu machen, nicht, um den Gegner zu töten. Sie bezahlten einen schrecklichen Preis für den Versuch, die Toten und die Sterbenden zu bergen. Es bedarf mehr als einer Katastrophe, um die Religion des Menschen zu erschüttern, und so kämpften sie wie zuvor: glaubensstark und töricht.
Eine kleine Streitmacht von Weiß- und Gelbgestreiften durch-

brach am Fuße des Berges die Verteidigungslinien der Totonaken und brandete heran, warf sich auf die Kanonen und griff die Geschütze selbst an statt die Männer, die sie bedienten. Ein Krieger heulte vor Wut auf, als er sein obsidianbestücktes Holzschwert auf das Kanonenrohr niedersausen ließ, das Schwert zerbrach und er einfach nicht fassen konnte, es nicht geschafft zu haben, die dicke, kopflose, feuerspeiende Schlange in der Mitte durchzuschlagen. Jemand hatte in der Nähe eine gespannte Armbrust liegen lassen; ich riß sie in die Höhe und jagte dem Krieger den Bolzen in die Brust. Als er zu Boden stürzte, riß mir der alte Kanonier die Waffe aus der Hand und schrie über das Kampfesgetöse hinweg: »So etwas dürft Ihr nicht tun, Señora!« – so als hätte ich gegen irgendeine Etikette verstoßen. War eine Armbrust denn heilig, und wurde sie durch eine Frauenhand entweiht? Ich holte mir das Entermesser, das ich in der Nähe der Kanone niedergelegt hatte, und stellte mich kampfbereit hin. Ich brauchte nicht lange zu warten, und zweimal mehr bewies ich, daß – wo Stahl gegen Holz antritt – die Kraft einer Frau der eines Kriegers allemal gleichkommt.

Über das allgemeine Schlachtgetöse hinweg hörte ich Cortés' Stimme klar wie eine Trompete. »Es ist Gottes Wille! In Seinem Namen!« In alter Zeit hatte man den Ruf von Gefiederter Schlange über zehn Leguas hinweg hören können, wenn er seine Anhängerschaft – Menschen wie Tiere – auf dem heiligen Berg von Tula zu sich rief. Da ich Cortés wie Gott sprechen hörte, wußte ich, daß der Sieg unser war, obwohl es im Augenblick noch so aussah, als wäre unser Schicksal besiegelt.

Eine weitere Stunde lang versuchte der Feind, unsere Flanken zu umgehen und uns in die Zange zu nehmen. Gerade als es so aussah, als könnten wir nicht länger widerstehen, erdröhnte aus den Wäldern jenseits des Flusses eine große Trommel und gab ein Signal; gleich darauf wiederholten Muschelpfeifen den Ruf. Unvermittelt verließ die Hälfte des tlaxcalanischen Heeres – und zwar alle, die unter dem Zeichen des Bergreihers fochten – das Schlachtfeld. Nicht daß sie geflohen wären! Sie kehrten dem Feind nur just in dem Augenblick den Rücken, als es so aussah, als würden sie gewinnen. Ich rief den Totonaken zu: »Gefiederte Schlange hat auf die Trommel geschlagen! Ein Wunder!«

Das war das Ende. Der Rest des Heeres – eine Streitmacht, die der unseren um ein Vielfaches überlegen war – verzagte angesichts des Rückzuges ihrer Waffengefährten. Zuletzt liefen sie in heilloser Flucht davon, und die Reiter hätten noch Tausende von ihnen niedermachen können, nur waren die Pferde zu erschöpft, um die Verfolgung aufzunehmen.

Später erfuhr ich, daß einer der tlaxcalanischen Anführer, ein heißblütiger junger Tor, über irgendeine persönliche Angelegenheit verärgert gewesen war und seine Männer vom Schlachtfeld abgezogen hatte; jedenfalls soll das die Ursache für die plötzliche Massenflucht der Tlaxcalaner gewesen sein.

Am Abend dieses Tages sah mein Gebieter selbst im sanften Kerzenschimmer hart und hager im Gesicht aus. Ich sah Blutflekken auf seinem Kragen und auf seinem Ärmel. Mit einer Stimme, die kaum mehr ein Wispern war, sagte er: »Unser Herrgott hat uns helfen wollen.« Dann kniete er schweigend vor seinem Hausaltar, blieb länger dort knien als jemals zuvor, und obwohl er mir den Rücken zukehrte und nicht laut betete, fühlte ich, wie Kraft von ihm ausstrahlte und den Raum füllte. Schließlich erhob er sich, wandte sich mir zu, und ich sah sein Gesicht. Der Gott war in ihm; er sah erholt und heiter aus. Da er im Halbdunkel stand, erwartete ich fast, daß ihn ein Strahlenkranz umgab – jedenfalls sah er wunderschön aus.

Unser Sieg hätte eigentlich das Ende unserer Schwierigkeiten in der Republik Tlaxcala bedeuten müssen, doch der Eigensinn der Tlaxcalaner schien kein Ende nehmen zu wollen. Schließlich hatten sie auch von den Azteken ähnlich schreckliche Niederlagen einstecken müssen und doch überlebt, um letztlich den Sieg zu genießen.

Sie glaubten ihren Zauberern, die ihnen weismachten, Spanier wären Kinder von Herrn Sonne; ihre Macht würde schwinden wie das Tageslicht. So wurde ein Nachtangriff geplant, der katastrophal für uns hätte enden können, hätten sie damit so lange gewartet, bis Dame Mond enthauptet war. Doch schien sie hell, als die Tlaxcalaner losschlugen; sie wurden zusammen mit den trockenen Stengeln in den Maisfeldern niedergemäht, in denen sie sich zu verstecken suchten.

Cortés überfiel weitere Dörfer, darunter schon eine aus tausend Häusern bestehende kleine Stadt. Wie immer schickte er die vornehmsten der Gefangenen mit Friedensbotschaften in die Hauptstadt. Spione kamen in unsere Lager auf dem jetzt von uns Siegeshügel genannten Berg und gaben sich als Kaufleute und Handeltreibende aus. Da ich die Hochlandsprache konnte, was sie nicht merkten, und mittlerweile auch eine ganze Menge Totonakisch gelernt hatte, konnte ich die tlaxcalanischen Agenten mühelos herausfinden. Sie wurden auf die übliche Weise bestraft, indem man ihnen Hände oder Daumen abschnitt und sie in Trauerkleidung nach Tlaxcala zurückschickte.

Inzwischen tauchte eine womöglich noch größere Gefahr auf; ein Teil des spanischen Heeres verlangte, nach Kuba zurückzukehren. Eine Besprechung wurde einberufen; ich hielt mich dabei abseits, denn dies war eine Sache, die nur die Spanier etwas anging; schweigend schickte ich Stoßgebete zur Erdmutter und dankte ihr, daß unsere totonakischen Verbündeten nicht verstehen konnten, was gesagt wurde: Die spanische Streitmacht war stark geschrumpft, fünfzig Spanier waren gefallen und heimlich begraben worden, damit die Tlaxcalaner nicht merkten, daß Spanier sterblich sind; selbst wenn die Republik die Waffen streckte, was unwahrscheinlich schien, würde die Stadt, auf die man ja zumarschierte – Tenochtitlan –, sich als Todesfalle erweisen. Wie ich bei dieser Gelegenheit erfuhr, hatten einige der Spanier sich zu Sprachkundigen gemausert. Sie hatten mehr mitbekommen, als ich ihnen übersetzt hatte.

Cortés ließ sich nicht aus der Ruhe bringen. Er erwähnte mit keinem Wort seine göttliche Sendung, sondern warnte, daß ein Rückzug als Schwäche ausgelegt werden und die Tlaxcalaner den Spaniern bis zur Küste keine Ruhe geben, sondern sie immer wieder angreifen würden; so würden sie auf dem Rückzug den Tod finden. Als er endlich doch die Beherrschung verlor, warf mein Gebieter seinen Leuten Schwäche vor. Mit der Stimme des Gottes sagte er: »Wer lieber ruhmvoll sterben als in Schande leben will, soll fest zu mir stehen!«

Damit war der Streit beendet, doch ich glaube, die Zwietracht hätte sich nicht lange unterdrücken lassen, wenn am nächsten Morgen nicht eine tlaxcalanische Gesandtschaft erschienen wäre.

Diesmal traten sie würdig mit den blauen Federn und den weißen Abzeichen des Friedens auf. Die Abgesandten brachten fünf gemästete Chichimeken-Krieger mit, gefesselte Gefangene, die mit den Opferstreifen gekennzeichnet waren, sowie andere Geschenke wie Mais, Kirschen, Brot und Truthähne.
Der Anführer der Abordnung kniete vor Cortés nieder, ohne indes die Erde zu küssen. Er stand wieder auf und sagte: »Wenn Ihr ein wilder Gott seid, verspeist diese Chichimeken, und wenn Ihr wieder Appetit bekommt, werden wir Euch neue bringen. Seid Ihr aber ein sanfter Gott, bringen wir Euch Weihrauch und Federbüsche dar. Seid ihr aber ein Mensch, so ist hier Nahrung für einen Menschen.«
Atemlos wartete ich, als Cortés sich die Antwort überlegte. Endlich erwiderte er: »Ich und meine Gefährten, wir sind Menschen wie ihr. Das ist die Wahrheit. Ich will die Wahrheit zu euch sagen, und ihr müßt die Wahrheit zu mir sagen. Um es klipp und klar auszudrücken – wir sollten aufhören, gegenseitig zu kämpfen. Laßt uns Freunde sein.«
Ich wußte nicht recht, was ich sagen sollte. Nicht nur die Tlaxcalaner lauschten begierig seinen Worten, sondern auch die Totonaken. Es war ein entscheidender Augenblick, und ich beschloß, wahrheitsgetreu zu antworten, so wie Cortés es wollte, statt alle mit Worten zu verwirren, die nur mißverstanden werden konnten.
»Gefiederte Schlange kehrt in der Gestalt eines Menschen zurück, der sich nur wenig von euch unterscheidet...« Und von da an wiederholte ich Cortés' Worte genau, so wie er sie gesagt hatte. Nur am Schluß setzte ich noch hinzu: »Wir nehmen eure Geschenke an – bis auf die chichimekischen Opfer. Wissen denn eure Priester nicht, daß Gefiederte Schlange Blutvergießen verabscheut und sich ihm der Schlund verschließt, wenn er Menschenfleisch essen soll? Ihr habt so lange neben den Azteken gelebt, daß ihr schon wie sie geworden seid!«
Verwirrt zogen die Tlaxcalaner ab, tief beeindruckt, aber unsicher, und die Kämpfe nahmen kein Ende. Wie mein Gebieter, der *capitán*, redeten sie von Frieden, führten aber gleichzeitig weiter Krieg.
Dann, ein paar Tage später, kam am Morgen eine prachtvolle

Prozession das Tal herauf – Azteken, die sich über die Ostroute näherten, jenen Weg, den wir faktisch für sie freigemacht hatten. Ich zählte zweihundert Soldaten und sechs prunkvoll gekleidete Edelleute. Nie hätte ich mir träumen lassen, daß ein Tag kommen würde, da ein aztekisches Heer einen willkommenen Anblick bieten würde, doch so war es. Mochte die Republik jetzt sehen, mit wem sie es zu tun hatte.

Die Worte der Botschaft waren einfach, die Geschenke überreich. Aufgeschreckt von unserem Sieg über Tlaxcala, versuchte Moctezuma erneut, uns zu bestechen.

»Er wird den König ehren, von dem Ihr gesprochen habt«, erklärte der Anführer, Zwei Haus Atempanecatl. Sein Verhalten wirkte großmütig, doch irgendwie brachte er es fertig, daß seine Stimme stets einen drohenden Unterton behielt. »Er wird Euch Jahr für Jahr eine Gabe an geschnittenen Steinen, Sklaven und Gold schicken. Dafür werdet Ihr nicht näher an seine Hauptstadt heranrücken. Diese Bedingung muß er leider stellen, denn eigentlich verlangt es ihn, Euch zu sehen; aber die Bevölkerung ist so wild und ungebärdig, daß ihm die Gefahr, in die ihr Euch begeben würdet, unerträglich wäre.«

Ein Vermögen an Gold und schönen Baumwollstoffen wurde auf dem Boden ausgebreitet, und die Augen einiger Spanier glitzerten wie das Gold. Selbst der grimmige Tapia lächelte.

»Tribut und Ehre für den König!« rief Cortés aus. »Dann hat Moctezuma sich einverstanden erklärt, ein Vasall zu werden.«

Ich mußte mich mit Aguilar beraten. Die genaue Bedeutung der Worte war schwierig, und ich argwöhnte, daß Moctezuma und seine Ratgeber mit Bedacht alles ein wenig im Ungefähren gelassen hatten. Ich meinte, daß die Azteken ständig Bestechungen und nichts weiter als Höflichkeiten anboten; Aguilar hingegen war nicht davon abzubringen, daß dies ein großes Waffenstrecken sei. Herr Zwei Haus war zu nichts weiter zu bewegen, als die Dinge immer noch mehr durch doppeldeutige Worte zu verwirren. Nur das Gold war eindeutig und solide.

Mein Gebieter, der *capitán*, verhielt sich so gnädig wie der Blumenprinz persönlich, hieß seine Gäste mit Würde willkommen, bestand darauf, daß sie ein paar Tage im Lager ausruhten, während

er über ihre Worte nachdachte. Worum es ihm jedoch in Wirklichkeit ging, war, sie den Tlaxcalanern vorzuführen.
Herr Zwei Haus nahm mit höflicher, gleichsam zerknirscht zitternder Bewegung seiner juwelenstrotzenden Hände an. Er war ein vierschrötiger Mann und wirkte zunächst ungewöhnlich hoch gewachsen, bis man entdeckte, daß seine Sandalen dreifach besohlt waren, um ihm Größe zu verleihen. Ich kam zu dem Schluß, daß er eitel war, und es muß qualvoll für ihn gewesen sein, sich so unterwürfig zu geben.
Während die Azteken im Lager waren, ließ der tlaxcalanische Oberkommandierende, Herr Xicoten, einen Angriff mit dreifach gegabelter Stoßrichtung gegen den Siegeshügel führen, wobei er hoffte, Spanier und Azteken gemeinsam zu vernichten. Das jedoch war der Gipfel an Torheit; Xicoten mußte verzweifelt sein, daß er alles auf eine Karte setzte.
Zwei Tage zuvor war mein Gebieter, der *capitán*, von einem Schüttelnden Dämon befallen worden; er glühte vor Hitze und zitterte gleichzeitig vor Kälte. Um diesen Anfall zu heilen, hatte er einen mächtigen Heiltrank genommen, der das Ungeheuer durch seinen After hinauspusten sollte. Trotz der Morgenkälte lag er schwitzend auf seiner Matte und wartete darauf, daß der Abführtrank wirkte, als die Trompete zum Angriff erscholl. Cortés sprang auf, wankte ein wenig, schaffte es jedoch, auf den Beinen zu bleiben. »Sag jemand, er soll Mulitreiber satteln. Ich muß die Truppen anführen. Beeil dich!«
Ich war entsetzt. »Mein Gebieter, das könnt Ihr nicht. Ihr habt einen Abführtrank ...«
»Ich weiß verdammt gut, was ich genommen habe! Sag es ihnen!«
Er verbrachte den ganzen Tag im Sattel und zwang den Feind rasch und kraftvoll wie ein Jaguar in die Knie, er war als Krieger wie als Anführer groß. Erst am nächsten Morgen nahm die Natur ihren Lauf, wirkte der Abführtrank und vertrieb den Dämon.
Für meine Begriffe war das nichts besonders Bemerkenswertes, aber ich war dankbar, daß seine Leistung die den Kampf beobachtenden Azteken nicht enttäuschte. Noch lange hinterher

stritten die gelehrten Doktoren der Kirche darüber, ob die Tatsache, daß die Eingeweide meines Gebieters hielten, nun ein Wunder war oder nicht; wenn man sie dabei argumentieren hörte, hätte man fast meinen können, sie wären Maya-Priester, die sich besonders mit dem Gekröse beschäftigen. Ein Franziskaner namens Torquemada, ein hochgelehrter Mann, bejubelte die Verstopfung meines Gebieters als ein Werk Gottes, daß »die Eroberung vonstatten gehen und viele Seelen gerettet werden konnten«. Nun, mag sein. Ich persönlich meine, mein Gebieter war wie ein Ballspieler, der hin- und herrennt und sein Feld verteidigt, bis das Spiel gewonnen ist – und erst hinterher entdeckt, daß er mit einem Knöchelbruch gespielt hat.

Doch wie dem auch sei: Moctezumas Abgesandte, die vom Turm auf dem Siegeshügel hinunterspähten, sahen, wie Cortés sowohl bei Tag als auch bei Nacht siegreiche Soldaten gegen die Tlaxcalaner anführte. Die Wächter der Republik, die sich sehr wohl darüber im klaren waren, wer die Schlacht beobachtete, kamen zu dem Schluß, daß dies die letzte Gelegenheit sei, Frieden zu schließen. Eine Abordnung unter der Führung von Herrn Dämon Rufer traf in ländlichem Pomp ein. Angetan mit ihren besten Gewändern und ihren längsten, wenn auch bereits mottenzerfressenen Federn, präsentierten sie sich Cortés. In Tlaxcala wirkt sogar Prachtentfaltung ein wenig fadenscheinig.

Gewiß, sie sahen schäbig aus, verglichen mit den Azteken, die in der Nähe standen und hochmütig auf ihre feindlichen Vettern vom Lande herabschauten. Herr Zwei Haus verzog verächtlich sein plumpes Gesicht, als die Abordnung der Tlaxcalaner auf dem kleinen Platz vor dem Turm auf dem Siegeshügel eintraf. Dämon Rufer war sehr schlank und groß wie Herr Zwei Haus es gern gewesen wäre. Die linke Wange und linke Halsseite von Herrn Dämon Rufer waren mit einem kirschfarbenen Mal überzogen, das irgendein Gott ihm bei der Geburt aufgedrückt hatte. Es erinnerte vage an das Zeichen vom Herrn der Zauberer, Heuler Affe; ich nehme an, das erklärte Dämon Rufers ungewöhnlichen Namen. Manche hätten gesagt, dieser Name passe vollkommen zu seiner augenblicklichen Aufgabe.

Dämon Rufer hatte seine Begrüßungsworte noch nicht ganz zu

Ende gesprochen, als Herr Zwei Haus, der schäumte und außerstande war, die Maske der Diplomatie länger zu tragen, ihm zornig ins Wort fiel.
»Was tust du hier, Wilder? Ich weiß, was ihr in letzter Zeit alles verbrochen habt! An elf Orten habt ihr Aufstände angezettelt. Überall – von eurem elenden Tal bis nach Cholula – an elf verschiedenen Orten. Eure Mittelsmänner sind nach Tepatlaxco gekommen, um dort Unruhe zu stiften, danach in Ocotepec und Texmolocan.« Zwei Haus fuhr fort, Vergehen und Ortsnamen herunterzurattern, bis ihm die Puste ausging.
Als er innehielt, ergänzte Dämon Rufer die Liste der rebellierenden Städte und grinste dabei wie ein Wickelbär. »Und vergeßt nicht Callamaya, Eure parfümierte Hoheit. Nicht zu vergessen übrigens auch Tecalco, wo die Bewohner zwei von Euren Tributeintreibern bei lebendigem Leibe die Haut abgezogen haben. Ich war übrigens persönlich dabei.«
»Und was führt ihr jetzt im Schilde? Ich werde mich nicht von der Stelle rühren, bis ich nicht jedes Wort gehört habe, das du diesem hellhäutigen Herrn zu sagen hast.«
Und dann geiferten sich die zwei Friedensboten an, die beide so würdevoll in unser Lager eingezogen waren, und warfen sich fauchend Beschuldigungen an den Kopf. Ich habe Wildkatzen gesehen, die sich zivilisierter benahmen. Auf ein Nicken von Cortés hin rief ich sie schließlich zur Ordnung und gestattete dem Tlaxcalaner fortzufahren.
Herr Dämon Rufer hielt eine förmliche Ansprache, wobei ihm ab und zu ein hinter ihm kauernder Worte-Erinnerer flüsternd wieder auf die Sprünge helfen mußte. »Mit dem ersten Angriff auf Euch hatten wir nichts zu schaffen. Der beruhte auf einem Fehler unserer Verbündeten, der Otomi, grundsätzlich zwar gute Leute, aber häufig aufbrausend und unbedacht.«
Herr Zwei Haus schnob: »Stinktier-Scheiße. Danach riechen die Otomi. Die Tlaxcalaner übrigens auch. Warum verschwindest du nicht, damit die Luft wieder rein wird?«
Mit einem strengen Blick brachte Cortés ihn zum Schweigen. Ich hatte die Beleidigung nicht übersetzt. Ich wußte das spanische Wort für »Stinktier« nicht.

Dämon Rufer erklärte, der Viererrat habe den Spaniern nur wegen der Azteken Widerstand geleistet. »Da diese feige Kämpfer sind, versuchen sie, mit List und Tücke zu siegen. Wir hatten gehört, aztekische Zauberer hätten das Meer dazu gebracht, euch auszuspeien, und ihr wäret ihre Geschöpfe.«

Als Dämon Rufer damit endete, daß er vollmundig die Freundschaft zwischen den Spaniern und der Republik verkündete, warfen die Tlaxcalaner sich – die Handflächen nach unten – in den Staub. Ich bedauerte ihre Frauen, die hinterher ihre Zeremonialgewänder säubern mußten.

Ich las Freude im Gesicht meines Gebieters, außerdem Triumph und Erleichterung; dabei machte er eine so finstere Miene, daß niemand sonst die Wahrheit erraten hätte.

»Als ich euch zuvor meine Freundschaft antrug, habt ihr mich zurückgewiesen. Ich bin empört. Wenn ihr es aufrichtig meint, soll euer Volk mir noch eine Gesandtschaft schicken, und zwar bedeutendere, höherstehende Herren. Vielleicht werde ich das als ernstgemeintes Zeichen eures guten Willens nehmen. Fürs erste jedoch geht und denkt über die Fehler nach, die ihr in der Vergangenheit gemacht habt.«

Als die niedergeschlagenen Tlaxcalaner abzogen, machte Herr Zwei Haus erst ein erfreutes, dann jedoch ein verwirrtes Gesicht. War Cortés wirklich so mächtig, daß er den Tlaxcalanern den Freundschaftsstrauß ins Gesicht zurückschleudern konnte? Doch genau das war die Wirkung, die mein Gebieter, der *capitán*, erzielen wollte. Mit ernster Miene verneigte ich mich vor Herrn Zwei Haus; innerlich aber wurde ich von Lachen geschüttelt.

Der Viererrat säumte nicht lange, Cortés zu begütigen. Ich dachte, sie würden ein paar Tage verstreichen lassen; der Stolz verlangte das immerhin. Aber schon am Nachmittag des folgenden Tages erschien ihre Abordnung. Da sie in der Fünften Wache des Tages eintrafen, mußten sie die Hauptstadt bei Morgengrauen verlassen haben. Xicoten der Junge, der General, der uns soviel Verdruß bereitet hatte, gleichzeitig aber die fünftbedeutendste Persönlichkeit in der Republik war, führte die Delegation an, und diesmal hätte ihre Kleidung selbst in Tenochtit-

lan Gnade gefunden. Und zwar zu Recht; denn die meisten Gewänder waren Azteken gestohlen worden.
Nicht daß die Bewohner von Tlaxcala geborene Diebe wären – von Natur aus waren sie redliche Leute. Aber Moctezumas Blokkade hatte sie von Baumwollieferungen abgeschnitten – und nicht nur davon, sondern auch von Schokolade, Kautschuk und anderen Ausfuhrgütern der Heißen Lande. Nur deshalb trugen sie steife Umhänge aus getrockneter und gebrochener Maguay-Faser und unbequeme Lendentücher aus Rindenpapier.
Alle fünfzig Angehörigen des Senats von Tlaxcala erschienen, und Xicoten machte einen vorzüglichen Eindruck. Er hatte breite Schultern, war hoch gewachsen wie ein Spanier und sein Gesicht auf interessante Weise von den Pockennarben irgendeines Dämons entstellt; die Narben waren so regelmäßig verteilt, als wären sie von einem taraskischen Hautkünstler gestaltete Schönheitsmale. Der junge General bewahrte eine so würdevolle Haltung, daß Herr Zwei Haus es für klüger hielt, sich auf den Turm zurückzuziehen, um von dort aus alles mit anzuhören.
Xicoten wartete nicht mit törichten Ausreden auf. »Wir hielten euch für Verbündete Moctezumas, und da haben wir euch mit aller Macht angegriffen. Mit eurem Mut habt ihr uns besiegt – und weil ihr von den Göttern gesegnet oder vielleicht selber Götter seid. Wir bitten euch jetzt, in unsere Stadt zu kommen, in unserer Mitte zu leben und mit uns zu teilen, was wir besitzen.«
Ich war von der Aufrichtigkeit des jungen Generals überzeugt, doch Cortés sagte kühl, er werde über die Einladung nachdenken.
Xicoten war noch keinen Bogenschuß vom Lager entfernt, als Herr Zwei Haus vom Turm herabstieg, sich Cortes näherte und laut lachte. »Oh, diese Schwindler! Wer würde schon auf so offenkundigen Lug und Trug hereinfallen?«
»Mir kam er durchaus aufrichtig vor«, sagte ich. Zwei Haus war ärgerlich, daß ich mir herausnahm, ihm gegenüber ungefragt meine Meinung zu sagen.
»Je größer die Lüge, desto argloser die Maske«, zitierte er feierlich, und im selben Augenblick verwandelte sich seine eigene zuversichtliche Maske in Gereiztheit. »Ich habe einen Boten nach

Tenochtitlan geschickt. Bittet Euren Herrn zu warten, bis wir Antwort vom Verehrten Sprecher erhalten haben.«
Cortés hörte zu und nickte. Einen Moment lang trafen sich unsere Blicke in stummem Einverständnis, und ich wußte, daß er ohne Aufhebens den Preis für seine Freundschaft erhöhte – gleichviel, ob mit Azteken, Tlaxcalanern oder beiden.

Mein Gebieter hielt Wort und wartete. Inzwischen hofierten die Tlaxcalaner ihn täglich, kamen hohe Herren mit Geschenken, stets bescheidenen Produkten des Landes, einem Truthahn oder einem Korb Avocados. Das waren die kostbarsten Dinge, mit denen die unter der Blockade leidende Republik aufwarten konnte – Nichtigkeiten verglichen mit der Bestechung, die bald von Moctezuma eintraf: Gold und zweihundert weitere Umhänge, Federarbeiten und Opale.
Herr Zwei Haus übergab den Tribut und verfehlte nicht, uns gleichzeitig eine Warnung zukommen zu lassen. »Der Verehrte Sprecher, der weiseste aller Herrscher, hofft, Ihr schützt diese Schätze vor den Tlaxcalanern, die Lügner sind und Räuber und so arm, daß sie sich nicht einmal einen dieser Baumwollumhänge leisten können, die mein Gebieter Euch so freigebig schickt.«
»Wer sollte ihre Armut besser kennen als Moctezuma?« fragte Cortés. »Schließlich ist er es, der sie verursacht.« Doch ein unmerkliches Kopfschütteln bedeutete mir, dies nicht zu übersetzen.
»Die Ehrlichkeit der Tlaxcalaner bekümmert Gefiederte Schlange nicht«, sagte ich. »Wenn sie wirklich Gauner sind, wird er sie einfach vernichten, und damit hat es sich.«
Zwei Haus nahm diese Information mit gemischten Gefühlen hin. Just in diesem Augenblick und ganz gewiß nicht zufällig ertönten Hörner im Tal. Diesmal war es keine Abordnung, sondern die gesamte Regierung der Republik, die sich dem Siegeshügel näherte.
»Ein Angriff!« rief Herr Zwei Haus.
»Unsinn«, erklärte Cortés. »Sie kommen nur zum Mittagessen.«
Woraufhin Herr Zwei Haus vor lauter Angst, er selbst könnte als Hauptgericht vorgesehen sein, in den Turm floh, wo er seine

Waffen verborgen hatte. Die waren selbstverständlich längst verschwunden; meine totonakischen Diener hatten sie tags zuvor bereits fortgeschafft.
Der Senat und der Viererrat von Tlaxcala erschienen. Xicoten der Alte, bereits zu hinfällig, um stehen zu können, wandte sich aus seiner Sänfte heraus an Cortés.
»O Malintzin, wir wissen, Ihr zögert Euren Besuch bei uns hinaus wegen der Lügen, die die Azteken Euch ins Ohr blasen. Wir gestehen freimütig, anfangs gedacht zu haben, Ihr wäret mit dem verruchten Moctezuma verbündet. Hätten wir gleich gewußt, was wir jetzt wissen, wir hätten den Boden vor Euren Füßen gefegt, ja hätten Euch auf unseren Rücken von der Küste hierher getragen. Kommt jetzt zu uns, Malintzin! Betrachtet uns als Eure Diener und Freunde.«
Cortés, der nur selten Gesprochenem glaubte, hegte an diesen Worten keinerlei Zweifel. »Wir hätten Eure Stadt schon früher aufgesucht, alter Vater, nur wußten wir nicht, wie wir unsere Donner-Ungeheuer transportieren sollten.« Er meinte die Kanonen.
»Noch ehe Herr Sonne eine Handspanne den Himmel hinuntergeht, werden fünfhundert Träger zur Stelle sein.«
Plötzlich lächelte Cortés. Er hatte dem Geld der Azteken die Redlichkeit der Tlaxcalaner vorgezogen; es war abgemacht. Zu mir sagte er: »Gehe und bestelle Herrn Zwei Haus, er soll seine Eskorte zu Moctezuma zurückschicken. Er und die anderen aztekischen Gesandten jedoch sollen ihre Sachen packen und warten. Morgen sollen sie uns auf einer Reise zu einem Ort begleiten, in den die Azteken schon seit langer Zeit einziehen wollten, was ihnen jedoch nie gelungen ist.«
Auch ich lächelte. »Meint Ihr den Himmel, mein Gebieter?«
»Nein, du unverschämte Dirne. Ich meine Tlaxcala.«

Sie hießen uns mit Rosen, Liedern und den Trommeln des Dankes willkommen. Girlanden aus Ringelblumen, den Blumen der Unsterblichkeit, wurden den Pferden um den Hals gelegt, und die Reiter mit Blumenketten umwickelt. Pedro Alvarado, der aussah wie ein riesiger Blumenstrauß, zerrte seinen Bart aus einer farblich genau dazu passenden Blumenkette und sagte: »Ich komm mir vor wie ein Narr.« Dann jedoch lachte er und schlug sich auf die Schenkel und wollte überhaupt nicht mehr aufhören. Einer seiner Brüder klopfte ihm erschrocken auf die Schultern und hätte ihn fast vom Pferd gestoßen.

Zehntausende von Menschen sangen und jubelten; Kinder sprangen aus den Menschentrauben, die die Straßen verstopften, um die blumenüberladenen Kanonen zu berühren, angstzitternd und zugleich vorwitzig eine Hand auf die Flanke eines Pferdes zu legen.

Jaime Garay vergoß Freudentränen über den Empfang; genauso erging es Francisco Montejo und einigen der jüngeren Männer, obwohl diese versuchten, die Tränen zu unterdrücken. Da hatten wir fast einen Mond hindurch in tödlicher Umklammerung mit diesen Menschen gelegen, und jetzt gaben sie sich der Freundschaft mit uns genauso offen hin, wie sie sich vorher in den Kampf gestürzt hatten. Die Rückhaltlosigkeit ihrer Liebe hatte etwas Rührendes. Hier endlich wurde der Gott ohne Wenn und Aber aufgenommen, öffneten sich Gefiederter Schlange Arme und Seelen.

Er enttäuschte sie nicht. Eigenhändig öffnete er mit einem Schwerthieb die Türen großer Holzkäfige und befreite Männer und Frauen, die dort eingesperrt waren und nur auf den Tod auf blutigen Altären warteten. Diese geretteten Gefangenen wurden unsere ergebenen Diener, bereit, das Leben, das ihnen so unverhofft geschenkt worden war, für uns zu opfern, hätten wir dies von ihnen verlangt.

Der große Tempel von Gefiederter Schlange war als Wohnung für Cortés vorbereitet worden; ich zog als seine Gemahlin mit ihm dort ein.

Nur eine Gefahr tat sich plötzlich drohend vor uns auf. Wir waren umfangen von Frieden und Freundschaft, wir hatten Verbündete gefunden, die so mutig und hingebungsvoll zu kämpfen verstanden, wie wir es uns nur wünschen konnten. Der Mensch Cortés, stets klug und aufs Praktische bedacht, hätte nie etwas getan, um diesen glücklichen Zustand zu stören. Doch Gefiederte Schlange, die sich in ihm regte, verlangte die Vernichtung von Rauchendem

Spiegel und Kolibri, das absolute und für alle Zeiten geltende Verbot von Blutopfern und Verzehr von Menschenfleisch. Wieder waren es Vater Olmedo und Vater Juan Diaz, die ihn überredeten, sich in Geduld zu fassen. Für den Augenblick war Gefiederte Schlange befriedigt, und der Christengott ließ – wenn auch widerwillig – zu, daß Cortés seine Hand zurückhielt.

Wenn ich mich an die drei Wochen erinnere, die wir in der Stadt Tlaxcala zubrachten, dann denke ich an einen Ort, den ich im Lande Oaxaca der Zapoteken, dem Land der Wälder, kenne. Dort gibt es einen langen, gewundenen Pfad, der eine Erderhebung überquert, die viel zu langsam und mählich in die Höhe führt, als daß man sie einen Hügel, geschweige denn einen Berg nennen könnte. Man merkt nicht, daß man steigt, bis einem der Atem kurz wird, man sich zufällig umblickt und weit ins Land zurück-, jedoch nur ein kurzes Stück vorausschauen kann. Daß man den Gipfel hinter sich läßt, merkt man genausowenig; die Schönheit des Waldes lenkt die Augen von der Straße ab; dort gibt es einen Bach mit Trittsteinen, wo man den Blick senken und sehr vorsichtig sein muß. Außerdem windet sich der Pfad, und daß man den Kamm hinter sich gelassen hat, merkt man erst dann, wenn der Abstieg schon fast geschafft ist. So war es mit der Straße, die ich mit meinem Gebieter, dem *capitán*, dahinzog; und so ergeht es den meisten Menschen. Wir wissen nicht, daß das Kaninchen des Schicksals uns bis zum höchsten Gipfel geführt hat, den wir jemals erklimmen werden, bis es wieder abwärts geht.

Wir hatten keine Ahnung, einen Wendepunkt erreicht zu haben, daß dies die besten aller Tage und die besten Nächte waren. Wir redeten viel über die Zukunft, sprachen von den Abenteuern, die noch vor uns lagen, ohne die Schrecken zu ahnen, die sie bargen. Cortés hatte keine Stunde lang seine Vision des Tals jenseits der Berge vergessen.

Da das Göttliche in ihm zur Ruhe gebracht worden war, konnte er sich ganz der Bewunderung von Tlaxcala hingeben. »Die Stadt ist viel größer als Granada«, sagte er staunend.

»Sie hat hundertfünfzigtausend Einwohner, hat mir Herr Dämon Rufer erzählt.«

»Nicht reicher als Granada«, fügte er hinzu, als gälte es, eine kleine Gotteslästerung wiedergutzumachen. Doch da er ehrlich war, sagte er noch: »Aber die Leute essen besser, und auf ihre Weise sind sie besser gekleidet. Bis jetzt habe ich noch keinen einzigen Bettler gesehen. Hast du die Abwassergräben und die Wasserversorgung gesehen?«

Das hatte ich zwar nicht, tat jedoch so, schließlich waren für uns Abwasserkanäle etwas Selbstverständliches.

»Wir könnten von ihnen lernen. Und sie könnten von uns lernen, wie man Aquädukte mit Bögen baut.«

Er achtete die Befugnisse der Richter und warnte seine Truppen, sie auch nur im geringsten anzutasten. Das geschah nicht aus diplomatischen Erwägungen; Cortés achtete alles, was gut und reibungslos funktionierte, auch Gesellschaftsformen.

»Es gibt hier nur wenig Sklaven«, meinte er eines Morgens, als wir auf einer offiziellen Besichtigungstour waren. »Fast keine verglichen mit Zempoala, und im Vergleich zu Kuba überhaupt keine.«

Der aztekische Gesandte erklärte verächtlich: »Nein, sie können sich ja nicht mal leisten, sich gegenseitig zu besitzen.«

»Dann sind sie als Volk sicher«, erwiderte Cortés. »Kein Mensch ist so gefährlich wie ein Sklave, denn Sklaven haben nichts zu verlieren.«

In dieser Nacht erzählte er mir, die afrikanischen Sklaven auf den Westindischen Inseln würden bestimmt eines Tages aufbegehren und alle ihre spanischen Herren umbringen. »Furchtbar! Aber schieb es auf Dummheit und auf blinde Habgier. Wir werden hier so etwas nicht zulassen.«

»Nein«, sagte ich und stellte mir ein neuerstandenes, blühendes Tula vor. Wie groß waren die Maiskolben damals? Mannsgroß, wurde erzählt. Dabei dachte ich weniger an Mais als an Gerechtigkeit. Häufig redete mein Gebieter jetzt so, als hätte er sein Reich bereits wieder in Besitz genommen.

Diejenigen, die mich hassen und die es nach der guten alten Zeit verlangt, als wir uns gegenseitig auffraßen, behaupten, in meinem Kopf drehten sich spanische Räder und trieben mir das eigene Denken aus; das Blinken des spanischen Stahls würde mich blind

für die Schönheit machen und ich interessierte mich nur noch für knifflige Apparate.
Nur die Reichen, die ihre Tage nie damit zugebracht haben, den Mais mit der Hand, Mahlstein auf Mahlstein, zu mahlen, können sich solche Überheblichkeit leisten. Menschen, die meinen, ein Aquädukt sei weniger schön als ein Tempel von Regenbringer, haben vermutlich nie Wasser geschleppt oder ohne Wasser auskommen müssen.
Die aztekischen Gesandten, zumal Herr Zwei Haus, versuchten unablässig, meinen Gebieter davon abzubringen, sich Moctezumas Zwingburg zu nähern. Als sie begriffen, daß er entschlossen war, es dennoch zu tun, drängten sie ihn, den Weg über Cholula zu nehmen, jener heiligen Stadt, die von einem altehrwürdigen Volk bewohnt wurde und das halb Republik und halb Theokratie war, unglücklicherweise jedoch mit Moctezuma verbündet.
»Verbündet?« rief Xicoten der Alte aus. »So verbunden mit ihm wie diese Hand mit Eurem Arm. Moctezuma herrscht über Cholula, das ein Schlangennest ist. Die Cholulaner führen fromme Reden, doch dann schießen sie einem einen Pfeil in den Rücken. Haltet Euch von dieser Stadt fern.«
Er schlug eine andere Route vor, eine Straße, die durch Länder führte, die Tlaxcala freundlich gesonnen waren.
Am nächsten Tag wandte sich Herr Zwei Haus in aller Form an Cortés und sagte: »Cholula, die Gefiederter Schlange heilige Stadt, erwartet Euren Einzug, Malintzin.« Er hatte für sich entschieden, daß »Malintzin«, was ja nichts anderes bedeutet als »Malinas Gebieter«, als Anrede am unverfänglichsten war.
»Und ob es Euch erwartet«, erklärte Dämon Rufer mit aufgestellten Nackenhaaren. »Unsere Spione berichten, daß Moctezuma fünfzigtausend Mann als Begrüßungskomitee hinbeordert hat.«
»Wieder lauter Lügen!« Nachdem Zwei Haus seinen Zorn heruntergeschluckt hatte, wandte er sich an Cortés. »Selbstverständlich, wenn die Spanier Angst haben, Cholula zu betreten, das ein Mittelpunkt großer religiöser Kraft ist, haben wir Verständnis dafür.«
»Angst? Wer behauptet, wir hätten Angst?« wollte Cortés wissen. Von diesem Augenblick an war er fest entschlossen, die Route

über Cholula zu nehmen. Herr Zwei Haus hatte sich selbst überlistet. Erbost und bewundernd zugleich funkelte ich ihn an.

Ich glaube, in der ganzen Geschichte, jedenfalls nicht seit der Welt der Ozelots, ist kein größeres Heer durch ein prächtigeres Land gezogen. Wir marschierten den großen Vulkanen entgegen, Rauchendem Mann mit der Rauchfahne darauf, und seiner schlafenden Gemahlin, der in ihre Schneedecke gehüllten Weißen Frau. Wir durchquerten ein Land schäumender Wildbäche und schwindelerregend steiler Adlerfelsen. Das gesamte tlaxcalanische Heer – einhunderttausend Mann stark, wie Cortés sagte – war unterwegs; hinzu kamen noch ein halbes Tausend Totonaken und fast genauso viele Spanier. Unser Marschtritt muß die Erde bis hinunter zum dreizehnten Kreis der Hölle erschüttert haben.

Die meisten Totonaken waren nach Hause zurückgekehrt, nachdem sie traurig und betrübt Lebewohl gesagt und ihre Gesichter mit den schwarzen und weißen Streifen der Trauer bemalt hatten, denn sie prophezeiten uns den sicheren Tod, sobald wir das Land der Azteken betraten. Sie rührten Trommeln für ein trauervolles letztes Lebewohl. Wieder einmal nahm ich an meiner eigenen Beerdigung teil.

Von den zerklüfteten Hängen aus, die die westliche Umfassungsmauer der Republik bilden, warfen wir einen ersten weiten Blick auf das Tal von Anahuac, die beiden riesigen Seen und die dreißig Städte tief unter uns, die magisch und wie spanisches Glas in der Ferne schimmerten. Mein Gebieter saß von seinem Pferd ab, schaute von ehrfürchtiger Scheu ergriffen hinunter und sagte dann fast im Flüsterton zu mir: »Das habe ich schon einmal gesehen. Im Traum.«

Der Gott regte sich in ihm und pochte auf sein Recht. »Nicht einmal Amadis hat jemals eine so verwunschene Welt entdeckt.«

Am Rande des Flusses, der den Beginn der Heiligen Lande markiert, entließ Cortés bis auf sechstausend Mann das gesamte tlaxcalanische Heer. Was blieb – mit uns alles in allem siebentausend Fußsoldaten –, konnte als Triumphzug gelten; mehr hätte offensichtlich eine Invasion bedeutet.

Als wir unser Lager aufschlugen und die Totonaken dem Gott des

Flusses ihre Huldigung darbrachten, traf aus Cholula eine Abordnung ein, um uns zu begrüßen. Cholula ist heilig, Gefiederter Schlange geweiht, doch wohnen dort noch so viele andere Götter, daß die Stadt sich rühmt, für jeden Tag des Jahres mit Ausnahme der fünf unglücklichen Tage einen Tempel zu haben. Diese Schreine wurden von sechsundzwanzig verschiedenen Völkern gebaut; Priester und Fromme all dieser Stämme statten der Stadt oft ausgedehnte Besuche ab, so daß es in Cholula stets von Fremden wimmelt. So versteht sich von selbst, daß ihre Politiker und Priester Übung in höflichem Betragen und in der Kunst der Gastfreundschaft haben.
So war die Abordnung, die uns am Ufer des Flusses begrüßte, anmutig, verbindlich und dermaßen gesetzt, daß ihnen ihre Neugier auf die spanischen Fremden nicht im geringsten anzumerken war. Was sie jedoch nicht ganz verhehlen konnten, war ihr Schrecken beim Anblick von sechstausend tlaxcalanischen Kriegern, als wären diese ein Riesenrudel reißender Wölfe.
Sie beträufelten Cortés, seine Lieutenants und die Herren Pferde mit Wohlgerüchen und hinterließen eine ganz besondere Mischung von Aromen in der Luft über den rauchenden Kohlebecken; den Duft von Copalharz erkannte ich als Zeichen des Willkomms und der Ehre wieder. Mit den anderen Düften, so nahm ich an, galt es, die Eindringlinge zu reinigen und vielleicht unschädlich zu machen. Ich spürte keinerlei Beleidigung. Wir standen im Begriff, den heiligen Bereich von Gefiederter Schlange und den Tausend Göttern zu betreten; seine Wächter mußten auf der Hut sein.
Als der rituelle Teil beendet war, sagte der Anführer der Abordnung – ein stattlicher Senator, der gleichzeitig Priester war, aber nicht wie ein solcher gekleidet – zu mir: »Ihr seid die Dame Malina, auch Malinche genannt?«
»Doña Marina«, belehrte ich ihn eines Besseren und nannte ihm meinen spanischen Namen. »Ich bin die Dienerin von Gefiederter Schlange.«
»Genauso wie ich. Wie wir alle hier in seiner Stadt Cholula.« Er machte das Zeichen des Gottes. »Ich bin Herr Vier Bewe-

gung Hirsch Renner. Da Ihr von unserem eigenen Fleisch seid, eine Cousine, vielleicht Aztekin von Geburt ...«

Ich lächelte, würdigte ihn aber keiner Antwort, und nachdem die Frage einen Moment gleichsam in der Luft gehangen hatte, zwang seine gute Erziehung ihn weiterzusprechen. »Ihr könnt unsere Sache diesem Herrn vom Meer – Malintzin? – besser vortragen als ich. Nicht daß die Tlaxcalaner unsere Feinde wären – das heilige Cholula hat keine Feinde! –, doch sind sie, recht bedacht, weder unsere Freunde, noch sind sie Pilger. Bitte sprecht Euren Herrn taktvoll darauf an, die Tlaxcalaner nicht mit in die Stadt hineinzunehmen. So viele Gäste, vor allem bewaffnete Gäste, könnten andere Pilger beunruhigen. Die Gastfreundschaft, die wir Euch bieten – bescheiden, aber das Beste, was wir zu bieten haben –, sollte nicht durch Tumulte belastet werden.«

Wie alle Diplomaten neigte er beim Reden zu Schwulst und Schaumschlägerei; trotzdem war ich sehr eingenommen von Herrn Hirsch Renner. Sein wissendes Lächeln, sein vertrauliches Zwinkern deuteten an, daß er sich über sein eigenes Spielchen lustig machte, und ich wußte, was er wirklich meinte: Schafft uns diese Diebs- und Räuberbande von Tlaxcalanern vom Hals!

»Er möchte gern, daß die Tlaxcalaner nicht in die Stadt kommen«, erklärte ich Cortés, der freimütige Rede schätzte, wenngleich er selbst sich ihrer nur selten bediente.

»Kein Wunder.« Cortés war nicht entgangen, daß die Tlaxcalaner die von den Abgesandten getragenen Baumwollkleider bewunderten. Ein Flegel, der selbst in gesponnene Kaktusfaser gekleidet war, hatte sogar einen Gesandtenumhang befühlt, um das Material zu prüfen. Wieder erkannte ich, daß Moctezumas gehässiges Handelsembargo Banditen geschaffen hatte, keine Vasallen.

Cortés neigte den Kopf zustimmend in Richtung auf Hirsch Renner und gab durch eine Handbewegung zu verstehen, die Tlaxcalaner würden bleiben, wo sie waren. Die hocherfreuten Gesandten zogen wieder ab, und Hirsch Renner bedachte die tlaxcalanischen Truppen mit einem letzten bösen Blick. Nicht daß er für einen Moment vergessen hätte, seine diplomatische Maske aufzusetzen, nein, er wollte uns vielmehr seinen Verdacht zu verstehen geben.

Hinterher schlenderte ich allein am Flußufer entlang; ich war verwirrt und versuchte, die Absichten der Cholulaner auszuloten und dahinterzukommen, was von ihrem Verhalten geheimen Einflüsterungen Moctezumas zuzuschreiben war. Zuvor waren wir an etlichen Abzweigungen vorübergekommen, Routen, die um die Stadt herum direkt nach Tenochtitlan führten. Sie waren vor kurzem mit den Stämmen riesiger Pappeln versperrt worden. Moctezuma schrieb uns den Weg vor und hatte uns nach Cholula geschickt.

Cholula war Gefiederter Schlange ergeben. Sein Tempel dort, ein von Menschen geschaffener Berg, war das größte Gebäude der Welt, sogar größer als die Gebäude der Leute Die Götter Geworden Sind. Dieses Wunderwerk, das von Heeren von Pilgern besucht wurde, gehörte Gefiederter Schlange. Aber ich hörte Gerüchte, daß die Cholulaner unsere Vernichtung planten.

Konnten sie Cortés seine Göttlichkeit absprechen? Er war, wie in den Prophezeiungen verkündet, eingetroffen. Ihn zu leugnen hieß leugnen, daß zwei und zwei vier sind. Es war wider die Vernunft.

Aber die Stadt machte mit Gefiederter Schlange ein gutes Geschäft, verkaufte Essen und Gefiederte-Schlangen-Ringe und vermietete Unterkünfte. Außerdem lebte ein mit Gefiederter Schlange verbündeter furchtbarer Gott im Fundament des Haupttempels. Das war Wasser Ungeheuer, und bei der geringsten Provokation würden sich die Tempelsteine auftun, und Eindringlinge würden in einer Wasserlawine fortgespült werden. Wann immer sich ein Riß im Tempel bemerkbar machte, verschlossen die Priester ihn aus Furcht vor einer solchen Flut mit einem Gemisch aus Kalkmörtel und dem Blut frisch geopferter Kinder. Nur dieses Dichtungsmittel konnte Wasser Ungeheuer bändigen.

Weitere Kinder und Unbefleckte Jünglinge wurden geopfert, wenn die Sterndeuter erkannten, daß die Position von Gefiederter Schlange am Himmel schwach war. All diese Riten hatten dazu geführt, daß der Handel blühte und Pilger in die Stadt brachte sowie Geld in Form von Kakao, Schmuckfedern, Jade und Gold.

Gefiederte Schlange war für Cholula zu einem Quell des Reichtums geworden, doch hatte all das nichts mehr mit dem sanften Gott meiner Ahnen zu tun, einem Gott, der es kaum ertragen

konnte, eine Blume zu pflücken, weil es bedeutete, einem Wesen das Leben zu nehmen; einem Gott, der so rechtschaffen war, daß selbst die Maulwürfe und die frechen Dachse ein Bündnis schlossen, um die entweihten Gebeine ihres Vaters zurückzuholen.
Ich hatte noch im Ohr, wie meine Großmutter über die Cholulaner hergezogen war und sie als Heuchler geschmäht hatte.
Wie würden Menschen mit einer Religion, die halb zum Geschäft verkommen war, morgen Gefiederte Schlange anerkennen können? Wir mußten auf alles gefaßt sein.
Ich erreichte eine Stelle, wo ein Wasserlauf den Berg herunterstürzte und sich in den Bach ergoß, so daß es wie Pulque aufschäumte. Ein Pfad wand sich zu einigen, zwischen den Felsen fast verborgenen Gebäuden empor. Eine Frau, wahrscheinlich eine Bäuerin, kniete am Ufer und wusch ihre Wäsche.
»Was ist das dort oben?« fragte ich und zeigte zum Berg hinauf.
»Der Schädelschrein, meine Dame. Einst eine Stadt, jetzt nur noch ein paar Altäre mit einer alten Priesterin.«
Von diesem Schrein hatte ich bereits als Kind gehört. Das war der Ort, wohin vor langer, langer Zeit die Krieger Prinzessin gekommen war. Hier hatte die Priesterin ihr gesagt, sie solle zu den Waffen greifen und Anspruch auf ihr Reich erheben.
»Darf eine Fremde sich dem Schrein nähern?«
»Nur bei Mondenschein. Die Priesterin wird mit den Eulen wach und geht mit ihnen schlafen. Sie ist wahnsinnig, meine Dame. Geht nicht dorthin.«
Ich dankte ihr und kehrte in der Hoffnung ins Lager zurück, daß mein Gebieter irgendwelche Neuigkeiten hätte, um meine Befürchtungen zu beschwichtigen. Die Tlaxcalaner verbreiteten nur weiterhin düstere Stimmung.

Als wir uns am Morgen aufstellten, um in die Stadt einzuziehen, waren alle nervös. Dann gab es ein Omen. Ich hörte eine Lerche schlagen, obwohl dies nicht ihre Zeit war, vernahm ein Tirilieren so nahe und so süß, daß ich wußte: Etwas Ungewöhnliches geschah. Machtvoll drängte sich mir das Bild von Lerchen Singer auf, ich verharrte regungslos und erwartete eine Botschaft. Ein gelber Schmetterling, eine dahingeschiedene Seele in der Farbe

einer Lerche, gaukelte fast greifbar nahe vor meinen Augen; seine Flügel waren wie Gold, zu schwer zum Fliegen; tot fiel er zu meinen Füßen nieder. Ich begriff, daß mir Lerchen Singer eine Warnung hatte zukommen lassen.
Als die Trompete erscholl, erblickte ich weitere Schmetterlinge, weiße diesmal, die tot auf dem Boden lagen, und ich argwöhnte, daß dies ein Zeichen für die Vernichtung der Spanier war. Fest umklammerte ich den Strauß Ringelblumen, den ich in der Hand trug, und war froh, ein Stilett darin verborgen zu haben. Ohne weiteres würde ich nicht in den Tod gehen.
Sänger und Tänzer kamen uns am Rand der Stadt entgegen, Tänzer, die gleichzeitig Akrobaten waren, auf den Händen liefen, zum Schnarren von Holzrasseln Luftsprünge vollführten. Dann vereinten sich hundert Stimmen zu einem Chor und trugen, wie ich annahm, ein Willkommenslied vor. Nur paßten die Worte des alten Liedes nicht, klangen heute geradezu ironisch. Sie sangen:

Wo ist das Haus der Quetzalfedern?
Wo ist das Türkis-Haus?
Wo ist das Haus der kostbaren Muscheln?
In Tula, dem verlorenen Tula.

Unser Gebieter, Gefiederte Schlange, ist entflohen,
Er ist ins Land des Ostens gezogen,
In das rote und schwarze Land,
Verschwunden aus Tula, dem verlorenen Tula.

Man singt kein Klagelied, wenn es gilt, einen heimkehrenden Gott zu begrüßen. Der Chorleiter hätte zum nächstbesten Altar geschleppt werden müssen. Nur hatte er selbstverständlich seine Anweisungen.
Irgend etwas Kaltes regte sich in mir, und ich erschauerte im Sonnenlicht. Ich blickte nach vorn auf den riesigen Tempel von Gefiederter Schlange, der sich prächtig vor dem blauen Cholulaner Himmel abzeichnete. Am Horizont schimmerte wie Juwelen das grelle Weiß der Vulkane auf. Ich hätte innerlich frohlocken

sollen; statt dessen fühlte ich mich bedroht und durch irgendeine verschwommene Erinnerung gewarnt.
Wir wurden in vier langen Gebäuden untergebracht, die auf einen offenen Platz hinausgingen. »Leicht zu verteidigen«, sagte Pedro Alvarado, und seine Brüder nickten weise. Sie wirkten verkrampft; ein bißchen Blutvergießen konnte sich nur entspannend auf sie auswirken.
Cortés wandte sich an mehrere tausend auf dem Platz versammelte Menschen, darunter Pilger von allen Enden der Welt. Ich übersetzte die mir inzwischen vertrauten Worte über den König und das Kreuz, doch ohne großen Schwung. Die Göttin kam nicht zu meiner Inspiration. Höflich versprachen die Cholulaner Senatoren »diesem König, den Ihr erwähnt habt« die Treue. Aber einen Religionswechsel? Nun, sie wollten darüber nachdenken. Ihre nervösen Blicke ließen mich vermuten, daß sie sich weit größere Sorgen wegen des tlaxcalanischen Heeres machten, das am Rande der Stadt kampierte.
Wir zogen uns in einen kleineren Innenhof zurück, und es gab einen kleinen Empfang mit wenigen Erfrischungen. Die Hauptfrauen der Würdenträger drängten sich in einer Ecke. Ich hatte keine Zeit, mich besonders um die Frauen zu kümmern, und bedachte sie nur mit flüchtigen Blicken und ab und zu mit einem Lächeln – doch ein Lächeln traf zufällig ein ganz besonderes Ziel und veränderte so die Geschichte von Cholula.
Das erfuhr ich am nächsten Morgen, als ein Sklave meldete, seine Herrin, eine prominente Cholulaner Dame, warte draußen und bitte, mir ihre Aufwartung machen zu dürfen. Ein Strauß Orchideen wurde überreicht und Namen genannt – Prinzessin Totolin. Weitere Titel wurden wie Blütenblätter bei einem Festumzug vor ihr ausgestreut; sie war die Gattin des Dritten Sprechers des Cholulaner Senats, die Nichte des Cholulaner Gesandten am Hofe Moctezumas und noch etliche andere bemerkenswerte Dinge, die alle Eindruck auf mich machen sollten.
Ich empfing sie in einem kleinen, intimen Garten, in den sie wie eine Wolke von Jasmin hineinschwebte, während eine Duftlawine vor ihr herrollte. »Die Dame Totolin, Prinzessin von Amozac«, verkündete in gewichtigem Singsang der Sklave.

Sie umarmte mich wie eine verlorene Schwester und rief: »Ach, meine Liebe, meine Liebe!« Dabei stieß sie kleine Gluckslaute des Entzückens aus. Ihr Name – Totolin – bedeutete Truthenne und paßte bemerkenswert gut zu ihr.
Fragen wirbelten wie Schaumblasen durch die Luft. Ob ich mit dem erlauchten Soundso-Clan aus Da-und-da verwandt sei? Nein? Nun, zumindest sähe ich so aus. Ob ich denn die verlorengeglaubte Tochter von Herrn Vier Kaninchen Himmel Pfeil sei? Nicht? Nun, auch mit ihr hätte ich Ähnlichkeit. Wie ich denn meine Gefangenschaft bei diesen halbmenschlichen Wesen namens Spanier ertrüge? Wie groß mein Elend auch immer sei, an Selbstmord dürfe ich nicht einmal denken! Die Rettung sei ganz nahe!
Dem ganzen Gekoller und Gegluckse entnahm ich eine bestimmte Botschaft. Die Herzlichkeit meines Lächelns gestern habe sie ermutigt, mir ihre Freundschaft anzutragen – es habe so gewirkt, als hätte ich sie aus der Menge der anderen ausersehen, sich um meine Rettung zu kümmern. Meine Rede und meine Haltung verrieten einen adligen Hintergrund, ähnlich dem ihren – sehr fein. Und was Schmuck betreffe, so hätten wir genau denselben Geschmack. »Der Opalanhänger, den Ihr getragen habt – ex-quisit!« Aus einem Bogenschuß Entfernung hatte sie jedes Schmuckstück genau verzeichnet. Die Dame hatte ein Auge für Reichtum.
Warum sie hergekommen sei? Es sei vermessen, mir ihre Aufwartung zu machen, und die Gründe, die sie nannte, überzeugten mich nicht. Dabei schien sie zu leichtfertig und aufgeregt, um eine Spionin zu sein, die man mit dem Auftrag zu mir geschickt hatte, mich auszuhorchen. Ich war schon soweit, sie unter einem Vorwand wieder hinauszukomplimentieren, als sie sich äußerst wachsam umblickte, näher rückte und die Stimme vertrauensvoll – nein, verschwörerisch senkte.
»Meine Teuerste, Ihr seid in Gefahr. Diese bösen Geschöpfe vom Meer, die Euch gefangengenommen haben, werden zusammen mit ihren dreckigen Tlaxcalaner Sklaven bald vernichtet werden. Diejenigen, die überleben, wird man in die Hauptstadt treiben, um sie dort auf dem Altar Kolibris zu opfern. Süßes Kind, Ihr könntet mit ihnen untergehen!«
»Wie grauenhaft! Erzählt mir mehr! Was soll geschehen, und wie

kann ich mich retten?« Ich flehte darum, daß meine Reaktion echt wirkte.
Ihr Gatte, der Senator, sei, wie sie mir erzählte, gleichzeitig Hauptmann beim Heer. Vor ein paar Tagen habe er ein hinreißendes Geschenk von Moctezuma erhalten, eine goldene Trommel – und Befehle, sich an einem Unternehmen zu beteiligen, mit dem die Spanier vernichtet werden sollten. Cholulaner, die sich diesem Unternehmen widersetzten, würden gleichfalls niedergemacht.
»Dann werde ich also frei sein!« rief ich aus und schlug leise und vor Freude die Hände zusammen. »Dann werde ich also nicht länger die Dienerin dieser Dämonen sein!«
»Jawohl, die Dämonen werden sterben. Nur müßt Ihr eine sichere Zuflucht finden, sonst könnte man Euch für eine Freundin von ihnen halten. Glücklicherweise kann ich Euch in meinem eigenen Hause Unterschlupf bieten. Es ist eines der besten und sichersten in der Stadt.«
Sie schenkte mir ein so vielsagend-kokettes Lächeln, daß ich plötzlich überzeugt war, eine Frau vor mir zu haben, die andere Frauen liebte, was selbstverständlich ihren ungewöhnlichen Besuch erklärte. Sie war hier, um das Terrain für Leidenschaften zu erkunden, nicht, um Informationen aus mir herauszuholen. Mir fiel ein Stein vom Herzen.
Dann zerstreute sie jedoch diese Vorstellung. »Mein zweiter Sohn, ein junger Mann, schön wie der Blumenprinz persönlich, hat Euch zweimal gesehen. Das erstemal bei der Prozession, als Ihr in die Stadt eingezogen seid – wie bezaubernd Ihr aussaht, wie eine Königin! Dann war er wieder in Eurer Nähe, als er seinem Vater bei dem offiziellen Empfang zur Seite stand. Wieder war er hingerissen von Eurer Schönheit und voll des Staunens darüber, mit welcher Eleganz Ihr das spanische Geknurre und Gebell in richtige Sprache verwandeltet. Jetzt ist er von solcher Leidenschaft zu Euch entbrannt, daß er mich gebeten hat, Euch aufzusuchen und ein Wort für ihn einzulegen.«
Das also war es. Als sie weiterredete und überschwenglich die Reize ihres Sohnes schilderte, wie eine Madame, die ihre Huren anpreist, dachte ich an Tlahua, den Ehevermittler, der gleichzeitig Todesbote ist. »Meine Blume, bei uns wäret Ihr in Sicherheit.

Eure beider Umhänge würden verknotet, und Ihr könntet in den liebenden Armen meines Sohnes liegen, wenn das Massaker beginnt.«

Ich stieß kleine, aufgeregte Laute aus, kehrte verschämt-jüngferliche Hoffnung und Angst hervor. »Wieviel Zeit bleibt mir noch, um zu entkommen? Wann beginnt das Morden?«

»Der genaue Zeitpunkt wird heute abend festgelegt. Mein Sohn – ach! wartet, bis Ihr ihn seht! – und ich werden nach Dunkelwerden hierher kommen, sobald wir den Plan in allen Einzelheiten kennen.« Sie lächelte huldvoll, während sie gleichzeitig nach einer Möglichkeit suchte, um zu dem kleinen Geschäft zu kommen, um das es ihr zuvörderst ging. »Als Träger werde ich meine eigenen Diener mitbringen. Zweifellos habt Ihr viel zu tragen. Ihr müßt Eure Juwelen sorgfältig verstecken, denn es könnte sein, daß diese Halsabschneider, die Tlaxcalaner, durch die Straßen ziehen.« Für eine Sekunde wurden ihre Truthennenaugen zu Falkenaugen; schon jetzt schätzte sie den Preis der Mitgift ab.

»Ich werde auf- und ablaufen, damit die Zeit vergeht«, sagte ich und geleitete sie hinaus. »Ihr rettet mich vor Dämonen, gütige Dame.«

»Sagt Mutter zu mir«, sagte sie und watschelte hinaus; eine Wolke von Wohlgerüchen zog hinter ihr her.

Ich eilte zu Cortés und erzähle ihm die Geschichte. Er war nicht überrascht.

»Das stimmt mit allem überein, was ich gesehen habe«, sagte er. »Aztekische Boten sind in der Stadt eingetroffen, aber sie sind nicht zu mir gekommen. Vom Dach hier kann man sehen, daß ein Teil der Stadt, mehrere Häuserblocks, von einer Mauer umschlossen ist. Dort könnte sich das gesamte aztekische Heer verbergen.«

Genauso wie gestern morgen regte sich etwas Kaltes und Furchtbares in mir, doch auch diesmal konnte ich nicht sagen, was es eigentlich war.

Eindringlich sah Cortés mich an. »Du zitterst ja. Vor Furcht bestimmt nicht, das weiß ich. Was beunruhigt dich? Hat die alte Dame Hirngespinste, oder lügt sie?«

»Warum sollte sie lügen, mein Gebieter?«

Er lächelte. »Ihr Sohn liebt dich – warum auch nicht, meine Liebe?

Sie will dich als Schwiegertochter; also könnte sie dich in Angst versetzen, damit du in ihrem Haus Zuflucht suchst.«

Daran hatte auch ich gedacht, doch war mir das zu unwahrscheinlich vorgekommen. Jetzt jedoch ertappte ich mich dabei, wie ich mit fester Stimme sagte: »Nein, sie hat die Wahrheit gesagt. Da bin ich mir ganz sicher.« Ein wenig war es die Kälte in mir, die sprach oder mir zumindest eingab, was ich sagen sollte. Ein Orakel, aber nicht so eins wie die Göttin, flüsterte mir zu, daß sich in der Nähe Azteken verborgen hielten und nur darauf warteten, uns abzuschlachten.

Cortés nickte bedächtig. »Dann werden wir bereit sein. Tut mir leid, daß diese Leute dem König gestern Treue geschworen haben. Jetzt sind sie nicht nur Feinde, sondern auch Verräter.«

»Verräter« war für ihn das größte Schimpfwort, das er kannte. Andere Vergehen konnte man verzeihen oder konnte ihnen entgegenwirken, doch Verrat am König mußte mit dem Tod geahndet werden. Für Cortés war das vage Versprechen der Cholulaner bindend, für mich mehr ein Ausdruck der Höflichkeit gewesen.

In dieser Nacht geschah nichts, aber die Soldaten schliefen in ihrer Rüstung. Am nächsten Tag berichteten einige Totonaken, die als Kundschafter ausgezogen waren, von tiefen, mattenbedeckten Fallgruben, in denen scharf angespitzte Pfähle steckten. Die Dame Totolin schickte eine Sklavin, die eine Botschaft herunterleierte: »Im nächsten Unglück klaffen die Kiefer auseinander, Die Mit Dem Schlangenhüfttuch zu packen.« Diesen Text hätte auch ein Kind enträtseln können; während der Sechsten Wache der Nacht werde man mich von den Ungeheuern befreien. Das Rätsel bezog sich auf die Königin der Liebe, die im Maul der Erd Dämonin gefangen war, eine bekannte Sage. Die Truthenne gab sich klug und spielte die Ränkeschmiedin. Es würde also erst nach Mitternacht etwas geschehen. Wir entspannten uns.

Am Nachmittag wurden weitere unheilvolle Zeichen beobachtet. Mehrere tausend Frauen und Kinder hatten die Stadt verlassen und wurden in ein Lager innerhalb einer Bergfeste eskortiert – genau wie in Tabasco, dachte ich. Cortés verkündete, wir würden am Morgen nach Tenochtitlan aufbrechen und forderte Träger und Marschverpflegung an. Die Cholulaner erwiderten, mehrere hun-

dert Mann würden bei Morgengrauen bereitstehen, um uns zu helfen; Vorräte bekamen wir jedoch nicht geliefert. Endlich wurde es Nacht.
Cortés rief die Offiziere zur Beratung zusammen; man traf sich zu einem frugalen Mahl. Ich hörte Diego de Ordas laut erklären: »Diese Leute werfen uns mörderische Blicke zu, da irre ich mich nicht, Señor!« Zustimmendes Gemurmel erhob sich; niemals, nicht einmal an den schlimmsten Tagen an der Küste oder in Tlaxcala hatte ich die Spanier so nervös erlebt.
Cortés hieb mit der Faust auf den Tisch, um sich Gehör zu verschaffen. »Habt keine Angst – Hauptsache, ihr seid zum Kampf bereit.«
Ich hatte draußen vor der Halle auf eine Botschaft von Dame Totolin gewartet. Jetzt wurde ich zu Cortés gerufen, weil drei aufgeregt durcheinanderredende totonakische Krieger zu ihm gekommen waren.
»Malintzin, in der Stadt brodelt es«, sagten sie zu ihm. »Sieben Menschen – fünf davon Kinder, die noch ein langes Leben vor sich hatten – sind dem Kriegsgott geopfert worden. Ein Priester hat hinterher die Zeichen gedeutet und gesagt, der Gott sei erfreut, er werde ihnen den Sieg schenken, wenn sie versprechen, hinterher zwanzig von Euren Kriegern zu opfern.«
»O mein Gott«, stöhnte Diego de Ordas. »Was hab ich Euch gesagt?«
Kalt sah Cortés ihn an. »Was habt Ihr erwartet.«
Dame Totolin und ihr Sohn trafen verabredungsgemäß erst sehr spät in der Sechsten Wache ein, als die Stadt schlief und die Spanier in ihren Unterkünften nur so taten, als schliefen sie.
»Mein Sohn, Herr Drei Wind Frühlings Finder«, stellte sie diesen im Flüsterton vor und hob eine Fackel in die Höhe, damit ich ihn bewundern konnte.
Frühlings Finder errötete, zog den Bauch ein und reckte sich in die Höhe, wobei seine Fersen die gestampfte Erde des Hofes nicht ganz berührten. Er war jünger, als ich erwartet hatte, etwa gleichaltrig mit mir, und sein Gesicht war – wie man bei einer solchen Mutter erwarten konnte – ein Truthahnei, dunkel, oval und harmlos. Da er auf Freiersfüßen war, trug er einen Zinnienkranz

im Haar, brach eine Blüte heraus und reichte sie mir mit etwas linkischer Gebärde.
»Was gibt es Neues?« fragte ich drängend. Ich schenkte Frühlings Finder nicht genug Beachtung, verhielt mich nicht wie eine zukünftige Braut. Aber das war unter den Umständen wohl nur natürlich, meine ich.
»Zum Angriff wird es kommen, wenn die Spanier die Stadt verlassen. Kommt gleich mit, wir haben keine Zeit zu verlieren«, erwiderte die Dame Totolin. Jetzt wußte ich alles, was ich wissen mußte.
»Wartet hier, ich werde meine Wertsachen zusammensuchen.« Ich führte sie in eine kleine Kammer. Im Dunkel wartete eine Schildwache und ließ die Tür nicht aus den Augen.
»Einen Augenblick, meine Dame.« Frühlings Feder versperrte mir schüchtern und verlegen den Weg. »Ich glaube, meine Mutter hat Euch meine Liebe zu Euch erklärt. Ich möchte, daß Ihr um dieser Liebe willen mitkommt und nicht aus Angst. Ich verstehe nicht. Was für ein Angriff?«
»Halt den Mund!« wies ihn Dame Totolin zurecht. »Woher solltest du es wissen? Glaubst du etwa, dein Vater erzählt dir alles?«
Frühlings Finder tat mir leid; er sah verletzt und verwirrt aus. Da mußte er seinem Vater ja keine große Hilfe sein, wenn dieser ihn bei einer so wichtigen Sache nicht einweihte.
Frühlings Finder fiel auf ein Knie und packte mich mit erstaunlich kräftigen Händen um die Hüfte. »Meine Mutter sagt, Ihr wollt mitkommen, weil Ihr einen liebenden Gatten wünscht, Kinder und ein ruhiges Zuhause, in dem Eure Muttersprache gesprochen wird. Stimmt das?«
»Selbstverständlich!« Es gelang mir, mich von ihm zu befreien. Warum mußte er mich aufhalten, und dann noch mit so verwirrenden Sachen?
»Möchtet Ihr lieber warten? Mich vielleicht besser kennenlernen? Es gefällt mir überhaupt nicht, mich im Schutze der Dunkelheit wie ein Dieb hierher zu schleichen, der eine Sklavin raubt.«
»Gebt mir einen Augenblick, meine Sachen zu holen«, sagte ich und verließ Mutter und Sohn, ehe er den Schlamm in einem Fluß

aufwühlte, der zuvor kalt und durchsichtig gewesen war. Kein besonders heller Kopf, wenn man ihn so in Unwissenheit gehalten hatte – und doch einnehmend mit seinem albernen Zinnienkranz.
Aguilar, der in die Geschichte mit der Entführung eingeweiht war, wartete auf dem Korridor; seine Kutte fiel im Dunkel überhaupt nicht auf. »Ja, es wird Verrat gespielt«, flüsterte ich ihm auf maya zu – die spanischen Worte wollten mir nicht einfallen. »Haltet Mutter und Sohn an einem sichereren Ort fest.« Ich zögerte. »Sagt den Wachen, sie sollen sanft mit ihnen umgehen. Es sind Leute, die es gut meinen – zumindest der junge Mann.«
Ich eilte, um meinen Gebieter, den *capitán*, zu unterrichten. Dabei wallte die Kälte, die ich zuerst beim Einzug in die Stadt empfunden hatte, stärker denn je in mir auf. Furcht beschlich mich, wie ich es seit meiner Kindheit nicht mehr erlebt hatte. Cholula ist die Heilige Stadt, sagte ich mir; die schweigenden Tempel, die uns umringten, waren voll von Gespenstern.
Der Rest der Nacht, die wenigen Stunden der Finsternis nach dem Tod von Dame Mond, vergingen wie ein Fiebertraum. Wie benommen übersetzte ich, wobei ich bei jedem zweiten Wort Aguilar um Hilfe bitten mußte. Mehrere Cholulaner Senatoren waren ohne Federlesens ergriffen und mit einem Messer an der Kehle zum Verhör gebracht worden. Weitere Tlaxcalaner trafen ein und berichteten, sie hätten Haufen von Steinen hinter der Brustwehr der Häuser entdeckt. Verteidigung im Belagerungsfall. Doch trotz all dieser Vorgänge blieb die Stadt ruhig und schlief; kein Mensch schien zu ahnen, daß wir Verdacht geschöpft hatten.
Ich ging nicht in die Nähe der hölzernen Käfige, in denen Totonaken Dame Totolin und ihren Sohn bewachten.
Als der Morgen graute, fanden sich zweitausend bewaffnete Cholulaner auf dem breiten Platz vor unserer Unterkunft ein. Herr Hirsch Renner stellte sich in zeremonialem Kampfanzug als ihr Anführer vor; sein Gesicht wurde eingerahmt von dem reißzahnbewehrten Helm der Mitglieder des Ozelot Ordens. »Bitte, sagt Eurem Gebieter, seine Ehrengarde stehe bereit«,

sagte er mir; das klang, als sei er stolz auf seinen Verrat. Selbst jetzt, da er ein Massaker vorbereitete, war er makellos gekleidet.
»Was für eine Ehrengarde?« wollte ich wissen. »Er hat nicht um eine solche Truppe gebeten.«
»Aber doch ... während des Empfangs. Sollte ich ihn mißverstanden haben? Ach, diese Sprachverwirrung!«
Unsere Artillerie war bereits in Stellung gegangen und bereit, den Platz zu bestreichen; die Kavallerie saß auf, um über die Menge herzufallen.
Cortés auf Mulitreiber wandte sich an die Spanier: »Seht diese Verräter, wie sie darauf erpicht sind, uns in den Schluchten abzuschlachten und sich an unserem Fleisch gütlich zu tun! Aber der Herrgott hat andere Pläne!«
Dann riß er sein Roß herum, so daß er die Cholulaner vor sich hatte; seine Augen blitzten, und seine Stimme hallte weithin – er war ganz die zornige Inkarnation des wiedergekehrten Gottes.
»Ich kenne die Verschwörung. Ich weiß, was ihr eurem blutigen Götzen geschworen habt. Aber er ist ein falscher Gott, ein Teufel, der euch jetzt nicht retten kann.«
Herr Hirsch Renner versuchte, sich Cortés zu nähern, wurde jedoch von den Wachen zurückgedrängt, die einen Mordanschlag befürchteten. »Nein, Malintzin«, rief er laut. »Wir haben auf Befehl Moctezumas geopfert. Wir führen keinen Verrat im Schilde. Aber da sind die Tlaxcalaner, und Moctezuma, und da ...«
Hundert Cholulaner um ihn herum nahmen den Ruf auf: »Jawohl, Moctezuma!« Andere redeten wüst über die Tlaxcalaner durcheinander, so daß ich kein Wort verstand.
Cortés Gesicht war versteinert. »Ihr habt einen Eid geschworen. Jetzt fallen eure Verbrechen auf euch zurück.«
Als ich seine Worte wiederholte, zog ein Schwarm Stare zeternd über den Himmelsausschnitt überm Hof hinweg. Sie flatterten mit den Flügeln und schienen Todesschreie auszustoßen. Panik packte mich. Ich verhaspelte mich.
Cortés sagte: »Verrat darf kraft königlichen Gesetzes nicht ungesühnt bleiben. Er muß bestraft werden.«
Er hielt inne, und unsere Blicke begegneten sich. Ich las eine Frage

in seinem Gesicht, und ein Dutzend Bilder wirbelten mir im Kopf herum: Frühling Finders Überraschung, als er von einem Angriff hörte, die schuldbewußt dreinblickende Dame Totolin, als hätte man sie bei einer unlauteren Machenschaft erwischt. Dann tauchte vor meinem geistigen Auge jener mauergeschützte Teil der Stadt auf, in dem vielleicht Tausende von Azteken warteten – ich sah ihre Obsidianklingen förmlich aufblinken. Immer noch sah mein Gebieter mich fragend an, und ich nickte zustimmend, bat ihn praktisch, jetzt zuzuschlagen, auf daß diese Angst endlich ein Ende habe.
Er rief: »Ihr müßt sterben!« Dann ließ er die Hand fallen, eine Muskete wurde abgefeuert, das Signal zum Angriff.
Die Kanonen spuckten Eisen und Stein über den Platz und mähten die Cholulaner reihenweise nieder. Es war nur eine Menschenmenge, kein Heer, und als sie von Panik erfaßt zu fliehen versuchten, sahen sie sich den Hakenbüchsen und den Armbrustschützen gegenüber, die insgeheim an den schmalen Straßenzugängen Aufstellung genommen hatten. Sie trampelten aufeinander herum, fielen sterbend über ihre bereits toten Gefährten, während die berittenen Lanzenträger zwischen ihnen hin und her sprengten und ihr furchtbares Werk verrichteten. Dreihundert unserer Fußsoldaten griffen sie von hinten an, und ihr Entsetzen war so groß, daß sie überhaupt nicht verstanden, daß der Feind hinter ihnen stand.
Wir bahnten uns einen Weg durch die gefallenen Feinde und drangen in die Straße ein, die hinter dem Platz lag; die durch die Kanonenschläge aufgeschreckte Stadt war immer noch dabei, wach zu werden. Verwirrte Gesichter starrten uns aus Torwegen heraus an. Dann hörte ich Rufe: »Die Tlaxcalaner greifen an! Die Tlaxcalaner!« Die Gestalten von Frauen und Kindern in Nachtgewändern tauchten auf den Dächern auf. Steine wurden hochgehievt und dann hinuntergeschleudet, wobei die meisten die Köpfe der Cholulaner zertrümmerten, die vor den Pferden davonliefen. Warum waren die Dächer nicht früher bemannt worden? Ich konnte nicht verstehen, daß diese Menschen, die so darauf aus gewesen waren, uns zu vernichten, so unvorbereitet waren.
Eine vertraute Gestalt vertrat mir den Weg: Herr Hirsch Renner,

waffenlos, der Helm war ihm vom Kopf gerissen und baumelte gespalten vor der Brust. Sein Ozelothemd war blutgetränkt.
»Kein Komplott?« rief er noch mühevoll. »Kein Komplott. Wir haben nicht ... verdient ... Wir hatten Angst vor den Tlaxcalanern!« Ich dachte, er müsse jeden Augenblick tot zu meinen Füßen zusammenbrechen, doch gelang ihm noch eine letzte Geste: Er zeigte auf den Platz, auf dem die Cholulaner in ihren zerfetzten Prachtgewändern lagen. Einen Moment blieben meine Augen an einem körperlosen Arm hängen, dessen Handgelenk von einem Goldreif mit Federn umfangen wurde. Ich sah einen unserer tlaxcalanischen Spitzel wieselgleich aus einer Haustür hervorschießen und den Armreif abreißen. Wie ein Siegeszeichen reckte er den abgeschlagenen Arm in die Höhe, schwenkte ihn in der Luft herum und stieß dabei ein Triumphgeheul aus.
Herr Hirsch Renner war in die Knie gegangen; Blut rann ihm von den Lippen. Er murmelte: »Gefiederte Schlange? Ist dies das Werk des Sanften Gottes?« Dann fiel er tot um; der Bolzen einer Armbrust steckte ihm im Rücken.
Ich starrte auf das Gemetzel, sah den blutigen Abdruck einer Hand auf einer Mauer, erblickte eine Sandale, in der noch der Teil eines Fußes steckte – das Werk eines Kanonenschusses. Auf der anderen Straßenseite kam ein weiterer Tlaxcalaner, ein Späher, mit dem ich noch gestern abend gesprochen hatte, aus einem Haus heraus und wankte unter dem Gewicht eines Deckelkorbs, den er gestohlen hatte. Über dem Arm hatte er einen Stoß Frauengewänder hängen. Ich hörte weitere Rufe: »Tlaxcalaner! Die Tlaxcalaner sind gekommen!«
Und jetzt, nach dem ersten Blutbad, ging der Angriff, den die Cholulaner erwartet hatten, erst wirklich los. Von Ferne hörte ich einen Schlachtgesang, den ich in den Wochen, da wir auf dem Turmhügel eingeschlossen gewesen waren, so fürchten gelernt hatte. Von ihren eigenen blutrünstigen Rufen angekündigt, kamen die Tlaxcalaner heran und genossen das Abschlachten – und die Plünderungen.
Da begann ich zu laufen. Ich rannte die breite Prachtstraße hinunter, über die wir in die Stadt eingezogen waren. Ich wollte dem tlaxcalanischen Heer entgegentreten, wollte es aufhalten,

wollte so tun, als hätte Cortés mir den Befehl dazu gegeben. Das jedenfalls hatte ich vor, auch wenn mir im Kopf nichts klar war, außer daß das Zusehen grauenhaft war. Ich mußte entkommen.

Ich lief davon, verfolgt von dem Fluch dessen, was ich getan hatte – oder wozu ich zumindest beigetragen hatte. Hinter mir hörte ich Schreien und Wehklagen. Wieder sah ich das Gesicht meines Gebieters, als er mich bat, die letzte Entscheidung zu fällen: Leben oder Tod für die Stadt? Ich hatte den Tod gewählt – also jene Wahl getroffen, die nicht rückgängig zu machen ist.

Als ich nicht mehr laufen konnte, wankte ich voran, verlor irgendwo eine Sandale. Am Fluß hinter der Stadt hielt ich inne; meine Lungen drohten zu bersten, und das Herz schlug mir bis zum Hals. Dann ging ich langsam am Fluß entlang und folgte einem Pfad, an den ich mich vage erinnerte. Der Schädelschrein war in der Nähe; ich war hierher geführt worden.

Obwohl es heller Tag war und die Eulen schliefen, war die alte Priesterin wach und stand unter einem im Schatten liegenden Torweg. »Willkommen, Tochter. Ich habe auf dich gewartet.« Ich glaubte ihr.

Sie sah dürr und verhutzelt aus wie ein Bergahornblatt, als ob sie zu Staub zerfallen würde, wenn man sie berührte, doch ihr von einem schwarzen Ärmel eingehüllter Arm schien kräftig und tröstend, als sie mir half, die Reinigungskammer neben dem Tempel zu betreten.

»Ist das eine Waffe, was du da trägst?« fragte sie.

Ich senkte den Blick und sah, daß ich das Entermesser in der Hand hielt; die Klinge war braun von getrocknetem Blut. Als ich es auf den Boden fallen ließ, hallte das Geklirr von den Steinmauern wider. Ob der Tempel jetzt durch das Blut entweiht war? Oder war dies ein Ort, an dem Blut willkommen war, ja genossen wurde? Die Priesterin sagte nichts.

»Trink dies, Tochter.« Sie reichte mir einen irdenen Becher; der schäumende Inhalt dampfte. Es schmeckte bitter; Raute war zusammen mit anderen Kräutern in Wasser eingeweicht worden, um den Trank zu brauen. »Trink den Becher ganz aus.«

Im Dämmerlicht konnte ich nur gerade soviel von ihrem Gesicht sehen, um zu wissen, daß es tiefe Furchen hatte und ledrig war wie eine Maske der Aschenfrau, einer alten Gemahlin von Feuer. Ihre Stimme war wie das Rauschen des Windes in einem verdorrten Feld. »Du bist bewaffnet gekommen. Es ist lange her, daß eine solche Frau diesen Schrein hier aufgesucht hat.« Sie schob ihre Kapuze zurück, und ich sah, daß ihr Haar geflochten und über den Schläfen zu zwei kegelförmigen weißen Schnecken aufgedreht war. Ich überlegte, ob sie wohl alterslos sein könne, ob sie vor vielen Garben von Jahren die Krieger Prinzessin gekannt haben mochte.

Ein hohes Glutbecken aus Ton stand in der Ecke; Glut, über die Asche gehäuft war, glomm darin. Sie blies in die Glut, und ein strenger Weihrauchgeruch erfüllte die Kammer, doch als ich den Rauch einatmete, beruhigte er mich. Langsam wurde den Scharten des Morgens ihre Schärfe genommen, und die Schreie hörten auf, in meinen Ohren widerzuhallen.

Ich begann zu reden, ziellos, erzählte von der Zerstörung Cholulas. Ihre bleichen Augen schienen im Dunkel größer zu werden und wurden schließlich so riesig, als wären es zwei polierte Schilde, die heller glänzten als spanischer Stahl, lichter als Silber, und ich sah darin mein Spiegelbild; doch war es nicht das Abbild einer großen, kräftigen Frau, sondern das eines schlanken und scheuen Mädchens. Leichtfüßig lief das Mädchen über einen Berghang, flog praktisch über das hohe Gras, um zu ihren Eltern zu kommen, die sie erwarteten. Prinz Chimal lächelte mich an; Dame Iztac schalt mich für irgend etwas, doch war ich viel zu erfüllt von der Jugend und Frische des Morgens, als daß mir das hätte etwas ausmachen können. Ich drehte mich um und schaute auf ein friedlich schlafendes Dorf hinab. Der Ort verschwamm im letzten Morgennebel. Dann strömten Männer in Kriegsbemalung und Federschmuck aus dem Verborgenen auf die Straßen. Woher waren sie gekommen? Aus einem Tempel? Einem Maisspeicher? Völlig verwirrt sah ich, wie sie hinter den neuerrichteten Mauern durch die Straßen von Cholula liefen.

Cholula verschmolz mit dem Dorf in Jalisco, in dem ich mit angesehen hatte, wie an dem Tag, als das erste meiner Leben endete, die Männer meines Vaters erschlagen worden waren. Ich schrie

vor Schrecken auf über das, was ich mit ansah, und die Kälte, die Furcht, mit denen ich seit drei Tagen gerungen hatte, fielen von mir ab, jetzt, da ich diesen Morgen des Gemetzels vor vielen Jahren noch einmal durchlebte. Die Geister, mit denen ich so lange gelebt hatte, tauchten nicht sanft aus ihrer Höhle auf – sie kratzten und schrien, weil sie im Verborgenen bleiben wollten, kämpften darum, nicht das Gesicht zeigen zu müssen, dann wurde die Schar der Gespenster plötzlich schwarz wie Kohle und verging in der Flamme, die aus dem Glutbecken hochleckte.
Die Priesterin sprach. »Du hast Böses gesehen, du hast geglaubt, es sei böse, weil du es in dir trugst. Diese Geister werden nicht wiederkommen.«
Erschöpft lag ich auf der Strohmatte und wußte nicht, ob eine Stunde oder ein ganzer Tag vergangen war. Der Weihrauch hatte sich verflüchtigt. Ich roch die Feuchtigkeit alter Steine. Eine Eidechse huschte über den Boden.
Die Priesterin netzte mir Schulter, Hals und Schläfen. Sie hielt etwas Köstliches in ihrer von dunklen Venen überzogenen Hand – eine blaue Perle oder einen Türkis, wie ich dachte, bis ich erkannte, daß es sich um ein Drosselei handelte. Langsam fuhr sie damit über meinen Leib, berührte mich hier und dort, drückte und flüsterte eine Beschwörungsformel, um alles Böse aus mir herauszulocken. Nach und nach und mit leise gesprochenen Gebeten zog sie die Krankheit der Vergangenheit in die Reinheit des Eis hinein. Ich sah, wie die helle Schale immer dunkler und schließlich aschenschwarz wurde. Sie sang in der Sprache der Alten, der längst dahingegangenen Tempelerbauer, die Götter geworden waren. Als sie endete und das Ei im Glutbecken verzehrt wurde, sprach ich halblaut das Gebet der Zerknirschung:

»Mutter der Erde, Mutter des Wasser,
Alte Mutter des Feuers,
Sieh herab auf deine Tochter,
Schenke ihr dein Lächeln, wende deine Augen nicht von ihr ab.«

Die Priesterin flüsterte: »Erzähle der Göttin von der Sünde, die dich hierhergebracht hat.«

»Ein Gott bat mich um meinen Rat, und ich habe falsch geraten. Ich habe Tod und Schrecken über eine Stadt gebracht.«

»Besitzt du solche Macht?« Ihre Stimme klang sanft; ich überlegte, ob sie wohl lächelte. »Städte leiden nur unter den Göttern, die sie selbst geschaffen haben.«

»Was meint Ihr? Ich verstehe nicht, Mutter.«

»Wenn der Zeitpunkt kommt, da du es wissen mußt, wirst du es erfahren. Jetzt ruhe dich aus! Du hast einen langen, langen Weg hinter dir und mußt noch viel weiter gehen.«

Da schlief ich und schmeckte die Bitterkeit des Tranks, den sie mir gegeben hatte.

Als ich erwachte, stand Herr Sonne in der Nähe der letzten Wache des Tages, doch war ich für einen Augenblick verwirrt, und weil ich mich so erfrischt fühlte, dachte ich, es müsse Morgen sein, nicht Abend, und ich müßte gen Osten schauen und nicht nach Westen. Mein Rock war zerrissen, Arme und Beine von Dornranken zerkratzt, und am Fuß, wo ich auf einen scharfen Stein getreten war, hatte ich eine Wunde, die sich aber bereits geschlossen hatte.

»Mutter!« rief ich, aber die Priesterin war bereits verschwunden.

Ich durchstreifte die Ruinen der Nebengebäude – kein Mensch war zu sehen. Ameisen bauten eine Burg in einem dachlosen Raum, in dem – den bereits zerbröckelnden Steinmetzarbeiten zufolge – einst die Blumen Prinzessin Hof gehalten und ihre üppigen Gelage gefeiert hatte. Im zerfallenden Tempel hockte in der dunkelsten Ecke eine große Ohreule und schaute mich aus runden, leuchtenden Augen herausfordernd an. Ich dachte an blankgeputzte Schilde und überlegte, ob sich wohl die Priesterin in diesem Vogel verborgen haben mochte.

»Ich danke Euch, Schädelmutter!« Die Eule blinzelte nicht, sträubte aber wie in einer Geste der Zustimmung die Federn, als ich einen Opal auf dem Altar niederlegte – ein kleines Entgelt für das, was ich empfangen hatte. Auf einem Felsblock draußen fand ich mein Entermesser – blank geputzt glänzte es in der Spätnachmittagssonne. Man hatte es gereinigt und so hingelegt, daß der Griff auf meine Hand zeigte, die Klinge jedoch in Richtung

Tenochtitlan. Ich verstand und fühlte mich wieder kräftig, befreit von alten Ängsten und bereit weiterzuziehen.
Cholula war vom Sonnenuntergang in tiefes Rot getaucht, als ich die Grenzpfeiler des Heiligen Bezirks durchschritt und die Augen von den Leichen abwandte, wo die Tlaxcalaner ihr mörderisches Werk getan hatten – Vergeltung für alte Fehden und Verrat.
In der Stadtmitte herrschte in der Nähe der Tempel, wo durch Kanonenkugeln Breschen in die Mauern geschlagen worden waren, bedrückendes Schweigen. Es hatte kein aztekisches Heer dahinter auf der Lauer gelegen. Beim Hauptquartier nickte ich den Schildwachen grüßend zu. Sie schienen teilnahmslos, noch wie benommen vom Töten.
Dame Totolin und Herr Frühlings Finder hatten offenbar aus dem Holzkäfig entkommen können, waren dann jedoch von jemand im Hof erschlagen worden, denn dort fand ich sie unter den Toten: Sie lagen Seite an Seite nebeneinander. Die Mutter schien vom Tod überrascht und hatte die Augen weit aufgerissen; der Onyx- und Granatschmuck, den sie getragen hatte, war verschwunden, ihre Finger waren dort blutig, wo man ihr die Ringe abgerissen hatte. Frühlings Finder lag mit dem Gesicht zum Boden; der Zinnienkranz schmückte noch immer sein Haar. Ich zerriß eine Jadehalskette, die ich umhatte, und steckte jedem Toten eine Perle in den Mund als Wegegeld an das gelbe Ungeheuer, das den Schmalen Durchgang bewacht. Mehr konnte ich nicht tun; es war nichts.
Mein Gebieter, der *capitán*, hatte länger als sechs Stunden hindurch von Haus zu Haus gekämpft und war dann damit beschäftigt gewesen, die Straßen zu sichern. Meine Abwesenheit war ihm nicht aufgefallen.
Noch lange nach Mitternacht trafen immer neue schauerliche Meldungen ein. Ich übersetzte für den Notarius, der alles für den späteren Rechenschaftsbericht aufschrieb. Anfangs dachten wir, es hätten nur dreitausend Cholulaner den Tod gefunden, und meldeten das meinem Gebieter. Später schien sich die Zahl der Todesopfer jedoch auf das Doppelte zu belaufen, und noch später hatte sich diese Zahl abermals verdoppelt. Wer wollte es wissen? Die Tlaxcalaner hatten die Stadt gründlichst geplündert

und Straße für Straße ein Blutbad angerichtet, bei dem es Tote und Verstümmelte gegeben hatte. Sie raubten Sklaven und Frauen sowie Jünglinge für die Lust und trieben dann über tausend Gefangene zusammen, die sie nach Hause mitnehmen wollten, um sie dort zu opfern. Pedro Alvarado gelang es, die Gefangenen zu befreien, um dann hinterher selbst weiter zu töten.
Noch während das Blutbad andauerte, wurden Steingötter die Tempelstufen hinuntergestoßen und neben den noch nach Blut riechenden Altären hastig Kreuze aufgerichtet.
»Ein Sieg für Gott!« verkündete Aguilar.

Im Laufe der nächsten Tage, während die Leichen fortgeschafft und das Blut von den Steinen abgeschrubbt wurde, setzte mein Gebieter, der *capitán*, neue Herrscher ein. Sie wurden aus den Reihen der ersten Adligen ausgesucht, die kamen, um sich zu ergeben, und behaupteten, einer Gruppe anzugehören, die Moctezuma seit langem feindlich gesinnt war. Sehr ausführlich legten sie dar, daß es böse Cholulaner und gute Cholulaner gebe, sie gehörten zu den guten. Natürlich.
Immer wieder haben seitdem die Menschen heftig über Cholula gerechtet. Einige spanische Priester und viele Azteken werfen meinem Gebieter vor, daß er ein sinnloses Massaker veranstaltet hat. Und ich war natürlich sein böser Geist.
Sobald Cortés die reich gewordenen Tlaxcalaner aus der Stadt verwiesen hatte, kehrten Frauen, Kinder und alte Leute zurück, obwohl die Dachbalken noch schwelten. Die Überlebenden waren bekümmert, fügten sich jedoch in das Unvermeidliche; von Rache hörte man nichts. Was hat es für einen Sinn, das Erdbeben Ungeheuer zu verfluchen?
Cortés rief alle Bewohner von Cholula auf dem Hauptplatz vorm Tempel zusammen. Er hielt eine Ansprache, in der es um die Religion, den König und um Treue ging. Mit weitausholender Geste zeigte er auf ein aus zwei Baumstämmen gezimmertes Kreuz, das jetzt oben auf dem Tempel stand. »Es reckt die Arme, eure Stadt zu schützen«, sagte er. Glauben strahlte aus dem Gesicht meines Gebieters, und die Spanier waren tief bewegt, insbesondere Aguilar, der den Mann ebenso liebte wie die Bot-

schaft. Er flüsterte: »Was für einen Kirchenmann er abgegeben hätte! Einen zweiten Heiligen Jakobus!«
»Der Heilige Jakob hat allein geschlafen«, erwiderte ich flüsternd auf maya, »und das ist nun gar nicht Cortés' Art.« Das war eine boshafte Bemerkung. Aguilar errötete, er sah verletzt und wütend aus. Ich hätte es nicht sagen sollen.
Ich tat mein möglichstes, Cortés' Predigt wiederzugeben. Als er sagte, ob jemand Fragen habe, rief ein alter Mann, mit den Krähenfedern der tiefen Trauer im Haar: »Wir haben Gefiederte Schlange mehr als alle anderen Götter verehrt. Warum hat er uns so gestraft?« Dann brach er in Schluchzen aus.
Ein zorniges Gemurmel erhob sich. Jemand rief: »Alter Trottel! Die Götter verlangen immer Blut, und er hat es genommen. Was hast du erwartet?«
Ich bin mir nicht sicher, wie Cortés diese Frage beantwortet hat – es war eine lange Rede über den König und die Heiligen. Er hatte die Frage nicht richtig verstanden.
Plötzlich, als ich im Begriff stand, die Worte meines Gebieters zu übersetzen, fühlte ich mich vom Sonnenlicht erwärmt; dabei war der Himmel bedeckt und die Wolken nirgends aufgerissen. Es hatte den Anschein, als würde ich nur übersetzen, doch hatte die Göttin meine Gebete erhört, war in mich gefahren und sprach jetzt mit meiner Stimme, verwendete aber dabei die Worte der Schädelpriesterin.
»Städte haben unter den Göttern, die sie geschaffen haben, zu leiden.« Ich zögerte, blickte hinauf zu dem mächtigen Tempel, die Gegenwart des Gottes auf Erden, und die Augen der Menge folgten den meinen. Und in dem Schweigen sprach wieder die Göttin.
»Volk von Cholula, ihr habt Gefiederte Schlange in ein Ungeheuer aus Blut und Tod verwandelt. Deshalb ist er in der Form zurückgekehrt, die ihr geschaffen und angebetet habt. Genauso ergeht es allen anderen Städten. Ihnen wird zurückgegeben, was sie hochgeschätzt haben.«
Als ich – oder die Göttin – die Arme hob, waren es Flügel. »Vergeßt nie, wie Gefiederte Schlange Gerechtigkeit übt. Verehrt ihn als den Sanften Gott, der das Leben achtet, dann wird er auch so mit euch verfahren.«

Die Göttin verließ mich, doch hoch über dem Tempel klarte wie durch ein Wunder der Himmel auf.
»Amen!« rief Aguilar, der dachte, ich hätte gerade das Gebet gesprochen, mit dem Cortés' Ansprache geendet hatte. Das traf auch zu, allerdings auf eine Weise, die die Leute verstehen konnten. Zehntausend Menschen schöpften wieder Hoffnung, und zehntausend Stimmen erhoben sich zustimmend.
Mein Gebieter, der *capitán*, ungebärdig und schön im Triumph, gab Mulitreiber die Sporen, das Pferd wirbelte auf der Hinterhand herum und führte den Siegeszug an. In Cholula, das auf seinem Hochplateau den Wolken nahe ist, meint man, den Himmel berühren zu können. Mein Gebieter hob die Hand, um die Menge der Trauernden zu grüßen, die gleichzeitig Feiernde waren, und in diesem Augenblick sah es wirklich so aus, als berührte er den Himmel.
Einmal jedoch wandte er den Blick von der Menge, nur für einen kurzen Moment, doch war das ein Blick, den ich kannte. Er schaute vorwärts, hinüber zu den schneegekrönten Vulkanen, welche die Seen und das Tal dahinter bewachen. Er dachte an Moctezuma.

Fünfter Teil

Das Tal des Amadis

16 Ciudad de México – Fest des Heiligen Kosmas – 26. September 1564

In drei Tagen verlasse ich diese Stadt für immer – Gott sei Dank! Ich habe keinerlei Illusionen mehr. Mein Leben lang habe ich immer mit Verachtung auf Leute herabgeblickt, die sich von Hoffnungen haben blenden lassen, doch in meinem eigenen Fall bedurfte es so eines Ereignisses wie einer Doppelenthauptung, um mir die Augen für die Wahrheit zu öffnen.

Ich hätte schon vor Monden heimkehren sollen. Hier habe ich ohnehin nichts ausrichten können, wohingegen mich daheim meine Obst- und Gemüsegärten brauchen – nein, ich will ehrlicher sein: *Ich* brauche *sie.* Schon im vorigen Frühjahr habe ich vermutet, nichts für Tepi tun zu können. Dennoch bin ich geblieben, bis die Sommerregen einsetzten, und habe mir vorgemacht, die Straßen wären zu verschlammt, um reisen zu können. Vor zehn Tagen, als das Urteil über die Avila-Brüder verkündet wurde und auf »Tod durch das Beil« lautete, habe ich immer noch gehofft.

Was für eine groteske Vorstellung, daß einer von Cortés' Söhnen mit Gewalt ins Exil getrieben wurde und der andere im Kerker schmachtet und den Tod zu gewärtigen hat. Ein solches Maß an Undankbarkeit ist unvorstellbar. Wie töricht von mir! Ich hatte doch längst gelernt, daß Dankbarkeit eine der unnatürlichsten Regungen des menschlichen Herzens ist. Außerdem hat der königliche Hof zwar genommen, was Cortés gab, es ihm aber gleichzeitig bitter verübelt, daß er es geben konnte. Was verbittert mehr als der Erfolg eines Emporkömmlings? Der Gott hätte sie, die Höflinge, erwählen sollen, nicht ihn.

Jetzt schaue ich voller Abscheu auf die Monde zurück, die ich hier damit verbracht habe zu beten, Flüche zu beschwören und Spitzel unterzubringen.

Etliche Male habe ich mich bemüht, direkter einzugreifen, und Bekannte ausfindig gemacht, die ich seit dreißig Jahren nicht mehr gesehen hatte, Krieger, die heute schwerer schnaufen und hinfälliger sind als ich. Immer wieder überlegte ich hin und her, worum ich sie bitten wollte, und ging davon aus, daß meine Freunde nicht zu taub wären, mich zu hören. Und wenn sie selbst Tepi nicht helfen konnten, wußten sie vielleicht, welche Beamten man bestechen oder erpressen konnte.

Die erste Adresse, bei der ich es versuchte, lag in einem völlig heruntergekommenen Viertel. Mein alter Bekannter hatte so schwere Zeiten durchgemacht, daß seine beiden unverheirateten Töchter gezwungen waren, im Eingang einen kleinen Laden zu führen, in dem sie duftende Kerzen feilhielten. Mir fielen Verbrennungen an den Fingern der Frauen auf; also zogen sie die Kerzen selbst. Da hier keine Hilfe zu erwarten war, eilte ich weiter, ohne auch nur meinen Namen genannt zu haben – und trug in der Hand ein Bündel süßlich riechender Wachsstöcke. Vielleicht finden die Nonnen Gefallen daran.

Bei den nächsten beiden möglichen Adressen stellte sich heraus, daß die Männer längst das Zeitliche gesegnet hatten; der dritte war senil und der vierte selbst im Gefängnis. Bei einem weiteren Haus – meiner letzten Möglichkeit – fand ich mich unvermittelt als Gast bei der Totenwache des Mannes wieder, den ich gesucht hatte.

Die nächsten Wochen brachte ich damit hin zu verfolgen, wie die Regenfälle die Straßen in Flüsse verwandelten. Ich hängte meinen Anhänger der Unbekannten Göttin in der Nähe meines Betstuhls an die Wand und flehte sie um Hilfe an.

»Ich habe dir gedient, ich war deine Stimme. Hilf mir jetzt, gib mir ein Zeichen.«

Das winzige Gesicht starrte an mir vorbei auf das Kruzifix an der gegenüberliegenden Wand; so nahm ich das beleidigende Kreuz herunter und steckte es unter meine Bettstatt. »Tepi ist der Sohn von Gefiederter Schlange! Ruf ein Heer zusammen, und wenn es nur aus Maulwürfen und Kojoten besteht!«

Wieder Schweigen. »Du Undankbare! Dämonenmöse, du!« Aus lauter Trotz hängte ich das Kruzifix wieder an seinen Platz an der Wand.

So waren meine Tage verstrichen, jedes Warten hatte sich als unnütz erwiesen; die schlimmen Vorzeichen des Frühlings erwiesen sich im Sommer als richtig. Ein neuer königlicher Richter, Alonso Munoz, traf ein; er ist die böse Hälfte des Königs. Wie

Kolibri blüht und gedeiht Munoz, wenn er Blut fließen sieht, und gönnt weder dem Scharfrichter noch dem Henker Ruhe. Er hat die Sprache um zwei Wörter bereichert: Sein Zuname – Munoz – ist gleichbedeutend mit einem dumpfen Kerker, sein Vorname – Alonso – mit einem Galgen.

Vor elf Tagen wurden die Avila-Brüder zum öffentlichen Richtblock geführt, der in demselben hübschen Park steht, in dem die Inquisition ihre Scheiterhaufen lodern läßt. Es war das Fest Unserer Lieben Frau von den Sorgen und damit höchst passend – ein Tag für Opferungen.

Diese Brüder hatten Tepi irgendwie in das königliche Netz laufen lassen; ihr längst verstorbener Vater war kein richtiger Freund von mir gewesen. Aber wir waren Waffengefährten; bei der Taufe des älteren Sohnes war ich dabei, und wenn ich mich recht erinnere, hatte ich auch den jüngeren Sohn als Säugling einmal auf dem Arm. Infolgedessen nahm ich an der Hinrichtung teil. Wenn die Söhne eines Waffengefährten geköpft werden, ist es wohl ein Gebot des Anstands dabeizusein. Ich ging in Trauerkleidung hin und sah genauso sorgenvoll aus wie die Dame, deren Tag wir feierten.

Ich hatte nicht angenommen, daß mir die Hinrichtung der Söhne von Alonso Avila etwas ausmachen würde – was bedeuten schon zwei mehr bei so vielen? Doch dann erfüllte das gedämpfte Dröhnen der Todestrommeln mich doch mit Furcht – einer Furcht, daß irgend etwas Unerwartetes geschehen würde. Als die in Schwarz und Violett gewandete Prozession auftauchte, packte mich Angst vor dem Kommenden so sehr, daß ich zitterte.

Die Verurteilten, die kragenlose Hemden trugen, stiegen auf die Plattform. Während ein Notarius die Anklage verlas und ein Kaplan Gebete intonierte, dachte ich an Herrn Moctezuma. Ich sah seine tiefernsten Züge vor mir, die großen Augen, die ständig Phantome oder Dämonen um etwas anflehten. Ich wußte, sein Geist schwebte in der Nähe, und ich legte die Hand an die Brust, um die Unbekannte Göttin zu berühren. Das kleine Steingebilde unter meinem Habit gab mir weder Trost, noch verscheuchte es die unheimliche Gegenwart.

»Gebieter, warum jetzt zu mir zurückkehren?« wisperte ich. Ich

wußte, es gab einen bestimmten Grund dafür, nur kam ich nicht darauf, welchen.
Das erste Opfer, der ältere Sohn, kniete vor dem Block und hielt den Kopf weit vorgestreckt. Dann verdunkelte Moctezumas Antlitz, das mir vor Augen stand, die Szene, die Gestalten auf dem Gerüst flirrten und verschwammen ineinander wie Bilder auf dem Wasser.
Trommeln wirbelten, die Axt blinkte in der Sonne. Ich fühlte mich in der Zeit zurückversetzt, sah Rüstungen schimmern, Licht auf Alonso Avilas Helm blitzen. Es war ein Morgen vor einem ganzen Menschenleben, als er vorsprang, Moctezumas Arm ergriff und ihn an den Haaren packte. Wie damals mußte ich auch heute einen Schrei unterdrücken.
Der Kopf des älteren Avila-Sohnes fiel dumpf in den Korb.

Zehn von uns gingen an diesem Vormittag zu Moctezumas Palast. Wir lachten, redeten fröhlich und kehrten eine Freundlichkeit hervor, hinter der wir unsere Absichten verbargen. Kein Mensch wäre auf die Idee gekommen, daß wir zwei Stunden zuvor alarmierende Nachrichten erhalten hatten, einen Bericht über Mord und Rebellion von Moctezumas Verbündeten an der weit entfernten Küste. Die Spanier verhehlten ihre Ängste sehr gut, obwohl wir in dieser von Menschen wimmelnden Stadt nur eine Handvoll waren. Wenn eine Revolte an der Küste nach hier übersprang und einen Aufruhr auslöste, könnten die Azteken uns das Fleisch bei lebendigem Leib von den Knochen reißen.
In dem Gang, der zu den königlichen Gemächern führte, gingen wir an Käfigen vorüber, in denen Gefangene für besondere Opfer schmachteten, und jeder von uns fühlte sich eingesperrt, wie diese Menschen es waren. Ich mußte an Quintalbor denken, der wegen seiner Ähnlichkeit mit meinem Gebieter an der Küste von den Zauberern vergiftet worden war; das hier waren seine Käfige gewesen, seine Schützlinge, seine gehätschelten Opfer. Die Erinnerung daran verhärtete mein Herz in Anbetracht dessen, was wir vorhatten.
Mein Gebieter, der *capitán,* hatte fünf Offiziere und zwei einfache Soldaten für diese Aufgabe bestimmt. Aguilar war mitgekommen,

um beim Dolmetschen zu helfen, obwohl er nicht wirklich gebraucht wurde. Mein Gebieter war eben taktvoll.

»Wie schön, euch zu sehen!« rief Moctezuma und stieß dabei sein schrilles, vogelähnliches Lachen aus, ein Laut, der mir jedesmal auf die Nerven ging. Vielleicht war ihm aufgefallen, daß jeder der Männer bewaffnet war, doch ließ er sich nichts anmerken. Ich hatte auch nicht das Gefühl, daß er mit den Geistern sprach, die in jedem Raum schwebten, wenn er darin weilte. Heute war er nichts weiter als ein reichgekleideter Herr, der willkommene Besucher empfängt. Er war wie mein Vater, und auch das war ein Grund zur Unruhe für mich.

»Ich weihe diesen Tag dem Herrn der Geschenke«, sagte er und bot Cortés eine Schale mit Opalen an, von denen sich dieser eine Handvoll nehmen durfte, als wären es zum Platzen gebrachte Maiskörner. Opale für meinen Gebieter, silberne Ringe für jeden anderen. »Und Ihr, meine Liebe, sollt etwas Besonderes bekommen«, sagte er zu mir.

Suchend blickte Moctezuma sich im Raum um, dann lächelte er. Jeden Morgen brachten seine Kammerherren ihm frischen Schmuck, frisch geschnittene Blumen und einen Käfig voll mit Vögeln, die aus der königlichen Voliere ausgewählt worden waren – scharlachrote Prachttangare für das Fest der Toten, Kanarienvögel und Lerchen für Tage von Herrn Sonne und einen schillernden Regenbogen von Vögeln für besondere Feiern. Heute, zu Ehren der Herren der Nacht, enthielt der Vogelbauer eine Schar Stare, schwarz und schimmernd wie Onyx.

»Nehmt einen von diesen«, sagte er. »Ich werde Euch einen silbernen Käfig dafür geben.«

Ich erinnerte mich, die gleichen Vögel vor dem Himmel von Cholula kreisen und schreien gesehen zu haben. War das der Grund, warum er mir jetzt dieses merkwürdige Geschenk antrug? Sein Lächeln war arglos wie ein klarer Quell. Aber was meinte er wirklich? Voller Furcht geriet ich ins Stottern.

Dann kam mein Gebieter auf den eigentlichen Grund unseres Besuchs zu sprechen und enthob mich der Peinlichkeit, ausgerechnet in dem Augenblick ein Geschenk von Moctezuma annehmen zu müssen, da die Dunklen Herren Zeuge meines Betrugs waren.

Cortés erwähnte das Gerichtsverfahren für einen Verräter; die Angelegenheit wurde auf der Stelle geregelt.
So brachte Cortés die Sprache auf das, um was es heute morgen wirklich ging. »Herr Moctezuma, Ihr müßt mit uns kommen. Fürs erste werdet Ihr Gast in unserem Hauptquartier sein.«
Er sollte zum Gefangenen gemacht werden, doch verging viel Zeit und wurde viel geredet, ehe er diese unmögliche Idee begriff. Dann veränderte sich sein Gesicht; den gleichen Ausdruck kannte ich von den Augen wilder Tiere, die in eine Falle gegangen waren. Unsichtbare Fittiche schlugen gegen unsichtbare Stäbe.
»Nehmt meinen ältesten Sohn als Geisel, nehmt meine Tochter!«
Es schmerzte, seine Stimme zu hören, während er in Cortés' Zügen forschte, um dahinterzukommen, ob er es heute mit dem Mann oder mit dem Gott zu tun hatte. Ich nehme an, er sah den Gott, und dieser Gott war unerbittlich. »Ich kann nicht mitkommen! Der Palast ist heilig, die Leute werden es nicht zulassen.«
Vier lange Stunden zog sich diese Auseinandersetzung hin, und mein Gebieter, der *capitán,* schmeichelte, bat, erklärte. Schließlich verloren die Offiziere die Geduld.
»Wir haben genug gehört!« Alonso Avila fuhr mit der Hand an den Schwertgriff. »Er kommt jetzt mit. Und wenn er um Hilfe ruft, bringe ich ihn um.«
Die anderen traten vor, um Moctezuma in die Mitte zu nehmen, und Velasquez de Leon trat ganz dicht an ihn heran. »Töten wir ihn, dann haben wir es hinter uns. Dieser Teufel sollte ein paar Zollbreit Stahl fressen.«
Erschrocken wandte Moctezuma sich an mich: »Was sagen sie? Wenn sie mich zwingen mitzugehen, beleidigt das mich und entehrt sie vor dem Volk. Sie sind meine Gäste, sie sind heilig, und ich fürchte um sie. Bittet sie, dies nicht von mir zu verlangen.«
Unter den Rufen der Offiziere sprach ich ruhig, aber eindringlich. Ich wagte nicht, die Drohungen der Offiziere zu übersetzen; mein Mund wäre verfault, wenn ich solche Unflätigkeiten ausgesprochen hätte.
»Geht jetzt mit, Verehrter Gebieter! Wenn Ihr säumt oder schreit, werden sie Euch auf der Stelle etwas antun!«

»Mir etwas antun? Sie wollen mich töten?« Endlich hatte er es ausgesprochen, nicht ich.
»Was würde dem Volk blühen?« fragte ich. »Habt Ihr ein Recht darauf, sinnlos zu sterben?« Angst, nicht Mut, machte es mir möglich, so zu Moctezuma zu sprechen.
Einen Moment ging er mit sich zu Rate, war er taub für die Gereiztheit um ihn herum. Dann sagte er: »Ich werde mitkommen. Meine Diener können eine Wohnung für meinen kurzen Besuch bei Freunden vorbereiten. Euer Hauptquartier ist der alte Palast meines Vaters. Ich kehre ja nur nach Hause zurück.«
Er klatschte in die Hände, um Diener herbeizurufen, doch Alonso Avila machte einen Satz und packte Moctezuma an den Haaren. Sonnenlicht blinkte auf Rüstungen, ich dachte, ein Schwert wäre gezogen worden, und ich rang nach Luft. Ich wollte schreien, aber ich konnte nicht.
»Nein!« Cortés' Stimme brachte Avila zur Vernunft, und das eine Sekunde, ehe die Diener eintraten; so wurde niemand Zeuge der Entweihung. Die Stare im Bauer, alarmiert, weil Hand an Moctezumas Göttlichkeit gelegt worden war, stießen zeternde Warnschreie aus.
Moctezuma starrte den Mann an, der ihn angefallen hatte, und ich wußte, er las seine eigene Zukunft in Avilas Augen: Ketten und Fesseln, Schande vor seinem Volk und würdelosen Tod.
Aber er lächelte Avila an, wußte etwas, das wir nicht voraussehen konnten, schaute über sein eigenes Schicksal hinaus. Ohne ein Wort, ohne auch nur mit der üblichen Geste die Hand zu heben, beschwor er die Dunklen Herren und verkündete schweigend Avilas Bestrafung. Ich spürte es; ein Schauder lief mir über den Rücken.
Er sagte nur: »Wenn wir gehen müssen, laßt uns heiter und gelassen gehen.«

Der zweite Kopf verfehlte den Korb, rollte vom Gerüst herunter, und ein Gassenjunge holte ihn und hielt ihn an den Haaren in die Höhe, um ihn der beifallklatschenden Menge zu zeigen. Eine Wache entriß ihm die Trophäe und gab dem Jungen eine Maulschelle.

Die Zeremonie war vorüber; es blieb nur noch die öffentliche Zurschaustellung der Hingerichteten. Ein ganzes Jahr lang sollten die Köpfe in Eisenkäfigen hängen und den Krähen zum Fraß dienen – und den Staren. Die Vorstellung der pickenden Vögel brachte mich so durcheinander, daß ich mich nicht vom Fleck rühren konnte und nach Luft rang. Dann sprach ich zu Moctezuma: »Geht jetzt, Verehrter Gebieter. Ihr habt Eure Rache gehabt – dies hier zumindest.«

Zwar fühlte ich seine Anwesenheit nicht mehr, war aber nicht so töricht anzunehmen, daß er verschwunden oder zufrieden war.

An einer Seite des Gerüsts sah ich eine Gruppe älterer aztekischer Herren; sie wirkten fadenscheinig, doch aristokratisch. Sie hatten bei beiden Hinrichtungen Beifall gespendet, und jetzt lächelten sie und redeten durcheinander. Gleich neben ihnen standen zwei betagte Spanier, die ich noch von früher kannte: Hernandez und Morales. Sie waren weder in Zempoala noch in Cholula dabeigewesen, sondern erst später zu uns gestoßen, allerdings noch rechtzeitig für die letzte Schlacht um Tenochtitlan. Gut kannte ich sie nicht, doch erinnerte ich mich, daß sie beide aztekische Frauen geheiratet und Kinder von ihnen bekommen hatten. Gute Männer, dachte ich. Doch jetzt nickten sie beifällig, als der erste Eisenkäfig an den Haken eines Pfeilers gehängt wurde. Ich hatte keine Ahnung, was für Auseinandersetzungen sie mit den Avilas gehabt hatten; ich hatte kaum darauf geachtet, wie man sich um die Beute in Neuspanien schlug. Mein Leben hatte sich fern von den Zentren der Macht abgespielt. Trotzdem beunruhigte es mich, daß sie, die keine Ahnung von dem Fluch hatten, der auf den Avilas lag, ihre Hinrichtung billigen sollten, während mein Sohn noch als Komplize gefangengehalten wurde. Was war denn mit den Avilas los? Ich kam mir verlassener vor denn je.

Langsam ging ich zu meinem wartenden Tragsessel und gestand mir endlich selbst ein, daß das Schicksal meines Sohnes zweifellos schon vor langer Zeit besiegelt worden war. Ich konnte an der Zukunft nichts ändern, weil ich an der Vergangenheit nichts ändern konnte.

In diesem Augenblick starb die Hoffnung – und machte mich frei. Am Nachmittag dieses Tages fand mein Maya-Astrologe einen günstigen Zeitpunkt für meine Abreise.

Am nächsten Morgen entzündete ich aus Dankbarkeit für den Entschluß, zu dem ich mich endlich durchgerungen hatte, dreizehn Kerzen aus reinem Bienenwachs auf dem Altar der Hauskapelle. Es mag extravagant klingen, doch ging es mir um eine heilige Zahl, und dreizehn ist die niedrigste kleinste – bis auf die Heilige Vier, aber vier Kerzen schien mir zu knauserig. Gleichzeitig verbrannte ich besonderen Maya-Weihrauch als Opfer für Ometeotl.

Allein lag ich auf den Knien und atmete den beizenden Duft ein; der weckte Visionen vom Süden, erinnerte an Jasmin und junge Schlinggewächse und den Baum-der-Blut-weint. Ohne jede Vorwarnung drängte sich dann die Mutter Oberin in meine persönliche Andacht. Da die Nonnen hier Barfüßerinnen sind, schleicht sie barfuß durch die Gänge, und man hört sie nie, bis man praktisch über sie fällt. Von der Mutter Oberin hat man mir berichtet, daß sie insgeheim und verruchterweise im Winter Pantoffeln trägt!

»Der Himmel errette uns!« rief sie und kräuselte die rosige Stupsnase. »Was ist das für ein Geruch? Da wird einem ja ganz übel!«

Ich zuckte trotz dieser Beleidigung von gut hundert Generationen von Duftbereitern nicht zusammen.

Glucksend schüttelte sie den Kopf. »Ob wohl eine Maus hinter der Täfelung gestorben ist? Was meint Ihr?«

Ich lächelte freundlich. »Es stinkt eigentlich mehr nach einer lebendigen Schlange. Schlangen schlüpfen herein, wenn eine andere Jahreszeit kommt. Sie lieben das Dunkel hinter den Holzpaneelen.«

Am Nachmittag sah ich Schreiner die Täfelung der Kapelle herausreißen und nach der toten Schlange suchen – und empfand Genugtuung.

Ich machte noch ein paar letzte Einkäufe auf den Märkten; vier Maultiere, acht Esel und sieben Männer. Der Preis für die Esel war ungeheuer hoch, doch holte ich das wieder heraus, als ich hart um die Männer feilschte. Da offene Sklaverei per Gesetz abgeschafft worden ist, kaufte ich die Männer, indem ich ihre Schulden bezahlte, genauso wie zu Zeiten meiner Eltern. Alle Männer sahen kräftig aus, bis auf zwei, die mit dem Brandeisen gezeichnet waren, Beweis dafür, daß sie einst in den Minen gearbeitet hatten. Sie wirkten zwar robust, doch haben Männer mit diesem »Spanischer Kuß« genannten Zeichen meist nicht mehr viel Lebenskraft in sich. Sobald wir daheim wären, würde ich sie alle freilassen. Dann konnten sie bleiben und für mich arbeiten oder fortgehen. Für gewöhnlich bleiben solche Männer und suchen sich eine Frau.

Afrikanische Sklaven hätte ich ganz offen kaufen können; das ist immer noch erlaubt. Aber ich will keine Menschen besitzen; ich habe die Warnungen meines Gebieters vor Menschen, die verzweifelt sind und nichts zu verlieren haben, nicht vergessen.

Mit Hilfe der Männer und Tiere kann ich all die Dinge nach Hause schaffen, die ich gekauft habe: exotische Samen und Sämlinge aus dem Orient und aus Europa; Quecksilber, Stahlklingen und Nadeln; spanischen Wein für Besucher und für die Kommunion; eine erstaunliche, Spinnrad genannte Erfindung, wirklich ein Wunder, das aber mein Oberschreiner viele, viele Male nachmachen kann.

Alles, was ich für meine Reise brauche, wartet jetzt in Texcoco; von dort aus breche ich auf. Es liegt zwar ein wenig ab vom Wege, aber ich muß den Gebeinen meines Gebieters noch ein letztes Mal die Ehre erweisen. Sie werden mich erwarten.

Als ich, vom Markt kommend, über den See in die Stadt zurückfuhr, saß ich in einem öffentlichen Fährboot neben zwei herausgeputzten, nicht mehr ganz jungen Frauen, vielleicht Halb-Spanierinnen, die sich jedoch die Haut mit Maiskernpuder so weiß gepudert hatten, daß sie aussahen, als wären sie seit drei Tagen tot.

»Das neue Kleid, das Ihr anhabt, ist einfach traumhaft«, sagte die eine überschwenglich.

»Wirklich? Das hat zwar meine mixtekische Näherin gemacht,

aber es ist bis zum letzten Knopf aus spanischem Material – mit Ausnahme der Spitze, die stammt aus Flandern.« Ihre Kleidung war in der Tat spanischer als ihr Akzent.

»Alles, was Ihr anhabt, kommt aus Europa? Dann seid Ihr ja eine richtige Malinche!«

»Das muß ich zugeben.«

Eine Malinche ist eine Frau, die Ausländisches über alles stellt – und zwar bis zum Exzeß. Ich habe das Wort schon tausendmal gehört, und doch erschreckt es mich jedesmal neu. Es ist ungerecht; ich habe immer das Beste über alles gestellt und das Schlechteste beider Welten gehaßt.

Aber es ist immer noch besser, beleidigt zu werden, als vergessen zu sein; über beides kann ich mich nicht beklagen. Bis zum Sommer dieses Jahres hatte ich keine Ahnung, wie gegenwärtig ich noch immer im Bewußtsein der Menschen bin. Da ist der große Berggipfel, der entweder meinen Namen oder den meines Gebieters trägt – es freut mich, daß unsere Namen in einem feuerspeienden Berg verschmelzen und auch damit verwechselt werden. Außerdem habe ich im Kloster Frauen über dem Stickrahmen und hinter vorgehaltener Hand schlüpfrige Geschichten über meine Abenteuer erzählen hören – nichts als Phantasie; ich wünschte, ich hätte diese Abenteuer wirklich erlebt. (Die Wahrheit war zwar gut, aber doch nicht *so* aufregend!)

Marktfrauen rufen mich zusammen mit Heiligen, Göttinnen oder Jungfrauen an. Ergraute Soldaten, die allerdings nicht alt genug sind, um mich gekannt zu haben, erwähnen meinen Namen und behaupten, Freunde von mir gewesen zu sein. Ein Tänzerkult zu meinem Gedenken ist aufgekommen; dabei bin ich noch nicht ganz tot.

Ich war in meiner Kammer dabei, meine wenigen Habseligkeiten für die Abreise morgen zusammenzupacken, als die Mutter Oberin, Dame Maria Monica, an meine Tür klopfte.

»Señora, ich habe für uns beide ein paar Erfrischungen vorbereiten lassen, die wir heute nachmittag vorm Rosenkranz zu uns nehmen können. Ein Abschiedsplausch. Ihr reist wirklich morgen ab? Ich kann Euch nicht überreden, noch länger zu bleiben?«

Der Mietzins, den ich zahle, ist erklecklich. »Nur, wenn einige Lieferungen, die ich erwarte, nicht eintreffen. Ich habe dem Torhüter gesagt, daß ich heute abend einen Boten erwarte.« Die Alte, die im Palast Spitzeldienste für mich leistet, wird kommen, wenn es in letzter Minute doch noch Neuigkeiten über Tepi geben sollte. Außerdem paßt der kleine Engländer, Juanito, in der Nähe des Gefängnisses und des Rathauses für mich auf. All dies wird wie immer zwecklos sein, aber ich sehe eine letzte Geste darin.

»Dann werde ich mich später am Nachmittag von Euch verabschieden«, sagte die Mutter Oberin. »Kommt in meinen maurischen Garten. Es wird auch noch ein besonderer Gast da sein, eine sehr bedeutende Persönlichkeit.«

Ihrem Ton nach mußte es der Allmächtige persönlich sein, möglicherweise sogar die ganze Dreieinigkeit. »Wie freundlich von Euch«, murmelte ich. »Ich freue mich schon darauf.«

Über der Klosterkapelle gibt es eine offene Dachterrasse mit einer Brüstung, so daß man vom Platz unten nicht gesehen werden kann. Dame Maria Monica hat ein paar Topfpflanzen hingestellt und an die Wand einen Brunnen malen lassen; das soll ihr maurischer Garten sein, was immer das sein mag.

Ich trug an diesem Nachmittag einen Schleier, falls es sich bei dem ungenannten Gast um einen alten Widersacher handelte. Vorm Dachgarten zögerte ich unter der Tür, ob nicht der Spaniel der Mutter Oberin herumsprang, nach Fußgelenken schnappte und Röcke anpinkelte. Die Terrasse war leer bis auf einen uralten Priester, der auf einem Kissen unter einem Sonnensegel saß. Ich ging davon aus, daß dies nicht der Ehrengast sein konnte, denn seine Hände waren dermaßen verarbeitet und gichtgekrümmt, und unter der Kutte eines Augustinermönchs, die unglaublich abgetragen und geflickt war, schauten Füße mit entzündeten Ballen hervor.

Ich verneigte mich leicht und murmelte meinen Namen so, daß kein Mensch ihn hätte verstehen können. Der Mönch nickte. Sein wettergegerbtes und zerfurchtes Gesicht erinnerte mich an einen Flußzwerg der Maya; er war so knorrig wie eine Wurzel am Ufersaum. »Guten Tag, Señora. Euer Diener, Bruder Andres de

Urdaneta. Die Mutter Oberin ist so freundlich, einen Freund von mir durch die der Öffentlichkeit zugänglichen Räume des Klosters zu führen. Sie wird gleich zurückkommen.«

Bruder Andres? Als er mir ein Stück Honigkuchen und eine Schale Kleewasser reichte, ging mir plötzlich auf, daß es sich bei diesem Gnom um niemand anderen als Urdaneta handelte, den größten Seefahrer der Welt. Er war der erste Steuermann, der den Pazifik von Osten nach Westen durchsegelt und dabei das entdeckt hatte, was man den Großen Kreis der Winde nennt – etwas, das mit Gefiederter Schlange als Gott der Luft zu tun hat. In seiner Jugend war er Matrose im Osten gewesen, und zwanzig Jahre nachdem er sich zur Ruhe gesetzt hatte, hatte man ihn aus einem Kloster vor den Toren der Stadt zu dieser erstaunlichen Reise herausgeholt, weil er der einzige Mensch in Neuspanien war, der die Meere des Ostens kannte.

Über ein Jahr war er unterwegs gewesen, hatte den unbekannten Ozean in beiden Richtungen überquert und immer noch am Steuerruder gestanden, als sein leckgeschlagenes, schwer mitgenommenes Schiff wieder im Heimathafen Acapulco eingetroffen war. Die gesamte übrige Mannschaft lag krank darnieder, die meisten waren tot.

Als ich ihn jetzt ansah, war mir unbehaglich zumute, weil ich mich durch hohes Greisenalter hatte irritieren lassen. Beim Antritt seiner Reise hatte er die siebzig bereits hinter sich gehabt. Nun, er war jemand Besonderes, einer, den ein Gott angerührt hatte, sagte ich mir; gleichwohl sprach mich die Entschuldigung nicht ganz frei.

»Sagt mir, was habt Ihr von den Enthauptungen gehalten?« fragte er mich unvermittelt.

»Wie bitte?« Seine Direktheit brachte mich aus der Fassung.

»Die Enthauptungen«, wiederholte er eine Spur ungeduldig. »Ich sah Euch in denselben Kleidern neben dem Gerüst stehen, und Eure Größe fiel mir auf. Ich hoffe, Ihr habt die Sache genauso genossen wie ich. Ich lebe in einer Einsiedlei in der Löwenwüste, bin aber in die Stadt gekommen, habe den drei Stunden langen Fußmarsch auf mich genommen, um zu sehen, wie diese Avilas einen Kopf kürzer gemacht wurden. Und es ist jeden einzelnen Schritt wert gewesen! Ein gutes Tagewerk.«

Ich schwieg und überlegte, ob ich in irgendeine Falle hineingelaufen wäre. Vielleicht war ich, wie die Soldaten zu sagen pflegten, an einer Küste gelandet, an der es von Mauren wimmelte. Der alte Mann konnte ein politischer Spion sein, und Vorsicht war durchaus angebracht. »Hattet Ihr etwas gegen die Avilas?« fragte ich.
Er schnaubte durch die Nase. »Etwas gegen sie? Und ob. Wie die Heuschrecken sind sie über das Land hergefallen, sie und ihresgleichen. Genauso wie vor ihnen ihr Vater – piß auf ihre Gräber! Die Söhne werden vermutlich auch weiterhin Heuschrecken sein. Ein Jammer, daß Cortés nicht mehr lebt. Der hätte kurzen Prozeß mit ihnen gemacht, als gutes Beispiel für andere. Dann hätten wir einer Verbrennung beigewohnt, nicht dem schnellen Tod auf dem Richtblock.«
»Bei Verrat kannte er keine Gnade«, sagte ich und dachte an den Tag der Hinrichtung in Moctezumas Palast vor langer, langer Zeit.
»Richtig. Gott steckt die Verräter in den tiefsten Kreis der Hölle.«
Er war viel zu geradeheraus, um ein Spitzel zu sein; mir war wieder wohler zumute. Gleichwohl wählte ich meine Worte mit großem Bedacht. »Ich habe vierzig Jahre an einem sehr abgelegenen Ort gelebt, die meiste Zeit über ohne jede Verbindung zur Hauptstadt. Deshalb verstehe ich die Politik von heute nicht. Was ist mit den Avilas geschehen?«
»Das hier war nur die letzte Schlacht in einem langen Krieg«, erwiderte er. »Aber vielleicht ist es ja für lange Zeit die letzte. Der Kampf geht bis zur Eroberung zurück – Ihr seid viel zu jung, um Euch daran zu erinnern, meine Teuerste.«
Entweder ließ sein Augenlicht nach, oder er hatte meine gealterten Hände nicht gesehen. Ich sagte nichts.
»Die Männer, die mit Cortés hierher kamen, waren prächtige Soldaten, weiß Gott, und haben ein großes Werk vollbracht. Im Grunde aber waren sie nichts weiter als eine Bande von Freibeutern. Es ging ihnen um nichts anderes als um Beute, Schätze und Sklaven. Ich hoffe, die Wahrheit schockiert Euch nicht.«
Ich verbarg den Ärger, der in mir aufwallte. »Sprecht Ihr vom Generalkapitän selbst? Von Cortés?«
»Aber nein. Cortés war anders, Gott weiß, warum. Der warf seinem eigenen Heer bei jeder Gelegenheit Knüppel zwischen die

Beine. Diejenigen, die nicht reich wurden – und das waren die meisten –, haben ihm das nie verziehen. Und bis zum letzten Mann wollten sie alle, daß er das ganze Land ausraubte und plünderte. Er aber hat die Eingeborenen hier geachtet. Sie sogar bewundert.«

Ja, das stimmte größtenteils. Freilich – nicht alle seine Soldaten waren nichts weiter als Banditen. Sie wollten »ihr Glück machen«, und das bedeutete in ihren Augen, sich zu bereichern, indem sie anderen etwas wegnahmen. Ironischerweise wollten sie das im Dienste Gottes tun. Was für ein unglückliches Erwachen für so viele von ihnen.

»Der Habgier der Stärksten unter ihnen konnte er nie Herr werden«, sagte Bruder Andres. »Natürlich nicht – er konnte ja auch die eigene Habgier nicht bezwingen. Aber Cortés war jedenfalls als Räuber nicht maßlos. Ich vermute, er hat dem Volk weit weniger genommen als vorher die eingeborenen Herrscher. Was wollen wir mehr?«

Alles, was der greise Zwerg sagte, war Gotteslästerung, doch im großen und ganzen stimmte es. Schließlich war mein Gebieter, der *capitán,* ein Gott und kein Heiliger. »Nun ja, Cortés' Söhne jedoch scheinen auf der anderen Seite zu stehen, der Seite, die Ihr verurteilt. Warum das?«

Bruder Andres zuckte die Achseln. »Wahrscheinlich sind auch sie habgierig. Ich bin ihnen ein paarmal begegnet. Ein Freund von mir – ein Mitbruder aus dem Augustinerorden – dient im Gefängnis als Kaplan.«

»Habgierig? War das Euer ganzer Eindruck?«

»O nein, keineswegs. Der Erbe, der Marqués del Valle, kommt mir wie der typische Höfling vor – unsicher und wankelmütig, ein Gimpel, Wachs in den Händen von solchen Schurken wie den Avilas. Was weiß er schon von den Menschen in diesem Land? Was geht es ihn an?«

»Und was ist mit dem anderen Sohn – wie lautete sein Name doch gleich? –, dem, der noch im Kerker ist?« Ich hoffte auf eine gute Meinung, erwartete aber keine.

»Der Bastard?«

»Er ist kein Bastard!« erwiderte ich, ehe ich recht überlegt hatte.

»Cortés hat den Papst gut bezahlt, damit dieser seine Kinder für legitim erklärte. Das ist in Rom alles gemacht worden, wie es sich gehört.«

»Was wird in Rom heutzutage *nicht* alles gemacht?« Der Augustiner bedachte mich mit einem fragenden, klugen und argwöhnischen Blick. Dann fuhr er fort: »Ich halte Martin Cortés für einen guten Mann. Er sieht sehr gut aus – schließlich war seine Mutter die schönste Frau der Welt –, aber eitel ist er nicht. Vermutlich ist er einfach dem Beispiel seines titeltragenden Bruders gefolgt und dabei in diese böse Sache reingerutscht.«

»*Was* für eine böse Sache? Das gerade verstehe ich nicht.«

»Ihr Frauen führt ein allzu behütetes Leben. Ihr solltet euch besser in der Welt auskennen«, sagte er, und nichts hätte mich mehr fuchsen können. Dann erklärte er langsam, um was es seiner Meinung nach ging – und sprach wie zu einem Kind, das schwer von Begriff ist. »Die spanische Krone hat, wie üblich zögernd, versucht, der Aneignung von Land und der Versklavung der einfachen Leute – der Indianer, wenn Ihr so wollt – einen Riegel vorzuschieben. Das war eine Forderung der Kirche. Aber Männer wie die Avila-Brüder möchten immer noch durch das Schwert leben. Nein, weniger mit dem Schwert, mehr mit Peitsche und Brandeisen. Sie behaupten, sie seien Streiter für die Freiheit, und das sind sie ja auch – ihre *eigene* Freiheit, alle anderen Menschen zu Sklaven zu machen. Die meisten Menschen, die viel von Freiheit reden, meinen die Freiheit, anderen die Taschen zu plündern.«

»Und so sollen Cortés' Söhne sein?«

»Das habe ich nicht gesagt, und das glaube ich auch nicht.« Er sah mich mit einem Blick an, als zweifelte er am gesunden Menschenverstand der Frauen. »Der Marqués findet einfach, er müßte König von Neuspanien sein, weil schon sein Vater es hätte sein müssen. Wer weiß? Vielleicht wäre es besser gewesen, Cortés wäre König gewesen.«

Vielleicht? Wie konnte man daran zweifeln? Jetzt war es an mir, am gesunden Menschenverstand der Männer zu zweifeln. »Und der andere Sohn?«

»Der Bastard – verzeiht: Don Martin – ist im allgemeinen seinem

Bruder treu ergeben. Cortés hätte das gefallen. Wißt Ihr, er hat weder gestanden noch sonst auch nur ein einziges Wort gegen irgend jemand gesagt. Dabei ist die Befragung streng gewesen – höchst schmerzhaft, wie ich hörte. Dennoch haben sie nichts aus ihm herausgeholt. Ich bewundere seine Standhaftigkeit.«

Ich bemühte mich, mir die Folter nicht auszumalen. Aber ich dachte an Fallenden Adler, der im Feuer kein Wort gesagt hatte. Ich dachte an meinen Vater, an Dame Feuerstein Messer und Dame Iztac. Tepi konnte seinen Folterern ins Gesicht sehen, ohne mit der Wimper zu zucken; er konnte Schmerzen ertragen. Standhaftigkeit lag ihm im Blut. Vielleicht war das das Bemerkenswerteste, was die neue Rasse von der alten geerbt hatte. Ich sah es auf den Straßen, in den Dörfern, Silberbergwerken und Mühlen – ein Volk, das dulden und ertragen konnte.

»Martin Cortés hat von diesem Lande nicht die geringste Ahnung«, fuhr der Augustiner fort. »Es bedeutet ihm nichts. Er wurde schon als Kind nach Spanien gebracht.«

Als Fünfjähriger, dachte ich. Nein, es bedeutete ihm nichts, man hatte ihm beigebracht, daß es ihm nichts bedeutete. Für ihn war dieses Land nicht seine Heimat und ich nicht seine Mutter. Ich hatte mir nur vorgemacht, daß es anders sein könnte. Und wie immer war es besser, sich der Wahrheit zu stellen und sie zu akzeptieren; ich konnte nicht verlieren, was mir nie wirklich gehört hatte.

»Vielen Dank, daß Ihr mir das erklärt habt.« Ich zeigte meine Gefühle nicht; auch ich konnte schweigend erdulden. »Jetzt verstehe ich, warum manche Azteken in der Enthauptung einen Sieg gesehen haben. Das hatte mich verwirrt. Und, Bruder Andres, gestattet Ihr mir zu sagen, daß ich bewundere, was Ihr getan habt? Die Mutter Oberin hat mir gesagt, es würde heute ein besonderer Gast dasein, aber ich hatte keine Ahnung, daß es eine so bedeutende Persönlichkeit wäre wie Ihr. Ich ...«

Der alte Mann lachte. »Meine Teuerste, *ich* bin nicht dieser besondere Gast. Für diese hochwohllöbliche Nonne sind Seeleute nichts als Fliegendreck, auch wenn sie die heiligen Gelübde abgelegt haben und Mönch geworden sind. Da kommt der hochgeehrte Gast ... übrigens trotz seines Titels ein durchaus anständiger Kerl.«

Dame Maria Monica flatterte herein und bat einen Franziskanerpriester einzutreten, der womöglich noch älter war als Bruder Andres und mindestens so abgerissen aussah. Er trug einen langen Kranz schlohweißer Haare um seine sonnenverbrannte Tonsur. Hager und groß, ging er so aufrecht, wie seine Arthritis es ihm erlaubte – genauso, wie ich es zu tun versuchte, doch ich glaube, er schaffte es besser als ich.

Einen Herold nachahmend, verkündete Bruder Andres laut: »Platz da für Seine Gnaden, Vasco de Quiroga, Bischof der heulenden Wildnis von Michoacan!«

Ich hatte viel von Quiroga gehört, sogar in meinem abgelegenen Winkel der Welt. Nachdem der König zu dem Entschluß gekommen war, daß Cortés die Welt, die er erobert hatte, nicht regieren dürfe, schickte er einen aus fünf Männern bestehenden Rat als Regierung – fünf Mordbrenner, zwei davon wahre Ungeheuer. Nachdem diese Schurken wieder abgesetzt worden waren, traf ein zweiter Rat ein, darunter Vasco de Quiroga, ein Advokat. Damals setzte mein Gebieter dem Hof mit inständigen Bitten zu, keine weiteren Advokaten auswandern zu lassen. »Das ist Spaniens schlimmstes Exportgut«, sagte er. »Advokaten und die Pocken.«

Ich lebte inzwischen im Süden, und Cortés erwog den Gedanken, nach Spanien zurückzukehren. Cortés ging, doch Quiroga blieb, wurde erst Missionspriester und schließlich Bischof; er erlangte dieses Amt trotz der Tatsache, daß er ein guter, christlicher Mann war. Er wurde in den Westen abgeschoben, in die Nähe der Gegend, in der ich geboren worden war. Sein Wirkungsbereich war weit vom Zentrum der Macht entfernt, in einer Weltgegend, in der sein heiligmäßiges Leben keinen Menschen in Verlegenheit bringen konnte – dorthin, wo die schlimmsten Spanier die größten Verwüstungen angerichtet hatten.

Er gewann die Liebe des Volkes. Die Tarasken, deren geistliches Oberhaupt er war, nannten ihn Tata, was soviel bedeutet wie

Großvater. Es ist nicht gerade leicht, der Großvater von Tausenden taraskischer Krieger zu werden.
Die Mutter Oberin schenkte nach, bot dem Bischof einen Stuhl an, den dieser jedoch mit einer Handbewegung ablehnte; wie ein echter Taraske hockte er sich mit gekreuzten Beinen auf den Boden.
»Seine Gnaden haben mir von ihrer Arbeit unter den Wilden berichtet«, sagte sie.
Wilde? Ich hütete meine Zunge. Merkwürdig, daß ausgerechnet ich bereit sein sollte, die Kultur des Fischer Volks zu verteidigen!
»Nur so wild, wie manche Spanier sie zu sein gezwungen haben«, sagte der Bischof.
»Selbstverständlich hat er von seiner Utopia geredet.« Bruder Andres seufzte auf. »Er kann keine zehn Minuten seine Utopia unerwähnt lassen.«
»Utopia?« fragte ich. »Ist das eine neue Stadt im Seen Land?«
»Es ist der Name eines imaginären Staates und der Titel eines Buches von einem englischen Märtyrer, Thomas More«, antwortete der Bischof.
»Von einem Engländer?« Die Mutter Oberin war augenblicklich auf der Hut.
»Er beschreibt eine ideale Gesellschaft auf Erden. Dort ist es etwa *auf Erden so, wie es im Himmel ist.* Wir bemühen uns im Westen, solche Gemeinden ins Leben zu rufen.«
»Mein Bruder, der auch Bischof ist, erwähnte dieses Buch in einem Brief.« Dame Maria Monica setzte eine strenge Miene auf. »Eines aber hat mich zutiefst erschreckt. Es wird der Vorschlag gemacht, daß Paare vor der Hochzeit Gelegenheit bekommen, ihren Körper gegenseitig zu erforschen. Nackt, Euer Gnaden! Ihr leistet doch wohl keiner solchen Ungeheuerlichkeit Vorschub wie ...«
Der Bischof lachte glucksend. »Nein, wegen dieser Vorsichtsmaßnahme brauchen die Tarasken Thomas More nicht. Darin haben sie ihn schon seit Jahrhunderten vorweggenommen.« Seine hellen klaren Kinderaugen wurden unversehens ernst. »Wir legen auf anderes Wert. So gibt es zum Beispiel an unseren Türen keine Schlösser, denn wo allen alles gehört, kann es keinen Diebstahl geben. Man kann nicht stehlen, was einem bereits gehört.«
»Gemeineigentum?« Die Mutter Oberin war leicht aus der Fassung

geraten. Sie warf einen Blick auf *ihre* Blumentöpfe, *ihre* Stühle, *ihr* Porzellan. Wie ich vermute, sah sie die Tarasken mit alledem verschwinden!
»Eure Maßstäbe entsprechen denen der frühen Christen«, bemerkte Bruder Andres nicht ohne Bosheit und freute sich, daß der Mutter Oberin so gar nicht wohl in ihrer Haut war.
»Lebensmittel werden in den öffentlichen Lagerhäusern ausgegeben. Wir besitzen zwar keine Luxusgüter, aber kein Mensch arbeitet länger als sechs Stunden am Tag.«
Die Nonne bekundete durch Schnalzlaute ihre Mißbilligung; schließlich wußte sie, daß der Teufel für alle Muße, außer ihrer eigenen, Verwendung findet.
»Alle gehen in die Schule, und diejenigen mit hoher Intelligenz setzen ihre Studien länger fort.« Heiter und sich der Mißbilligung der Dame entweder nicht bewußt oder sich unbekümmert darüber hinwegsetzend, fuhr der Bischof fort: »Wir belohnen Tugend durch materielle Geschenke, und niemand wird in Knechtschaft gezwungen – es sei denn aus Strafe für ein schlimmes Verbrechen.«
»Genauso, wie es früher in der Republik Tlaxcala war«, murmelte ich. Keiner hörte mich.
»Und solche Gemeinden gibt es tatsächlich?« fragte Dame Maria Monica.
»Oh, gewiß. Heute sind es bereits sechzig. Wir erteilen Unterricht im Lesen, Handwerkskünsten und Landwirtschaft. Selbst im Bootsbau.«
Im Bootsbau? Den Angehörigen des Fischer Volks den Bootsbau beizubringen ist so, als wollte man Buchhaltern zu stehlen oder Bienen, Honig zu machen, beibringen.
»Wenn Ihr diese idealen Dörfer sehen möchtet, tätet Ihr gut daran, Euch zu beeilen«, sagte Bruder Andres. »Im Griechischen bedeutet das Wort *Utopia* ›nirgendwo‹. Und nirgendwo ist genau da, wo sie morgen sein werden. Da brauchen bloß Leute vom Schlage der gerade dahingegangenen Avila-Brüder in ihre Nähe zu kommen, und dann hat man Katzen im Taubenschlag.«
»Darüber bin ich mir im klaren.« Vasco de Quiroga ließ sich nicht beirren. »Aber unser unmögliches Ideal hat schon eine

ganze Reihe von Jahren funktioniert; wir haben also etwas bewiesen. Und ein solcher Beweis kann der Welt nie ganz verlorengehen.«

»Dieses Buch *Utopia* klingt sehr gefährlich«, sagte die Mutter Oberin und wagte nun endlich, einem Bischof offen zu widersprechen.

»Gefährlich ist es nur für die armen rührenden Seelen, die daran glauben«, erwiderte Bruder Andres und sah den Bischof lächelnd, aber liebevoll und traurig zugleich an.

»Mein Bruder vertritt die Ansicht, für das gemeine Volk seien *alle* Bücher gefährlich«, fuhr Dame Maria Monica mutig fort.

»O nein. Nur ganz wenige, nur die allerbesten.« Vasco de Quiroga versank für einen Moment in Gedanken und sagte dann: »Ich habe mich einmal mit einem alten Konquistador unterhalten, einem sehr einsichtigen und scharfsinnigen Mann. Er behauptete, *de facto* hätten drei Generäle Mexiko erobert. *Capitán* Cortés, sagte er, zusammen mit General El Cid und General Amadis. Die Legenden, die Heldenträume, wie sie in Büchern festgehalten wurden, haben das Heer genausosehr beflügelt wie Cortés.«

Jawohl, sie haben alle wie in Ritterromanen geträumt und daran geglaubt – deshalb konnten sie das Unmögliche vollbringen. Mein Gebieter, der *capitán*, glaubte – und das gehörte zu seiner Göttlichkeit – an Wunder.

Unbesonnen platzte ich dann doch mit etwas heraus, das mich seit Jahren beschäftigte. »Euer Gnaden haben das Wort ›Konquistador‹ benutzt. Wir hören immer von der spanischen Eroberung, nie jedoch vom Aufstand der Welt gegen die Azteken. Ich bin mir durchaus darüber im klaren, daß es ein göttliches Eingreifen gegeben hat.« Worauf ich anspielte, das war Gefiederte Schlange; mochten sie es deuten, wie sie wollten. »Jawohl, die Spanier haben Waffen, Pferde und die Führung gestellt. Aber mit ihnen zusammen erhob sich das Land in einem Bürgerkrieg, zu dem es ohnehin bald gekommen wäre. Die meisten Menschen wurden nicht besiegt; sie gehörten einfach plötzlich einer neuen Welt an.«

»Aber was meint Ihr nur?« fragte die Mutter Oberin völlig verwirrt.

»Später wurden Tausende von Menschen von spanischen Briganten ausgeplündert und versklavt. Es hat in Spanien wohl keinen Dieb gegeben, der nicht herübergekommen wäre. Aber angefangen hat es nicht so! Nie wird ein Buch diese Dinge berichten, weil alle Bücher, alle Berichte von Spaniern geschrieben wurden, die überhaupt nicht wissen, was geschah. Die wissen nur, was sie gesehen haben, und das ist nicht dasselbe.«

»Señora, das ergibt überhaupt keinen Sinn«, sagte Dame Maria Monica.

Der Bischof jedoch lächelte. »Jawohl, die richtige Eroberung wurde von Advokaten und Priestern und Siedlern vollzogen. Von den eingeführten Banditen ganz zu schweigen – da habt Ihr ganz recht. Erst jetzt können wir das Ende von all dem absehen.«

»Solange Richter Munoz an der Macht ist, könnte es sein, daß überhaupt alles zu Ende ist«, sagte Bruder Andres.

»Ihr irrt, mein Freund«, erwiderte der Bischof. »Munoz, glaube ich, ist bereits nach Spanien zurückgerufen worden, wo er sich für seine Grausamkeit verantworten muß. Im Moment ist er ein völlig verängstigter Mann, und der Aderlaß hat ein Ende.«

»Der hat nie ein Ende«, murmelte Bruder Andres. »Aber vielleicht geschieht er jetzt in etwas abgemilderter Form.«

»Es könnte sein, daß wir hier eine völlig neue Welt entstehen sehen.« Der Bischof sprach leise; trotzdem hatte seine Stimme etwas eigentümlich Eindringliches. »Ich will Euch meine Vision beschreiben. Ich bin dem Tod nahe genug, um in die Zukunft schauen zu können, und ich sehe zwei – vielleicht sogar drei Jahrhunderte Frieden für dieses unterdrückte Land voraus. Seid Ihr Euch darüber im klaren, was für eine ungeheure Leistung das wäre?« Er hob die Hand, damit Bruder Andres ihn nicht unterbrach. »Laßt mich erst zu Ende reden, alter Zyniker. Eine solch lange Friedensperiode hat es noch nie gegeben – in keinem Lande –, wobei ich mir durchaus darüber im klaren bin, daß Frieden nicht immer gleichbedeutend ist mit Gerechtigkeit und Glück. Aber ich glaube, daß meine Dörfer im Gebiet der Seen fortbestehen werden, während der größte Teil der Welt unter Krieg und Hungersnot leiden muß. Diese Vision leuchtet vor mir wie der Gral, und ich glaube, sie wird Wirklichkeit werden.«

Die Mutter Oberin lachte ohne jeden Grund. »Sherry? Wer

möchte einen Sherry?« Ihre kleine Festlichkeit war in Ernst umgeschlagen; sie mußte sie retten.
Bruder Andres verengte die Augen, blickte in die sinkende Sonne und schickte sich an zu gehen. Ich wandte mich an den Bischof. »Ihr habt Cortés gekannt, Euer Gnaden?«
»Nicht gut. Als ich herkam, hatte er bereits Befehl, sich aus der Regierung zurückzuziehen. Trotzdem haben wir uns einmal an ihn gewandt, damit er einen Aufstand niederschlug. Er war der einzige, den das gemeine Volk immerhin soweit liebte, daß es ihm gehorchte. Er besaß sein Vertrauen – und das spricht sehr für ihn.«
»Jetzt liebt es Euch so«, sagte Bruder Andres. »Bischof Tata, der Großvater von jedermann. Sie meinten, Ihr wäret zum Teil ein Mensch, zum überwiegenden Teil aber ein Gott. Das ist unchristlich, Euer Gnaden. Und doch seid Ihr und Cortés die einzigen, denen das Volk vertraut.«
»O nein, es hat viele gute Priester gegeben«, sagte der Bischof rasch. »Und vergeßt nicht La Malinche. Doña Marina war eine der bemerkenswertesten Frauen, die die Welt je gekannt hat. Selbst heute noch kommt sie direkt hinter der Heiligen Jungfrau von Guadalupe, und manche meinen sogar, die beiden wären ein und dieselbe Person.«
»Wie grauenhaft!« entfuhr es der Mutter Oberin. »Die Frau war eine Hure.«
Ich faltete die Hände. Niemand sollte sehen, wie sie zitterten.
Bruder Andres erhob sich und berührte den Bischof an der Schulter. »Die Sonne steht tief, alter Gefährte. Ihr tretet morgen eine lange Reise an.«
»Ach ja, Eure Reise«, sagte die Mutter Oberin. »Seid Ihr bereit, Euer Gnaden? Habt Ihr Eure Pferde und Eure Träger?«
Vasco de Quiroga gluckste vor Vergnügen. »Ich habe einen *burro* und einen Diener. Den Diener brauche ich eigentlich nicht, aber er hilft mir bei der Heiligen Messe. So Gott will, werden wir in einer Woche das Seen Land erreichen. Daran ist nichts weiter Besonderes.«
Ich dachte an meine eigene Karawane, meine Pferde, Maultiere und Lastträger, von denen einige sogar bewaffnet waren – und ich beneidete ihn um seine Einfachheit.

Die Mutter Oberin legte mir die Hand auf die Schulter. »Meine Freundin bricht morgen gleichfalls zu einer Reise auf, und ich sehe, diese Aussicht hat sie ziemlich durcheinandergebracht. Nie habe ich sie so erregt gesehen. Euer Gnaden müssen ihr den Reisesegen erteilen.«

Als ich vor ihm kniete, spürte ich die Gegenwart von Gefiederter Schlange. Der Bischof hatte kraft seiner eigenen strahlenden Güte einen Zipfel der Welt erobert. Da jedoch Güte aus eigenem Vermögen selten siegt, wußte ich, daß der Gott ihm zur Seite stand.

Ich achtete kaum auf das Latein aus seinem Munde, obwohl ich wußte, daß seine Kraft in mich überfloß. Der sich rötende Himmel und die dunkle Zeile der Berge, die sich zwischen uns und Cholula erhob, lenkte meine Gedanken auf eine andere Reise, unseren Marsch über die Berghänge, hinunter nach Tenochtitlan.

Damals hatten die Tlaxcalaner sich gleichfalls gegenseitig gesegnet und den langzähnigen Großen Lenker beschworen, ihnen den Weg zu ebnen und den Pfad freizumachen von allem Übel. An diesem Morgen, da sie wußten, daß sie einen Weg einschlagen sollten, der sie auf die Altäre von Tenochtitlan bringen könnte, beteten sie um Kraft und Schnelligkeit und salbten sich die Füße mit Falkenblut.

17 Der Mond des Flamingo – November 1519

Auf das Fest der Berge folgt eine unglückliche Jahreszeit, die den Liebenden jedoch heilig ist, besonders Männern, die andere Männer lieben; diese Zeit ist günstig für jede Art von Liebe und Hingabe – vielleicht, weil man sonst ungefährdet nicht viel anfangen kann. In diesen Wochen bieten sich alte Huren, die zu hinfällig sind, um sich noch ihren Lebensunterhalt zu verdienen, als öffentliches Opfer an, ein heiliges Ende für ein Leben des Dienens. Fromme Mädchen – unter ihnen auch solche, welche die erste Monatsblutung in Schrecken versetzt hat – tragen sich den Tempeln gleichfalls für eine Opferung an, und allein aus Verehrung für den Blumen Prinzen. Ich fand es immer traurig, daß sie seine Riten außer im Traum nie kennenlernen sollten.

Diese Zeit ist günstig für bestimmte Vögel: die Wachtel und natürlich für den Flamingo, der – nachdem er sich ein halbes Jahr unter den Wassern der Meere versteckt hat – in die Welt zurückkehrt. Allerdings müssen alle Geschöpfe aufpassen. Nur die Namenlosen Tage am Jahresende sind noch gefährlicher als diese Zeit.

Der Mond des Flamingo war schon fast gekommen, als mein Gebieter, der *capitán*, erklärte, unser Werk in Cholula sei beendet. Wir hatten die Bewohner zu Christen oder stumm gemacht (oder zu Tode gebracht); wir hatten oben auf dem Tempel von Gefiederter Schlange ein Kreuz errichtet, und mein Gebieter freute sich, daß Tausende – wie er sagte – kamen, um es zu bewundern. Ich klärte ihn nicht darüber auf, daß die meisten von ihnen kamen, um die großen Löcher im Fundament des Tempels anzustarren, wo Priester in der Erwartung, eine Flut freizusetzen, die die Eindringlinge verschlingen sollte, die Mauern aufgeschlagen hatten – jene rächende Wasserflut, mit der sie seit Generationen gedroht hatten. Als den Steinen kein Tropfen Wasser entsprang, erkannten alle, daß Cortés – eine Verkörperung von Gefiederter Schlange – mit dem Wasser Ungeheuer im Bunde stand, das unter dem Tempel

lebte. Selbstverständlich fielen die Menschen hinterher auf die Knie und beteten.
Jetzt hatten die Bürger Angst, weil die Priester keine Möglichkeit hatten, die Löcher wieder zu verschließen. Sie hatten kein Blut von jugendlichen Opfern zur Verfügung, um den Mörtel damit anzumischen; und wer wollte wissen, wann Wasser Ungeheuer es sich überlegte und die Schleusen in den Tiefen der Erde sich öffneten? Dann, eines Tages, bemerkte ich, daß die Ausbesserungen im Schutze der Dunkelheit vorgenommen worden waren, und wußte, was sonst noch in der vergangenen Nacht geschehen sein mußte.

Fast zwei Wochen waren wir in Cholula geblieben, und mein Gebieter litt insgeheim unter seiner Unentschlossenheit. Es galt, den letzten Schritt zu tun und ins Tal von Anahuac mit seiner uneinnehmbaren Hauptstadt hinabzusteigen. Cortés konnte sich nicht entschließen, wie er vorgehen sollte, und der Gott in ihm schwieg oder war gar nicht da, möglicherweise auch gekränkt, daß in Seiner Heiligen Stadt ein solches Gemetzel stattgefunden hatte.
An manchen Abenden, wenn wir uns geliebt hatten und Cortés eigentlich ruhig und zufrieden hätte sein müssen, verließ er mich plötzlich und ging in den Korridoren des Palastes, in dem wir unser Hauptquartier aufgeschlagen hatten, von Unruhe getrieben auf und ab. Hier erlebte ich zum erstenmal, was ich später nur allzugut kennenlernen sollte – daß mein Gebieter ein Getriebener war, der alles ertragen konnte, nur keine Ruhe.
Pedro Alvarado war in letzter Zeit wichtiger denn je geworden und führte an den Tagen das Kommando, da Cortés in sich zurückgezogen und wortkarg war. Eines Morgens, kurz nach Morgengrauen, kam Alvarado – unverfroren und rüde wie ein Chichimeke – in unsere Gemächer spaziert. Ich dachte, er wäre betrunken. Er schlief jetzt mit Blumen Tasche, und es wurde gemunkelt, ihre Schlafmatten schwämmen in Pulque. Ich war wütend über die Störung, nicht nur, weil ich nackt war und er mich mit Blicken maß wie ein Koch eine Hirschlende, sondern weil Cortés nach einer rastlosen Nacht endlich in einen unruhigen Schlaf gefallen war.

»Was gibt's? Was ist passiert?« Alarmiert sprang Cortés auf, obwohl auch er nichts anhatte. Ehe Alvarado antworten konnte, war er schon quer durch den Raum und griff nach Kleidern und Rüstung.

»Nichts, Cortés. Ich wollte bloß mit Euch reden.«

»Einen Teufel werdet Ihr!« Mein Gebieter wickelte sich in eine Wolldecke – er haßte es, von seinen Männern nackt gesehen zu werden. Ich selbst hatte bereits ein großes Umschlagtuch vom Boden aufgenommen.

»Cortés, wir können nicht viel länger hierbleiben«, sagte Alvarado und leierte eine auswendig gelernte Rede herunter. »Es gibt Gerüchte, daß Moctezuma, dieser Teufel, an den Pässen, die jetzt hinter uns liegen, ein Heer zusammengezogen hat. Er schneidet uns von der Küste ab. Es wird Zeit, sich zurückzuziehen.«

»Oder vorzurücken.« Eindringlich sah mein Gebieter ihn an. »Seid Ihr hier reingekommen, weil Ihr mir in militärischen Dingen einen Rat geben wollt?«

»Dann eben vorrücken. Aber eines von beiden, und zwar bald. Das Heer macht sich Sorgen, Cortés. Manche reden davon, nach Kuba zurückzukehren. Die gleiche Geschichte wie in Veracruz geht auch hier wieder los.«

»Und wozu ratet Ihr?« Cortés war von einer eisigen Höflichkeit. »Vorrücken oder Flucht?«

Alvarado schüttelte den Kopf. »Ich will Gold – deswegen sind wir schließlich hergekommen. Aber ich möchte auch, daß mein Herz noch eine Zeitlang in meiner Brust schlägt. Ich werde tun, was Ihr beschließt, Cortés. Nur – ringt Euch endlich zu einer Entscheidung durch.«

Seine Unverblümtheit war unerträglich; ein aztekischer Befehlshaber hätte ihm fürs nächste Fest bei lebendigem Leibe die Haut abziehen lassen. Cortés jedoch hörte ihn geduldig an.

»Gut. Ich werde mich bald entscheiden.« Mehr wollte Cortés nicht sagen, und so ging Alvarado hinaus, um allen kundzutun, er habe Cortés zum Handeln aufgestachelt; ihrer beider Entscheidung werde bald verkündet werden. Blumen Tasche prahlte damit herum.

Die nächsten beiden Tage überlegte Cortés, und ich wartete darauf, daß der Gott ihm das Richtige einflüsterte. Sein Schicksal war weiterzumarschieren, doch gab es viele Wege, und manche waren lange Umwege. Außerdem war dies keine glücksbringende Jahreszeit.

Inzwischen wimmelte es in Cholula von »Grillen«, wie wir die Spione nannten, da Grillen meist stumm sind, schwer zu entdekken, aber laut zu zirpen anfangen, sobald sie in die Nähe des heimatlichen Herdes gelangen. Spione werden auch Mäuse genannt. Moctezumas Grillen verfolgten jeden Schritt, den wir machten, doch jetzt hatte ich meine eigenen Grillen – Spitzel, welche die Tlaxcalaner bei den Azteken eingeschleust hatten; außerdem gab es Männer aus anderen Ländern, die Gefiederter Schlange dienen wollten und heimlich zu mir kamen.

Eines Tages, bei Sonnenuntergang, machte Herr Dämon Rufer, der tlaxcalanische General, Cortés seine Aufwartung, strotzend vor Machenschaften und Wichtigtuerei.

»Unsere beste Grille im Palast von Moctezuma hat einen Bericht geliefert. Von der Küste aus wurden zwei kürbisgroße Körbe an Moctezuma geschickt. Sie trugen heilige Zeichen und wurden von Schnell-Boten gebracht. Moctezuma hat den halben Vormittag mit den Körben verbracht und sich dann in den Großen Tempel begeben. Dort stach er sich selbst mit sieben Dornen. Man hat gehört, wie Rauchender Spiegel selbst zu Moctezuma gesprochen hat.«

»Rauchender Spiegel – ist das der Oberteufel?« wandte sich Cortés an mich.

»Er und Kolibri«, antwortete ich. Inzwischen wußte ich, daß ein Teufel ein Gott ist, der einem nicht dient.

»Und was hat der Teufel gesagt?«

Herr Dämon Rufer senkte die Stimme. »Der Gott hat Moctezuma erklärt, er solle die Spanier nicht fürchten, sondern fest zum Glauben stehen und die Götter mit neuen Opfern erfreuen. Und das geschieht jetzt.«

»Der Teufel wird also mutig«, sagte Cortés. Er entließ Herrn Dämon Rufer, ging eine Weile auf und ab, runzelte die Stirn und sagte dann zu mir: »Ist das nun eine gute oder eine schlechte

Nachricht? Wer will das wissen? Befiehlt dieser blutige Götze einen Angriff?«
»Nein, mein Gebieter. Ich bin sicher, er hat nicht mehr und nicht weniger gesagt als das, was Ihr gehört habt.«
Cortés reckte und streckte sich auf seinem Stuhl. Ich wunderte mich stets von neuem, daß diese Erfindung nicht umfiel. Ernst sah er mich an. »Du bist immer dafür gewesen weiterzumarschieren und nach Tenot...«
Er konnte »Tenochtitlan« nicht aussprechen. Ich sagte: »Nennt es Mexiko. So wird die Stadt auch genannt, und das ist leichter zu sprechen.«
»Ja, Mej... Egal. Bringt diese Botschaft über Moctezumas Götzen dich dazu, deine Meinung zu ändern? Ist das eine entmutigende Nachricht?«
Ich trat hinter seinen Stuhl und legte ihm die Hände auf die Schultern. »Damit ändert sich gar nichts. Mein Gebieter ist mächtiger als Rauchender Spiegel.«
Ich sprach nicht alles aus, was ich empfand – daß ich mit dem Leben dafür bezahlen könnte, wenn ich dem Gott half, in seine Stadt zurückzukehren; aber ich konnte nicht leben, ohne es zumindest versucht zu haben. Cortés bedeckte meine Hände mit den seinen, eine vertrauenerweckende Berührung, und ich wußte nun, daß er das gleiche fühlte wie ich. Auf lange Sicht hatten wir keine andere Wahl.
Doch am nächsten Morgen traf trotz allem, was unsere Grille uns hinterbracht hatte, wieder eine Gesandtschaft von Moctezuma ein, die Cortés dringlichst nahelegte, nicht weiter vorzurücken. »Unsere Stadt ist arm und auf dem Wasser gebaut; deshalb gibt es dort nichts zu essen«, sagte ein älterer Edelmann, der mit Würde log. »Die Straßen sind gefährlich. Der Verehrte Sprecher bedauert, daß Ihr ihn nicht besuchen könnt, schickt Euch aber diese Geschenke.«
Cortés nahm die Geschenke an, schickte die Sendboten aber fort und sagte ihnen, er müsse Moctezuma dennoch von Angesicht zu Angesicht sehen. Ich selbst fand, daß er nun weniger entschlossen klang.
An diesem Abend trug eine meiner eigenen Grillen mir weitere

Informationen zu. Der Gott Kolibri habe Moctezuma gesagt, er solle Cortés erlauben, die Hauptstadt zu betreten. Aber warum? Ob das eine Falle war? Ein Spion behauptete, auf diese Weise könne man die Spanier müheloser vernichten – man brauche sie nur in der Stadt einzuschließen. Eine andere Grille freilich meinte, daß es Moctezuma danach verlange, Gefiederte Schlange zu sehen und zu verehren. Aztekische Agenten hingegen verbreiteten das Gerücht, die Stadt sei ein riesiger Morast, in dem die Stiefel der Spanier versacken würden. Die Truppen wurden immer nervöser; und Cortés schwieg noch immer.

Doch am nächsten Morgen kehrte eine kleine Gruppe von Spaniern von einer Expedition zurück, einem jener bei Spaniern beliebten gefährlichen Abenteuer. Sie hatten versucht, bis an den Kraterrand des Riesenbergs, des Vulkan Rauchender Mann, zu klettern. Seine graue Rauchfahne hatte sie seit Wochen gelockt – schon seit sie diese von Tlaxcala aus das erstemal erblickt hatten. Und so waren sie aufgestiegen. Aber Rauchender Mann wollte nicht, daß sie seine Krone berührten; er grummelte und ruckte, daß der Boden unter ihren Füßen bebte, und ließ eine Lawine zu Tal rauschen. Gleichwohl erreichten sie eine solche Höhe, daß sie Eis und Schnee mitbrachten. Als Cortés mir lachend einen Ball aus weißer Kälte in die Hand drückte, mußte ich an den bitteren Frost des Sternbergs denken; Cortés jedoch war entzückt. »Schneefelder! Dabei sind wir südlich von Kuba! Dann sind die Geschichten der Reisenden doch wahr!«

»Dahinter erstreckt sich ein Märchenland«, sagte einer von denen, die mitgeklettert waren. »Wir konnten alles sehen: grüne Felder, blaue Seen und Städte aus Silber.«

Ein Murmeln erhob sich unter den Männern; sie hatten von dem trügerischen Glanz von Zempoala nichts gelernt. Verzaubert und angstvoll zugleich sagte Jaime Garay: »So ein Land habe ich mir nie vorstellen können. Vielleicht war es eine Fata Morgana, wie in den Geschichten, die die Mauren erzählen.«

Wieder blickte Cortés zu den Bergen hinüber; ich wußte, daß sich ein Geist in ihm regte.

Als wir an diesem Abend allein waren, erzählte mein Gebieter wieder von dem göttlichen Heros Amadis, wie dieser auf der

Suche nach der Verbotenen Kammer Hexenmeistern und Riesen getrotzt hatte. »Ein Leben ohne Risiko ist ein Leben in einem Kerker. Amadis hat das gewußt.«

Später, als wir uns liebten, war er von einer solchen Glut erfüllt, daß ich plötzlich wußte: Er hatte sich zu einem Entschluß durchgerungen und war voller Freude.

So wurde die Angelegenheit nicht durch Streit oder Gesandtschaften oder Berichte von Spionen gelöst, sondern dadurch, daß der Berggott Rauchender Mann lockte.

Am nächsten Morgen rief Cortés, voller Vitalität und mit glühendem Gesicht, auf dem Platz vorm Hauptquartier die spanischen Truppen zusammen. Hoch zu Roß auf Mulitreiber und in seinem dunklen Anzug prächtig anzusehen, hielt er eine Ansprache: »Wegen der vor uns liegenden Gefahren habe ich abgewartet und gebetet. Ihr selbst aber habt mich gedrängt, daß wir weiterziehen. Ich kann euch das nicht länger abschlagen, darf mich nicht länger zwischen euch und euer Glück, euren Reichtum stellen. Übermorgen brechen wir zu den reichen Städten jenseits der Berge auf. Für Gott und den Heiligen Jakob!«

Ich konnte mich nicht daran erinnern, daß ihn irgendwann eine Abordnung von Männern gedrängt hätte weiterzuziehen; aber das war nun mal die Art des Gottes: die Männer glauben zu machen, er gehorche nur ihnen, und in Wirklichkeit war es doch er, der die Befehle gab. Jetzt brachen die Leute in Hochrufe aus; über die Hälfte der Männer, deren Blut bei der Erwähnung von Gold in Wallung geriet, klatschte Beifall. Andere standen mit kreideweißem Gesicht wütend da, und einer sagte zu laut: »In die Höhle des Löwen, ihr armen Irren!«

Herr Delphin Helmbusch, Anführer der totonakischen Verbündeten, tauchte schon bald danach im Hauptquartier auf und verneigte sich tief. »Bitte, Doña Malinche, erklärt unserem Vater, daß die Totonaken jetzt in ihre eigene Heimat zurückkehren werden.«

Seit dem Sieg von Cholula war Cortés »der Vater« geworden. Ich fragte: »Habt ihr Bedenken wegen der unglücklichen Jahreszeit?«

»Vielleicht. Wir waren die ersten, die gegen die Azteken aufbegehrt haben, und so werden wir auch die ersten sein, die erschlagen werden.«

»Gefiederte Schlange wird euch beschützen«, versicherte ich ihm und fragte mich, ob der Gott wirklich die Macht besaß, sich gegen Kolibri und Rauchenden Spiegel durchzusetzen. Außerdem sind Götter wankelmütig. Vielleicht tat Gefiederte Schlange gut daran, für einige aufrührerische Totonaken ein Waffenstrecken der Azteken einzuhandeln.
»Sagt unserem Vater nur, daß wir Heimweh haben«, sagte Delphin Helmbusch. »Er hat uns bereits Reichtum versprochen, wenn wir weitermarschieren, aber im Augenblick steht uns der Sinn noch nicht danach, unsere Frauen zu reichen Witwen zu machen.«
Mit üppigen Geschenken von Federumhängen, aus denen sich die Spanier ohnehin nichts machten, sagte Cortés ihnen Lebewohl. Ich selbst fand, daß ihr Abzug kein großer Verlust für uns war. Zwar hatten sie tapfer gegen die Tlaxcalaner gekämpft, aber vor den Azteken hatten sie eine Heidenangst – eine Angst, die Moctezuma bestimmt sofort roch. Ich sagte zu Delphin Helmbusch: »Euer Vater wünscht, daß ihr zwanzig Mann bei uns laßt, als Symbol für die Treue der Totonaken.« Moctezuma, so dachte ich, sollte deutlich vor Augen geführt bekommen, daß wir mit anderen Völkern verbündet waren. Ich beschloß, von nun an in jeder Stadt, durch die wir hindurchkamen, um eine solche Ehrengarde zu bitten.
Wie sich herausstellte, waren die Tlaxcalaner genau das Gegenteil der Totonaken. Cortés beriet sich gerade mit Pedro Alvarado über den Zustand der Pferde, als Xicoten der Alte – blind und an der Hand seines draufgängerischen Sohns – gemeinsam mit drei weiteren tlaxcalanischen Befehlshabern seine Aufwartung machte; alle trugen sie grellgefiederte Kampfkleidung, die sie gefallenen Cholulaner Edelleuten abgenommen hatten – ein Anblick, der mich noch mehr darauf hoffen ließ, daß wir diese Stadt der schlechten Erinnerungen bald hinter uns lassen würden.
»Die Söhne der Republik – zehntausend von uns – werden an Eurer Seite nach Tenochtitlan ziehen«, verkündete der alte Mann und warf den Kopf in die Höhe, um seine neuen Jadeohrringe zu zeigen.
Cortés, der mit diesem Angebot nicht gerechnet hatte, erhob sich

spontan und schloß beide Xicotens in die Arme, den alten und den jungen. »Das nenne ich Mut!« sagte er. Nichts rührte ihn so tief wie Treue; sie war, wie er sagte, so selten.
»Dank sei Gott und der Heiligen Jungfrau«, sagte Alvarado grinsend, er sah glücklich und habgierig aus. Er hatte bewundert, mit welcher Gründlichkeit die Tlaxcalaner in Cholula unter den Bewohnern aufgeräumt hatten.
Plötzlich war mir eiskalt, ich hatte Angst und war so alarmiert, daß ich wußte, die Göttin flüsterte mir zu, Cortés stehe im Begriff, etwas Törichtes, ja Verhängnisvolles zu tun. »Ich muß meinen Gebieter unter vier Augen sprechen«, sagte ich. In diesem Augenblick stürmte Aguilar herein; er freute sich offensichtlich darüber, daß die Tlaxcalaner uns nicht verlassen wollten.
Cortés entschuldigte sich und ging mit mir in einen Nebenraum. Laut sagte Alvarado zu Aguilar: »Euer Geschäft muß warten, Bruder. Diese Möse muß gerade jetzt allein mit Cortés sein. Sie ist so hitzig, daß sie es nicht den ganzen Vormittag über aushält.«
Die Beleidigung überraschte mich; doch dann fiel mir ein, daß er mit Blumen Tasche schlief. Nur war dies nicht der Augenblick, sich über Unverschämtheiten aufzuregen.
Im Nebenraum zögerte ich und forschte in Cortés' Gesicht, weil ich hoffte, daß der Gott anwesend sei. Jetzt wußte ich, was mich alarmiert hatte. Gefiederte Schlange konnte niemals an die Tore von Tenochtitlan hämmern, wenn ein großes tlaxcalanisches Heer hinter ihm stand. Das war nicht die Art des Gottes. Gefiederte Schlange mußte allein kommen, ein göttlicher König, der seine ihm rechtmäßig zustehende Krone forderte; er konnte unmöglich als Eindringling kommen.
»Die Tlaxcalaner, mein Gebieter, werden die Pfeile der Azteken auf sich ziehen. Zehntausend Mann – das reicht, um Moctezumas Zorn zu erregen, aber es reicht nicht, um die Schlacht zu gewinnen, die er zur Folge haben wird.«
Gebrauchte ich die richtigen spanischen Wörter? Das mit dem Gott konnte ich ihm nicht unverblümt sagen. Ich kannte seine Ängste, das Grauen vor der eigenen Göttlichkeit.
»Was kann dieses Heer schon nützen?« fuhr ich rasch fort, als ich das Erstaunen in seinem Gesicht sah. »Die Azteken könnten so

tun, als hießen sie die Tlaxcalaner in ihrer Stadt willkommen; aber sie haben die Lektion von Cholula mit Sicherheit gelernt. Sie werden die Dämme hinter uns versperren; und dann wird es von jedem Dach Pfeile und Steine und kochendes Pech regnen. Trefft dort als Moctezumas Freund und Erretter ein, mein Gebieter, nicht als Anführer seiner schlimmsten Feinde.«

»Marina, du verlangst von mir, das tlaxcalanische Heer aufzugeben, die mutigsten ...«

»Sie haben Moctezumas Lieblingssohn umgebracht. Es gibt kaum eine aztekische Familie, die im Kampf gegen die Republik nicht einen Sohn verloren hätte. Meint Ihr, Moctezuma könnte ihren Zorn bändigen – selbst wenn er das wollte?«

Voller Ungewißheit starrte er mich an. Ich hatte ihn gedrängt, auf zehntausend Krieger zu verzichten; und die Gründe dafür waren nur ein kleiner Teil der Wahrheit. Was ich nicht gesagt hatte, war: Seid ein Gott, nicht ein menschlicher Eindringling. Gleichwohl meinte ich zu sehen, wie sich in seinen Augen Verständnis zeigte; ich glaubte, daß er die wahre Bedeutung dessen, was ich gesagt hatte, ahnte.

Schweigend wandte Cortés sich ab, wie immer, wenn er Für und Wider einer Entscheidung abwägte. Ich flehte den Gott an, ihn zu lenken; mehr konnte ich nicht tun. Dann kehrte Cortés schnell zu den wartenden Tlaxcalanern zurück, und ich folgte ihm zitternd.

Er wandte sich an Xicoten den Alten: »Lieber Freund, ich muß Euer loyales Angebot ausschlagen, mir Euer Heer zur Verfügung zu stellen.« Ich konnte wieder atmen.

Pedro Aloarado sprang auf und rief: »Cortés, Ihr könnt unmöglich ...«

Mit einer ungehaltenen Handbewegung brachte Cortés ihn zum Schweigen und fuhr fort: »Überlaßt mir nur tausend Krieger. Erweckt den Anschein, als wären sie die Träger unserer Vorräte; ihre Waffen sollen sie gut verstecken.«

»Cortés, das ist Wahnsinn!« Alvarados Gesicht war von flammendem Rot übergossen. Die beiden Spanier starrten einander an. Alvarado war ein Riese, doch mein Gebieter war stärker als er.

»Wer führt hier den Befehl?« Cortés' Stimme war leise; aber aus ihm sprach der Gott.

»Ihr, Cortés.« Verwirrt wandte Alvarado sich ab, wobei er mir einen vernichtenden Blick zuwarf. »Jedenfalls hoffe ich, daß immer noch Ihr der Befehlshaber seid.«
Xicoten brachte nur einen förmlichen Protest vor. Der alte Mann war erleichtert, neuntausend Mann und die Ehre der Republik zu retten, indem er nur tausend Mann opferte. Gleichwohl hatte er loyal alles angeboten. Ich selbst hatte mich von dem Volk der Republik nie angezogen gefühlt. Ihre traurige Religion verdammte fast jeden zur Hölle, außer Politikern und Generälen, die samt und sonders in den Himmel kamen – und das ist genau das Gegenteil von allem, was andere Völker sich erhoffen und erwarten. Ich bedauerte, daß die Tlaxcalaner weder Musik noch gemalte Bücher kannten; ich verachtete ihre kalten Bäder und Ermahnungen zur Tugendhaftigkeit. Aber an ihrer Treue und ihrem Mut war nicht zu zweifeln.
Cortés geleitete die Tlaxcalaner in den Hof hinaus und legte dabei Xicoten dem Alten den Arm um die Hüfte.
»Das kann nur Eure Idee gewesen sein!« Pedro Alvarado ragte plötzlich drohend neben mir auf; der größte Mann der Welt packte mich bei der Schulter. »Ihr habt ihn beschwatzt, auf ein ganzes Heer zu verzichten. Wie habt Ihr das geschafft? Durch Hexerei?«
Aguilar hielt die Luft an. »Vorsicht, Señor! Das Wort ist ...«
»Ich weiß, was das Wort bedeutet, Priester, und ich glaube, es stimmt.«
Alvarados Finger drohten, mir die Schulterknochen zu zerbrechen, doch ich ließ mir nicht anmerken, wie weh er mir tat. Auf maya wandte ich mich an Aguilar. »Sagt diesem spanischen Herrn, er soll seine Hände von mir nehmen. Cortés würde das ungehörig und beleidigend finden.«
Ich war viel zu benommen und wütend, um Aguilars Spanisch zu verstehen, doch als Alvarado mich nicht freigab, kratzte ich ihm so mit den Fingernägeln über den Handrücken der Linken, daß Blut kam. Er ließ mich fahren, als hätte er ein Stachelschwein angefaßt. Er riß die Hand an den Mund.
»Du Hexe, du!« Er konnte es nicht fassen, daß eine Frau ihm trotzte, und tat es mit einem falschen Kichern ab. »Bist du im Bett auch eine solche Wildkatze? Das werd ich rausfinden, sobald

Cortés deiner überdrüssig ist.« Mit klirrenden Sporen stapfte er hinaus.
Wütend wandte Aguilar sich an mich. »Wo bleibt Eure Achtung? Kennt Ihr keine weibliche Demut?«
Er sprach maya, und ich antwortete in derselben Sprache. »Nein, keineswegs. Wenn Euch sein Ärger so aufregt, dann geht doch und streicht ihm das Gefieder glatt. Zeigt ihm Eure eigene Demut.«
»Ihr habt Schwierigkeiten für Cortés geschaffen. Das ist unverzeihlich!«
Aufgeregt und mit wallender Kutte rauschte Aguilar hinaus, um Pedro Alvarado zu trösten; dabei ging es ihm ausschließlich um Cortés.
Ich hatte mir einen mächtigen Mann zum Feind gemacht. Doch wie gewöhnlich ließ sich daran nichts ändern; die Göttin hatte mir keine andere Wahl gelassen.

Später meldete sich die Blüte des tlaxcalanischen Heeres, mehr als die tausend Mann, um die Cortés gebeten hatte. Hinzu kamen noch Bergmenschen und Bauern, die sich weigerten, Gefiederte Schlange zu verlassen; sie befanden sich auf einer heiligen Pilgerreise. Über hundert Totonaken und doppelt so viele Otomi meldeten sich, so daß unser Troß größer war als ein Gefolge und kleiner als ein Heer. Aber immerhin, zweitausend Mann konnten in den Augen der Azteken keine Bedrohung darstellen.
Nachdem Herr Dämon Rufer die Tlaxcalaner als Lastträger vorgestellt hatte, zog er meinen Gebieter beiseite. »Die Grillen zirpen wieder. Moctezuma hat sich nochmals mit Dornen gestochen und Rauchenden Spiegel befragt. Der Gott hat gesagt, er solle die Spanier in die Stadt einlassen.«
Die Botschaft der Grille stellte sich als zutreffend heraus. Am nächsten Morgen trafen sechs aztekische Edelleute ein, um Gold und Tuche als Geschenke zu bringen und Moctezumas Willkommensgruß zu übermitteln.
»Dankt eurem gnädigen König«, sagte Cortés, »und richtet ihm aus, ich hätte immer vorgehabt, in seine Stadt zu kommen.«
So zelebrierte Vater Olmedo am ersten Tag des Monds des Fla-

mingo auf dem großen Platz von Cholula die Messe, und die Tlaxcalaner beteten zu ihren finstern Göttern und salbten sich Füße und Waffen mit Falkenblut. Im Licht, das blaß auf dem Schnee von Rauchendem Mann schimmerte, trat der Heerbann von Gefiederter Schlange die letzten Tagesmärsche an. Da zogen vierhunderfünfzig Spanier und viertausend Verbündete über die Straße und wirbelten große Staubwolken auf; eine merkwürdige Ansammlung von Männern und ein paar Frauen war das, und die meisten von uns waren von Freude und Angst zugleich erfüllt.

Cortés hatte drei aztekische Abgesandte als Führer und Begleiter zurückbehalten. Sie führten uns eifrig – allzu eifrig fand er, der einen Hinterhalt argwöhnte. Die Azteken ärgerte es, daß in jedem Bergdorf, durch das wir kamen, die Bewohner sich am Wegrand aufstellten, um Gefiederter Schlange zu ehren. Wann immer wir eine Rast einlegten, näherte sich mir irgendein Häuptling vom Lande, um sich halblaut über aztekische Unterdrückung zu beschweren. Ob ich Malintzin bitte erklären könnte, wir sehr sie litten? Ob ich mich bei dem Gott für sie einsetzen würde? Sie könnten die aztekische Tyrannei nicht mehr ertragen.

Seit meiner Kindheit wußte ich, daß ein Großteil der Welt die Azteken haßte; nur hatte ich angenommen, dieser Haß ließe nach, je mehr wir uns ihrem eigentlichen Siedlungsgebiet näherten. Das Gegenteil war der Fall, und in jener Nacht, da wir unser Lager in Calpan aufschlugen, hätte ich sämtliche Neun Wachen damit zubringen können, mir Geschichten über aztekische Ungerechtigkeit, Entführungen, Vergewaltigung von jungen Töchtern und Söhnen sowie rücksichtslosen Mord anzuhören.

Als ich all dies meinem Gebieter wiederholte, sagte er: »Meine Mutter hat mir solche Geschichten aus der Zeit erzählt, da die Mauren über Spanien herrschten. Aber dann haben die Könige und El Cid dem Volk Gerechtigkeit gebracht. Genau das werden wir hier auch tun.« Später kniete er wie gewöhnlich vorm Altar nieder, doch als er betete und der Schein der Kerzen auf seinem Gesicht flackerte, sah er so jung und so voller Visionen aus, daß fast auch ich die herrliche Zukunft sah, die er sich vorstellte.

Am Morgen erreichten wir außerhalb von Calpan eine Stelle, an der zwei verschiedene Straßen, die beide nach Tenochtitlan führten, sich kreuzten; die eine war mit den Stämmen mächtiger Bäume versperrt, die andere gefegt und einladend. »Hier entlang, meine Herren«, sagte einer der aztekischen Führer. »Dieser Weg ist geebnet und bereit.«

»Nein«, erwiderte Cortés. »Wir nehmen den anderen Weg.« Er rief die Truppen zusammen. »Marschiert in dicht aufgeschlossener Formation, so dicht, daß der Bart eines jeden auf der Schulter des Vormannes liegt.«

Gerade als wir weiterzogen, hörte ich ein Rascheln im trockenen Gras und sah eine Schlange behende den versperrten Weg hinuntergleiten, den Cortés gewählt hatte, und ich wußte nun, daß sie uns anführte.

Der Weg war alles andere als leicht. Die Luft wurde bitterkalt; der Boden auch, und ich spürte, wie mir die Kälte durch die Sohlen meiner Sandalen die Beine hochkroch und ich mühsam atmete, weil der Berg der Luft alles Zuträgliche entzog. Wir überquerten die hohe Schulter, mit der Rauchender Mann sich an Schlafende Frau lehnt; wir hatten Schnee unter den Füßen, und die Totonaken brachen in Klagen aus. Allerdings war alle Mühsal vergessen, als sie von der Höhe einen ungehinderten Blick auf das unter uns liegende Tal hatten, die schimmernden Seen, die dreißig Städte am Ufer, in Licht gebadet.

Bernal Diaz, der neben mir stand, seufzte tief auf und sagte: »Das Tal des Amadis. Die Legende ist wahr geworden.«

Und Cortés sagte fast im Flüsterton: »Das gelobte Land – wir haben es erreicht. Davon hatte Kolumbus geträumt.«

Doch als er dann sah, daß viele der Männer in Ehrfurcht erstarrten und von dem Bild, das sich ihnen bot, und von der Größe der Städte eingeschüchtert waren, lachte er laut und zitierte ein Sprichwort. »Je dicker die Mauren, desto reicher die Beute.« Die anderen fielen in sein Lachen ein, doch hörten sich unsere Stimmen am Rand der Klippe und angesichts des blühenden Tals der Azteken zu unseren Füßen hohl an.

Cortés schritt die Reihe der Soldaten ab, redete zu einigen von Beute, zu anderen von Gott und Ruhm. Noch während er sprach, fuhr ein Wind von den beiden Bergen herunter und trieb uns Hagel in das schmerzende Gesicht. Da sahen wir zu, daß wir

weiterkamen; unsere Finger waren steif vor Kälte, und ehe der Tag vorüber war, waren zwei Spanier erfroren, und jeder verfluchte die Berge, während ich stumm betete, daß die Vulkangötter kein Spanisch verstanden und sich nicht für die Beleidigungen rächten.
Und noch während wir vor Kälte bibberten, redeten alle von dem strahlenden, verheißenen Land, das vor uns lag und das sie unter uns gesehen hatten. Als ich hörte, wie sie staunten, wuchs ich förmlich vor Stolz. Sie kannten die Welt jenseits des Meeres, die Welt der Götter waren Menschen, die Tiere und Winde zähmten, und doch hatten sie nichts gesehen, das so großartig war wie dieses Tal, in dem mein Volk seit Hunderten Garben von Jahren gelebt und gebaut hatte, wie die Städte der Ahnen meines Vaters, bereits uralt und wunderschön, als die ersten Azteken blutbefleckt aus den Sümpfen hervorkrochen, um rücksichtslos ein Reich aus dem Boden zu stampfen.
Für diese Nacht schlugen wir unser Lager in Händlers Treffpunkt auf, einem Rastplatz für Karawanen, die aus der Hauptstadt kamen oder dorthin zogen. Wir entrollten unsere Schlafmatten, bauten Zelte auf und zündeten Kochfeuer an, als plötzlich eine Welle der Erregung durch das Lager ging. Einige Cholulaner riefen, Moctezuma selbst nähere sich und werde in wenigen Minuten eintreffen.
Unter den Tlaxcalanern rief das Verblüffung hervor. Moctezuma kam? Der Erste Sprecher, ein Gott, sollte uns mehr als zwei Tage entgegengezogen sein, um uns auf der Straße zu begrüßen? So tief hatte sich noch kein aztekischer Herrscher herabgelassen. Ich war wie vor den Kopf geschlagen und wollte meinen Augen nicht trauen, als einhundert Azteken mit Pomp und Trompetengeschmetter in Händlers Treffpunkt einzogen und sich auf den weiten Platz zubewegten.
»Kann das wirklich Moctezuma sein?« fragte Cortés scharf. »Ich muß an den Mann denken, den sie so angezogen haben, daß er wie ich aussah.«
Ich nickte und dachte nicht nur an Quintalbor, den Verkörperer von Cortés, sondern auch an die Geschichte eines Königs von Texcoco, der Verrat ahnte und seinen eigenen, als König verkleideten Sohn zu einer Begegnung mit einem Aztekenherrscher

geschickt hatte. Der Sohn wurde in der Verkleidung erkannt, ihm wurde bei lebendigem Leibe die Haut abgezogen und über einen Fels gespannt. Moctezuma kannte diese Episode aus unserer Geschichte selbstverständlich auch. Wahrscheinlich wollte er die Lage auskundschaften, indem er ein Double schickte.

Der feierliche Zug näherte sich; ein Männerchor sang eine Hymne. Moctezuma – wenn es der Sprecher wirklich war – wurde in einer mit gefärbten Federn geschmückten Sänfte getragen. Billig, dachte ich, und meine Zweifel nahmen immer mehr zu.

Herr Dämon Rufer, jetzt als Anführer der Lastenträger verkleidet, eilte an meine Seite. »Ich erkenne diesen falschen Moctezuma. Es ist ein unbedeutender Adliger.«

»Schick ihn fort!« sagte Cortés und zeigte verärgert auf den falschen Herrscher. »Seid Ihr Herr Moctezuma?« rief er.

»Der bin ich«, erwiderte der Mann.

Mit einer verächtlichen Handbewegung entfernte sich Cortés.

Ich näherte mich den Herolden. »Mein Gebieter ist enttäuscht, daß sein Freund Moctezuma glaubt, Cortés würde ihn nicht erkennen. Jetzt verschwindet aber auf der Stelle.«

In diesem Augenblick ritt Alvarados Kavallerie einen Scheinangriff, und der unechte Zug machte, daß er davonkam; die Leute waren wie von Sinnen, falls sie überhaupt welche hatten. Ich war froh, als ich sie davonstürmen sah. Abgesehen davon, daß es als Test auf Cortés' Absichten gedacht war, nahm ich an, daß der Mann, der Moctezuma nachahmte, irgendeinen Zauber mitgebracht hatte.

Zu unserem Erstaunen tauchte am nächsten Morgen, als wir das Lager abbrachen, noch eine Abordnung von Moctezuma auf. Sie hatten nichts Neues zu sagen, außer daß – sollte Cortés sich entschließen, die Hauptstadt nicht aufzusuchen – ihm ein jährlicher Tribut gezahlt werden würde. Zahlbar in Gold und an der Küste. Cortés schüttelte den Kopf und bedachte mich mit einem höhnischen Lächeln. »Vorgestern werde ich eingeladen. Heute morgen will man mich bestechen, damit ich fernbleibe. Herr Moctezuma ist so launisch wie eine Kurtisane.« Doch für die Abgesandten bestimmt, sagte er: »Nur allzu gern würde ich Moctezuma diesen Gefallen tun, aber ich bin gezwungen, seine

Stadt zu betreten. Ich habe Befehle von meinem eigenen großen König.«
Ich übersetzte das Wort »König« mit »Herrscher«, so daß es auch Ometeotl bedeuten konnte, der größte aller Götter und Herr der Schöpfung.
Wir zogen im Eiltempo weiter, geradenwegs auf Amecameca zu, einen Ort, der direkt auf einem Bergvorsprung liegt. Liebenswürdig hießen die Bewohner uns willkommen und boten uns ihr bestes Essen und die besten Unterkünfte an, doch Cortés war mißtrauisch. Am Nachmittag hatte er eine große Anzahl von nicht deutlich zu erkennenden Männern in den Wäldern bemerkt, die zu beiden Seiten unseres Weges dahinschlichen.
»Mach diesen Leuten klar, daß Spanier nachts nicht schlafen«, befahl er mir. »Wir sind Bergkatzen, die nachts sehen können. Außerdem gehen wir nachts auf die Jagd; sie tun also gut daran, sich von uns fernzuhalten.«
Ich erklärte dies den Bewohnern der Stadt, die darüber erstaunt waren, und empfing dann weitere heimliche Abordnungen von Dörfern, die Moctezuma die Gefolgschaft aufkündigten und Cortés die Treue schworen.
Nach Sonnenuntergang überprüfte Cortés die Postierung der Schildwachen. »Was auch immer diese Leute sagen, sie planen Verrat. Das fühle ich. Nun, sie werden feststellen, daß ich ihren Gedanken zuvorgekommen bin.«
Während er fort war, gab es große Unruhe auf einem der Wachtposten, und Jaime Garay kam zu mir gelaufen.
»Doña Marina, irgendein Wahnsinniger ist aus dem Tal gekommen. Ich glaube, er verlangt, Euch zu sehen.«
»Bringt ihn zu mir«, antwortete ich, »aber nicht allein. Wir brauchen zwei weitere Bewacher.« Ich hatte den Verdacht, daß Moctezuma versuchen könnte, mich zu beseitigen, ehe Cortés andere Dolmetscher hätte; und ich wollte kein Risiko eingehen.
Kurz darauf kamen drei Wachen und eskortierten einen äußerst erregten, in eine völlig zerrissene Robe gekleideten aztekischen Priester. Nur: Er hatte nicht das Haar eines Priesters, denn es war nicht blutverkrustet, sondern stand als wilde Mähne um sein Haupt, grauweiß von der Asche der Buße. Er wankte, und eine

der Wachen packte ihn am Arm, um ihn vorm Fallen zu bewahren. Die beiden anderen Wachen hielten Kienholzfackeln in die Höhe, damit ich sein aztekisches Gesicht sehen könnte, das grün und blau geschlagen war und blutete. Ich erkannte ihn erst, als ich die verkümmerte Hand bemerkte. Vor mir stand Herr Wolfs Pfote, Moctezumas Oberzauberer und Giftmischer.

»Behaltet ihn gut im Auge«, bedeutete ich den Wachen. »Und seid vorsichtig. Der Mann ist gefährlicher als eine singende Viper.«

Wolfs Pfote warf sich vor mir in den Staub und fraß förmlich die Erde, als er sie küßte. »Helft uns, helft uns, Malinche!« Er brach in krampfhaftes Weinen aus, so daß ich seine Worte nicht verstehen konnte. Ich befahl, Pulque zu bringen, und nachdem er einen großen Schluck getrunken hatte, gelang es ihm, stotternd seine Geschichte vorzubringen.

Als Moctezuma erfuhr, daß Cortés weiter auf die Hauptstadt zumarschierte, ließ er seine vertrauten Priester und Zauberer kommen. »Stellt euch den Eindringlingen!«, befahl er. »Und bringt sie dazu aufzugeben, egal durch welche Macht der Erde oder Hölle.«

Ein kunterbunter Haufe von Zauberern zog aus – mit allerlei schrecklichem Beiwerk versehen. Doch als sie die Hälfte des Weges hinter sich hatten und am Rand des Tals einen Hügel erklommen, hatten sie eine Vision, die genauso schreckenerregend war wie sie selbst.

»Eine Gestalt kam auf uns zu, Malinche«, sagte Wolfs Pfote zitternd. »Im ersten Moment sah sie aus wie ein Bauer aus Chalco am See. Doch als er näher kam, erkannten wir, daß er von vierhundert Kaninchen besessen war.«

Mit anderen Worten: Der Bauer war stockbetrunken gewesen. Vierhundert Kaninchen, das sind die Geister eines starken alkoholischen Getränks. Sie bringen sowohl Wahrheit als auch Zerstörung, Frieden und Gewalttat.

»Besessen! Auf seinen Armen, seinen Händen und seinem Mund, seinem Gesicht und seinem Haar wimmelte es von Kaninchen! Seine Brust war zur Verzauberung mit acht Seilen umwunden worden – so versperrte er uns den Weg. Und als er

dann die Hände hob und sich daran Kaninchen klammerten, wußten wir, daß es Rauchender Spiegel selbst war.«
Jetzt lauschte ich tief bestürzt, denn ich wußte, daß Wolfs Pfote die Wahrheit sprach; dies war kein Trick von Moctezuma, kein Betrug.
Die Kaninchen verschwanden, berichtete Wolfs Pfote weiter, und der Gott sprach mit einer furchtbaren Stimme von Gericht und Weltenende. »Warum kommt Ihr? Was denkt sich Moctezuma, daß er erst jetzt wach wird? Zu spät!«
Die Hexenmeister zerstachen sich das eigene Fleisch mit Dornen; ihr Blut tropfte auf die Erde; sie errichteten einen Erdhaufen und stellten darauf einen Thron für Rauchenden Spiegel, doch der Gott wollte nichts davon wissen und sprach weiter mit Donnerstimme: »Ihr hättet nicht zu kommen brauchen! Ich werde nicht auf euch hören, nie wieder. Kehrt jetzt um und seht eure Stadt an, und dann weint über das, was ihr seht.«
Wolfs Pfote stöhnte vor Qual und fuhr sich mit gekrümmten Fingern durchs Haar. »Malinche, die ganze Stadt brannte. Wir sahen Tempel und Paläste in Flammen stehen, und der See verwandelte sich in Lava. Die Dämme schmolzen; sie versanken im Feuer, und wir hörten die Schreie der Sterbenden. Schweigen senkte sich erst herab, als keiner mehr da war, um zu weinen. Mir war übel, und ich wendete mich von dem Schreckensbild ab. Und als wir uns alle umdrehten, mußten wir feststellen, daß der Gott verschwunden war.«
Einen Moment schwiegen wir beide. Ich war viel zu benommen und versuchte, die Vision zu deuten, während Wolfs Pfote, immer noch auf dem Boden ausgestreckt, still vor sich hin weinte.
»Warum seid Ihr gekommen?« fragte ich, als ich das Gefühl hatte, daß meine Stimme wieder fest genug war.
»Die anderen sind zu Moctezuma zurückgekehrt. Sie werden ihm raten, den Tod zu schlucken und ehrenhaft abzuwarten, welches sein Schicksal –, nein *unser* Schicksal sein wird. Ich aber erinnerte mich an Euch, daß Ihr eine von unserem Volk sein müßt. Und jetzt bitte ich Euch, uns zu helfen.«
Ich mußte an die Todesqualen von Quintalbor denken und daß Wolfs Pfote – hätte er Gelegenheit dazu gehabt – lieber den Gott

als seinen Nachahmer vergiftet hätte. So hatte ich jetzt kein Mitleid mit ihm.
»Kehrt in die Stadt zurück, Hexenmeister«, sagte ich. »Ich kann euch genausowenig helfen, wie Rauchender Spiegel es konnte. Erkennt Gefiederte Schlange an, und vielleicht wird eure Vision sich nicht bewahrheiten. Eine andere Hoffnung habt ihr nicht.«
Mit herrischer Handbewegung wies ich die Wachen an, ihn fortzubringen; sie führten ihn ab, und er schluchzte. Mir jedoch flog der Puls, und ich lief, um mit meinem Gebieter, dem *capitán*, zu sprechen; denn ich erkannte, daß die Vision der Priester und Zauberer sich in nichts von der unterschied, die mich im Schlaf heimgesucht hatte. Es mußte etwas Wahres daran sein. Nur – wer fand in der Stadt den Flammentod, Moctezuma oder wir? Oder wir alle zusammen?
Er hielt sich in dem Zelt auf, das wir miteinander teilten. Den kleinen Hausaltar hatte er wie üblich in einer Ecke aufstellen lassen, und er hatte gerade seine Gebete beendet. Nach dem Gebet wirkte er heiter, und er verlor auch nicht die Ruhe, als ich mit meiner Geschichte herausplatzte.
Er dachte darüber nach. »Dann lassen diese Teufelsgötter Moctezuma also im Stich. Ich habe immer gewußt, daß es so kommen wird.«
»Ja, mein Gebieter.« Seine Gelassenheit beruhigte mich, und einiges von seiner Selbstsicherheit ging auf mich über. Trotzdem mußte ich immer wieder an den Schrecken der in Flammen stehenden Stadt denken. Eigentümlich, daß ich, die ich geboren war, Verderben zu bringen, der es bestimmt war, dieses Verderben zu säen, daß ausgerechnet ich so in Angst und Schrecken versetzt wurde!
»Warum sollte ich die Stadt dem Erdboden gleichmachen?« fragte er, als er sah, welche Sorgen ich mir machte. »Ich muß sie für Gott und den König fordern, nicht aber zerstören.« Lächelnd sah Cortés mich an. »Komm, setz dich zu mir, ganz dicht neben mich. Du sagst, es sei die schönste Stadt der Welt. Ich möchte sie doch nur bessern – ihr eine sanfte Religion und Gerechtigkeit bringen. Du hast doch in jeder Stadt, durch die wir gekommen sind, die Menschen gehört. Können wir schlimmer sein als Moctezuma?«

»O nein, mein Gebieter.«
Ich wandte mich zu ihm, um ihm die Rüstung abzuschnallen, wie ich es gewöhnlich tat. »Nein, heute abend nicht«, sagte er. »Ich werde darin schlafen. Wir sind der Höhle des Löwen zu nahe.«
Später, nachdem ich, bis auf die beiden Kerzen vorm Altar, alle Lichter gelöscht hatte, redete er im Halbdunkel weiter. »Wie können da vierhundert Kaninchen gewesen sein? Haben sie sie gezählt? Haben sie sich an die Arme des Mannes geklammert, wie der Zauberer sagte?«
»Es bedeutet Trunkenheit, mein Gebieter. Kaninchen – das sind die in der Pulque gefangenen Geister.«
»Aber waren sie wirklich da? Kaninchen – richtige Tiere?«
Ich zögerte, war mir nicht sicher. »Ich nehme es an. Aber ich weiß es nicht. Spielt das eine Rolle?« Für mich lief es auf dasselbe hinaus, ob es nun echte Kaninchen oder Geisterkaninchen waren.
Nach einiger Zeit sagte er: »So Gott will, werde ich Moctezuma übermorgen von Angesicht zu Angesicht gegenübertreten. Erzähle mir von ihm. Wie ist er als junger Mann gewesen?«
»Ein Soldat, der eigentlich Priester werden wollte. Gläubig und fromm. Er war berühmt für seine Tapferkeit.«
»Und als König?«
»Da ist er streng und erbarmungslos. Einmal befahl er nach der Niederwerfung einer unbotmäßigen Stadt, daß alle älteren Bewohner getötet würden, weil er meinte, sie hätten ihre Kinder zum Aufstand aufgestachelt.«
Ich erzählte ihm von anderen Bestrafungen und Hinrichtungen, doch erwähnte ich weder den Tod meines Vaters noch wie die Prinzenerzieher umgebracht worden waren. Das waren Dinge, die mir zu nahe gingen.
»Dann ist er kein Schwächling«, sagte Cortés. »Dabei hatte ich das gedacht. Einen Tag bietet er mir Freundschaft, und am nächsten Morgen schickt er Giftmischer. Er ist wetterwendisch.«
»Jawohl, er ändert sich fast jeden Tag, weil sich die Götter ändern, mein Gebieter. Er ist ihr Werkzeug.« Ich glaube nicht, daß mein Gebieter verstand, was ich meinte. »Was Rauchender Spiegel gestern gebietet, widerruft er morgen. Selbst große Herrscher, selbst Götter wie Moctezuma sind der Gnade der Winde und dem

Vogelflug ausgeliefert. Ein Schmetterling, der ihren Pfad kreuzt, weist ihnen vielleicht einen anderen Weg. Wie können Menschen dieselben bleiben, wenn sie nach der Pfeife eines jeden Gottes tanzen müssen?«
»Kann denn Moctezuma nicht seinem eigenen logischen Denken folgen?«
Darauf wußte ich keine Antwort; ich wollte ja auch den Berggott Rauchenden Mann nicht erwähnen, der meinen Gebieter auf diese Reise gelockt hatte, die wir gerade machten.
Die Spanier dachten nicht so wie wir. Ihre Gedanken schossen wie Bolzen aus einer Armbrust, unsere hingegen flatterten und blinkten wie Glühwürmchen. Wir hörten Stimmen, welche die Spanier nicht hörten, sahen Dinge, für die sie blind waren. Unsere Leiber konnten sich begegnen und vereinigen, und beide konnten wir die Sprache des anderen erlernen, doch unsere Gemüter würden für sich bleiben, bis uns vielleicht eine neue, von uns gemeinsam geschaffene Generation in sich vereinigte.
Ich beneidete diese ungeborenen Kinder und stellte mir vor, wie vollkommen sie wären und wie sie niemals den Verdacht hätten, daß einer von ihnen nicht aus zwei innig miteinander verschmolzenen Naturen bestand, sondern aus zwei, die sich in der Brust bekämpften wie Todfeinde.

18 Die Stadt der Sonne

Am Morgen verließen wir Amecameca, das Kind der Vulkane, und hielten gleich danach, um praktisch noch am Rand des Ortes dicht aufzurücken und uns neu zu formieren, denn wenn es einen Hinterhalt gab, dann wohl hier in den Steinbrüchen und Ziegeleien, in denen sich ohne weiteres ein aztekisches Heer verbergen konnte.

Sie lagen verlassen da, doch ich ließ den Blick für eine Weile über die alten Kalkgruben und Gräben schweifen und dachte daran, daß vor einem Dutzend Generationen, als die Cholulaner beschlossen, Gefiederter Schlange seinen riesigen Tempel zu errichten, sie alle Menschen auf dieser Seite der Berge gefangengenommen und versklavt hatten, mehr als zwanzigtausend Mann. Diese Sklaven stellten die Ziegel für den Tempel her, bildeten eine Reihe bis zum Paß und ließen die einzelnen Ziegel von Hand zu Hand gehen, bis auf der Schulter des Vulkans ein neuer Berg entstand. Dann schoben sie unter den Peitschenhieben der Cholulaner diesen neuen Berg an jene Stelle, wo er heute steht, der Tempel von Gefiederter Schlange. Die Hälfte der Sklaven ging in der Kälte zugrunde. So war der Tempel des Sanften Gottes besudelt und verflucht von Anfang an.

Ich wußte: Der Gott hatte mich hierhergeführt, um mir das ins Gedächtnis zu rufen; von neuer Kraft erfüllt, wandte ich mich zum Gehen.

Durch hohe Kiefernwälder zogen wir hinunter bis zu den warmen Weiden. Ich marschierte an der Spitze der Prozession neben meinem Gebieter und trug stolz mein Banner. Jaime Garay begann zu singen; andere fielen ein, und ganz hinten in unserer Marschkolonne hörte ich, wie eine Laute geschlagen wurde.

Doch je länger der Tag sich hinzog, desto schwächer wurde der Gesang. Jetzt erblickte man an jeder Wegbiegung und überall dort, wo der Wald sich lichtete, die Städte und Seen, den stolzen Heuschreckenhügel, der sich aus dem Wasser erhob. Überwältigt und von Ehrfurcht erfüllt angesichts der Größe und Vielzahl der Städte, verstummten die Spanier. Cristobal Olid rückte auf, ritt neben Cortés und sagte: »Mein Gott, auf was lassen wir uns bloß ein?«

»Auf unsere Zukunft«, erklärte Cortés mit einem zagen Lächeln.

»Dann ist es ja nur noch ein kurzes Stück Wegs«, murmelte Olid und kehrte zurück ins Glied, um weiter Trübsal zu blasen und Angst zu verbreiten.

»Er sollte gläubiger sein«, sagte Aguilar, der die letzten beiden Stunden weiß wie Baumwolle gewesen war und dessen Lippen selten aufhörten, Gebete zu murmeln.

Jaime Garay erbot sich, mir das Banner, das ich trug, abzunehmen, und sagte, ich müsse doch müde sein, doch wollte ich es nicht hergeben. Heute erschien es mir mehr als nur ein Triumphzeichen; ich empfand es als Waffe.

»Ich muß heute immer wieder an den Kinderkreuzzug denken«, erzählte mir Jaime und erklärte dann, daß vor langer Zeit Tausende von Kindern – noch zu klein, um Waffen zu tragen, selbst wenn sie welche gehabt hätten – gegen ein Heer von Heiden gezogen waren, um etwas zu erobern, das sie Heiliges Grab nannten. »Genau das sind wir. Kinder, die sich in die Höhle des Drachen wagen.«

»Heute werden die Kreuzzugskinder im Himmel als Märtyrer gefeiert«, meinte Aguilar und versuchte, seine Angst mit Frömmigkeit zu übertünchen.

»Eben«, sagte Garay. »Das macht mir ja gerade Sorgen.«

Ich jedoch warf einen Blick auf meinen Gebieter, der den Blick erwiderte, und ich wußte, daß er kein Kind war, das Kinder anführte, sondern ein König, der zurückkehrte, um zu fordern, was ihm gehörte. Plötzlich war ich so lebensfroh wie die lustig über mir im Wind flatternde Fahne.

Der Pfad wurde steiler. Wir ließen den Wald hinter uns, und unmittelbar vor uns schimmerte das Wasser des Chalco-Sees. Vor uns lag die letzte Rast vor dem Herzen der Welt, die Stadt Ayotzinco, Kind des Chalco-Sees, dessen Häuser auf Stelzen stehen und wie langbeinige Wasservögel im seichten Wasser wirken. Während die Soldaten sich vor Staunen nicht fassen konnten, warf ich zufällig einen Blick zurück auf die Straße, der wir gefolgt waren, und erblickte etwas Erstaunliches. Menschen, Tausende und Abertausende, meist Männer, doch auch einige Frauen, hatten sich unserem Zug angeschlossen. Zwanzigtausend? Dreißig? Die Marschkolonne bedeckte den Weg, wand sich den Hang hinauf und verschwand, ohne ein Ende zu haben, in der Ferne im Wald. Das war kein Heerbann, sondern einfach ein Zug von Bauern und Städtern, die ihrem Gebieter zu einem unbekannten Wunder folgten. Erstaunlicherweise waren viele dieser Pilger Azteken, und ihr Anblick erfüllte nicht nur meine Augen, sondern auch meine Seele. Sie kannten die Prophezeiungen; sie hatten die Wahrheit erkannt.

Am nächsten Morgen, gegen Ende der Ersten Wache, während wir uns anschickten, Ayotzinco zu verlassen, kamen unsere tlaxcalanischen Späher mit der Nachricht, daß eine große Anzahl von Azteken sich nähere, kein Heer, sondern wieder eine Gesandtschaft. »Ich nehme an, es handelt sich um den jungen Fürsten Cacama von Texcoco«, sagte der Späher und machte große Augen. Texcoco war jetzt die zweitwichtigste Stadt an den Seen, und meine Grillen hatten mir berichtet, Cacama gelte als wahrscheinlicher Nachfolger Moctezumas. Ich konnte nicht recht glauben, daß ein so hochgestellter Fürst höchstselbst zu uns kommen würde.

Doch meine Zweifel schwanden, als ich die Gruppe in unser Lager einziehen sah. Cacama wurde in einer Sänfte getragen, die mit einem fein gearbeiteten, grün-silbernen Federmosaik sowie Zierrat aus Gold, Silber und Türkis geschmückt war. Acht Edelleute, alle auf das prächtigste gekleidet, trugen die Sänfte, und als Cacama ausstieg, beugten sie den Rücken, um den Boden vor ihm mit Wedeln aus kostbaren Federn zu fegen. Stolz und gelassen schlenderte er auf Cortés zu; sein Gang hatte eine träge Anmut. Von meinen Grillen wußte ich außerdem, daß von allen aztekischen Fürsten Cacama am nachdrücklichsten dafür eingetreten war, die Spanier zu vernichten, erst an der Küste und dann in den Bergen.

»Malintzin, ich und mein Gefolge sind gekommen, Euch nach Tenochtitlan zu begleiten. Wir tun dies auf ausdrückliches Geheiß Moctezumas.«

Ehe mein Gebieter etwas erwidern konnte, ja ehe ich überhaupt

fertig damit war zu übersetzen, schlug sein leutseliger Ton plötzlich um. »Aber ich lege Euch zugleich auch dringlichst nahe, umzukehren und allen großen Kummer zu ersparen. Moctezuma kann Euch nicht bieten, was Ihr wünscht.«
Jetzt redeten plötzlich alle anderen Herren durcheinander und beschworen Cortés, die Einladung, die sie selbst überbrachten, nicht anzunehmen. Dann herrschte Schweigen. Es blieb ihnen nichts anderes übrig, als uns durchzulassen oder aber die Straße gegen uns zu verteidigen. Ein Murmeln erhob sich unter den spanischen Truppen. Der Glanz der aztekischen Abordnung erregte gleichermaßen ihre Habgier wie ihre Angst. Ich war dankbar, daß man wegen einer in den See hineinragenden Landzunge Tenochtitlan von Ayotzinco nicht sehen kann; dies wäre kein günstiger Augenblick für die Spanier gewesen, wenn sie die Stadt in ihrer ganzen Größe und den Rauch von ihren hoch auf den Tempelpyramiden gelegenen Altären gesehen hätten.
Cortés' Stimme hallte weithin. »Wir nehmen die Einladung von Herrn Moctezuma an. Wir wollen eure Stadt als Freunde betreten, als Abgesandte unseres Königs und als Diener Gottes.«
Dann schenkte mein Gebieter Cacama Glasperlenschnüre, die in der hellen Morgensonne besonders bezaubernd aussahen.
Cacama zögerte und wandte sich dann, dem Befehl seines Herrschers gehorchend, zum Gehen. Ich hörte ein paar von den Azteken aufseufzen, als sie ihm zur grünen Sänfte folgten. Dies, das war uns allen klar, waren die letzten Worte der Diplomatie; der Weg zur Stadt war frei.
Doch als wir zu diesem letzten Tagesmarsch aufbrachen, erinnerte ich mich an die Worte, die Bernal Diaz draußen vor der Mauer von Tlaxcala gesagt hatte: »Geht nur hindurch, wenn ihr es wagt. Aber werdet ihr auch wieder herauskommen?«
Jemand dachte das gleiche. Als wir die ersten Schritte machten, blickte Jaime Garay auf das Kruzifix, das Aguilar trug, und sagte: »Der Kinderkreuzzug zieht weiter. Für Gott und den Heiligen Jakob!«

Die Straße führte eine Zeitlang am Seeufer entlang durch bezaubernde kleine Ortschaften und ging dann allmählich in einen

Damm über, der zum Ort Der Kostbaren Schwarzen Steine – Iztapalapa – führte. Menschen säumten die Straßen, manche brachen in Hochrufe aus, andere musterten uns mit finsterer Miene, doch die meisten sahen uns einfach nur fassungslos an. Kinder, die noch zu klein waren, um zu wissen, was Angst ist, versuchten, die Pferde anzufassen, und mußten mit Gewalt zurückgerissen werden; manche handelten sich Maulschellen dafür ein. Wir zogen durch Obstgärten, in denen andere Kinder manchmal zusammen mit ihren Eltern in die Bäume kletterten, um uns zu sehen. Da wir Anfang November hatten, blühten in großer Fülle die Rosen.

Gegen die ausdrücklichen Befehle verließen immer wieder Soldaten die Marschkolonne und verschwanden in den Häusern am Weg, um sich rasch umzusehen, dann wieder hinauszulaufen und sich staunend und überrascht über das Baumwolltuch, mit dem die Wände bespannt waren, zu äußern, über die geschnitzten Zedernbalken und die leuchtenden Bilder auf den Stuckwänden.

Cortés verweilte in einer Residenz, einem Sommerhaus am See, dessen Eingang eine ganze Schar von gemalten und geschnitzten Wasservögeln zierte. Zu Aguilar sagte er: »Ist es vorstellbar, daß es so ein Land noch einmal auf der Welt gibt?«

»Nein. Falls doch, ist es jedenfalls noch nicht entdeckt worden.«

»Und wird es wohl auch nie, meine ich. Es könnte ja nur der Himmel sein.«

Doch noch während er dies sagte, wußte ich, daß – solange er lebte – er sich immer wieder andere Länder hinter anderen Bergen vorstellen würde.

In Iztapalapa, am Ufer des salzfarbigen Wassers, übernachteten wir in einem Palast, in dem es nach Zedern- und Sandelholz duftete, wo auf in den Stein gehauenen Terrassen Seerosenteiche und Lauben angelegt waren, so wunderschön, daß Aguilar flüsterte, dies könne nur das Vorspiel zu irgendeinem Zauber sein. Ich dachte an den Garten, in dem ich zum letztenmal mit Lerchen Singer gesprochen hatte.

Mit einer gewissen Ehrfurcht in der Stimme fragte mein Gebieter: »War das Haus deines Vaters so wie dieses, meine Liebe?«

Ich log, denn ich wußte, er wollte eine Lüge hören. »O ja.

Vielleicht nicht ganz so groß, aber dafür meiner Meinung nach schöner.«

Am Abend schauten wir von den Terrassen zwei *leguas* weit über den See hinüber zu den weißen Tempeln und Palästen von Tenochtitlan, die schimmernd auf dem Wasser trieben wie ein riesiges spanisches Schiff an der Ankerleine. Als die Sonne sich anschickte unterzugehen, wurde das Weiß rosig überhaucht und verfärbte sich später unheilvoll tiefrot wie die Tempelaltäre. Heute abend flammten keine Fackeln in den Heiligtümern, denn morgen war der Tag von Ehecatl, des Gottes, der die Wirbelwinde bringt, und so wurden keine Riten vollzogen. Das Zeichen war genau richtig – wie seit Jahren alle Zeichen – für den Einzug meines Gebieters in seine Stadt. Und doch überkam mich Angst, als ich neben Cortés an der Brüstung stand; das Panorama von Tenochtitlan erfüllte mich zu sehr mit Schrecken.

»Gestern noch hätte ich umkehren können«, sagte er.

Ich nickte, denn ich wußte, daß das in gewisser Weise stimmte. Wenn unser ganzes Leben, wenn die Pfade unserer Kaninchen ganz und gar anders verlaufen wären – gestern hätten wir noch haltmachen können. Doch ich bezweifelte selbst das.

Plötzlich drückte er mich an sich und hielt mich fest, als umarmte er zum letztenmal eine Frau, als versuchte er, sich und seine Unsicherheit in mir zu verlieren. So gaben wir uns gegenseitig Kraft.

In der Zweiten Wache des Tages, als wir unsere Angst hinter Arroganz versteckten, zogen wir, wie es sich für die Gefährten eines Gottes geziemte, in einer Prozession dahin. Wir blickten schnell und unsicher hin und her; die Soldaten hatten die Hand am Schwertgriff. Ich war mir einer sonderbaren, unnatürlichen Stille bewußt. Keine Windhunde bellten, kein Pferd wieherte, und keine Brise brachte unsere Banner zum Rauschen. Zu einem Triumphmarsch gehört eigentlich Musik; oder ich hatte jedenfalls Kriegsgeschrei und Waffengeklirr erwartet. Statt dessen zogen wir schweigend dahin.

Moctezumas oberster Minister, der gestrenge und listige Herr Weibliche Schlange, sollte uns in die Stadt führen; prächtig mit einem zur Jahreszeit passenden Umhang aus Flamingofedern gekleidet, stand er an der Spitze einer Gruppe von Edelleuten, die uns zu den Dämmen eskortieren sollte, in Abschnitte aufgeteilte Steinwege, die durchs Wasser des Sees führten, die einzigen Zugangsmöglichkeiten vom Festland zu den Inselstädten und so breit, daß ein Glied aus vier Mann darauf marschieren konnte. Weibliche Schlange gebot der Horde unseres Trosses, weit draußen vor den Zugangswegen der Stadt zu lagern. »So viele haben keinen Platz auf den Inseln«, sagte er.

»Keinen Platz?« Pedro Alvarado feixte. »Diese Stadt ist so groß wie Toledo und Sevilla zusammen.«

»Oh, noch viel größer«, wisperte Jaime Garay ehrfurchtsvoll.

»Das Haus, das für Euch vorbereitet ist, kann zwei- oder dreitausend aufnehmen, aber mehr nicht.« Weibliche Schlange, korpulent, aber elegant, ließ sich nicht erweichen. Argwöhnisch betrachtete er uns; er hatte offensichtlich genausoviel Angst wie wir und gab sich auch genauso selbstsicher.

So marschierte unsere Kolonne ohne die Pilger weiter: vierhundert Spanier und zweitausend Mann anderer Rassen. Wie viele Frauen noch bei uns waren, wußte ich nicht – vielleicht hundert.

Da es zu beiden Seiten der Dämme auf dem Wasser von Kanus wimmelte, wurden wir von Zehntausenden von Augen beobachtet. Die Welt war gekommen, um Gefiederte Schlange zu sehen. Das Gesicht der Leute war verbissen oder mißtrauisch oder schicksalsergeben; jedenfalls wußten sie alle, daß ihre Welt sich an diesem Vormittag auf irgendeine Weise veränderte. Auch ich spürte das Wunder oder die Katastrophe näher kommen, und das Blut pochte mir in den Schläfen.

Wir zogen zwischen den beiden Festungstürmen hindurch, die die Kreuzung der Dämme bewachten. Wie gewöhnlich schritt ich neben meinem Gebieter her, der Mulitreiber ritt. Hinter ihm kamen elf weitere Berittene; zu seiner Rechten gingen zu Fuß Aguilar und Vater Olmedo, schwenkten ihr Kreuz und beteten den Rosenkranz, wobei ihre unsicheren Stimmen die Heilige Jungfrau priesen. Aguilar hatte den Kopf erhoben und die Augen in hochgemut-gläubiger Erregung halb geschlossen.

Ich beneidete ihn. Mein Glaube an Gefiederte Schlange war zwar nicht geringer, nur wußte ich um Fehlbarkeit und Schwächen der Götter.
Die eisenbeschlagenen Hufe von Mulitreiber hallten hohl, als wir die erste Holzbrücke überquerten, eine von mehreren, die von den Zugangsdämmen weggenommen werden konnten, um den Zugang zur Stadt zu unterbrechen – oder um die Inseln für bereits drinnen befindliche Feinde zur Falle zu machen. Jeder Spanier maß die entfernbaren Brücken mit den Augen und wußte, daß die Öffnungen zu breit waren, um im Sprung darüber hinwegzusetzen.
Plötzlich ertönten Hörnerklang und Trommelgedröhn. Tausend aztekische Edelleute kamen aus der Stadt heraus und näherten sich uns gemessenen Schritts; der Thron Moctezumas stand hoch auf einer teppichbedeckten Plattform, der Erste Sprecher selbst saß darauf. Zwerge streuten Blumen vor ihm, bedeckten den königlichen Pfad mit Blütenblättern.
Unsere eigene aztekische Eskorte eilte voraus, um den Verehrten Sprecher zu begrüßen, und als Cortés sah, wie die Menge sich teilte und der Thron herabgelassen wurde, saß er von Mulitreiber ab. Ehe er wieder von Prinzen aus seinem Gefolge umringt wurde, konnte ich einen flüchtigen Blick auf Moctezuma werfen: Ich sah einen Mann in mittleren Jahren, der in ein blütenweißes Gewand gehüllt war wie ein Priester von Gefiederter Schlange. Seine goldene Sonnenkrone hatte er zurückgelassen, doch trug er Sandalen mit goldenen Sohlen, damit er, wie wir sagten, auf Sonnenstrahlen wandelte. Er hatte ein einziges Halsband aus Jade und Opalen angelegt.
Mein Gebieter mit seiner blitzenden Rüstung wirkte jedoch noch königlicher als er und bot einen Anblick, der neu war für die Azteken; Cortés' Helm blinkte wie ein blankgeriebener Spiegel. Als Helmbusch trug er fünf geringelte Federn, die ich für ihn ausgesucht und zusammengesteckt hatte: die reinen weißen Federn der Windwolken von Gefiederter Schlange – eine für jede Himmelsrichtung und eine für die heilige Mitte. Die weißen Federn erinnerten auch an seine jungfräuliche Geburt. Seine Rüstung schien Teil von ihm zu sein; er wirkte wie ein in Silber

gewandetes Geschöpf, wie der schöne Muschelprinz der Legende, der über und über mit Perlen bedeckt, schimmernd und voll Zauber dem Meer entsteigt.

Ich hoffte, Cortés würde einfach stehenbleiben und Moctezuma näher kommen lassen, damit er niederkniete und die Erde küßte – dazu hatte ich ihm geraten. Doch als mein Gebieter Moctezuma, zu Fuß und links und rechts auf zwei Fürsten gestützt, auf sich zukommen sah, schritt er spontan aus und breitete weit die Arme aus, um Moctezuma zu umarmen, eine Geste, welche die ganze Stadt umfing, die Welt und alle Menschen.

Zwei der Fürsten – Fallender Adler war einer davon – stürzten vor, um diese Begrüßung zu verhindern. Einer rief: »Gotteslästerung! Nein!« Doch mehr noch als das Sakrileg fürchteten sie um Moctezumas Leben. Cortés zögerte, worauf wiederum ich vorstürzte, um an der Seite meines Gebieters zu stehen, wenn die beiden Götter miteinander sprachen.

Es war, als ob zwei Welten sich begegneten: die Welt der Gegenwart, verkörpert in Moctezuma und seinen Edelleuten, verkörpert auch in den Tempeln, die sich hinter ihnen erhoben; in Cortés war die Welt der Vergangenheit wiedergeboren, die Welt des Tulas von Gefiederter Schlange, Tula, dessen Gärten längst tot waren, doch heute wieder zu blühen schienen. Moctezuma empfand das gleiche wie ich und sprach meine Gedanken aus, als er Cortés begrüßte.

»Unter großer Mühsal, o Herr, seid Ihr hier in Eurem eigenen Land, in Eurer eigenen Stadt eingetroffen, um Euren Thron wieder einzunehmen. Ich habe diesen Thron für Euch gehütet.«

Ich hielt, wie es sich geziemte, den Blick von Moctezumas Gesicht abgewendet, doch als er sprach, sah ich, wie seine Hände zitterten; schließlich mußte er sie zusammenlegen, um sie ruhig zu halten. Er war von Schrecken erfüllt, doch trotz der Panik in seinem Inneren wahrte er vorm Volk seine Würde.

Ich ging davon aus, daß Cortés etwas erwidern würde, doch statt dessen schüttelte er nur leise den Kopf und starrte Moctezuma schweigend an, der daraufhin – zögernd freilich – seine Begrüßung fortsetzte.

»Eure dahingeschiedenen Diener, die Herrscher, die meine Vorfahren waren, haben Eure Stadt gleichfalls gehütet. Ich wünsche nur, Herr, sie könnten aus ihrem Grab auferstehen, um Euer Antlitz zu sehen, so wie ich es jetzt tue, hochwillkommener Herr!«

Als ich diese Worte auf spanisch wiederholte, Worte, die zu hören ich mich so lange gesehnt hatte, schien mein Gebieter nicht ganz bei der Sache zu sein, obwohl niemand das merkte.

»Jetzt müßte Ihr mit Euren Gefährten ausruhen, diesen Herren aus den Nebeln und den Ozeanen. Ihr sollt es Euch wohl ergehen lassen in dem Haus, das ich für Euch vorbereitet habe.«

Ich wartete, daß mein Gebieter die erneute Inbesitznahme seines Reiches bestätigte, doch sagte er nur: »Ich bin mit Liebe für Moctezuma gekommen; ihm wird nichts geschehen. Später wollen wir von wichtigen Dingen reden.«

Dann zogen wir weiter. Cortés folgte und blieb nur einen Moment stehen, um Moctezuma eine Kette aus wunderschönen Glasperlen um den Hals zu legen. Moctezuma berührte zaghaft das Glas, dann hörten seine Finger auf zu zittern. Er hatte Gnade gefunden. Atemlos traf ein Bote mit einem Geschenk ein, nach dem Moctezuma gerade geschickt hatte, ebenfalls eine Halskette, freilich aus Gold gearbeitet und mit Symbolen von Gefiederter Schlange. Als der Erste Sprecher Cortés diese Kette ehrfurchtsvoll um den Hals legte, hörte ich unterdrückte Seufzer und gedämpfte Rufe aus der Menge. »Gefiederte Schlange«, flüsterten sie. »Gefiederte Schlange.«

Da Moctezuma Cortés nun von Angesicht zu Angesicht gegenübergestanden hatte, hatte er den Gott erkannt. Er glaubte. Erleichtert und voller Glück darüber, daß er glaubte, wollte ich sagen, daß er keinen Grund habe, sich zu fürchten; er solle vielmehr über die neue Welt der Gerechtigkeit frohlocken, von der mein Gebieter so oft gesprochen hatte. Ich vergaß sogar, daß Moctezuma mein Feind war – was an sich schon den Anfang einer neuen Welt bedeutete.

Langsam rückten wir weiter in die Stadt vor; mit jedem Schritt wurde mir von unserem Sieg schwindliger. Es war, als hätte ich für ein heiliges Ritual Peyote genossen – die Farben der Blumen und Banner loderten wie Feuer.

Das große Bootsbecken in der Nähe der Paläste und des Haupttempels war gesteckt voll mit Booten und schweigenden Zuschauern. Ernst verfolgten sie, wie wir an der Schlangenmauer vorüberzogen, und ich hörte tiefes allgemeines Aufseufzen, als wir in das Portal des Palastes von Wassergesicht einbogen, Moctezumas Vater, der vor zwei Generationen der Herrscher der Azteken gewesen war. Dieser Palast war uns als Hauptquartier zugewiesen worden; es war die größte Residenz der Welt; indem Moctezuma Cortés das Haus seines Vaters gab, betonte er noch mehr seine Unterwerfung. Cortés war sein Vater, sein Gebieter.

Ich erinnerte mich noch aus meiner Kindheit an das Bauwerk. Es hatte einen Konvent von Tempelpriesterinnen beherbergt, da es fast im Schatten der Schreine von Rauchendem Spiegel und Kolibri stand. Irgendwo in den ausgedehnten Gewölben wurde der kaiserliche Schatz aufbewahrt, und ein paar hundert von Moctezumas Ehrenwachen, unverheiratete junge Männer oder Lustknaben, hatten hier gelebt. Jetzt war der Palast bis auf einen Schwarm Diener leer, die durch ungezählte Gemächer eilten, Kohlenbecken anfachten und in jeder Kammer Duftstoffe verbrannten. Im November war der alte Palast eiskalt und dunkel.

Im zentralen Innenhof geleitete Moctezuma Cortés zu einem Thron, der mit edelsteinbesetztem, getriebenem Gold überzogen war. »Euer wahrer Platz wartet«, sagte Moctezuma, und nach einem weiteren Zögern nahm Cortés endlich Platz. Für mich war das ein triumphaler Augenblick; doch mein Gebieter schien keine besondere Freude daran zu haben.

»Dies ist Euer Heim.« Moctezuma schien Cortés nicht nur diese Residenz zu überlassen, sondern die ganze Stadt. »Eßt und ruht Euch aus. Ich werde bald wiederkommen.«

Der Erste Sprecher und sein Gefolge von fünfhundert Edelleuten zogen sich zurück. Für einen Moment waren die Spanier sprachlos; sie betrachteten den Prunk um sie her, die Zedernbalken und die feinen Teppiche, und konnten alles noch gar nicht glauben. Sie starrten auf die Pracht und sahen dann einander an. Endlich brach einer von ihnen – ich glaube, es war Cristobal Olid, der vorher soviel Angst gehabt hatte – in Lachen aus. Dann lachten alle, und Erleichterung übertrug sich von einem auf den anderen, wie eine Fackel im Dunkeln von Hand zu Hand geht. Die Sklaven, die uns

bedienten, mußten denken, daß die Götter aus dem Ozean vollkommen den Verstand verloren hatten.
»Ich rieche Essen«, rief Pedro Alvarado.
»Riecht meinetwegen, aber rührt keinen Bissen an, bis das Gebäude nicht sicher ist«, sagte Cortés. Er schien der einzige zu sein, dem vor Erleichterung nicht schwindlig war. Ohne zu lächeln, erteilte er seine Befehle. Der Palast wurde nach Geheimeingängen abgesucht, die Kanonen wurden auf dem Dach aufgestellt und der Wache Posten zugewiesen. Im Handumdrehen verwandelte sich der Palast des Aztekenherrschers Wassergesicht in eine spanische Festung. Doch selbst danach wollte Cortés den Männern nicht erlauben zu essen, bevor nicht Vater Olmedo und der Kaplan eine Dankesmesse für unseren sicheren Einzug gelesen hatten.
»Nur unser Herr Jesus Christus kann dieses Wunder für uns gewirkt haben«, verkündete Cortés, und seine Stimme hallte im Hof wider. Ich wußte, daß er auch an einen anderen Gott dachte, obwohl er diesen nicht beim Namen nennen wollte.
Cortés hielt sich selbst und seine Männer so damit in Atem, die Kanonen aufzustellen und Vorräte und Verteidigungsanlagen zu inspizieren, daß keinen Moment über die Erfolge des Tages gejubelt wurde. Zweimal versuchte ich, auf ihn zuzugehen, um seinen Erfolg zu preisen, doch dann wurde mir klar, daß er nichts davon hören wollte. Ich konnte nicht verstehen, warum er sich Sorgen machte, ja, warum er sogar wütend war – und das nur wenige Stunden nach seinem größten Sieg, dem Einzug in Tenochtitlan.
Ich wanderte durch den riesigen Palast, erforschte die Innenhöfe und bewunderte Teiche und Brunnen, obwohl das Gebäude in dem finstern Stil von vor zwei Generationen errichtet war. Ich hörte aufgeregte Stimmen aus einem Raum in der Nähe des kaiserlichen Bankettsaals und fand dort Jaime Garay und den Offizier Gonzalo Sandoval. Die Kammer war klein, wahrscheinlich zum Rauchen und für intime Unterhaltungen gedacht; zu beiden Seiten der Tür standen die Leichname zweier junger Männer in königlichem Gewand, die Körper waren sorgfältig gefärbt und getrocknet, um sie zu konservieren, und mit Schönheitsmitteln bemalt. Ein jeder hielt eine nicht brennende Fackel in der hochgehaltenen Hand.
»Sind das Standbilder oder Leichen?« fragte Jaime, doch sein

aschgraues Gesicht verriet, daß er die Antwort kannte. Für meine Begriffe waren die Gestalten ausdrucksvoll und schön, fast als wären sie lebendig. Mir gefiel die Idee, daß, obwohl sie tot waren, zwei Prinzen Fackeln halten und das Dunkel erhellen konnten. Ich hatte bereits ähnliche Arbeiten gesehen, doch keine war so schön gewesen.

»Das waren die Söhne des Herrschers einer Stadt, die von den Azteken erobert wurde«, erklärte ich. »Jetzt dienen sie als Moctezumas Fackelträger. Sie sind überall berühmt.«

Garay brummelte etwas von Barbarei und Teufelswerk, zwei Worte, die ich in letzter Zeit öfter gehört hatte. Sandoval, der in meinem Alter war und nicht älter als die Prinzen, rief: »Moctezuma scheint ein kultivierter Mann zu sein und behält dennoch diese grausigen Sachen. Abscheulich!«

Wieder wunderte ich mich, daß die Spanier, denen ein Leben nicht eben viel bedeutete und für die Töten in der Schlacht fast ein Sport war, um einige Tote soviel Theater machten. Mir kam das widersinnig und abergläubisch vor. Mein Gebieter würde es nicht leicht haben, diese beiden Welten zu einer zusammenzuschmieden, wie er es vorhatte.

Als Moctezuma am Nachmittag zusammen mit einer Gruppe von Edelleuten, die hinreißend aussahen in ihren Gewändern und Juwelen, wiederkam, hatte ich immer noch nicht mit Cortés gesprochen. Ein zweiter goldener Thron wurde gebracht, so daß jetzt der Sprecher und mein Gebieter auf ebenbürtigen Sitzen saßen. Das stellte für mein Empfinden eine sehr feinsinnige Verlagerung der Gewichte dar, die in den letzten Stunden stattgefunden hatte. Moctezuma war vom Diener und Bittsteller zum mit Cortés gleichrangigen Herrscher aufgestiegen. Er war auch nicht mehr in priesterliches Weiß gewandet, sondern trug königliches Grün und den Stab des Alleinherrschers. Ich fragte mich, welche Edelleute ihn beraten haben mochten und ihm angeraten hatten, sich nicht zu ergeben, sondern zu verhandeln. Die Azteken hatten alle die Augen abgewandt, und so konnte ich nichts erraten. In der Menge der Höflinge erblickte ich auch Herrn Wolfs Pfote, der nur noch ein Schatten seiner selbst war. Dieser abgehärmte Mann hatte

Moctezuma gewiß nicht geraten, die Gleichrangigkeit zu betonen. Als unsere Blicke sich begegneten, sah er rasch weg und duckte sich, als teilten wir ein unanständiges Geheimnis.
Es gelang mir, Moctezuma geradenwegs ins Gesicht zu blicken, und das war nicht einfach für mich, obwohl ich die Dienerin eines weit mächtigeren Gott-Menschen war. Moctezuma, der fast ein volles Bündel von zweiundfünfzig Jahren hinter sich hatte, kam mir überhaupt nicht wie ein alter Mann vor. Ein spärlicher Bart verlängerte sein ohnehin schon längliches Gesicht noch mehr, und seine Augen hatten etwas Verwirrendes – sie waren zu klar und durchdringend und beunruhigt von der Bürde des Gottseins. Seine Blicke glitten ständig wachsam hin und her, so als beobachte er unsichtbare Geistererscheinungen. Sonst aber vermittelte sein ganzes Gebaren Macht und Selbstsicherheit.
Nach einer Begrüßungszeremonie hob Moctezuma an: »Schon lange, ehe Ihr hierherkamt, Malintzin, wußte ich von Euren Vorboten, die an der Küste des östlichen Meeres gelandet sind.« Er nannte dann Daten und Einzelheiten. Offensichtlich stand er mit den Maya in engerem Kontakt, als ich es für möglich gehalten hatte. »Ich folgte den Prophezeiungen von Eurem Eintreffen. Meine eigene Schwester ist als Euer Herold aus dem Grab zurückgekehrt – falls Ihr es wart, von dem sie sprach. Wart Ihr das, Malintzin?«
Cortés verneigte sich – was alles bedeuten konnte. Warum konnte er nicht einfach ja sagen und die Sache ein für allemal klarstellen?
»Voller Bewunderung habe ich Eure Reise von der Küste hierher verfolgt und den Siegen Beifall gezollt, wie ich sie in den Bildern sah, die meine Künstler mir gemalt haben.«
Cortés dankte ihm. »Meine Freunde kommen aus den Ländern, in denen die Sonne aufgeht«, sagte er. »Ich bin von König Carlos hierhergeschickt worden, um Euch dringlichst anzuraten, Christ zu werden.«
Mein Gebieter sah mich an und sagte leise, aber in scharfem Ton: »Übersetzst du meine Worte auch ganz genau? Sei vorsichtig! Vielleicht brauchst du die Hilfe von Bruder Aguilar.«
»Ja, mein Gebieter.« Wahrscheinlich brauchte ich sie wirklich. Wenn Cortés von König Carlos anfing, hatte ich immer meine

Schwierigkeiten. Dieser Gebieter war offenbar mehr als ein irdischer Herrscher; vielleicht war er sogar ein Teil der Dreieinigkeit. Dem Gerede, das ich im Lager mitbekommen hatte, entnahm ich, daß er Cortés keineswegs hierhergeschickt hatte, ja daß er von Cortés genausowenig gehört hatte wie der allmächtige Ometeotl, Herr-Herrin des Universums, von mir.
Eifrig trat Aguilar vor, und Cortés sagte: »Fragt den großen Moctezuma, ob er bereit ist, ein Vasall von König Carlos zu werden.«
Wir stellten diese Frage, obwohl Aguilars Maya-Dialekt nicht besonders half. Ich vermutete, daß König Carlos für Moctezuma nur eine weitere, noch mächtigere Verkörperung von Gefiederte Schlange darstellte.
»O ja, ich will sein Vasall sein«, erwiderte Moctezuma so rasch, daß Cortés verblüfft war. Solche leichten Siege war er nicht gewöhnt.
Der immer noch lächelnde Moctezuma fragte: »Seid Ihr und Eure Gefährten alle Vasallen desselben Herrschers? Seid Ihr einige Brüder?«
Das war eine scharfsinnige Frage. Ob er etwas von den Streitereien und der Zwietracht unter den Truppen wußte?
»Wir sind alle Brüder in Liebe und Freundschaft«, erwiderte Cortés sanft; das war die Art von Täuschung, auf die er sich trefflich verstand. »In der Pflicht, unserem König zu dienen, sind wir uns alle einig.« Er hielt inne, um dann mit Nachdruck fortzufahren: »Wozu auch Ihr Euch jetzt durch Eure eigenen Worte verpflichtet habt.«
»Ja.« Moctezuma nickte erleichtert und zufrieden. »Ich bin jetzt eins mit Euch. Wir sind eins in Liebe und Freundschaft.«
Plötzlich wirkte Moctezuma abgespannt, so als hätte er es geschafft, ein Gottesurteil zu überleben, das ihn zu Tode erschöpft hatte. Er befahl, daß an alle Geschenke verteilt wurden – ein Ablenkungsmanöver, dachte ich –, und zog sich dann zurück, höflich, aber überstürzt.
»Mein Gebieter!« konnte ich mich nicht enthalten auszurufen; am liebsten hätte ich Cortés umarmt. »Er ist Vasall des Königs geworden. Ihr habt wieder einen Sieg errungen.«

»Vielleicht. Wir reden später darüber.« Abrupt wandte er sich ab und ging, um wohl zum fünften Male die Stellungen der Kanonen auf dem Dach zu inspizieren.

An diesem Abend stellte ich Blumen in die Kammer, in der wir schlafen sollten. Zur Feier des Tages hatte ich eine Schale mit Konfekt bereitgestellt, Weihrauch abgebrannt und eine halbe Flasche spanischen Wein besorgt, den ich unter den Vorräten gefunden hatte und der eigentlich als Meßwein gedacht war. Eine Wache vor der Tür sollte Störungen fernhalten, und vorm Altar brannten Kerzen, um das Böse abzuwehren.

Doch mein Gebieter kam spät, er war schlecht gelaunt und beschwerte sich über die Wachen. Ich wartete, bis er endlich – mit erregter Stimme – von dem sprach, was ihn wirklich bedrückte. Er flüsterte fast, so als hätte er Angst, daß jemand ihn belauschte; dabei hätte kein Mensch unbemerkt bis auf Bogenschußnähe herankommen können.

»Wie du sehr wohl weißt, Marina, hält Moctezuma mich für einen Gott oder Dämon. Das hat er heute morgen doch praktisch gesagt – und mich fast dazu gebracht, es meinerseits auch zu behaupten. Du bist dir hoffentlich darüber im klaren, daß das unmöglich für mich ist. Was für Folgen es auch haben könnte – es geht einfach nicht.«

Ich wandte den Blick ab und wählte meine Worte mit Bedacht, als ich sagte: »Wer weiß, was Moctezuma denkt? Und wenn er uns nicht feindlich gesonnen ist, spielt es dann eine Rolle?«

Er packte mich bei den Armen, starrte mir ins Gesicht, und ich sah die Qual in seinen Augen. »Kannst du denn nicht begreifen, was es für mich bedeutet, wenn ich meine Seele verliere? Ist das etwa wenig?« Aufseufzend ließ er mich dann los und strich sich mit der Hand über die Stirn. »Nein, du kannst es nicht wissen. Wahrscheinlich weißt du nicht, was Sünde ist. In der Religion bist du ein unbeschriebenes Blatt.«

Ich schwieg. Es wäre frevelhaft gewesen, ihm zu widersprechen, da er so fest davon überzeugt war.

»Abgesehen von der Verdammnis – die du vermutlich nicht begreifst –, weißt du, was geschähe, wenn dem König so etwas zu

Ohren käme? Wenn er erführe, daß ich behauptete, ein Hexenmeister oder Dämon zu sein? Ein Christ, der solche Häresie verbreitete, würde wahrscheinlich nicht am Leben bleiben dürfen – geschweige denn, als Vizekönig dieses Land regieren. Und was nützt mir die ganze Eroberung, wenn ich nicht regieren kann?«

»Mein Gebieter, gestattet, daß ich mir für Euch den Kopf über diese Dinge zerbreche.« Ich versuchte, mich in seine Arme zu drängen, doch er wandte sich ab. »Wenn ich Moctezuma sage, woran ich aufrichtig glaube, kann das doch keine Lüge sein – und schon gar nicht Eure Schuld.«

Ein Torbogen führte hinaus auf eine Terrasse, von der man die ganze Stadt überblicken konnte. Er lehnte sich an die Leibung und starrte hinaus in die Nacht, auf die Straßen und Kanäle, die unter der Fülle der hochschwangeren Dame Mond schimmerten. In den Tempeln wurden jetzt am Ende des Unglücklichen Tages die Feuer neu entzündet. Morgen sollten die Opferungen wiederaufgenommen, die Sonne gefüttert werden.

»Ich glaubte, es wäre mein Schicksal, Gott dieses Land zuzuführen«, sagte er. »Hier Sein Königreich auf Erden zu errichten. Nie zuvor in der Geschichte hat ein Mensch diese Möglichkeit gehabt. Wer bin ich? Nichts. Weniger denn nichts, nur, daß ich Spanier und Christ bin. Und doch hat Gott mir diese Möglichkeit gegeben. Ich habe dir von der Vision erzählt, die ich in Kuba hatte – sie war so lebendig, daß ich die Trompeten immer noch im Ohr habe. Um diesen Traum zu verwirklichen, wäre ich mehr als bereit, diese Stadt auch durch Betrug in die Hand zu bekommen. Nur nicht durch diese eine Lüge, die für mich etwas Widerwärtiges und Tödliches hat.«

Er trat vom Fenster ins Dunkel, wo ich zwar nicht sein Gesicht sah, doch den Schmerz und Zorn, den er empfand, aus seiner Stimme heraushörte. »Heute haben Vater Olmedo und der Kaplan gehört, wie Moctezuma mich für einen heidnischen Gott hielt, einen Teufel – und hatten nicht den Mut, es abzustreiten. Ja, schlimmer noch: Ich habe es nicht einmal selber abgestritten.«

»Aber Ihr habt das doch nie behauptet, mein Gebieter!«

Er stieß ein kurzes, bitteres Lachen aus. »Nein, ich nicht. *Aber du*, meine Liebe. Und ich habe zugelassen, daß sie dir glaubten. Heute ist es noch darüber hinausgegangen. Mir wurde dieses Reich als Geschenk an einen Teufel angetragen. Und sogar meine eigenen Priester finden sich glücklich damit ab.«

Er trat wieder in den Mondschein hinaus. Die Schatten der hundert Säulen des Raums wogten und schwankten im Fackellicht. Cortés sank auf das Bett aus Matten; er war erschöpft und niedergeschlagen. Heute abend war der Gott weit weg und Cortés nur der Mann, der von Unsicherheit erfüllte Mensch. Ich liebte ihn jetzt einfach, wie eine Frau einen Mann liebt. Solche Augenblicke waren kurz und kostbar.

Ich kniete neben ihm und sprach sehr behutsam. »Was Euch beunruhigt, liegt an der Unzulänglichkeit und Schwäche der Sprache, mein Gebieter. Ihr habt immer gesagt, was Ihr bis jetzt getan habt, sei nur durch die Macht Gottes geschehen.«

»Ja, und das stimmt auch. Warum sonst hätten wir überleben sollen?«

»Dann ist Gott mit Euch. Das ist es doch, was Moctezuma meint. Auch er spricht von Legenden, meint aber gleichwohl den Gott darin.«

»Nein, so einfach ist das nicht.« Cortés seufzte auf. »Ich verstehe das mit den Göttern und Dämonen nicht. Für dich sind sie überall. Wir können keinen Schritt tun, ohne auf einen Gott zu treten.«

Oder in der Luft durch einen hindurchzugehen, dachte ich. »Versucht nicht zu verstehen, mein Gebieter«, flehte ich ihn fast an. Dabei hatte ich mir geschworen, das nie zu tun. »Wenn ein Baum im Wald alle anderen überragt, sagen wir, er ist ein Gott – größer und kräftiger. Doch damit meinen wir nicht seine Rinde, sein Holz und seinen Saft, sondern seinen Geist. Wir fühlen seine Gegenwart. Genauso ergeht es uns mit Flüssen und Bergen. Wenn man Rauchenden Mann ansieht oder den Sternberg, spürt man ihre Göttlichkeit. Nicht anders verhält es sich mit bestimmten Menschen. Sie besitzen einen Geist wie Berge oder hohe Bäume. Man weiß einfach, daß ein Gott in ihnen wohnt. Ist das nicht das gleiche, als läge der Segen des Heiligen Jakob oder der Heiligen Jungfrau Maria auf einem – und das ist gut, nicht böse. Das ist es doch, was Moctezuma in Euch spürt und was auch ich spüre. Ihr könnt weder ihm noch mir etwas vormachen.«

Er schüttelte den Kopf. »Du hast mich in ein Netz aus Wörtern verstrickt, und ich würde mich gern ergeben. Zum Teil glaube ich dir. Aber es geht um mehr. Aguilar hat einen bestimmten Dämon erwähnt, eine Schlange mit Federn. Eine Schlange! Gott steh uns bei! Das ist der Leib des Teufels selbst. Du und Moctezuma, so vermute ich, wünscht beide gleichermaßen, ich wäre diese in Menschengestalt wiedergekehrte Schlange. Aber nein, meine Liebe, so einfach wie mit einem hohen Berg, einem besonders großen Baum oder dem Segen des Heiligen Jakob ist das nicht.«
Ich sah voraus, was kommen mußte, und verspürte Panik. Wenn diese wahnsinnige Beweisführung weiterging, würde er sich morgen aufführen wie Moctezuma, würde die Ärmel hochschieben, um zu zeigen, daß seine Arme aus Menschenfleisch waren, was nichts weiter bewies, dafür aber Moctezumas Neffen Waffen in die Hand gab. Sie verfolgten uns bereits mit einem Haß, der weit über den Zweifel an irgendwelcher Göttlichkeit hinausging. Sie wollten unser Herz und unser Blut – darüber war ich mir vollkommen im klaren.
Das hatten wir Aguilar zu verdanken, wie ich annahm. Aguilar, dessen Kopf eine dunkle, leere Höhle war, in der die Fledermäuse der Theologie flatterten. Der Gedanke an Aguilar brachte mich auf einen Gedanken, der vielleicht hoffnungslos war, doch jeder Versuch lohnte sich, Cortés zu überzeugen und ihn davon abzubringen, seine Göttlichkeit so heftig abzustreiten. Götter – auch Gefiederte Schlange – waren leicht zu kränken, und wenn man ihn offen leugnete, konnte es sein, daß er Cortés verließ und nie wiederkehrte. Ich mußte einen Versuch wagen, auch wenn ich mich dabei zum Narren machte.
»Vater Olmedo sagt uns, bei Gott und bei Christus wäre alles möglich, mein Gebieter. Könnte es nicht sein, daß Christus vor langer Zeit meinem Volk diese Legende von einer göttlichen Macht schenkte, die aus dem Meer im Osten käme? Könnte es nicht Seine Absicht sein, den Weg für die Ankunft der Christen und die Errichtung des Reiches Gottes hier zu ebnen?«
Ich erschauerte ein wenig und wußte, daß die Herren der Dunkelheit und selbst Gefiederte Schlange mein blasphemisches Gerede hören könnten. Wenn ja, sollten sie ihre qualvolle Strafe über mich

verhängen. Es war mir immerhin gelungen, das Interesse meines Gebieters zu erregen, und so fuhr ich rasch fort:

»Gewiß wäre es doch unrecht von Euch, mein Gebieter, sich des Vorteils, den Gott für Euch geschaffen hat, nicht zu bedienen – jedenfalls wäre es doch wohl nicht mehr als eine Lüge und damit eine läßliche Sünde.«

Schließlich verzog mein Gebieter, der *capitán,* das Gesicht zu einem Lächeln. »Du kannst argumentieren wie eine ganze Bischofskonferenz – aber vielleicht hast du wirklich recht. Zumindest lohnt es sich, darüber nachzudenken.« Er ergriff meine Hand und zog mich neben sich. »Im Krieg und sogar in der Liebe – jawohl, in der Liebe, meine Liebe – kann ich lügen wie ein Moslem und doch mit reinem Gewissen einschlafen. Aber Lügen, die eine Beleidigung Gottes darstellen, kann ich nicht vorbringen. Und du, meine Liebe, darfst sie nie für mich vorbringen.«

»Nein, mein Gebieter. Glaubt mir, nein!« Morgen, dachte ich, würde der Gott zurückkehren und Cortés aufhören, sich Sorgen zu machen.

»Du hast spanischen Wein gefunden!« rief er aus. »Davon könnte ich jetzt gut ein Glas gebrauchen!«

Als ich ihm einschenkte, wußte ich, daß alles gut werden würde.

Kurz vor Tagesanbruch, noch in der ersten Dämmerung wurden die Spanier von alarmierenden Geräuschen aus dem Schlaf gerissen. Jeder Tag in Tenochtitlan begann mit der Opferung von Gefangenen und von Wachtelhähnen im Tempel neben dem Palast. Wachteln haben ein schwarzweiß gesprenkeltes Gefieder, und so stellen sie die tausend Sterne von Himmels Schlange dar; sie sind die Nacht, die getötet werden muß, ehe Herr Sonne aufstehen kann. Herr Sonne trinkt ihr Blut und verzehrt zum Frühstück die Herzen der Morgenopfer. Die Menschen sterben im allgemeinen still, wohingegen die Wachteln ein schreckliches Gekreisch erheben.

Außerdem lagen Palast und Tempel direkt neben dem königlichen Zoo, dessen fleischfressende Insassen die Überreste der Opferung vorgeworfen bekamen. Sobald die Wachtelhähne zeterten, erhob sich ein Chor von hungrigen Tieren, die nach dem täglichen

Fressen schrien. Jaguare und Pumas brüllten, Ozelots heulten und Kojoten und Wölfe fielen mit ihrem Gebell und Gejaul ein. Dieser ganze Aufruhr wiederum jagte dem Affenvolk einen gewaltigen Schrecken ein, so daß dieses am durchdringendsten kreischte.

Die Spanier fuhren von ihren Matten hoch und griffen nach den Waffen. Als sie hörten, daß das ganze Geschrei von Tieren in Käfigen herrührte, beruhigten sie sich wieder. Doch Minuten später war es dann so hell, daß sie sehen konnten, wie Blut durch die Rinnen des nahegelegenen Tempels herunterlief, und das setzte den Spaniern unheimlich zu. Die Erleichterung von gestern, daß sie, ohne auf irgendwelchen Widerstand zu stoßen, in die Stadt hatten einrücken können, wich plötzlich Entsetzen.

Alonzo Avila, der an diesem Morgen die Wache kommandierte, lehnte sich über die Brüstung, um das Blut besser fließen zu sehen, und sagte voller Bitterkeit: »Wir sitzen in diesem Höllenloch fest. Wahrscheinlich haben sie die Dämme unterbrochen.« Diese leicht dahingeworfenen Worte verdichteten sich sofort zu einem Gerücht, und Cortés persönlich mußte den Leuten versichern, daß alles in Ordnung war.

Auch wenn es sich um falschen Alarm handelte – er tat Cortés gut; die gestrigen Zweifel hatten sich verflüchtigt; der Gott hatte wieder die Führung übernommen. »Laßt den Kaiser Moctezuma wissen, daß ich seinen Besuch heute morgen erwidern werde.«

Cortés wählte vier Hauptleute und fünf gemeine Soldaten aus, die ihn begleiten sollten. Die Soldaten kamen auch nicht als Wache mit, sondern als Vertreter des Heeres; mein Gebieter legte Wert darauf, den Leuten das Gefühl zu vermitteln, daß sie ein Wörtchen mitzureden hätten – selbst wenn sie das in Wirklichkeit nicht taten.

Moctezumas Palast, der erst vor wenigen Jahren fertiggestellt worden war, war zwar kleiner als der seines Vaters, dafür aber viel schöner. Zwanzig große Türen gingen vom Palast auf die um ihn herumführenden Straßen, und drinnen gab es drei Gartenhöfe mit vielen, zum Teil exotischen und mir unbekannten Gewächsen. Ich dachte an meinen Onkel Weide und seine Suche, die man ihm so schlecht vergolten hatte. Welches von diesen Bäumchen mochte er entdeckt haben?

Die Spanier rissen beim Anblick von Wänden aus Alabaster, Marmor und Jaspis vor Staunen Mund und Nase auf. Der junge Gonzolo Sandoval stieß unwillkürlich ein »Mein Gott! Das muß der Himmel sein!« aus, als wir Moctezumas persönliche Gemächer betraten, in denen hundert geschnitzte Tiergötter über die Decken zu rennen schienen.

Moctezuma schien entzückt von dem Besuch und ergriff in geübter Nachahmung des Händeschüttelns, das er erst gestern kennengelernt hatte, Cortés' Hand. Cortés mußte zu seiner Rechten auf seiner eigenen Ruhebank Platz nehmen, und Moctezuma bestand darauf, daß die Spanier sich alle auf kleine, niedrige Schemel hockten, die sie so haßten und über die sie ständig klagten.

»Willkommen, meine Brüder in Liebe und Freundschaft!« sagte er, und das war mehr als eine Begrüßung. Er glaubte die Worte; es bereitete ihm Vergnügen, sie auszusprechen. Ich konnte es kaum fassen, daß ein so grimmiger Herrscher sich so rückhaltlos und mit solcher Freude ergeben konnte. Doch dann fiel mir ein, wieviel Jahre er in Angst vor der Wiederkehr von Gefiederter Schlange gelebt, den Tag der Prophezeiungen gefürchtet hatte. Nun war dieser Tag vorübergegangen, und Moctezuma war noch immer unangetastet und geehrt. Vielleicht entsprang seine Freude nur der Erleichterung darüber, daß ihm ein unvorstellbares Schicksal erspart geblieben war.

Um beim Gespräch nicht gestört zu werden, hatte er sämtliche Diener, Musikanten und Zwerge fortgeschickt. Vier seiner Neffen warteten ihm auf, hielten sich jedoch diskret im Hintergrund, wandten sich ab und taten so, als wären sie unsichtbar. Ich selbst stand hinter der Ruhebank zwischen den beiden Herren und bemühte mich gleichfalls um Unsichtbarkeit.

Heute begann Cortés das Gespräch, indem er jene Worte über die Religion sagte, die ich so oft wiederholt hatte, daß ich sie schon auswendig kannte. Meine Aufgabe war leicht. Er sprach von Jesus Christus, der den Tod erlitt, um die Welt zu retten, begraben wurde und am dritten Tage wieder auferstand.

»Wie meine Schwester«, sagte Moctezuma. Ich übersetzte nicht.

Plötzlich lehnte Cortés sich vor und gebrauchte Worte, die ich zuvor noch nicht gehört hatte, obwohl mir die Vorstellungen, die dahinterstanden, nicht unvertraut waren. »Er schuf Himmel und Erde, das Meer und die Wüsten. Er schuf alles in der Welt und schenkte uns Wasser und Tau. Die Geschöpfe, die Eure Priester für Götter halten, sind nur Teufel. Sie sehen grauenhaft aus, und ihre Taten sind noch schlimmer. Was nützen sie? Herr Moctezuma, wo immer wir unser Kreuz aufrichteten, flohen diese Dämonen und wagten nicht zurückzukommen.«

Ein paar von den Spaniern murmelten: »Amen!« Sie waren bewegt von den schlichten Worten; ich desgleichen – denn der Gott hatte sie gesprochen.

»Später wird der König heiligmäßige Männer schicken, um Euch all dies zu erklären – weit bessere Männer, als wir es sind.«

Bessere Männer? Er und seine Gefährten hatten gerade die größte Stadt der Welt eingenommen. Welche Männer konnten besser sein? Ich verstand nicht und konnte mir nicht vorstellen, daß mein Gebieter mit der Häßlichkeit der Demut Zeit verschwendete.

Moctezuma spielte einen Moment mit seinem Jadehalsband und fingerte an den Zeichen von Kolibri und Rauchendem Spiegel herum. »Malintzin, Eure Worte sind mir nicht neu, denn meine Boten haben Euch schon darüber zu anderen Völkern sprechen hören. Ich weiß von den drei Göttern und einem Kreuz.« Er holte tief Atem und sah Cortés dann offen ins Gesicht. Diesmal blieb sein Blick fest. »Wir sind der Meinung, unsere eigenen Götter sind gut. Ihr denkt das gewiß auch über Eure Götter. Wir brauchen darüber also nicht wieder zu reden.« Das war endgültig; er hatte einen Strich gezogen.

In dem Schweigen, das diesen Worten folgte, hörte sich der Vogelgesang draußen neben einem Springbrunnen plötzlich unnatürlich laut an. Die Spanier hockten unbequem auf den niedrigen Schemeln, sahen einander an und rutschten verlegen hin und her.

Dann lachte Moctezuma; er schien erleichtert, daß auch diese Herausforderung ohne Schaden bestanden war. »Ehe wir mit dem Gespräch über die Götter für immer aufhören, gibt es noch ein paar Dinge, die ich vielleicht sagen sollte. Ich habe versucht, Euer Kommen zu verhindern, weil ich hörte, daß Ihr Donner

und Blitz losließet und daß Eure Herren Pferde ganze Städte voller Menschen verschlängen. Ich habe diesen Unsinn zwar nicht ganz geglaubt, aber selbstverständlich muß man vorsichtig sein.«
Moctezuma erhob sich. Mir war bereits aufgefallen, daß er für einen Azteken groß war, allerdings nicht neben einem Spanier. »Ich weiß, man hat Euch gesagt, daß ich ein Gott bin, so wie Ihr einer sein sollt.« Er trug einen Federumhang; unvermittelt streckte er die Arme vor, hob sie hoch, machte sie frei und drehte sie hierhin und dorthin wie ein Tänzer, damit alle sehen konnten. »Schaut! Sie sind aus Fleisch und Blut. Man kann mich anfassen.« Er berührte sich selbst, warf den Umhang ab, umfaßte die eigenen Arme, griff sich dann an Brust und Schultern und drückte und kniff seine kupferfarbene Haut. »Und wie alle richtigen Menschen muß ich eines Tages sterben.«
Seine Neffen schienen im Boden versinken zu wollen und wanden sich vor Verlegenheit. Ich selbst wünschte, das Erde Ungeheuer würde seinen Rachen aufreißen und mich verschlingen. Selbstverständlich war er aus Fleisch und Blut! Was hatte das mit der Heiligkeit und Göttlichkeit seines Amtes zu tun? Ich wußte, daß er in seiner Jugend versucht hatte, seinem Schicksal zu entgehen, alle Macht abzulehnen und ein bescheidenes Leben zu führen. War seine Herrschaft so einsam gewesen, daß es ihn jetzt danach verlangte, den ersten Ebenbürtigen zu umarmen, der ihm je gegenübergetreten war?
Diese verwirrenden Gedanken gingen mir durch den Kopf, und ich stammelte beim Übersetzen und wiederholte: »Wie alle Menschen muß ich eines Tages sterben.«
»Aber doch gewiß noch auf viele Jahre hinaus nicht, großer Kaiser«, sagte Cortés lachend, aber auch ein wenig verunsichert. Zu den Spaniern gewandt, die seine Zeugen waren, sagte er: »Wir haben versucht, ihm das Wort Gottes zu bringen. Wir haben unser Bestes getan.«
Als ich dies nicht übersetzte, lehnte Moctezuma sich plötzlich zu mir herüber, und seine Kraft ließ mich zurückweichen. Was immer er sagen mochte, es steckte eine besondere Macht in ihm. »Was hat Malintzin eben gesagt, Tochter?«
»Nur, daß Ihr ein großer und weiser Kaiser seid, hoher Gebieter.«

Es brachte Moctezuma nicht recht zum Lächeln. »Hoffentlich beweisen die kommenden Tage, daß er recht hat.«
Dann verabschiedeten wir uns, verweilten noch, um weitere Geschenke von Moctezuma entgegenzunehmen – Angebinde, die von den Neffen mit schamroten Gesichtern dargeboten wurden.
»Ihr überwältigt uns mit Eurer Güte«, sagte Cortés.
»Nein, ihr seid freundlich zu mir, Brüder.« Der Erste Sprecher drückte Cortés seinen Türkisring mit einem Eifer in die Hand, als wäre er ein Schuldner, der eine längst überfällige Verpflichtung einlöst. Ich freilich vermutete, daß die Bürde Moctezumas durch keine Geschenke leichter zu machen war, so sehr war er von Cortés' Göttlichkeit überzeugt und bezweifelte er die eigene.

Vier Tage lang verließ kein Spanier den Palast, der von uns zur Festung ausgebaut wurde. Cortés ging hin und her, regte sich auf und schlief wenig. In der Frühe des fünften Tages schlug er mit der Faust auf den Tisch und sagte: »Wir können unmöglich für immer hier eingesperrt bleiben. Sonst gewöhnen sie sich daran und werden übermütig.«
Er beschloß, sich die Stadt anzusehen und Pläne von ihr zu zeichnen, doch gab es nur eine Stelle, von der aus man jede Straße überblicken konnte: das hochragende Heiligtum von Kolibri, das die Kaufleute in der Nachbarstadt Tlaltelolco errichtet hatten. Infolgedessen wurde ich zusammen mit Aguilar zu Herrn Moctezuma geschickt, um ihn davon zu unterrichten, daß wir vorhätten, den Tempel zu besuchen. Begleitet wurden wir vom jüngsten Spanier im Heer, einem Knaben namens Ortega, der sprachbegabt war und schon viele aztekische Wörter kannte.
Moctezuma frühstückte hinter einem goldenen Wandschirm, denn kein Mensch durfte ihm bei einer so menschlichen Handlung wie Essen zusehen. Der Knabe Ortega war alt genug, um begehrlich die vier bezaubernden Mädchen zu betrachten, die das königliche Essen reichten. Während wir warteten, zählte ich fünfzig Krüge mit schäumender Schokolade, die angeboten und entweder zurückgewiesen oder nach einem Schluck zurückgegeben wurden. Der Rest der Schokolade, der dem Wert von zwei oder drei Sklaven entsprach, wurde den Zwergen und Buckligen des Kaisers

gegeben, die sich in der Nähe herumdrückten wie Hunde bei einem Festgelage.

Ich setzte dem Sprecher mit lauter Stimme unseren Auftrag auseinander, und nach langem Zögern antwortete Moctezuma. Er schien bestürzt, ja sogar verärgert zu sein.

»Dafür habe ich nichts vorbereitet. Muß der Besuch im Tempel heute stattfinden?«

»Heute, hoher Gebieter. Es ist Malintzins Wille.«

»Dann sorgt dafür, daß seine Diener nichts tun, um die Götter oder das Volk zu erzürnen. Aber ihr habt meine Erlaubnis.«

Um die Erlaubnis war selbstverständlich nicht nachgesucht worden, und das wußte er sehr wohl. Als wir gingen, flüsterte Ortega, der erstaunlicherweise alles verstanden hatte, auf spanisch: »Er willigt ein, aber es gefällt ihm nicht. Er lächelt nur in den Wind.«

Der Junge gefiel sich darin, in Seemannsbildern zu reden, doch diesmal sprach er eine größere Wahrheit aus. In dieser wie in allen anderen Angelegenheiten war Moctezuma zu dem Schluß gekommen, daß er die Sturmwinde nicht in eine andere Richtung lenken konnte; also bot er ihnen sein lächelndes Gesicht dar.

Ehe wir alle zusammenrufen konnten, um uns auf den Weg zum Tempel zu machen, war Moctezuma bereits selbst unterwegs. Er wurde mit großer Prachtentfaltung hingetragen, während ihm drei Herolde mit goldenen Amtsstäben vorauseilten. Unsere eigene Gruppe war nicht weniger würdig, denn Cortés und alle seine Reiter führten zweihundert Soldaten an, die dicht aufgeschlossen in Reih und Glied marschierten.

Doch war diese Ordnung nicht leicht aufrechtzuerhalten. Als wir auf den von Menschen wimmelnden und von Waren überquellenden Marktplatz gelangten, blieben die Spanier stehen, um zu gaffen. Sie brachen in Rufe des Erstaunens aus, und in ihrer maßlosen Verwunderung über die Fülle seltener und erlesener Waren gaben sie sogar jede Marschordnung auf. Da waren Tabakblätter aufgehäuft, gab es den roten Koschenille-Farbstoff, Jaguar- und Fuchsfelle, Kakao, Bernstein, Baumwolltuche und Federn, Gold- und Silberarbeiten und jede andere Kostbarkeit, die die Welt zu bieten hatte. Verkäufer feilschten um Preise, und

Käufer zahlten in Form von Muscheln, Jade oder Kakaobohnen, oft jedoch auch mit goldstaubgefüllten Federkielen.
Bernal Diaz rief: »In meiner Vaterstadt gibt es den größten Jahrmarkt in ganz Spanien, doch ist der nicht halb so groß – und dieser hier findet nicht nur einmal im Jahr, sondern täglich statt!«
Außerdem erstaunte ihn, daß es Wachmänner gab, die für Ordnung sorgten, und Richter, die Maße und Gewichte überprüften. Bei seiner Heimatstadt, dachte ich, mußte es sich um so einen rückständigen Ort wie Jalisco handeln.
Es wurde wieder in Reih und Glied angetreten, und dann ging es vom Marktplatz auf den Platz vorm Tempel – ein gewaltiges, mit polierten weißen Steinen gepflastertes Geviert. Eine Schar alter Frauen war von morgens bis abends damit beschäftigt, den Platz zu fegen und zu schrubben, damit auch kein Stäubchen den heiligen Bereich verunreinigte. Der Tempel selbst, dessen Großartigkeit seinen Erbauern Leid und gewaltsamen Tod gebracht hatte, ragte wie ein Berg vor uns auf. Als ich ihn betrachtete, mußte ich plötzlich an Dame Iztac denken. Sie pflegte den Frauen im Außenposten immer wieder von den Wundern der Stadt zu erzählen, die sie kannte, und erinnerte sich lebhaft an die zwanzig Tage in ihrer Kindheit, als Kolibri Tag für Tag tausend Gefangene geopfert worden waren, die Hälfte davon in diesem Heiligtum. Hier, auf diesem Platz, hatte sie gestanden, um zuzusehen, Stunde um Stunde, Tag um Tag – »... bis den Priestern fast die Arme abbrachen von der Anstrengung, die Opfermesser zu schwingen.«
Moctezuma erwartete uns am oberen Ende der berühmten, hundertundvierzehn Stufen hohen Treppe; sie war hoch und steil, auf daß sich niemand den Göttern mühelos und in hoffärtiger Haltung näherte. Adlige wurden im allgemeinen von besonderen Dienern zu den eigentlichen Heiligtümern oben hinaufgetragen, geübten Kletterern, denen sie ihre juwelenstrotzenden Arme um die Schultern schlangen. Moctezuma hatte bereits seine eigenen Träger wieder hinuntergeschickt, um Cortés hinauftragen zu lassen, doch schickte dieser sie mit einer Handbewegung fort. Ein Spanier durfte keine Schwäche zeigen und sich infolgedessen auch nicht helfen lassen. Ich jedoch war froh, daß ich von kräftigen Männern mit sicherem Tritt nach oben befördert wurde, und freute mich,

nicht keuchend und nach Luft ringend auf der großen Plattform einzutreffen.

»Malintzin, mein geliebter Bruder, Ihr müßt erschöpft sein nach einem solchen Aufstieg!« rief Moctezuma und reichte Cortés die Hand.

»Durchaus nicht. Weder ich noch meine Freunde werden jemals von Strapazen müde.« Niemals hatte er sich deutlicher zur Stärke von Gefiederter Schlange bekannt.

Wie ein Teppich lagen Stadt und See und weiter entfernte Ortschaften unter uns ausgebreitet, große weiße, blaue und gelbe Quadrate. Moctezuma geleitete Cortés zum besten Aussichtspunkt und zeigte ihm mit umfassender Gebärde des kaiserlichen Armes die Welt, die ihm gehörte – eine Geste, die ebenso stolz wie selbstverständlich wirkte, wie die eines Mayafürsten, der seine Konkubinen vorzeigt.

Mein Gebieter, der *capitán*, betrachtete aufmerksam die Brücken und die sechs Dämme, die sich durch das Wasser zogen; er beobachtete die Flotten von Einbäumen und Barken, die den See durchpflügten, und setzte dann höflich ein Lächeln der Bewunderung auf, obwohl ich genau wußte, daß er insgeheim seine Kriegspläne schmiedete.

»Es ist zu groß«, sagte Pedro Alvarado scharf. »Wir sind in das größte Netz der Welt gegangen.«

Mein Gebieter jedoch drehte sich um und sprach ganz ruhig, nicht nur zu Alvarado, sondern zu allen Offizieren und Männern, die voller Unbehagen, doch auch von Ehrfurcht ergriffen dastanden. »Señores, was für eine Gnade uns Gott erwiesen hat. Wir stehen hier im Thronsaal des Teufels selbst. Wenn diese Stadt fällt – was nicht mehr lange dauern wird –, brauchen wir uns diese Welt, die wir hier zu unseren Füßen liegen sehen, nur zu nehmen.«

Zuversichtlich starrte ich auf die riesige Ausdehnung der Stadt hinunter, weil nur ein Gott die Vision von einer Eroberung dieses Ausmaßes haben konnte. Sonst wäre ein solcher Traum Wahnsinn gewesen.

Vater Olmedo war der letzte, der oben ankam, und rang noch nach Atem, als Cortés zu ihm sagte: »Dies könnte ein guter

Augenblick sein, um vorzuschlagen, daß hier eine Kirche gebaut wird. Sollen wir Moctezuma darum bitten?«

Nervös sah Olmedo sich um und erblickte die blutbespritzten Priester mit ihren Messern. »Vielleicht noch nicht gleich, mein Sohn. Wir sollten nichts überstürzen.«

Mein Gebieter nickte. Daß es allen anderen an Eifer gebrach, erstaunte ihn schon lange nicht mehr. Gleichwohl schien er unter Zwang zu handeln; ich wußte, daß der Gott ihm keine Ruhe ließ. »Wenn wir noch keine Kirche haben können, sollten wir uns ansehen, was es hier bereits gibt. Marina, bitte Moctezuma, uns seine Götter zu zeigen.«

Ich verhehlte meinen Schrecken und tat, wie mir geheißen. Die Spanier schienen auf der Hut, und Cortés' Lächeln schwand, als Moctezuma uns nach einem kurzen Gespräch mit den Priestern in das Heiligtum führte. »Bittet meine Brüder, sich ehrfürchtig und geziemend zu benehmen«, sagte er.

Durch Ledervorhänge – Leder aus Menschenhaut, die im Leben mit Tätowierungen verziert gewesen war – traten wir vor Kolibri zur Linken. Der Gott-im-Stein kauerte schweigend, schreckenerregend und schön von Schlangen gegürtet da. Er wirkte im Halbdunkel riesig; er war über und über mit Perlen und Opalen bedeckt.

»Er ist der Entscheider im Krieg und der Herrscher im Siebenten Haus des Himmels; deshalb ist ihm die Farbe blau heilig.« Moctezuma sprach leise und ehrfurchtsvoll. Seine Stimme klang ähnlich wie die von Cortés, wenn dieser die Heilige Jungfrau erwähnte. »Wir Azteken sind ein auserwähltes Volk. Er hat uns vor allen anderen erkoren, die Welt zu regieren.«

»Eine ganz schön großes Halsband hat er da um«, murmelte Pedro Alvarado, und Habgier funkelte in seinen Augen – Augen, so blau, daß Kolibri sie bewundert haben muß. Ich übersetzte, weil ich wußte, daß das Lob Moctezuma erfreuen würde.

»Dieses Halsband ist ein Geschenk von mir. Es besteht aus den in Silber gefaßten Köpfen und Herzen besiegter Könige.«

Drei frische Herzen rösteten auf einem Glutbecken in der Nähe, und die Luft war schwer von Copalharz-Weihrauch. Ein paar von den Spaniern husteten.

Der Schrein von Rauchendem Spiegel, der nur durch weitere Vorhänge von dem von Kolibri getrennt war, war kaum weniger eindrucksvoll. Ich wich dem ausdruckslos starrenden Blick der schimmernden Götteraugen aus und hatte das Gefühl, einer Zauberkraft gegenüberzustehen. Wir waren erbitterte alte Feinde, er und ich. Trotzdem mußte ich den bezaubernden Obsidianspiegel, den er anstelle jenes Beines trug, das Erde Ungeheuer ihm abgebissen hatte, widerwillig bewundern.

Rauchender Spiegel starrte voller Haß und Wildheit durch den schwelenden Rauch auf Cortés und blickte durch das menschliche Fleisch hindurch auf den Geist von Gefiederter Schlange darin.

»Herr der Hölle, Herr der Finsternis, König der Zauberer und Hexenmeister, Herrscher der Adler, der heilige Eins-In-Vier.« Moctezuma stimmte die Lobpreisung an wie jemand, der den Rosenkranz betet. Die Spanier neben mir erbleichten, begannen zu zittern, und bemühten sich, nicht zu erbrechen. Mitten im nächsten Gebet eilten sie hinaus.

Cortés verweilte noch ein wenig, um zu zeigen, daß er nicht beunruhigt war; doch als wir wieder draußen im Sonnenlicht standen, holte er tief Atem. Mit einem aufgesetzten Lachen wandte er sich an Moctezuma: »Aber Señor, Ihr seid zu klug, um nicht zu wissen, daß es sich bei diesen Götzen nur um Teufel und um das Böse handelt. Laßt mich hier ein Kreuz aufrichten.«

Vater Olmedo wurde leichenblaß und flüsterte: »Nein, mein Sohn, noch nicht.«

Als die Tempelpriester in der Nähe begriffen, um was Cortés gebeten hatte, gerieten sie in Aufregung wie zischende Schlangen. »Gotteslästerung!« schrie einer, und ein anderer ließ eine ganze Litanei von Flüchen vom Stapel.

Ich dachte, Cortés würde Ruhe geben, als er den Schrecken im Gesicht Moctezumas sah, doch war er offensichtlich entschlossen herauszufinden, wie weit er beim Ersten Sprecher gehen konnte. »Wenn nicht ein Kreuz, dann werden wir einen dieser Räume säubern und ein Bild der Heiligen Jungfrau darin aufstellen.«

Die Priester waren fassungslos. Ein junger Priester schüttelte mir seine steifen, blutverkrusteten Haarsträhnen ins Gesicht, als wäre ich es gewesen und nicht Cortés, der diese Entweihung vorgeschlagen hatte. »Ihr wollt eine Frau an die Stelle von Kolibri setzen? Eine Frau! Abscheulich, dreckig!«

Moctezuma, sichtlich darum bemüht, sich sein Entsetzen nicht anmerken zu lassen, sagte: »Malintzin, wenn ich gewußt hätte, daß Ihr solche Beleidigungen vorbringen würdet, hätte ich Euch unsere heiligen Götter nicht gezeigt.«

Cortés schien zufrieden, daß er diese Bestürzung hervorgerufen hatte; irgendein Ziel hatte er erreicht – auch wenn ich nicht sagen konnte, welches. »Ich denke, es wird Zeit, daß wir gehen«, sagte er und warf einen Blick auf die Sonne. »Werdet Ihr uns begleiten, Señor?«

Moctezuma schüttelte fast weinend den Kopf, und zu mir sagte er: »Erklärt, daß ich bleiben und für die Beleidigung der Götter sühnen muß.«

Wir stiegen die Treppe hinunter, und diesmal wurde uns keine Hilfe angeboten. Ich nehme an, daß Moctezuma sich mit den sieben Dornen der Reue gestochen hatte, längst ehe wir unten angekommen waren.

Als wir den heiligen Platz vorm Tempel überquerten, redeten die Spanier halblaut über das Grauenhafte der Schreine und die riesige Ausdehnung der Städte rings umher. Selbst Pedro Alvarado, der in letzter Zeit immer wieder prahlerisch, wenngleich voller Unbehagen gelacht hatte, schien kleinlaut. »Die Höhle Satans«, sagte er.

Doch mein Gebieter, der *capitán*, der mehr zu sich selbst als zu irgendwem sonst sprach, sagte: »Diese Dämonen sind uns nicht für immer entkommen. Das Reich des Teufels hier wird bald ein Ende haben, das schwöre ich!«

Ich spürte neue Kraft in seiner Stimme, wandte erschrocken den Blick zu ihm und sah den Gott aus seinen Augen blicken. Da waren meine eigenen Ängste wie weggewischt.

Ich hatte schon vorher geahnt, daß Cortés glaubte, was ich ihm immer gesagt hatte: daß nämlich seine Mission hier vorherbestimmt und gesegnet war, daß die Legenden nichts anderes waren als Kriegslisten Christi und der Jungfrau Maria. Nachdem er das akzeptiert hatte, hatte er die Angst vor der Gotteslästerung verloren und an Kraft gewonnen. Immer wieder regte sich der Gott in ihm. Jetzt, da er Kolibri und Rauchendem Spiegel Auge in Auge

gegenübergestanden hatte, war Gefiederte Schlange vollends wach geworden; die göttlichen Gegner hatten einander gesehen und gemessen.
Jetzt waren die Götter bereit. Sie würden die Sturmwinde entfesseln.

19 Der Kampf der Götter

Das erste Wunder, das auf ein Eingreifen von Gefiederter Schlange hinwies, ereignete sich nur Stunden später, nachdem mein Gebieter dem Tempel einen Besuch abgestattet hatte. Ein paar spanische Soldaten, die den Palast schon seit zwei Tagen nach einem günstigen Platz für einen Altar abgesucht hatten, hatten geringfügige Anzeichen entdeckt, daß sich in einer Wand eine verborgene Tür befinden könnte. In aller Heimlichkeit wurde in der Nacht der Putz abgeschlagen, die Tür freigelegt, und was dahinter lag, war die sagenumwobene Schatzkammer des Herrn Wassergesicht – eine Kammer, die bis an die Decke mit Gold, Silber und Jade gefüllt war. Der Strahl abgeschirmter Laternen ließ Opale, Perlen, Halsketten und Armbänder, Gold in Form von Barren, Platten und Sonnenscheiben kurz aufblitzen.

Der Offizier Juan Velazquez sagte ehrfürchtig und mit belegter Stimme: »Das ist das Schatzhaus von König Midas.« Weil ich nicht verstand, was er meinte, verbesserte ich ihn und sagte: »Nein, von König Axayacatl.«

Die Offiziere wollten unbedingt gleich alles herausholen, selbst die Federumhänge, die sie als weibisch verachteten, und hielten Halsketten in der Hand, als Cortés der Plünderung Einhalt gebot. »Wir sind Gäste hier und müssen uns entsprechend benehmen, Señores! Das alles wird uns gehören – aber auf anständige und legale Weise.«

Ich war davon ausgegangen, daß mein Gebieter alle an diesem Fund Beteiligten zur Verschwiegenheit verpflichten würde, doch statt dessen holte er jeden spanischen Soldaten – ruhig und in Dreier- oder Vierergruppen –, um sie die Pracht bewundern zu lassen. Dann befahl er, die Tür wieder zu versiegeln und wie zuvor mit Putz zu verschmieren.

Später, als wir im Dunkel unserer Kammer auf unseren Matten lagen, lachte er in sich hinein. »Jetzt wird ihnen das Wasser im Mund zusammenlaufen. Hast du ihre Augen gesehen? Sie sind

hungrig wie die Pelikane, einer wie der andere. Jetzt wird mir keiner mehr Knüppel zwischen die Beine werfen. Allein wegen der Dinge, die in diesem Raum liegen, werden sie mir bis in die Hölle folgen, wenn ich es ihnen befehle.«
So lieferte Moctezuma selbst Cortés die Mittel, vorwärtszustreben.
Am nächsten Tag sagte Pedro Alvarado feixend: »Was für ein Narr dieser große Moctezuma doch ist! Nur ein Narr läßt seine Hennen zurück, wenn er sein Haus an Füchse vermietet.«
Die Soldaten, an die diese Worte gerichtet waren – seine eigenen Brüder eingeschlossen –, gingen nicht darauf ein, denn ihnen hatte Moctezumas Großzügigkeit und sein königliches Verhalten bereits Respekt abgenötigt. Der größte Narr, dachte ich, war Alvarado selbst, der die einfachste Logik nicht begriff. Denn Moctezuma hatte den Palast nicht an Füchse vermietet, sondern an Götter; und der Schatz gehörte bis zum letzten Topas ohnehin den Göttern. Moctezuma ließ ihn nicht fortschaffen, was ihm ein leichtes gewesen wäre, und er machte es den Spaniern auch nicht besonders leicht, ihn zu finden. Daß sie das Versteck gerochen hatten, stellte einen neuerlichen Beweis ihrer Göttlichkeit dar, und einen Beweis, den die Spanier glanzvoll bestanden. Moctezuma verhielt sich nur logisch. Das lag doch auf der Hand!
Wie an der Küste von Veracruz veränderte Gold die Atmosphäre, und die Luft im Palast war so dick wie an einem Berg kurz vor einem Gewitter. Nachdenklich beobachtete Cortés die Männer. Ohne irgendwelches Aufheben ließ er hier und da ein Wort fallen, richtete es so ein, daß Unterhaltungen unter vier Augen stattfanden. An diesem Abend, so vermutete ich, hatten die Offiziere und ein paar ausgewählte Soldaten ihn um eine Unterredung gebeten; sie hätten Dringendes zu besprechen. Ich fragte mich, was für eine Idee er ihnen eingegeben hatte, die sie ihm jetzt als ihren eigenen Einfall schmackhaft machen wollten.
Die Unterredung fand in jenem Saal statt, der als Kapelle diente. Ich wurde gebeten, draußen außer Hörweite zu warten, falls mein Wissen um aztekische Sitten und Religion gebraucht wurde. Die Zeit verging; schwerfällig, ja träge zog Dame Mond über den Hof hinweg und verschlang im Vorüberziehen die Herren Sterne. Ich

vernahm ein Gemurmel von angespannten Stimmen aus dem geschlossenen und sorgfältig bewachten Versammlungsraum. Dann kam Gonzolo Sandoval an die Tür und winkte mich herein. Im Dunkel des Raums waren über ein Dutzend Männer versammelt – geballte Anspannung und Verschwörung. Mein Gebieter, der *capitán*, forderte mich auf zu wiederholen, was die tlaxcalanischen Grillen von Moctezuma und gewissen Körben gesungen hatten; ich hatte den Bericht seinerzeit beim Auszug aus Cholula gehört. Es war erst eine Woche seitdem vergangen, doch war in dieser kurzen Zeit soviel Überwältigendes und Außergewöhnliches geschehen, daß ich einen Moment brauchte, bis mir das mit den Körben wieder einfiel.
»Es waren zwei, ungefähr so groß wie große Kürbisse. Herr Moctezuma hat niemand den Inhalt sehen lassen, sondern sie erst in seine Privatgemächer und später in den Tempel bringen lassen. Offenbar enthielten sie irgendwelche magischen Dinge.«
Cortés saß hinter der einzigen im Raum brennenden Kerze, und sein Gesicht hatte in dem eigentümlichen Licht etwas Maskenhaftes. Er hielt einen Brief in die Höhe, damit ihn alle sehen konnten. »Diese Körbe, Señores, enthielten die Köpfe von zweien unserer Kameraden, die außerhalb des Forts von Veracruz ermordet wurden. Moctezuma bestellte die Köpfe, um sie studieren zu können.«
Die Menschen im Raum erschauerten; dann erhoben sich zornige Stimmen. »Wer? Wer wurde getötet?«
Cortés nannte einen Namen, den ich nicht kannte, und fügte hinzu: »Außerdem Arguello, der arme Kerl.« Ich erinnerte mich an Arguellos großen Kopf, der von einem dicken, kräuseligen Bart umrahmt und noch vergrößert wurde; erschreckend, daß Moctezuma ausgerechnet in ihm den typischen Spanier sehen sollte.
Während die Männer im Raum Moctezuma verfluchten und sich darüber stritten, was getan werden sollte, dämmerte mir, daß Cortés von diesen Morden schon gewußt hatte, längst ehe wir Cholula verlassen hatten. Selbstverständlich hatte er diese Untat für sich behalten – das Heer war schon unruhig genug. Jetzt begriff ich die Befürchtungen, die meinen Gebieter insgeheim geplagt hatten.

Niemand sonst schien das aufzufallen. Schließlich brachte Cortés die aufgeregt Durcheinanderredenden zum Schweigen und fuhr fort: »Juan Escalante, unser Kommandeur in Veracruz, hat außerdem geschrieben, daß auch ein Pferd erschlagen worden sei; und dessen Kopf ist zweifellos inzwischen auch in der Stadt eingetroffen.«

Wieder wurden die Stimmen lauter. Jemand sagte: »Die Diener sind in letzter Zeit ziemlich kratzbürstig. Irgendwas tut sich da. Eine Verschwörung! Wir müssen diesen mordenden Moctezuma in der Nähe haben, damit wir gleich an ihn heran können, wenn sie angreifen.«

Bernal Diaz, für gewöhnlich die Ruhe selbst, rief: »Sie könnten uns Arsen ins Essen tun. Wir sollten rasch handeln. Am besten unternehmen wir sofort etwas.«

Nickend gab Cortés mir zu verstehen, ich könne gehen, doch noch im Hinausgehen hörte ich ein bißchen mehr. Alonso Avila, mit dem Mundwerk immer vorneweg, neigte sich zu meinem Gebieter herüber; sein schwarzer Spitzbart schimmerte im Licht, und seine Nase war so dünn wie die des Regengotts. »Ich bin dafür, wir nehmen diesen abgefeimten Wilden fest und legen ihn an eine kurze Kette. Wenn er sich wehrt, muß er bezahlen.«

Gelassen erklärte Cortés: »Señores, ich habe eure Vorschläge gehört, daß wir Kaiser Moctezuma in Gewahrsam nehmen sollten. Das ist ein sehr ernstes und gefährliches Wagnis. Ich muß darüber nachdenken.«

Dann war ich draußen und überlegte, ob sie wirklich meinten, was ich dachte. Avila und andere schlugen tatsächlich vor, sich an der geheiligten Person Moctezumas zu vergreifen – was undenkbar war. Seit sechs Generationen hatte nie jemand in Gegenwart eines Verehrten Sprechers auch nur die Stirn gerunzelt. Doch hatte Cortés sich soeben einverstanden erklärt, über eine Gefangennahme nachzudenken.

Ich ging über den Hof und sagte mir, gewiß hätte ich falsch verstanden, als plötzlich vor meinem inneren Auge ein Bild auftauchte. Ich sah Cortés auf den Stufen des Tempels von Zempoala, die Hand am Griff des noch in der Scheide steckenden Schwertes, er befahl seinen Männern, Dicken Häuptling gefangenzunehmen

und ihn als ersten zu töten, falls die Totonaken sich widersetzten. Den Herrscher gefangennehmen! Daran hatte er damals gedacht. Offensichtlich dachte er jetzt das gleiche.
Später lag ich von Wolldecken gegen die Novemberkälte geschützt auf den Matten, doch ich schlief nur wenig, und mein Gebieter schloß überhaupt kein Auge. Immer, wenn er zuvor zu einer Beratung gerufen und sich die Meinungen anderer angehört hatte, hatte er selbst sich längst schon zu einem Entschluß durchgerungen. Heute abend aber war er rastlos erst im Raum und dann draußen auf der Terrasse auf- und abgegangen, hatte sich an die Brustwehr gelehnt und auf den Platz hinuntergesehen, der jetzt, da Dame Mond entflohen war, dunkel und nur von Straßenfackeln erhellt dalag. Cortés kniete am Altar und sprach flüsternd Gebete in einer Sprache, von der ich wußte, daß sie Latein war.
Die Gebete schienen ihm keine Erleichterung zu bringen, und einmal hörte ich ihn laut mit angstvoller Stimme sprechen: »Was soll ich tun? Gib mir Antwort.« Dann, nach einem ausgedehnten Schweigen, betete er wieder auf latein.
Als ich für ein paar Minuten einschlief, schüttelte er mich an der Schulter. Ich riß die Augen auf und sah ihn über mich gebeugt. »Entschuldige, daß ich dich wecke. Wo steht das aztekische Heer jetzt?«
Ich schaffte es, meine Gedanken zu sammeln. »Was für ein aztekisches Heer, mein Gebieter?«
»Von dem dauernd die Rede ist. Die hunderttausend Mann oder auch doppelt so viele. Wir haben diese Truppen nie gesehen. Wo ist ihre Garnison?«
Endlich begriff ich, was er meinte. Ich hatte das Wort »Heer« nicht verstanden; wir hatten so etwas nicht.
»Überall und nirgends, mein Gebieter. Fast alle Männer sind Soldaten, wenn sie zum Kampf gerufen werden. Sonst sind sie Bauern oder Kaufleute oder Schreiber oder ...«
»Kein Heer! Dann gibt es also gar kein stehendes Heer!« Er hieb sich mit der Faust in die Fläche der anderen Hand; er war ganz aufgeregt.
»Es gibt zwar Soldaten in den Außenposten, doch das sind nicht

viele. Steuereintreiber haben auch immer ein paar hundert Soldaten unter Waffen stehen – ständig.«
Leise sagte er: »Vielen Dank, meine Liebe. Leg dich jetzt wieder hin.«
Selbstverständlich tat ich das nicht – und er auch nicht. Als die Dämmerung heraufkroch, hatte er sich noch immer zu keinem Entschluß durchgerungen. Und dann geschah ein zweites Wunder, ein Wunder, daß mit dem richtigen Zeitpunkt zu tun hatte.
Der Hauptmann der Wache kam herein und rief, zwei der tlaxcalanischen Boten seien in Verkleidung eingetroffen und brächten dringende Depeschen von der Küste. Er reichte meinem Gebieter ein paar Papiere.
Cortés überflog sie und nickte, als überraschten ihn die Neuigkeiten, die sie enthielten, nicht. Er sagte: »Ruft die Offiziere in der Kapelle zusammen. Dann gebt sofort Alarm für alle; sie sollen unter Waffen stehen und sich kampfbereit halten. Aber ohne irgendwelches Aufsehen zu erregen. Alles soll so aussehen wie sonst.«
Sobald der Offizier fort war, wandte mein Gebieter sich an mich. »Unser Kommandeur in Veracruz und sechs seiner Leute sind offenbar auf Befehl Moctezumas umgebracht worden, und das ausgerechnet an dem Tag, als er mir Treue schwor.« Cortés schien nicht wütend, sondern über die Nachricht vom Verrat eher erfreut. »Die Küste und sämtliche Bergsiedlungen sind in den Aufstand getreten.«
Er faltete die Papiere zusammen und steckte sie sich in den Gürtel. Mit dieser Nachricht war die Entscheidung für ihn gefallen, sah er sich gezwungen, zu einem kühnen Schlag auszuholen. So hatte der Gott und nicht der Mensch Cortés endlich alles geregelt und die Unsicherheit von Cortés genommen. Von einem Augenblick auf den anderen war er ein anderer geworden, sich seiner selbst sicher und sogar begierig loszuschlagen.
Ich kniete noch in Decken gehüllt auf den Matten, das Haar für die Nacht gelöst. »Meine liebe Marina, zieh dich schnell, aber sorgfältig an«, sagte er und verzog den Mund zu einem

feinen Lächeln. »Wir werden Moctezuma heute morgen einen Besuch abstatten. Wer weiß? Vielleicht kehrt er als unser Gast mit uns hierher zurück. Versuchen wir, ihn zu überreden.«
Drei Stunden später, nach einer Szene, an die ich mich nur in Alpträumen erinnere, gab Moctezuma nach und kam als Gefangener mit, obwohl er Gast genannt wurde. Viele aus seinem eigenen Volk und sogar ein paar Spanier machten sich hinterher darüber lustig, wie leicht er sich ergeben hatte. Ich jedoch frage mich, wie wohl König Carlos reagiert hätte, wenn ein Gott ihm Befehle erteilt und gleichzeitig eine Klinge an den Hals gehalten hätte.

An diesem Tag verließ Moctezuma in der Vierten Wache, als die Sonne hoch stand, seinen eigenen Palast, um im Quartier der Spanier eine luxuriöse Gefangenschaft anzutreten; das Quartier war freilich der Palast seines Vaters, der nur wenige hundert Schritt die Straße weiter unten stand. Zwar vollzog sich der kurze Umzug unter schwerer Bewachung, doch ging alles fast unmerklich vonstatten. Ungewöhnlich war nur zweierlei: Erstens wurde er wie ein Trauernder getragen, und zwar in einer einfachen Sänfte, die für gewöhnlich sein Haushofmeister benutzte, um auf dem Markt einkaufen zu gehen; und zweitens weinten die Edelleute, die die Stangen geschultert hatten, ganz offen – aber sie gaben keinen Laut von sich, während ihnen die Tränen übers Gesicht liefen.
Es kam rasch zu einem kleinen Menschenauflauf, und die Gerüchte schwirrten. Um irgendwelchen Aufruhr zu unterbinden, rief Moctezuma: »Mein liebes Volk, ich freue mich, kurze Zeit bei meinen Freunden zu verbringen. Ich bin in Sicherheit, und es geht mir gut; macht euch keine Sorgen.« Er grüßte sie anmutig; dann wurde die Sänfte ins Palastinnere getragen, und die Tore schlossen sich hinter ihm.
Ich stand wartend im Hof, verneigte mich und sah zu, wie er ausstieg. Er hatte ein Gewand aus schlichter Baumwolle angelegt, wie man es trägt, um Gebete zu sprechen; doch als er erhobenen Hauptes und mit ruhigem Blick von der Sänfte aufstand, hatte er etwas Strahlendes, bedurfte dieser neue Adel, der ihn auszeichnete, keiner Quetzalfedern und keiner Jade. Als ich seine verän-

derte Haltung und sein heiteres Gesicht sah, mußte ich unwillkürlich an meinen Vater denken und wandte den Blick ab.

Ich hatte einen Geschlagenen erwartet, der flehentlich bettelte und von Selbstmitleid erfüllt war. Doch indem er sich mit der Gefangenschaft abfand, ging eine merkwürdige Veränderung mit ihm vor: Er streifte Ängste und Unentschlossenheit ab. Er hatte den Mantel des Siegers umgelegt, nicht den des Gedemütigten.

Eine Reihe von Gemächern wurde für ihn vorbereitet, aufgeregte Diener eilten zwischen den beiden Palästen hin und her und brachten Teppiche, Wandschirme, Wandbehänge und sogar seine Lieblingsstatuen. Bald trafen Schreiber und Verwaltungsbeamte mit Tributlisten ein; es ging schließlich nicht nur darum, daß Moctezuma eine andere Wohnung bezog – der Mittelpunkt der Weltregierung wurde verlagert.

Am nächsten Tag, am späten Vormittag, als die königlichen Gemächer noch nicht ganz eingerichtet waren, trafen die ersten Besucher ein: Die Fürsten der anderen zur Dreier-Allianz gehörenden Staaten sowie der Städte an den Seen machten Moctezuma ihre Aufwartung. Während all dies im Gange war, wurde ich zu ihm gerufen; ich nahm an, er wollte, daß ich meinem Gebieter, dem *capitán*, irgendeine Botschaft überbrachte. Unter den funkelnden Blicken von einem Dutzend der mächtigsten aztekischen Edelleute betrat ich den Empfangssaal. Auch seine beiden Töchter und sein Sohn waren anwesend, wandten jedoch den Blick von mir ab, als gälte es, das Vorhandensein von etwas Verachtenswertem und Abstoßendem nicht zur Kenntnis zu nehmen.

Nur wenige Schritte von der Tür entfernt blieb ich stehen, doch winkte mich Moctezuma zu sich heran. Ein Diener überreichte mir einen goldenen Anhänger mit dem Bildnis der jungen Maisgöttin.

»Nimm das als Zeichen meiner Dankbarkeit, Tochter«, sagte er, und mich erfüllte es mit Unbehagen, von ihm Tochter genannt zu werden. »Du hast mir gestern guten Rat gegeben.«

Hinter mir konnte Fürst Cacama, der Herr von Texcoco und ein Neffe Moctezumas, seinen Groll in der Stimme kaum verhehlen, als er sagte: »Was für einen Rat, Verehrter Sprecher? Laßt die Dame ihre Weisheit doch mit uns allen teilen.« Ein Gemurmel

allgemeiner Zustimmung erhob sich. Ich war mir sehr wohl darüber im klaren, daß die versammelten aztekischen Adligen mir mit Freuden das Herz aus der Brust gerissen hätten.
Ohne auf sie einzugehen, sagte Moctezuma zu mir: »Du bist Dienerin und Gemahlin meines Freundes und Bruders Malintzin. Ich weiß aber auch, daß du von Geburt und Sprache eine Frau unseres Volkes bist. Du wirst verstehen, was ich dir gleich sagen werde.«
Ich schwieg mit gesenktem Kopf und war mir bewußt, daß ich nur einen Vorwand lieferte, das zum Ausdruck zu bringen, was er Edelleuten und Fürsten klarmachen wollte; die Botschaft war für sie bestimmt, nicht für mich. Als er mich mit einer Handbewegung dazu aufforderte, kniete ich dicht neben seinem niedrigen Schemel nieder. Moctezuma war zum Priester erzogen worden, und als er jetzt von religiösen Dingen sprach, nahm seine Stimme den singenden und etwas gedehnten Tonfall der Priester an, die im Tempelhof Jugendliche unterweisen.
»Der Gott Gefiederte Schlange ist zweifellos viele Male unter den Menschen erschienen, doch Einzelheiten wissen wir nur von zwei Besuchen, die sich vor diesem ereignet haben. Der erste große Besuch liegt schon so lange zurück, daß er selbst dem Gedächtnis der Kautschuk Menschen nicht mehr gegenwärtig ist, denen er das Geheimnis des Feuers, des Maisanbaus und der Tuchweberei anvertraute. Er brachte ihnen als ersten Schreiben und Dichten bei – dann entschwand er.«
Moctezuma hielt inne, um uns Gelegenheit zu geben, diese wohlbekannten Tatsachen der Geschichte nochmals in uns aufzunehmen; dann fuhr er um ein Merkliches lauter und eindringlicher fort: »Lange danach ist der Gott als Priester nach Tula zurückgekehrt, um das Volk dieser Stadt seiner Segnungen teilhaftig werden zu lassen. Allerdings führte sein Aufenthalt dort auch zu einem Krieg unter den Göttern und auch unter den Menschen. Das wunderschöne Tula wurde zerstört, seine Herrlichkeiten versanken in Asche. Jetzt gehen in den Ruinen die Kojoten auf Jagd.«
Ein paar von den Zuhörern nickten zustimmend; trotzdem herrschte eine vor Feindseligkeit und Mißtrauen kaum erträgliche Spannung im Raum. Herr Weibliche Schlange trug eine Maske des

Sich-Dreinfügens zur Schau, doch seine Schläfenader pochte sichtbar vor Wut. Aber ich sah auch Sorge in den Gesichtern einiger Herren, die drauf und dran waren, Tränen zu vergießen ob des Schicksals, das über Herrscher und Reich gekommen war.

»Jetzt ist Gefiederte Schlange wie prophezeit wieder bei uns erschienen. Man könnte vielleicht auch sagen, seine Helfershelfer und Diener sind hier – es ist müßig, sich über die Form zu streiten, in der der Gott sich zeigt. Wie ihr alle wißt, habe ich mich zuerst widersetzt. Jetzt durchschaue ich alles klar und habe nicht die Absicht, den Göttern zu trotzen oder gegen das Unvermeidliche aufzubegehren.«

Kraftvoll wie ein Steingott im Tempel stand Moctezuma auf; jetzt war er ganz der Herrscher, der sich an seine Untertanen wendet.

»Meine Herren, wir werden standhalten wie die großen Bäume am Gestade des Ozeans, die sich unter dem Wind beugen, der von Sonnenaufgang kommt; wir werden dabei nicht zerbrechen. Gefiederte Schlange ist auch früher schon gekommen und wieder gegangen. Warum sollte er es nicht auch jetzt wieder tun? Beschwichtigen wir ihn, geben wir dem Gott alles, was er haben will, und sehen wir zu, daß er sich möglichst schnell wieder auf den Weg macht. Gleichzeitig dürfen wir weder Kolibri noch Rauchenden Spiegel kränken. Rauchender Spiegel hat in dem Krieg, dem Tula zum Opfer fiel, Gefiederte Schlange zermalmt, sie ins Meer getrieben und gezwungen, auf einem Floß aus Schlangenleibern zu entfliehen. Das könnte wiederum geschehen, und wir dürfen bei einem Kampf der Götter nicht auf seiten des Verlierers stehen. Unser Kurs steht eindeutig fest; wir brauchen ihm nur zu folgen.«

Er schwieg; seine Zukunft wie die Zukunft der Welt war klar vorgezeichnet. Moctezuma nahm wieder Platz und forderte einen Diener mit einer Handbewegung auf, ihm eine Pfeife Tabak zu reichen, die wartend auf einem Kohlenbecken lag.

Nach langem Schweigen ergriff Fürst Cacama das Wort: »Verehrter Sprecher, wir wissen, Ihr seid als Priester erzogen worden. Wir anderen sind nur schlichte Männer ohne die Vorteile einer priesterlichen Erfahrung, und deshalb ...«

»Da Ihr in derlei Angelegenheiten nicht ausgebildet seid, habt Ihr

ohne Fragen zu gehorchen«, sagte Moctezuma. »Und jetzt seid Ihr alle entlassen, um Euch den Regierungspflichten zu widmen.«
Der Haushofmeister schlug zweimal auf eine Trommel, um das Ende der Beratung zu verkünden. Als die Edelleute sich wortlos und ebenso bestürzt wie verwirrt entfernten, blieb Moctezuma still sitzen, zog ausgiebig an seiner Pfeife, in Frieden mit sich selbst und unerschütterlich.
Verlegen, ohne dem Verehrten Sprecher den Rücken zuzukehren, doch mit gesenkten Augen, verließ auch ich den Saal und wäre dabei fast mit dem Fürsten Cacama zusammengestoßen. Einen Moment sah ich ihm voll ins Gesicht und erkannte, daß die Natur ihn nicht gerade begünstigt hatte: Er hatte ein viel zu breites Gesicht mit einem verdrießlichen Ausdruck darin. Wie ich erwartet hatte, sah er mich stirnrunzelnd an, und ich dachte: Zum Teil hat er auch etwas gegen mich, weil ich als Frau größer bin als er. Das war aber nicht weiter wichtig, wenn nicht gar völlig belanglos. Doch die Erkenntnis erwies sich später als wahr: Fürst Cacama konnte es nicht ertragen, überhaupt irgend jemand über sich stehen zu haben.

Erfreut über den Entschluß, den er gefaßt hatte, verließ ich Moctezumas Gemächer. Das neue Reich – die veränderte Welt – konnte sofort und ohne Krieg anbrechen. Cortés war plötzlich Kaiser dieser Welt geworden – nur in religiösen Dingen nicht; ich war froh, daß Moctezuma durch das Strecken der Waffen gleichsam einen Sieg errungen hatte.
Doch darüber redete ich nicht mit meinem Gebieter, dem *capitán*. Der Teil von ihm, der Gefiederte Schlange war, wußte bereits von Moctezumas Unterwerfung, doch für den menschlichen Teil von Cortés war die Angelegenheit zu kompliziert, als daß er sie ohne Mißverständnisse hätte begreifen können. Außerdem war wenig Zeit, um Fragen zu stellen und Antworten zu geben. Die nächsten Tage waren mit Regierungsgeschäften angefüllt, denn Cortés handelte durch die Maske von Moctezuma und übernahm die Befehlsgewalt im Staat. Wir hatten zu jeder Stunde des Tages alle Hände voll zu tun, und in den Nachtstunden hatte ich ihn auch nicht, da Moctezuma ihm erst eine, dann noch eine und schließlich sogar

eine dritte junge Frau gab, bei der er liegen mußte, alles Mädchen, die Moctezuma mit Hofschönheiten gezeugt hatte; er ehrte Cortés also auf diese Weise, und das freute mich. Mein Gebieter verbrachte eine ganze Reihe von Nächten mit ihnen und kehrte dann erwartungsgemäß zu mir zurück. Ich fragte mich, ob diese Frauen ihn wohl das eine oder andere exotische Geheimnis der königlichen Schlafmatten beigebracht hatten, doch das war nicht der Fall.
Zu Anfang des neuen Monds kehrte der Kommandeur, der die Spanier an der Küste angegriffen und zum Teil erschlagen hatte, in die Hauptstadt zurück, wo er auf Befehl Moctezumas zusammen mit seinen Offizieren wegen Mords und Verrats öffentlich hingerichtet wurde. Sowohl Moctezuma als auch die Betroffenen sahen darin ein heiliges Opferritual, keine Strafe, doch erzählte ich dies Cortés nicht, weil ich Angst hatte, Verwirrung zu stiften. Am Tag der Hinrichtung erprobte mein Gebieter seine Macht bis zum Äußersten, indem er Moctezuma Fußfesseln anlegen ließ – und das unter dem Vorwand, der Sprecher könnte versuchen, bei der Bestrafung einzuschreiten. Doch das war kaum der wahre Grund; mein Gebieter wollte einfach seine Macht demonstrieren.
Moctezuma gab vorübergehend seine übliche Heiterkeit auf und weinte in den Fesseln, nicht vor Schmerz oder wegen der Demütigung seines hohen Amtes, sondern weil Cortés ihm nicht traute. Hinterher kniete mein Gebieter selbst nieder, löste ihm die Fesseln und entschuldigte sich. »Mein Freund«, sagte er, »wenn Ihr jetzt in Euren eigenen Palast zurückkehren möchtet, könnt Ihr das tun.«
»Nein, Malintzin«, erwiderte Moctezuma, nachdem er nur ganz kurz gezögert hatte, »hier bin ich glücklicher.«
Beide Götter logen, wie es nun mal Art der Götter ist. Und dabei tat jeder von beiden so, als glaube er dem anderen, so wie es eben Art der Menschen ist.
Es gab nicht eine Stunde lang gegenseitiges Einvernehmen. Cortés stellte Wachen vor den Türen auf, um zu gewährleisten, daß Moctezuma nicht entfloh – was zu diesem Zeitpunkt das letzte war, was der Sprecher wollte. Doch Moctezuma hielt die Wachen für seine Beschützer, nicht für seine Gefängnisaufseher. Er gab ihnen und allen anderen Spaniern, die ihm über den Weg liefen,

Geschenke: Gold, Silber, Baumwolltuch und Mädchen. Infolgedessen priesen die Spanier seine Großzügigkeit und wären nie auf den Gedanken gekommen, daß dies Opfergaben an die Götter oder an die Diener der Götter waren, keine Geschenke an Menschen. Jeden Tag unterwies Cortés Moctezuma in der christlichen Religion, was zum Glück nichts fruchtete. Niemand schien zu begreifen, daß die Bekehrung des Sprechers für Gefiederte Schlange eine unvorstellbare Katastrophe gewesen wäre.

Mittlerweile schickte Cortés kleine Gruppen von Spaniern aus, um die königlichen Goldminen zu finden, nach Häfen zu suchen und Landkarten anzufertigen – und all das mit Moctezumas Hilfe. Der Sprecher, dem so sehr daran gelegen war, die Spanier zufriedenzustellen, damit sie bald wieder abzogen, schlug vor, von den Städten am See Tribut einzutreiben. Es erübrigt sich zu sagen, daß die spanischen Offiziere nur allzu begierig waren, solche Aufträge zu übernehmen, und unseligerweise wurde ausgerechnet Pedro Alvarado bestimmt, eine solche Gruppe nach Texcoco zu führen, die stolze Stadt, die von dem stolzen Cacama regiert wurde.

Alvarado kehrte an diesem Tag bei Sonnenuntergang zurück; zusammen mit einer Gruppe von Spaniern und einem Dutzend Tlaxcalanern hatte man ihn fünfzehn Meilen über den See gerudert. Die Wertgegenstände, die er den Texcocoern abgenommen hatte, wurden im Hof ausgebreitet, damit Cortés sie sich ansehen konnte.

»Das habt Ihr gut gemacht, Pedro. Es ist mehr, als wir gefordert hatten.«

Alvarado gluckste vor Vergnügen. »Dazu bedurfte es nur sanfter Überredung – und eines bißchen heißen Pechs.«

Dann kam die Geschichte heraus – Alvarado war nämlich mächtig stolz darauf –, daß Cacama, als er nichts herausrücken wollte, nackt ausgezogen und gefesselt worden war und Alvarado ihm heißes Pech auf den Leib hatte tröpfeln lassen. »Und heißes Pech ist ein sehr überzeugendes Argument. Der Wilde zeterte und schrie eine Weile, wurde dann aber sehr großzügig.«

Mein Gebieter erbleichte, ließ sich seinen Zorn jedoch nicht anmerken. Alvarado war bei den Soldaten sehr beliebt; sie mochten seine derbe Art und seine groben Späße. Jetzt fanden die

Männer diese Geschichte von der Erpressung durch Brandblasen komisch. Ich jedoch wußte, daß der Stolz des Fürsten Cacama eine solche Behandlung nicht ertrug, und am nächsten Tag berichteten meine Grillen mir, daß Texcoco vor Empörung kochte.
Moctezuma erfuhr bald durch seine Spione von einer Verschwörung gegen ihn, die von Cacama und vier anderen Herrschern von Städten am See angezettelt wurde. Einer der Rebellen war Moctezumas eigener Bruder. Sie hoben insgeheim ein Heer aus und wollten in acht Tagen zuschlagen, wenn Gefiederte Schlange – in seiner Gestalt als Abendstern – besonders schwach war.
Wie ein Habicht fiel mein Gebieter über die Verschwörer her. Fürst Cacama wurde in ein Gebäude gelockt, das am Texcocoer Ufer auf Pfählen stand. Einer der Räume war mit einer Falltür ausgestattet, unter der versteckt drei Kanus warteten, deren Besatzung bis an die Zähne bewaffnet war. Cacama wurde ergriffen und in einem Netz über den See gebracht, um Cortés und Moctezuma ausgeliefert zu werden. Dort überhäufte er seinen Onkel mit Verwünschungen.
»Wann soll Fürst Cacama hingerichtet werden?« fragte ich.
Mein Gebieter machte ein entsetztes Gesicht. »Er ist von königlichem Geblüt! Man erschlägt keinen Fürsten.«
Statt dessen wurde Cacamas Hals in das Glied einer riesigen Kette gesteckt, die von einem der Schiffe stammte. Er hatte bald vier Gefährten, die gleichfalls in diesen Halseisen aus Kettengliedern steckten – es waren die anderen aufrührerischen Fürsten. Später wurde gesagt, daß es menschenfreundlicher gewesen wäre, wenn man sie hingerichtet hätte. Es ist immer einfach, jemand anders diese besondere Freundlichkeit zuteil werden zu lassen. Wenn ich mir die Todesart ausmalte, die sich Cacama für mich ausgedacht hätte, kommt mir die Kette weniger grausam vor.
Der Abendstern gewann in den nächsten Tagen an Kraft, und auch die Macht meines Gebieters nahm zu. Moctezuma beschloß plötzlich, König Carlos die Treue zu schwören – vielleicht war es das, was Cortés wollte, vielleicht würde er dann fortgehen. Eine öffentliche Feier fand statt, bei der auch ein spanischer Notarius nicht fehlte. Während der Erste Sprecher den Treueid leistete, weinten viele aztekische Adelige, und Herr Weibliche Schlange

schaffte es kaum, zumindest nach außen hin Ruhe zu bewahren. Für gewöhnlich war ich eine Frau für ihn, tat er also, als wäre ich Luft für ihn, doch jetzt zischte er mich an: »Die Menschen sollten einen neuen Herrscher mit Freude anerkennen, nicht mit wehem Herzen.«

»Jawohl, hoher Herr, das wäre besser«, antwortete ich und überlegte, wie viele der unterworfenen Völkerschaften wohl die Herrschaft irgendeines Aztekenherrschers freudig begrüßt hatten.

Die Tinte auf dem Treueid war noch nicht trocken, als Moctezuma verkündete, er werde den Schatz im Gewölbe von Herrn Wassergesicht König Carlos schenken. (War es *das,* worauf Cortés wartete? Ob er jetzt wohl abzog?)

»Ich weiß, Ihr habt die Tür des Gewölbes öffnen lassen, also habt Ihr gesehen, daß ich Euch keine Kleinigkeit anbiete.«

Mein Gebieter war von Moctezumas Geste tief gerührt, und die anderen Spanier waren überwältigt, daß ihnen jetzt geschenkt wurde, was zu stehlen sie längst beschlossen hatten. Mir kam das Ganze wie Wortklauberei vor; höchstens, daß damit das Volk bestätigt bekam, welche Macht Cortés besaß, und deutlich wurde, wie sehr Moctezuma ihn liebte.

In dem Mond, der auf das Fest der Wimpel folgte, bei dem die Spanier große Augen machten, als sie nackte Frauen tanzen sahen, die Augen aber verschlossen, als Opferungen vollzogen wurden, schien mein Gebieter, der *capitán,* über alles zu gebieten: unermeßliche Reichtümer, den Gehorsam eines Gottherrschers sowie die Sicherheit vor seinen offenkundigsten Feinden, die hilflos in seiner großen Halskette schmachteten. Die Menschen waren mit ihren Festlichkeiten beschäftigt und schienen sich für nichts weiter zu interessieren.

Jetzt war es an meinem Gebieter, Klugheit walten zu lassen, Kräfte zu sammeln und mit allergrößter Umsicht vorzugehen. Jedenfalls hätte seine menschliche Seite, der praktisch veranlagte Cortés so gehandelt – das war es, was ich erwartete. Allerdings hatte ich weder mit seiner Göttlichkeit noch mit Rauchendem Spiegel gerechnet.

Zweimal jede Nacht und zu jeweils unterschiedlichen Zeiten stand mein Gebieter auf und inspizierte leise die Wachtposten. Eines Nachts, in einer späten Wache, weckte er mich vorsichtig und hielt mir einen Finger vor den Mund; ich sollte also schweigen. »Komm rasch«, sagte er im Flüsterton.

Ohne Fackel schlichen wir durch das Gewirr der Palastkorridore zu den Gemächern Moctezumas. Ein Seitenzugang zu einem Raum, den dieser als Kapelle benutzt, war mit Ledervorhängen verschlossen, die dicht verschnürt waren, um Wärme drin zu halten und ungestört zu sein. Davor standen zwei Wachen, die sich vorlehnten und den Hals ausrenkten, um mitzubekommen, was drin vorging. Selbst im Halbdunkel erkannte ich, daß sie blaß vor Schrecken waren. Cortés gebot mir mit einer Handbewegung zu horchen.

Unheimliche schrille Laute kamen aus der Kapelle; da wurde gezwitschert und gestöhnt, wie weder Mensch noch Vogel es taten. Einen Moment konnte ich mir nicht vorstellen, daß etwas davon menschliche Sprache sein könnte; doch dann fing ich verzerrte Wörter auf: » ... Nicht antworten ... Ich will nicht sprechen.«

Mit einer scharfen Klinge machte einer der Wachsoldaten unten am Vorhang einen Schnitt, und ich spähte hinein. Ich sah verschwommenes Glosen von brennenden Zweigen: Kiefern- und Sandelholz; außerdem erkannte ich die Gestalten Moctezumas und seines Oberpriesters, die beide vor einem Altar ausgestreckt auf dem Boden lagen; auf dem Altar stand ein großer Steinspiegel, eine Mosaikarbeit aus Obsidian. Eine weitere Person, ein Kind oder eine kleine Frau, lag ausgestreckt auf dem Altar; Arme und Beine hingen leblos über den Rand: ein frisches Opfer. Der Priester zuckte und stöhnte in Trance, bemühte sich, auf die Knie zu kommen und hob sein blutverschmiertes Gesicht, bis es von einem Widerschein auf dem Spiegel schwach erhellt wurde. Der Spiegel war wohl so aufgestellt, daß er einen Strahl von Dame Mond auffing. Doch dann fiel mir ein, daß Dame Mond heute nacht tot war; der Spiegel war zu einem Fenster gedreht, und ich sah also den blassen Widerschein eines Feuers, das auf der Plattform des großen Tempels auf der anderen Straßenseite brannte. Das Feuer mußte eigens zu diesem Zweck entzündet worden sein; es war, als

ob die Götter von dem Tempel in die Kapelle herübergekommen wären, sich auf einem Lichtstrahl durch die Luft bewegten.
Der Priester zerkratzte sich die Wangen, bis Blut kam; dann ließ er wieder seinen eigentümlichen Nachtvogelruf ertönen. »Ich will es dir jetzt nicht sagen ... noch nicht.« Dann wurden die Worte zu schrillen Schreien, unmenschlichen Lauten, obwohl sie aus dem Mund des Priesters stammten. Das war die Stimme von Rauchendem Spiegel selbst, und ich hatte nie etwas Grauenerregenderes und Erschütternderes gehört. Ich erhob mich und trat zurück, damit mein Gebieter selbst sehen konnte. Auf den Armen hatte ich eine Gänsehaut.
Cortés kniete nieder und spähte in den Raum hinein; dann schüttelte es ihn. Nach einer Weile richtete er sich auf und lehnte sich gegen einen der Pfeiler. Alle Farbe war ihm aus dem Gesicht gewichen, er sah aschgrau und krank aus; so hatte ich ihn noch nie erlebt, außer in Tlaxcala, als er am meisten gelitten hatte. »Wir haben den Teufel gesehen«, sagte er so leise, daß die Wachen, denen ohnehin schon der Schrecken in die Glieder gefahren war, es nicht hörten.
Immer noch zitternd, fragte er mich in unserer Kammer: »Wer hat gesprochen?«
»Rauchender Spiegel, mein Gebieter. Moctezuma hat den Gott befragt, und der Gott hat durch den Priester geantwortet, wollte aber nichts sagen.«
»Und was war das für ein Lichtschimmer? So etwas Höllisches habe ich noch nie gesehen.«
Ich erklärte das mit dem Spiegel und dem Tempelfeuer. »Das heißt, wenn Moctezuma nicht zum Tempel gehen kann, wird die Tempelkraft wie Zauberei hierhergebracht.« Er rieb sich die Augen. »Auf dem Altar, das war eine Leiche. Wie konnte das geschehen? Ich habe es doch ausdrücklich verboten, habe meine Befehle erteilt.«
Ich sagte nichts. Sollte mein Gebieter doch selbst herausfinden, daß Moctezuma die Wachen täglich bestach.
Mein Gebieter ging auf die Terrassentür zu. Von dort aus war nur eine Ecke des großen Tempels zu sehen, doch die Flammen des Opferfeuers warfen tanzende Schatten auf die Steinstufen. Irgend-

ein wildes Tier, vielleicht ein Ozelot in einem Käfig in der Menagerie, fauchte, und ein anderer antwortete. Ein Nachtvogel rief mit einer Stimme, die wie die von Rauchendem Spiegel klang.
»Der Satan ist dort, und wir können nicht neben ihm leben. Er muß vernichtet werden. Was immer wir hier anfangen, ist nutzlos, solange das nicht vollbracht ist.«
Zum ersten- – und zum einzigenmal – sah ich, daß Cortés Furcht zeigte; und was ihn ängstigte, war nichts Irdisches, sondern das waren die Götter, von denen er so oft gesagt hatte, sie besäßen keine Macht.

Obwohl er in dieser Nacht nur wenig schlief, stand Cortés am nächsten Morgen frisch und tatendurstig auf. Die Schatten hatten sich verzogen. Er suchte Moctezuma früher als sonst auf und verlangte nach der kürzesten Vorrede, die die Höflichkeit gerade noch erlaubte, ohne Umschweife von Moctezuma, daß die beiden großen Schreine von Rauchender Spiegel und Kolibri noch heute in eine christliche Kirche umgewandelt wurden. »Ihr habt zu lange am Rand des Bösen gelebt, Don Moctezuma.«
Das war der Augenblick, den Moctezuma immer gefürchtet und gegen den er alles nur Mögliche unternommen hatte; die Konfrontation, die zu vermeiden er alles getan hatte. »Das geht nicht, Malintzin. Das würden die Menschen nie zulassen, und die Götter selbst würden die Stadt zerstören.«
Genauso wie Moctezuma fürchtete auch ich den Kampf der Götter, und während ich die Worte übersetzte, wies ich die Vorstellung, auf irgendeine Weise an dieser Auseinandersetzung beteiligt zu sein, weit von mir. Bald begriff ich, daß Cortés wie ein Händler auf dem Markt zunächst einmal den Höchstpreis verlangt hatte, einen Preis, von dem er wußte, daß er nicht bezahlt werden würde. Jetzt, da die Ängste der Nacht hinter ihm lagen, war er bereit, sich mit weit weniger zufriedenzugeben als der Zerstörung des Tempels.
Endlich verständigten er und Moctezuma sich – beide widerwillig –, daß eine Kammer des Tempels für einen Schrein der Heiligen Jungfrau hergerichtet werden sollte. »Ihr werdet sehen, Don Moctezuma«, rief Cortés, »allein das Vorhandensein eines solchen Schreins wird den Erzbösen hinaustreiben.«

Ich selbst hätte diese Worte nicht genau so übersetzt, doch der Page Ortega hörte zu, und so blieb mir keine andere Wahl. Als er die Worte hörte, erbleichte Moctezuma. »Ich habe mich nur bereit erklärt, die Priester um Erlaubnis zu bitten«, sagte er, doch Cortés hörte nicht zu.

Noch am Nachmittag desselben Tages stiegen mehrere spanische Soldaten mit Vater Olmedo, Aguilar und dem Kaplan zu den Zwillingsheiligtümern hinauf. Cortés selbst trug ein Bild Unserer Lieben Frau und Vater Olmedo die Statue eines minderen christlichen Gottes, eines Riesen namens heiliger Christopherus. Niemand hätte diesen Christopherus ausgewählt, nur gab es keine andere Statue, und ohne einen heiligen Gefährten in der Nähe konnte man Unsere Liebe Frau nicht allein lassen. Christopherus sollte sie beschützen. Mein Gebieter, der *capitán*, stieg hochgemut die Treppe hinauf, nahm immer zwei Stufen auf einmal und blieb dann stehen, damit wir anderen ihn einholen konnten.

Aguilar frohlockte innerlich, war jedoch nervös und hatte Angst vor den Priestern, die wie Geier auf einem Ast auf uns herabblickten. »Wir haben wirklich die Erlaubnis?« wandte er sich an Cortés.

»Nicht nur die Erlaubnis, sondern auch das hier«, sagte Cortés und schlug mit der Hand an den Schwertgriff.

Kurz darauf wandte Aguilar sich leise an mich. »Ich glaube, Vater Olmedo hat recht. Man kann nicht mit Gewalt bekehren. Bekehrung ist nur durch Verstehen und umfassende Liebe möglich.«

Ich nehme an, daß er das wohl gemeint hat; nur sprach er maya, und dadurch kam es folgendermaßen heraus: »Dadurch, daß man jeden Menschen in der Welt liebt.« Sein Gesicht sah bekümmert aus.

»Liebt Ihr denn jeden, Bruder Aguilar?« fragte ich.

»Selbstverständlich tue ich das.« Was selbstverständlich das gleiche war, wie niemanden zu lieben.

Dreizehn Stufen unterhalb der Plattform mit den Schreinen blieb ich stehen. Für das, was sie sich vorgenommen hatten, brauchten sie keinen Dolmetscher, und mich verlangte es nicht danach, Rauchendem Spiegel in seinem eigenen Haus gegenüberzutreten. Still setzte ich mich auf eine Treppenstufe und bemühte mich nach der Art meines Vaters um heitere Gelassenheit. Ich ließ den Blick zu den prachtvollen Vulkanen hinüberschweifen und hoffte, Haltung aus dem Anblick von Schlafender Frau zu ziehen und Kraft aus dem von Rauchendem Mann. Ich versenkte mich in die weiße Reinheit ihrer Schneekronen.

Über mir hörte es sich an, als würden schwere Gegenstände hin und her geschoben und etwas aufgewischt. Vater Olmedo sang eine Hymne, und die brüchige Stimme von Aguilar fiel unsicher ein. Zeit verging. Ich hatte fast Harmonie mit den Bergen erreicht, als ich zornige Rufe aus einem der Schreine vernahm. Ein schrecklicher Krach folgte, und ein Priester stieß zeternd einen Schwall aztekischer Flüche aus. Ein spanischer Soldat rannte die Treppen hinunter, und der Offizier Andres Tapia rief hinter ihm her: »Cortés sagt, du sollst vierzig Mann mitbringen. Und die Bewachung von Moctezuma verdoppeln.«

Ich kletterte weiter hinauf und hörte noch mehr Verwünschungen und Schreie. Vier Priester von Rauchendem Spiegel umflatterten mit wallenden Gewändern den Eingang zum Schrein des Gottes; einer fuchtelte mit einem Opfermesser in der Luft herum, während etliche Fromme Frauen in grauen Gewändern – Pilgerinnen, die den Tempel aufgesucht hatten – in Wehklagen und Tränen ausbrachen. Mit gezogenem Schwert bauten sich zwei spanische Soldaten vor ihnen auf. Das Heiligtum von Rauchender Spiegel, der Thronsaal des Gottes, hatte einen breiten Eingang, dessen Vorhänge mit Hunderten von Kupfer- und Silberglöckchen besetzt waren. Ich hatte diesen Eingang fast erreicht, als von innen eine Stahlklinge die Vorhänge zerteilte, so daß sie mit ohrenbetäubendem Geklirr auf den Steinboden sanken. Für einen Moment stand mein Gebieter, der *capitán*, mit gezücktem Schwert in der Tür, dann verschwand er im dunklen Inneren.

Ich wurde von einer der Frommen Frauen aufgehalten, die mich für eine andächtige Gläubige hielt und am Arm packte: »Geht nicht hinein, Tochter. Dort geht Frevelhaftes vor.«

Ein Priester schrie: »Besudelt! Besudelt! Besudelt!«

Ich schüttelte die Frau ab, erreichte den offenen Eingang, wäre fast über den Haufen glöckchenbestickten Leders gefallen. Von der Sonne geblendet, sah ich im Inneren nur undeutliche Umrisse.

Andres Tapia hielt dem Oberpriester die Hände fest, als dieser versuchte, sich auf Cortés zu stürzen, der gerade in diesem Augenblick eine schwere Eisenstange auf den Kopf von Rauchendem Spiegel niedersausen ließ. Die goldende Maske des Gottes fiel zu Füßen des Altars scheppernd auf den Boden. Ich legte schützend den Arm vor die Augen, damit der Anblick des unbedeckten Götterantlitzes mein Blut nicht in flüssiges Feuer verwandelte. Die Maske war zerbrochen. Der Oberpriester gab den Kampf auf und brach in Schluchzen aus.

Angstvoll wandte ich mich ab, als mein Gebieter zu den weniger bedeutenden Göttern ging, die Stange hob, zuschlug und immer wieder zuschlug.

»Genug, mein Sohn!« rief Vater Olmedo. »Das bringt nichts Gutes. Denkt an die Gefahr.«

Mein Gebieter warf die Stange zu Boden; sein Werk war beendet. Er hatte an Macht und Status gewonnen; er war erhaben. Doch als er sprach, klang seine Stimme sanft; vorsichtig tadelnd sagte er: »Sollten wir für Gott denn nichts riskieren?«

Am nächsten Tag stellte sich heraus, daß wir alles riskiert hatten. In der Stadt war etwas im Gange. Die Straßen leerten sich oft, wenn Versammlungen abgehalten wurden, und die Kriegerorden hielten Geheimsitzungen ab. Die Nachricht von der Schändung von Rauchendem Spiegel, von diesem Sakrileg, verbreitete sich mit Windeseile über die Seen und in die Berge.

Nervös beklatschten die Spanier Cortés' Tat, konnten jedoch nicht verstehen, warum er ausgerechnet einen so gefährlichen Zeitpunkt gewählt hatte. »Was ist da oben vorgefallen?« fragte Bernal Diaz, kratzte sich am Kopf und runzelte die Stirn. Offenbar nichts Ungewöhnliches; jedenfalls hatte keine neue Greueltat stattgefunden. Cortés hatte nichts weiter getan, als in einem Augenblick frommer Raserei alle Vorsicht fahrenzulassen.

»Das ist sonst nicht seine Art«, sagte Jaime Garay. »Er ist immer so besonders schlau, so klug berechnend. Er wirft ja nicht mal einen Würfel, ohne alle Möglichkeiten und Unwägbarkeiten zu bedenken.«

Einzig ich verstand die Empörung, die den Gott gepackt hatte, als er vor seinem Erzfeind, Rauchendem Spiegel, stand. Ich hatte in der Zeit, die ich mit meinem Gebieter, dem *capitán*, zusammen war, viele bemerkenswerte Tage erlebt und viel Wunderbares gesehen. Doch seinen größten Augenblick erlebte er und vollbrachte seine reinste Tat, als er wider alle Vorsicht die Eisenstange niedersausen ließ und Rauchendem Spiegel die Maske vom Gesicht schlug. An dieses Bild erinnere ich mich vor allen anderen – wie fassungslos der Gott über die eigene Leidenschaftlichkeit ist.

Um diese Zeit fiel kein Regen, was nicht ungewöhnlich für diese Jahreszeit ist, doch die Priester schürten Gerüchte, daß der Regen Bringer, entsetzt über die Tatsache, daß oben im Tempel das Bild einer Frau stand, das Land für immer verlassen habe. Eine Abordnung von Bauern, deren Anführer ein paar verdorrte, abgestorbene Maiskolben vorwies, kam zu Cortés. »Ihr habt unsere alten Götter beleidigt und die Dürre gebracht. Jetzt bewegt den neuen Gott, der eine Frau ist, daß sie uns Regen schenkt.« Das war eine Herausforderung, und ich hatte den dringenden Verdacht, daß die Maiskolben aus der vorjährigen Ernte stammten; das war nur ein Trick, den die Priester sich ausgedacht hatten. Aber mein Gebieter nahm die Herausforderung an.

Die spanischen Soldaten erhielten Befehl, um Regen zu beten und sich dabei abzulösen wie beim Wachdienst. Viel Begeisterung war ihnen nicht anzumerken.

Pedro Alvarado bellte die Truppen an. »Auf die Knie und gebetet, ihr Kacker! Jetzt zeigt mal, was ihr könnt.«

Die Gebete wurden lauter, doch keine Wolke tauchte auf. »Bringt die Frauen heraus«, befahl Cortés. »Sollen sie sich von ihrem Lotterlager erheben und niederknien. Sollen sie doch in der Sprache beten, die sie können.«

Zum erstenmal seit Wochen sah ich Blumen Tasche und ihren Stall von Huren, die alle dazu übergegangen waren, sich das Gesicht mit Kreide zu pudern, um wie Spanierinnen auszusehen. Dabei sahen sie nichts ähnlicher als staubbedeckten Tänzerinnen auf einem Dorffest. Die Frauen beteten und sangen, Blumen Tasche ließ ihren Rosenkranz zur Ehre Gottes kreisen, doch Regen fiel nicht.

Am nächsten Tag kletterten wir in unserer Verzweiflung zum

Tempel hinauf, wo Vater Olmedo schwitzend vor dem Bild Unserer Lieben Frau und unter einem wolkenlosen Himmel eine Messe in besonderem Anliegen zelebrierte. Als wir die Treppenstufen hinunterstiegen, grollte von den Bergen der Donner, und es kam zu einem solchen Wolkenbruch, daß wir bis zu den Fußknöcheln im Wasser in den Palast zurückwateten.

Cortés hob das Gesicht zum Himmel und lachte; Wasser prasselte ihm auf den Helm und lief ihm über die zerfurchten Wangen in den spitzen Bart. Den unsichtbaren aztekischen Priestern schrie er zu: »Da seht, ihr blutrünstigen Bastarde! Was sagt ihr jetzt?« Donner rollte durchs Tal, und Cortés lachte womöglich noch lauter und schlug den Männern neben sich so hart auf die Schultern, daß diese wankten. »Ihr Ausgeburten kubanischer Huren! Ihr betet womöglich noch besser, als ihr kämpft! Ich werde das Hauptquartier in ein Kloster verwandeln.«

Dieser Sieg für Gefiederte Schlange löste Bestürzung aus. Offenbar kamen die aztekischen Priester und Rauchender Spiegel zu dem Schluß, daß ihnen keine andere Wahl blieb, als sich selbst umzubringen oder andere zu ermorden, und letzteres schien wohl allen wünschenswerter. Zusammen mit gewissen Adligen trafen sie sich mit Moctezuma, und so erwartete ich das Schlimmste, als der Sprecher wissen ließ, er müsse sofort mit Cortés sprechen.

Moctezuma hatte sich offensichtlich von seinem Schmerz über die Tempelschändung erholt. Ruhig rauchend saß er da und schien seine Besorgnis wegen der Götter erneut hintangestellt zu haben, denn sein Lächeln war heiter, und seine Augen waren klar, als könne er kein Wässerchen trüben. Aber er sagte: »Malintzin, alle Spanier müssen die Stadt sofort verlassen. Die Götter haben endlich gesprochen und uns gesagt, wir sollten euch alle umbringen, euch bis ans Meer und noch weiter treiben.«

Er sagte nicht, daß die Schlacht von Tula zwischen Rauchendem Spiegel und Gefiederter Schlange noch einmal geschlagen werden müsse und daß es Gefiederter Schlange bestimmt sei zu verlieren. Doch meinte er das. »Ich habe euch also gewarnt.«

Meinem Gebieter war nicht anzumerken, was in ihm vorging. Die beiden Gegner lächelten sich an, ein Diener schenkte freundlich Schokolade ein. Eine spanische Ordonnanz hatte Cortés begleitet, an die er sich jetzt im freundlichsten Ton wandte: »Geh jetzt ruhig mit einem Lächeln, und versetz das Heer in Alarmbereitschaft; sie sollen drauf gefaßt sein, einen Angriff abzuwehren.« Dann wandte er sich wieder an Moctezuma. »Ich fürchte, ohne Schiffe können wir nicht fort. Ich vertraue darauf, daß Ihr Eure Leute von jedem unüberlegten Schritt abhaltet, bis wir Schiffe bauen können.«

Moctezuma dachte darüber nach und nickte dann. »Ich will versuchen, Euch Zeit zu geben. Meine Zimmerleute stehen Euch zur Verfügung.«

Wir hatten es nun mit einem Moctezuma zu tun, wie wir ihn bisher noch nicht kennengelernt hatten. Er war heiter und hart wie Jade. Rauchender Spiegel und Kolibri hatten ihn endlich beruhigt und ermutigt. Er mochte uns hinhalten, um einen göttlichen Bürgerkrieg zu verhindern, doch mit Drohungen wäre heute für uns nichts zu gewinnen gewesen.

Trotzdem versuchte es mein Gebieter. »Und noch etwas. Ihr selbst müßt uns in unser Land begleiten, das hinterm Sonnenaufgang liegt. Mein Gebieter, König Carlos, besteht darauf, einen Herrscher kennenzulernen, der ihm bereits Treue geschworen hat.«

Moctezuma zuckte zusammen und dachte für einen Moment nicht an die Götter oder an sein Volk, sondern an sich selbst. Die Vorstellung der Welt hinter dem Meer war für ihn ebenso erschreckend wie für mich. Dann faßte er sich wieder. »Ich nehme an, man würde mir nicht erlauben, von hier fortzugehen. Doch zunächst einmal lege ich Euch dringend ans Herz, mit dem Bau der Schiffe nicht zu säumen.« Er machte eine Handbewegung, um anzudeuten, daß die Unterhaltung beendet sei, und sein Haushofmeister überreichte mir einen Armreif aus Jaspis.

Als wir den Hof überquerten, murmelte Cortés: »Vielleicht ist es nichts Ernstes. Er ändert sich mit jedem Windhauch.«

Gleichwohl erteilte mein Gebieter noch am selben Tag Martin Lopez, einem Schiffsbaumeister, den Auftrag, zusammen mit einigen aztekischen Schiffszimmerern nach Veracruz aufzubrechen. Sie sollten drei Schiffe bauen.

Für mich hatte das etwas Bedrohliches. Wenn Cortés den Auftrag von Gefiederter Schlange fahrenließ und fortsegelte – was wurde dann aus mir? Zwar würde er mich wohl nicht gerade auf Gnade und Ungnade den Azteken ausliefern, doch konnte er mich wohl kaum als seine Gemahlin mit nach Kuba nehmen, weil er dort schon mindestens zwei Frauen hatte. Und dort hätte ich nicht einmal Hure werden können, einmal angenommen, ich wäre überhaupt imstande, diese Rolle zu spielen; denn anders als unsere Freudenmädchen wurden die Frauen, die dort Lust schenkten, verachtet und standen auf der untersten Stufe der Gesellschaft. Spanien wiederum kam überhaupt nicht in Frage. In Spanien würde man mich vorführen wie ein wildes Tier im königlichen Zoo. Ich bekam es mit der Angst zu tun.

In dieser Nacht hielt mein Gebieter mich eng an sich gepreßt; er bedeckte mich mit seinem Leib und seinen Küssen und flüsterte feurig von meiner Schönheit und seiner eigenen unsterblichen Liebe – was alles so zauberhaft war, daß ich mich in der Illusion verlor, diese Lust würde ewig währen und es würde nie ein anderes Leben geben; er würde sich nicht verändern, und ich würde mich nicht verändern. So schlief ich zufrieden ein und glaubte an diesen königlichen Traum.

Doch dann träumte ich etwas ganz anderes. Ich stieg einen Bergpfad hinauf, schaute hinunter und sah das Füllen Citla, jenes kleine Pferd, das seine Mutter verlassen hatte, um mit den Hirschen umherzuziehen. Jetzt versuchte es vergeblich, zurückzukehren und andere Pferde zu finden. Ein kalter Wind fuhr vom Berg herunter, das Fohlen fiel hin und starb.

Ich erwachte und saß kerzengerade auf den Matten. Ich wußte, wenn wir scheiterten und mein Gebieter ein Schiff bestieg, um gen Osten zu segeln, gab es für mich nichts als den Tod.

Zwölf Tage lang ging das Leben im Palast weiter wie zuvor. Jeden Morgen stattete mein Gebieter Moctezuma einen Besuch ab, um mit ihm über Angelegenheiten des Reiches zu reden. Jetzt begleitete ich ihn nur, wenn es heikle Dinge zu übersetzen gab. Mich machte es nicht glücklich, den Sprecher täglich zu besuchen. Irgend etwas an seiner neuen Gelassenheit beunruhigte mich; er starrte mich so wissend an, daß mir unbehaglich wurde, als ob er einen Blick in die Zukunft werfe und das, was er sah, als tragisch empfände.

Eines Morgens kehrte mein Gebieter irritiert zurück. »Er ist heute merkwürdig. Du mußt dir heute nachmittag selbst ein Bild machen.«

Als wir den Sprecher besuchten, kicherte er fast. »Ich hatte Euch zurückerwartet. Warum habt Ihr mir heute morgen nichts von der erstaunlichen Neuigkeit erzählt? Habt Ihr der Übersetzung des Knaben nicht getraut?«

Ich antwortete für Cortés. »Genauso war es, mein Gebieter.« Was für Nachrichten?

Moctezuma winkte seinen Dienern, die ein langes, mit Bildern bemaltes Baumwolltuch entrollten. »Dies wurde gerade gebracht. Aber um was es geht, wußte ich im großen und ganzen schon heute morgen.«

Auf dem gemalten Brief waren Palmen und Sand zu sehen; im Hintergrund Wellen – die Küste von Veracruz. Dreizehn spanische Schiffe lagen vor Anker; fünf andere waren gestrandet und zerschmettert. Am Strand wimmelte es von Männern, Pferden, Vorräten und Kanonen. »Diese Neuankömmlinge befinden sich in dem Hafen, in dem Ihr ursprünglich gelandet seid, Malintzin. Diese Nachricht hättet Ihr mir nicht vorenthalten sollen.« Er bedachte Cortés mit einem strengen Blick, und seine Stimme bekam etwas Schneidendes. »Ich teile Eure Freude über die Ankunft Eurer Brüder. Jetzt werdet Ihr keine Schiffe brauchen, um davonzufahren. Sie werden Euch zur Verfügung gestellt.«

Cortés zeigte keinerlei Überraschung und betrachtete die Bilder. »Bis jetzt habe ich nur durch Eingebungen von der Landung gewußt. Sie ist also bestätigt worden.«

Cortés trat rasch an die Tür und rief die Wachen herbei. »Macht überall bekannt, daß an der Küste Verstärkungen gelandet sind – Schiffe mit Männern und Pferden. Und danket alle Gott!«

Draußen wurde Jubel laut, und einen Augenblick später, nachdem wir uns von Moctezuma verabschiedet hatten, wurde laut gefeiert. Eine Hakenbüchse wurde in die Luft abgefeuert; Reiter galoppierten im Hof herum und schrien und schwenkten Banner. Ich jedoch erkannte am Gesichtsausdruck meines Gebieters, daß die Nachricht alles andere als gut war.

»Dann sind also diese goldgierigen Hunde aus Kuba da«, sagte er.

Das Heer begriff bald, daß die Feier nur vorgetäuscht war; keine Kameraden, sondern gierige Rivalen waren an Land gegangen. Die Einzelheiten verstand ich nicht. Ich wußte, daß mein Gebieter eifersüchtige Feinde auf Kuba hatte, unter anderem einen Gouverneur, der keine Ahnung von Cortés' Mission hatte. Mir war klar, daß wir jetzt in der Zwickmühle saßen.
Die meisten anderen Männer wären verzweifelt gewesen, doch mein Gebieter zog aus der Konfrontation neue Kraft; er wich dem Schicksal nicht aus, sondern gestaltete es.
Kurz vor Sonnenuntergang schickte er den Offizier Andres Tapia nach Veracruz; er sollte in Erfahrung bringen, was eigentlich los war. Tapia marschierte tagsüber, und nachts ließ er sich von tlaxcalanischen Lastenträgern tragen. Inzwischen begann mein Gebieter, Gold aus der königlichen Schatzkammer zu verteilen. Er kaufte sich den guten Willen der Soldaten, er schmeichelte und machte ihnen Versprechungen. Bald erfuhren wir, daß die Neuankömmlinge in der Tat gekommen waren, um Cortés zu vernichten, und dafür gut gerüstet waren. Es waren achthundert Soldaten, achtzig Pferde und mindestens zehn Kanonen.
»Eure Brüder an der Küste enttäuschen mich«, sagte Moctezuma und konnte seine Schadenfreude nicht ganz verhehlen. »Sie beleidigen Euch, Malintzin. Sie nennen Euch einen Deserteur und Gesetzlosen. Aber ich habe ihnen zum Willkommen ein paar Vorräte geschenkt. Und Gold, selbstverständlich.«
»Ihr seid gütig«, antwortete Cortés und verneigte sich.
»Ich bemühe mich. Ich finde, es lohnt sich im Leben, sich Freunden gegenüber freundlich zu zeigen.« Moctezuma lächelte. »Und Feinden gegenüber kein Erbarmen zu kennen.«
»Ganz meiner Meinung«, erwiderte Cortés gleichfalls lächelnd.
Tage vergingen, Boten eilten hin und her. Eines Morgens trafen auf merkwürdige Weise drei Spanier ein, einer davon war ein Priester. In Veracruz hatte man sie in Netze gesteckt und sie, in Hängematten gewickelt, von kräftigen Trägern auf dem Rücken von dort bis nach Tenochtitlan tragen lassen. Mein Gebieter empfing sie voller Mitgefühl, sorgte dafür, daß sie rasch aus ihren Netzen gewickelt wurden und begütigte den speichelsprühenden Geistlichen.

Cortés beschloß, eilends zur Küste zu marschieren, sich mit seinen Feinden ins Benehmen zu setzen und Pedro Alvarado an der Spitze von achtzig Spaniern sowie vierhundert tlaxcalanischen Kriegern zurückzulassen, um den Palast und die Stadt zu halten. Ich sollte bei ihnen bleiben, denn in Veracruz würde man mich nicht brauchen. Diesmal sprachen die Gegner alle dieselbe Sprache.

»Ich habe Pedro ans Herz gelegt, Besonnenheit zu bewahren«, erklärte mir mein Gebieter. »Könnte sein, daß du ihn ab und zu daran erinnern mußt.«

»Das werde ich tun«, sagte ich. Aber das wäre natürlich das gleiche gewesen, wie Rauchenden Mann zu bitten, nicht auszubrechen.

Cortés bat die Tlaxcalaner um fünftausend Mann. Ein noch atemloser Schnell-Bote ratterte die Antworten dem Alten herunter: »Hoher Herr, unsere Heere stehen Euch zum Krieg gegen Azteken und andere Menschen zur Verfügung. Aber gegen Dämonen, wie Ihr selbst es seid, können wir nicht kämpfen. Wir werden Euch zwanzig Lasten Hennen liefern.«

»Hennen!« schnaubte Cortés. »Wie passend!«

Mein Gebieter, der *capitán*, rückte am fünften Tag des Mai aus der Stadt aus. Als die Truppen abmarschierten, sah Moctezuma mich an und sagte: »Er läßt dich zurück. Es wundert mich, daß ein Mann so etwas fertigbringt. Oder ein Gott.«

»Mein Gebieter, es ist ja nur, bis er zurückkommt.«

»Selbstverständlich. Bis er zurückkommt.« Er wußte, daß Cortés' Truppen zehn zu eins unterlegen waren, und das Lächeln, mit dem er mich bedachte, war nicht ganz ohne Mitgefühl.

20 Auf der Insel in der Insel

Bevor mein Gebieter fortzog, gab er dem Volk Erlaubnis, die Feste von Rauchendem Spiegel zu feiern. »Nur Menschenopfer dürfen nicht gebracht werden.« Das mußte mein Gebieter sagen, um keine Schwierigkeiten mit der Jungfrau Maria zu bekommen; Moctezuma mußte sich einverstanden erklären, damit es nicht zur offenen Schlacht kam. Beide wußten, daß die Opferungen wie gewöhnlich stattfinden würden.

In den Tagen vor dem Fest hatte ich viel Zeit zum Nachdenken. Pedro Alvarado hatte mich als Dolmetsch abgelöst und mir klargemacht, daß er mir nicht traue. »Nur ein Spanier kann die Lügen eines anderen Spaniers verstehen«, sagte er und klopfte dem Knaben Ortega auf den Rücken. »Dieser Bursche macht das schon.«

So schlüpfte ich hinaus, um mir anzuhören, was in der Stadt geredet wurde. In dieser Zeit trugen viele Personen von Rang Masken, und so ging ich unerkannt mit der bezaubernden Maske einer Füchsin mit Habichtsgefieder umher. Die Azteken hätten gesagt, daß das überhaupt keine Verkleidung war, sondern nur das Gesicht, das meine Seele verdiente.

Von den Händlern auf dem Markt erfuhr ich, daß Rauchender Spiegel, was das Abschlachten der Spanier betraf, keinen Sinneswandel durchgemacht hatte, und am Bootsbecken redeten die Ruderer von Krieg und den umfangreichen Opferfeiern nach dem Ende der Festtage. So war ich sicher, daß es erst nach Eintreffen der Nachricht, daß Cortés von den Neuankömmlingen besiegt worden war, zu einem Angriff kommen würde.

Ich überwand meine Abneigung und suchte Pedro Alvarado auf, um ihm Bericht zu erstatten; ich fand ihn in einem Hof, wo ein paar Tlaxcalaner dabei waren, seine Rüstung zu polieren.

»Ah, die Dame mit den Wildkatzenklauen«, sagte er und hob eine riesige rote Pranke, als ob sie immer noch von meinen Kratzern in Cholula schmerzte. Verletzter Stolz heilt besonders langsam.

Ich versuchte, nicht darauf einzugehen, und wollte ihm die Situation in der Stadt erklären. »Was sagt Ihr?« fragte er und sah augenzwinkernd einen Spießgesellen an, der sich in der Nähe herumdrückte. »Ich kann Euch nicht verstehen.«
Ich wiederholte das Gesagte langsam, doch wieder unterbrach er mich und kratzte sich gespielt einfältig am Kopf – dabei hätte er genausogut seine Flöhe fangen können, aber das tat er wohl gleichzeitig. »Euren Versuchen, spanisch zu reden, Doña Marina, ist nicht leicht zu folgen. Ich nehme an, unter einer Bettdecke sprecht Ihr deutlicher.«
»Das werdet Ihr nie erfahren«, sagte ich. Mein Instinkt riet mir, fortzugehen und mir seine Unverschämtheiten nicht länger gefallen zu lassen, doch mein Verstand sagte mir, ich sei es meinem Gebieter schuldig, seinen Vertreter ins Bild zu setzen: »Ich habe gesagt, es wird nicht zum Krieg kommen, bis die Festtage vorüber sind. Und selbst danach werden die Azteken nicht versuchen, den Palast zu stürmen, bis sie nicht gehört haben, daß Cortés geschlagen worden ist.«
»Dann rechnet ihr Wilden also damit, daß Cortés verliert, wie?« Daß er mich mißverstand, war offensichtlich Absicht.
Ich bewahrte die Fassung. »Mein Gebieter wird einen großen Sieg erringen. Ich sage nur, daß wir so bald keine Rebellen zu fürchten brauchen.«
»Wie beruhigend! Dann brauche ich also nicht zusätzliche Schildwachen aufzustellen – genauso, wie Ihr damals gemeint habt, wir brauchten kein zusätzliches tlaxcalanisches Heer. Und wie stehen wir jetzt da?«
Auf soviel Dummheit gab es nichts zu erwidern; allerdings war ich gezwungen, das, was ich zu sagen hatte, zu Ende zu bringen. »Ihr müßt Cortés eine Nachricht schicken. Nach seinem Sieg darf er nur mit einem Angriff wieder in diese Stadt einrücken. Die Azteken werden auf der Lauer liegen wie eine Spinne im Netz. Wir müssen von innen heraus kämpfen, Cortés von außen angreifen.«
Einen Moment verschlug es ihm die Sprache. Dann lachte er und sagte verachtungsvoll: »Interessant zu hören, wie eine Frau die militärische Lage beurteilt. Heute abend werde ich meine Frau

Blumen Tasche fragen, ob sie Eure Ansicht teilt. Vielen Dank, das ist alles, Doña Marina.«
Stolzen Blicks verließ ich ihn; ich zeigte ihm weder meine Wut noch meine Verzweiflung und wußte nun, daß ich eine andere Möglichkeit finden mußte, Cortés eine Nachricht zukommen zu lassen.

Am Morgen des ersten Festtags trat ich bei Morgengrauen auf die Terrasse, die auf den großen Platz hinausging. Während die Frauen und Kinder sich versammelten, um den ersten Festzügen zuzuschauen, sah ich mir genau die Mauern und Brustwehren des Palastes von Herrn Wassergesicht an und versuchte, an die Verteidigungsmöglichkeiten zu denken, wie Cortés sie sich vorgestellt hätte. Der größte Teil des Palastes war einstöckig, doch in der Mitte erhob sich ein hohes Obergeschoß, und durch diese Anlage ergaben sich auf allen vier Seiten die Terrassen. An der Außenseite waren keine Fenster; diese gingen nur auf die Höfe; Vorder- und Hintereingang waren durch schwere Tore versperrt, die die spanischen Zimmerleute angefertigt hatten. Selbst wenige Soldaten mußten imstande sein, das Gebäude eine lange Zeit zu halten.
Heute hatte Alvarado beschlossen, kleine, acht Mann starke Patrouillen auszuschicken, die die Nachbarschaft auskundschaften und gewährleisten sollten, daß die Feiernden unbewaffnet waren. So hieß es zumindest, doch war er ein solcher Schwätzer, daß kein Mensch wissen konnte, was wirklich in seinem Kopf vorging.
Gegen Mittag stieg ich hinunter und hielt mich gleich neben den Palasttoren auf, um dem Eintreffen der Feststatue beizuwohnen. Auch Alvarado und etliche seiner Männer standen da. Sie trugen Rüstungen und machten ein finsteres Gesicht. Der Knabe Ortega stand neben Alvarado, genoß seine Bedeutung und wartete darauf, daß man ihn aufforderte zu übersetzen.
Wie gewöhnlich bei öffentlichen Ritualen waren einige Dinge nicht gleich bedacht worden, und so beaufsichtigte nicht weit von uns ein Priester von Kolibri eine Gruppe von Sklaven, die hohe Stangen in den Boden einließen. Später sollten Fackeln daran befestigt werden, um heute abend den Tanz der Männer nach Mondaufgang zu erleuchten. Mißtrauisch beäugte Alvarado die

Stangen, und ich überlegte, ob er wohl meinte, man könne sie in Sturmleitern verwandeln, um mit ihrer Hilfe den Palast anzugreifen. Heute war er auf alles gefaßt.

Der Platz war noch nicht halb voll; nur zwei- bis dreitausend Feiernde waren eingetroffen, als die große Tempeltrommel dumpf grollend die Ankunft der Feststatue verkündete. Die Leute brachen in Lobpreisungen aus, sanken in die Knie und winkten mit Wimpeln, die sie am Handgelenk befestigt hatten.

Die Statue wurde auf einer Sänfte getragen, die so breit war, daß sie kaum zwischen den Gebäuden hindurchging; diese riesige, dreimal mannshohe Skulptur bestand aus einer Teigmasse, die aus Amarantsamen und Blut gemischt war. Das Götterbild war über und über mit Edelsteinen besetzt und trug einen Kopfputz aus Baumzweigen, die so gefärbt waren, daß sie aussahen wie Federn. Das Obsidianbein blitzte in der Sonne.

Voller Unbehagen tuschelten die Spanier miteinander. Dann rief Pedro Alvarado, der sich noch immer Gedanken wegen der Pfähle machte, dem die Arbeiten beaufsichtigenden Priester zu: »Wofür sind diese Dinger?«

Ortega übersetzte mit einem fürchterlichen Akzent, doch beim zweitenmal verstand der Priester. Zornfunkelnd sah er die Spanier an, vollführte eine obszöne Gebärde und gab eine freche Antwort, die Ortega nicht verstand.

Alvarado wandte sich an mich: »Was soll das alles?«

Ich wollte die Spannung nicht noch dadurch vergrößern, daß ich wiederholte, was der Priester törichterweise gesagt hatte. »An den Pfählen sollen heute abend Fackeln befestigt werden.«

Als Ortega mich das sagen hörte, zupfte er Alvarado aufgeregt am Ärmel und flüsterte ihm etwas zu. Alvarado erbleichte, fuhr zu mir herum und ballte die Hände zur Faust. »Doña Marina, man hat mir gesagt, Eure Worte wären falsch. Ihr habt mich, was diese Stangen betrifft, angelogen.«

Ich stieß einen Seufzer aus, antwortete jedoch höflich: »Nein, mein Gebieter. Ich habe Euch gesagt, welchem Zweck sie dienen. Ich habe nicht versucht, die Worte des Priesters zu übersetzen. Aber da der Junge ein wenig verstanden hat und Ihr darauf besteht, es zu erfahren: Der Priester hat gesagt, auf die Stangen

sollten heute abend nach dem Tanz Köpfe von Spaniern gesteckt werden.«
»Bei der Heiligen Jungfrau!«
»Er hat noch hinzugefügt, vor allem der Eure, mein Gebieter, würde sich besonders hübsch dort oben machen.« Immerhin hat er eine korrekte Übersetzung verlangt, dachte ich.
Alvarado starrte die nächststehende Stange an und schürzte die Lippen, als sähe er seinen eigenen Kopf, der ihn von dort oben anstarrte. Dann sah er sich suchend nach dem Priester um, der wohlweislich in der Menge verschwunden war.
»Geht in den Palast«, befahl er den Männern, die mit ihm draußen waren. »Streicht die Patrouillengänge für heute, und ruft alle Offiziere zu einer Besprechung zusammen.«
Ich folgte ihnen durch die Tore; es wunderte mich, daß Alvarado eine so ungeheuerliche Erwiderung ernst nehmen konnte. Als ich mich anschickte, die Treppe hinaufzusteigen, die zu meinen eigenen Gemächern führte, schrie Alvarado hinter mir her: »Wenn Ihr mir beim Übersetzen nochmals was vorlügt, werdet Ihr das büßen!« Eine Sekunde lang fragte ich mich, ob er mich vor lauter Angst aufknüpfen lassen wollte, und ich fragte mich weiter, wie wohl mein Gebieter darauf reagieren würde.
Den Rest des Tages über hielt ich mich zurück, nicht, weil ich wirklich Angst gehabt hätte, sondern weil ich Alvarados Jähzorn nicht reizen wollte. Gegen Sonnenuntergang beschleunigte sich der Rhythmus des Trommelschlags. Ich wußte, daß die Tänzer – Jünglinge in der ersten Blüte ihrer Männlichkeit – jetzt in den heiligen Bezirk einzogen, auf den Platz vor dem Tempel, in dem der Gott wohnte. Aus jeder Adelsfamilie war ein Jüngling ausgewählt worden – jeweils der anmutigste und schönste Sohn. Es waren an die sechshundert.
Vom Hof unten drang halblautes Gerede und leises Waffengeklirr herauf; offensichtlich war bei den Spaniern gerade Wachablösung. Alvarado schien nervös zu sein, hatte offensichtlich alle Männer unter Waffen und stellte jetzt sogar draußen Wachen auf. Ich streckte mich auf meinen Matten aus und versuchte, das Getrommel nicht zu hören, sondern mir zu überlegen, wie ich meinem Gebieter eine warnende Botschaft zukommen lassen könnte, daß

er nicht in die Hauptstadt zurückkommen durfte, es sei denn, mit einem Belagerungsheer. Heute war erst der vierte des insgesamt zwanzig Tage währenden Festes; wir hatten also noch viel Zeit.
Plötzlich wackelte der ganze Raum; auf dem Dach wurden Kanonen abgefeuert. Mir dröhnte es noch in den Ohren, als ich vom Tempelplatz her Schreie hörte und auf die Terrasse hinauslief. Ich konnte nur eine Ecke des heiligen Bezirks überblicken, den Bereich unmittelbar vor den Tempelstufen, und diesen auch nur verschwommen durch einen Schleier von qualmenden Fackeln und Weihrauchschwaden. So hörte ich mehr, als daß ich sah, daß ein Gemetzel stattfand, daß spanische Soldaten unbewaffnete Tänzer niedermachten. Ich sah junge, in leuchtende Federn gehüllte Männer hin- und herlaufen, sah sie kehrtmachen, ausweichen und sich ducken, um zu entkommen. Aber sie saßen in der Falle; der Angriff war sorgfältig geplant. Wie erstarrt sah ich hinunter und wollte meinen Augen nicht trauen.
Das Massaker war in nur wenigen Minuten vorüber und der Platz den Toten und den Leichenfledderern überlassen, Spaniern, die den erschlagenen Azteken Ringe und Broschen abnahmen. Ich sah einen Soldaten, der einen silbernen Armreif von einem Arm herunterriß und seine Beute stolz in der Luft hin- und herschwenkte. Cholula wiederholte sich, nur, daß die Aasgeier diesmal Spanier waren. Sie raubten Sandalen und Umhänge; sie rissen den Toten das letzte Hemd vom Leib und ließen sie blutig und bloß im Mondlicht liegen.
Einige der Sieger waren bereits in den Palast zurückgekehrt, lachten und verglichen ihre Beute. Ich hörte Pedro Alvarado rufen: »Das wird diesen Kackern eine Lehre sein! Meinen Kopf auf einen Pfahl pflanzen – was sie nicht sagen!«
Von Moctezumas Gemächern kam ein durchdringender Schrei voller Qual, der lange anhielt und sich allmählich wie das Heulen eines waidwunden Tiers anhörte. Ich hielt mir die Ohren zu; mir war elend zumute, und als ich schließlich weinte, weinte ich nicht um Moctezuma oder die erschlagenen Tänzer, sondern um den Traum von Gefiederter Schlange. Hätte mir jemand gesagt, der Abendstern wäre erloschen und würde nie wieder am Himmel aufgehen – ich hätte ihm geglaubt.

Der Angriff auf den Palast begann vor Morgengrauen, obwohl der größte Teil der Stadt noch ganz benommen von dem Schock war. Alle Tänzer im heiligen Bezirk waren umgekommen; keine der führenden Familien war der Tragödie entgangen. Die meisten verschoben ihre Rache auf später, um zu trauern und Pläne zu machen. Andere, die vor Schmerz völlig von Sinnen waren, griffen den Palast mit Steinen, Keulen und bloßen Händen an. Sie zerstreuten sich, doch ich wußte, daß sie mit erneuerter Wut wiederkommen würden.
Trotz der Hochstimmung gestern abend waren die Spanier nicht ungeschoren davongekommen. Acht Soldaten hatten beim Angriff auf die Tänzer den Tod gefunden, ein Zehntel unserer Streitmacht; andere waren verwundet worden. Pedro Alvarado schien ehrlich überrascht, daß der Palast regelrecht belagert wurde. Er hatte die Azteken fälschlicherweise für Cholulaner gehalten und erwartet, daß sie murren, aber nicht kämpfen würden.
Ich blieb für mich und verließ meine Gemächer erst, als ich unten im Hofe laute Hochrufe vernahm; als ich hinausging, erfuhr ich, daß Cortés in Veracruz einen großen Sieg errungen hatte; diese Nachricht war gerade von Boten überbracht worden.
»Ein Wunder! Die Truppen aus Kuba haben sich alle Cortés angeschlossen!« rief jemand, was noch lautere Hochrufe auslöste, in die nun auch ich einfiel.
Ein anderer Soldat rief: »Cortés wird bald hier einmarschieren und mit diesen Wilden abrechnen.«
Ich wandte mich ab; denn genau das war es, was ich fürchtete. Die Hochrufe waren kaum verklungen, als Alvarado einen Boten aussandte, der Cortés aufsuchen und ihm mitteilen sollte, daß unsere Lage hier verzweifelt war.
In dieser Nacht bestach ich einen tlaxcalanischen Läufer; er sollte versuchen, die Stadt zu verlassen und Cortés zu warnen, daß die Straßen von Tenochtitlan zu einer Todesfalle geworden wären.

In der Zweiten Wache des Morgens wurde der Palast erneut angegriffen. Die Menge bewarf die Mauern mit Steinen und brennendem Pech. Zweimal versuchten sie, den Eingang zu stürmen. Als ich vorsichtig über die Brustwehr spähte, sah ich, daß etwa

tausend Menschen den Palast eingeschlossen hatten, darunter viele ältere Männer und Frauen – wahrscheinlich Eltern von Alvarados Opfern. Der Angriff war also trotz des gellenden Geschreis und der Trommelei nur eine Warnung. Das aztekische Heer stand noch in Wartestellung.
Doch nach drei Stunden lärmender Drohungen verlor Pedro Alvarado den Kopf und ließ Moctezuma praktisch aufs Dach zerren. Ich wurde geholt, um zu übersetzen, denn unter Druck war Ortega doch nicht ganz zuverlässig.
Moctezuma stand an der Brustwehr der größten Dachterrasse und reckte den Menschen die Arme entgegen. Alvarado, der sich drohend hinter ihm aufgebaut hatte, rief mir in knurrendem Ton Anweisungen zu. »Er soll ihnen sagen, sie sollen friedlich nach Hause gehen. Er soll sagen, die Götter haben es befohlen.«
Doch Moctezuma sprach bereits. »Mein Volk, Krieg ist zwischen den Dienern von Gefiederter Schlange und den Dienern von Rauchendem Spiegel ausgebrochen. Gefiederte Schlange hat einen furchtbaren Opferzoll unter denen gefordert, die zu Ehren seines Widersachers getanzt haben. Jetzt ist es an den Göttern, sich zu rächen, wann sie es für richtig halten. Ihr jedenfalls könnt es heute nicht tun. Geht jetzt nach Hause! Hört auf eure Anführer und eure Priester!«
Protestrufe und zornige Schreie erklangen von unten. Eine Stimme erhob sich über alle anderen, und als ich hinunterblickte, sah ich Moctezumas Sohn, das Kind seiner königlichen Gemahlin, der vor der Menge stand. »Mein Vater, laßt uns die Tore einreißen«, rief er. »Laßt uns Euch von diesen Teufeln befreien.«
»Nein, nicht jetzt! Geh fort, mein Sohn!«
Alvarado, der nicht verstand und auch mir gegenüber voll Mißtrauen war, sah nur die Wut der aufgebrachten Menge und ihr Widerstreben zu gehorchen. Plötzlich zog er seinen Dolch, setzte Moctezuma die Klinge auf die Brust und ließ die Menschen sehen, daß er den Sprecher mit einem Stoß töten konnte. Alle hielten vernehmlich die Luft an, dann erhob sich Gemurmel, und empörte Rufe wurden laut. Ich war fassungslos – Alvarado mußte völlig den Verstand verloren haben.
In diesem Augenblick wäre es so einfach für Moctezuma gewesen.

Er hätte sich bloß in den Dolch zu stürzen brauchen, um seinen Kampf zu beenden. Er hatte sein Leben im Dienste des Todes verbracht; der Schmale Durchgang war ihm wohlvertraut. Doch sein eigener Tod war ein Luxus, den er sich noch nicht leisten konnte. Hätte er in diesem Augenblick durch Alvarados Hand den Tod gefunden – für die Azteken hätte es kein Halten mehr gegeben. Moctezuma würde die Leute nicht so lange zurückhalten können, bis Cortés zurückkehrte, und alle Spanier waren in einem großen Käfig eingesperrt, dem Palast seines Vaters.
»Kehrt zurück zu eurer Trauer und habt keine Angst um mich. Eure Stunde der Gerechtigkeit wird kommen, aber erst später.«
Da zogen sie davon, entsetzt und tränenüberströmt. Viele von ihnen glaubten, Moctezuma fürchte nur um das eigene Leben. Zu diesen gehörte auch Pedro Alvarado, der selbstgefällig sagte: »Jetzt wissen wir, wie man mit ihnen umspringen muß.« Der Tor erkannte nicht, daß er den Azteken, als er ihnen zeigte, wie wenig ihm das Leben des Verehrten Sprechers galt, zugleich zeigte, wie wenig sie zu verlieren hatten.
Ehe ich von der Brustwehr wegtrat, kniete ich vor Moctezuma nieder und vollführte die uralte Geste der Ehrerbietung. Man muß Mut ehren, auch bei einem Gegner.

Von nun an warteten wir. Wir warteten den ganzen Mond des Verlangens nach Regen hindurch, jene Zeit, da Dame Mond immer dicker und schließlich entbunden wird. Die Azteken riegelten den Palast durch eine Postenkette von Kriegern ab; manchmal landeten Wurfspieße oder Pfeile auf dem Dach, oder große Steine prallten dumpf gegen die Mauern. Hin und wieder wurde Alarm gegeben, doch zu einem richtigen Sturm kam es nicht.
Inzwischen nahm nur einen Armbrustschuß von uns entfernt der heilige Jahresritus der Azteken seinen Lauf. An der Brustwehr stehend, verfolgte ich, wie die Priester ein ganzes Kanu mit den Herzen von Menschen füllten, die Tlaloc geopfert worden waren. Auf dieses Nest aus Herzen wurden ein Junge und ein Mädchen gesetzt, beide gefesselt und mit Steinen beschwert. Blumengekrönt, wurde das Kinderpaar an die tiefste Stelle des Sees geru-

dert, wo der Einbaum in die Tiefe geschickt wurde, hinab in die grüne Welt der Wasser Göttin.
Oft spähte ich über den See hinweg und versuchte, Pfade am fernen Ufer abzusuchen, in der Hoffnung, die Banner meines Gebieters, des *capitán,* zu entdecken; gleichzeitig jedoch fürchtete ich auch, sie zu erblicken, und fragte mich, ob er wohl mit einem riesigen Heer kommen würde, um die Stadt zu stürmen, oder ob ich eine spärliche Kolonne von Spaniern in die Höhle der Messer einmarschieren sehen würde. In diesen Tagen hatte ich das furchtbare Gefühl, auf einer Insel in einer Insel zu sitzen – was ja die Situation sehr genau beschrieb. So müssen sich frisch gefangene Vögel in den Netzen vorkommen; nur wenige Male hatte ich auf Lichtungen in den Dschungeln des Südens das gleiche verspürt.
Dann, zur Einkleidung von Herrn Sonne, die Spanier nennen den Tag Sommersonnenwende, legte sich Schweigen über die Stadt. In der vorangegangenen Nacht hatte es ungewöhnliche Geräusche gegeben; Priester waren im Tempel ein- und ausgegangen, Männer hatten sich versammelt. Ich dachte, das gehöre zum allgemeinen Ritual. Doch während der Zweiten Wache rief eine Schildwache, man sehe Metall überm Wasser blinken, das Glitzern der Sonne auf Stahl.
Bald sah ich deutlich, daß mein Gebieter meine Warnung erhalten hatte, auch wenn er sie nicht völlig geglaubt hatte; denn er zog nicht auf der kürzesten Route in die Stadt ein, über einen langen Damm, für den man – ohne jede Deckung – zwei Stunden brauchte. Er entschied sich für einen geschützteren Zugang.
Die Stadt schien verlassen; nichts rührte sich. Die Xolo-Hunde bellten nicht, und selbst die Vögel hatten sich von den öffentlichen Plätzen und aus den Höfen zurückgezogen; kein einziges Kanu dümpelte im Hafen. Dann hörten wir eine spanische Trompete, der ferne Trommelwirbel folgten. Die Soldaten im Palast brachen in Freudenrufe aus. Alvarado befahl, zur Begrüßung einen Salutschuß abzufeuern, um zu zeigen, daß wir noch am Leben waren. Bald sahen wir eine spanische Marschsäule über die breiteste Prachtstraße kommen. Ich erblickte eine Streitmacht aus doppelt soviel Männern und zehnmal soviel Pferden wie das Heer, mit dem wir vor über sieben Monden in die Stadt eingezogen waren.

Ich wußte, daß Cortés durch seinen Sieg in der Schlacht und äußerst geschickte Verhandlungen jetzt über die gesamte Streitmacht gebot, die eigentlich gekommen war, um ihn zu vernichten. Die Soldaten waren sauber und gut gekleidet; ihre Stiefel hatten keine Löcher; die Pferde waren wohlgenährt und rund! Sie boten einen so herzerfrischenden Anblick, daß selbst ich mich für einen Augenblick hinreißen ließ zu glauben, daß Zahlen zählten und nicht Götter!
Stolz und strahlend ließ mein Gebieter, der *capitán*, Mulitreiber vor dem Palastportal halten. Die Spanier hinter ihm, von denen die meisten neu waren und nicht glauben wollten, daß es eine so prächtige Stadt überhaupt geben könne, starrten Paläste und Tempel an, wie es die Veteranen zuvor getan hatten. Gleichwohl merkte ich, daß sie unsicher waren und dem Frieden nicht trauten. Die Stille um sie herum, das Fehlen von Menschen auf den Straßen ging an die Nerven.
Unter den Willkommensrufen der Garnisonstruppen betrat Cortés den Hof, und die schweren Tore schlossen sich hinter den Spaniern. Jetzt waren, wie die Azteken gesagt hätten, alle Dämonen an einem Ort versammelt – auf der Insel in einer Insel.

Huldvoll begrüßte mich mein Gebieter und hielt meine Hand einen Moment länger, als reine Höflichkeit gebot, und die Freude leuchtete ihm aus den Augen. »Ich habe auf unser Wiedersehen gewartet«, sagte er.
Alles andere jedoch mißfiel ihm – die totenstille Stadt, die verlassenen Straßen, wo er jubelnde oder andächtige Menschenmengen erwartet hatte. Außerdem war es ihm den Neuankömmlingen gegenüber peinlich, weil er ihnen sowohl einen triumphalen Einzug in die von ihm beherrschte Stadt versprochen hatte als auch einen Regen goldener Geschenke. Nichts davon hatte sich bewahrheitet.
Ich war bei der Unterredung zwischen meinem Gebieter und Pedro Alvarado nicht dabei, doch war sie sehr streng; und es hagelte bittere Vorwürfe. Alvarado hätte es verdient, aufgeknüpft zu werden, was jedoch nicht geschah. Ich hatte darauf gehofft und etliche Bittgebete dafür gesprochen, wußte jedoch, es wäre zu schön gewesen, um wahr zu sein.
Er ließ Moctezuma eine knappe Botschaft übermitteln und weigerte

sich, dem Sprecher einen Besuch abzustatten; er warf ihm vor, seine Gegner falsch eingeschätzt zu haben, und verlangte, daß die Lebensmittelmärkte der Stadt geöffnet würden, um die Spanier zu versorgen, andernfalls würden ernste Schritte unternommen werden.

Ich überbrachte dies Ultimatum; es handelte sich um meinen ersten Besuch bei Moctezuma seit dem schrecklichen Tag, an dem Alvarado ihm das Messer auf die Brust gesetzt hatte. Ich war tief betroffen, wie sehr sich der Sprecher verändert hatte. Seine Augen hatten allen Glanz verloren, die Wangen waren ohne Farbe. Das Mißlingen seiner Pläne und die zerschlagenen Hoffnungen schienen ihn schrumpfen zu lassen.

»Sag Malintzin, ich will es versuchen; ich werde darüber nachdenken. Aber ich besitze nicht mehr die Macht, die ich einst hatte. Mein spanischer Page Ortega wird meine Antwort überbringen.«

Ich nahm an der Nachmittagsmahlzeit meines Gebieters und seiner Offiziere nicht teil, obwohl er mich dazu eingeladen hatte. Mir schien es klüger, bei der schlechten Laune meines Gebieters etwas Abstand zu wahren. Still verfolgte ich von der Treppe aus, wie sich alles abspielte, und mir fiel auf, daß Cortés sich verändert hatte. Stolz war er immer gewesen, doch jetzt wirkte er hochmütig und überheblich. Er redete zuviel von seinem Erfolg in Veracruz, und mir wollte es sonderbar vorkommen, daß er meinte, ein paar hundert Spanier, offenbar Männer der schlimmsten Sorte, überlistet zu haben, sei eine größere Leistung als der Sieg über die gesamte Republik Tlaxcala im offenen Krieg oder der Einzug in die Hauptstadt der Welt, ohne auch nur einen einzigen Schuß abgefeuert zu haben. Früher hatte er seine Siege immer Gott oder der Heiligen Jungfrau zugeschrieben, obwohl die meisten natürlich auf das Eingreifen von Gefiederter Schlange zurückzuführen waren. Jetzt waren alle Götter vergessen und der Erfolg ganz allein sein. Ich beschloß, vor diesem neuen Cortés auf der Hut zu sein.

Während des Essens kam Ortega aus Moctezumas Gemächern herüber, näherte sich Cortés und sprach leise mit ihm. Mein Gebieter schüttelte den Kopf, so als schlage er irgendeine Bitte aus, doch als Ortega bereits gehen wollte, rief er ihn noch einmal zurück. »Ach was! Soll's doch geschehen, wenn dadurch die

Märkte schneller geöffnet werden. Außerdem wird es dem Schurken eine Freude machen.«
Bei dem Schurken konnte es sich nur um Moctezuma handeln, doch hatte ich keine Ahnung, was für einer Bitte Cortés entsprach. Ich begab mich in unsere Gemächer und traf Vorbereitungen für die Nacht; mir war daran gelegen, daß mein Gebieter sich willkommen und geliebt fühlte. Es war ein warmer Tag, heiß für die gewöhnlich kühle Stadt; infolgedessen hatte ich unsere Matten auf die Dachterrasse hinausbringen lassen, wo ich Blumen hinstellte und Duftwässer versprühte. Ich stellte Cortés' Hausaltar ins Freie und zündete ein paar neue Kerzen an, damit wir von den Nachtgeistern beschützt wurden. Vor den Schüssen aztekischer Bogenschützen schützte uns die Brustwehr; aber ich war sicher, daß heute nacht keine Pfeile abgeschossen werden würden. Dazu würde es erst morgen kommen.
Bei der Suche nach einem Krug kubanischen Weins für heute abend kam ich an Moctezumas Tür vorbei. Die Ledervorhänge waren aufgezogen, um jede kühle Brise hereinzulassen; ich warf einen Blick hinein und blieb dann voller Verwunderung stehen. Moctezuma saß nicht auf seinem niedrigen Thronsessel, ja nicht einmal auf einer Matte, sondern auf dem Fußboden. Sein grünes Gewand hatte er mit dem rauhen Überwurf eines Priesters vertauscht und sich zum Zeichen der Demut Asche ins Haar gestreut. Er hatte sich allen Schmuck und auch das Tonsiegel seines Amtes abgelegt, das er für gewöhnlich an einer Lederschlaufe um den Hals trug; das Siegel lag zerbrochen auf dem Boden vor ihm. Leise sang er ein Preislied auf Rauchenden Spiegel, ein Lied, das jedes Kind lernte.

»Herr des glänzenden Steins,
König der neun Dunklen Häuser ...«

Verwundert ging ich weiter und traf auf Ortega, der mit einer Schildwache plauderte.
»Was war das denn für ein Gefallen, um den Moctezuma vorhin gebeten hat?«
»Beim Essen? Don Moctezuma schlug vor, seinen Bruder, Don

Cuitlahuac, aus der großen Kette zu befreien und ihn gehen zu lassen. Er sagte, das würde helfen, die Lebensmittelmärkte schneller zu öffnen.«

»Und dieser Bitte hat Cortés entsprochen?« Unbehagen beschlich mich.

»Gewiß, gewiß«, antwortete der Knabe. »Es war ja keine besonders wichtige Sache.«

Ich hätte ihm ins Gesicht schlagen mögen. Warum war er nicht zu mir gekommen, ehe er Cortés fragte? Cuitlahuac war Moctezumas älterer Bruder, sein natürlicher Nachfolger, der während jeder Abwesenheit des Sprechers dem aztekischen Staatsrat vorsaß.

»Und ist das bereits geschehen? Wurde der Fürst freigelassen?«

»Er hat den Palast vor einer halben Stunde verlassen.« Ortega lächelte. »Ich nehme an, wir werden bald Lebensmittel geliefert bekommen. Moctezuma sagte, sein Bruder besitze die Macht, das zu veranlassen.«

Zweifellos. Und die Macht, auch andere Dinge zu veranlassen. Daß es zum Beispiel Feuer und Pfeile regnete. Gegen Abend war der aztekische Staatsrat bestimmt zusammengetreten, und das Reich hatte einen neuen Herrscher.

Ich beschloß, dies meinem Gebieter nicht zu sagen; es wäre nichts damit gewonnen gewesen. Außerdem war er gerade von Stolz erfüllt, und es wäre demütigend gewesen zu erfahren, daß Moctezuma ihn so leicht überlistet hatte.

Diese Nacht sollte die letzte sein, die mein Gebieter und ich gemeinsam in Tenochtitlan verbrachten, das wußten wir beide. Ich war froh, daß Cortés seinen ganzen Zorn und die Enttäuschung über die Umstände seiner Rückkehr abgestreift hatte. Beide wußten wir außerdem, daß der Krieg bis morgen warten würde. Er schnallte seinen Brustharnisch ab und nahm den Helm vom Kopf. Dann griff er zum Weinkrug und zündete zwei weitere Kerzen an. Er wollte immer weiter von seinen Siegen erzählen, wie schlau er sich bei den Verhandlungen an der Küste verhalten hatte. Mit alldem hatte er bereits vor seinen Männern großgetan, doch war es offensichtlich wichtig, es einer Frau zu erzählen – und daß eine Frau ihn dafür lobte.

Ich hörte aufmerksam zu, verstand zwar nur wenig von dem, was geschehen war, begriff aber, daß er Bemerkenswertes geleistet hatte. »El Cid hätte sich eines solchen Sieges gerühmt«, versicherte ich ihm und hoffte, daß das stimme. »Amadis hat in all den herrlichen Erzählungen nie so etwas geschafft.«
Er lachte glücklich, dann wurde er ernst und sagte: »Ich denke, mehr als ich haben sie auch nicht geleistet. Merkwürdig, daß ich selbst zu Lebzeiten solche Vergleiche ziehe! Das ist unverfroren von mir! Außer dir, meine Teuerste, würde mich jeder wegen dieser Prahlerei für übergeschnappt halten.«
Er nahm einen tiefen Schluck aus dem Krug. »Vor zwei Wochen habe ich Männer besiegt, die sich auf einer Straße in Spanien nicht herabgelassen hätten, mit mir zu reden – nicht einmal in Kuba, wo der Rang eines Mannes nicht soviel zählt. Ich habe ihnen meinen Willen aufgezwungen, Marina.«
Einen Moment genoß er, was geschehen war, wie er seine Feinde zu Untergebenen gemacht hatte. »Jawohl, für jemand der als Niemand geboren wurde, habe ich Ungeheures erreicht. Ich habe dir ja schon erzählt, daß mein Vater ein Ritter ist, und in gewisser Weise ist er das auch. Doch als ich ein Knabe war, waren wir so arm, daß die Unterröcke meiner Mutter am Waschtag im Haus getrocknet werden mußten. Sie waren geflickt, daß wir uns schämten, wenn die Nachbarn sie gesehen hätten. Jawohl, ich bin als Niemand geboren, und Leute, die etwas darstellen, werden mich ewig dafür hassen, daß ich fünf Fürsten an eine Kette gelegt habe.«
Die große Tempeltrommel dröhnte an diesem Abend nur ganz leise. Ein Trommelschlag, dann noch einer. Ein Signal für morgen, dachte ich.
Ich trank einen Schluck von dem Wein, den er mit anbot, und das ungewohnte Getränk brannte mir auf den Lippen. »Ihr hättet nicht zurückkehren sollen, mein Gebieter, höchstens mit einem tlaxcalanischen Heer, das draußen vor der Stadt hätte kampieren können. Ich habe versucht, Euch zu warnen, daß hier alles anders geworden ist – und jetzt hat es sich womöglich noch mehr verändert. Und doch habe ich gewußt, daß Ihr zurückkommen würdet – egal, was ich sagte.«
»Selbstverständlich. Ich hätte dich doch nicht allein zurücklassen

können, meine Liebe. Eine Prinzessin in einer belagerten Burg! Was für ein Ritter wäre ich denn, wenn ich dich nicht befreite?«
Er gab mir einen leichten Kuß, als ihm diese Liebeslüge über die Lippen kam, die ich als das nahm, was sie war. »Ihr seid weiser als Amadis, mein Gebieter. Ihr opfert doch nicht Euer Leben, um bleiche Prinzessinnen zu retten! Außerdem waren wir hier nicht in großer Gefahr, jedenfalls vorläufig nicht. Schließlich waren wir der Köder. Und welcher Fischer tötet einen lebendigen Köder?«
Er stand auf, wandte den Blick vom Tempel und schaute zum Palast Moctezumas hinüber, der bis auf wenige Diener und ein paar Konkubinen leer war; gleichwohl brannten Fackeln an den Ecken des dunklen Gebäudes. »Wenn nicht für eine schöne Prinzessin, wozu bin ich dann zurückgekommen?« fragte er.
»Um Eurer Männer willen«, antwortete ich. »Ich habe Euch mit Euren Soldaten zusammen gesehen. Ich kenne Eure Liebe zu ihnen, zu Euren Kameraden.«
Aufseufzend schüttelte er den Kopf. »Glaubst du etwa, ich liebte die Horde von Piraten? Dann bist du genauso töricht wie sie. Glaubst du, ich hätte diese abgerissenen Gestalten aus Liebe über Berge und durch Moräste getrieben und geschleift? Warum sollte ich mein Leben opfern, um ihren ungewaschenen Hals zu retten? Ich befehlige eine Schweineherde, und zwar eine Herde von goldfressenden Schweinen. Sie gehorchen mir doch nur deshalb, weil ich ihnen noch mehr Futter verspreche.« Er trat an die Brustwehr. Am gegenüberliegenden Ufer, wo ganze Heere zusammengezogen wurden, brannten Feuer. »Wenn ich über diesen See hinwegsehe, sehe ich nicht nur den Krieg von morgen, sondern auch das Reich der Zukunft, meine Welt der Träume. Diese Männer, von denen du meinst, daß ich sie liebe, sehen nichts weiter als einen Riesentrog, in den sie ihre Schnauze stecken können.«
»Gewiß, sie sind habgierig. Aber wer ist das nicht?« sagte ich. »Die Azteken werfen den Spaniern ihre Goldgier vor. Doch die Azteken selbst wollen nicht nur Gold, sondern auch noch alles andere – selbst die lebenden Herzen ihrer Nachbarn. Ihr habt gesehen, daß ihre Lagerhäuser bis an die Dachbalken vollgestopft sind mit Diebesgut, Tributzahlungen, die sie schwächeren Völ-

kern abgepreßt haben. Wo liegt da der Unterschied? Ist es verwerflicher, Gold zu stehlen, als außerdem auch noch alles andere?«

»Was macht das für einen Unterschied?« fragte er müde. »Und bin ich selbst denn soviel anders? Ich brauche Geld, wenn ich die Welt kaufen will, die ich mir vorstelle; und deshalb bin ich habgierig. Gleichzeitig aber will ich noch mehr als das, was ich an mich reißen und womit ich weglaufen kann. Ich kann hier eine neue Welt aufbauen, sofern Gott und der König es zulassen. Wann hätte je ein gemeiner Mann, ein geborener Niemand wie ich, solch eine Chance gehabt?«

Mein Gebieter kniete neben dem Weinkrug und trank einen großen Schluck. Er sah im fahlen gelblichen Licht abgehärmt und erschöpft aus. Als er sprach, klang seine Stimme verwundert, wie die eines Mannes, der sein eigenes Handeln nicht versteht. »Du hast mich davor gewarnt, daß diese Stadt eine Falle ist, und andere haben das auch gesagt. Vor einer Woche habe ich dem zugestimmt, doch bin ich weiter auf diese Stadt zugezogen. Heute morgen, als ich das ausgestorbene Land sah und die Dämme offen und unbewacht dalagen, war ich überzeugt, daß du recht hattest. Und doch bin ich weitergezogen, bin ich zurückgekommen.« Er trank den Wein aus und schleuderte den irdenen Krug gegen die Brustwehr, wo er zerschellte.

»Das hier ist *meine* Stadt, meine Hauptstadt. Hier bin ich König, und ohne diese Stadt kann ich nicht König sein. Woanders bin ich nichts.«

Also hatte Gefiederte Schlange seine Rückkehr befohlen, und Cortés hatte genausowenig die Wahl gehabt wie ich in meinem Leben. Schweigend saßen wir da und betrachteten die Kerzen. Leise ertönte erneut die große Tempeltrommel. Ich wollte ihn gerade fragen, was Schweine wären und ob sie Ähnlichkeit mit Pedro Alvarado hätten, als er mich mit einem Schrei, der fast ein Aufschluchzen war, in die Arme schloß. Er drückte mir die Lippen auf den Mund, und ich vergaß die Frage.

Der Hunger, mit dem er nach mir verlangte, hatte etwas Verzweifeltes, Wildes, und mein eigenes Verlangen kam dem seinen entgegen, als ob wir beide wußten, daß draußen der Tod wartete, daß dies das letztemal für uns sein könnte. Dann, kaum merklich,

verspürte ich eine Veränderung in seinem Körper, seiner Leidenschaft. Als Liebhaber war er es gewöhnt, mehr zu geben als zu nehmen; meine Lust schien ihm wichtiger zu sein als die seine. Doch heute nacht, nach unseren ersten Umarmungen, spürte ich, daß er etwas anderes von mir brauchte, etwas, das er bisher noch nie verlangt hatte – er sehnte sich danach, getröstet zu werden, Kraft und Zuversicht von mir zu empfangen. Es war fast so, als wollte er sich an mich klammern und den Traum beweinen, der morgen vielleicht schon vorüber war.
Doch auch wenn er nicht weinen und sich nicht ganz hingeben konnte, ließ er sich von mir trösten, zitterte ein wenig unter meinen Küssen und Liebkosungen und ruhte dann an meiner Brust. Ich wiegte ihn zärtlich wie ein Kind und flüsterte ihm zu, wie groß er sei und daß er gewiß den Sieg davontragen würde. Ich glaube, er hat mir fast geglaubt.
Doch ob er mir nun glaubte oder nicht, ich wußte, daß ich ihm diesmal ein bißchen von der Kraft zurückgab, der er mir so oft geschenkt hatte. Ich sah herab auf sein sorgengequältes, zerfurchtes Gesicht, und niemals war es mir schöner vorgekommen.
Am nächsten Morgen schickte mein Gebieter den Offizier Diego Ordaz mit vierhundert Soldaten aus, um auf den Straßen seine Stärke zu zeigen und die Stadt auf die Probe zu stellen. Kaum war der Trupp außer Sichtweite, als es auf den verlassenen Alleen von Kriegern wimmelte; eine Mannschaft nach der anderen quoll aus den Seitengassen, auf den leeren Dächern wurde es plötzlich lebendig, wo Tausende von Männern in Kriegsgeschrei ausbrachen und Pfeile abschossen. Schritt um Schritt erkämpfte Ordaz sich den Rückzug; achtzehn Mann ließen dabei ihr Leben, und nicht einer von den anderen kam ohne Verwundung davon.
Ein weiteres aztekisches Heer unternahm gleichzeitig einen Sturmangriff auf den Palast, schleuderte Steine, Speere und brennendes Pech. Das Gebäude bebte, wenn unsere Kanonen und Musketen abgefeuert wurden. Ich kämpfte an der Brustwehr und stach und schlug mit einer langen, kupferspitzenbewehrten Lanze, bisweilen Auge in Auge mit Rittern vom Adlerorden, die beim Versuch, die Palastmauern zu erklimmen, über die Leichen ihrer gefallenen Kameraden hinwegkletterten.

Wir kämpften den ganzen Tag über, und auch die Dunkelheit brachte kaum Zeit zum Ausruhen. Als der Morgen graute, entschloß Cortés sich zum Gegenangriff; wir machten plötzlich einen Ausfall zum Tempelbezirk. Die Azteken hatten denselben Augenblick für einen erneuten Angriff gewählt, und so prallten die beiden Heere keine Bogenschußlänge vom Palast entfernt aufeinander. Die Spanier rückten einen halben Block vor und wollten ein paar Häuser niederbrennen, doch war eine Zugbrücke entfernt worden, und sie konnten durch den Kanal weder schwimmen noch waten, weil von den Dächern eine Lawine von Steinen auf sie niederprasselte. Sämtliche Brücken der Stadt waren abgebaut und fortgeschafft worden.

Als die Spanier den Rückzug zum Palast antraten – oder vielmehr regelrecht dorthin flohen –, ertönten zehntausend Hochrufe und Pfiffe der Azteken. Ein Edelmann schrie mit einer Stimme, die so laut war wie eine Tempeltrommel, kein einziger Spanier werde den Altären entgehen. »Wir hungern nach eurem Fleisch!« rief er. »Der Kampf macht uns nur noch größeren Appetit«. Die Tlaxcalaner, die auf unserer Seite kämpften, sagte er, würden etwas länger in Käfigen gehalten und gemästet werden.

An diesem Tag lernte ich, mit einer Armbrust umzugehen, und zielte nicht schlecht, obwohl neben mir Wurfspieße von der Mauer abprallten. Doch ich war so im Rausch, daß ich keine Angst hatte; ich kämpfte mit einer merkwürdigen Freude. Hinterher, als ich von der Mauer herunterkam, um ein wenig auszuruhen, konnte ich überhaupt nicht aufhören zu zittern. Doch das erging vielen Soldaten nicht anders.

Mein Gebieter begann ein Ding zu bauen, das die Spanier Streitwagen nannten, eine Festung auf Rädern, aus Holz gezimmert und mit Löchern in der Seitenwand, um mit Musketen und Armbrüsten hindurchzuzielen. Drei dieser Ungeheuer sollten gebaut werden, und wir hegten hochgespannte Hoffnungen, daß sich mit ihnen die Flut der heranbrandenden Feinde aufhalten ließ.

»Diese Streitwagen und viele Gebete«, sagte ein älterer Soldat, der erst vor kurzem aus Kuba gekommen war. In seiner Jugend hatte er gegen einen Stamm gekämpft, der Franzosen hieß, und später gegen eine Flut von wahren Dämonen, genannt Türken. »Aber nie habe ich Männer gesehen, die so wildentschlossen, so bereit waren zu sterben wie diese Azteken«, sagte er und zuckte zusammen, als ich ihm den Verband um den Arm festzog. Selbstverständlich hatte er solch einem Gegner wie den Azteken noch nicht gegenübergestanden – schließlich hatten diese mit ihrer Kühnheit die Welt erobert. Doch noch während ich darüber nachsann, hörte ich, wie die Tlaxcalaner auf der Brustwehr in einen ihrer wilden Gesänge ausbrachen – rauhe Weisen, voll von Habicht- und Adlerschreien. Nein, alle Völker hatten die Azteken doch nicht versklaven können, und es war gut, daß dreitausend unbesiegte Tlaxcalaner Schulter an Schulter mit den Spaniern kämpften. Auf die Tlaxcalaner war es angekommen; ohne sie hätte Cortés nicht einmal der ersten Angriffswelle standhalten können.

Herr Moctezuma hielt sich inzwischen nur noch in einem einzigen Raum seiner Gemächer auf; immer noch wie ein Priester gekleidet, sprach er Gebete, verbrachte seine Tage in Versenkung und verschwendete keinen Gedanken an den Kampf, der draußen tobte. Er weigerte sich, mit Cortés zu sprechen, empfing jedoch Vater Olmedo und ein paar Offiziere. Ich hörte nicht, was gesagt wurde, doch noch am selben Nachmittag, mitten in einem blindwütigen Angriff, hörte ich, wie eine Trompete geblasen wurde und sah erstaunt, wie nur einen Bogenschuß entfernt und von den Männern flankiert, die ihn vor einigen Stunden aufgesucht hatten, Moctezuma auf der Dachterrasse erschien. Plötzlich legte sich der Kampflärm; ganz allein stand Moctezuma in der plötzlichen Stille da.

Seine beiden Kronen – der goldene Federbusch der Sonne und der Silberreif von Dame Mond – waren irgendwie aus dem Palast verschwunden. In dem törichten Bemühen, seine Macht wiederherzustellen, erschien er jetzt mit einem provisorischen Kopfputz, den ihm irgendein Sklave aus Rindenpapier gefertigt und gelb angemalt hatte und der ihm schief auf dem Kopf saß wie die groteske Krone eines Spaßmachers bei einem Volksfest. Doch nichts – weder die lächerliche Kopfbedeckung noch sein schäbiges Gewand – schmälerte die Würde seiner Züge. Es war sinnlos, war heller Wahnsinn, ihn hierhergebracht zu haben. Gleichwohl blieb er gottgleich und gebieterisch – der Herrscher! Dadurch, daß er

seine Bürden abgestreift hatte, war er gewachsen. Bis auf die niedrige Brustwehr stand er ungeschützt vor dem Volk.
»Söhne der Reiher und der Sieben Höhlen!« Er wandte sich mit ihrem uralten Namen an sie und hob dabei segnend die Arme. Ein feindseliges Gemurmel erhob sich, als er von ihren Göttern zu sprechen begann. Nahe am Palast, in der vordersten Kampflinie, stand der junge Prinz Fallender Adler, und ich sah Mordgier in einem Gesicht, das sonst noch fast kindlich war. Seine Verehrung für Moctezuma war in Haß umgeschlagen.
Fallender Adler schrie: »Wer ist diese Memme, die da spricht? Wer ist dieses widerwärtige Weib eines Spaniers?« Dann, als höhnische Stimmen zu Moctezuma hochbrandeten, setzte Fallender Adler einen Pfeil auf die Sehne seines Bogens.
Moctezuma sah ihn und drehte sich ein wenig, um Fallendem Adler genau gegenüberzustehen. Er ließ sein Gewand fallen, bot seine Brust als Ziel dar. Er sagte: »Diejenigen, die angreifen, werden Zorn und Vernichtung über unser Volk bringen. Laß die Götter zwischen uns entscheiden, junger Prinz!«
Der Pfeil traf ihn an der Schulter. Er wankte, weigerte sich jedoch, sich hinter der Mauer in Sicherheit zu bringen. Dann kam, vom Mob geworfen, ein tödlicher Hagel von Steinen, die ihn an der Brust, an den Armen, am Kopf trafen und ihm die Knochen zerschmetterten. Moctezuma fiel, und drei spanische Soldaten trugen ihn außer Reichweite; sein Haar streifte die Ziegel des Daches.
Moctezuma verweilte noch drei Tage unter den Lebenden, dann starb er vor Kummer und an seinen Wunden.

Jetzt blieb uns keine andere Hoffnung, als aus dieser Todesfalle von Stadt zu fliehen. Bis sich jedoch die Möglichkeit dazu bot, blieben wir verzweifelt, wo wir waren, klammerten uns buchstäblich mit Krallen und Nägeln an den Palast. Die Streitwagen rollten hinaus und trieben für kurze Zeit den Feind auseinander; Tlaxcalaner und spanische Soldaten eroberten die Tempel von Kolibri und Rauchendem Spiegel, ehe die Verteidiger sich neu formieren konnten. Die Schreine waren bald wieder verloren, und die Azteken bemannten die Tempel mit fünfhundert ihrer besten Kämpfer.

»Werft sie dort hinaus!« befahl Cortés dem Offizier Juan Escobar und gab ihm hundert Mann, um diesen Auftrag zu erfüllen. Mein Gebieter hätte diesen Sturmangriff selbst angeführt, doch war er an der rechten Hand verwundet.

Dreimal sahen wir, wie Escobar angriff und zurückfiel, wobei seine Männer unter dem Ansturm des Stein- und Pfeilhagels taumelten. Aufstöhnend biß Cortés sich auf die Lippen. »Sie müssen es schaffen! Es ist schließlich auch der Schrein der Heiligen Jungfrau!« Dann fuhr er zu mir herum. »Schnall mir den Rundschild an!« befahl er.

»Aber Ihr seid verwundet. Eure Hand ...«

»Schnall ihn mir an!«

So befestigte ich den kleinen Schild an seinem Arm, und gleich darauf war er durch die Tore hinaus und lief auf die Tempelstufen zu. Ein paar Mann folgten ihm, darunter Aguilar.

Über das von allen Seiten dröhnende Kampfgetöse konnte ich nicht hören, was Cortés rief und was den geschlagenen Männern neuen Mut machte, aber ich sah, wie sie sich um ihn scharten. Dann kämpften sie sich in die Höhe, eine blutbesudelte Stufe um die andere, steckten furchtbare Schläge ein, drängten aber immer weiter nach oben. Ohne Rüstung oder Schild stand Aguilar hinter Cortés und hielt ihm den Rücken frei. Zweimal rettete er meinem Gebieter das Leben und setzte dabei das eigene aufs Spiel. Wie ein Jaguar stürzte er sich auf einen Krieger, der sonst eine Sekunde später Cortés den Kopf abgeschlagen hätte, und als drei mit Dolchen bewaffnete Priester hinter Cortés auftauchten, war es wieder Aguilar, der sie mit einem Speer vertrieb, den er auf den Stufen gefunden hatte. Vor wenigen Wochen noch hatte ich gemeint, daß Aguilar niemanden liebt. Ich hatte mich geirrt. Er liebte Cortés und war bereit, sein Leben für ihn hinzugeben.

Sie eroberten die Tempel zurück, ließen die Steingötter, welche die Azteken wieder aufgestellt hatten, in die Tiefe poltern und bemächtigten sich großer Vorräte, auf die wir unbedingt angewiesen waren. Da der Schrein gegen Tausende von Kriegern, die vom Platz unten nachdrängten, nicht zu halten war, setzte mein Gebieter die Zwillingstürme in Brand und ließ sie wie lodernde Scheiterhaufen für die Götter, die er dort vernichtet hatte, zurück.

Als Aguilar wieder im Palast war, schlang ich die Arme um ihn und versuchte, ihm einen Kuß auf die Wange zu geben, doch er stieß mich zurück und entfloh; ich war für ihn offensichtlich erschreckender als die aztekischen Krieger.

Noch drei Tage hielten wir den belagerten Palast und schafften es sogar, vier Brücken in der Nachbarschaft einzunehmen und zu halten. Die Zimmerleute bauten derweil eine Plattform, die als tragbare Brücke für unsere Flucht aus der Stadt dienen sollte.

Wir hatten vor, im Schutz der Dunkelheit abzuziehen, sobald Dame Mond tot und in ihr Leichentuch gehüllt war. Doch ein spanischer Astrologe namens Botello, ein Hexenmeister wie Herr Wolfs Pfote, verbreitete unter den Soldaten Schrecken, als er erklärte, die Sterne sagten unseren Untergang voraus, falls wir über den Monat Juni hinaus blieben. Die Männer verlangten, daß wir noch in derselben Nacht abzogen; so war es nicht Cortés, es waren die Sterne, die die unselige Stunde bestimmten.

In dieser Nacht hing Nebel über dem See, und es fiel gerade so viel Regen, daß das Straßenpflaster schlüpfrig war – mein Gebieter sorgte sich um die Pferde. Wir versammelten uns im Hof und bildeten schweigend einen langen Zug. Es kam zu einem großen und gefährlichen Durcheinander, als mein Gebieter dann erklärte, die Männer könnten sich von dem aztekischen Schatz nehmen, soviel sie wollten, da der Anteil von König Carlos bereits abgezweigt und verpackt worden war.

Hemmungslos stürzten sie sich auf Gold und Edelsteine, die im Fackellicht glänzten, stolperten übereinander; Verwundete drückten in einem verzweifelten Kampf Halbverhungerte zur Seite. Sie schoben und zogen und traten, rissen an Verbänden und fuchtelten drohend mit Krücken. Manche warfen sich der Länge nach auf den Haufen und stopften sich Hemd, Hose und Rüstung mit Armreifen und Goldklumpen voll. Ein paar schienen das Gold buchstäblich aufzuessen, wie es die Azteken von ihnen behaupteten, und stopften sich den Mund mit Ringen und Jadeperlen voll, wenn ihre Taschen nichts mehr faßten. Wer klug war, wählte nur ein paar Opale oder Stücke geschnittener Jade, Schätze jedenfalls, die sie unbeschadet mitnehmen konnten, doch die meisten klaub-

ten und grabschten und fluchten und dachten nicht daran, daß ihnen möglicherweise die letzte Stunde des Lebens bevorstand.
Gegen Mitternacht schlüpfte der Voraustrupp auf die neblige Straße. Dann kamen einhundert jüngere Männer unter dem Befehl von Cortés – mein Gebieter sollte die Mitte halten. Ihnen folgten etliche Tlaxcalaner und ältere Männer, denen ich mich anschloß. In meiner Nähe marschierten die geketteten und geknebelten Gefangenen: die Fürsten von den größeren Städten, ein Sohn Moctezumas und zwei Prinzessinnen, die als Geiseln mitgeführt wurden. Die Nachhut bildete Pedro Alvarado mit dreißig Soldaten, von denen einige beritten waren. Ein halbes Hundert Tlaxcalaner schleppte die tragbare Brücke.
Wir erreichten die erste Lücke am Ende des Dammes, ohne daß Alarm geschlagen worden wäre, die Stadt lag im Schlaf und war so still, daß selbst die lumpenumhüllten Hufe von Alvarados Stute noch zu hören waren und mich beunruhigten. Die Lücke war rasch überbrückt, wir zogen hinüber, die Plattform wurde hinter uns hochgenommen und wieder nach vorn getragen. Jetzt gab es keine Rückzugsmöglichkeit mehr.
Gerade als die Vorausabteilung die zweite Lücke erreichte, die jetzt von unserer Brücke überspannt wurde, zerrissen Trompetenstöße die Stille. Trommeln dröhnten, Pfeifen schrillten; die aztekischen Wachen hatten uns entdeckt. Plötzlich summte es in der Stadt und auf dem See wie in einem Hornissennest. Krieger tauchten drohend in der Nacht vor uns auf, und zu beiden Seiten des Dammes schossen mit Bewaffneten vollbesetzte Boote übers Wasser.
Die Schlacht wogte in Dunst und Dunkel hin und her – und zwar auf einer Länge von drei Meilen und einer Breite von sechs Schritten. Ich drängte voran, wich links einem Hieb aus und rechts einem Stoß, riß einem Spanier, der von einem Pfeil getroffen starb, das Schwert aus der Hand. Um den Hals hatte der Ärmste goldene Brustschilde hängen. Mit Hilfe von zwei Tlaxcalanern vertrieb ich einen Einbaum, der zu landen und unsere Marschsäule in zwei Teile zu zerreißen versuchte. Ein Pferd stieg und keilte aus, wodurch die zusammengeketteten Gefangenen über den Rand des Dammes getrieben wurden; sie ertranken lautlos, denn sie waren

geknebelt, und die eisernen Halseisen sowie das Gewicht der Kette zogen sie in die Tiefe.

Auch das von brennenden Pfeilen getroffene und scheu gewordene Pferd sprang in den See und nahm seinen Reiter mit. Es war der Astrologe Botello, der in seiner Rüstung versank und den seine eigenen Voraussagen nicht hatten retten können. Ich sah, wie Jaime Garay lebend in ein Kanu gezogen wurde, und kämpfte mich vor, ihm zu helfen, doch eine Wand von Leibern türmte sich vor mir auf und versperrte mir den Weg. Das Kanu entfernte sich vom Damm und kenterte, da Jaime wie ein Jaguar um sein Leben kämpfte. Die Azteken klammerten sich an das Boot und suchten dann schwimmend das Weite, doch Jaime ging unter wie ein Stein. Das Gold, mit dem er sich Taschen und Harnisch vollgestopft hatte, bekamen nicht seine Schwestern in Spanien, sondern die Wassergöttin, die in dieser Nacht reich wurde und sich am Aztekenschatz mästete.

Fuß um Fuß kämpfte ich mich voran, ich stach zu und schlug um mich; und als ich erkannte, daß ich weder vor noch zurück konnte, ließ ich das Schwert fahren und sprang ins Wasser. Ich schwamm zwischen den Einbäumen, darauf gefaßt, jeden Augenblick beim Schopf gepackt, in ein Boot gezerrt und in die Gefangenschaft verschleppt zu werden. Die Lungen wollten mir schier platzen. Meine Schultern zitterten, als ich in der Nähe der letzten, noch von keiner Brücke überspannten Lücke, ehe der Damm das Festland erreichte, mit den Füßen auf Grund kam. Als ich stand, das Kinn gerade über dem Wasser, erkannte ich, daß die Lücke fast vollständig mit Kanonen, Gepäck und Leichen ausgefüllt war. Dann hörte ich, wie Cortés machtvoll und weithin hallend einen Schlachtruf ausstieß, als Mulitreiber auf der Hinterhand versammelte und – seinen Reiter auf dem Rücken – mit einem Satz das andere Ufer erreichte und ihn damit in Sicherheit brachte. Mein Gebieter war davongekommen.

Halb watend, halb schwimmend geriet ich in der Nähe von Tacuba auf festen Boden, wankte über einen steinigen Strand, brach auf dem Gras zusammen, keuchte und schluckte. Da lag ich lange, versuchte Kräfte zu sammeln, um weiterzuziehen und vom Ufer wegzukommen, denn nur wenige Bogenschuß von mir entfernt hörte ich die Azteken schreien: »Tod den Eindringlingen!« Zwar hörte ich niemand näher kommen, doch plötzlich rüttelte mich jemand an der Schulter. Ich rollte mich auf den Rücken und suchte wie verzweifelt nach einem Dolch, konnte jedoch keinen finden und sah dann ein spanisches Gesicht, das mich anstarrte, das Gesicht eines jungen Soldaten ohne Rüstung und in einem zerrissenen Hemd.

»Kommt! Ihr dürft nicht hierbleiben, sonst fassen sie Euch!« Die Stimme war weich wie die einer Frau, und dann ging mir auf, daß das zerrissene Hemd die Brust einer Frau enthüllte. Ein Dämon, dachte ich, oder eine Göttin.

»Was seid Ihr?« flüsterte ich. »Wer seid Ihr?«

»Ich bin Maria Estrada.« Sie lachte, es klang ein wenig irre. »Vor einem Monat bin ich aus Kuba gekommen. Ich trug die Kleider eines Jungen, und so hat es lange keiner gemerkt. Ich bin die einzige Frau im ganzen Land.«

Sie drängte fort, winkte mir, ihr zu folgen, und brach in schrilles Lachen aus. Die einzige Frau? Abermals schloß ich die Augen, hielt die Gestalt für einen Nachtmahr, für die Ausgeburt eines Fiebertraums. Dennoch wußte ich, daß es sie wirklich gab, und verschwommen erinnerte ich mich daran, von einer Kriegerin gehört zu haben, die verkleidet aus Kuba gekommen war. Ich hatte das für einen spanischen Witz gehalten.

Auf dem Hauptplatz von Tacuba stieß ich auf die Reste der spanischen Truppen. Cortés sammelte noch etliche andere Männer, die halb von Sinnen durch die Nacht zogen, und geleitete uns ein Stück weiter weg zu einem auf dem Hügel gelegenen Tempel, dort fanden wir Zuflucht. Ein paar Krieger aus der Stadt versuchten, diese Feste zu verteidigen, doch mein Gebieter – auch wenn er noch so erschöpft war – führte selbst den Sturm an und vertrieb sie. Dort legten sich die Männer, die von den aufgeriebenen Einheiten übriggeblieben waren, nieder und schliefen in ihrem eigenen geronnenen Blut.

Mein Gebieter kniete nieder und betete zu Unserer Lieben Frau. Ich hörte, wie er sie im Dunkeln halblaut anflehte; da betete nicht mehr der stolze Sieger, der vor einer Woche, noch berauscht von seinem Erfolg in Veracruz, in Tenochtitlan eingeritten war. Seine

Worte klangen heiser und hatten etwas Verzweifeltes, als er sie mit tränenerstickter Stimme um Hilfe anflehte.
»Du hast mich so weit gebracht, Du hast mich gerettet. Jetzt kannst nur Du noch helfen. Heilige Jungfrau, ich brauche ein Wunder.«
Lautlos sprach ich dasselbe Gebet zur Unbekannten Göttin.

Im Morgengrauen griff uns eine Schar von Kriegern aus Tacuba an, wurde aber mühelos von den Tlaxcalanern abgewehrt, die – obwohl sie die Hälfte ihrer Streitmacht verloren hatten – offenbar besser bei Kräften waren als die Spanier.
Als es dann richtig hell war, zählte Cortés seine Verluste. Sechshundert Spanier waren gefallen oder in Gefangenschaft geraten – was eben ihren Tod bedeutete. Nur vierundzwanzig Pferde – die noch dazu sämtlich lahmten – hatten überlebt. Die meisten Soldaten waren kaum imstande, eine Hand zu heben, und etliche schienen in Alpträumen befangen zu sein und schrien ohne Grund vor Angst.
Ich opferte ein Jadekügelchen für den Geist von Jaime Garay an die Wassergöttin; doch die meisten Spanier, die ich gut kannte, waren entkommen, auch wenn sie alle verwundet waren. Die meisten Neuankömmlinge aus Kuba hingegen waren umgekommen, weil sie sich Taschen und Harnische mit Gold vollgestopft hatten. Pedro Alvarado, dessen Dummheit wir den Aufstand der Azteken zu verdanken hatten, bewies durch sein Überleben die Ungerechtigkeit Gottes. Alvarados Hauptgemahlin, wenn auch nicht seine Favoritin, war die tlaxcalanische Prinzessin Hirsch Auge, mit christlichem Namen Doña Luisa. Ihr war es irgendwie gelungen zu fliehen, und das war wichtig, weil ihr Vater Xicoten der Alte war, auf dessen guten Willen wir jetzt angewiesen waren. Alvarados Lieblingsfrau, Blumen Tasche, war verschwunden, was für meine Begriffe nur ein Glück war. Die Frau aus Kuba, Maria Estrada, sprach mich zwar nie wieder an, doch sah ich sie mehrmals in eine leichte Rüstung gekleidet, wie sie wie ein Sergeant breitbeinig und prahlerisch herumstolzierte. Sonst war keine Frau über den Damm entkommen.
In dieser Nacht saß ich auf einer Stufe des Tempels, den wir

befestigt hatten, und beobachtete, wie am Horizont über Tenochtitlan Licht schimmerte. Nachdem mein Gebieter die Wachen inspiziert hatte, kam er zu mir herauf, bemüht zu verbergen, daß er humpelte.

»Das kann ich nicht verstehen«, sagte er müde. »Wo bleibt das aztekische Heer? Heute hätten sie uns leicht endgültig vernichten können. Wo sind sie?«

»Dort drüben.« Ich zeigte zu dem fernen Lichtschimmer hinüber. »Sie bringen Opfer und halten Festgelage ab. Sie müssen Rauchenden Spiegel und Kolibri ehren.«

Ungläubig verzog er das Gesicht. »Sie nehmen sich die Zeit zu feiern? Sie lassen uns entkommen und halten Festgelage ab? Wahnsinn!«

Ich war zu müde, es ihm zu erklären, aber Wahnsinn war es keineswegs! Die Gefangenen mußten Sieg Bringer rasch geopfert werden, und die Soldaten, die sie gefangengenommen hatten, mußten während der Opferungen im Tempel anwesend sein. Was für einen Sinn hatte es, uns zu verfolgen, wenn sie dadurch Kolibri vernachlässigten und kränkten? Er könnte sie um den nächsten Sieg bringen. Wenn sie ihn und Rauchenden Spiegel jedoch erfreuten, würden diese uns vernichten, gleichgültig, wie lange sich das noch hinziehen mochte. Die Azteken verhielten sich völlig logisch. Nur Cortés verstand das nicht.

Er nickte langsam. »Dann hat Gott uns noch eine Chance gegeben.«

Nicht Gott, dachte ich. Die Götter – Kolibri und Rauchender Spiegel.

Am nächsten Morgen schleppten wir uns in nordöstlicher Richtung weiter am Rand des Sees entlang, wobei die Männer mit den schlimmsten Wunden über den Rücken der abgekämpften Pferde hingen: eine Geisterarmee in zerrissenen, blutverschmierten Lumpen. Unsere einzige Hoffnung bestand darin, Tlaxcala zu erreichen, und selbst dort waren wir uns des Willkomms nicht sicher. Aber wir waren geschlagen; uns blieb keine andere Wahl. Ich ging mit gesenktem Blick dahin, setzte einen schmerzenden Fuß vor den anderen und kämpfte gegen Verzweiflung an.

An einer Weggabelung legten wir im Schatten eines Obstgartens

eine Pause ein; ganz in der Nähe ragte wie ein hochgereckter Flügel ein kahler Felsen aus dem Boden. Wir waren gefährlich nahe bei Texcoco, mußten aber unbedingt rasten; von hier aus konnten wir immerhin den See und jede Bewegung darauf überblicken, ohne selbst gesehen zu werden; Felsen und Bäume schirmten uns ab.
Am Fuß des Felsens stand ein kleiner Schrein, ein Altar mit einer Statue von Xilonen, Mutter des jungen Maises und Dame der Prophezeiung. Von diesem kleinen Heiligtum hatte ich bereits gehört; die Göttin war dafür berühmt, daß sie oft einen Blick in die Zukunft gewährte. Sie wußte alles – wann das Erd Ungeheuer als nächstes den Boden erbeben ließ, wann Städte zugrunde gingen, sogar, wie viele Körner an jedem Fruchtkolben des frischgepflanzten Maises wuchsen. Doch in diesem Augenblick wollte ich keinen Blick in die Zukunft tun; die Gegenwart war schmerzlich genug.
Am Stumpf eines abgebrannten Baumes sank ich zu Boden und fragte mich, ob ich es je schaffen würde, wieder auf die Beine zu kommen; so schloß ich die Augen. Unwillkürlich fing ich an zu beten, und zwar sowohl zu der Unbekannten Göttin wie zu Xilonen, die plötzlich nahe schien. »Gebt mir ein Zeichen. Macht mir Hoffnung, damit ich weiterziehen kann.«
Die Göttin kam als sanfte, kühle Brise, und ich hielt den Atem an und erwartete ein Omen. Vielleicht sang gleich eine Lerche oder erschien Dame Feuerstein Messer, um mir die Stirn zu fühlen und mein Fieber zu lindern. Erwartungsvoll und ängstlich zugleich schlug ich die Augen auf.
Es war nichts da. Kein Vogel, keine Erscheinung – nur Felsen und dornige Kakteen sowie halbtote Menschen, die auf der Erde ausgestreckt lagen. Jenseits des Sees in dunstiger Ferne erhob sich wie eine Gräberstadt Tenochtitlan. Dennoch hatte ich die Göttin so nahe gefühlt, hatte sie mir fast etwas ins Ohr geflüstert. Mein Elend kam mir unerträglich vor.
Ich verspürte einen leichten, aber brennenden Schmerz auf der weichen Haut oberhalb meiner Sandale. Göttin und Omen waren vergessen, als ich etliche große rotbraune Ameisen über meinen Fuß krabbeln sah, deren Bisse wie Feuer brannten. Mit mehr

Kraft, als ich in mir vermutet hatte, stand ich auf und bürstete sie ab.
Ich lehnte mich an den Felsen, hatte mich damit abgefunden, daß kein Zeichen kommen würde, und beobachtete müßig, wie sich eine dünne Marschkolonne von Ameisen auf den toten Baumstumpf zubewegte, winzige, in glänzende Hornpanzer gehüllte Soldaten. Dann hörte ich es summen, und als ich vorsichtig ein, zwei Schritte näher trat, sah ich, daß der Baumstumpf einen mit Honig gefüllten Bienenstock enthielt. Dicker brauner Seim war die Rinde heruntergetropft, und dort hatten die Ameisen ihn gefunden. Ein paar Ameisen schafften es, sich vollzufressen und die dicke, süße Masse fortzuschleppen. Doch viele, viele andere – unzählige – saßen im Honig fest wie im Treibsand. Sie wehrten sich, strampelten mit den Beinen und wanden sich, und ein paar von ihnen blieben noch lange am Leben, ehe sie versanken und ertranken. Die emsigen Bienen jedoch fuhren mit ihrer Arbeit fort und kümmerten sich nicht im geringsten darum, daß Fremde in ihr Nest eingedrungen waren; was kümmerte es sie, daß ein Teil ihrer Behausung zur Totenstätte geworden war.
»Ich habe Honig gefunden!« rief ich. Einer der Männer entfachte ein qualmendes Feuer und vertrieb damit die Bienen; dann steckten wir die Finger in die weichen Waben und schleckten den süßen Honig ab. Meine Gefühle gegenüber der Göttin, die mir mit ihrer Gegenwart einen Streich gespielt und ein Omen versprochen hatte, wurden versöhnlicher. Zumindest hatte sie mir etwas Süßes geschenkt, wahrscheinlich die letzte Süße, die ich jemals kosten sollte.
Wir zogen weiter, an Feldern vorüber, welche die Bauern gerade eben verlassen hatten, kamen dann durch ein Dorf, dessen Einwohner verschwunden waren und jeden Krumen an Eßbarem mitgenommen hatten. Aguilar sagte: »Sie haben Angst vor uns. Sie sind geflohen.« Ich hatte nicht das Herz, ihm zu sagen, daß sie einfach nach Tenochtitlan gegangen waren, um dort zu feiern und sich an spanischem Fleisch gütlich zu tun.
Wir entdeckten Wildkirschen, eilten weiter auf Sternberg zu, eine verlassene Ortschaft, bei der man die Früchte auf den Bäumen gelassen hatte; dort ruhten wir zwei Tage aus und zogen dann

weiter nach Xoloc, wobei wir unterwegs immer wieder Verbündete der Azteken abwehren mußten. Mein Gebieter lachte darüber, daß er zweimal am Kopf verwundet wurde, doch als Mulitreiber getötet wurde, weinte er.
Bald erreichten wir einen Landstrich, wo allein der Boden schon Kraft ausstrahlte. In der Ferne erblickte ich die uralte Stadt Derer, Die Götter Wurden, die vor zwanzig Garben von Jahren verlassen worden war, die älteste Stadt der Welt, mit riesigen Tempeln von Herrn Sonne und Dame Mond, die hier geboren wurden.
Azteken erfaßte angesichts dieser ausgedehnten Ruinenfelder stets ein heiliger Schauder, denn sie wußten, daß die verlassenen Prachtstraßen Geisterpfade waren. Ich meine, sie ließen den Blick auf dieser zugrundegegangenen Herrlichkeit ruhen, mußten an Tenochtitlan denken und begriffen, daß Völker genauso vergänglich sind wie die Menschen selbst.
Wir legten eine Rast ein, um vom Wasser der heiligen Quellen zu trinken. Ich mußte an die Kriegskanus neben dem Damm denken, deren Besatzungen gerufen hatten: »Tod den Eindringlingen!« Welche Eindringlinge? Wir waren hier genauso eingedrungen wie einst sie selbst und die Tolteken von Gefiederter Schlange lange vor ihnen. Und wie viele andere vor den Tolteken? Wie viele Völkerscharen würden noch durch diese Felder ziehen, in denen Eroberer begraben lagen? Niemand gehört die Erde auf Dauer.
Da die Azteken die verwunschenen Ruinen mieden, wurden wir ein, zwei Stunden nicht von Scharmützlern belästigt, die begonnen hatten, immer wieder unsere Flanken anzugreifen. Cortés befahl, die Verwundeten von den Pferden zu heben. »Gott und die Pferde sind unsere einzige Hoffnung. Die Pferde müssen ausruhen.«
Fern am Horizont erblickte ich das hohe Heiligtum von Otumba, und Hoffnung stieg in mir auf. Kamen wir heil durch die Stadt, konnten wir die Bergkette erreichen, die wie ein Schutzwall vor Tlaxcala lag. Seit Tagen konnte ich mir zum erstenmal vorstellen, morgen noch am Leben zu sein. Dann, nachdem wir einen niedrigen Bergzug erstiegen hatten, erblick-

ten wir vor uns die fruchtbare Ebene von Apam – und das aztekische Heer.

Einen Moment sah es aus, als wäre es ein Traum, und töricht sagte ich laut: »Ach, wie wunderschön!« Nie hätte ich mir vorgestellt, daß der Tod einmal in so prächtigem Aufzug kommen würde.

Es waren dreißigtausend Krieger, die uns erwarteten – oder doppelt so viele oder vielleicht auch nur halb so viele. Wer wollte das wissen? Ihre Kampfverbände erstreckten sich wie ein Regenbogen über die Ebene zwischen den Gebirgsausläufern und dem Wald. Ihre hohen Federbüsche aus grünen und scharlachroten Federn wogten wie Maisfelder im Wind. Die gefleckten Trupps der Ritter vom Jaguarorden sowie die silbergrauen Kämpfer des Adlerordens waren ebenso vertreten wie die Kohorten aus den an den Seen gelegenen Städten, auf das prächtigste angetan mit den Umhängen ihrer jeweiligen Gemeinwesen und Clans – blau, purpurrot, schwarz und orange –, während Tausende von Bannern über ihnen flatterten. Was da ausgebreitet vor uns lag, war ein gewaltiger Garten von strahlend schönen, todbringenden Blüten. Auf einem kleinen Erdbuckel in der Mitte erkannte ich weiter hinten eine herrscherliche Sänfte, die von einem schattenspendenden Baldachin überragt wurde; nicht weit davon flatterte die Goldnetz-Standarte von Herrn Weibliche Schlange. »Er hat heute den Befehl«, erklärte ich Cortés.

Mit knappen, doch zu Herzen gehenden Worten wandte Cortés sich an die Truppen, berief sich auf die spanische Glorie und empfahl die Männer Gott. Ich sprach zu den Tlaxcalanern – es sah so aus, als übersetzte ich – und erinnerte sie an ihre Ehre, an das Land des Brotes und daß sie Söhne der Adler Klippen wären.

Wir stellten uns in enger Formation auf. Ich trug Helm und Küraß eines Soldaten, der Tags zuvor gestorben war. Die Rüstung kam mir leicht vor und bequem zu tragen, irgendwie vertraut. Mein Gebieter bedachte mich mit einem Blick und einem Lächeln, das gleichsam ein Abschiedsgeschenk war; er nickte, als wollte er sagen: »Gibt es eine bessere Art zu sterben als diese?« Ich erwiderte das Nicken, doch in diesem Augenblick kurz vor der Schlacht erfüllte mich Zorn und kam ich mir betrogen vor, daß der lange Weg von Jalisco nach hier so enden sollte. Ich hatte mehr

verdient; ich hatte mich noch nicht damit abgefunden, zu den Dunklen Herren gerufen zu werden.
Unter Rufen und Pfiffen stürmten wir den Hang hinunter auf den uns erwartenden Azteken-Garten zu, und die Blüten wichen uns aus, gaben in der Mitte nach, um uns willkommen zu heißen, dann zu umzingeln und zu erwürgen wie eine Schlange. Das Entermesser in meiner Hand fühlte sich ganz leicht an, wie die Weidenrute eines Tänzers, und wie in einem phantastischen Traum tanzte ich einen Tanz, fuhr mit der Klinge hin und her, schlug zu und stach, und das Herz pochte mir bis zum Hals. Ich hob den Rundschild, um einen Hieb abzuwehren, dann holte ich meinerseits zum Schlag aus, um den Gegner zu Boden zu strecken. Ein Pfeil prallte von meiner Brust ab, der Küraß hatte ihn abgelenkt, und ich wußte, daß ich unverwundbar war, wie durch einen Zauber geschützt; und wenn nicht, dann hatte mein Gebieter recht: Es gab keine bessere, keine leichtere Art zu sterben. Jetzt verstand ich ihn.
Ein Mann wie ein Riese ragte vor mir auf und hätte mich mit einem Schlag seines obsidianbewehrten Schwertes niederstrecken können. Statt dessen streckte er die Hand aus, um mich zu packen, mich bei lebendigem Leib gefangenzunehmen, und einen Augenblick später fiel er, obwohl ich ihn mit meiner Klinge nur gerade eben berührt zu haben schien.
Rücken an Rücken mit Aguilar kämpfte ich in der Nähe meines Gebieters, und man hätte uns ein dutzendmal töten können, doch die Azteken wollten Gefangene, keine Leichen. Sie sollten teuer dafür bezahlen, daß sie Gefangene für ihre Altäre zurückbringen wollten. Alles andere trug ihnen keine Ehre ein.
Mein Gebieter stritt, wie nur ein Gott zu streiten vermag, er schwenkte sein Schwert mit einer solchen Kraft, das wohl hundert Männer, die sich ihm entgegenstellten, wie trockene Halme unter der Sichel fielen. Die Azteken wußten, daß er ein Gott war; sie wagten es nicht, ihn mit Speer oder Axt zu berühren, wagten nicht, auch nur einen einzigen Tropfen seines Blutes zu vergießen, denn das gehörte Rauchendem Spiegel. Cortés mußte heil und unversehrt zum Tempel gebracht werden, sein Herz noch kräftig schlagen, wenn er hoch oben auf dem Altar geopfert wurde. Er

aber zerhieb die Netze, um diejenigen zu töten, die sie ihm überwerfen wollten, zerschlug Schlingen, trennte Hände von Armen, die versuchten, ihn zu packen. Und doch kamen sie immer wieder, einer nach dem anderen, und stürzten sich in die tödliche Sichel, um auf die toten Kameraden zu fallen.
Dann, als niemand es erwartet hätte, tat sich plötzlich wie durch ein Wunder ein Pfad durch die Horden der Azteken auf, und mit einem wilden Schrei schlug Cortés ein paar Verteidiger beiseite, um die Höhe des kleinen Erdbuckels mit der Sänfte von Herrn Weibliche Schlange zu erreichen. Als er zuschlug und den aztekischen Befehlshaber verwundete, sank dieser hoffärtige Herr auf die Knie und ließ sich die Goldnetz-Standarte entreißen. Hoch reckte Cortés das Banner, schwenkte es in der Luft hin und her und rief weithin hallend übers Schlachtfeld: »Sieg! Sieg! Für Gott und den Heiligen Jakob!«
Juan Salamanca, der links von Cortés kämpfte, packte die goldene Krone von Weiblicher Schlange, riß sie dem Azteken vom Haupt und reichte sie Cortés, der sie sich aufsetzte. Mit der erhobenen Standarte, den Stiefel auf der Brust von Herrn Weibliche Schlange stand er auf der herrscherlichen Sänfte – der Schlachtgott in Person.
Die Azteken, die sahen, wer triumphiert hatte, schrien sich zu, und Verzweiflung breitete sich in ihren Reihen aus. Sie gaben jede Schlachtordnung auf und flohen in hellen Haufen. Fassungslos über unsere Rettung standen wir allein unter Toten und Sterbenden im flammenden Rot des Sonnenuntergangs. Die Straße nach Tlaxcala war jetzt frei, wir folgten ihr und ließen viele gute Männer und einen verlorenen Schatz zurück, der noch lange hinterher so manchen Streit auslöste.
Außerdem ließen wir einen unbekannten Gast bei den Azteken zurück, auch wenn das damals kein Mensch merkte. Dieser Gast war von einem afrikanischen Sklaven aus Kuba herübergebracht worden. Obwohl sich dieser schwarze Mann als der mächtigste aus Cortés' Gefolge erweisen sollte, als der größte aller Konquistadoren, erinnerte sich niemand an seinen Namen. Auch wußte anfangs niemand, wie der unsichtbare Gast genannt werden sollte. Er schien ein Vetter der Gefleckten

Götter zu sein, doch kein Mensch in der Einzigen Welt war ihm bislang begegnet.

Bald hatte er einen Namen: Es war Herr Blattern oder Herr Pocken.

Sechster Teil

Auferstehung

21 Tlaxcala – Tenochtitlan 12. Juli 1520 – 13. August 1521

Alle Welt weiß, was in dem Jahr geschah, nachdem wir lebendig und siegreich aus der Schlacht auf der Ebene von Apam hervorgegangen waren. Was wir im Anschluß daran erreichten, ist in tausend Erzählungen und Liedern gefeiert – oder verflucht – worden. Selbst die schwerfälligen Tlaxcalaner haben Epen über diese Tage verfaßt, Gesänge, die im Ohr klirren wie das Scheppern einer gesprungenen Glocke. Tlaxcalaner sind zwar standhaft, dafür aber stocktaub.

Mit einem Blütenregen wurden wir in ihrer Republik wieder willkommen geheißen und Cortés nicht nur als Freund und Bundesgenosse begrüßt, sondern als der Gott, als der er sich erwiesen hatte. Ich verbarg mein Erstaunen darüber hinter einer Maske aus Stolz. In Schimpf und Schande waren wir aus Tenochtitlan geflohen, waren Pfeilen und Wurfspießen ausgewichen; den größten Teil des Schatzes hatten wir verloren, ebenso die meisten Pferde, die gesamten Kanonen und das Pulver sowie die Hälfte unserer Soldaten. Die Überlebenden sahen heute womöglich noch schlimmer aus als gestern, in Lumpen gehüllte Skelette.

Doch die jubelnden Tlaxcalaner sahen in uns nur das einzige Heer, das jemals in die aztekische Hauptstadt einmarschiert war. Cortés hatte ein halbes Jahr lang als Herr über Moctezuma das Aztekenreich regiert. Gefiederte Schlange war nicht unterworfen worden, sondern hatte sich nur zurückgezogen, um Kräfte zu sammeln.

Bald schickten die Azteken Abgesandte, welche die Menschen aus dem Land des Brotes aufforderten, sich ihnen anzuschließen. »Gemeinsam werden wir die übelriechenden, wurmhäutigen und im Gesicht haarigen Eindringlinge ins Meer zurückwerfen!« erklärte der aztekische Gesandte.

Die beiden Xicoten – Vater und Sohn – warfen ihnen Gottlosigkeit vor, und der alte Mann schrie dem Gesandten ins Gesicht: »Fünfzig Jahre hindurch habt ihr unser Blut getrunken. Jetzt schlagt ihr uns wie ein Privileg vor, an eurer Seite zu sterben. Begeht keinen

Fehler, der Tod Tenochtitlans ist vorbestimmt. Geht nun allein zugrunde, so wie ihr auch allein geherrscht habt. Wir werden zu eurer Vernichtung beitragen und nicht zusammen mit euch untergehen.«
Die Gesandtschaft floh und wurde von Kindern mit Unrat und Mist beworfen.

Ich nahm an, daß ich nicht länger von Nutzen war, denn viele Menschen lernten jetzt die neue Sprache. Doch während mein Gebieter sein Heer wieder aufstellte und Männer und Kanonen von den Schiffen erhielt, die in Veracruz eintrafen, entdeckte ich eine neue Form der Kriegsführung: die Schlachten der Politik und Diplomatie. Ich schickte Boten an dreizehn verschiedene Städte, in denen es hieß: »Erhebt euch jetzt gegen die Azteken, es wird sich zu Euren Gunsten auswirken, sobald ihr Reich gefallen ist. Vertreibt die Steuereintreiber, überfallt ihre Karawanen. Tod den Tyrannen!«
Mein Bote an die Tarasken überbrachte dem Fischer Volk die Nachricht, daß die Azteken einen Einfall in Taraskenländer vorbereiteten. Infolgedessen wurden tausend Wachen an die Grenze geworfen, was wiederum tausend Azteken zwang, dorthin zu ziehen, um sich ihnen zu stellen, was die Hauptstadt schwächte. Dabei hatte meine »Geheiminformation« schon einen wahren Kern. Schließlich planten die Azteken ständig solche Überfälle; ihre Geschichte bestand aus nichts anderem.
Meine Grillen in Tenochtitlan, in der Mehrzahl anderen Völkern angehörende Sklaven, berichteten, daß die Azteken selbst weit davon entfernt waren, einig zu sein. Einige waren entsetzt, daß man Moctezuma erschlagen hatte, andere entsannen sich der alten Religion von Gefiederter Schlange, und noch andere nährten einen heimlichen Groll gegen die Adligen. So haßten zum Beispiel die Verwandten der erschlagenen Prinzenerzieher, Opfer wie Onkel Weide, Moctezumas gesamte Familie. Tausende von anderen fuchste die Verachtung des Adels für Menschen von niedriger Geburt. In Texcoco, wo aztekische Marionetten den Thron usurpiert hatten, fanden meine Spitzel einen besonders fruchtbaren Boden für den Samen des Aufruhrs.

Ein besonders begabter Bote, den ich nach Xochimilco schickte, die Stadt der Blumengärten, rührte die Menschen zu Tränen, als er sie daran erinnerte, wie die Azteken vor einer Generation Frauen und Kinder als Sklaven weggeführt hatten. Dort hatte ich berechtigte Hoffnungen auf ein Bündnis.

Doch nicht alle Boten waren erfolgreich, und einige wurden sogar geopfert und verspeist – ein Schicksal, das Diplomaten von jeher fürchten mußten. Gleichwohl brachte ich dem aztekischen Jaguar Tag für Tag neue Wunden bei und ließ ihn bluten, und es bereitete mir Genugtuung, dies alles allein aus eigener Kraft zu vollbringen, und nicht auf Anweisungen oder Rat von Cortés. Ich fing an, mich in dieser Unabhängigkeit auch stark zu fühlen, und das war ein gutes Gefühl.

Ich galt etwas, wenn ich aus Cortés' Schatten heraustrat, und das brauchte ich, da er jetzt häufig die Nächte mit »Ehefrauen« verbrachte, die ihm von Männern geschenkt worden waren, weil diese entweder hofften, sich irgendwelche Gunst erkaufen oder Großväter von Göttern werden zu können. Die Frauen trafen wie Geschenke zu einer Beerdigung ein – zu viele zu einer Zeit, da es viel zu tun gibt. Immerhin – einige waren schön, und mein Gebieter genoß sie.

Im allgemeinen war ich, was diese Dinge betraf, vernünftig, doch eines Morgens hörte ich zufällig, wie zwei rundliche neue Konkubinen darüber kicherten, wie jugendlich und stattlich Cortés sei, »obwohl er schon graue Haare hat«. Eifersucht oder Neid packten mich, und so ging ich hin, um mich in meinem spanischen Spiegel zu betrachten.

Kein Wunder, daß mein Gebieter anderswo sein Vergnügen suchte! Ich war von den letzten Monaten gezeichnet und im Gesicht hager geworden. Voller Bosheit dachte ich: »Und das alles in Cortés' Diensten. Ich werde mich wieder erholen, aber er wird bald noch mehr graue Haare haben.« Dann gestand ich mir ein, daß ich für Gefiederte Schlange, den Gott, gekämpft hatte und nicht für Cortés, den Mann; und der Gott war immer noch derselbe. Mit der Zeit, wenn ich überlebte, würde ich andere Männer genießen, so wie er jetzt andere Frauen genoß. Ich verscheuchte die Hornissen aus meinem Kopf und ging wieder an die Arbeit.

An diesem Tag gab es ein Omen. Ein spanischer Kundschafter brachte ein neues Pferd ins Lager, ein hübsches Fohlen. An sich hätte ich dem keine weitere Bedeutung beigemessen, nur flog eine Lerche über das kleine Pferd hinweg und rief meinen Namen, so daß ich denn doch genauer hinsah. Es war jenes Füllen, das ich Citla genannt hatte, das seine eigenen Artgenossen verlassen hatte, um mit Hirschen umherzuziehen. Jetzt war es aus freien Stücken und glücklich zu seinesgleichen zurückgekehrt. Ich wußte, warum die Lerche mich rief: Auch ich würde eines Tages zu meinen eigenen Leuten zurückkehren.

Zusammen mit einigen tlaxcalanischen Führern ging ich zur Begrüßung neu aus Veracruz eingetroffener Spanier. Wir sollten uns an der Mauer treffen, jener Barriere, deren Eingang mir seinerzeit wie der Schmale Durchgang vorgekommen war. Während wir auf dem Wall warteten, tauchten unten auf der Weide hundert Mann auf, keine Spanier, sondern Krieger, die den gelben Halbmond von Chinantla trugen, einer Stadt jenseits der Cholulaner Grenze. Sie trugen Speere mit kupferverstärkten Spitzen – etwas Neues, das sie bei den spanischen Lanzenträgern kennengelernt haben mußten.

»Wir sind gekommen, um uns euch anzuschließen«, riefen ihre Anführer. »Eine Garbe Speere gegen die Azteken. Wir folgen Gefiederter Schlange.«

Sie wurden von den Tlaxcalanern mißtrauisch beäugt, die durch solche Worte aus dem Mund von alten Rivalen verwirrt waren. Deshalb rief ich: »Willkommen, Brüder!« Sie wurden eingelassen, und plötzlich umarmten sich – durch einen gemeinsamen Gegner geeint – Chinantlaner und Tlaxcalaner. Die Welt war wahrhaftig anders geworden.

Fürst Cuitlahuac, Moctezumas Bruder, regierte achtzig Tage lang als Erster Sprecher und starb an den Blattern, die jetzt »Göttlicher Fleck« genannt wurden und ein Fluch von den Herren des Dunkels waren. Fürst Fallender Adler wurde Sprecher. Mir erschien es sonderbar, daß niemand an die Weisheit der Astrologen dachte, die ihm einen unglücklichen Namen gegeben hatten, einen Namen, der so unmißverständlich nach Niederlage roch wie der meine nach Zerstörung. Moctezuma hatte einen lebenden legitimen Sohn hinterlassen, einen bemitleidenswerten Jüngling, den irgendein Dämon in seiner Kindheit zu einem schwachsinnigen Krüppel gemacht hatte. Außerdem gab es noch eine lebende legitime Tochter, die zehn Jahre alt war. Fallender Adler sicherte sich seinen Thron, indem er einfach das Mädchen heiratete und den Jungen umbrachte. So hatte er – von seinem unseligen Namen einmal abgesehen – das Blut seines Schwagers an den gottlosen Händen, als er die Regierung übernahm.

Fremde, die in Tenochtitlan lebten, reisten unauffällig ab – mixtekische Goldschmiede, zapotekische Töpfer und Kaufleute aus Zacatlan. Sie alle hätten bleiben können, um den Ort zu verteidigen, an dem sie zu Wohlstand gekommen waren, doch jetzt rochen sie den Tod in der Luft. Sie warfen den Azteken vor, Moctezumas Warnungen in den Wind geschlagen und sich Gefiederte Schlange zum Feind gemacht zu haben. Ich fragte mich, was wohl aus den Mixteken geworden sein mochte, die in meiner Kindheit im Haus gegenüber gelebt hatten. Sie hätten sich bestimmt tapfer für ihr Zuhause geschlagen.

In den Wäldern von Tlaxcala, ausgerechnet dort, wo es weder Seen noch irgendwelche größeren Flüsse gab, begann mein Gebieter eine Flotte zu bauen. Dreizehn Brigantinen sollten es werden, einige mit Kanonen bestückt. Sie würden, wenn sie erst einmal am Ufer des Azteken-Sees waren, die Wasser von Kriegskanus befreien, die Dämme kontrollieren und die Stadt von Nahrungsmitteln und Trinkwasser abschneiden, da der See in der Nähe der Inseln, auf denen Tenochtitlan lag, salzig war.

Kein Tlaxcalaner konnte verstehen, was da vorging, und die meisten Spanier taten die Idee als unmöglich ab. Mein Gebieter jedoch lächelte und trieb die spanischen Schiffsbaumeister und die tlaxcalanischen Zimmerleute an, sich mehr ins Zeug zu legen. Er ließ Metallbeschläge aus den Verstecken in Veracruz holen, die in Geheimlagern untergebracht waren, seit er seine Schiffe hinter sich »verbrannt« hatte.

Bei solchen Dingen, Plänen, mit denen sich kein Mensch abgegeben hätte, bewies mein Gebieter seine Göttlichkeit. Wer außer ihm wäre schon in einem von Bergen eingeschlossenen Tal auf die Idee gekommen, eine Armada zu bauen? Wer außer ihm hätte das

Wasser, das ja der Freund und Beschützer der Azteken war, zu ihrem Feind machen können?

Da ich wußte, daß mein Gebieter einen Ort brauchte, um seine Schiffe zu Wasser zu lassen, schickte ich Boten nach Texcoco und erinnerte die eifersüchtigen Texcocaner an ihre vergangene Herrlichkeit und an die Beleidigungen der Azteken. Im Namen des Gottes machte ich heimliche Versprechungen.

Und doch: Während ich äußerst freizügig mit dem Namen des Gottes umging, hatte ich gleichzeitig leichte Befürchtungen, was Gefiederte Schlange betraf – geringe zwar, aber sie nagten an mir wie eine Maus. In letzter Zeit redete mein Gebieter weniger von der neuen Welt, die er im Geiste gesehen hatte, sondern mehr von den Zuständen in Spanien. König Carlos überschattete in seinem Denken Amadis und El Cid. Die neuen Männer, die von den spanischen Inseln eintrafen, redeten außerdem von nichts anderem als von Siegesbeute. Die Tlaxcalaner übrigens auch. Alles Schweine, wie ich annahm.

Diese Sorgen lenkten mich gerade zu der Zeit ab, als ich versuchte, heikle Verhandlungen mit Texcoco zu führen. Es ging mir darum, einen sicheren Ort zum Zusammenbauen und Zu-Wasser-Lassen der Schiffe zu finden. Meine Befürchtungen setzten mir so zu, daß mir eines Nachts meine Großmutter erschien.

Sie saß unter ihrem Lieblingsbaum, an dem sie ihren Webrahmen aufgehängt hatte. Von ihrer Arbeit aufblickend, sah sie mich stirnrunzelnd und äußerst ungeduldig an.

»Ce Malinalli, du hegst zu hochgespannte Hoffnungen! Das sind Narrenträume!« warnte sie mich. »Es genügt, eine *bessere* Welt zu schaffen. Du solltest nicht hoffen, auf einen Streich gleich eine *gute* zu schaffen.«

»Dame Großmutter, es ist ein Versprechen von Gefiederter Schlange.«

»Fürs erste reicht es, die aztekischen Abscheulichkeiten zu vernichten und deinen Vater und sein Volk zu rächen. Gefiederte Schlange muß vielleicht hundertmal in hundert verschiedenen Gestalten wiederkehren, ehe die Erde sich in die Gärten von Tula verwandelt.«

»Ja, Dame Großmutter.«

»Sei glücklich mit kleinen Verbesserungen, sonst wirst du immer unglücklich sein.«
Dann verschwand sie samt Baum und Webrahmen, und ich blieb freudlos, aber etwas weiser zurück.

Gegen Ende des Monds der Fallenden Wasser feierten wir den Tag der Geburt Jesu Christi in Spanien – ein Fest, das Weihnachten heißt. Am nächsten Morgen inspizierte Cortés sein neues Heer, und zwar hoch zu Roß auf einem großen Pferd, frisch von der Insel Jamaica. Mein Gebieter, der als Reiter immer eine stattlichere Figur machte als zu Fuß, wirkte mit seinem kräftigen und entschlossenen Adlergesicht überaus eindrucksvoll, doch wenn er lächelte, spürten die Männer auch seine Herzlichkeit und Kameradschaftlichkeit. An diesem Morgen hätte ich glauben können, daß er sie liebte, und vielleicht tat er das ja auch. Ernst nickte er den vierzig Berittenen und fünfhundertfünfzig spanischen Fußsoldaten zu, von denen viele mit Armbrust und Muskete bewaffnet waren.
Hinter den Spaniern standen dicht an dicht auf einer großen Wiese Tausende und Abertausende von Tlaxcalanern sowie anderen Verbündeten, die von zwei von Cortés' Offizieren in der spanischen Kampfesweise ausgebildet worden waren. »Jetzt kämpfen sie, um zu töten, und nicht, um gefangenzunehmen«, brüstete sich einer ihrer Befehlshaber. »Sie greifen in dichtgeschlossenen Reihen an. Bei der Heiligen Jungfrau, ich hätte ihnen sogar beibringen können, mit dem Bart auf der Schulter des Vordermanns zu maschieren – nur haben sie ja keinen Bart, die meisten wenigstens nicht!« Er wollte sich ausschütten vor Lachen, aber in seiner Stimme schwang auch Stolz mit.
Für meine Begriffe sahen die Tlaxcalaner blendend, ja glänzend aus. Einen Moment merkte ich gar nicht, daß sie Kleider, Geschmeide und Federschmuck trugen – Dinge, die sie in Cholula erbeutet hatten.
Am Ende der Inspektion hörte ich, wie Pedro Alvarado zu dem jungen Sandoval sagte: »Jetzt brauchen wir nur ein bißchen Glück und den Segen der Heiligen Jungfrau. Wir haben ein größeres Heer als beim Einmarsch in die verfluchte Stadt. Aber nur halb soviel wie damals, als sie uns hinaustrieben.«

Die fünfzehntausend Tlaxcalaner zählten für ihn überhaupt nicht! Doch diese Blindheit war nichts Ungewöhnliches unter den Spaniern.
Zwei Tage später verließen wir Tlaxcala; neun Kanonen nahmen wir mit, die noch nicht zusammengebauten Schiffe wollten wir später nachbringen lassen, wenn wir wußten, daß die hohen Bergpässe sicher waren. Drei verschiedene Straßen führten vom Land des Brotes in das große Tal der Seen; Cortés hielt sich an meinen Rat und entschied sich für die schwierigste Route, von der meine Spione mir gesagt hatten, daß sie zwar mit gefällten Bäumen versperrt sei, sonst aber unbewacht.
Das waren quälende Stunden, denn die Azteken hätten uns mehrere Male vernichten können, indem sie Lawinen ins Rollen brachten; doch versuchten sie das nicht; wieder gaben Kolibri und Rauchender Spiegel ihnen keinen Rat.
Am Abend dieses Tages schlugen wir unser Lager auf der aztekischen Seite der Grenze auf, zitterten in dieser Höhe vor Kälte, und am zweiten Tag blickten wir wieder auf die Städte und Seen. Cortés ließ das Heer auf einer breiten, vorspringenden Bergnase halten, und uns zu Füßen lagen glitzernd und verlockend die Städte ausgebreitet.
»Laßt uns niederknien und Gott danken, Brüder«, befahl Cortés. Das Heer kniete nieder, und Aguilar stand mit einem Kreuz vor ihnen, das aus Kiefernästen gefügt war.
Nach dem Gebet, aber noch ehe die Männer sich wieder erhoben hatten, stieg ein neu eingetroffener Priester, ein gewisser Bruder Pedro, der gerade eben mit einer offiziellen Abordnung aus Spanien gekommen war, auf einen gestürzten Baumstamm und hielt eine Ansprache an die Spanier. Er winkte mit einer Handvoll Papiere und hielt mehrere Schriftrollen unterm Arm.
»Gute Nachrichten!« rief er. »Vom Heiligen Vater in Rom bringe ich Vergebung für jede Sünde, welche Christen begehen können, während sie diesen verderbten Landen den wahren Glauben bringen. Für einen geringen Preis, zahlbar im Gold der Heiden, erhaltet ihr im voraus Dispens oder Vergebung für Taten, die sonst eine schwere Sünde wären. Gottes Segen eurem guten Werk!«
Ich übersetzte dies weder für die Tlaxcalaner noch für die anderen

Verbündeten. Vor langer Zeit hatten sie das gleiche gehört, auch wenn es für sie damals selbstverständlich Sondervergünstigungen von Rauchendem Spiegel gewesen waren.
Wir machten uns an den Abstieg, und die Spanier, plötzlich freudig erregt, hoben an zu singen, ein Lied so alt und vertraut, daß alle es kannten. Ich verstand die Worte, nicht jedoch ihre Bedeutung, als ihre kräftigen Stimmen in die klare Morgenluft schallten.

»Vom Tarpeischen Felsen aus,
Blickte Nero auf das brennende Rom hinab.
Kinder und Frauen schrien und starben,
Ihn freilich kümmerte das nicht.«

Auf den Ebenen vor den Toren Texcocos machten wir einen Augenblick Halt, um zu sehen, welche Art von Empfang uns von der ersten großen Stadt der Dreier-Allianz erwartete.
Mein Gebieter sagte zu mir: »Wenn du recht hast, wenn deine Spione mir diese Stadt kampflos gewonnen haben – wie kann ich dich dann belohnen? Du erhältst von mir jedes Geschenk, das du willst.«
Aus den Epen und Ritterromanen, deren Geschichten mein Gebieter mir erzählt hatte, wußte ich, wie meine Antwort lauten müßte. Es wurde von mir erwartet, daß ich sagte: »Ein Kuß von Euch, mein Gebieter, ist der schönste Preis.« Ich dachte auch daran, das zu sagen – was er meiner Meinung nach erwartete –, doch kam mir das töricht und verlogen vor.
Statt dessen sagte ich: »Wenn die Kämpfe vorüber sind, der Sieg unser und Ihr Euch ein solches Geschenk leisten könnt, dann hätte ich gerne ein Pferd.«
Verwundert sah er mich an. »Weib, es gibt keine fünfzig Pferde auf dieser Hälfte der Erde.« Doch dann brach er in schallendes Gelächter aus. »Sei's drum! Ein Pferd für die Stadt Texcoco. Nur mußt du dich in Geduld fassen, bis du es bekommen kannst.«
Wir zogen weiter, die Männer sangen immer noch, und in den Außenbezirken von Texcoco kam uns eine Abordnung von Ältesten entgegen, die Büschel von Rosen und Krüge voll schwelendem Weihrauch trugen.

»Willkommen, Malintzin, willkommen Malinche! Unsere Stadt gehört euch! Tretet ein in Glück und in Frieden!«

Später, als wir ohne Hindernisse in die Stadt eingezogen waren, beschwerte sich Pedro Alvarado, daß dieser Friede nur eine List sei, um Zeit zu gewinnen; die Frauen samt ihren Kindern seien geflohen, desgleichen der Herrscher, und zwar unter Mitnahme des Staatsschatzes und der besten Waffen. Selbstverständlich waren sie entflohen. Das hatten wir Alvarado und seinem Ruf zu verdanken.

Doch durch Worte allein, Worte, die aus großer Entfernung gesprochen worden waren, hatte ich meinem Gebieter diesen Ort gewonnen, von dem aus er bald seine Schiffe zu Wasser lassen konnte – die erste Flotte, die je ein Gebirge überquert hatte.

Wir stiegen zu den hochgelegenen Tempelplattformen von Texcoco hinauf, um dort das Kreuz aufzurichten. Wenngleich die Heiligtümer verlassen aussahen, argwöhnte Cortés, es könnten bewaffnete Priester im Hinterhalt liegen, und so schob er den glöckchenbesetzten Vorhang des Allerheiligsten mit seinem Schwert beiseite ... und hielt vor Verwunderung die Luft an.

Innerhalb des Eingangs zum Heiligtum standen wie Schildwachen fünf Pferde, die auf den ersten Blick noch zu leben schienen. Dabei waren es nur die Köpfe und das ausgestopfte Fell; gleichwohl erwartete ich, daß sie den Kopf hochwarfen und wieherten. Das Gesicht meines Gebieters erblaßte erst und erstarrte dann zu Stein.

Weiter drinnen, in dem Halbdunkel, wo die Götter von den Altären genommen worden waren, hingen die Gesichter von fünf Spaniern wie bärtige Masken an der Wand. Die Gesichtshaut war gegerbt und dann bemalt worden, um sie lebendig wirken zu lassen. Ich erkannte die Männer, hatte sie jedoch nicht persönlich gekannt; Cortés nannte ihre Namen und bekreuzigte sich. In der Nähe des Eingangs hing noch ein Gesicht, das einer Frau mit einem Haarschopf, der abscheulich gelb gefärbt war, während das Gesicht kreideweiß gepudert war, ein Totenkopf. Das war alles, was von der einst hübschen Erscheinung von Blumen Tasche übriggeblieben war – für die Spanier zurückgelassen als Warnung und Versprechen zugleich. Ich wandte mich ab und bedauerte, sie verflucht und ihr ein schlimmes Ende gewünscht zu haben. Die Azteken hatten Blumen Tasche zu fassen bekommen, wirklich gesucht hatten sie jedoch mich.

22 Der Schrein der Xilonen – 13. August 1521

Sollen Geschichtenerzähler auf Plätzen und Märkten den Fall von Tenochtitlan erzählen. Dichter trauern immer noch um die schönste Stadt, welche die Welt je gesehen. Bis auf Tula, denke ich, war sie das wohl auch; zumindest die Spanier fanden das. Doch die Erinnerungen an die Schönheit Tenochtitlans und an den Schrekken überläßt man am besten den Dichtern.

Ich sah nur wenig von diesem Todeskampf, auch wenn meine Feinde behauptet haben, ich hätte wie ein Geier über der Stadt gekreist, und das Tag für Tag während der sieben Monde währenden Agonie, da die Stadt Mauer um Mauer und Haus um Haus zertrümmert wurde.

Mein Gebieter hatte mir geraten, mich fernzuhalten, es sei denn, ich würde direkt in den Belagerungsring gerufen. Die Blattern oder Pocken, der Göttliche Fleck, hatte die Hälfte der Azteken dahingerafft, bevor wir auch nur eine einzige Kanonenkugel auf ihre Stadt abgefeuert hatten. Gott weiß, wie viele mehr in den Tagen danach noch dahinsiechten und starben. Die Spanier waren mit diesem Dämon aufgewachsen; die ihm bestimmt waren, raffte er bereits in der Kindheit dahin, oder aber sie kämpften gegen ihn, überlebten und waren hinterher gegen ihn gefeit. In ihrer Welt war er etwas Vertrautes und hatte an Kraft verloren; in unserer wurde er zu einem Riesen, der wie der Tod persönlich durch die Täler zog. Und am schlimmsten wütete er in den überfüllten Straßen von Tenochtitlan.

»Das ist die Strafe des Allmächtigen für ihre Sünde. Besonders für die Sünde der Sodomie«, verkündete Vater Olmedo in einer Predigt. Als ich dies für die Tlaxcalaner übersetzte, waren diese erstaunt, daß der Herr der Schöpfung, der die Sterne bewegte und die Jahreszeiten wechselte, soviel Zeit erübrigen konnte, sich mit solchen Kleinigkeiten zu befassen. Andere fragten, warum denn auch Frauen und Kinder leiden mußten. Doch bei Vater Olmedos Gott war alles möglich, genauso wie bei Rauchendem Spiegel.

Während der Göttliche Fleck sein Werk verrichtete, vernichtete oder vertrieb die spanische Flotte auf dem Wasser die Kanus, riß die Herrschaft über die Dämme an sich, und so wurde nach erbitterten Kämpfen der Texcoco-See ein spanischer Teich.
Inzwischen schlossen sich uns Krieger aus zwanzig Volksstämmen und aus einhundert Städten an. Bald war die Stadt von spanischem Stahl und einhunderttausend Kämpfenden eingeschlossen: Chichimeken aus dem Norden mit der unbehaarten Hundehaut, tätowierte Huaxteken, Otomi, Chalcaner, Otumbaner ... Die ganze Welt vereinigte sich unter spanischer Führung, um Tenochtitlan den Garaus zu machen. Moctezumas Geist müßte beruhigt sein – die Wahrheit war nicht minder grausam als die Prophezeiungen.
Wenn ich mich an diese Monde erinnere – und ich bemühe mich, nicht allzuoft daran zu denken –, tauchen sie nicht wie die meisten Erinnerungen auf und entfalten sich vor mir wie ein gemaltes Buch. Ich sehe nur rasche Bilder aus dem Dunkel auftauchen, die vor meinen geschlossenen Augen aufblitzen und wieder im Dunkel verschwinden.
... Ich erinnere mich, wie ich nach einem Scharmützel Bernal Diaz am Fuß eines Dammes traf. Er hatte hohle Wangen und war blutbefleckt; da war keine Spur mehr von der Eleganz, die ihm einst den Spitznamen Der Schneidige eingetragen hatte. Er machte sich auch nicht mehr die Mühe, sich eine Blume an den Helm zu stecken.
Mit einer Handbewegung zeigte er auf eine Gruppe von Chichimeken-Kriegern, die in der Nähe herumlungerten. »Wilde Tiere sind das, reißende Wölfe. Nie habe ich so etwas Grauenhaftes erlebt wie heute – was sie hilflosen Frauen und Kindern antaten. Was suchen die hier anderes außer Beute und Menschenfleisch, um sich daran gütlich zu tun? Ich habe Geschichten über die Kriege in Italien gehört, wo umherziehenden Heeren ganze Schwärme von Krähen und Aasgeiern folgen, die sich nach einer Schlacht den Wanst mit dem Fleisch der Gefallenen vollschlagen. Aber diese Wilden sind schlimmer als die Vögel.«
Ich nickte, lächelte voller Mitgefühl und pflückte eine Stroh-

blume für seinen Helm. Jawohl, er hatte recht; es gab viele, die nur der Beute wegen hier waren. Allerdings fragte ich nicht: »Und aus welchem Grunde seid *Ihr* heute hier, Bernal?«

... Eines Tages sah ich eine Flottille von Kanus aus Xochimilco zwischen den spanischen Schiffen dahinschießen und heil eine aztekische Schiffslände erreichen. Bis jetzt hatte sich Xochimilco als Stadt neutral verhalten, und ich schmeichelte mir, daß dies daran lag, weil ich sie diplomatisch an alte Rechnungen erinnert hatte, die sie noch bei den Azteken offenstehen hatten. Jetzt hatte ich das Gefühl, doch eine Niederlage erlitten zu haben, denn jetzt schienen sie sich dem Feind anzuschließen.

Das dachten auch die Azteken, denn sie ließen sie durch die Verteidigungsstellungen hindurch und schlossen sie als Bundesgenossen in die Arme. Doch noch in derselben Nacht wurden die Xochimilcoer erwischt, wie sie versuchten, ihre Kanus mit gefesselten und geknebelten Frauen und Kindern zu beladen; sie wollten offensichtlich unbemerkt mit ihnen davonrudern und sie versklaven. So bezahlten sie eine alte Schuld, genauso, wie ich es mir gedacht hatte. Die meisten Xochimilcoer wurden in den Kanus erschlagen, ein paar wenige erreichten das Ufer, wo sie von ihren Verfolgern in Stücke gehackt wurden. In dieser Nacht kamen die Kojoten von den Bergen herunter und leckten ihr Blut von den Steinen.

... Ich stand nach einem Kampf bei den Spaniern. Den Azteken war es gelungen, ein halbes Dutzend Soldaten fortzuschleppen. Es war ein strahlender Tag, und wir waren dem großen Tempel so nahe, daß wir die Riten sehen konnten. Die spanischen Gefangenen wurden angemalt und in Gewänder der von Kolibri Erwählten gesteckt. Sie trugen einen Fächer aus Federn auf dem Kopf und wurden durch Speerstiche und flammende Fackeln gezwungen, wie wild für den Gott zu tanzen. Ohnmächtig sahen wir zu und stöhnten, als die Opfer rücklings auf den Altar geworfen und ihnen bei lebendigem Leib das Herz herausgerissen wurde. Die Eingeweide wurden wilden Tieren zum Fraß vorgeworfen. Ein junger Soldat neben mir hämmerte sich mit den geballten Fäusten auf die Schenkel und schrie: »Ach, laßt sie mich umbringen! Laßt sie mich alle umbringen!« Drei

Tage später geriet er selbst in Gefangenschaft und erlitt dasselbe Schicksal wie seine Kameraden, die zu rächen er sich erträumt hatte.

Im August, als die Stadt in den letzten Zuckungen lag und Tag und Nacht Rauch über ihr hing wie über einem Scheiterhaufen, ließ ich mein Zelt auf einem Hügel in der Nähe von Texcoco aufstellen. Ich wollte jetzt keine Risiken eingehen; denn ich spürte, daß ich das Kind meines Gebieters trug, und so war plötzlich mein eigenes Leben auf eine Art und Weise kostbar, wie ich sie bisher nicht gekannt hatte.

Jeden Tag dachte ich, der vergebliche Kampf würde enden – die Stadt war das Land des Todes, ohne Nahrung, ohne Wasser, ohne Hoffnung und verteidigt nur von Fallendem Adler und den Knochengerippen der Priester. Und trotzdem hörte ich bei Tagesanbruch stets aufs neue, wie die große Schlangenhaut-Trommel geschlagen wurde. Die Wachteln wurden geopfert; die Sonne konnte wieder über einem Tag des Grauens aufgehen.

Dann, eines Morgens, schwieg die Trommel. Vom Hang aus sah ich, wie vier Kanus versuchten, den rauchenden Trümmern zu entkommen, und als sie näher kamen, erkannte ich, daß eines den Baldachin des Herrschers sowie das Wappen von Fallendem Adler trug. Ein spanisches Schiff schoß darauf zu. Es gab kein Entrinnen, nur den Tod, der aus der Mündung der Kanone spuckte. Ich sah, wie Fallender Adler, der Moctezuma geschmäht hatte, das eigene Leben über das Wohl der Menschen gestellt zu haben, sich erhob, sich ergab und das eigene Leben rettete – und das war das Weiseste und zugleich Traurigste, was dieser stolze junge Mann jemals getan hat. So erlebte ich das Ende der Welt der Fünften Sonne; ich erlebte den Sieg, aber mein Herz frohlockte nicht.

Ich wurde bald gerufen, beim ersten Gespräch zwischen Fallendem Adler und meinem Gebieter zu übersetzen. Cortés würde mich bestimmt dabeihaben wollen; andere mochten die Sprache inzwischen erlernt haben, doch ich war seine eigene Zunge.

Vor noch nicht langer Zeit hätte ich gar nicht schnell genug zu dem Treffen kommen können. Jetzt jedoch hatte ich ein anderes Gefühl für die Zeit und für das, was wichtig war. Ich mußte allein sein, um

die neue Welt zu begrüßen, allein mit der Göttin und dem Kind, das ich trug.
Ich sprach mit einem tlaxcalanischen Wachtposten. »Ich gehe zum Schrein der Xilonen. Falls Malintzin einen Boten für mich schickt, wird er mich dort finden.«
»Sollten wir nicht mit Euch gehen, Doña Malinche?«
»Heute passiert uns nichts. Außerdem habe ich die Göttin.«
Die Straßenkreuzung, an welcher der Schrein stand, war nicht weit entfernt. Ich folgte dem Pfad in Ufernähe, kam an Feldern vorüber, auf denen sich Bauern mit ihren Frauen und Kindern geduldig in der Sonne plagten und an nichts anderes dachten als an ihre Arbeit; der Fall von Tenochtitlan war ihnen so fern wie der Fall eines Sterns.
Eine der Bauersfrauen bedachte mich mit einem schüchternen, höflichen Lächeln. Ich mußte daran denken, daß uns auf all unseren Märschen solche Leute still gegrüßt, einen Moment nachgesehen und sich dann wieder ihrer Hände Arbeit zugewandt hatten; unser Glanz bedeutete ihnen nicht mehr als eine momentane Belustigung.
Heute arbeiteten die Familien auf Feldern und in den Obstgärten in einer Wolke von Schmetterlingen, den Geistern ihrer eigenen Ahnen, die vor ihnen denselben Boden umgegraben hatten und deren Gebeine darunter lagen, außerhalb der Reichweite von Eroberern und Herrschern.
Ich fand den Schrein und eine Lücke in den Felsen, durch die ich sowohl den Altar als auch den See im Blick hatte. Hier hatte ich vor Jahresfrist gekniet – ein ganzes Leben war das her – und die schweigende Göttin angefleht, die mich als Antwort mit Ameisenbissen abgespeist hatte. Heute sah sie kleiner und sogar schäbiger aus; Wind und Regen hatten bis auf die letzten Fäden ihren Umhang weggefegt. Selbst die vertrockneten Blumen waren nicht mehr zu sehen.
Ein Kaktus wuchs unter den Felsen. Ich brach einen einzelnen Dorn ab, stach mich ins Ohrläppchen und ließ einen Tropfen Blut auf den Altar fallen. Das hätte den Beifall von Dame Iztac gefunden, doch tat ich es nicht für sie. Ich tat es für alles, was untergegangen war.

Ich schloß die Augen im Gebet und vollführte mit der Rechten das Zeichen mystischer Einladung. Um mich herum war die Schlucht von Stimmen erfüllt. Eine Heuschrecke zirpte, Drosseln sangen, und bald fühlte ich, daß mir Geister nahe waren – Dame Feuerstein Messer, mein Vater, Lerchen Singer –, obwohl weder sie noch die Göttin etwas sagten. Doch das Schweigen war bedeutungsvoll, die Luft von einem feinen Summen erfüllt, das nicht nur von Bienen stammte.

Schließlich vollführte ich mit der Linken die Geste der Rückkehr zur Welt und schlug die Augen auf. Da war nur der blaue See mit fernen Segeln und weiter unten am Pfad die Bauern auf ihren Feldern. Doch jetzt wurde das Gesumm der Bienen, das ich bisher kaum wahrgenommen hatte, überlaut und forderte meine Aufmerksamkeit. Der Bienenschwarm war längst, wie ich jetzt sah, zu dem Baumstumpf zurückgekehrt, den wir im vorigen Sommer verkohlt hatten. Die Bienen hatten ihren Stock wieder aufgebaut, eine gelbe Wabe nach der anderen, hatten aufs neue ihr labyrinthisches Gebäude aus Gängen, Kammern und Thronsälen errichtet.

Auch die rotbraunen Ameisen waren wieder da, wenn auch in weit geringerer Zahl als vor einem Jahr. In Trupps von fünf bis sechs rückten sie vor, probierten und kämpften, einige wenige verließen triumphierend die Wabe, während andere ertranken.

Wahrscheinlich haben die Herren unter den überlebenden Ameisen folgendermaßen zu ihren Anhängern gesprochen: »Wir haben sie erobert«, sagten sie und hoben ihre verkrüppelten Fühler in die Höhe. »Wir haben den Stock bezwungen.«

Da wußte ich, daß dies die Botschaft der Göttin war, und ich sah von den Bienen den Pfad hinunter, wo die braunhäutigen Bauern still ihre Gärten wieder in Ordnung brachten, Zweige hochbanden, die Soldaten abgebrochen hatten. Leise regte sich mein Kind in mir.

Hufgeklapper ertönte auf dem Pfad, und in einer Staubwolke kamen drei Reiter herangeritten. Auf dem größten Pferd saßen zwei Mann – Bruder Aguilar klammerte sich an den Reitersmann.

»Hier seid Ihr also«, sagte er und saß atemlos ab. »Cortés verlangt nach Euch, auf der Stelle. Und ich habe wichtige Neuigkeiten, herrliche Neuigkeiten. Der Aztekenkönig ist in Gefangenschaft geraten. Durch Gottes Fügung ist die Belagerung glücklich vorüber.«

»Ich weiß«, sagte ich.

Er machte ein verärgertes Gesicht, so als hätte man ihn betrogen. »Cortés wünscht, daß Ihr bei der ersten Unterredung übersetzt. Selbstverständlich könnte ich das auch tun. Ich kann diese Sprache jetzt ja. Aber Cortés besteht darauf. Alles muß für seinen Bericht an den König ganz genau sein.«

»Ah, ja. Für den König, dem diese Welt jetzt gehört. Ich hatte es ganz vergessen.«

»Nun, heute ist da weit weniger zu besitzen als vor einem Jahr, würde ich meinen.« Aguilar in seiner geflickten und staubigen Kutte stand neben mir, beschattete der Sonne wegen die Augen und spähte angestrengt übers Wasser zu der verwüsteten Insel hinüber. Immer noch stiegen von den schwelenden Dachbalken Rauchfäden in den Himmel, doch sie wurden immer dünner.

»Das ist endgültig vorbei«, sagte er glücklich. »Die Stadt wird nie wieder auferstehen. Satans Hauptstadt – zerschlagen für alle Ewigkeit.«

Mir fielen die Worte der Priesterin von dem Schrein in der Nähe von Cholula ein. Ich sagte: »Die Götter geben zurück, was den Städten selbst am teuersten gewesen ist.«

Aguilar hörte mich nicht. »Die Kämpfe sind noch nicht ganz vorüber. Unsere Männer graben noch immer, um die letzten Verstecke aufzuspüren. Trotzdem, die Stadt ist erledigt. In ein paar Jahren wird nicht mal mehr ein Trümmerhaufen zu sehen sein.«

Ich ließ den Blick über den See schweifen, auf dem sich weiße Segel mit scharlachroten Kreuzen im Wind blähten, und da wir an einem Ort der Prophezeiungen standen, wußte ich, daß die Segel das Schiff bedeuteten, mit dem mein Gebieter, der *capitán*, für immer nach Spanien zurückkehren würde. Selbstverständlich würde er fortgehen – das tat Gefiederte Schlange immer.

Im Süden reckten sich die großen Vulkangötter und bewachten das Tal und die schwarz werdenden Skelette der Städte an den

Seen. Ich jedoch fühlte nicht Tod, sondern keimendes Leben, mein und meines Gebieters Kind, kräftig und klar wie Töne von Flöten. Ich sah die eingestürzten Kuppeln und Türme wieder stolz in der Sonne stehen, so ewig wie nur irgend etwas auf dieser zerbrechlichen Erde sein kann.

»Doña Marina, Ihr müßt Euch jetzt wirklich beeilen.«

Einen Moment zögerte ich noch, sah den Männern und Frauen zu, die sich unten am Ufer abmühten; und doch wurde mein Geist von etwas jenseits von ihnen angezogen, von einer unergründlichen Zukunft. Über Felder und Wasser hinweg blickte ich wieder hinüber zu der verwüsteten Stadt, wo unter den Ruinen die Ameisen immer noch dabei waren, den Bienenstock zu erobern.

»Bitte, Doña Marina!« Aguilar war ungeduldig geworden. »Wir haben einen Sieg errungen, nur sollt Ihr nicht meinen, daß Euer Werk damit getan ist. In gewisser Weise fängt es jetzt erst richtig an.«

»Ja«, sagte ich und wandte mich zum Gehen. »Ich weiß.«

23 Ciudad de México – Vorabend des Festes der heiligen Judith – 27. September 1564

In meiner letzten Nacht im Kloster habe ich nur wenig geschlafen, und das bißchen Schlaf wurde noch von Träumen unterbrochen. Ich habe den Tod von Pedro Alvarado miterlebt, obwohl er seinen Geist tatsächlich schon vor zwanzig Jahren in Jalisco aufgegeben hat, und da war ich weit weg. Er hatte sich mit Gewalt einen Pfad durch Oaxaca geschlagen und Blut und Feuer über Guatemala gebracht, bis er schließlich selbst glaubte, das zu sein, als was die Azteken ihn bezeichneten: »Sonne«, der Alles-Erobernde.
Dann, in der Wildnis von Jalisco, war Alvarado beim Versuch, ein paar Krieger abzuschlachten, die er verachtete, etwas zu tollkühn vorgegangen. Sonne und seine Soldaten wurden verjagt. Als sie ruhmlos zu Fuß flohen, stürzte bei dem Versuch, zusammen mit einem Pferd eine steile Schlucht hinaufzuklettern, das Reittier auf Alvarado. Irgend etwas in seinem Inneren wurde zerquetscht, und er rang elf Tage mit dem Tode; in meinem Traum stand ich an seinem Bett und betete die ganze Zeit über, er möge dahingehen.
Kurz bevor es zu Ende ging, schlug er die Augen auf und funkelte mich an. »Was machst du hier, du Indianerschlampe?«
»Ich warte auf den Sonnenuntergang«, sagte ich. Daraufhin überlief ihn ein Schauder, er starb, und mir war, als hörte ich die ganze Welt vor Erleichterung aufatmen.
Einen Augenblick später setzte sich der Leichnam plötzlich auf und stieß einen so markerschütternden Schrei aus, daß er mich weckte. Mich schauderte auf meiner Matte, und ich wußte, daß Alvarado in der Hölle schmorte.
Ich stand auf, nahm ein Gewand über und trat ans Fenster in der Hoffnung, eine kühle Nachtbrise würde den Traum vertreiben und mir einen klaren Kopf verschaffen. Wenn man bedenkt, daß er ein Mensch war, den einst ein Gott angerührt hatte, war Alvarado einen ganz gewöhnlichen Tod gestorben. Welcher Poet besingt schon einen Helden, der während der Flucht vom Schlachtfeld von einem Pferd erdrückt wird?

Die wahren Götter, die kamen, um unter den Menschen zu leben, waren wie mein Gebieter, der *capitán*. Oder – auf andere Weise – wie die beiden frommen Brüder, denen ich am Nachmittag begegnet war und von denen einer die Tore nach Osten für uns aufgestoßen hatte, während der andere, ein Missionar, etwas womöglich noch Schwierigeres vollbracht hatte: die Herzen der Menschen geöffnet. Solche rettenden Götter brauchten wir jetzt, genauso, wie wir Gefiederte Schlange gebraucht hatten.

Auf der anderen Straßenseite stand ein Gewirr verfallender Lehmziegelhäuser, in denen die Blattern wüteten. Jede Nacht war erfüllt von einer neuen Totenwache für die tagsüber Verstorbenen. Jetzt hörte ich Weinen. Ich lehnte mich über die Fensterbrüstung hinaus und sprach ein Gebet: »Kehrt zurück, mein Gebieter! Kommt bald!«

Eine Glocke verkündete die Mitternacht: das Fest des heiligen Kosmas ging zu Ende, und es begann das Fest der heiligen Judith, der Frau mit dem Schwert. Fast zur gleichen Zeit hörte ich es an der Klosterpforte pochen, und ich wußte, daß dieses Klopfen mir galt.

Ich eilte die Außentreppe hinunter und schirmte die Kerzenflamme mit der Hand vor dem Wind ab. Auf dem Hof warteten meine beiden merkwürdigen Spitzel, die alte Frau und der Knabe Juanito, beide noch ganz atemlos vom schnellen Laufen. Sie japste und schnaufte und konnte noch nicht sprechen; doch bei Juanito überstürzten sich förmlich die Worte.

»Señora, der Rat tritt in diesem Augenblick zusammen. Don Martin ist stundenlang befragt worden. Sobald sein Geständnis zu Papier gebracht worden ist, wird das Urteil verkündet.«

Danach sprach, immer noch schwer atmend, die alte Frau in der Azteken-Sprache: »Jawohl, meine Dame. Sie haben ihn im Kerker gefoltert; sie haben ein Seil fester und immer fester erst um seinen Arm gedreht, dann um die Brust und zuletzt um die Stirn.«

Ich kannte die Verwendung des Seils. Der Druck konnte so groß werden, daß der Schädel platzte.

»Und hat er gestanden?« Ich war wie leergebrannt, tot. Was spielte es für eine Rolle, ob er gestand oder nicht? Ich konnte nur hoffen, daß die Folter vorbei war.

»Oh, nein! Ich habe von den Wachen gehört, daß er kein Wort gesagt hat. Er hat überhaupt keinen Ton von sich gegeben.«
Dann war er also nicht gebrochen worden. Ich dachte an die Narben von den Peitschenstriemen auf Dame Iztacs Rücken, dachte an Fallenden Adler, wie er in den Flammen stand und es dennoch fertigbrachte, von Rosen zu sprechen. Wir waren ein Volk, daß sich durch Leidensfähigkeit auszeichnete. Möglich, daß wir nicht siegten, aber wir hielten durch – jawohl, darin waren wir groß.
Der Junge sagte: »Der Rat wird diesen Herrn bald zum Tode verurteilen. Wenn sie so spät in der Nacht zusammenkommen, tun sie das immer.«
Ein Windstoß löschte die Kerzenflamme. Ich stand fast im Dunkeln, war betroffen, wußte nicht, was tun. Doch Dame Mond strahlte mit fahlem Licht, das durch die zerrissenen Wolken drang. Dann fühlte ich mehr, als daß ich es hörte, wie sich in den Schatten etwas regte.
»Wer da? Wer ist da?« fragte ich mit scharfer Stimme. Keine Antwort kam, doch plötzlich spürte ich die Gegenwart der Göttin rings um mich her, wie sie im Lorbeerbaum nahe dem Tor wisperte und sich unsichtbar im verlassenen Kreuzgang aufhielt. Sie war zurückgekehrt, war wieder da – nach so vielen Jahren der Abwesenheit. Da wußte ich, was ich zu tun hatte und daß ich die Kraft haben würde, es zu tun.
»Wartet hier auf mich«, sagte ich. Die Stimme, die das sagte, kam mir kräftiger vor als meine eigene. »Juanito, meine Träger schlafen draußen an der Mauer. Weck sie auf, sie sollen meinen Tragstuhl fertigmachen. Und zündet Fackeln an – ihr sollt alle eine Fackel tragen!«
Rasch und behende sprang ich die steile Treppe hinauf, die bisher immer eine Strafe für meine Knochen gewesen war. In meiner Kammer kleidete ich mich schnell, aber sorgfältig an, das heißt, ich legte jenes besondere Gewand an, das ich mitgebracht, bisher aber noch nie getragen hatte. Ich riß das Futter alter Kleider auf, in die ich Edelsteine eingenäht hatte, um sie zu verstecken, silbergefaßte Opale, Geschenke von meinem Gebieter; es war das richtige, sie heute zu tragen. Ich richtete mein Haar, so daß es mir

auf die Schulter fiel, wie es das in den gemalten Büchern tut, die von Malinche erzählen. Schließlich legte ich mir den königsgrünen Umhang um die Schultern; er bestand aus goldfadendurchwirkter Baumwolle und Quetzalfedern. Die Federarbeit war alt und bereits ein wenig ausgebleicht, doch heute nacht wirkte sie bestimmt königlich. Das Rundbild der Göttin lag warm und lebendig auf meiner Brust.

Unten flackerten fünf Fackeln in der Nähe des Tores. Als ich in den Lichtkreis trat, hörte ich Juanito vernehmlich nach Luft schnappen. Ich hatte das Gefühl, ruhig und für alles gerüstet, gleichzeitig jedoch unendlich lebendig zu sein. Ich hatte das Gefühl, jung zu sein.

»Bringt mich zu dem Palast, in dem der Rat des Vizekönigs zusammentritt.« Die Sänftenträger sperrten den Mund auf und verneigten sich, als ich mich in den Tragstuhl setzte.

Heute nacht wurde der Weg von den Fackeln erhellt, doch legten wir die Strecke genauso geräuschlos zurück wie damals vor langer Zeit, als ich durch dieselben totenstillen Straßen geschlichen war, um zusammen mit den Soldaten und meinem Gebieter zu versuchen, den Damm zur Flucht zu erreichen. Mein Herz schlug schneller, genauso wie damals; mich erfüllte die gleiche Mischung aus Hoffnung und Furcht, die mich damals durchdrungen hatte. Doch heute war ich stärker.

Am großen Platz winkte der Nachtwächter uns durch und stellte beim Anblick eines so reichgeschmückten Tragstuhls keine Fragen nach dem Insassen. Juanito fragte durch die offene Fensteröffnung: »Welchen Eingang, Señora? Ich kenne eine Seitentür, die manchmal unverschlossen ist und nicht bewacht wird. Wir könnten ...«

»Das Hauptportal.«

»Jawohl, Señora.«

Vor dem bogenförmigen Eingangsportal stieg ich aus dem Stuhl; zwei Schildwachen traten rasch zusammen und wollten mir mit gekreuzten Speeren den Zugang verwehren. »Was habt Ihr hier zu suchen?« Die Stimme der Wache klang schroff; trotzdem hörte ich auch einen Hauch von Ehrfurcht heraus.

»Ich bin's, Malinche. Doña Marina von Cortés. Ich werde jetzt zum Rat sprechen. Ihr könnt mich anmelden.«

Er zögerte nur eine Sekunde, dann machte er kehrt und stolzierte breitbeinig voran. Ich folgte ihm langsam, ohne jede Eile, und winkte Juanito und den Trägern, mir zu folgen. Dabei hätte ich niemanden gebraucht, der mich führte, denn Kerzen brannten nur in einem Raum, der großen Halle des mit Arkaden umgebenen ersten Stocks. Bis auf diese erhellten Türen lag der Palast dunkel und schweigend da wie ein Grab. Ich stieg die Treppe hinauf – das ist leichter, dachte ich, als die Tempelstufen zu erklimmen, um mich an die Menschenmassen in Cholula oder Tlaxcala oder einem Dutzend anderer Städte zu wenden. Mir kam es vor, als wäre es erst gestern gewesen, daß ich mich an diese feindseligen Massen gewandt und sie angerührt, sie gezähmt hatte – manchmal mit den Worten des *capitán,* meistens jedoch mit meinen eigenen.

Vor mir, in der Ratshalle, war mein Erscheinen angekündigt worden. Ich hörte Stimmengewirr, es wurden Fragen laut, herrschte Verwirrung. Mein eigener Name wurde genannt, und jemand entfuhr es: »Aber ist sie denn nicht längst tot?« Eine andere Stimme sagte: »Man muß sie wie eine Hexe dingfest machen.« Eine Hexe? Ja, könnte sein, daß sie sich hinterher darauf einigten. Doch das mußte ich riskieren.

Schweigen machte sich breit, als ich eintrat und langsam zur Mitte des Raums ging, stark war von der Macht der Göttin. Zwei Wachsstöcke brannten auf hohem Sockel, und ich stellte mich zwischen sie. Dies mußte der Platz sein, an dem die Gefangenen ihr Urteil entgegennahmen; Blutflecken mußten den Boden bedecken, doch ich sah nicht hinunter. Ich sagte: »Ich bin's, Malinche.«

Das Dutzend Kerzen, das im Raum brannte, schien schwächlich und gegen das Dunkel nicht anzukommen; jedenfalls blieb die lange Halle dämmrig und von Schatten erfüllt. Die ganze Längsseite des Raums nahm ein erhöhtes Podest ein, auf dem hinter einem schmalen Tisch die Herren Räte saßen: fünf feierliche Gestalten. In ihrer Nähe, an einem Extratisch mit einer Lampe, saß mit gekrümmtem Rücken der Schreiber.

Der Vizekönig hatte in der Mitte des Tisches auf einem geschnitzten Stuhl Platz genommen: Don Luis de Velasco, mit den Zügen eines uralten Falken und einem spatenförmigen Bart. Das also war

der Gegner, dem ich Übel gewünscht und dem ich einen Fluch angehängt hatte; dabei hatte ich jetzt nicht das Gefühl, daß Böses von ihm ausging. Zu seiner Rechten saßen zwei Mönche, die Gesichter kaum erkennbar unter den schwarzen Kapuzen ihrer Dominikanerkutten; und zur Linken zwei Herren vom Magistrat, deren blutlose Gesichter fast so weiß waren wie die Spitzenkragen, die sie über ihren schwarzen Samtjacken trugen. Den einen am Ende erkannte ich: Es war Muñoz, der königliche Richter, einer, der rasch zu Henkerstrick und Scharfrichterschwert verurteilte. Es überraschte mich, daß das Gesicht der Grausamkeit so weich und so schwammig sein konnte.
Schweigend starrte ich sie an, eine Reihe von Totenköpfen – und mußte unwillkürlich an den maskentragenden Rat der Chacs denken, die mich vor einem halben Leben in Tabasco verurteilt hatten. Es war also nicht das erstemal, daß man mich be- und verurteilte, dachte ich. Ich kenne diese Scharade.
Neugierig mich anstarrend, lehnte der Vizekönig sich vor. Um ihm einen Gefallen zu tun, hob ich mein Gesicht ins Licht, damit er mich besser betrachten konnte. »Ihr seid Malinche?« Seine Stimme klang dünn, papieren. Plötzlich spürte ich die Nähe meines eigenen Todes.
»Die bin ich.« Der Dominikaner am Ende der Tafel bekreuzigte sich; der andere flüsterte dem Vizekönig nickend etwas ins Ohr; ich war erkannt worden.
Don Luis sagte: »Ich habe viel von Euch gehört, Señora.«
»Und ich von Euch, Señor.«
»Ihr seid offenbar sehr beliebt in diesem Land.« Er hielt inne und fügte dann mit einem leichten Lächeln noch hinzu: »Und auch verhaßt, denke ich.«
»Genau wie Euer Excellenz selbst.«
Der Dominikaner gab ein knurrendes Geräusch von sich, doch Don Luis' Lächeln wurde etwas wärmer. »Ich bedauere, daß wir uns unter diesen Umständen begegnen. Ich weiß selbstverständlich, um was es Euch geht. Ihr seid gekommen, um zu bitten für ...«
Wieder hob ich den Kopf und starrte ihn an; ich sah wahrhaftig nicht wie eine Bittstellerin aus, und so zögerte er. Alle schwiegen,

bis Richter Muñoz – außerstande, noch länger an sich zu halten – großspurig loslegte: »Wir achten die Gefühle einer Mutter, wir sind barmherzige Männer. Warum ich selbst …«

»Eure Barmherzigkeit ist berühmt, Señor«, sagte ich. »Im ganzen Land hört man davon reden.« Der Vizekönig hob die Brauen.

»Wir sind das höchste Gericht des Königs. Wenn wir auf jede Mutter eines Angeklagten hören wollten …«

»Ich bin nicht jede Mutter«, sagte ich ruhig. »Ich bin Malinche.«

Nicht durch meine Worte, sondern durch die Göttin wurde ihm ein Verweis erteilt. Er sprach nicht weiter und senkte die Augen auf den Tisch, während die anderen ihn ansahen und seine Grausamkeiten zählten.

Die Göttin hatte die Führung übernommen; ihre Stimme war es, nicht meine, die jetzt ihre eigenen Worte sprach. »Ich bin nicht hergekommen, um zu bitten oder gar zu betteln, ja nicht einmal, um euch daran zu erinnern, daß es so etwas wie eine Dankesschuld gibt. Ich bin nur hergekommen, um euch eine Frage zu stellen. Señores, als was, glaubt ihr, wird man sich eurer erinnern?«

Ich sah von einem zum anderen, dann blieb mein Blick auf dem Vizekönig ruhen. »Ihr seid hervorragende Männer, Persönlichkeiten, die Bedeutendes erreicht haben, sonst säßet ihr heute nacht nicht in diesem Raum. Doch was immer ihr in eurem Leben getan habt, und ungeachtet aller großen Werke, die ihr vielleicht noch in der Zukunft vollbringen werdet – wenn ihr den Irrtum begeht, an den ihr jetzt denkt, dann wird dies die einzige Tat sein, die die Nachwelt nach eurem Tod mit euch in Verbindung bringen wird. Die Menschen werden sagen: *Sie haben Cortés' Sohn umgebracht.* Diese Worte werden alle anderen ausstechen.«

Meine Stimme schwoll an und erfüllte den Raum, wie sie in alter Zeit über die großen Plätze geschallt hatte. Jetzt waren die Göttin und ich eines. »Cortés' Sohn umgebracht. Ihn in dem Land umgebracht, das Cortés dem König geschenkt hat. Ihn in Anwesenheit seiner Mutter, Malinche, umgebracht! Denn ihr müßt wissen, Señores, daß ich dabeisein werde, wenn mein Sohn auf das Blutgerüst steigt, damit alle Welt meinen Kummer sehen und daran teilnehmen kann. Ich glaube, ich kann euch eine unabseh-

bare Zuschauermenge versprechen. Wollt ihr das wirklich, Señores?«
Der Vizekönig neigte sich vor und sah in mir nicht länger eine Kuriosität, sondern eher eine Störung, wenn nicht gar eine Bedrohung. Richter Muñoz richtete seine funkelnden Augen auf mich und überlegte vielleicht, wie er mich auf der Stelle heimlich ermorden lassen könnte. Und immer noch herrschte Schweigen im Raum; die Ratsherren sahen einander nicht an; Don Luis verschränkte seine langen Finger und betrachtete sie. Auch er, so meinte ich, spürte die Nähe seines eigenen Sterbens. Schließlich ergriff er das Wort. Mit spitzem Gesicht, die Augen halb geschlossen, wandte er sich weder an mich noch an den Rat, sondern an den Schreiber.
»Notiert dies für den offiziellen Bericht; eine Kopie verbleibt hier, die andere wird nach Spanien geschickt.« Der Schreiber schüttelte die Feder aus, dann schrieb er rasch auf, was Don Luis diktierte.
»Don Martin Cortés wurde der peinlichen Befragung unterzogen. Zuerst mit dem Seil, dann, nachdem ihm mit Gewalt sechs Krug kaltes Wasser eingetrichtert worden waren.«
Ich schauderte, doch aller Augen waren auf den Vizekönig gerichtet. »Der Gefangene machte keine Aussage. Da besagter Martin krank ist und von der Folter etwas mitgenommen, wurde befohlen, besagte Folter auszusetzen.«
Etwas mitgenommen? So stand es in dem offiziellen Bericht zu lesen, und ich hörte nicht die geringste Ironie heraus. Dann wandte sich der Vizekönig an mich: »Wir wollen die ganze Angelegenheit mit der Verschwörung auf sich beruhen lassen. Euer Sohn wird zu einer Geldstrafe verurteilt und ab sofort aus Neuspanien verbannt.« Tepi blieb also am Leben! »Seine Entlassung wird etwa eine Stunde beanspruchen. Wollt Ihr am Gefängnis warten?«
Ehe ich antworten konnte, ergriff der Dominikaner, der mich erkannt hatte, sehr eindringlich das Wort. Sein Gesicht war immer noch von der Kapuze verdeckt, und die Stimme, die daraus hervorkam, hatte etwas Körperloses. »Verzeiht, Exzellenz, aber die Dame sollte unverzüglich und ohne Aufhebens nach Hause zurückkehren. Ihr Erscheinen hier – auch wenn es die Entschei-

dung des Rates nicht wirklich beeinflußt hat – könnte unnötiges Gerede hervorrufen. Meine Leute haben diesen Fall gründlichst untersucht, und ich weiß, sie hat seit seiner Kindheit keinerlei Kontakt zu ihrem Sohn gehabt. Ja, da sie völlig verschwunden war, hält Don Martin sie für tot. Das hat er mir selbst gesagt.«
Ich war wie vor den Kopf geschlagen und bemühte mich, mir das nicht anmerken zu lassen. Leise und ruhig fuhr der Priester fort: »Eine plötzliche neue Verbindung zwischen ihnen könnte nach einer neuerlichen Verschwörung aussehen.«
Jetzt fiel auch Richter Muñoz ein: »Jawohl. Es handelt sich bei beiden nicht nur um Privatpersonen. Beide sind politische Gestalten, die Augen der gesamten Öffentlichkeit sind auf sie gerichtet. Sie sollten jeden Kontakt meiden, jeden Anschein, daß sie gemeinsam etwas aushecken.«
Die Dominikanerkapuze wandte sich mir zu; ich sah ein verkniffenes, asketisches Gesicht, das ich bisher nicht gekannt hatte. »Da Don Martin sowieso ins Exil geht, was macht es da schon für einen Unterschied? Doña Malinche ist eine sehr feinsinnige Frau und wird verstehen, was ich meine.«
Jawohl, ich verstand. Ich sollte nicht mit Tepi zusammentreffen – das war der Preis, den ich für seine Freilassung zu bezahlen hatte. Schon wollte ich protestieren, da hielt mich die Göttin zurück und flüsterte mir zu: »Ich habe dir einen Sieg geschenkt. Jetzt beschwere dich nicht über die Kosten.« Ich gab also nach. Vor langer Zeit hatte ich Tepi einem völlig anderen Leben überlassen; dann, in letzter Zeit, hatte ich ihn im Geiste viele Male beerdigt, um ihn getrauert und mich mit seinem Tod abgefunden.
Die Räte, die einander jetzt ansahen, warteten auf meine Zustimmung. Ich sagte: »Ich verstehe. Es sei, wie ihr sagt. Außerdem, Señores, bin ich zu alt, um noch einen neuen Sohn zu bekommen; und er ist zu alt, um eine neue Mutter zu erdulden.«
Ich brachte fast so etwas wie ein Lächeln für diese Männer zustande, die ich haßte, diese Ausgeburten der Hölle, die es gewagt hatten, den Sohn meines Gebieters zu foltern. »Wenn ihr gestattet, wünsche ich euch jetzt eine gute Nacht. Um mit den Worten Seiner Exzellenz zu sprechen: Auch ich bin etwas mitgenommen.« Ich verneigte mich nicht, senkte aber den Kopf. Zu

meinem Erstaunen erhob sich Don Luis, und gleich darauf folgten die anderen seinem Beispiel. Alle hatten sich von den Plätzen erhoben, als ich den Saal verließ.

Als ich draußen die Treppe hinunterging, empfand ich zwar Erleichterung, doch Siegesjubel packte mich nicht. Die Angelegenheit war einfach abgeschlossen; jetzt konnte ich mich anderen Dingen zuwenden. Ich packte das Geländer mit der Rechten, und der Knabe Juanito stützte mich auf der linken Seite. Merkwürdig, kurz zuvor hatte ich die Stufen doch noch mühelos genommen! Da allerdings war die Göttin bei mir gewesen. Jetzt war sie fort – für immer, wie ich vermutete.

Im Kloster packte ich meine Sachen, nähte die Edelsteine wieder ins Futter und kniete dann nieder, um der Göttin Dank zu sagen, obwohl ich das Gefühl hatte, daß sie gar nicht aufpaßte, selbst als ich sagte: »Ich werde dich nie wieder behelligen.«

Eine Zeitlang verweilte ich in knieender Stellung, nicht jedoch im Gebet, sondern in Versenkung; so verdrängte ich mit Gewalt ein kleines Idol aus meinem Herzen, das sich dort auf unmerkliche Weise eingenistet hatte. Tepi würde also nicht mit mir in die Länder des Südens ziehen, sollte weder jetzt noch später jemals dort leben. Den ganzen Sommer lang hatte ich mich vage dieser Illusion hingegeben. Jetzt riß ich sie mir aus dem Herzen, nicht weil der Rat es befohlen hatte, sondern weil es ein törichter Traum gewesen war. Der Weg des Kaninchens, dem ich folgte, führte woanders hin. Warum sollte ich einen anderen Weg einschlagen als den, der alles in allem ein guter Weg gewesen war? Er war immer noch gut, und es konnte sein, daß das noch lange so blieb.

Meine Träger und ich traten noch in der Dunkelheit die Fahrt über den See nach Texcoco an; die Barke steuerte auf einen Schimmer am Horizont zu, der noch kein Morgengrauen war. Lange wurden wir in dem Kanal aufgehalten, der die Stadt mit dem See verbindet, und dann abermals am Schlagbaum des Steuereinnehmers, wo die Banditen des Vizekönig versuchten, mich bis aufs Hemd auszuplündern.

Kaufleute und Abreisende liefen durcheinander, ein Priester segnete Pilger, besprengte sie mit Weihwasser und rief den Riesen Sankt Christopherus an. Ein paar ältere Männer – Mixteken, die irdenes Geschirr verkauften – riefen insgeheim den Großen Lenker an.

Ich versammelte meine Männer, die Waren und die Tiere, überprüfte alles, gab Anweisungen, eine Traglast neu zu packen, überzeugte mich, daß sämtliche Knoten fest waren und die Überzüge auch wirklich schützten. Dann legte ich die Marschordnung fest und überprüfte die Waffen. Ganz von meiner Arbeit in Anspruch genommen, dachte ich erst wieder an meine wichtigste Pflicht, als es heller Tag war. Ich beauftragte andere, sich um die letzten Einzelheiten zu kümmern, und machte mich allein auf den Weg zum Grab meines Gebieters im Kloster des heiligen Franziskus.

Ich war noch erschöpft von der Nacht zuvor; jeder Knochen und jedes Gelenk erinnerte mich daran, daß ich Mißbrauch mit ihnen getrieben hatte. Der Weg war verschlammt und wies viele Pfützen auf, und so bewegte ich mich mit größter Vorsicht, um nicht den düsteren schwarzen Umhang zu beschmutzen, den ich für diesen Besuch umgelegt hatte; für die Reise wollte ich mir später etwas Passenderes anziehen.

Ich hatte fast die Friedhofspforte erreicht, als ich Pferdegetrappel hinter der Mauer vernahm; Reiter kamen auf mich zu. Der Weg war schmal, ich versuchte, zur Seite zu springen, doch der Boden war abschüssig. Fünf Berittene kamen zur Pforte heraus und hätten mich fast umgeritten; die Hufe der Pferde bespritzten mich vom Saum bis zum Kragen.

»Ziegenrammler!« schrie ich und fuchtelte mit meinem Stock in der Luft herum. »Hurenböcke!«

Sie lachten, und ich nahm an, daß sie weiterreiten würden, wie solche Pisser es immer tun, doch der Mann an der Spitze hielt sein Pferd an, und die anderen folgten seinem Beispiel. »Verzeihung, Señora!« Er wandte sich an einen der anderen. »Pablo, hilf ihr, sich vom Schlamm zu säubern. Ich kann nicht absitzen.«

»Rühr mich nicht mit deinen aussätzigen Händen an. Gebt nur die Pforte frei, ihr Söhne von räudigen Hündinnen.«

Daraufhin ritten sie weiter. Ich mühte mich, den Dreck abzuklop-

fen, als ich aufblickte, um ihnen einen Fluch zum Abschied hinterherzuschicken. Eine Brise hatte ein Banner hochgerissen, das einer der Reiter trug, und ich sah, daß es Cortés' Flagge war. Ich bemerkte nun auch, daß der Reiter an der Spitze, der Mann, den ich beleidigt hatte, wie ein Buckliger im Sattel hing und keine Zügel hielt, sondern sich an Nacken und Mähne seines Pferdes festklammerte. Der Reiter hinter ihm streckte die Hand aus, um ihn festzuhalten, doch er schüttelte den Kopf.
Ich sah sein Gesicht nur flüchtig – es war dunkel wie meines, nur trug er den Bart und die Kleider eines spanischen Offiziers. Als sie weiterritten und aus meinem Gesichtsfeld verschwanden, meinte ich, daß der Reiter Schmerzen haben müsse. Eine Möglichkeit fuhr mir durch den Kopf, doch tat ich sie als unwahrscheinlich ab und betrat den Friedhof.
Die Gräberreihen erstreckten sich genauso ungepflegt und häßlich wie im Frühjahr zuvor; auch die Regenzeit hatte dem öden Ort kein angenehmes Aussehen verliehen. Doch damals war es ein Ort gewesen, zu dem man pilgerte, wo Abfälle den Boden verunreinigten. Jetzt schien kein Mensch mehr herzukommen; die Andächtigen hatten ihn vergessen.
Doch am Grab meines Gebieters lag ein Bündel frisch geschnittener kastilischer Rosen. Ich hielt den Atem an, und jetzt begriff ich, daß der Reiter mit den Schmerzen tatsächlich Tepi gewesen war – nein, Don Martin. Ich mußte mir vornehmen, von nun an immer unter diesem Namen an ihn zu denken. Warum war es mir nicht sofort klargewesen? Ich mußte daran denken, wie sein Vater sich den ganzen Tag an sein Pferd geklammert hatte, und das während der schlimmsten Schlacht in Tlaxcala. Der Sohn war so schnell wie möglich an das Grab seines Vaters geeilt, ungeachtet dessen, was er gestern alles erlitten. Leidensfähigkeit, dachte ich. Jawohl, die hatte er geerbt.
Ich war stolz auf ihn, gleichzeitig war ich aber auch dankbar, ihm nicht ins Gesicht gesehen zu haben.
Mein eigenes Angebinde für Cortés' Geist war nur eine einzelne Blume, die Blüte der dunklen Herbst-Ringelblume, welche die Angehörigen meines Volkes schon immer den Toten

gebracht haben, die Blumen, die an besonderen Tagen die Pfade säumen, damit die Seele den Weg zurück nach Hause findet.

Ich zögerte, wandte den Blick zu den großen Vulkanen, deren Schultern wir einst überquert hatten, und stellte mir hinter ihnen jenen langen Adlerweg vor, der sich hinunterwindet bis ans Meer, jenen Korridor, durch den die Götter von jeher gekommen und auch wieder gegangen sind, jene Götter, die das Land so gewaltsam verändert haben, ohne es indes zu schaffen, ihre eigenen schönsten Träume zu verwirklichen. Ich schloß die Augen und erinnerte mich, wie meine Großmutter einst in einer Vision zu mir gesprochen und mir geraten hatte, nicht auf eine wirklich gute Welt zu hoffen, sondern auf eine bessere. »Ce Malinalli, begnüge dich mit kleinen Verbesserungen, sonst wirst du immer unglücklich sein.«

Es war Zeit zu gehen. Ich hatte mir eine lange Abschiedsrede zurechtgelegt, die ich hier halten wollte, doch schien es jetzt sinnlos. Gefiederte Schlange, glutvoll und schön, war auf diesem Friedhof nicht vorhanden. Sie wartete anderswo, wie sie es immer tat – im Wind, im Morgenstern, im Herzen derer, die sich nach ihr sehnen.

Als ich mich zum Gehen wandte, flüsterte ich das Gebet, das ich auch heute nacht gesprochen hatte. »Kehrt zurück, mein Gebieter! Kommt bald!«

Karte

Die Eroberung Mexikos

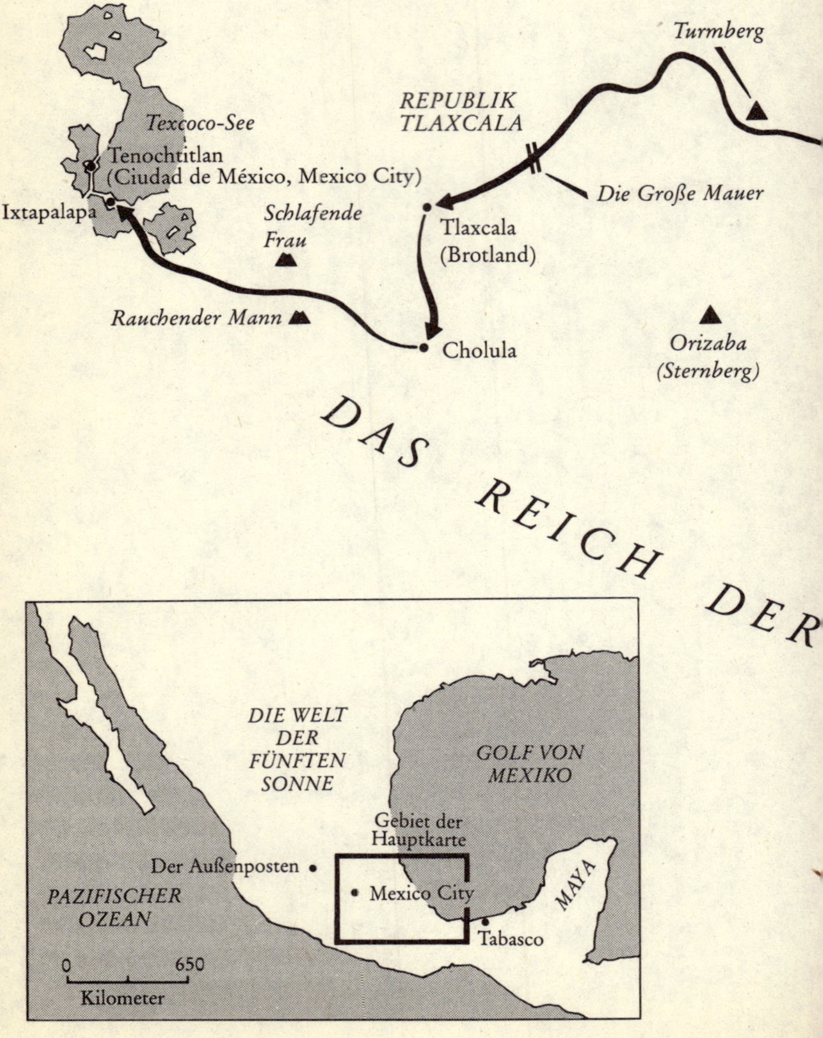

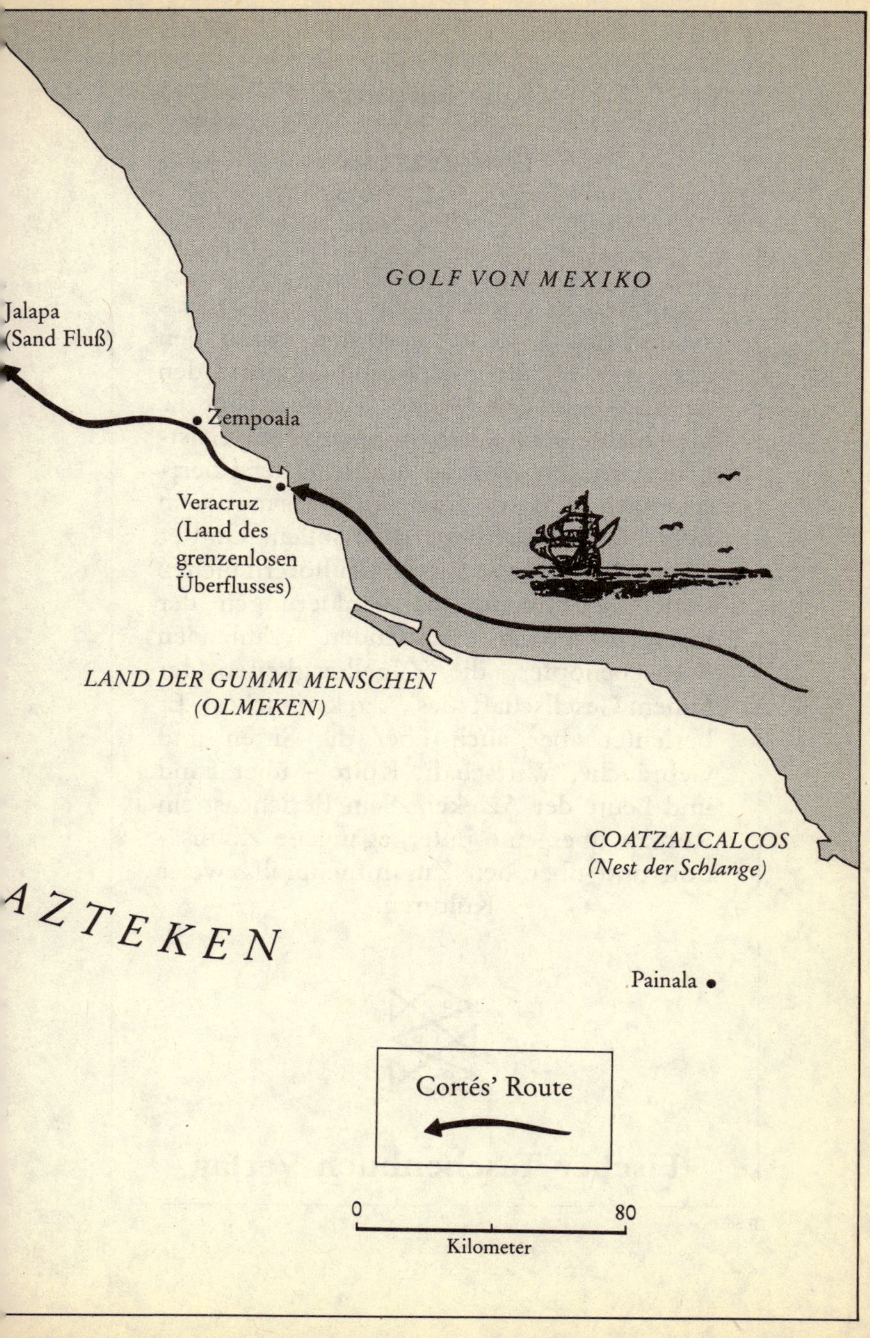

GOLF VON MEXIKO
Jalapa
(Sand Fluß)
Zempoala
Veracruz
(Land des
grenzenlosen
Überflusses)
LAND DER GUMMI MENSCHEN
(OLMEKEN)
COATZALCALCOS
(Nest der Schlange)
AZTEKEN
Painala
Cortés' Route
0
80
Kilometer

Gary Jennings

Der Azteke

Roman. Band 8089

Hauptperson dieses Buches ist das aztekische Volk. Es wird vertreten durch den aus einer Handwerkerfamilie stammenden Mixtli – Schwarze Wolke. Mixtli erzählt die Geschichte seines Lebens spanischen Geistlichen, die im Auftrag des in Madrid herrschenden Kaisers Karl V. Informationen über Neuspanien beschaffen sollen. Und er erspart seinen schockierten Zuhörern nichts: seine Liebesabenteuer, Schilderungen der blutigen, nach Tausenden zählenden Menschenopfer, die Zügellosigkeiten der feinen Gesellschaft des Aztekenreiches. Er berichtet aber auch über die Sitten und Gebräuche, Wirtschaft, Kulte – über Land und Leute der Azteken. Sein Bericht ist ein Roman über eine untergegangene Zivilisation und über den Zusammenprall zweier Kulturen.

Fischer Taschenbuch Verlag

fi 365/1

John le Carré
Das Russland-Haus

Roman
Titel der Originalausgabe:
The Russia House
Aus dem Englischen von Werner Schmitz
Gebunden

Der neue le Carré, die meisterlich erzählte Geschichte des englischen Verlegers Barley, der in die Mühlen der Geheimdienste gerät und als Agent von London nach Moskau reist. Ein Roman voller Spannung und Komik, der durch Episodenreichtum und genaue Milieubeschreibungen fasziniert, vor allem aber durch so unvergeßliche Figuren wie Barley und Goethe.